测谎者

Deception Expert

李晓平 著

谎言自有理由 真实则无缘无故

作家出版社

目　录

第一章　筷子的谶语

一

大家都说齐东锵是全国著名的成功人士。

——齐东锵自己也这么想。

当齐东锵自己也这么想时，齐东锵的日子便过得礼花儿一样灿烂。

独处的时候，齐东锵最喜欢做的一件事，就是和网友筷子用形而上的语言侃大山。筷子的网名其实不叫筷子，而是"拿得起放得下的只有筷子"，就像齐东锵的网名不叫随风，而是"那年已随风"。"不说真名，不谈职业，不讲住处，不发照片，永不见面"是两个人共同恪守的五约，这一晃也将近二十年了吧？作为网友，他们能够二十年相濡以沫并相安无事，都归功于这个钢铁一般的五约。

筷子不上网的时候，齐东锵也会偷偷地百度自己的名字——是的，他齐东锵实在是太出名了！大家如果不信，也可以百度一下，不用点缀任何修饰语，只需要点击他的名字——齐东锵……怎么样，查出来了吧？用铺天盖地一词来形容绝不为过。不用看别的，仅看齐东锵的头衔，就会看得你眩晕：中国著名心理测试专家、中国著名犯罪研究专家、中国收藏家协会的三驾马车、中国形意拳协会的五大板斧、中华诗词家学会的八大金刚……你再把鼠标往下移，再往下移，看到百度照片了吧，对，那个眸子又大又亮、额头凸出如檐的男子，就是齐东锵。是不是觉得眼熟呢？当然会眼熟，因为齐东锵经常参加电视台的访谈节目。

齐东锵是全国著名的成功人士，齐东锵的妈妈也就成了全国著名的成功人士。为了介绍培养儿子的成功经验，齐东锵的妈妈曾"先后几次"接受过电视台的"独家"专访，齐东锵永远也忘不了面对广大观众时，洋溢在妈妈脸上的灿烂笑容，她就那么自豪地笑着，说她这一生最大的成功，就是培养了一个成功的好儿子，因此她是世界上最幸福最知足的母亲。

齐东锵的成功，也让齐东锵的妻子徐问玉的脸上大放异彩，作为一位年纪轻轻就被提拔为医学院副院长的美丽女子,她可是比刘欢的妻子更显得卓越呢!刘欢的妻子不是有句名言吗?做得好不如嫁得好。徐问玉呢?徐问玉可是三管齐下!不信看这则报道:

徐问玉当选"最令人羡慕的妻子"

古城网6月18日电 据《古城报》报道,古城一项调查发现,著名刑侦专家齐东锵的妻子徐问玉女士,日前获被访女性心目中"最令人羡慕的妻子"称号。负责调查的有关人士表示,徐问玉"幸福妻子"的形象深入民心,令人信服。她最为人羡慕之处,不仅做得好,还嫁得好,更养得好。作为古城第一批"超级留学生——高中生赴美留学选拔大奖赛"一等奖的获得者,她的儿子被美国华盛顿大学录取,年仅十五岁就到美国留学深造。

日子灿烂的时候,唯一让齐东锵感到冷的,是对门的女人。

对门的女人,白白的瓜子脸,弯弯的柳叶眉,身材窈窕,风姿绰约。远远望去,美极了,柔极了,可走近一瞧,那心就唰的一下冷了。齐东锵不知道她对别人是什么样子,但齐东锵每次看到她,她的脸色都是冰冷冰冷的,冰冷得就像齐东锵最心爱的玉雕《睥睨》。

屈指算来,齐东锵和她住对门,也将近二十年了。虽然时间很漫长,但齐东锵和她一直没有交往,并且直到今天,齐东锵也不知道她叫什么,更不知道她每天早出晚归,到底去做什么。齐东锵只知道她爱人姓殷,叫殷勤,因为挂在门厅的801室的电费单上印的就是这个名字,一开始齐东锵还以为殷勤是她的名字呢,可楼下小卖部的刘嫂却说:"哪哟哎,叫殷勤的八成是她的男人——那个开宝马轿车的。"

"那她……叫啥名啊?"因为妻子不在身边,齐东锵便多问了一句。

"这我还真没问过。"刘嫂奇怪地看了齐东锵一眼。

齐东锵的脸就涨红了,立即支支吾吾地解释:"虽然我和她住对门,可我们两家并没有来往……您知道,大家整天都忙乎乎的……"

幸亏刘嫂并不像是非之人,立即用硬硬的西北口音絮叨着:"是啊!是啊!你们城里人,和我们乡下人就这点不一样,很多住对门的都不走动。也是,白天都忙着上自己的班,晚上也都忙着做自己的饭,哪有时间走动呢?"

可既然没有走动,她为什么对自己如此冰冷?

独处的时候，齐东锵也会偷偷地把玩自己收藏的宝贝。齐东锵的宝贝有两类，一类是古锁，一类是玉雕，古锁有一大堆，玉雕却只有一尊，就是那尊被齐东锵命名为《睥睨》的美女玉雕。但齐东锵每次看《睥睨》，首先想到的，都是对门的女人。也许中国的美女大多很撞脸吧？这尊玉雕无论从哪个角度看，都特像对门的那个女人。尤其相像的，是她们的冷漠。这尊玉雕是齐东锵在一个古董店里淘来的，几乎花去了他所有的积蓄。

一个人喜欢一件东西，真的毫无道理。齐东锵至今也说不清楚他到底为啥喜欢这尊玉雕，当时他仅仅看了那玉雕一眼，心里就再也放不下了。为了买下这尊玉雕，齐东锵一连颠颠簸簸地跑了七次古董店，每次往返都要花上三四个小时的时间，直到把那尊玉雕买到手。

内行的人一看就知道：那尊所谓的《睥睨》玉雕，既不是什么贵重的玉器，也没有什么神奇的传说，它不过就是一个通体洁白的美女，怀抱着一只同样通体洁白的猫。齐东锵专门找人看过了，那玉质也是极其一般的和田玉，市场上经常能够看到。齐东锵虽然也知道它并无收藏价值，但齐东锵就是喜欢，说不出来的喜欢，喜欢到了骨子里。

也许人的内心，都隐藏着受虐的欲望？这尊玉雕最让齐东锵感到刺激的，是那个美女睥睨的轻蔑，这也是齐东锵为啥要给它起了这么一个怪名字的原因——美女的眼神儿也太冷漠了吧？就像含着一把阴气逼人的无影剑，微微斜睨着，仿佛看透了周遭的一切虚伪和丑恶。一同睥睨的，还有那只猫的神情，它也是微微斜睨着，藐视中带着嘲弄，尖锐里含着讥讽……一人一猫，睥睨的方向都相同。

齐东锵问妻子徐问玉："你看这玉雕像谁？"

徐问玉歪着头看了看玉雕，又跑到镜子边看了看自己，就俏皮地把玉雕举到自己的脸旁，微笑地说："你自己看嘛！简直就是姊妹呀！"

直到有一天，当徐问玉发现这尊玉雕长得更像对门的女人后，她才警觉了起来。徐问玉的警觉，立即引发了齐东锵的警觉，从此，齐东锵便再不敢当着妻子的面把玩那尊玉雕了。

但警觉的火苗儿，已经忽炼炼地在徐问玉的心里燃烧了：

"你说实话，今天你必须说实话。"

"说什么呀？"

"你说我和对门的女人比，到底谁长得美？"

"当然你美了！"

"那你具体说说：我到底哪里美，她到底哪里不美？"

"你的美还用我说吗？全古城都公认！她的不美更无法说了，因为我压根没看清她长什么模样！"

"撒谎了不是？住对门这么多年，你怎么能不知道她的模样呢？你不是觉得她长得很像那个《睥睨》吗？"

"我什么时候说过那样的话啦？有你这个厉害的老婆整天'睥睨'着，我敢'睥睨'人家吗？更何况，她还总戴面纱……"

"你看看，你看看，连戴面纱的习惯都掌握了，你们这些臭男人呀！"

……

这么多年，连齐东锵自己也说不清，夫妻间这样的问答到底进行过多少次了，可为什么每次提起这个话题，妻子都乐此不疲？

齐东锵当然也说不清，每次妻子提起对门的女人时，自己的脸为啥总会红起来，红到了耳朵根儿。也许越是心理测试专家，反测试的能力越要比别人差？

喜欢较真儿的齐东锵，有一天曾专门和自己的御用心理师筷子剖析过自己的心理，当然，剖析时他并没告诉筷子这个人是谁，只说他是一个公众人物。筷子简单地听了一下情况，连犹豫都没犹豫一下，就对他说："你所说的这个人，之所以颇在乎那个女人，就是因为那个女人对他不屑。"筷子还说："人在骨子里大多犯贱，特别是公众人物，你越是崇拜他，他就越高傲，这时候如果跑出个鄙视他的人，他反倒万分在意了。比如《傲慢与偏见》。"

对于筷子的答案，齐东锵开始并不认同，可仔细琢磨一下，又觉得真是那么回事。自从出名以后，齐东锵无论走到哪里，大家都会向他投来尊敬的目光，狭路相逢，人们也会恭敬地让他先行。而对门的女人呢，每次遇见，总像看不到齐东锵似的，即使两个人恰巧走到一路了，她也总是冷着脸儿兀自走在前头，让齐东锵这个大名人给她当绿叶当陪衬。

是的，她是这个小区里除刘嫂外，唯一对齐东锵不屑的人。

刘嫂对齐东锵不屑，齐东锵还能够接受，因为刘嫂实在太忙，因为刘嫂不会上网也不太识字。但住对门的她对齐东锵不屑就不可理喻了——住对门二十年了，她怎么可能不知道齐东锵这个大名人呢？

即使她不知道，她爱人殷勤也应该和她提起呀！就像齐东锵的妻子隔几天就要提起她一样。

"齐教授！和您住对门真是荣幸！那天我还想呢，抽空得去买几本您的书呢，到时，您可得给我签个名啊！"这话可是殷勤牙对牙口对口对齐东锵说的。

并且就在殷勤刚刚说完这句话之后，她就从那辆宝马车里下来了，一路娉娉婷婷地飘了过来，于是，暗香浮动，全世界都为之静音。可令人悲怆的是，和那缕沁人心脾的暗香一起飘过来的，依然是两缕睥睨的眼神。

她家的日子过得总是轻悄悄的，就像他们走路时轻悄悄，说话时轻悄悄一样。夜深人静的时候，她也会轻悄悄地咳起来，虽然那声音低低的，细细的，却总是揪人的心。幸运的时候，也能听到她的歌声，但这样的机会实在是少极了，并且每次她轻唱的时候，徐问玉都恰巧在身边，并且总会偷偷地看几眼齐东锵的表情。

"她的歌儿的确好听。"有一次，连挑剔的妻子都赞叹了。

"你不觉得她的声音过于纤细了吗？就像纤维，直勒人的心。"——齐东锵当然要鸡蛋里挑些骨头。

"哇？都勒到心里去了？还说对人家没有感觉呢！"妻子立即揪住了齐东锵的耳朵。

唉！这真是邻家有美妻，日子也难熬呢！

——齐东锵最大的遗憾，是筷子不知道自己就是齐东锵。

唉！当初怎么就制定了那样一个五约呢？这下可好，弄得筷子可能一辈子都不知道自己是谁了！假如筷子知道自己就是齐东锵，她会有什么样的反应呢？会不会惊喜地尖叫起来？就像周杰伦的粉丝冲着周杰伦尖叫一样？

"啊！是真的吗？是真的吗？我的随风，你真的就是大名鼎鼎的齐东锵教授吗？我不是在做梦吧？"

齐东锵实在太希望看到筷子的激动了——哪怕全世界的人都为齐东锵激动，齐东锵也不会激动的。但齐东锵真的很在乎筷子的激动。

——可筷子真的会激动吗？

那天，齐东锵突发灵感，决定小试一下筷子的反应。

"随风，随风，随风，怎么不理我？"

"稍等，我在看一篇文章。"

"什么文章？"

"关于一位当红名人的，因为点击率超高，就很好奇！"

"哪个名人的？发过来我也看下。"

哈哈！你这刁钻古怪的筷子，这么容易就入了圈套？

齐东锵轻轻一点鼠标，就把关于自己的几个热帖发过去了。写这些文章的人叫艾伍龄，齐东锵和他并没有见过面，但这个人的文笔却棒极了！别说女人们看了会怦然心动，连齐东锵自己看了，都忍不住爱上自己了。

"原来是他呀！随风，你怎么也这么低俗了？"

"低俗？"

"多浅薄，多低俗，纯粹的自吹自擂！"

"自吹自擂？你看没看文章啊！就瞎放炮？文章里不是说得挺清楚了吗？这个齐东锵和这个作者并不认识，连面都没见过的人，怎么能谈得上自吹自擂呢？据我所知：这个齐东锵，不仅是我国犯罪研究领域最顶尖的人才，还多才多艺，能文能武……"

"行啦行啦，你咋也替他吹上了？一切都是假象知道不？现在的那些吹鼓手，花点钱谁都能雇来，无论让他写谁，谁都是全国著名。这还算谦虚的呢！还没说全世界著名呢！哎！你还别说，这个名字起得倒很谦虚。"

"什么意思？"

"这还看不出来？二五零嘛！"

"筷子，你怎么总这么尖刻呢？"

"不是我尖刻，是齐东锵这个人真是能吹。那天在书店，我碰巧看见了一本他的书，翻开扉页刚看了一眼我就看不下去了，好恶心。"

"恶心？为啥？"

"你猜他在扉页上，是怎么介绍自己的？他竟然把自己说成是三驾马车、五大板斧、八大金刚，哎呀我的妈呀！原来就是一个开杂货店的！"

——啥叫自取其辱？这才叫自取其辱呢！齐东锵的脸渐渐地涨红了。

"随风，怎么不说话了？你不会是艾伍龄吧？"

"我不是艾伍龄！"

"也是，随风怎么能是那种素质的人呢？随风就像天上的风，无处不在，却从未存在。"

"没有调查研究就没有发言权。你不了解情况就辱骂人家，这么说话不负责任。文章里写得多明白……"

"文章只能代表写作者的眼光。我凭啥要相信那个二五零的眼光？我这个人，只相信我自己的眼睛。"

"你这么评价人家，是因为你不认识他。假如你认识了他，我相信你一定会崇拜他的。"

"怎么不认识，我早就认识！"

"你早就认识？"

"现在的名人都是苍蝇，总嗡嗡地在你眼前晃，想不认识都不中。如果你真靠脸蛋吃饭，比如主持人，比如演员，我倒能理解。可你一个做学问的，干吗不待在象牙塔里？干吗总到公众场合胡说八道？并且这个人不仅自己显摆！连他老娘、他媳妇也都能抖擞，特别是他老娘……哎哟喂，别怪我嘴损，都那么大岁数的人啦！咋就那么不值钱呢？这人啊，越炫耀什么，越缺失什么……"

筷子的话，就像黑色的谶语，一下子把齐东锵从光辉灿烂的仙境摔进了阴森恐怖的地狱。

二

第二天，筷子的谶语就成了现实。

早晨，天蓝，风透明，路边的风景树也修剪得恰到好处。齐东锵走进办公室，刚刚坐下，一身笔挺西装的秘书小王就把一杯热茶悄无声息地放到他的桌子上，于是，一缕沁人心脾的清香便在周围氤氲开来……本来，这一切有多完美！连桌旁的扶桑花都开了。但自从听了筷子的谶语后，齐东锵瞧什么都觉别扭了，连看花的眼神都变了。

这盆扶桑花是齐东锵在垃圾桶边捡来的，没想到仅仅修理了一下，浇了些水，这花儿就疯长了起来，并很快就结出了花骨朵。头天下班时，那些花苞还处女一般裹得紧紧的呢，仅仅一夜，所有的花朵就都怒放了。这是一种非常罕见的白色单瓣扶桑花，其中一朵特别硕大的就冲着齐东锵伸展着，本来绸缎般纯白的花瓣非常唯美，可中间偏偏突兀地捧出一截浅黄色的花柱来，让一朵纯洁的花儿，突然有了不堪的意象。

"他妈的！"齐东锵突然气愤地骂了一句，骂声一出，连他自己都愣了。

哐当哐当，就像给他的骂声伴奏似的，手机突然敲起了桌子！

齐东锵的手机彩铃都是敲桌子的声音，短信提示声是短促地敲两下，来电彩铃是连续不停地敲，直敲到你接电话为止。齐东锵管这叫"拍案惊奇"。

齐东锵挺了一会儿，才按下接听键，里面立即传来徐问玉急促的声音："刚才养老院打来电话，说妈妈不行了。"

"你说啥？"

与此同时，办公楼突然摇晃了一下，就像哪个人闲了没事儿突然推了那楼一下似的。

"我正在往那里赶！你也快去吧！快点！"电话里很嘈杂，可知徐问玉是边往外跑边打电话的。

总告诫自己遇事别慌的齐东锵，顽强地喘了一口长气，才去穿外衣，可拿衣服的手还是抖了。走廊里传来急促的脚步声，透过窗子，齐东锵看到很多人在走廊里奔跑，尽管大家在奔跑时都尽量跑得很"稳重"。齐东锵尽可能轻地拽开门，突然发现秘书小王正脸色惨白地站在门前，似乎犹豫着是否敲门。齐东锵询问地看了他一眼，小王马上挤出了一点笑容说："刚才好像……地震了！"

"是吧？"齐东锵嘟囔了一句。

小王闪过一边，齐东锵便快步向电梯那边走去，在等待电梯的时候，小王又在他身后怯怯地提醒："地震逃生，最好别乘电梯……"

齐东锵本来想说："我这么急，不是为了逃生，而是我妈妈不行了！"可他立即把那些话咽回去了，因为他的眼睛里突然一片灼热。

电梯门慢慢打开了，齐东锵回头望了小王一眼，便一步踏进了电梯，在电梯慢慢关上的时候，他看到小王依然站在原地看着自己，一副无着无靠的模样。直到电梯往下滑了，齐东锵才意识到自己的失礼，是的，他应该对小王说几句关照的话的，大家不都在逃生吗？秘书也是人，也应该逃生的……但我的妈妈，我那个一直健康开朗的妈妈，怎么说不行就不行了呢？

齐东锵赶到养老院时，徐问玉也刚刚赶到。养老院的院子里，站满了老态龙钟的老人，连下肢瘫痪的张阿姨都被推出来了。一位护理员正用话筒向老人们宣讲防震知识。

一见齐东锵，养老院院长就快步迎了出来，从脚步声便可听出她的心虚与内疚。还未等齐东锵询问呢，她就急匆匆地回答了所有的问题："你妈妈说啥也不肯上医院，也说啥都不肯到外面来……这些大叔大婶们刚才都看到了！她可是真倔，非要在房间里等你，本来想强行把她背出来的，可她非要在房间里等你，非要在房间里等你……"院长炒爆米花似的说，一边引领齐东锵夫妻向楼内走去。

齐东锵妈妈所住的单间在二楼，那个单间是这家养老院最豪华、最宽敞、最昂贵的房间，而且是唯一。记得当初徐问玉替妈妈选择这个单间后，妈妈不止一次当着众人的面夸奖过徐问玉，最后夸得连齐东锵听了都脸红了。

几个人一路小跑上了楼，才发现楼里面乱极了，那情景颇像败军撤离的电影镜头。狭窄的防滑楼梯上，这里丢着一个小垫儿，那里放着一只拖鞋。走廊里更乱，一扇扇房门都半开半闭，痒痒挠插进了痰盂里，小马夹穿到了马桶上……不会说话的零碎东西，都在各个角度嘈嘈杂杂地说，可会说话的院长却沉默了，一路上，她除了随脚踢开那些挡路的东西外，再不肯说一句话了。

她的沉默传染给了齐东锵和徐问玉，幸好他们的脚步声一直都在嗒嗒嗒地替他们说，说得絮絮叨叨，喊喊嗻嗻的。

那间豪华的单间在走廊的尽头，快到门边时，院长快走几步，抢先把门拉开了。

齐东锵就看到了妈妈的脸。

在那个又大又阔的床上，妈妈像以往一样正襟危坐，但和以往不一样的是，此时的妈妈已经完全不是彼时的妈妈了！只见她呆滞的双眼瞪得圆圆的，就像两个白纸灯笼吊在灰呛呛的墙壁上。一件脏兮兮的单衣别别扭扭地套在她那勉强支撑着的半圆形的身体上，不仅扣子系串了，衣襟上还明晃晃地粘着一块绿色的菜叶和两个洁白的大米饭粒，很像一朵盛开的米兰花。

最让齐东锵难以接受的，是妈妈的秃头——妈妈的头，怎么就秃到这种地步了呢？铁白色长发，稀疏而又凌乱地蓬松在秃秃的圆脑袋瓜上，像极了奶奶家土房上乱蓬蓬的杂草。齐东锵的心突然就疼起来了，疼得他闭上了眼睛，但又不得不睁开。他实在不敢相信：这位双目无神、面容憔悴、衣衫褴褛的老太太，怎么会是自己那个始终孩子气十足、始终笑声朗朗的妈妈？

以前的妈妈，每次出现在齐东锵面前时，总要花枝招展地戴一顶彩色帽子的，即使不戴帽子，她也要戴一头棕黄色或青紫色的假发，而且那假发还总支棱八翘地修饰得很前卫。就像妈妈自己常说的那样：你妈妈我永远是你新时代的潮妈。

可这位新时代的潮妈今天到底怎么了？怎么变得如此不堪入目了？如果不是始终与她形影不离的沈阿姨就坐在一旁扶着她，齐东锵甚至都怀疑自己看错人了！

一见齐东锵，沈阿姨的眼圈便红了："你可来了！"她凄楚的话语明显地带有埋怨："你妈妈……偏要这么坐着等你！"

自从办公楼摇晃了那么一下以后，齐东锵便开始有了一种怪怪的恍惚感，觉得自己所听到的所看到的都不是真的：那个傻乎乎地站在门前踟蹰的秘书小王是真的吗？那个在出租车上一直焦急地颠着腿儿的自己也是真的吗？还有那些竖茬茬地站在养老院门前看着他的老人们……当然，也包括眼前的这位如此陌生的妈妈。

可是，妈妈已经开口说话了。

妈妈说："我那次接受采访，说的全都是违心的话。"

妈妈说："出名有个屁用？傻×才在乎出名。"

——齐东锵便杵在那儿了！一辈子，一辈子都没有说过一句脏话的妈妈，怎么会在病重的时候，突然骂起人来了？而且还骂得如此不堪？——这一切，怎么可能是真的呢？

"为啥要说这种话，妈？你为啥要这么说话？"齐东锵跟跄奔过去，抓住妈妈就真真实实地喊了起来。

可无论齐东锵怎么发问，妈妈都不再说话了，她只是万念俱灰地瞪着齐东锵，像瞪着仇人似的瞪着齐东锵，瞪着瞪着，只听喉咙里突然咕噜一声响，就两眼一翻瘫软下去了。

在妈妈的眼睛即将合上的一刹那，齐东锵看到一滴豆大的浊泪从妈妈的眼睛里滴落出来，落到了沈阿姨的手背上。

——齐东锵的妈妈就这么走了，把齐东锵的所有好运都带走了。

古城还是那座古城，家也还是那个家，似乎一切都是原来的样子，然而一切都不是原来的样子了。

"可恶的筷子！你的嘴咋就这么损？我这一切噩运，都是你给咒的！"那天，当齐东锵习惯地打开电脑，看到筷子的京戏脸谱头像正一闪一闪地撩拨他时，便恶狠狠地骂了一句，随即关了QQ。

QQ虽然能删除，但谶语里的危机，却一天比一天明显。

最明显的危机，是齐东锵的事业陷入了低谷。

以前的齐东锵，事业咋就那么红火呢？邀请他前去测谎的电话一个接着一个，就像他常常自嘲的那样："整天忙得像个蝴蝶，不是在天上飞呀飞，就是在花间舞呀舞的。"可自从妈妈去世以后，我国的社会治安环境似乎也顿时"平安祥和"了，那么大的一个国家，那么多的城市乡村，竟然在好长一段时间里，突然就没有"离奇或疑难"的棘手案件了。或者案件已经发生了，可各地警方的案件侦破能力一下子突飞猛进了？用不到再找齐东锵去做科学测谎了？

齐东锵虽然不是什么"唯恐天下不乱"的人，但话说回来，齐东锵事业的兴衰成败，还真就是和"乱"捆绑在一起的，没有了乱，就没有了疑案，没有了疑案，也就没有了他扬名立万的测谎平台。这就像棺材铺的老板，尽管他也仁慈地希望所有人都健康长寿，但假如所有人真的健康长寿了，他又该怎么生存呢？

测谎的事务少了，齐东锵所在的警官学院又赶上放暑假，工作也闲下来了，齐东锵便觉得相当落寞。以前忙的时候，总有很多朋友找他吃饭，而齐东锵的事业，还真就离不开这些酒场上的推介，所以凡有聚会，齐东锵能参加的总尽量参加，实在参加不了的，也都被他推延了。

请注意我的用词："推延"，不是"拒绝"。齐东锵因为分身乏术，实在无法去参加聚会时，他总会声音里透着亲切说："等学院放暑假的时候，东锵一定抽出时间和大家好好叙叙，咱们暑假见！"可如今暑假真的来了，约他吃饭的电话却一个都没有了，这可真是一件匪夷所思的事情。

一开始他还很迷惑，迷惑得就像做了一个乱糟糟的梦，梦境里到处乱糟糟的，嘈杂之声震得齐东锵的耳膜都嗡嗡直响。可是突然之间，万籁俱寂，静得甚至能听见自己汩汩的血流声。茫然四顾，才发现只是一梦。齐东锵便万分奇怪了，奇怪这些乱糟糟的状态究竟是怎么形成的？如果说梦是假的，可那震人心魄的声音又是从哪里发出来的？如果说梦是真的，自己为什么又如此落寞了？

后来他才明白：原来饭局的突然变少，是受国内大环境的影响。自从党中央大张旗鼓地"抓老虎拍苍蝇"以来，特别是巡视组进驻古城之后，古城的领导干部都像换了一个人似的，都不敢到公共场所应酬了。虽然他齐东锵既不是老虎，又不是苍蝇，但请他吃饭的人却都涉嫌老虎或苍蝇的，此时别说吆五喝六地扎堆吃饭了，即使在路上遇见了也都忙不迭地躲远，生怕自己某个举动提醒了哪个善于联想的人。

但这一切齐东锵都还能够忍受。齐东锵最不能忍受的，是来自于家里的危机。

齐东锵也说不清自己家里到底出现啥危机了，但是他就是觉得出现危机了。之所以这么觉得，缘于徐问玉突然变化了的眼神。

——以前的徐问玉，那双丹凤形的眼睛该是多么的清澈，多么的明亮，总直直地望着你，就像清澈的湖，一眼就能让人看到底儿。可自从妈妈去世了以后，徐问玉的眼神也突然变得雾气沼沼的了，你越想探个究竟，那雾气就涌动得越厉害，涌动到极处，连眼珠儿都像帆船似的漂移起来了。

更让齐东锵不可理喻的，还有徐问玉的态度：妈妈死了，她咋就显得那么兴奋呢？就像翻身农奴得解放了似的。

齐东锵的妈妈因为长期守寡，性格有些怪僻，但刚强的她始终都是自己单过的，即使患病以后，大部分时间她也是自己咬着牙扛过来的，所以，她的活着或死去，和徐问玉关系真的不大。可为什么徐问玉会显得那么兴奋呢？善于演戏的徐问玉虽然始终都抑制着那种兴奋，甚至想用深如古潭的悲痛替代那种兴奋，但那怪异的兴奋还是从脸颊，从眼睛，从微微有些下斜的嘴角，以及嘴角边的那个叫"定坤痣"的痦子里泄露出来了，齐东锵想看不见都不中。

最让齐东锵接受不了的是：妈妈头七刚刚烧过，徐问玉就堂而皇之地提出要去美国看儿子了！"你别劝我，我已经决定了！这件事不容商量！"她就像妈妈临死前破罐子破摔地瞪着齐东锵时那样，瞪圆了她那双雾气沼沼的丹凤眼。望着妻子的眼睛，齐东锵不禁惊诧至极：都说儿媳妇像婆婆，她们怎么连瞪人的眼神都像出自同一双眼睛啊？

回忆起以往的那些灿烂的日子，齐东锵生命中的这两个最重要的女人，无论人前，还是人后，无论举手，还是投足，都做得很熨帖，很到位！她们的和睦指数，甚至都达到国际礼仪规范了。不仅说出的话句句软声细语，连附在字尾上的小颤音儿也都透着祥和夹着喜庆，更何况还有彼此脸上透明的微笑呢！可现在怎么了？不仅优雅的母亲爆起粗口来了，连妻子也变得鬼七王八了，可这一切变化，究竟是从什么时候开始的呢？

"出名有个屁用？傻×才在乎出名。"

也许是太寂寞了吧？独处的时候，妈妈的这句骂人话总会突兀地在耳边响起来。

刚开始的时候，每次想起这句话，齐东锵的心里都会别扭那么一小会儿，脸也会红上那么一小会儿。等想得多了，想得久了，齐东锵也渐渐地习惯了，想到最深的境界，齐东锵甚至有些喜欢这句骂人话了！那天，齐东锵还发现：妈妈的这句脏话，正着写是SB，反过来写就是BS，而BS在英文里也是同等含义。这么说来，SB在全世界都通用呢！

再深入思考下去，齐东锵不仅接受了妈妈的话，还心甘情愿地承认自己就是一个SB了。回想起在社会上"风风光光"地打拼经历，自己真的功成名就了吗？整天满世界地奔忙，可奔忙的结果，除了那几个看不见、摸不着的"全国著名"以外，自己还获得了什么？有豪宅吗？没有；有名车吗？没有。存款倒是有一些，却大都被徐问玉掌控了，虽然齐东锵偷偷地攒了些私房钱，但那点踢不倒的私房钱还能算作钱吗？

最让齐东锵在妻子面前抬不起头来的：还有自己家里的这不足八十平米的住宅楼，因为连这个小楼，都是妻子单位的福利楼呢。

"在咱们家不许你谈物质！你是精神贵族，精神贵族谈物质，多低俗，多让人笑话？"

怕伤齐东锵的自尊，徐问玉总这么宽慰他，可每次徐问玉这么说，齐东锵的心都像扎针了一般地疼。精神？到底什么是精神？齐东锵越想越心虚，这就像自己的名字齐东锵，虽然听着震耳欲聋的，可伸手一抓只有一把空。

齐东锵这个名字还是奶奶给起的，齐东锵出生的时候，外面突然传来了敲鼓声，声音大而突兀：齐咯隆咚锵，奶奶觉得这应该预示了什么，就顺嘴儿给齐东锵起了这么个滑稽名字。细细品来，这的确是一个滑稽名字！鼓声是什么？连屁都算不上，屁还能留下一股臭气呢，可鼓声连臭气都没有，摸不到看不着，更闻不着——齐东锵突然苦笑了，一边笑一边无奈地摇了摇头。是啊！一个连屁都不如的名字，还敢说什么精神贵族吗？

那天，齐东锵在玩微信时，无意中看到了一个点击量超高的短文，仅仅看了一眼标题，齐东锵就倒抽了一口凉气：

《揭穿"测谎砖家"齐东锵的骗人招术！》

"我是全国公安科技专家，在此有责任向中国公众揭露一些'测谎砖家'的骗人招术，他们搞的那些所谓的'激励测谎'，其实都是在骗己欺人！

"所谓'激励测谎'，即在测试室内上方，装有监视装置，可窥见被测人的书写内容。为了使被测人相信'测谎准确'，先让被测人书写一个数字或文字。然后，'测谎员'假装开始测试，肯定都能测准你书写的内容。此时，被测人会信以为真；有的侦查员也盲从'测谎结论'。

"骗人的'测谎术'，被以齐东锵为代表的几个'测谎砖家'讲课传播，被受骗单位'测谎员'模仿照搬，办案时被机械使用，导致全国各地出现了越来越多的冤假错案！

"网友们请速转，齐东锵就是这样的'测谎砖家'。"

"到底是谁在造谣？怎么能无中生有呢？"

就像谁把一盆凉水突然泼洒了下来，齐东锵觉得周身冰冷冰冷的，心思里的情感狂澜，也像卤水点了豆腐一样，渐渐地凝固了。

齐东锵看了一眼作者——当然是匿名的，只能看到"正义者"三个字。

比文章更让齐东锵心寒的，还有下面的跟帖，那可真是骂声一片呢！什么"一闪一闪亮晶晶，专家都是骗人精"。什么"天苍苍，野茫茫，打着幌子耍流氓"。一条又一条地看下去，齐东锵可是越看越气愤，越看越窝囊，又不知怎么发泄心底的愤怒……真可怜齐东锵那颗健健康康的心啊，一下子被人按到了酱缸里，又憋又闷又苦又咸！

"去你妈的！你们这些SB！"齐东锵也骂起人来了，而且是大声地骂出来的。只不过他的骂比妈妈的骂含蓄了一些。

三

还别说，骂人真是一种很好的泄愤渠道呢，骂完了，这心里也觉得舒畅多了。

在小小的浴室里，在哗哗哗水声的伴奏下，齐东锵开了头就没有结尾了，那真是越骂越痛快，越骂声越大，把自己从小到大听到的看到的所有骂人话全都骂了一遍，骂到最后，他甚至孩子一般扭动起身体，唱起骂人歌来了，用的还是美声唱法。

正这么胡言乱语地唱着呢，门突然被敲响了。

齐东锵草草地擦了身子，用浴巾包住身体，走到门前窥望，外面的人立即感知了齐东锵的窥望，特意往远站了些，好让自己全身都暴露在猫眼里。

站在门外的竟然是她——对门的女人。

这可是太阳从西边出来了！始终对齐东锵不屑的她，怎么来敲齐东锵的门了？

门外的她似乎猜透了齐东锵的心思，立即指了指自家的门，对齐东锵比画了两下，齐东锵读懂了她的手语："我打不开门了。"

邻居打不开门了，求助于齐东锵，他当然责无旁贷，更何况求救的人还是她呢！

连擦身子都顾不上了，齐东锵把衣服胡乱地一套，就去开门了。女人先是冲齐东锵惨笑了一笑，然后才把钥匙递给他。

善于读心的齐东锵，一眼就看出了她心底里的焦灼、身体里的虚弱，是焦灼引发了虚弱，还是虚弱让她焦灼？

但齐东锵依然没有说什么，接过钥匙就去开她家的门了。

可钥匙刚刚插进锁眼里，身后突然传来一阵奇怪的声音，齐东锵回头一看，发现对门的女人正软绵绵地向下倒去，白软软的手挣扎地在空中抓挠着，似乎想抓住什么。

事件突发，齐东锵还没来得及惊讶，就一闪身冲过去了。只见他一只手抓住了她的手臂，另一只手也准确地伸到了她的腰下，就像影视剧里穿越那样，身子一晃就成了她的护花使者……她也就毫无悬念地摊倒在齐东锵的怀抱里。

"你怎么了？你怎么了……"喊叫时，齐东锵纷乱的大脑里还飞进来一个讯息：SB，这下你可摊上事了。

齐东锵摇了摇她，她软绵绵的身体便随着齐东锵的摇动摆了摆，斜插在云鬓上的镂空银蝶也颤动了两下。齐东锵直到这时才注意到，在她那支颤巍巍的银蝶下方，依然连带着一块半透明的雾状面纱，正好遮住了她的半面脸。脑海里仅有的一点急救的知识，使齐东锵狠命地掐了两下她的人中，可她依然毫无反应。

投射到齐东锵大脑里的第二个讯息：是打电话叫救护车，但齐东锵的手机在客厅里。即使在这种紧急的时刻，齐东锵还是犹豫了一下——是的，齐东锵真的犹豫了一下，接着才做出那件让齐东锵即使长一千张嘴一万张嘴，也解释不清的举动：齐东锵把她抱进了家里的客厅，并放倒在那个长而软的真皮沙发上。

齐东锵找到手机刚要拨号，突听身后"哦"了一声，回头一看：顿时一阵惊喜：谢天谢地她醒了。

"你怎么了？"齐东锵惊魂未定。

"我没事……"

"用不用叫救护车来？"

她羸弱地摇了摇头。

她松松垮垮地穿着一套乳白色的点缀着细碎银花的多层长纱裙，那抹面纱依然遮挡着她的半面脸，使齐东锵看不清她的眼睛。但齐东锵却看出了她的羸弱。是的，她就是羸弱的，在那盏莲花形五彩水晶吊灯的柔美光晕里，她的羸弱有一种说不出的神韵，齐东锵仅仅看了一眼，心里就涌起了一股软软的怜爱。

她抚了抚面纱，又在沙发上动了动，似乎想让自己躺得更舒服一些。在她这么动的时候，齐东锵就那么傻呆呆地站在那里望着她。乳白色的百褶裙，突然让他想起了办公室里的扶桑花，呼吸就一阵发紧，脸也无缘由地发起烧来了。

并且在她与他之间，还弥漫着一股特别怪异的香味儿呢！——那到底是什么味道？肉肉的，淡淡的，软软的。

"递我一杯水吧！"她柔美的声音里有一丝微微的沙哑，就像小猫细细的爪，撩得人心里痒痒的。

齐东锵顾不上享受那种感觉了，几步就跑到厨房，给她倒了一杯水。

她欠起身子，轻捏着齐东锵端水杯的手，一小口一小口地喝干了杯中水，喝得不急不缓的——她的那张娇嫩红润的嘴哟！齐东锵又喘不过气来了。

——可那到底是一种什么味道？

忽的一声响，齐东锵的记忆之门就向他洞开了——那是天竺葵的香味，肉肉的香味儿。记得那是在山东的花卉植物园，那里有一片绚烂的天竺葵，红彤彤的，一串一串的，瀑布一样垂下来，垂下来，整个花园里飘的全都是这种香味，肉肉的香味儿。

好容易喝完了水，心满意足地喘息了一下，她才轻轻地放开齐东锵的手，又躺倒下去。她的手白白的，软软的，让齐东锵有一种棉花糖在口中融化的感觉，啊！那一定也是天竺葵牌的棉花糖吧？齐东锵正在品味着那种融化呢，耳边突然一声轻吟："唉！昏死的滋味真好。"

齐东锵没有接她的话，因为他突然想到了一件非常要命的俗事：假如她丈夫殷勤恰巧回来了，他会怎么想？这么一想，齐东锵的心就剧烈地跳起来了，怦，怦，怦……就像平时妻子审视地盯着他时，他就无缘无故地慌乱起来似的，一句话也脱口而出："真的……不用叫救护车吗？"

"真的不用，我以前经常这样的，躺一会儿就会好了。"她笑了，啊！二十年了，她终于冲齐东锵笑了！

对门女人笑了，齐东锵也突然放松了，觉得一切都无所谓了，有那么一瞬间，阴郁的心空，甚至燃起了淡蓝色的鬼火，忽炼炼的。但齐东锵还是老老实实地坐下了，貌似沉稳地看着她。

"你别坐呀！去帮我把门打开呀！"她沙哑的声音里有一丝娇嗔。

齐东锵的脸就红了，觉得心里的鬼火全被她窥到了。他暗暗骂了自己一句，忙不迭地走出门来。

齐东锵还有一个不为人知的嗜好，就是喜欢研究开锁。齐东锵的收藏就不必说了，什么喜鹊锁，奔牛锁，蛤蟆锁，嫦娥奔月锁，太极图锁，甚至还有绝世无双的明代景泰蓝葫芦对锁。但最让齐东锵得意的，是他无师自通地掌握了开锁的技术。无论是古锁还是现代锁，只要齐东锵用心揣摩一下，就肯定都能打开。当然，为了避嫌，齐东锵并没向任何人透露过自己的独家绝活，包括妻子徐问玉。

齐东锵慢慢走到对门的门前，见那把钥匙依然在锁眼里插着呢，便试探性地扭动了一下，不用眼睛瞧，仅凭听声儿他就知道毛病出在哪儿了。齐东锵眨了两下牛眸子似的眼睛，暗暗地在手上用了点巧劲儿，然后轻轻一拧，那门锁就啪的一声，开了。

"啊！太蹊跷了！这门锁，怎么突然好了？"齐东锵大声惊叫了起来。

"突然好了？"她也满是惊异。

如此容易地打开了门锁，按理，齐东锵应该高兴的。然而齐东锵就是高兴不起来，就像有什么东西卡在了嗓子里，出不来又咽不下。

对门的女人隐隐地叹了口气，慢腾腾地从沙发上爬了起来，抚了抚脸上的面纱，拽了拽身上的衣裙，又扫了扫被她弄皱了的沙发垫，这才一摇一摆地向家里踱去了。在她慢慢地做着这一切的时候，齐东锵始终木讷地站在那里看着她，那个堵堵的东西还在嗓子眼里卡着，出不来又咽不下。

对门的女人无意间向书房那边扫了一眼，脚步就停下了，脸上突然呈现出一股怪异的神情。

齐东锵心里一动，那个卡在嗓子眼里的东西，就咕嘟一声消失了，就像堵了好久的便秘突然就通畅了似的。同时一种新的期待，也把齐东锵的心慢慢地提了起来。怦怦怦……他明显地听到自己的心在耳膜上敲鼓。

对门的女人略略犹疑了一下，便向书房那边踱过去了，她走得虽然很慢，但还是几步就到了书房门前，接着，她便倚立在门边不动了。

齐东锵看不到她的表情，但却看到她的脊背绷得紧紧的，绷成了一张美丽的弓。

——她为什么要紧张？

"你这个书房……不错呀！"她声音嘶哑地说。

齐东锵用旁观者的眼看了一下书房，脸就腾的一下红了，书房里怎么如此脏乱？脏乱得像个猪窝。

"忙……忙得顾不上收拾了！"齐东锵红着脸嘟囔着。

她却不肯再继续讥讽他了，怪异地笑了笑，就向门外走去了。是的，她的确怪异地笑了，尽管齐东锵看到的只是她的背影。她的脚步依然轻悄悄的，以至于楼道里的那盏敏感度极强的感应灯都没有亮起来。黑黝黝的楼道里，她一句谢谢都没有说，连头都没回，慢慢地打开门，就悄然进去了。

——接下来的日子里，齐东锵便多了一种期待。

齐东锵总会不自觉地期待，虽然他也说不清楚到底期待什么。

那几天，齐东锵总是按时回家，一双耳朵也总像兔子一般直立着，生怕错过一丝来自隔壁的声音。可遗憾的是：齐东锵的隔壁却总是古墓一般沉寂，齐东锵不仅没有再次听到那轻悄悄的敲门声，也没在楼道里邂逅她的身影。

晚上，齐东锵百无聊赖，便找出了一盒私藏的烟，一边抽着，一边对着电脑屏幕发呆——这也是齐东锵的秘密，因为不仅在众人面前，齐东锵不吸烟，包括在妻子徐问玉面前，齐东锵也从不吸烟。

齐东锵一只手夹着烟，另一只手随随便便地在键盘上敲着，很快就敲出了一行字：齐东锵。按照本能，他下一步应该点击搜索的，可当他把鼠标的箭头指向"百度一下"的时候，却突然害怕起来，终于没敢点击。

正这么纠结着呢，随着嘀嘀嘀的几声轻响，筷子的那个京剧脸谱突然一闪一闪地动起来了。响声就像号角，一下子燃起了齐东锵冲锋的渴望，他几乎连犹豫都没有犹豫一下，连烟蒂都来不及捻灭，就把筷子的QQ点开了，因为急，一大段烟灰都落到了键盘上。

躺在留言板上的，是两行闪着炫彩的怪话：

随风，在线吗？

我太苦恼太纠结了，快帮帮我……

齐东锵便笑了，小声骂道："拿得起放得下的不只有筷子吗？原来也是狗屁呀！"

齐东锵把烟蒂扔到了纸篓里，便噼里啪啦地在键盘上敲打了起来，嘴里却依然骂着："你是狗屁吗？哈哈！不是？那你就狗屁不是！"嘴上这么骂着，键盘里打出的却是这样的字：

"我没看错吧？洒脱的筷子也有纠结的时候？"

"我有一个珍宝，一直小心呵护，可有一天，我突然发现：原来我珍藏的并不是珍宝，而是一坨狗屎。"

"狗屎也是珍宝，比如你把它放在土地里。"

"我又不是土地，干啥珍藏一坨狗屎？"

"既然这样，扔了不就完了！"

"可令人痛苦的是：我偏偏离不开这坨狗屎了！"

"如果这么说，那它就不是狗屎！"

……

"筷子，怎么不说话了？"

……

齐东锵耐心地等了一会儿，可筷子一直没有反应。

齐东锵烦闷地深吸一口气，嘴里说："知道为什么看什么都是狗屎吗？因为你的心里装的就是狗屎！"骂罢，便啪的一下关闭了聊天窗口，去浏览其他网页了。

随着一阵嘀嘀声，筷子的头像又动了，齐东锵只得打开：

"我决定向俗气的生活投降！与狗屎为伍，藏污纳垢！"

齐东锵皱了皱眉头，便回了句：

"一坨狗屎，至于这么纠结吗？你们女人呀！"

可筷子那边又没有反应了。

"怎么聊天也像便秘了似的？"齐东锵骂了一句，刚关上窗口，细碎的嘀嘀声又响了。齐东锵皱了一会儿眉毛，才又打开聊天界面，发现主题已经变了：

"小时候，我最怕死。"

齐东锵没有理她，就那么面无表情地看着屏幕，一动不动。

"比死更可怕的，是死了以后，又活过来了，发现自己躺在棺材里。"

齐东锵依然不理她，让筷子始终自说自话：

"穿着死人的衣裳，大喊大叫，无力地敲打棺材板……最后弄得满身是刺，直到再次死去。"

"可现在呢，最令我害怕的，是早晨醒来，发现自己竟然还在活着。"

……

也不知道筷子的哪句话触动了齐东锵的神经，齐东锵突然就想念起妈妈来了，非常非常地想念，撕心裂肺地想念，眼泪也禁不住奔涌而出。自从妈妈死后，齐东锵的心里始终很空很空，是那种深不见底的空，极其可怖的空，就像独自站在一个飞崖上，茫然无措，孤独极了，恐惧极了，周遭看不到一个同类，也没有一点希望……

齐东锵先是默默地流泪，泪水越流越汹涌，越流越止不住，渐渐地双手冰凉，浑身发抖，哭到后来，齐东锵都觉得自己要哭死过去了。

门哐当一声打开了，电灯也猛然亮，徐问玉拎着大包小裹，气哼哼地站到门边，冲着齐东锵就咆哮起来："黑咕隆咚地在家干什么呢？手机也不接，短信也不回！"

齐东锵半张着嘴，满脸是泪地看着妻子，好半天，他都没弄明白：这个女人站在门前到底意味着什么。

徐问玉惊讶地瞪了齐东锵半天，突然丢了大包小裹扑了过来，一下子就拥住了齐东锵，她那软乎乎的酥胸啊！让齐东锵恍然回到了小时候，回到了母亲的怀抱里……

就像窒息的人突然喘了一口长气，齐东锵突然就重生了，他不再控制悲戚，两只蒲扇似的大手抓住徐问玉柔柔的腰肢，就孩子般大哭了起来。

"你呀！永远都是长不大的孩子！"徐问玉温柔地给齐东锵擦了擦眼泪儿，又亲了一下齐东锵的额头，想了想，还掐了一下齐东锵那胡子拉碴的脸。

第二章　窥视的眼睛

四

徐问玉不愧是家里的神，仅一会儿的工夫，死气沉沉的家便春意盎然了。窗子打开了，灰尘擦去了，各种零碎物品也旋风般地归了位。当然，在徐问玉扫房间时，齐东锵趁她不注意，偷偷地把纸篓里的烟蒂及键盘上的烟灰都收拾干净了。

直到忙完了所有的事情，徐问玉才去浴室收拾她自己。齐东锵有些等不及了似的，徐问玉刚进去，齐东锵就打开了浴室的门，隔着一片水雾看她，发现她比以往新鲜了，漂亮了，难道外国的空气真的比中国的有养分？

徐问玉瞋怪地瞪了齐东锵一眼，几下子就擦干了身体，就小鸟儿一般飞到齐东锵的怀里来了。

小别胜新婚，特别是齐东锵的小心思里还有了那股不可言说的欲望……他们的缠绵那可真叫如胶似漆啊！也许那盏莲花形的五彩壁灯让齐东锵产生了错觉？有那么一会儿，齐东锵甚至发现徐问玉的脸变成了对门女人的脸，连喘息里也掺进了她略带嘶哑的娇嫩……唯一的不像，是没有那缕天竺葵的香味……

"噢……噢……怎么突然这么厉害了？是不是背着我做什么见不得人的事了？"

"别说话……分神！"

"……反正你无论做了啥，都逃不过我法眼！"

"说啥呢？"

"咱们家屋里……到处都有我的眼睛……"

"——眼睛？你的眼睛？"

"噢……噢……"

"你是说……电子眼？"

徐问玉汗涔涔地笑了，她笑得最灿烂的时候，齐东锵突然泄了……

这就是那个小小的电子眼的威力。

家是什么地方？家是放松心灵、展现本真的地方，可现在的情况完全变了——在家里，齐东锵无论做什么，无论走到哪儿，都觉得有一双眼睛在盯着他的后脑勺，让他无端冒出一身冷汗来。阳光明媚的时候，那双眼睛是狡诈的，灯光迷离的时候，那双眼睛是阴森的。

电子眼，电子眼，电子眼……那几天齐东锵嘴里说的，脑袋里转的，全都是这个名词。原来那个熟悉的家，也因此变得陌生了起来，仿佛每个角落里，每一个物件中，都多了一只神秘莫测的眼睛。

因着电子眼的提醒，齐东锵也想起了徐问玉眼睛里的鬼祟。于是，一场秘密侦查活动就在家中悄然进行了，侦查很快就有了新发现：徐问玉不仅平时说话时，眼神里雾气沼沼的，即使在齐东锵低头看书时，她的眼神也是游离的，余光里明明觉得她正在看自己呢，猛地抬起头来，却见那双眼睛忽地一闪，已经飘到别处了。

"哪有什么电子眼啊！我可能在家里安什么电子眼吗？我那天只不过开了一句玩笑，你至于这么较真儿吗？"更何况，徐问玉还经常这么掩耳盗铃。

参加工作以来，齐东锵大多数时间都在间接地参与刑事侦查工作，也就是说他始终都在研究人心，始终与那些心怀鬼胎的人巧妙周旋。可他的反侦查能力也太差了些吧？一双明察秋毫的慧眼光顾着找外鬼了，却把家里的内鬼忽视了。

为了彻底结束这种煎熬人的日子，齐东锵那几天，几乎把所有的心思都用在寻找"家贼"上了，侦查工作做到第三天，他还真在客厅的那盏莲花灯的灯芯里，找到了一个貌似电子眼的纽扣。当时他也没有多想，拿着纽扣就去询问徐问玉了，没想到徐问玉睥睨了齐东锵好一会儿后，突然一把就抢走了那个纽扣。

"你真是神经了！把个破纽扣都翻出来了？太可笑了吧？"

"它到底是不是纽扣，验证一下不就清楚了，把纽扣还给我……"

"不就是个破纽扣吗？"

"是啊！不就是个破纽扣吗？可你还我呀！害怕个啥呀？"

"没人搭理你了！病得真不轻。"妻子突然像妈妈临死时那样，冲齐东锵瞪圆了双眼。而那个纽扣，刚才明明就在她手心里呢，转眼之时就不见了。齐东锵气急败坏地翻遍了徐问玉的全身，竟再也找不见那个小纽扣了。

"你这个人……怎么提上裤子就不认账？"齐东锵气得脖子上的青筋都暴起了。

"疯了！真的疯了！行啦！行啦！我可没时间和疯子计较了！我还有很多活要干呢！"徐问玉恶狠狠地推开了齐东锵，就钻到洗手间里去了，砰的一声关上了门后，还咔的一下锁上了。不一会儿，洗手间里的洗衣机就呜咽着哭起来了。

齐东锵窝了一肚子的气，在屋子里怎么转悠都发泄不出来，于是，为了发泄，他穿了一套运动服，就破天荒地到外面遛弯了。

这是一条偏僻无人的小街，不太宽的柏油路旁有一条浓荫蔽日的绿荫小道儿。齐东锵顺着那条绿荫小道儿正大步流星地往前走呢，一抬头，突然看到一条穿着花衣服的小狗扭扭搭搭地跑过来了，齐东锵明明看到它跑过来了，可因为心不在焉，那只大脚还是毫无收敛地迈了出去，直到脚下响起了一声尖厉的惨叫，齐东锵才意识到自己踩到了狗的脚。

齐东锵没有计算过：在一个人和一只狗之间，发生交通事故的概率会有多大，但事实上，这起特殊的交通事故到底还是发生了，尽管齐东锵立即就抬起了脚，立即就破坏了事故现场。那条狗嗷嗷地惨叫着，抖了抖被踩伤的爪子，便毫无城府地跑远了，连看都没看肇事人一眼，跑得一瘸一点地，转眼就消失在那片小树林后面。

齐东锵暗暗地叹了口气，觉得自己实在是倒霉，那么宽的路，连个人牙影都看不见，怎么就偏偏踩到了一条狗了呢？正这么懊丧着呢，突然一个妇女横在了他的面前，就像空降下来似的。

"你这个人，怎么能抬腿就走呢？把狗踩成那样了，咋连句话都没有呢？"女人脸色惨白。

"我没看到您……"齐东锵发现那条受伤的狗，不知啥时也跑过来了，此时就抖抖地畏缩在女人的腿后，一双异常清澈的眼睛正透着女人的腿缝儿看着他。

"你瞎呀？我这么大的人就站在你的面前，你还敢说没看到我？"妇女气愤至极。

齐东锵向四处看了看，才发现自己的确很瞎，不仅眼前就竖茬茬地站着这个"一身正气"的女人，前面和后面也都有人在向这边张望——这些人都是什么时候出现的呢？刚才为什么一个都没有看见？

这条林荫小路，该不会也安了电子眼吧？齐东锵抬起头，快速地四周扫描了一眼，心里不由得一紧：不远处，就在不远处，一根水泥路灯杆上，果然明晃晃地安着一个黑色的泡泡灯，那会不会也是个电子眼呢？按理，即使那真的是个电子眼，齐东锵也不应该害怕的，可齐东锵就是害怕，说不出缘由地害怕，冷汗都沁出来了，就像落下病根了似的。

齐东锵不想和她纠缠了，小声说："也许是我刚才走神儿了，真的没有看到您。"说罢，便避开了女人，继续往前走。

女人再一次横在了他的面前："你这个人怎么回事？就这么走了？你啥素质呀？是不是应该说一句道歉的话呀？"

齐东锵止住了脚步，惊诧地问："您的意思，是我应该向您的狗道歉？"

"你把它都踩伤了，难道不应该说句道歉的话吗?"女人一边说，一边向四处看着，似乎在寻找援军。

齐东锵意识到此事不能含糊了，便直视女人的眼睛："我是想道歉，可它能听懂吗?"

女人更生气了："它并不是一条野狗，它是有主人的!"

齐东锵奇怪地看着她："可我，只是踩了它的脚，并没有踩到您的脚啊!"

"这有什么不一样吗?"

"当然不一样了，因为它是一条狗……"

"一条狗怎么了? 一条狗就不是生命了吗? 是生命就应该尊重! 你这个人啥素质呀?"女人破马张飞。

齐东锵也豁出去了，冷冷一笑说："我这个人非常讲道理，但我只和人讲道理。除非您承认您是一条狗，那我才有可能向您道歉!"

人越聚越多，个个都睁圆了亮亮的眼……

"你这话算是人话吗?"女人的脸突然涨得通红，身子渐渐地和她的狗一样，抖成了一团："要是人人都像你这样没素质，我……我倒宁愿当一只狗……"话一出口，不仅齐东锵愣住了，连女人自己也愣住了。为了控制自己的情绪，女人慌慌地移开了自己的眼睛，抖抖地弯下腰去，抱起了脚下依然在发抖的小狗。

"今天这事儿……是你不对! 你应该向人家的狗道歉!"一个老太太突然指着齐东锵的鼻子说。

"人再怎么贱，也不该向一只狗道歉的!"一个男子阴阳怪气地说。

齐东锵的脸渐渐涨成了紫茄子的颜色，为了尽快摆脱，他突然双腿并拢，双臂下垂，向女人及其怀里的狗规规矩矩地行了一个大礼，口齿清晰地说了句："对不起! 狗!"说罢，就冲出了人群，飞速地逃离这个是非之地。

这真是人在倒霉时，喝水都塞牙呢。

——那一夜，齐东锵是在江边的一条废弃的旧木船上度过的。

齐东锵是在一次闲逛时无意间发现这条小木船的，它就隐藏在江边的一片乱石杂草之间，也不知道当初因为什么原因被什么人丢弃到这里的。离小船不远处，就是古城市的环城大路，大路两边是一排枝叶繁茂的银杏树，路上除了飞奔的车，看不见一个行人。与那些车辆相比，那条小船当然是孤寂的，它就那么静静地仰卧在一片废墟之间，除了日月星辰偶尔瞥它几眼外，只有江涛每天都隔着一片废墟为它唱歌。

小船里沉积了很多细细的沙土，那些沙土被阳光晒得暖暖的，齐东锵看它第一眼的时候，就想在那上面睡觉了，但齐东镪当时只那么玩似的想了想。是呀！他齐东镪再怎么落魄，也不会到一条破船上睡觉的。

可自从看到了那条船后，齐东镪就再也忘不了那条船了，有一次睡梦中，他甚至梦到了那条船。梦中的景色美极了，那次梦里，齐东镪还看见了月亮，一轮很圆很亮的明黄色的满月，当时齐东镪就是独自一人躺在那条小船上看到那轮皓月的。也许美梦总是难以忘记吧？从那以后，到船上睡一觉儿便成了齐东镪的一个非常怪哉的梦。

发生了人狗"相撞"的交通事故后，齐东镪便径直来到了这条小船上，路过一家小店铺时，他还买了一瓶好酒和几样自己喜欢的小食品，小店铺里兼卖各种颜色花哨的小绵垫，为了让自己吃得舒服些，他也顺便买了两块带上了。

那顿晚餐可以说是齐东镪有生以来，吃得最浪漫最开怀的一次，那种感觉实在太奇特了，不用担心说错了什么话，也不用担心酒后失态……离小船不远的江面上，游轮穿梭，游人如蚁，虽然因乱石草木相隔，齐东镪看不到那里，但那种喧嚣却浊浪般传过来，时时都用它特别的方式，提醒着这里的宁静。

不远处的山峦巍峨而又虚幻，落日的余晖，是火焰燃烧的余韵，暗淡而忧郁，在暮色中，小木船残破的躯体显得那么的苍凉，就像一个残缺的童话。齐东镪一边畅饮，一边对着那些锈迹斑斑的铆钉微笑。渐渐地，齐东镪便知道了自己为什么这么喜欢这条废弃的小船了，因为它简直就是现在的自己。

吃饱了，喝足了，齐东镪便点了烟，一根接一根地抽起来，一边躺在小船上看夜空，听江涛，切实体验了一次"举烟邀明月，对影成三人"的滋味。看来人类最好的朋友还真的不是人类，而是除人以外的任何事物，无论动物、植物，哪怕一堆垃圾。

那晚，唯一让齐东镪觉得遗憾的是，月亮不如梦里的那么圆，那么亮，仅仅半块却也是斑驳的。当江涛吟唱起来的时候，齐东镪甚至也跟着唱起歌来，一边唱一边还在船上张牙舞爪……

其实一开始，齐东镪并不想在船上过夜的，哪承想喝着喝着，齐东镪就真的睡着了，睡得香极了，连个梦都没做，在浅睡眠的间隙，他还思考了一些从没思考过的深层次的问题。

——并且那一夜，齐东镪的手机始终都没有响起。

直到早晨回到家中，齐东镪才发现，原来徐问玉也出去了，并且也是一夜未归，因为床上的被子还保持着自己离开时的样子，包括被子上的那些怪异的褶皱，像极了名画《呐喊》里的那张扭曲的脸。

齐东锵揉了揉乱蓬蓬的头，在屋子里转了两圈。本来想到公司去看看，一看时间尚早，便走到书房，一弯腰按开了电脑，刚刚进入QQ界面，就看到筷子的小头像在动！

齐东锵便笑了，没坐稳前，先把一个笑脸发过去了。

"随风，我们好多天都没有聊天了！"

"心情不好！"

"那你是患了幸福病了！现在大多数人都幸福地病了。"

"行了筷子，怎么到了你嘴里，什么人都成病人了？忽悠是病，炫耀是病，幸福也是病！"

"和平时期，找弗洛伊德看心理疾病的人多得都推不开门，可战争一打响，弗洛伊德就失业了！原来病人都自愈了！"

"你的意思是，我是吃饱了撑的？我可是真痛苦！"

"说说看。"

"有一个男人，他怀疑妻子出轨了。"

"噢？的确很糟糕。"

"但他还只是怀疑，还没有找到证据。"

"找证据？怎么找？跟踪？监控？雇用私人侦探？随风，这个男人就是你吧？你怎么也疑神疑鬼了？"

"我也不是凭空猜想的。"

"能过就过，不能过就离，干吗非弄个显微镜去考察大便？我都能与狗屎为伍了，你咋不能藏污纳垢？"

"婶可忍，叔不能忍。"

"假使你真找到证据了，又能怎样？去找那个人决斗吗？"

"以命抵命……是有些犯不上。"

"离婚？"

"离……也难。我儿子那关就难过。"

"抓奸夫不值，离婚又不舍，还找什么狗屁证据？这个世界就这么丑恶，要想活得舒服，只能睁一只眼闭一只眼。"

"总不能，甘愿戴绿帽子吧？"

"只要自己不在乎，戴什么帽子，有什么不同？"

……

"随风！怎么又不理我了？我好寂寞，咱们好久没玩猜故事了！"

"原来你也是个SB！SB，SB……"

齐东锵快速打出了这么一行骂人话，刚要发送，想了想，还是删了。为了避免自己真会骂起人来，齐东锵立即关了QQ。

筷子所说的猜故事，是齐东锵和筷子最常玩的一个游戏。齐东锵所讲的故事多数是冷故事，用筷子的话说：是海明威式的。而筷子才是讲故事的天才呢！她故事的主人公个个都超灵，让你分不清到底是人是动物还是神。

筷子故事的主人公总是固定的那么几个人：比如子濯、丹晴、映卉，当然也有配角，比如诗雁、孤珊、寄槐等等，齐东锵最喜欢的，是身怀绝技，会飞檐走壁的子濯，他深爱着丹晴、映卉两个奇女子，三个人之间也经常发生离奇的故事。

每次在筷子讲故事时，齐东锵都会琢磨筷子到底是做什么的。有时猜她是个军官，管辖着一支超能力的部队；有时猜她是个幼儿园老师，管理着一群智力超常的孩子；有时又猜她是动物饲养员，而她所谓的子濯、丹晴们，不过是一些灵性超强的小猫小狗。有一天，当筷子讲起她独立庭院，有很多燕子在她的上方盘旋，并纷纷落在她的肩膀上、手心里时，齐东锵又猜筷子可能是一个巫师。

齐东锵穿上了干净的衣服，手习惯地插进了兜里，碰到了手机上，这才想起自己一夜未归，应该给徐问玉打个电话的。这么想着，电话也就拨打过去了。可徐问玉的电话竟然关机。

齐东锵就笑了。

"你昨天晚上做什么去了？电话怎么关机了？知不知道因为惦记你，我一晚上都没有睡？知不知道我到底给你打了多少次的电话？……"

为了让自己说得逼真，他甚至还往眼神里掺入了一把愤怒的剑。是的，当一个人突然向你发火的时候，可能恰恰是他最怕你的时候。

五

齐东锵刚出楼门，就闻到了一缕天竺葵的香味儿。

齐东锵立即回头看，果然看到对门的女人正披着一身晨光在花树边徘徊，此时的她，依然是一袭洁白的长裙，半抹雾状的面纱。

蓝天蓝得太纯了，蓝天下的清风也太纯了，在蓝天的衬托下，在清风的轻拂下，她就那么仪态万方地踱着步子，衣袂飘飘，暗香浮动。

住对门近二十年了，齐东锵这还是第一次在"光天化日"之下如此近距离地直视她呢，并且，天还如此的蓝，风还如此的软，她的身后，还燃烧着一大片烂漫槐花呢！

齐东锵看她，她也快速回看了一眼齐东锵，齐东锵不禁心花怒放了：她长得实在太美了，那种优雅，那种高贵，那种超凡脱俗，哪怕找遍所有的电影，也难得一见。更何况，她的四周，还弥漫着天竺葵的香味呢！——唉！活着多好啊！连这样的相遇，都是一种奢侈的美丽呢！

齐东锵说不清楚人与人的相遇有什么道理，但人与人真的只有相遇了，才会产生故事。当然，这种故事也产生得毫无道理。

在对的地方，遇到对的人——百忙中，齐东锵还颇有道理地想起了这句话。

或者，她明晃晃地站在这里，就为了等自己呀？

和以往一样，他们依然没有打招呼，如同陌路人。但和以往不一样的是，她的眼睛里不仅没有了睥睨，在齐东锵与她擦肩而过的瞬间，"它"还开口说话了："你来！"是的，她的确是这么说的，齐东锵听得真真切切。

齐东锵站住身，再次征询地看了她一眼，她也"恰巧"地回过头来，再次瞥了齐东锵一眼。怕齐东锵没看懂，她甚至还向齐东锵微微点了下头，面纱下那诱人心魄的小嘴角，还微微上翘了一下。当然，"说"这句话的时候，她已经脚步快捷地向楼内走了。

"一定是了，她站在这里，就是为了见我的！"齐东锵深信不疑。

意识到这一点，齐东锵的心就怦怦乱跳起来，脚步也开始踯躅。正犹豫该不该随着她去呢，眼睛的余光里，一个熟悉的身影突然一闪就不见了。齐东锵一惊，便反射似的扳了扳腰杆儿，大步向前走去。

"在不对的地方，遇到不对的人！"——齐东锵的大脑里又毫无道理地蹦出了这句话。

在树的那边，可以看到刘嫂小卖部的对外窗口，徐问玉正像模像样地站在窗口边挑选水果。按计划，齐东锵应该像刚才预演时那样，气势汹汹地冲她大喊大叫的。但齐东锵突然打不起一点精神了，此时别说演戏了，连话都懒得说一句。他只是默默地走过去，接过她刚刚装进三个苹果的方便袋。

徐问玉"猛然"抬起头，眼睛里闪出了一缕惊喜："你还没走吗？我以为你早就上班去了。"——徐问玉没当演员，真是浪费才艺，她差一点就让齐东锵怀疑自己刚才是不是看岔眼了。

齐东锵没有说话，只是疲惫地看着她——是的，齐东锵真的很疲惫。

"我昨天晚上加班了，本来想打电话告诉你一声的，可又一想：算了吧，反正你又不惦记我。"徐问玉阴阳怪气地说。

齐东锵依然没有说话，依然木然地站在那里瞪着她。

也许麻木也传染吧，齐东锵突然看到一抹幕布似的表情，唰的一下就从徐问玉的脸上卸下去了，于是，徐问玉便也和齐东锵一样面无表情了。

徐问玉就那么面无表情地伸出手来，把苹果袋子从齐东锵手里抢了过去，叭的一下扔到了摆在窗口边的小秤上，吓得刘嫂的身体明显一抖。

齐东锵知道，徐问玉的火山要爆发了。

齐东锵的火山也正好涌出来了，来势比妻子的还要凶猛！为了防止自己的怒吼和火山一起涌出来，齐东锵转身就向前走去了。

徐问玉几步追上齐东锵，压着声音说："你想咋的？"

齐东锵像没有听到她说话似的，继续面无表情地往前走。

住在齐东锵楼上的那个胖胖的男孩子正巧走过来，目不斜视地与齐东锵擦肩而过。齐东锵心里突然一动：在错开身子的一瞬间，齐东锵突然也闻到了一缕天竺葵的香味儿！——今天到底是什么日子？怎么到处都弥漫着这样的味道？

那个男孩子是个典型的宅男，这一晃住在楼上也将近两年了吧？可齐东锵从来没见他和任何人说过话。有一次齐东锵和他在电梯里遇上了，正巧电梯里没有第三个人，齐东锵便含笑着问他多大了，家里还有什么人，为什么不去上学，可男孩子的面皮始终绷得紧紧的，愣是一句话都没有回答。唉！现在的零零后啊！个个都这么怪。

"这日子过的，都不如人家呢！虽然人家独来独往，好像挺孤单的，先说闹了个自由自在！"徐问玉突然伤感地说。

齐东锵慢慢地停住了脚步，绝望地回头看了徐问玉一眼——是的，这样的日子，齐东锵也一分钟都不想过了！何去何从，必须立即了断。

也许齐东锵的眼神把徐问玉镇住了，善于变化的徐问玉，脸上突然现出了一种陌生的惊恐，因为惊恐，她慢慢地张开了嘴。

"说吧！到底想怎么样？"齐东锵不仅身体颤抖着，声音也颤抖着。

"你啥意思？"徐问玉明显地萎缩下去了。

"何必羡慕人家小孩子？要过要散，随你便！"

"看来……你真有外心了！"

"这话可是你说的！"

"要是没有外心，好好的日子，干啥要散？"

"这话也是你说的！"

"我不想散。"徐问玉突然又面无表情了。

"要想继续过，必须得解释清楚……"

"解释什么？"

"比如……那个纽扣！"

"纽扣？纽扣有什么解释的？你这个人可真有病了！"徐问玉的脸上突然出现了一种无赖相。齐东锵突然发现：原来徐问玉长得如此丑陋——这还是当初那个让齐东锵恋得死去活来的徐问玉吗？

"你自己看嘛！简直就是姊妹呀！"

——这人啊！还能不能有点自知之明啊？

齐东锵不再理睬徐问玉，转身就往前走了。一边走，一边恶狠狠地在心里骂了一句："SB！"

徐问玉没有跟上来。

一场闹剧没头没脑地把徐问玉推到了前台，又毫无道理地给叫停了，这就意味着齐东锵刚才的发怒，没有丝毫战果；这也意味着钩心斗角的日子，还要继续下去。

为了忘却，齐东锵甩了甩头，就在头这么一甩的当口，齐东锵又想起了她。

回想起蓝天下，她那袅袅娜娜的身影，齐东锵突然有一种窒息感——那是一种幸福的窒息感，齐东锵已经好久都未体味过那种感觉了，就像一场缥缈的美梦。

此时，她在做什么？齐东锵没有跟着她走进楼去，她是不是十分失望？

想到了她的失望，齐东锵的心突然痛了一下，一种冲动也腾地冒上来。齐东锵蓦地站住了脚，他想回去，去敲她家的门，问她为什么要向自己丢眼色……

可是，刚才她真的向自己丢眼色了吗？

正这么揣度着呢，徐问玉那张妒火中烧的脸突然横了进来，顿时把齐东锵的冲动拦腰截断了。齐东锵无奈地叹了口气，只得继续向前走去，一边走，一边还苦笑着摇了摇头。

——二十年了，这他妈的也太快了吧？一晃住对门都二十年了？可那么多年都过来了，为什么现在连一分钟都等不得了？

走出小区大门，往左走一百三十步，就是地铁站入口。出了地铁口，往右走三百一十步就是单位的大门。进了大门，顺着那条林荫水泥路前行六百三十步，再斜穿一条隐在一片郁郁葱葱常青树里的疙疙瘩瘩的河卵石甬路，就是单位那有着一扇暗黄色的旋转门写字楼了。

单位的这幢欧式风格的写字楼，当年可是引领古城新潮流的一大景观呢！特别是这道立柱式主框、积木结构的旋转门，每次从那祥光四溢的门里穿过，齐东锵都会萌生出一种高贵感，就像身在白宫。可此时的境况是什么样的呢？此时的境况是：不仅门的颜色暗淡了，自己也说不行就不行了，人世沧桑，怎么就这么快呢？

"时间都去哪儿了？还没好好感受年轻就老了……"

一个女孩儿挺立着细瘦的身体迎面走来，她长得不美，也没有风韵，但她就是高傲，高傲到连后脑勺的小辫子都翘翘着，高傲到连齐东锵都不屑一顾。是的，她就那么挺立着瘦嶙嶙的细腰走过去了，看都没看齐东锵一眼就走过去了，擦肩而过的一瞬间，齐东锵闻到了一股酸腐味……

"你这个SB，都这种味道了，咋还这么得意？大家都是在地上爬的蚂蚁，蚂蚁你懂不？"齐东锵幸灾乐祸似的暗笑了一声，当然脸没笑，只用鼻子笑了笑。心里窝着的气儿似乎笑出去了，可并没觉得轻松，反倒更沉了。

他双腿沉重地走到了旋转门边，在动手去推那扇旋转门之前，先习惯地对着玻璃看了一眼自己的脸，发现脸上的神态果然差极了。齐东锵长吸一口气，紧急调节了一下面部表情，然后才去慢慢推动那扇沉重的旋转门，等他几步穿过那扇门后，出现在大厅里的那个他，就又是气宇轩昂、玉树临风的齐东锵了。

刚刚走进电梯，一位依稀熟悉的女人突然紧随其后跟了进来，狭小的电梯里，这个女人与齐东锵并肩站立，女人侧脸看了看齐东锵，齐东锵也侧脸看了看女人，但两个人谁都没有说话。

齐东锵仅仅看了她一眼，心里就烦闷起来了。这是一个依稀熟悉的女人，不高不矮，体态微丰，松松垮垮着一套紫色纱衣，无领无袖，脖子上随便缠一条茶色纱巾，云髻高高盘起。因为烦闷，齐东锵懒得费心去评判她的品位，更懒得回忆自己与她到底是在哪里见过。瞧女人的神情，齐东锵发现她也认出了他，但她也仅仅瞟了齐东锵一眼而已，随后就把一双细长的眼睛移到电梯门边去了。

——她为什么要如此表现呢？仅仅是因为舍不得一声招呼或绽开一点笑颜吗？难道打一声招呼或绽开一点笑颜，要比装作不认识还费劲儿吗？

见她如此高傲和冷漠，齐东锵也把脸上活泛的神情冰封了。

按理，齐东锵并不是一个吝啬的人，吝啬到连点一下头或打一声招呼都舍不得，更何况他又是胸襟如此宽广的男性，崇尚好男不和女斗。

可今天齐东锵就是心情不好。

"既然你不理我，我也犯不上和你打招呼吧！是啊！有什么了不起？不过貌似高贵而已，揭穿了，谁不是SB？"

齐东锵不仅没有向她点头，甚至还在心里恶狠狠地骂了她一串话。看来骂人真的很方便的，想骂啥就骂啥，就像喘气一样方便。

可骂完了人，齐东锵的心却烦得更甚了。喜欢闻香识女人的他，在心烦的同时，还偷偷地闻了闻她的味道。可令齐东锵奇怪的是：离得这么近，齐东锵竟然闻不到她身上有一丝的味道。

"原来是一个没人味的SB呀！"齐东锵又骂了一句。

齐东锵一句又一句地如此骂她，她是不是也在心里一句又一句地回骂齐东锵呢？一定是了，不然她不会觉得不舒服的，不会一点一点地把身体前移，移到电梯那冰冷的门前的。

她双手交叉，紧紧地抱在胸前，臂膊里还吊着一个同样紫色调的小坤包。透过并不透明的纱衣，齐东锵看见她的脊背被紧绷绷地束缚在一个细带的乳罩里，就像齐东锵把自己的笑容密封在自己紧绷绷的面皮中一样。

生命中，人们总会有很多这样的遇见，有好多这样的擦肩而过，大家熟悉了又陌生，陌生了又熟悉，如果说没有缘，可两个人为什么要突然遇见呢？可如果说有缘，那两个人见面后，为什么连一句话都懒得说，连一丝微笑都懒得绽放呢？

七楼，那个女人按的七楼终于到了，电梯门刚刚打开，女人就一大步迈了出去，急切的样子就像一步迈出地狱的门。真难为她脚上的那双细跟的黑色皮靴，走得那么快，就不怕扭掉鞋跟吗？——两个人不交流的时候，连空气都是凝固的，她是不是也因为憋闷才这样焦急地逃离呢？

"希望这一辈子，这一辈子，都不要再遇见她！"在电梯门徐徐关上的时候，齐东锵突然哝哝地说了一句，甚至说出了声。

也就在电梯门即将合上的那一瞬间，齐东锵看见女人也回头看了自己一眼——她的心里是不是也说了和齐东锵同样的话呢？

她是谁，叫什么名字？齐东锵当然更懒得知道。

那么那个对门的女人呢？和这个似曾相识的女人相比，她为什么令齐东锵如此思念呢？如今张口闭口总想骂人的他，为什么舍不得骂她一句呢？

六

任何喜欢都是有缘由的，就像任何不喜欢也都有缘由。

齐东锵是一个喜欢较真儿的人，当然他也不是事事都要去较真儿的，但对于特别喜欢的或特别不喜欢的，就非要探出个究竟来。

自从在电梯里邂逅了那个令他厌烦的女人后，齐东镖一有时间，便会坐在那里问自己的心，问自己为什么如此厌烦一个长相并不丑陋的女人，难道见面时的那一声问候真的如此重要吗？

直到有一天，当他从一家安防电子设备公司的广告牌前经过时，突然又莫名地烦闷了起来。为了寻找烦闷的根源，他仔细地看了看广告牌，广告牌就是普通的广告牌，如果留心，街上到处都是这样的广告牌，可自己为什么如此烦闷呢？

齐东镖不想再糊涂下去了，立住了身子，就凝神看起那个广告牌来了。当齐东镖的眼睛从"电子"两个字上扫过时，他突然就通透了：是的，令人烦恼的不是这个广告牌，而仅仅是"电子"这两个字——正是这两个字，唤起了自己关于电子眼的烦恼。

如此说来，那个在电梯里邂逅的女人，是不是也唤醒了齐东镖的某种烦恼的记忆了？

只觉得脑袋里轰的一声响，记忆的闸门就洞开了，齐东镖果然就加倍地烦恼起来。不是那个女人白皙的面庞有多么的烦人，也不是她高傲的态度多么难以接受，让齐东镖觉得烦恼的，其实是那起案子——是那起卡通美女失踪案，电梯里邂逅的那个女人，当年就是因了那起案件，去采访自己的。

——可她在哪家电视台工作呢？叫什么名字来着？

"齐教授，这位美女作家相信您一定熟悉！她和您一样，也是闻名全国的成功人士！她是我国著名的军旅作家。对了，她工作在中央电视台军事频道……"齐东镖依稀想起当时曾有人这样介绍她。

记得听完介绍后，她的脸上还露出了一丝比较受用的神情，为了证明自己的确配得上"我国著名军旅作家"这一称谓，她还伸出那只白胖胖的小手，从一个白挎包里拿出了一本通体洁白的小书和一只依然通体洁白的签名笔。

她微笑着告诉齐东镖："这是我最新出版的一部散文集。"言外之意，当然是告诉齐东镖，她还有其他的书。

为了做到礼尚往来，齐东镖也掏出了一张名片双手呈给了她。

——好奇怪！一个军旅作家，怎么来采访地方的案件了？这个女人到底叫什么名字来着？

因着那一连串的"白"，齐东镖记忆的闸门又向他微微地闪开了一个小缝儿："对了，她叫唐娟！"

——是的，她就叫唐娟。

记得当时为了表现得礼貌，齐东镖还假装颇感兴趣地翻了翻书，歪着头欣赏了一下封面，还别说，那本书的封面设计得的确素雅，除了笔触纤纤的书名和作者名外，仅有一个用银线勾勒出的烟云图案，所以才使那本书有了通体洁白的效果。

但那本书到底叫啥名呢？齐东锵却说啥都想不起来了。之所以记住了唐娟这个并不响亮的名字，是因为齐东锵联想到了"功不唐捐"的那句佛家用语，齐东锵便笑了，边笑边在心里调侃：白手、白包、白书、白笔，正好构成一个"唐捐"——白费！

想到这里，齐东锵再一次笑了，当然他的笑充满了苦涩："作为一名全国著名的军旅作家，她应该知道'唐捐'含义呀？可她怎么也起了这么一个SB的名字？"

与搜索枯肠地回忆唐娟的名字相比，回忆那起案件却显得容易多了，甚至根本用不着费劲巴力地回忆，因为它始终都在齐东锵的心底沉着呢，无论齐东锵想还是不想，它始终都那么顽固地在齐东锵的心底沉着，哪怕齐东锵骑上一匹快马，风驰电掣地跑上一万八千里，它依然还在齐东锵的心底沉着。

——与那起案件一同沉在齐东锵心底的，还有一双忧郁的眼睛，一双无论如何都甩不掉的忧郁的眼睛。

可不是，刚才，当齐东锵猛然想起了那起案件的时候，那双忧郁的眼睛也在纷乱中，透过一片混沌向他瞟了一眼，瞟得无声无息的。可仅仅瞟了这么一眼，齐东锵的冷汗就流下来了。

按理，想起那起案件，齐东锵应该觉得荣耀，因为正是那起卡通美女失踪案，才让齐东锵在中国法律界崭露头角，也确立了他在中国测谎界举足轻重的地位。

"中国法律界的心灵捕手"。

"中国测谎界的天才神探"。

……

这些闪烁着五彩光环的称谓，都是那起案件带给他的。

可齐东锵却说不出为什么，每次想起那个案子，都会想起那双忧郁的眼睛，每次想起那双忧郁的眼睛，都会冷汗直流。

那起案件发生在南方的海滨市，至今已过去三年了。失踪的美少女当时年仅十岁，她有一个极其特别的名字：花朵儿，可当时，人们都习惯地叫她卡通美女，反倒把花朵儿的美名忘却了。

三年前的网民们，对卡通美女失踪案都应该有记忆，因为这起案件，曾在网上掀起过巨大的波澜，当时正赶上全国开展清网整治行动，所以才把一位公安部的领导给惊动了。

一起普通的少女失踪案，之所以会吸引全国网民的关注目光，缘于在网上被疯传的一段诡异的视频，这段视频是一个神秘的网友不知居于何心传到网上的，视频中展现的据说就是花朵儿失踪前的一段真实的影像。

那段影像时长五分零三秒，疑似专业人士拍摄，不仅画面神秘，而且唯美，播放出来也颇有美国大片的效果。最令人惊奇的是花朵儿的长相，她长得太像卡通公主了，如果当时没有网民把花朵儿的近照拿出来进行比对，谁都不会相信影像中的花朵儿会是真实的少女。

那段录像齐东锵看了不止上百次，所以即使过了三年，他依然清晰记得录像中的所有细节。在那段视频中，有着月光般飘逸长发的美少女花朵儿，身穿黑色小洋裙，戴着礼帽，手里举着一个银制的烛台，正在一个神秘的所在翩翩起舞，那舞蹈实在太柔美了，婀娜似水，飘逸欲仙，录像里还专门有一段关于花朵儿脸部特写的视频，那张酷似卡通公主的小脸儿，任谁看了都会心生怜爱，因为那张小脸上除了绝世美丽，似乎还有惊恐和忧伤……

更令人觉得诡异的，还有那个暗影憧憧的所在，瞧那弯弯曲曲的洞道，凸凹如画的壁石，可以猜测那里应该是个神秘的古洞，再仔细研究，又不像古洞，每个拐角处还嵌有一盏造型诡异的灯。

——在现实生活中，怎么会有如此神秘的所在呢？

后来，因为上级要求限期破案，警方就宁信其有，不信其无，动用大量的警力在相关范围内寻找起这个神秘的古洞了，可挖地三尺的结局，只是让古洞的传说越来越显神秘莫测，最后连带着卡通美女花朵儿，也越来越显得不真实了，如果不是花朵儿的父母频频露面，举着花朵儿的照片四处向人哭诉，人们一定会觉得花朵儿就是杜撰出来耍戏网虫儿们的。

一个健康美丽的少女，突然活不见人，死不见尸，当然会引发各式各样的猜测，况且网民们又都如此清闲，想象力又都如此丰富，所以猜测的范围也像瘟疫一样，一天一天繁衍着，扩大着。什么灵异事件，什么异度空间，什么灵魂穿越……有的网民甚至把梦境都拉进现实了，卡通美女花朵儿也因此在网络走红，成了点击率最高的网络名人。

有的广告公司在未获授权的情况下，还利用花朵儿的肖像做起了广告生意，于是，花朵儿的家属们在喷泪寻找孩子的同时，还得抽出时间雇请律师去打关于维权的官司。

网络上闹得风起云涌，影视传媒也不能无动于衷，为了提高收视率，有的电视台还把正在密室里修行的"全国著名"《易经》学家、"全国著名"风水大师们也都给请出山了，编排了几期相当吸引人眼球的访谈节目。

只见这些"全国著名"的专家大师个个仙风道骨，满脸讳莫如深，面对镜头，他们引经据典，侃侃而谈，有的还根据花朵儿的生辰八字，运用五行八卦等玄妙原理，大胆推测了花朵儿的最后结局，有一位专家甚至对着电视悠然预测："你们就瞧着呗！小花朵儿的最后结局一定和水有关……"

事后，当案件真的以花朵儿投海自尽而告终，这位专家便因了这一句看似胡咧咧出来的预测而在全国迅速走红，成为比齐东锵还红得发紫的预测大师……当然，这是后话。

花朵儿失踪，在花朵儿家是大事，在花朵儿所在的海滨市就更算大事了，可因为没有任何迹象证明花朵儿是被绑架或被拐卖，不具备刑事案件的立案条件，所以海滨市公安机关对卡通美女失踪事件一直持默默关注的态度，迟迟都没有立案调查。

直到那位公安部领导突然出面，下达了一纸重要的批示，要求"省市公安部门从速处理，扩大侦破视野，不惜一切力量把案情弄清楚，给群众一个安全感"。下面的人才紧急行动起来，先是省领导批示，接着海滨市领导批示，虽然批示的语言各不相同，但内容却是一样的：那就是要求海滨警方限期破案。

省领导批示里的最后一句话尤为重要："办理情况要在一周内拿出汇报。"

如果现在到网上搜，估计依然能搜到相关的消息，比如：卡通美女失踪案，原本两个月不立案，中央领导一过问，6天就破案了，原来花朵儿是投海自杀的，教唆自杀的元凶就是被害人的亲叔叔……

为了快速破案，花朵儿所在地的海滨警方可是铆足了力气，他们不仅抽调了海滨最精干的警力组成了专案组，还把几位"全国著名"的刑侦专家也请到了案发地，让他们八仙过海，各显神通。在破案的关键阶段，省公安厅副厅长、全国著名"双面神探"花一样甚至亲自来海滨市督阵了。

提起花一样，警界的人没有不知道的，他既是公安诗人，又是一个破案高手，写诗时，柔美得像个天使，破案时，凶猛得像个野兽。论起来，他和齐东锵还算是老乡，他可是一步一步地在古城发展起来的，先是民警，后来担任公安局副局长，直到提拔为古城市政法委书记。他为官一任，造福一方，深受当地百姓的敬仰。后来，当他被异地提拔后，古城百姓甚至自发地制作了一个"万民伞"，为他送行，送行的场面颇为壮观，当时的景象身为古城人没有不知道的。

俗话说：瓦匠多盖不成房子，神探云集的地方，往往也破不了奇案，大家呼风唤雨，你也是风景，我也是风景，而真正的风景只能有一个：那就是花朵儿，可千呼万唤，花朵儿就是不出现。

那段日子，凡是和花朵儿一家有关联的人家，都像过筛子一样被彻查了一遍，有的人家都查到了祖宗三代，就差没去挖人家的祖坟了。正如一篇报道所写的那样：

> 飞将军自重宵入，海滨公安刑警的确出手不凡，仅仅三个昼夜的紧密排查，就有十三名嫌疑人浮出了水面，这十三名嫌疑人当时都具有作案嫌疑，但又都没有确凿的证据证明他们犯罪……案件因此进入了胶着的状态。
>
> ……

齐东锵就是在那个时候被请到海滨市，专门为这十三名嫌疑人做心理测谎的。那时的齐东锵，四十出头，刚刚在测谎界崭露头角，脑袋里塞满了智慧，浑身也有使不完的力量，出来进去总是虎虎生风，无论眼神、额头、嘴角，甚至皮肤，都在源源不断地透射着不服输的色彩。

"无论谎言多么完美，它一定会有破绽，因为真相只有一个。"

——更何况，他还坚信这样的座右铭呢！

齐东锵所在的古城警官学院，把他当成了重点扶持人才，为了提高他的知名度，学院不仅经常利用各种媒体，大张旗鼓地宣传报道他的事迹，还专门为他注册了一个公司——东信心理测试技术中心，想方设法为他搭建施展才华的平台，锻炼他的实战本领。

齐东锵也深深地知道，报纸上的那些具有广告性质的宣传报道，都还处于纸上谈兵的阶段，齐东锵要想证明自己的实力，必须得真正办理几起在全国都要叫得响的案子来。所以，当海滨市警方把要求测谎的电话打到齐东锵的办公室时，齐东锵立即兴奋异常了，他真的太需要像卡通美女这类既在全国有影响又极难攻克的案件了。这不，还未上飞机呢，齐东锵就已经研究起警方传给他的相关资料了。

齐东锵当然知道他所要走下去的路，会有多么的崎岖和艰难。面对这起无特定现场和作案痕迹，无具体案发时间，无具体作案目标，无确切嫌疑人范围的"四无"案件，硬要寻找到一个美若天仙的少女出来，简直就是天方夜谭。

但齐东锵是谁呀！齐东锵不是"中国测谎界的一颗最耀眼的新星"吗？他期待测谎的案件，正是这类具有天方夜谭性质的疑难奇案呢。

第三章　荒诞的偷情

七

当齐东锵携带着那台神秘的心理测试仪，在两位仪表同样非凡的助手陪同下，风度翩翩地走下飞机，出现在海滨警方面前时，齐东锵眼看着大家的眼睛唰的一下都亮了。如果齐东锵是演员，面对如此熠熠生辉的眼神，他一定会心花怒放的，但此时的齐东锵，心却荡悠悠地沉了一下。

是的，作为心理测谎师这种严肃而神秘的职业，齐东锵的外貌的确太英俊，太打人儿了，人们一看到他，立即会想到魅力四射的男影星，所以也自然会生发一种想要看场大戏的虚假感。而虚假是啥呀！虚假恰恰是测谎的天敌！

"测谎准确地说来，是不应该叫测谎的，而是应该叫测真。"

这是齐东锵经常挂在嘴边的一句话。

为了尽快证明自己的实力，齐东锵一到当地，就全力以赴投入到了前期准备的工作中，在测谎前，他先和被测谎人分期分批地见了一次面，随便聊了聊，通过聊天，先进行了一次轻松的目测，根据目测的情况，齐东锵又给每个人编出了不同的心测题，只有这样，才能把真正的谎言戳穿。

准备工作就绪后，齐东锵才亮出他的拿手绝活儿：那就是根据他最新研究出来的心理微痕追踪测试原理，对十三名嫌疑人进行了面对面的心理测试。

那两天的时间过得实在太快了，经过两轮惊心动魄的心理测试斗争，就在海滨警方集体对案件失去了信心、每张面庞都带着明显的萎靡不振之时，齐东锵突然一锤定音，从十三名被测人中明确地捞出了一位犯罪嫌疑人——那个总是身着一身脏兮兮的黑衣、目光阴郁、蓬头垢面的，让人实在无法猜测出真实年纪的花朵儿的亲叔叔花玉坤。

花朵儿的叔叔花玉坤是个光棍汉，因为身体一直不好，父母又去世得早，这么多年来一直靠政府救济以及哥哥的照顾维持生计。十几年来，花玉坤一直与哥哥家住邻居。警方之所以把花玉坤确定为犯罪嫌疑人，就是缘于花玉坤哥哥也就是花朵儿父亲花玉乾的举报。花玉乾说：花玉坤这些年一直试图对花朵儿图谋不轨，因此兄弟俩经常发生口角。

为了证明自己没有说谎，花玉乾还向警方提供了一本花玉坤的秘密日记。在那本日记里，花玉坤记载了大量花朵儿家的事情，比如某年某月某日，花朵儿摘了什么花儿或唱了哪首歌。比如夜里几时几分几秒，花朵儿一家人都分别在哪张床上睡了觉，睡觉前又都说了什么话……

作为女孩儿的叔叔，花玉坤为什么会如此关注花朵儿一家的生活？这不能不让人产生怀疑。但最终让警方确定花玉坤为嫌疑人的，却是日记里的一段没头没脑的话，而写日记的那天，正是花朵儿失踪的日子：

夜幕啊！你是什么？为什么偏偏遮挡了你应该看见的？

你的心，怦怦跳，我的心，也怦怦跳，可你为什么就听不到我的心跳声？

当那莲花一般的涟漪在我面前无限地扩大，扩大，我的心也和你一起坠入了深深的江底……怎么就出现这种结局了？刚才你还花一样站在我的面前呢！颤颤巍巍的，美极了，弱极了，梨花一枝春带雨……可最后怎么就出现这样的结局了？

我究竟是救你的人，还是害你的人？

苍天啊！你到底长没长眼睛？能不能帮我说一句话？

在对花玉坤进行目测时，齐东锵为了营造轻松愉快的聊天氛围，特意和花玉坤说了几句不相干的话，花玉坤也一直礼貌地应答着。

花玉坤有些口吃，说话的语速相当慢，而且说话的时候，除了那双眼睛依然忧郁外，一张脸却形同木雕，没有任何表情。

花玉坤更怪的，还有他走路的姿势，他走路时，两条长长的手臂总是紧贴在身体的两侧，晃都不晃一下。

通过和花玉坤深谈，齐东锵得知花玉坤看了不少没用的书，他也因此表现出与众不同的高傲，包括和齐东锵交谈时，他也始终都用一种"居高临下"的腔调，并且每说完一句话，还总喜欢加一个相当自负的口头语："知道不？"

花玉坤的头发长长的，因为长时间不洗，显得一绺一绺的，且油光发亮，就像蘸了油脂的羊毛。

齐东锵问他："为什么不洗洗头呢？家里再穷，一盆水总还是有的吧？"

花玉坤忧郁地盯了齐东锵一眼，突然颇有"范儿"地甩了甩自己的头，嘟囔了一句："这叫'一身补丁，一团漆黑，一头直竖！'知道不？"

幸好齐东锵知道这句话的出处，是一位作者用来形容鲁迅的。齐东锵便说："噢？行啊！心还挺高，自比鲁迅呢！不过人家鲁迅的头发可不像你这么柔顺，人家那可是冲冠怒发，根根直竖的。"

花玉坤一点都没听出齐东锵话语里的讥讽，依然面无表情地说："你见过一张爱因斯坦头发顺顺的照片吗？不要总拿自己的法则要求别人，每个人都有每个人的活法，知道不？"

花玉坤的话，更让齐东锵万分惊奇，不禁赞同地说："爱因斯坦的头发的确总是乱蓬蓬的，即使应邀访问比利时，国王派专车以最高礼节迎接，接到的也是一个头发乱蓬蓬，拎着一个旧皮箱的老头。可你怎么能和他们比呢？人家可都是享誉世界的大师呢。"

花玉坤的脸突然涨红了："啥叫大师呀？都是些走狗屎运的狗屁男女罢了。都他妈的两条腿支……支着个肚子，没细究呢！如果细究，哪个人不是一肚子的狗屎？所有的繁……繁华都他妈的是假象，假象，知道不？"花玉坤焦急的时候，口吃就相当明显。

齐东锵奇怪地看着他："你难道……身怀什么绝技吗？"

花玉坤突然想起了什么似的，神情变得惊惶惶地了："已经开……开始测谎了吗？按理，你应该提醒我一声的！口开神气散，舌动是非生，人……人命关天的事儿，可不是闹着玩的，'王言如丝，其出如纶；王言如纶，其出如綍'，知道不？"

齐东锵马上笑了："还没有呢，正式的测谎定在明天，等明天开始测试时，我一定告诉你！"

花玉坤这才长长地舒了口气，脸上破天荒地溢出了一丝笑的模样，尽管他笑的时候，一双眼睛依然是忧郁的。齐东锵觉得这个人实在是太有趣儿了，非常有趣儿，就跟着他一起笑了。

齐东锵之所以和花玉坤一起笑了，是因为他已经在心里排除了对花玉坤的怀疑，特别是当他假装无意地说到这起案子的时候，花玉坤的那双忧郁的眼睛更是满满的无辜，极其清纯的无辜，就像一只与世无争的猫，用一双可怜分分的眼睛看着世人说："我碍着你们啥事了！"

齐东锵这些年，没练就别的能力，就是会识人，像花玉坤这样的人，别人不欺负他就已经万分知足了，他怎么可能去伤害别人呢？

可当花玉坤的"心灵轨迹"终于在测谎仪的屏幕上变成曲线后,花玉坤的疑点就上升了。

有那么一段时间,齐东锵也矛盾过,不知道到底应该相信那个四四方方的电脑仪器呢,还是应该相信花玉坤那双忧郁的眼睛。

为了把握起见,第二天,齐东锵又对那十三个人进行了一番轮流测试,那一天,测试那十二个人的时间,加一起也不如测试花玉坤一个人的时间多,因为那台心理测谎仪的图谱——也就是代表花玉坤皮肤电阻的红线、呼吸状况的绿线、脉搏跳动的蓝线……都在明确无误地向齐东锵宣告:花玉坤在撒谎。

最难决定的时候,富兰克林的一句话突然响在耳畔:"真话说一半常常是弥天大谎。"

并且,还有一位刑警看似无意的一句话呢:"这个花玉坤,最他妈的差劲儿,别看他满口仁义道德,其实骨子里就是一个变态狂,他哥哥说,他经常深更半夜到花朵儿家窗户外面听声儿,有一次甚至把一个录音机偷偷地放到了花朵儿家的窗户台上,企图录制花朵儿一家人的谈话,为此花玉乾还和花玉坤吵了一架呢。"

是的,花玉坤开始的时候,说的可能是真话,但后期到底发生了什么,谁又能知道呢?看来,最后的结果到底怎么样,只能让警方去进一步考证了。

齐东锵将测试的结果如实地告知了警方,并反复强调说:"我们所提供的心理测谎结果,只能作为破案的参考,可不能当证据啊。"

"花玉坤?不能吧……"一位警察当时就说。

"什么?是花玉坤?不会吧!"几乎所有的警察都这么说。

警察们的想法和齐东锵的一样,虽然都不信,虽然都怀疑,但却只能抱着死马当活马医的心理,哈欠连天地把花玉坤带去查了。

齐东锵至今也没忘带走花玉坤时的情景。

一般情况下,警察带人时,都是嫌疑人走在前边,警察警犬一般跟在后面;可这次警察带走花玉坤时,却是两个警察在前边吊儿郎当地走,花玉坤两臂紧夹、一路小跑地在后面紧跟,一直走出大门了,前面的两个警察也都没有回头看过花玉坤一眼。

但事态随后就出现了惊天大逆转。

就在海滨警方对花玉坤轮番审讯之时,一个非常重要的线索也随之浮出水面:有人在海边沙滩上,捡到了花朵儿的一双鞋和藏在鞋里的一封遗书,遗书里说因为有人一直对她图谋不轨,她实在活不下去了,才决定投海自杀……

警方经过进一步调查,发现遗书的确是出自花朵儿之手,但在遗书中,花朵儿并没有说出那个人的名字。

警方立即加大了对花玉坤轮番审讯的力度，审讯整整进行了两天一夜，结果一出来，整个警营都为之振奋了：花玉坤对自己强奸亲侄女未遂、最后逼得亲侄女投海自尽的犯罪事实供认不讳。

案子告破，全国人民共同悬着的一颗颗爱心也都哀然落下了，大家虽然都不愿意相信这个事实，但大家又都在心理上接受了这个事实。

虽然整个案件一直都是警方办理的，但无论宣传媒体，还是网络，却都把攻克疑难案件的头功安在了齐东锵的头上，于是，一个年富力强、气宇轩昂的警界神探新星，立即取代了卡通美少女花朵儿，成为全国人民竞相关注的焦点人物，从而一夜之间红遍大江南北。

从此，作为中国测谎界的传奇人物，齐东锵这位颇具传奇色彩的心理大师，便眼瞅着忙了起来，邀请他协助侦破疑难案件的电话几乎每天都敲桌子一般地乒乒乓乓地响起。

"我说，你能不能换一下彩铃呀？你的手机天天这么敲桌子似的响，震得人家大脑都快缺氧了！"那时，徐问玉和齐东锵之间，还没有出现任何的裂痕，徐问玉看齐东锵的眼神，也还是清澈的。

"别的能换，彩铃不能换。不仅来电彩铃是这种声音，短信微信提醒也必须是这种声音——我喜欢的就是这种'拍案惊奇'的畅快劲儿！"齐东锵微笑着说。

按理，获得这样的结果，齐东锵应该相当高兴才是，可齐东锵就是高兴不起来，喜欢较真儿的齐乐锵当然也分析了自己的心理状态，答案很快就出来了！令他不高兴的原因，就是花玉坤的突然死亡。

消息传到古城已经是一个月以后的事情了，有人无意中告诉齐东锵，因教唆自杀行为罪而被羁押的花玉坤，不知为何突然"畏罪自杀"了，当然，花玉坤到底是怎么自杀的，海滨警方最后又是怎么给花玉坤的犯罪定性的，那个人没有说，齐东锵也没敢问。

为了探寻真相，齐东锵还特意查阅了一下网民的反应，可对于花玉坤的突然死亡，无论嫌疑人家属、受害人家属，还是网民，谁都没有站出来追究责任，也许是齐东锵的形象过于令人注目了，才让广大网民忘了去关心更应该关心的事实？的确，当时的网民，倾情关心的只剩下齐东锵一个人了。

——是啊！一个神探，年轻本身就已经是奇迹了，更何况他又是那么的潇洒英俊呢？更何况他所从事的职业又是那么神秘莫测令人向往呢！

但花玉坤的那双异常忧郁的眼睛，却在齐东锵的心里深深地刻下痕迹了——

他无论走到哪里，无论有多忙，那双忧郁的眼睛总会在不经意间，突然就向他瞟上一眼，瞟得他冷汗直流。

"我碍着你们啥事了！"

每次流冷汗时，他也总会想起这样的话。

八

接着就发生了那件让齐东锵做梦都无法梦到的荒诞的事情。

那应该算是齐东锵一生中唯一的一次偷情吧？

那次偷情，齐东锵始终觉得是梦，因为一切都懵懵懂懂的，昏暗得就像楼道里的感应灯，行走在灯下，深一脚浅一脚，如同梦游。

但齐东锵这天的梦游，却是处于亢奋状态的，直到所有的事情发生了又结束了，齐东锵依然还觉得亢奋。当然，是那种懵懵懂懂的亢奋，梦游中的亢奋。

是灯太亮了，猛地惊醒了他的梦游，还是人生本来就是梦游？

明亮的灯光下，齐东锵呆呆地望着那个衣衫凌乱的女子，好半天都没能说出一句话，"像个SB似的。"

——可那么荒诞的事，怎么就发生了呢？

那是晚上。

那天晚上，齐东锵本来想好好地干干净净地把日子过下去的，就像筷子所说的那样，甘心当个蚂蚁，尽心尽力地往前爬。为了证明自己爬得卖力，他还买了几样徐问玉爱吃的菜，并且特意早一些回到了家，准备亲自下厨，给徐问玉一个惊喜。偏偏这时徐问玉的电话来了，徐问玉也许当时心情极好，特意往声音里加了些蜜糖："老公，晚上加班，我又不能回家了。"

接电话时，齐东锵刚刚把围裙系上，心里也胀满了想要施展厨艺的热情，那种热情如同刚刚披挂上阵、满怀信心要拿冠军的运动员，只等着发令枪一响，就奔跑起来呢！包括往身上系围裙时，齐东锵都有一种志在必得的信心，耳畔也依稀响起发令的号子："各就各位——预备——"可令人沮丧的是，枪还没响，就传来消息：比赛取消了。

"这也太他妈的有才了？"挂了手机，齐东锵愣呵呵地在原地发了半天呆，才把手机拍在了餐桌上。

接着，齐东锵就往下扯围裙了，也不知道自己系的疙瘩太紧，还是堵在心里的气还没有发泄出来，他是越解越生气，越生气越解不开，于是，那个围裙便倒了霉，只听哧的一声，裙带便生生地给撕下来了，撕下来还不解恨，又被摔到了地上，狠狠地被踩了两脚。

"呸！让我这个全国著名的天才神探给你这个淫妇做饭？你也配？"骂完，齐东锵还把一口洁白如玉的吐沫圆乎乎地吐到了围裙上。

总算发泄完了，饭也没心情做了，在冰箱里找了些剩饭，草草地热了热，齐东锵就站在锅边胡乱地吃了，既没用筷子，也没用勺子，而是用锅铲子直接送到了嘴里。吃完了饭，齐东锵就把锅碗瓢盆噼里啪啦地往池子里一堆，就脚步拖沓地走进书房，按开了电脑的开关。

"没啥大不了的，切！"

过大的声音，把他自己吓了一跳。一晃多长时间了？自己总会这么不知不觉就说起话来，发生什么状况了？

"筷子，筷子，在线吗？"

"在。"

"自言自语算精神病吗？"

"那得测试！"

"怎么测试？"

"只需回答我的问题。"

"好。"

"你敏感多疑吗？"

"有一些。"

"你情绪反常吗？"

"也有些。"

"睡眠好吗？"

"不好。"

"结果，你患上精神病了。"

"筷子，别吓唬我！"

"据统计：中国十三亿人口，一亿人有精神病，平均十三个人里就有一个是精神病。"

"哪怕全世界的人都患精神病，我也不能患。"

"为什么？"

"因为我是我啊！"

"也对，如果你也患了精神病，那岂不成全国著名的笑话了？"

"全国著名？筷子，你什么意思？"

……

　　齐东锵等了一会儿，发现筷子的头像突然暗淡了。

　　"——难道，筷子已经知道我是谁了？"

　　齐东锵被自己的声音又吓了一跳，他突然有种喘不过气的感觉。为了透气，齐东锵踱到了客厅，可客厅也是黑沌沌的，齐东锵看了一眼夜光手表，时间才刚刚过去二十分钟。

　　齐东锵找到遥控器，打开了电视机。

　　电影频道，正在播放张国荣主演的一个片子，大大的电视荧屏上，只见张国荣正在一个鬼气阴森的监牢里做噩梦，诡谲的雾气，把他那张恐怖的脸也映衬得如同鬼魅一样。

　　诡异的画面，突然让齐东锵有一种毛骨悚然的感觉，这可是一件新鲜的事情。齐东锵的工作，说白了就是与那些形形色色的杀人犯、变态狂们斗智斗勇的，他可是越挫越勇，还从来没有恐惧过呢。有一次，为了查明一起案件，齐东锵甚至独自一人面对着两具死尸坐到了大半夜，可他依然没觉害怕过……而今天，齐东锵怎么了呢？

　　为了消除这种怪异的害怕，齐东锵把电视调到音乐频道，想听一首轻松的歌，里面果然在放歌，而且是一首齐东锵非常熟悉却叫不出名字的歌，可画面里依然烟雾缭绕，鬼影憧憧的，把唱歌人的脸映照得也像鬼影一般，齐东锵仔细看了看唱歌人的脸，心里又是一紧：她不是梅艳芳吗？

　　　　日夜为你着迷

　　　　时刻为你挂虑

　　　　思念是不留余地

　　　　……

"她都已经死了，她还能为谁着迷？"

"死了，就真的不能再着迷了吗？"

　　　　我要飞越春夏秋冬

飞越千山万水

守住你给我的美

我要天天与你相对

夜夜拥你入睡

要一生爱你千百回

……

"人死了，就变成鬼了，此时的她，难道不就是鬼魅吗？"

齐东锵的脑袋越涨越大了，他拍了拍脑袋，强迫自己理了理思路："是的，她早已死了，她就是鬼魅了！我现在到底在听谁唱歌？我现在就是在听鬼魅唱歌啊！"

梅艳芳还在唱着，只不过歌声似乎越来越远了，远到齐东锵只能恍惚听见"我要……我要……"的字眼。

"要什么？你还要什么？命都没了，你还能要什么？"

"谁说命没有，就真的什么都不能要了？"

齐东锵越想，大脑越乱，一种空前绝后的恐惧也从沁着冷汗的毛孔里袭进来，在全身乱窜。

"那么妈妈呢？妈妈又到哪里去了？那个乐观开朗、知书达理、始终以儿子为荣也始终让儿子感到光荣的妈妈，那个在临死的时候突然一反常态地爆了一回粗口的妈妈……她究竟到哪里去了呢？难道她也变成鬼了吗？"

——齐东锵再不敢想下去了，立即用汗津津的手关了电视，他怕再看一会儿，真的会疯掉的。

屋子里顿时陷入了无比的黑暗中，可他依然不愿意开灯，最近怎么了？既然如此恐惧，为什么还如此喜欢黑暗？

"去洗澡吧，也许洗完澡，心情就能好一些吧！"他又自言自语了。

门就是这个时候被轻轻地敲响的。

就像一缕清凉凉的风，一下子吹进了鬼气缭绕的地狱，齐东锵那冰冷绝望的心里，也慢吞吞地有了一丝活泛的迹象！此时的敲门声，或者更像一声号角吧？渐渐唤醒了一种潜伏于心的萌动记忆，让那种久违的心跳在冰封的心房里渐渐跃动。

——心活了，人却死板板地坐下了，坐在了沙发上，默默地感受着雾一般的灵魂一缕缕地化虚为实，从四面八方聚拢回来，慢慢地归附到这个傻呆呆的肉坨子里。

敲门声依然在响着，隔一会儿，响几声，隔一会儿，再响几声。

是的，那天她来敲门的时候，应该也是这个时间吧？如果前来敲门的还是她，齐东锵深信这一次她不再会因为门锁而来。

尽管很急切，但齐东锵还是抑制了一下自己的心跳，强迫自己脚步轻一些，再轻一些地慢步到门边，附在猫眼里望了望。

站在昏暗的楼道里的，果然是一袭白裙，半抹面纱的她。

一种狂喜，让齐东锵有一种立即开门的冲动，可当他的手放到门边的把手上时，理智还是控制住了情绪——默默地，他打开了客厅的灯，然后就凝立在了门边，不说话，也不动。

时间仿佛也凝滞了，周围静极了，齐东锵只能听到自己怦怦怦的心跳声。

门再一次被敲响，齐东锵忍不住又向外面看了看，聪明的她立即感觉到了他的窥视，不仅很急切地向他扭了扭身子，还拽了两下面纱。

——刚才，真的是她在向自己卖骚吗？那个天生丽质、清纯脱俗的她，真的像个妓女一般向他扭动身体了吗？

一股说不出的失望，让他的心成了被污水浸泡的海绵，转眼就被淹得五味杂陈的，有一点苦，有一点咸，有一点辣，有一点甜……

门又执拗地响了一声，仅仅一声。

"干脆堕落一把试试？大家不都在这么堕落吗？她能送你一顶绿帽子，你干吗不回她一个红帽子？SB！"

也就在这个瞬间，齐东锵决定开门了。

她果然还在门边凝立着，与往日不同的是，她换了一个新面纱。这抹新面纱不仅比往日的大，也比往日的稠密，稠密得让齐东锵看不清她脸上的表情。

"关灯……"她声音低而短促地命令道。

这种矜持的霸道，让齐东锵那正在消退的激情立即卷土重来，叭的一声，他毫不犹豫地关了灯，就一把抓住了她，就像抓住了一只小猫。她没有反抗，就势投到了齐东锵的怀抱，两张嘴就急不可耐地要往一起吻，可面纱却怎么撩都撩不上去。他们就那么一边乱乎乎地撩着面纱，一边磕磕绊绊地拥进门内，没有丝毫的陌生感，也没有丝毫的羞耻心，就像一对久别的夫妻。

啊！那是多么销魂的时刻啊！

昏眩的时候，齐东锵依然是理性的，眩晕般的陶醉里，他还紧急地思考了一番：是把她抱到卧室的床上去呢，还是像那天一样，直接到沙发上去？他甚至在百忙之中还想到了她的气味：是啊！今天她的身上，怎么没有天竺葵的香味了？

此时的她，周身都是柔柔的，缠绕在齐东锵的身上，柔软如蛇，齐东锵不用费任何力气，就可以把她带到任何地方去。

犹豫了一下，齐东锵终于止住了去卧室的脚步，而是直接抱她到了沙发上。

女人的滋味，原来都是一样的，连气味都一模一样。

唯一的不同，是叫床的声音。

虽然她始终都在抑制，连喘息声都显得那么的憋闷。癫疯的时刻，她也像妻子那样狠狠地咬住了齐东锵的肩膀，差一点就咬掉一块肉来，但她依然没让自己叫出声来。

与她相反，齐东锵的嘴里却一直都在唠叨着，语无伦次地唠叨着，具体唠叨什么了，连他自己都弄不清楚。唯一清楚的，是他临高潮时反复说的一句话："原来，我没有病！"他一直反复说，一直反复说，才记得如此清楚。

实在太销魂了！并且，他和她，还是一起进入高潮的呢。

高潮过后，是长长的沉默……

黑暗里，齐东锵紧紧地搂抱着她，好久都没有动一动，任那幸福的潮慢慢地消退，消退。她也一直无声无息地任齐东锵搂抱着，让她的心跳和齐东锵的心跳唱出最美的和声……啊！她实在太温柔了，温柔得就像一只毛色纯白的波斯猫。

齐东锵心满意足地从沙发上爬下来，先是摸到了抽纸筒，抽了两张纸塞到了她的手中，然后一边擦拭着自己，一边去门边把灯点亮了。回想起自己刚才的表现，他有一种重生似的快乐！——是的，我齐东锵依然年轻，依然健康，我还有那么长那么远的未来……这么想着，齐东锵的脸上就溢满了笑容，明亮的灯光下，他就那么幸福地笑望了她一眼，眼神里充满了感激。

——但齐东锵随即就冰冻在那里了，转眼就凝固成了雕像。

灯光下，那个衣衫凌乱躺在沙发上的……怎么会是妻子徐——问——玉？

齐东锵不相信自己的眼睛似的，又朝沙发那边走了几步，并狠狠地眨了眨眼睛，可长长的沙发上、正目光复杂地瞪着自己看的女人，就是徐问玉。

齐东锵的头就嗡的一声炸响了，好半天，他都没明白到底发生了什么。

躺在沙发上头髻散乱、衣衫不整的女人，的确就是自己的结发妻子——徐问玉。

九

此时的徐问玉穿着一条从来没有见过的洁白的纱裙，脸上戴着绸密的面纱，当然，此时的面纱早被齐东锵给揉搓到头下面去了，成了一块皱巴巴的抹布。

屋子里静极了，是那种极其尴尬、令人窒息的静。

徐问玉先是恶狠狠地笑了笑，接着，那眼睛里就渐渐地蓄满了泪。徐问玉轻轻地眨了下眼睛，那些泪水就噼里啪啦地往下落了。徐问玉慢慢地坐起来，看了看自己的白纱裙，便哭得更加凄惨。

齐东镝始终沉默地站在那里瞪着她——就那么赤裸裸地站在那里，雕像一般，一动不动地瞪着她，就像瞪着一个怪物。

徐问玉开始慢慢地往下撕剥裙子了，就像齐东镝狠命地往下撕围裙一样。她撕得很累，齐东镝看得也很累。

终于，裙子被她撕剥下来了，徐问玉慢慢地把裙子揉成了一个团，然后就向齐东镝软绵绵地扔了过来，可还未等飞到齐东镝身边呢，它就已经散了，散成一片洁白的云朵，呼的一声飘落到地板上。

就像炸弹轰的一声炸开了，一股怒气直冲上脑际。齐东镝的脸瞬间就紫成了猪肝，只见他慢慢地向前走了几步，慢慢地弯下了腰，慢慢地抓起那个纱裙……

突然，齐东镝疯了！疯狂地甩开手中的纱裙，就向浑身赤裸的妻子打去，真没想到，柔软的纱裙，到了凶猛男人的手里，照样能变成一条凶狠的鞭，打在徐问玉白白的肉体上，依然啪啪地，威力无比，转眼，徐问玉的身上出现了一道又一道的红印。

徐问玉不再哭泣，也不躲藏，只是双手捂头任齐东镝鞭打，那种逆来顺受的样子，更长了齐东镝的怨气，他越打越疯狂，下手也一下比一下凶狠，转眼就把徐问玉打得遍体鳞伤……

齐东镝也不知道自己究竟打了她多长时间，直到打累了，直到手脚麻木了，才不得不停下手，颓然坐在地上，慢慢地把头埋到了臂弯里，哀然长泣起来。

这是结婚以来两个人的第一次交手，准确地说是齐东镝一个人在动手，但无论是打人的，还是被打的，都自始至终没有说过一句话，甚至连呻吟声都没有。

遍体鳞伤的徐问玉似乎变傻了，或者她已经麻木成了行尸走肉，已不再觉得疼痛？齐东镝都住手好久了，可她依然那么身体僵直地蜷在沙发上，脸上表现出一种逆来顺受的执拗。

"你是木头吗？怎么就不知道躲避？"渐渐冷静下来的齐东镝有那么好几次，想把此话说出口，但始终都没有说出来。突然，他在徐问玉的眼睛里看到了一缕明亮的火焰，他预感到一场暴风雨就要来临了。

为了躲开暴风雨的袭击，齐东镝不敢再坐在原地，抓起自己的衣服，就走进了浴室，并以最快速度扭开了水龙头，试图用哗哗的水声掩饰自己的心虚。

可直到洗完了澡，徐问玉那边依然没采取任何行动，这不禁让齐东锵觉得奇怪。从浴室出来后，他飞快地朝客厅看了一眼，心里不由得一紧：徐问玉不见了——她什么时候离开的？怎么没听到一点的声音？

齐东锵的心渐渐吊起来了，正不知如何是好时，突然从卧室里传来一阵轻微的脚步声，齐东锵才放下心来。为了避免和徐问玉硬碰硬，齐东锵不敢在客厅里停留，拎着衣服就溜进了书房。

这边穿戴完毕刚刚坐在电脑前，书房的门就砰的一声被踢开了，齐东锵没敢回头看，而是把宽宽的脊背朝向了敞开的门。对于齐东锵来说，后背可能是全身最抗击打的地方，事情发展至今，他也只能豁出去了。只是他猜不出徐问玉究竟会怎么向他发泄，是扔过来一只鞋子，还是一把菜刀？

屋子里静极了。

徐问玉就那么沉默地站在身后，齐东锵能够清晰地听到那并不均匀的喘息声。但齐东锵一直没有回头，当然也就不知道她脸上的表情。也正因为这种未知性，齐东锵才觉得万分的恐惧，湿漉漉的后背因为沁满了汗珠，此时早就泛滥成了北冰洋，徐问玉那不匀称的呼吸，正在北冰洋的上方，飕飕地刮着冷风。

徐问玉吞咽了一口唾液后，便脚步拖沓地离开了。齐东锵暗暗地舒了口长气，以为风暴已经过去，可心还未等落底儿呢，只听呼的一声巨响，一个大大的黑东西就从远远的卧室那边飞了进来，噗的一声落在了齐东锵的脚下，着实吓了齐东锵一大跳。齐东锵低头一看，发现落到脚边的不是鞋子，也不是刀子，却是一床被子。

被子应该算是这个世界上最祥和最温暖的东西了，齐东锵仅仅看了它一眼，就什么都明白了。

齐东锵所在的书房，其实就是儿子的卧室，只是小床上堆满了齐东锵的书籍。齐东锵把书挪开，把被子铺好，睡觉的问题就都解决了。

有了床，齐东锵才觉出了困，因为徐问玉并没有把枕头给他扔过来，齐东锵也不敢过去取，抓过了椅子垫，往里面卷了一本书，一个枕头就做成了。

舒舒服服地躺下来，齐东锵就心满意足地笑了，还自恋地伸了伸腰，蹬了蹬腿，就像小时候在摇篮里，在妈妈的目光里，娇娇地舒展四肢一样。紧张后的放松是最好的催眠剂，他只记得眼睛刚刚闭上，意识就散开了，散到了一片舒舒服服的混沌里——啊，睡觉是什么东西啊，它咋就那么的好啊！好得就像死了一样。

"小时候，我最怕死。"

"比死更可怕的，是死了以后，又活过来了，发现自己躺在棺材里。"

"穿着死人的衣裳，大喊大叫，无力地敲打棺材板……最后弄得满身是刺，直到再次死去……"

"可现在呢，最令我害怕的，是早晨我醒来，发现自己竟然还在活着……"

齐东锵是被书房外的喧嚣惊醒的，一同和他醒来的，还有筷子的这段伤感的话。

齐东锵摇了摇脑袋，试图把这段话晃走，但由这段话所引发的伤感却怎么晃动都不走了。他看了一眼日历，才知道又到了周末，妻子早已在外面忙开了，她怎么就有那么多的活计呢？哪怕遍体鳞伤也没影响她忙碌的进程。

豆浆机一大早就炫耀似的喊歌儿，隔一会儿喊一声，隔一会儿又喊一声，还没等喊完呢，面包机也女人叫床般地呻吟起来了，压抑的低吼充满了挑衅；吸尘器在客厅里四面八方地扯老婆舌，扯得喊喊喳喳的，就像妻子在咬谁的耳朵；洗衣机也不甘寂寞，一直哭声哭气地向人低诉着，似乎比窦娥都冤，仿佛徐问玉那一肚子的苦水都被它搅进机体里了。

为了避免和徐问玉照面，齐东锵暗暗决定，只要徐问玉不走，自己就尽量别离开书房，不是正好要减肥吗？筷子不是说自己的一切不快都是吃饱了撑的吗？那就干脆一天都别吃了，索性尝尝辟谷的滋味。

可徐问玉却不像他这么有素质，有时甚至故意叫嚣给他听似的，不仅制造各种添堵的声音折磨他的心，还时不时地用诱人的菜香来刺激他的胃。而那些散落在床头屋角的脏衣服臭袜子，更像张牙舞爪的怪兽，每次齐东锵回头看时，它们都像徐问玉那样瞪圆了眼，讥讽的眼神中全都含着同一句话：离开我，你能活吗？

而齐东锵偏偏就得活下去，而且还要活得比以前都好，这可真难为了齐东锵了。那么高大魁梧、魅力四射的一个人，就这么被一间刚刚八平米的书房活活囚禁了，这本身就是一种活得不好的标志了，更何况他貌似强大的内心深处，还堵了那么多难言的隐忧呢？

好在最近他发现了一款曾经让他嗤之以鼻的游戏——植物大战僵尸，便也像小孩子一样疯狂地玩起来了，没想到玩着玩着就走火入魔，因此度过了许多难挨的时光。

那天他正像僵尸一样疯狂地东拼西杀呢，突然放在床上的手机噼噼啪啪地敲起桌子来了，齐东锵的心便一阵悸动。虽然心底里堵满了期待，他还是习惯性地强忍了好一会儿才把手机抓过来，当看见来电显示的名字是齐东临时，齐东锵就会心地笑了。

一晃有三年了吧？齐东临每次来电话，齐东锵都要这么会心地笑一笑，因为齐东临每次给他打电话，都是请他去赴宴的，而且还都是有趣的宴会。

齐东临是一家建材公司的老总，他不仅名字像齐东锵的亲弟弟，长得也像，两个人只要坐在一起，没有人不把他们当成亲兄弟的，一来二去，两人就都默许了这种关系，面对别人的猜疑，也都不去点破。

但一直到目前，两人的这种亲兄弟关系，还只是停留在饭桌边，口头上，并没有向更深层次发展。

与齐东临相识，缘于一起盗窃案。那也是三年前，齐东临的建材公司丢失了一笔货款，警方查了很久，最后锁定了三个犯罪嫌疑人，虽然轮番进行了审讯，但终因证据不足无法定案。齐东锵就是在这种情况下被请去做心理测试的。

时来天地皆同力，那几年齐东锵也不知道交啥好运了，无论到哪里测谎，都没有跑空的时候。在齐东临那里的测试，更是出奇的顺利，仅仅测了一轮，就锁定了嫌疑对象，还未等警方突审呢，嫌疑人就全盘交代了自己盗窃货款的全过程。

案件顺利告破，齐东临当然要安排酒宴庆祝的，就是在那天的酒桌边，齐东锵与齐东临才彼此认可了对方。从那以后，齐东临公司如果来了什么重要的客人，他总会让齐东锵过来作陪的，用齐东临的话说是让大哥为自己"撑撑门面"。

对于这种只出嘴不出力的角色，齐东锵也没觉得有什么不好，更何况每次赴宴，齐东临都把齐东锵视为上宾，并且开宴第一项内容，总是向在座的各位隆重推介齐东锵那一连串的"全国著名"。尽管每次齐东临介绍这一切时，齐东锵总会满脸的不屑，总会神态儒雅地向齐东临摆手制止，但心底里直往上涌的愉悦却是实实在在的，更何况接下来齐东临还总会鼓动齐东锵发表即兴演讲呢！

齐东锵这辈子，感觉最畅快的时刻，就是在酒桌边即兴演讲的时刻，齐东锵的口才咋就那么的好呢，不仅妙语连珠，还神采飞扬，且说出的话句句都能入典，有的甚至还能进入拈花一笑的意境。说到极致，酒桌边的人都会停下咀嚼，惊奇地瞪大眼睛、张大嘴巴，像看圣人一样看着他……每当这种时候，齐东锵的周身都会荡起异常舒服的热流，相信在舞台上的红角们一定都尝过那种滋味吧。

果然不出所料，齐东临这次打电话，依然是邀请大哥去吃饭的，只是打电话的时间较往日晚了些。

　　在江湖上混的人都知道：临近饭时打电话约人，总让人有"凑桌"之感，齐东锵是谁呀？齐东锵永远都是主宾，怎么能轻易去凑别人的桌呢？更何况现在几乎所有的领导干部都已经远离"饭桌"了，齐东锵虽然不是什么领导，他是不是也应该矜持一些呢？

　　齐东锵拿着手机，正琢磨着该怎么拒绝呢，齐东临却参透了他的心思似的，马上说道："大哥，今天的聚会是临时凑成的，说白了，咱们每个人都是凑桌。北京来了两个客人，刚刚下飞机，并且这几个客人的身份很特殊，我四处撒摸了一下，咱们古城也只有您配得上陪他们了。再有吃饭的地方您也放心，现在都啥时候了，谁还敢堂而皇之地上饭店呢？吃饭的地方就在弟弟家的别墅，就是上次咱们吃饭的地方。"

　　到底是什么样的客人，身份会特殊到如此地步？齐东锵的好奇心开始蠢蠢欲动了，况且他又是多么希望能出去放纵一次啊，吃它个脑满肠肥，喝它个酩酊大醉，把心里所有的烦忧都撑到屁眼儿外面去。

第四章　奇怪的宴会

十

齐东锵赶到齐东临的别墅时，天已经黑了，豪华的别墅宴会厅金碧辉煌的，偌大的厅堂，偌大的圆桌边，已经围坐着十几个人，尤其醒目的是坐在正中间的两个男人和一个女人。

之所以用醒目，不仅缘于他们所坐的位置，也缘于他们的衣着特殊，更缘于他们带给齐东锵的梦幻般的感觉。

坐在正位上的是一位头发特别白、脸却特别长特别黑的一袭黑衣的老头，他正微笑地说着什么，声音虽然压得很低很低，但因为周围人都把头垂得更低，他的声音便依然可以在室内肆无忌惮地撞荡。听得最认真的当数背对着门、小学生一样规规矩矩坐在那里的齐东临了，齐东锵都进屋好半天了，他都没有发现他。

老人的左右两边坐着一男一女，一银一金。男的一身银白色的西装，仿佛身怀绝技，虽然纹丝未动，却通身都显示了道骨仙风。女的给人的印象金灿灿，也看不清到底穿了件什么样的衣裳，反正通身都闪着金光，连头发都是金黄色的，高高盘起。她面容饱满，慈眉善目，颇像一尊印度金身佛像，就差手上托一个长颈玉净瓶了。

三个人的气势，让齐东锵顿生一种敬畏，有那么一瞬间，他还以为是哪个中央级的高官大驾光临了，便不禁多看了那个老男人几眼。还真别说，老男人的举手投足，颇有高官的范儿，齐东锵这么高大的人竖茬茬地立在了他的面前，他不仅没有停下嘴里的话，连脸上的神情都没变上一变，更别说向齐东锵撩一下紧绷绷的眼皮了。

幸好坐在老人两边的金银男女，同时冲齐东锵点了下头，连点头的频率都一样，就像哪个看不见的高人暗中喊了声"预备——齐"似的，顿时让齐东锵受宠若惊。

直到与女子四目相对，齐东锵才认出她来，心里也顿时涌出了一股子懊丧：金色的画壁下，那个金髻高耸、一袭金鳞鳞纱衣的女子，竟是唐娟——她怎么能是唐娟呢？

哈！这可真是不是冤家不聚头啊！

而更令齐东锵惊奇的，还在后面呢！当齐东锵把目光再度停留在那个银衣男子的脸上时，他突然就蒙了。五彩的壁灯下，那个面容白皙、超凡脱俗的清逸男子，长得怎么那么像自己家的对门殷勤呢？齐东锵把眼睛闭了一下，再睁开，可坐在那里微笑地朝他看的，依然还是殷勤，也就是对门女人的丈夫——那个曾经说过非常崇拜自己的开宝马轿车的男人。

齐东临直到这时才发现了齐东锵，立即站起身，笑容可掬地说："大哥，您可来了，我来给您介绍一下，这几位是弟弟的公司成立后，来得最尊贵的客人了！这位康老，人家才是真正的高人！他就是享誉世界的书法大师、我国著名书法家康玉祥教授，他的字画目前在我们中国，那可是价值连城的！你花多少钱买都买不来的，人家的字画那都是按平尺计价的。"

齐东临介绍时，那个白发黑面的老男人虽然止口不语了，可眼神里依然有一缕君临天下的高傲，甚至在齐东临称他为世界大师时，他的眼神也是阴森森的，黑黑的脸上没有丝毫谦逊的神色，仿佛他真的就是享誉世界的书法大师。

"国内的大书法家我也认识不少了？怎么没听说过这个名字？"齐东锵暗暗问自己。

"这位呢，是纪云雁，我最要好的哥们。"齐东临拍了拍殷勤，"云雁是康教授的关门弟子，大哥你听说过北京通宇电子科技有限公司吧？人家那可是中国电子100强企业呀！云雁就负责古城这一块儿。"

"他不是殷勤吗？哪怕他穿上皇帝的衣服，他不也是我家的对门殷勤吗？不会错的，这怎么能错呢？"齐东锵又发蒙了，就像刚刚从梦中醒来的人，一翻身又坠入了梦中。但纪云雁却不容他发蒙，他也君临天下般冲他点了点头，表情像极了那个老男人的表情——那就是没有表情。可无论他怎么表演，他印刻在齐东锵的心底里的殷勤的形象都无法改变。

"还有这位美女，别看这么年轻，这么漂亮，可人家已经是闻名全国的军旅作家了，都出过好几本书了……"齐东临指着笑盈盈的唐娟，正要往下介绍，唐娟突然站起身打断了他："不用介绍了，我和齐教授早就认识。"边说边亲昵地与齐东锵握了握手，顺势把他拽到自己身边的空位上。

唐娟突然表现出来的亲近，冲淡了一些留存在齐东锵心底里的厌恶，或者是她那身金灿灿的装扮提升了她在齐东锵心里的位置？齐东锵落座后，禁不住又瞟了唐娟一眼，唐娟立即看出了齐东锵眼睛里的质疑，便有些发窘地拽了拽自己坠满了金片片的纱衣，微微一笑说："这阶段心情抑郁，就换了套行头，希望能转转运……"

听了唐娟的话，一直雕塑般面无表情的康玉祥，脸上颇为意外地闪出了一丝活泛气儿，虽然那缕气息稍纵即逝。

但仅仅这瞬间的气息，也被那个银光闪闪的纪云雁捕捉到了，他突然意味深长地笑了笑，调侃地说："换行头咋能转运呢？小师妹，你要真想转运，我倒有个高招。"齐东锵这还是第一次如此近距离地听殷勤说话呢，他发现殷勤在说话的时候，嘴唇显得稀松巴叽的，特别是当他又说又笑时，那红润润的唇就七扭八歪地乱颤起来，就像绸缎被软风吹皱了似的。

"高招？说说看！"唐娟微微一笑。

"五个字：别换行头，换人！"

"几个字？"唐娟的思绪还停留在数字上呢。

纪云雁突然就朗声大笑了，突兀的笑声像惊雷一样在气氛肃穆的宴会厅里炸响，让人一时间接受不了。齐东锵这也是第一次听他大笑呢，便奇怪他这二十年的日子到底是怎么过来的，怎么从来没有这么笑过？

纪云雁一边笑，一边还冲齐东锵挤了挤眼睛。明明一张气宇轩昂、儒雅俊逸的脸，眼睛这么一挤咕，就把所有的"贵族范儿"都挤没了。没了"贵族范儿"，齐东锵也就再没有了质疑——是的，他就是和自己共住了二十多年的对门殷勤，哪怕他改头换面，脱胎换骨，他也是他家的对门殷勤。

齐东临也朗声地跟着笑了，笑得干巴巴的。见齐东临笑了，周围的几个人也都小心翼翼跟着笑了。但齐东锵没有笑，他只是面无表情地扫了一眼正咧嘴笑的人，这些人都是齐东临公司的职员，准确地说都是被齐东临操纵的"偶人"，似乎连脸上的笑容，也要归齐东临支配的。当然唐娟也没有笑，唐娟不仅没笑，还嗔怪地瞪了纪云雁一眼，咬牙顿足地骂道："你怎么一点师哥的样子都没有？真是狗嘴里吐不出象牙来！"说完想了想，到底还是笑了。

也许是二人的玩笑话打乱了齐东临的思维，接下来他就没有向大家介绍齐东锵，而是冲站在门边的服务员招了招手。唐娟便提醒道："东临，你还没向大家介绍齐教授呢！"

齐东临一拍脑袋笑笑说："可不是，蒙了，乱方寸了，哈哈！这位是我大哥齐东锵。"

听齐东临介绍自己，齐东锵立即敛容挺胸，谦虚地向康玉祥点了点头，继而又笑容可掬地冲四周的"偶人"点了点头。

"你大哥？是你亲哥哥吗？"康玉祥只是嘴唇微动，脸上的表情却纹丝未动。

"当然是亲哥哥，齐东锵，齐东临嘛！"齐东临说罢，也像纪云雁也就是殷勤那样冲齐东锵眨了眨眼，这可真是挨啥人学啥人，以前的齐东临哪是这个样子的？

纪云雁看了齐东锵一眼，齐东锵也回看了纪云雁一眼，但两个人还是没有说话，仿佛他们真的不熟悉。按照习惯，齐东临下一步一定会向大家隆重推介自己那几个响当当的"全国著名"的。自从听了筷子的嘲讽后，齐东锵便很怕他再这么推介自己了，为了让自己显得低调，他还特意准备了几句自嘲之语，并想借此讥讽一下康玉祥的那个"享誉世界的书法大师"的称谓。可令他万万没想到的是：齐东临这一次又"蒙"了，不仅不往下介绍了，也不给齐东锵说话的机会，就像齐东锵突然变成了空气。

齐东锵的心里就冒出了一股黑灰色的烟气。准确地说这股烟气，自从他进屋后就开始往出冒了，喘一口气儿冒出一股，再喘一口气又冒出一股。

以前赴齐东临的宴，自己总是被让到正位上的，尽管有时他真的不愿意坐正位。可今天怎么了？难道齐东临真的是忙"蒙"了吗？

齐东临把正中间的位置让给那个又老又黑的男人坐，齐东锵还能够接受，毕竟人家是老人，而且毕竟是"享誉世界"的书法家，哪怕这个"家"是假的！让齐东锵尤其不能容忍的是，他怎么能把自己二十年来从未正眼儿瞧过的对门殷勤也举到自己的头上了？齐东临那么一个精明的商人，大大小小的场面也经历过许多了，怎么会犯这种低级的错误呢？难道他听说了什么关于自己的坏话？还是在电脑里看到了那些负面新闻？

呛人的烟气就那么在小小的心房里鼓荡着，鼓得都让他忘记了饿。灰黑的憋闷里，一句小诗也不知好歹地挤了进来，在心房里乱撞：时来天地皆同力，运去英雄不自由。这么说，好运气真的开始远离自己了？

以前，当齐东临隆重地介绍自己时，齐东锵不仅不觉得快乐，甚至还觉得窘，特别是当大家都像看稀有动物一般瞪着他看时，他常常会想起马戏团里被耍戏的小丑，所以总是敛容挺胸，生怕自己真的会被人当成小丑。可此时齐东临不推介自己了，他却如此忧伤了，就像丢失了什么宝贝似的。这人呀，到底是怎么回事？难道自己真的如筷子所说，是靠忽悠存活的？

"这几位是弟弟的公司成立后，来的最尊贵的客人了！这位康老，人家才是真正的高人！"

"原来在他齐东临心里，自己一直都不是什么尊贵的高人呢！可既然不是高人，以前为什么要那么恭敬自己呢？难道是吃饱了撑的才要戏耍人？就像戏耍小丑？"

齐东锵突然无所谓地笑了，当然这缕笑意只动用了鼻尖部分，而且还是微微的一动。

名酒启开，山珍海味呈上，齐东临便开始提酒。通过他的提酒，齐东锵才知道齐东临刚才所谓的"蒙了"，的确是故意为之的。以前齐东临提酒，总会先"抛砖引玉"，让齐东锵说第一句话。当然这一次，他也"抛砖引玉"了，只不过他所引的玉已经不再是他齐东锵了，而是那个一身银光的纪云雁了。"云雁，你是康老的得意弟子，今天的酒宴理应由你主持！一句话：只要能让咱们的书法大师尽兴！"

更令齐东锵不能接受的是：纪云雁听罢，竟毫不愧疚地站起来了，不仅声音朗朗，还恬不知耻地就冲大家做了一个抱拳姿势："今天师父荣归故里，可谓是衣锦还乡，你们看看，我们古城的天什么时候这么蓝过？多蓝啊！蓝得像宝石！为了记住这个庄严的时刻，不仅东临安排了如此丰盛的晚宴，一位著名女诗人还特意为咱们今天的盛会写了一首动人的诗篇！"

"著名女诗人？当今这个世界上，还有比咱们这位军营美女作家更著名的人吗？"康玉祥面无表情地问。

纪云雁笑了，油滑地说："是否比她著名，您听听这诗句就知道了！"说罢，就拿腔作调地朗诵起来："东临把酒黄昏后，有暗香盈袖……"

唐娟突然冲他摆了个叫停的手势："得！得！你就别污辱咱们的老祖宗了！哪儿挨着哪儿呀？人家那叫东篱把酒黄昏后！"

纪云雁扫兴地一皱眉："你这个人，怎么就不懂活学活用呢？你看看今天这架势，把酒的人是不是叫东临？暗香盈袖的小师妹难道还不够令人销魂吗？多好的暗喻呀！你是不是非逼我说出个'人比黄花瘦'来，你就满意了？"

"小师妹？"齐东锵故作惊异地问："你们是同学吗？"

纪云雁一笑，向康玉祥一扬下巴："我们是一师之徒。我师父一共有十多个关门弟子呢，唐娟是唯一的小师妹！"

"唐小姐这位军旅作家，手臂可真够长！不仅插足了地方新闻报道，又插足书法界了？"齐东锵装出傻傻的样子，特意把"小姐""插足"两个词咬得很重。

纪云雁似笑非笑地说："齐教授这话说得有些毛病吧？不应该叫'手臂够长'，应该叫'腿够长'。"一句话把大家都逗笑了。

唐娟却浑然不觉地说："康老的确是我的恩师！"就不再多说什么了。

齐东锵审视地瞥了一眼康玉祥，他发现康玉祥那又黑又僵的长脸上，正在暗流涌动。齐东锵就轻蔑地笑了，微笑刚刚漾开，突见齐东临瞥了自己一眼。

齐东临那看似无意的一瞥，让齐东锵本就烦闷的心里，又升腾起一股子烟气。"你什么东西？也把我当成你的'偶人'了吗？"因着这一股子愤怒，几句比箭还尖利的话就直冲到了喉咙口，刚要发射，心却先软了，他突然想到了筷子的嘲讽，又想到了齐东临以往对自己的好，就强迫自己把那几根利箭般的话语硬生生地给咽了回去，咽得喉咙生疼。

酒过三巡，菜过五味，酒桌边的肃穆气氛也松散开了。齐东临两杯酒下肚就醉了，甚至和纪云雁一唱一和地说起了冷笑话来，当然，他们的冷笑话里也都藏了剑，剑剑直指康玉祥和唐娟的暧昧。对于如此直露低俗的冷笑话，康玉祥始终是一副很受用的样子，那张黑得泛光的长脸，甚至露出了得意的涎笑。而唐娟，却始终一副无识无觉的样子，大家笑，她也跟着笑，只不过她的笑是戴着面纱的，看不出高兴，也读不出恼怒。齐东锵用他职业的眼审视她好几回，始终没看清那白白净净的面皮下到底藏匿了怎样的心思。

齐东锵终于逮到了纪云雁的一个眼神儿，便小声询问道："我记得……你不是叫殷勤吗？"

纪云雁立即收住了脸上的笑容，冷冰冰地说："我无论走到哪儿，都只叫纪云雁。大丈夫坐不更名，站不改姓！我永远都叫纪云雁。"纪云雁的冷漠，让齐东锵顿生一种恍惚感，怀疑自己是否真的认错了人。

"那么，是你妻子……叫殷勤？"

纪云雁像看怪物一样瞪了瞪齐东锵，明显不快地说："她也不叫这个破名字。"想了想，又加了一句，"我们凭什么要叫这个破名字？"

齐东锵的脸就红了，心里也涌出了一股说不出来的懊恼。听纪云雁的语气，他并没有否定自己就是齐东锵的对门，可他怎么就变得如此高傲了？那天在楼前遇到的不就是这个坐在面前的男人吗？当时的他不还牙对牙口对口地说崇拜自己吗？他不是还说特别想得到一本由自己签名的书吗？

难道他嗅出了我对他妻子的那些非分之想？或者听到了什么谣言？

这么想着想着，齐东锵的虚汗就流下来了。幸好酒桌边乱极了，大家三人一堆两人一伙地正唠得火热，谁都没注意到齐东锵的心虚。齐东锵不再说话了，任呛人的烟气继续在心房里东鼓西撞，甚至碰撞出一连串的骂人话。

"——你这个SB，你又没有做出什么对不起他的事情，你害怕什么？他和你齐东锵相比，就是个屁人！屁都不算！一个屁到底叫什么名字，和你有屁关系呀？齐东锵啊齐东锵，你难道真的在乎一个屁的名字吗？"

可齐东锵偏偏就放不下一个屁的名字了："是不是当初自己看错了电费单的

号码？才把他的名字整整叫错了二十年？这个世界可真他妈的精彩。"

十一

饭桌边越喧嚣，齐东锵这边就显得越落寞。有那么一阵子，齐东锵甚至要站起身离开了，可每次拽住他脚步的，都是齐东临那因卖力讨好大家而变得汗津津的油脸。"是不是他在生意上遇到什么困难了？才如此需要这些屁人的提携？"

齐东锵猜对了：齐东临的公司的确陷入了前所未有的困境，但他此时要讨好的并不是纪云雁，也不是康玉祥，而是康玉祥的另一个徒弟——北京某重工集团的总裁钱多多。喝到最尽兴的时候，康玉祥甚至当场许诺，他回北京的第一件事就是引见齐东临与那位钱多多总裁相识。

唉，人在商场，大家可是一个比一个难啊！这些年齐东临把自己恭敬得也差不多了，而自己又究竟帮助人家什么了？仅仅一次测谎，人家也是出了钱的……这么一想，齐东锵的心就平顺了许多，心平顺了，脸上的笑意也浓郁了，正巧纪云雁的一句逗哏的话，难住了齐东临，齐东临正不知怎么捧哏好呢，齐东锵顺嘴帮他捧了一下，立即引得笑声一片。

笑声是什么？笑声就是催化剂，一下子就把齐东锵的谈兴引起来了。也就在大家眨一眨眼的工夫，一句更加奇妙的俏皮话就又在齐东锵的嘴边绽开了——当然这句话是以莲花的姿态出现的，俏丽中富含高雅，嬉皮里暗藏玄机！顿时，酒桌边又荡起了一阵更为开心的笑声。

就像一缕清风突然吹入了沉闷闷的洞穴，大笑以后，酒桌边的人都倍觉惊奇起来，可还没等大家弄明白为什么要惊奇呢，第三朵大莲花又颤巍巍地被齐东锵吐出来了，含香带露的，转眼就惊艳了所有的眼睛！

——啊？怎么回事？连拍马屁的话也可以说得这么圣洁和高雅吗？偌大的宴会厅突然静了，所有的人都惊讶地看着齐东锵：窃窃私语的不再说话，左顾右盼的也不再回眸，所有人的注意力，都被齐东锵的一张嘴给拴在一起了，并且连脸部神情都拴成了同一种表情——近乎痴呆的表情。

康玉祥早就不说话了，甚至和大家一样惊异地张开了嘴——这可真白瞎了那个享誉世界的称谓了！见康玉祥发傻，唐娟就附在他耳边小声说了句什么。

康玉祥脸色骤然一变，立即站起身向齐东锵伸出了大手来："齐教授，原来你就是大名鼎鼎的齐教授啊！中国测谎界的心理捕手，全国著名心理测试专家！对了，你还精通古董研究，还文武双全……久闻大名，久闻大名啊！刚才你走进屋的时候，我就觉得好像在哪儿见过你似的，原来是在电视里见过的！失敬失敬！"由于酒桌太大，康玉祥甚至从座位上走下来，和齐东锵庄严地握了握手。

齐东锵当然也站起了身，"殷勤"一般双手捧住了康玉祥的手"——哈！你这个一代天骄，就这样堕落成一个SB了！"两手相握的一瞬间，齐东锵突然悲哀地骂了自己一句。

"那起卡通美少女失踪案，我自始至终都关注了，那案子太离奇，咋看咋觉得不像是真的，你们的侦破也实在是漂亮！尤其是您，真是后生可畏！"康玉祥一边说，一边摇着齐东锵的手，真没想到，这个老家伙还颇有手劲，把齐东锵的手攥得生疼生疼的。

"这一晃，那件事也过去好几年了吧？你当时接受采访时说的话，我至今还记得呢，真是太精彩了！就好像演电视剧似的。齐教授，我说句你可能不爱听的话：和那时候相比，你现在可有些发福啦！我都有些认不出来了！"

康玉祥的话，让齐东锵的心里酸酸的，就像心脏突然就掉进酸菜缸里了似的。当然使他心酸的，并不是康玉祥说他变胖了这句话，而是他的话不禁又让齐东锵想起了那双忧郁的眼睛——花玉坤的眼睛。

齐东锵下意识地看了唐娟一眼，他发现唐娟也正若有所思地看着他，刚才康玉祥的话可能也勾起了她的某种记忆了吧？作为这起案子的跟踪报道者，她一定也没少听说那起案件的花絮吧？

康玉祥却没有发现齐东锵情绪的变化，也许他还沉浸在"粉丝"突遇"偶像"的激动中吧？在他说这些话的时候，他的手一直紧紧地抓着齐东锵的手，直到齐东锵试探着把手抽了两下，他才松开。可松开了，他依然不回座位，却在那里责备起齐东临来："东临，这就是你的不对了！刚才怎么没详细介绍一下？"

齐东临却自谦地说："家兄嘛！有什么好炫耀的。"一句话说得齐东锵心里暖暖的，庆幸自己刚才幸亏没有耍大牌。

康玉祥终于"移驾回宫"了，重新落座后，他那双过厚过紧的眼皮突然笨笨地向唐娟挤了一下，小声小气地说："看看，我说的咋样？来对了吧？这叫踏破铁鞋无觅处，得来全不费工夫。"

唐娟愣呵呵地看了康玉祥一眼，一时没弄明白他的话。

康玉祥便说："你昨天因为啥心焦了？忘了？"

纪云雁先听明白了，立即举起右手做宣誓状："这您可选对人了！齐教授的确是最佳的人选，他们夫妻那可是相当地幸福，相当地恩爱，这么说吧，在全国不排首位，也能列第二！"

"你这么了解？你和齐教授很熟悉吗？"唐娟狐疑地盯着纪云雁。

"当今这个世界上，大家都是熟悉的陌生人！"纪云雁再一次冲齐东锵挤了挤眼睛。但这一次，齐东锵却没有觉得反感，反而感激他没有点破他们之间的"对门"关系。

几个人的话把大家都说得云里雾里的，齐东锵更是丈二和尚摸不着头脑。

唐娟想了想，便看着齐东锵笑了，筋道道地说："我们这次来古城，是给康老的专题片补拍镜头来了，因为古城是康老的故乡。本来一开始，我并不想和康老一起来的，因为我们台近期要做一档关于幸福家庭的访谈节目，领导急着要看我的前期策划书呢，可事先确定的几位嘉宾人选，经考证都经不起推敲，我们正因为一时找不到合适的人选而犯愁呢，康老就劝我说，那你不如就先把工作放一放，随我出去散散心，兴许走着走着就碰到了一位合适的呢！你看看，还真让他给说中了。"

纪云雁一笑："康老是谁呀？那可是金口玉牙，说啥是啥！"

康玉祥正巧在剔牙，听纪云雁这么说，忙不迭地掩住了嘴，还瞪了他一眼，那种滑稽的样子把大家都逗笑了。

"幸福家庭？唐记者不是军事频道的记者吗？怎么又做起地方节目了？"

康玉祥说："齐教授的思维怎么也这么老旧呢？现在这个时代，连妻子都可以共享，别说是新闻了！"

齐东锵还是不解："你们的意思……是让我当访谈嘉宾？"

"就是，目前非你莫属！"唐娟说。

"我看行，大哥你就接受吧，你们家庭多幸福啊！云雁刚才说的一点不夸张，目前在我们国家，能像你们家这么幸福的，还真的没有几户呢！"齐东临也跟着帮腔。

齐东锵突然想起了徐问玉悲戚的苦脸和满身的伤痕，马上摆了摆手："不行不行，我们家真的不配上这么高档的节目！家家都有难念的经，我们家也不像你们想的那么好。"

"你是说你们家的幸福都是假象？"纪云雁审视地勾了齐东锵一眼，不知为什么，他的眼神让齐东锵再不敢小瞧他了。

"有一个谜语：天不知地知，你不知我知。"齐东锵突然凄惨地一笑。

"现在能够做到貌似幸福的，就已经堪称典范了。"唐娟突然悠悠地叹了口气。

齐东临突然举起手来："行了，行了，我大哥家的情况我比你们谁都了解，你们就别听我大哥谦虚了！我大哥两口子，那是绝对的幸福夫妻，特别是嫂子，人家可是高级教授，古城医学院副院长，位置比我大哥还高呢！可人家非常低调，既上得了厅堂，又下得了厨房。"

齐东锵马上摆手："不行不行，绝对不行。即使我同意了，你嫂子也不会同意的。她这个人你又不是不知道，真的很低调，最不喜欢抛头露面了。"

齐东临岔开他的话："行了，大哥，我看你就别再推了！咱们在座的，哪个妻子当选过'最令人羡慕的妻子'呀？据我所知，目前我们全中国也只有一个徐问玉！不信问我的同事，关于她的访谈节目，我们单位的人基本都看过。"

"偶人"们听了，都忙不迭地点头说："我们齐总统一组织大家观看过。"

齐东锵摇着头说："此一时彼一时，那时候她还年轻，还有那个精神头儿，现在真的不行了！"

唐娟突然一抱拳："大哥，算我求您行不行？就算支持一下我的工作！"

齐东锵坚决地摇头："真的不行！还是那句话：即使我同意了，我妻子也绝不会同意的。"

"不就是怕我嫂子这关通不过吗？这好办，嫂子的工作包我身上！"齐东临突然拿过手机，快速地搜寻起号码来，齐东锵伸手拦都没拦住。很快，电话就拨通了。齐东临为了让大家听得清，还按下了扬声器。

电话里面沙沙响了一会儿，才传出徐问玉婉转清丽的声音。于是，整个宴会厅里，静得就剩下徐问玉那婉转清丽的声音了……

齐东锵的心突然异样地跳了跳，眼睛也一阵发热——多久没有听到妻子这样温柔的声音了？如今坐在这个宴会厅里听她的声音，齐东锵突发一种恍如隔世的悲凉。

齐东临还不算醉，几句话就把事情的原委说清了。徐问玉果然立即推辞："不行啊，东临，这件事儿你就不用往下说了，不行，真的不行。"

"大嫂，怎么你也谦虚上了？"

"不是谦虚，的确就是这么一回事。我们俩真的不像大家想象的那么好。再者说了，即使我同意了，你大哥他也不会同意的！"

纪云雁突然哧哧地笑了，阴阳怪气地说："这可真不愧是幸福的两口子，连说出的话都像是事先串连好了似的。"

齐东临摆了摆手，仿佛徐问玉就坐在他对面似的："大嫂啊！你今天必须给弟弟这个面子，一定要接受这次访谈，你那么贤淑，我大哥和你又那么恩爱，凭什么不参加呀？现在的社会都乱成啥样了？说句冠冕堂皇的话吧，就算为了净化社会风气，就算引领正能量，你也应该在广大电视观众前面露一下面了！"

听了齐东临的话，纪云雁突然讥讽地笑了一笑，尽管他的讥笑仅在鼻翼间飞快地闪了一下，但还是被齐东锵捕捉到了。齐东锵的虚汗便流出来了，心里暗想：难道他已经嗅到什么了？可他能嗅到些什么呢？他再神，也不至于神到能看到我的心眼儿里去吧？齐东锵偷偷地抹了把汗，便骂自己道：你这个SB，既然你什么亏心事都没做过，干吗要这么心虚？你也太短练了吧？

齐东临依然在游说着，说得口沫纷飞："想做这档节目的电视台，目前在我们国内也是非常具有影响力的，大嫂你还是别错过了这个机会，哪怕为了我大哥的事业着想，你也不应该错过，你说呢？"

徐问玉犹豫了一下："这事……就让你大哥做主吧！"

"好，OK！"齐东临拿着手机，在空中画了一个漂亮的弧线，脸上也闪露出幸福的光泽："大哥，你看怎么样？搞定了！"说完，又胜利地笑了。

攻关成功，齐东临意犹未尽，在酒桌边又"狠狠地"表扬了一番徐问玉，把徐问玉说成了古城市最贤德的妻子。为了证明自己的论点，他还举了大量的实例，比如徐问玉二十年如一日照顾齐东锵起居，就像照顾婴孩似的；比如徐问玉在齐东锵妈妈葬礼上的表现，赢得了到场所有人的赞许等等，他的话让齐东锵不由得想起了许多温馨的往事，心里便感慨起来——是啊，多好的妻子啊，并且一直到现在，自己也没有抓住人家的什么把柄，可自己凭什么要怀疑人家呢？难道这就是所谓的世上本无事，庸人自扰之？

齐东锵的心田刚刚润过一丝春风，纪云雁冒冒失失的一句话就又把齐东锵拽回严冬去了："齐教授，我想问您一句不该问的话：像您这样的名人，是不是都特在乎自己的名声啊？"

齐东锵警觉地看了他一眼，却慢慢地闭紧了嘴，脸上也变得毫无表情了。

纪云雁马上解释："我的意思是：凡是出名的人，是不是都特把名声看得比什么都高啊？就像抽大烟上瘾了似的？"

齐东锵双手交叉，慢慢地靠在椅背上，那张棱角分明的嘴依然紧紧地闭着，他就这么漠然地看着纪云雁，什么话都不说。

纪云雁就讨好地笑了，抱歉地说："您别多心！我并没有讥讽您的意思，因为我从没出过什么名儿，所以才好奇当名人是个啥感觉。"

齐东锵这才冷冷地反问："您的意思，不出名的人就不在乎自己的名声了吗？您既然不在乎名声，为什么还要穿得如此体面？"本来他想把"体面"说成"人模狗样的"，但话到嘴边又让他改掉了。

康玉祥笑着解围："云雁刚才的话问得是有些偏，既然是人，哪有不在乎自己的名声的？人活一张脸，树活一层皮嘛！云雁一定是喝多了，才这么信口雌黄。"

纪云雁挠了挠头，抱歉地一笑说："我刚才可能是没说明白，或者是词不达意吧！其实我想说的是：凡是出名的人，似乎都有点偏执，就像我岳父，把名声看得比命都重。应该说，他的确是很出名的，但再出名也不能影响生活不是？可他连正常过日子都像演电视剧似的，活得那个假！那个累！那天我还想呢，名声算是啥呀？当吃呀还是当喝呀？我看屁都不是。"

"出名有个屁用？傻×才在乎出名。"

纪云雁的话，突然让齐东锵想起了母亲临死的话。

纪云雁依然说着："按理，作为他的姑爷，我不应该这么诋毁他，但和你们说句掏心窝子的话，我真的替他觉得不值，活得多累呀？付出的那么多，得到的却那么少，这一辈子奔奔波波的，到底图个啥呀？"

"你岳父是谁？"齐东锵这才奇怪地问。

齐东临便尤为奇怪地看着齐东锵说："大哥，您真不知道他岳父是谁？那您可太孤陋寡闻了！'双面神探'花一样！咱古城市的骄傲，您不会连他都不知道吧？云雁就是花一样的姑爷！"

"花一样？花一样是你岳父？"齐东锵顿时惊讶得张大了嘴。

齐东临感叹地说："说句心里话，在咱古城，我最佩服的一个人，还真就是花一样！现在社会也不知是怎么了，啥都缺，就不缺全国著名，无论走到哪儿，都能遇到几个全国著名的。其实人家花一样才是真正的全国著名呢！人家不仅是全国著名诗人，还是全国著名破案专家，写诗时，柔美得像个天使，破案时，凶猛得像个野兽，所以才被誉为'双面神探'。"

康玉祥听了这话，也赞许地点点头说："我研究过几起由他负责侦破的案子，那才真叫精彩。对了，刚才大家所议论的那个卡通少女案，就是由他亲自督办的。我记得唐娟还专门写过一篇关于他的报告文学吧？"

唐娟不知为什么，突然对康玉祥摇了摇手，并立即把目光转到齐东锵脸上来了。

康玉祥这才意识到了什么，马上冲齐东锵一笑说："我这样评价花一样，您不会多心吧？其实您和他一样，也是实至名归。"

齐东锵马上谦虚地说："我有啥多心的？和您一样，我也是非常敬佩花一样的。"说完便怀疑地看了看纪云雁说："我只是不相信云雁会是花一样的姑爷。按理，作为花一样的姑爷，你应该感到自豪啊！你怎么还抱怨上了呢？"

齐东临也说："是啊！花一样可是个经得起考验的清官啊！哪怕所有的官儿都腐败了，他都不会腐败的。我记得在咱们古城当民警时，他还跳进大粪池子里救过一个老头儿，差点没壮烈牺牲了！他被调走时，好多群众都为他送行，还做了一个老大老大的万民伞呢。"

"是的！为了救一个淘大粪的老头儿，差一点没死了，幸亏被救过来了，不然多不值啊？他活着，起码还能破一些案子救一些人呢，可一个淘大粪的老头子活下来能做啥贡献啊？"纪云雁咧着那张松松的嘴。

"对了，我听说花一样已经被提拔到公安部了？现在做什么呢？你岳父的家早应该搬走了吧？"齐东锵突然想起了纪云雁的妻子——对门的女人，心里不由得涌入了一股怪怪的感觉。

纪云雁依然咧着嘴："他们家一直都在古城住呢，老两口子也始终两地分居，一直到我老丈母娘去世。要不我咋说他不值呢！他如果不那么死性，公安部副部长都能当上了，可现在呢？不过是一个没有实权的副部级干部。也是，对于他这个人！给他多大的官都是浪费，除了多挨累，啥用都没有！"纪云雁突然不说了，一脸的不屑。

齐东锵想说什么，想了想，又把话咽回去了，为了掩饰自己，他夹了一口冰冷的菜。

纪云雁却一眼就读懂了齐东锵心里想说的话，便咧开了松松的油嘴呵呵一笑说："是，当初他闺女追我时，我当然不敢这么评价他。和你们说实话，我能那么快地就接纳了他的闺女，有一大半原因也是冲着我岳父去的。"边说边隔着康玉祥，冲唐娟挤了一下眼睛。唐娟却像没看到似的，依然一脸麻木状——是啊！唐娟为啥一脸的麻木状？

但齐东锵却顾不上研究唐娟了，因为他实在不相信纪云雁所说的话。"他这个人，是不是太能吹嘘了？就他这样的，对门的女人当初怎么可能去追他呢？"

齐东锵心底里的话，又让纪云雁读到了，他突然又冲齐东锵挤了一下眼睛："齐教授是不是不相信，当初是我媳妇追的我呀？不是和你吹！当年我媳妇不知道犯啥病了！就是看上我了！她明明知道我要结婚了，还是坚决地给我当了小三儿！"

"小三儿？你说你的媳妇是小三儿？"

"我都要结婚了！她却一杠子插进来，你说她不是小三是什么？"纪云雁边说边扫了唐娟一眼。

唐娟依然没有理会纪云雁，脸上依然毫无表情。

纪云雁却又笑了，笑得毫无道理："可过到现在我才发现：其实在生活里他啥都不是，连普通人都不如呢。就像我媳妇似的，远看着挺美的，其实就是一个花瓶！我真奇怪了，现在人的眼睛到底是咋长的？那天我还听人说他是什么什么

'一面是天使，一面是野兽'，在我看啊！他就是一堆豆腐渣。"

齐东锵平静地看着纪云雁松松的嘴，心里却翻腾着惊涛骇浪。这明明就是一桩不搭配的婚姻，可他却得了便宜还卖乖，这也太让人接受不了啦。齐东锵不禁为对门的女人连连叫屈了。

十二

纪云雁后来又说了什么诋毁的话，齐东锵没有听到，因为他突然站起身子，一句抱歉的话都没说，就去洗手间了。在别人说话的时候去洗手间，这应该是最失礼的一种举动，齐东锵其实并不真的着急要上厕所，他想表达的，恰恰就是这种不尊重。

一路上，齐东锵的脑海里全都是她：怪不得她长得那么美，那么与众不同呢？原来人家是花一样的女儿啊！这种人当然会天生丽质，当然要高傲了，可如此高傲的人，当初为什么要当人家的小三儿呢？按理像她那样的人，什么样的男人找不到？什么样的阵势没见过？可她的心为什么会那么低呢？

令齐东锵万万没有想到的是：他的这种无礼举动，纪云雁一点都没有在乎，他甚至像是没有看见齐东锵离过席似的，当齐东锵坐回到座位上时，他依然比比画画地说着，声音比刚才的还大。

唐娟始终麻木的脸，突然溢出了一缕笑意。她快速瞥了一眼齐东锵，突然不阴不阳地说："行啦！你就别再喊冤了！也许在你眼睛里是狗屎的人，在别人眼睛里恰恰就是珍宝呢！"

唐娟的话令齐东锵不由得一惊："这个女人怎么回事？会读心术吗？"

唐娟又冲齐东锵一笑："为什么说真正的伟人都是孤独的呢？因为真正的伟人在生活中，都是有所欠缺的，事实上不是这个伟人欠缺，而是普通人无法领略他的伟大。这也是所谓的'仆人眼里没有伟大'吧！"

唐娟的话，又让齐东锵的心为之一动。

本来，这是一句明显鄙视纪云雁的话，可纪云雁似乎并没有听出其中的鄙视，只见他依然咧着松松的嘴，依然兀自地说着："反正我就是觉得他活得太假，太可怜，有的时候回想起自己曾经那么崇拜他，都有一种上当受骗的感觉呢。唉！他这一辈子，可真的是白活了，一点都不懂得享受。特别是听说他跳进大粪池子里救过一个老头儿后，我看他都觉得恶心了，那可是实实在在的大粪呀，他咋能受得了呢？"

"行啦！你这个人咋就这么没有眼色呢？你没看到有的人已经非常不愿意听你这么说话了吗？"唐娟妖妖道道地瞪了他一眼。

可纪云雁就像喝多了一般，依然还说："当初我娶他闺女时，还私下里琢磨着能借一点他的光呢！可一直到现在了，我还是啥光儿都没借上，反倒尽借倒光了！你猜那天他告诉他闺女啥话？他竟然让他闺女劝我，让我收敛一下，赚钱有点节制，别把买卖做得太大了。你说说这是啥逻辑呀？就许他当官，就不许我做买卖？他一个人当清官，全家人就都得饿死呗？"

"我觉得做官还是像你岳父这样做心里安稳！就说目前的反腐吧！上面再怎么打老虎拍苍蝇，人家花一样的心里都不会战兢兢！"康玉祥插了一句。

齐东锵奇怪地审视了一眼纪云雁，终于把那句哽在喉咙里好半天的狠话放出去了："作为花一样的姑爷，你是不是得注意一下自己的语言了？你……你这种想法的，怎么能配当花一样的姑爷呢？他闺女当初可能年轻无知，看岔了眼。可他搞刑侦这么多年，选姑爷的眼神儿咋也这么差呢？"

"这话你可说错了！那是他的眼神差吗？那是我的眼神差！当他的姑爷，你以为有啥香油吗？倒霉！倒霉死了！我的肠子都悔青了！说句玩笑话：齐教授要是喜欢，我宁愿把这个位置让给你！"

一句话，一下子把齐东锵的脸说红了。"你这是什么话？你怎么能这么说话？"他实在没想到纪云雁会龌龊到这种地步，索性一吐为快："云雁！不是我损你，你真应该调整一下自己的思想了，你的这种思想，说白了就是垃圾思想！充满负能量。"

纪云雁却一点都不生气，反倒笑嘻嘻地说："垃圾有什么不好？如果能活得舒服，我倒宁可当一堆垃圾！"

他的话让齐东锵真是再无话可说了，他张了张嘴，只能张了张嘴，真的什么话都说不出来了。

康玉祥意味深长地瞟了一眼纪云雁，笑着对齐东锵说："当花一样的姑爷，我倒觉得云雁最配呢！我咋觉得他刚才那番话，是变相替他的老岳父做反腐败宣传呢！说一句不该说的话，我就不相信云雁的岳父会真的那么穷。一个在官场混了这么多年的人，如果没有一定的经济实力，他咋能当上那么大的官儿呢？"

纪云雁的嘴咧得更大了，甚至学起了小品演员的口吻："你咋不信呢？那家伙他家穷的，那家伙的，按理，他的官也的确做得不小了，可我岳母一直到死，都住在那幢平房里，一天福都没和他享过，连楼都没住过。他们所住的那三间砖平房，到现在还有呢，里面的家具估计现在还是老样子呢！不信你们就去参观一下！去看一看啥叫真正的家徒四壁，现在那所房子，别说往外出租了，即使白给人家住，都没有人愿意去住。我岳母去世后，我媳妇干脆就用那所房子养猫了。"

"养猫？"齐东锵的心里突然一动——那样冰清玉洁的干净女子，竟然能垂下身子去养猫？怎么可能呢？

纪云雁说："唉！你们不知道，我媳妇他们家，全都和花一样似的，全都是怪人！为了什么慈悲心，我媳妇这些年一直都在养流浪猫，都养出名了，以至于哪家捡到猫，也往我媳妇那里送，一开始养几只，十几只，到后来越繁殖越多，现在估计都有好几十只了。去年我老岳母去世了，猫的事就全堆在我媳妇一个人身上了！那可是一大群的猫啊！一天不喂都不行，那天我替她算了一下，每年仅用在猫身上的花销就得好几万！自从那所房子开始养猫以后，我一次都没进去过。有时候我媳妇让我给她送东西，我放到大门口转身就走，那些猫，别说让我喂，看着都心烦。"

齐东锵不知道为什么，突然想起了筷子。有一次聊天，记得筷子也说喜欢猫。

由筷子，齐东锵又想到了自己的际遇，一缕忧伤便浸入心田，是啊！那么好的事业，说消退就消退了，那么好的夫妻，说分心就分心了，自己现在到底怎么了？怎么活到这份儿上了？到底是哪里出问题了……

唐娟就像给齐东锵的心绪配画外音似的，突然悠悠地叹了一口气说："我是看明白了，人都是表面光鲜，貌似幸福，再歌舞升平的情境，如果深入其中，你也一定会发现深层次的苦难！人无论怎么活，都逃不出一个字——苦，你们看人的五官怎么写的？不就是一个苦字吗？得不到苦，得到了更苦。所以大师哥，你也就别强求嫂子怎么活了。"

齐东锵再次讶异地看了唐娟一眼，他发现她说话虽然总是慢悠悠的，可一句一句地细细品来，竟然都很有味道，看来她也是一个有深度的人呢！自从有了这个发现，齐东锵再看唐娟，不仅不觉得她讨厌了，甚至还发现她越看越耐看，越看越漂亮了。

纪云雁哭丧个脸："我不是看她可怜嘛！她现在可是被那些猫牢牢地套住了，套得寸步难行！哪儿都去不了，天天都得去喂猫！那个猫舍对于她来说，那是啥呀？那不就是监狱吗？可怜，实在是可怜……"

唐娟白了他一眼："行啦吧你！你看她可怜，人家没准还觉得很幸福呢！人的心思到底是什么样子的？哪有人能真正看得清？以前我不相信听到耳朵里的，只相信看到眼睛里的；可现在，我连看到眼睛里的都不再相信了。"一句话，把齐东锵佩服得五体投地。

她到底多大年纪呢？面庞像二十，眼睛像三十，脖子像四十，那就应该四十了吧？那么，她和康玉祥之间，到底又是什么关系呢？

听了唐娟的话，齐东临突然笑了，他拿起手机，迅速地翻动了，就大声念道："有一个女人在微信上写道：我家老公昨天和别人家的老婆出去旅游，迄今未归。我则被人家老公折腾一夜，好累哦！这则微信立即跟帖无数。她的老公看了，就在下面评论道：你奶奶的，我只不过陪女儿去毕业旅行，而你负责在家留守，照顾三岁儿子，就是这么简单的事，你干吗写得这么刺激啊？不装你会死啊？要是这么说，你所听到和看到的，都不是真相呢！"

大家听了，彼此目光交织，他们似乎都在对方的眼睛里看到了假象。

随着酒精进肚，酒桌边渐渐陷入无政府状态，大家都三个一伙两个一处地聊起来了，各个小圈子的话题也都不尽相同。有的聊微信，有的聊二胎，还有的聊房价。但聊着聊着，大家突然又都不聊了，都把目光投向了正在那里和唐娟打酒官司的康玉祥身上。

此时的康玉祥，也不知犯了哪股邪了，难道他也和齐东锵一样，刚刚发现唐娟的好？一双糯巴巴的长眼，粘在唐娟的脸上就挪不开了，因为唐娟始终没怎么喝酒，他就非撺着她多喝些不可。也许是因为酒桌边过于喧闹吧，他劝酒的声音突然尖细起来，因此就提高了一个分贝。

齐东临和纪云雁本来正在争论着股市行情，听到康玉祥的声音异常，就立即停止了争论，开始一唱一和地帮衬起康玉祥来，帮着帮着那举动就都显得猥琐起来了，就差没端起酒杯硬往唐娟嘴里灌了。

几杯酒下肚，唐娟渐渐面若桃花，越发显得端庄秀丽，加上一身金衣的托衬，怎么看怎么像仙女。她也始终仙女一般高贵地浅笑着，大家逼她喝酒，她就优雅地喝酒，只不过喝一口酒，就饮一口水；再喝一口酒，再饮一口水。酒杯里的酒一点点地见少，水杯里的水却一点点增多。直到齐东临哧的一声怪笑，不由分说抢走了唐娟的水杯，她拙劣的小伎俩才昭然若揭。

唐娟的逃酒行为让康玉祥颇为恼火，他突然向服务员举了杯子，声音低沉地说："再拿两个同样大的来！"

还未等服务员反应过来呢，齐东临已经跳起来，从柜子里拿过了两个杯子，放到了康玉祥面前。

齐东临的举动，令齐东锵有些瞠目结舌，不禁扪心自问："自己什么眼光啊？怎么和这种人搅成兄弟了？"

康玉祥斜睨了唐娟一眼，便面无表情地把两个空杯都放到唐娟的酒杯边，三只高脚杯在唐娟面前一字排开，就像摆什么阵似的。康玉祥又亲自拿过了酒瓶，把三个杯子依次斟满后，就阴森地盯住了唐娟，声音低低地说："干了！"

唐娟的表情就变了，变成了和康玉祥一样的表情——没有表情。

大家都看着唐娟，酒桌边再一次出现了静场。

"你说的那件事，说大也大，比天都大；说小也小，小到只能装满这三个酒杯！"康玉祥突然意味深长地说。

齐东锵双手抱肩，默默地靠在椅背上，心里说：这情节太老土了吧？这都老掉牙的了，还有没有点创意呀？

唐娟悠然一笑："好啊！我先去一下洗手间，回来一定喝。"说完便站起身，一步三摇地向洗手间走去，所有的男人都看着唐娟离去的背影。

纪云雁瞟了一眼康玉祥，突然一笑："这又唱的哪出戏？不会是三十六计走为上吧？"

康玉祥悠然一笑："那件事……可比她的小命还值钱呢？"

齐东锵故意傻傻地问："什么样的事，能比命还值钱呢？"

康玉祥紧绷绷的黑脸突然抽动了两下，就笑了，说："这世上哪有比命还值钱的事？你这个测谎大师，咋也相信谎言了？"

齐东锵便笑了，故意笑得很响。可他的短信提示音却比他笑得还响，咣当一声，顿时吸引了大家的目光。齐东锵拿过手机看了一眼，上面显示的是一个陌生的号码，那个号码还很特殊，尾号竟然是四个8。齐东锵犹豫了一下，便打开了短信，发现里面只有一行字：

　　散席后送我到欧罗巴酒店，唐娟。

齐东锵不禁鄙夷地用鼻子哼了一下。他平时最瞧不起的，就是这些通过吉利数字乞求发迹的人。哼！如此功利浅薄之人，还配让我护送？

正这么鄙夷着呢，就见唐娟从洗手间那边过来了，仍然一步三摇，仪态万方的。齐东临立即站起身迎接她，待她走近时，还夸张地弯下腰，一手放在腹前，一手弯在后面，向她行了一个大大的迎宾礼。

为配合齐东临的殷勤，唐娟也夸张地抬了头，挺了胸，换上了君临天下的眼神，迈出了女皇登基的步履，酒桌边便响起一阵掌声。齐东锵注意到：一直到落座，唐娟都没朝他这边瞟过一眼。

女皇归位，逼酒继续，大家的目光依然都在盯着唐娟。还未等康玉祥"亲自"

说话呢，纪云雁先癞蛤蟆一般凑了过去，明明三杯酒都已经斟满，他还是抖抖索索地拿过酒瓶分别倒了一滴，然后再次弯下腰去，做了一个请您喝酒的手势。

齐东锵斜觑着纪云雁，忍不住用鼻子嗤了两下：真是暴殄天物！多么俊逸的五官，多么秀颀的身材，可他怎么就不能让自己值钱些呢？真是白瞎了那个天生丽质的美人了！

就在齐东锵东鄙西骂之时，唐娟已经开始喝酒了。齐东锵真遗憾没能把当时的镜头暗录下来，那实在是一幅绝世无伦的仕女狂饮图！也不知是衣服的金光反衬的，还是头顶的灯光渲染的，还别说，喝酒时的唐娟还真有一种古典仕女的神韵，双颊含霞，顾盼神飞……尤其她的唇，咋就那么娇嫩，咋就那么红润呢？齐东锵看了半天，才意识到自己也一定和康玉祥一样，慢慢地张开了嘴，便忙不迭地把嘴闭上了。

散席后送我到欧罗巴酒店，唐娟。

齐东锵的心异样地跳了——她到底是假纯洁还是真清高？为什么偏偏选择了我？我到底应不应该去蹚这摊子浑水？我真的能做到置之不理吗？可万一我在送她的时候，被别人误解了怎么办？齐东锵啊齐东锵，你还嫌你现在的日子不够乱吗？——女人真的是祸水啊！

三杯酒进肚，酒桌边顿时掌声一片。也不知是酒精发挥了作用，还是唐娟本身就具备演讲的天赋，接下来这个舞台，就全由唐娟霸占了。她的声音依然像刚才那样，不高也不低，不急也不缓，慢悠悠的，就像一盘五颜六色的小点心，放在那里看并不怎么起眼儿，可闲饥难忍时尝那么一块，竟然满嘴奇香。明明已经咽进肚了，可那香味却还在口腔里萦绕呢。吃了一块酸的，又拿起了一块甜的，吃了一块黄三角的，又拿起了一块粉五星的……这可真是秀色可餐啊！

好的东西，大家就都会觉得好，于是，在座的所有嘴就都停下了咀嚼，就都停下了说话，就都变得微笑起来了！演讲到最高潮的时候，连酒桌边的气氛都变了，浊气渐渐地下沉，清气渐渐地上升，酒桌边的每一个俗人，也都渐渐地变得高尚纯洁了。

齐东临和纪云雁这两个跳梁小丑，此时早已变得老实了，连康玉祥那始终没有一丝表情的黑脸上，也微微地透露出了一种神往。齐东锵突然想起了唐娟送给自己的那本通体洁白的小书，便后悔自己为什么就没有抽时间翻一翻，他相信那一定是一本非常唯美非常好看的书，言为心声嘛！

第五章：尴尬的角色

十三

再高雅的乐曲也终有收尾的时候，就像再幽美的路也总有走完的时候。那些因唐娟的调侃而变得纯洁高贵的一张张笑脸，随着康玉祥的一句"时间不早了吧？"立即噼里啪啦地堕回到原来的臭皮囊里。

纪云雁看了一眼手表，才像是突然想起了什么似的，笑了笑，有些崇拜地看了看唐娟说："今晚的时间怎么过得这么快呢！都怪小师妹挑逗的，你看看，大家的魂都被你说丢了！"

齐东临也收回了脸上乱七八糟的表情，变得严肃且庄重起来。他征求地看着纪云雁说："一会儿住宿怎么安排？要是不嫌弃，就送康老去福临宾馆住吧，那里的条件，在我们古城市也算一流的。"

纪云雁连连摆手："不用不用，住的事儿你就不用管了，一会儿师父和师妹都跟着我走。"

唐娟看似无意地瞥了齐东锵一眼，便默默地站起了身。

齐东锵这才想起自己的使命，尽管他直到这时，也没想好自己到底该怎么护送唐娟，但护送唐娟的想法已经确定了。是的，她的确是一个名符其实的才女，只要有我齐东锵在，就绝不会让任何人去侵犯她的高洁和美丽！

唐娟的确喝多了，顺着走廊往出走时，不仅步履凌乱，甚至好几次差点撞到了墙上。齐东锵慢吞吞地走在她的后面，暗暗琢磨着一会儿到底应该怎么送她去宾馆。

康玉祥虽然始终稳稳地走在最前面，但从他几次回眸的目光里，齐东锵还是看出了他叵测的居心。作为走狗，纪云雁堪称最忠实的走狗，此时的他简直是寸步不离地陪着唐娟，那明明修长俊逸的背影，此时看起来也只剩猥琐了。

走出宴会厅，是铺着厚厚地毯的长廊，在软绵绵的长廊上走的时候，齐东锵看到前方挂着一个洗手间的标牌，心里便叫道：上洗手间啊！你应该去洗手间……

仿佛有心理感应似的，唐娟走着走着，果然一转身，真的朝洗手间走去了，尽管依然走得趔趔趄趄的。

在唐娟往洗手间拐弯时，纪云雁甚至也跟了两步，但他终于发现自己是个男人了，只好止住了跟随的脚步，继续向前走了。

在楼梯的拐角处，摆着两棵高大的发财树，发财树后面的阴影里，隐隐约约可看到一对小沙发，齐东锵想乘人不备去那里坐一会儿，好等唐娟出来，一回头，却看见齐东临就在自己的后面走着，四目相对，两个人都笑了，齐东锵便和他一起下了楼梯。

走出旋转门，齐东临问齐东锵："大哥，你刚才怎么来的？打车来的吗？等一会儿我让司机送你回去吧！"

齐东锵一笑说："你不用管我，只管照顾好你的客人吧。"

正说话间，纪云雁经常驾驶的那辆宝马轿车就无声地驶了过来，停到了门前，康玉祥和齐东锵等人握了握手，就先行坐到车里去了。

纪云雁回头向大门处看了几眼，可唐娟还是没有出来。

齐东锵便装傻似的说："云雁，你们这是在等唐老师吗？我看你不如先送你师父去！哪有让师父等徒弟的道理呢？她们女人个个都是'世界名磨'，不一定什么时候能出来呢！等一会儿她出来时，不如让东临他们送她！"

齐东临却嬉皮地一笑："让我送唐老师？云雁怎么能放心呢？"说罢，就对门边的一位服务小姐吩咐道："麻烦您去洗手间看一看，她不会是睡在洗手间了吧！"

纪云雁依然倔强地等在车下，因为无事可干，他便无话找话地对齐东锵说："齐教授，我看你这些年一直都是挤地铁上下班，您那么有钱，怎么就不买辆代步车呢？"

齐东锵笑了，反问道："买车做什么？"

纪云雁愣了一下，说："当然是图个方便啊！"

齐东锵一伸手，做了个打车的姿态："再方便，能有这么一伸手方便吗？你瞧：这满大街跑的，哪辆不是咱自己家的车？"正这么比画着呢，一辆出租车就箭一般地驶了过来，嘎的一声停在了齐东锵的身边。

齐东锵便朝大家笑了说："看看，这也太方便了吧？"一句话，说得几个人都笑了。

齐东锵正犹豫着是不是应该上车呢，裤兜里的手机突然敲桌子似的响了两声，齐东锵猜想可能是唐娟的短信，就赶紧冲大家抱了抱拳说："先走一步了！"

便一甩身上了出租车。直到坐到车里，才敢拿出手机偷偷地看，果然是尾号四个8的短信，只见上面写道："到东侧角门口等我！"

齐东锵对司机吩咐了一句，出租车就向前驶去，直到驶出大家的视线外了，齐东锵才突然想起了什么似的，让出租车又兜了回去，直往东侧小角门驶去。

车还未等驶近，就远远看见了唐娟四处张望的身影。在微微的晚风中，她的身影显得纤纤弱弱，金袂飘飘的。

——记忆中唐娟应该很胖的，什么时候她的身材也这么好看了？隔着车窗，齐东锵不禁仔细端详了一番唐娟，正巧唐娟也在往车里看，四目相对，两个人就都笑了。

"谢谢你，齐教授！"一上车，她就轻轻地握住了齐东锵的手，齐东锵感觉她的小手胖胖的，凉凉的，一缕怜爱之情也油然而生了……

"欧罗巴酒店！"唐娟吩咐了一句，出租车就向前行驶了，很快就汇入了流光溢彩的车龙里。齐东锵没有松开唐娟的小手，唐娟也就任齐东锵那么攥了，两个人都没有说话。

这是古城最繁华的一条街道，无论往哪个方向看，都能看到流淌的祥光，诡谲陆离的光线以各种流线型的姿态投射到了车厢里，在唐娟那鹅蛋形的脸上随意涂抹，为她的美丽增加了一层斑驳的神秘。

齐东锵暧昧地瞟了唐娟一眼，突然咻咻地笑了，唐娟也笑了，轻轻地抽出了她的小手，犹豫了一下，又反过来更紧地攥住了他的大手，两只手就这样绞在了一起，静悄悄地说着不为人知的情话。

"酒量还可以嘛！"齐东锵突然附到唐娟的耳边，柔声地说。

"别开我的玩笑了！我可是舍命在喝呢！幸好刚才吐出去了一些！"唐娟近乎耳语，柔柔的气息让齐东锵感到了痒。

"什么样的事情，值得你如此舍命呢？"齐东锵好奇地问。

唐娟再次苦笑了："唉！一言难尽！不过话说回来，我敢于如此舍命，也和您有关系！"

"和我有关系？"齐东锵丈二和尚摸不着头脑。

"要不是遇到了您这个值得信赖的人，我咋敢这么舍命地喝呢？"

齐东锵微微一笑："您真的这么认为吗？"

唐娟也一笑："难道您不值得信赖吗？军警自古一家亲，难道您不承认您是警察叔叔吗？"

"警察叔叔也许比别人更坏呢！"齐东锵说着，一边揉捏了一下她柔柔的手指。

唐娟呓语似的说："如果一样被人欺负，那我倒宁肯被警察叔叔欺负呢！"说罢，就把自己金色的头轻轻地靠在了齐东锵的肩膀上。

两个人便都不说话了，车厢里光线也突然暗了，原来出租车已经驶入了一条古老幽静的巷子里。这的确是一条古老的巷道，不看别的，仅看路两旁那又粗又高的梧桐树，就能推算出小巷的年代。隔着婆娑的树影，齐东锵远远地看到了一块流光溢彩的招牌正透过树影向远处眨着眼，一同眨眼的还有那五个炫彩字——"欧罗巴酒店"。

突然，唐娟的手机响了，把齐东锵从缥缈的梦幻一下子拉回了现实。唐娟打开手机，冲齐东锵一笑，就有气无力地说："东临大哥啊！我都不想接你的电话了！为啥？当然是和你生气了！这回可是真生气了！你们怎么不等等我呢？刚才我出门时，发现你们所有人都走了，没有一个人等我，我迷迷瞪瞪地在门前站了好半天呢，也没有发现一个人……行了，你就别解释了！反正我已经受伤了！哼！不说了！"

唐娟说罢，不等对方说什么，就忙不迭地把手机关了。关完了手机，依然气呼呼地喘了半天，好像刚才她所说的话，都是真的似的。

齐东锵同情地看着她："你再怎么巧舌如簧，人家最终也是不满意，那你的酒不是白喝了？"

唐娟无奈地一笑："我也只能做这么多了，每个人都有自己的底线不是？我倒是希望自己是拿小人之心度君子之腹呢！行了，不想那么多了！反正尽力了就行了，至于结果怎么样，凭天吧！"

齐东锵想了想，的确是那么一回事，便缄口不问了。

出租车在宾馆门前停下了，齐东锵冲唐娟一笑，小声地说了句："恕我不送了！"便松开了唐娟的手。

阴暗的车厢里，唐娟幽幽地看着他，不说话，也不下车，齐东锵便笑笑说："你的眼光真的很准的！我的确是那个值得你信赖的警察叔叔！"

唐娟这才俏皮地一笑，低眉垂目沉吟了一会儿，终于什么话都不再说，抓起小包就蹦蹦跶跶地下车去了，身姿轻盈地像个少女。齐东锵一直看着她那俏丽的身影就那么一蹦一跳地走进了宾馆的大门，才让出租车离开……

第二天，唐娟和她的团队就开始紧张地工作了，从节目筹划，前期采访，到最后录制，一切都进行得很顺利，很圆满。

在众人面前，齐东锵和徐问玉也一直表现得恩恩爱爱的，镜头里的徐问玉，真的好美好纯好贤惠，言谈举止全都透着好妻子的范儿。

面对镜头，她温文尔雅地侃侃而谈，有几句话都堪称经典了：比如"精神的沟通用不着语言，只要是两颗充满着爱的心就行了"，再比如"同丝有同藕，异心无异意"。

访谈节目播出前，唐娟特意把样本传给了齐东锵，让他和徐问玉先行审了一遍。还真别说，唐娟所带领的团队，的确是一流的团队，这次访谈节目他们制作得非常漂亮，唯一让徐问玉觉得美中不足的，是她脖子上的一块淤青，不小心露出来了。

尽管徐问玉为了遮蔽淤青，特意佩戴了一块素雅的围巾，但在一个头部特写的镜头里，那块淤青还是很明显地露了出来——当然，粗心的人，也许不会注意到这个细节的。

但唐娟和她的团队一定是注意到了，因为在节目正式播出时，徐问玉发现：那段露淤青的镜头已经被巧妙地剪裁掉了。

电视节目播出那天，齐东锵和徐问玉不约而同地坐在了沙发上，而在这之前，两个人依然没有重归于好。

节目里，徐问玉谈到了婆婆生病时的一些往事，她说：作为一个儿媳，尽管她对婆婆已经做到了全力以赴，可如今回忆起来，她还是觉得内疚。为表达遗憾之情，她还引用了"风树之悲"的典故，用"树欲静而风不止，子欲养而亲不待"来比喻自己的丧亲之痛。

徐问玉说到动情处，甚至大泪滂沱，因为哽咽好半天说不出话来。其实节目策划里并没有婆婆生病这一项的，徐问玉不知为什么突然就说到了这个话题，并且还说得如此动情，哭得比婆婆去世时还要伤悲。

当时录节目时，齐东锵虽然也在旁边坐着呢，可因为特别的环境，齐东锵当时只有录镜头时的紧张，并没觉伤感，可此时通过电视再看这个镜头时，齐东锵就有些悲恸了，眼泪也禁不住涌流出来。哭着哭着，齐东锵就把徐问玉拉到了自己的怀里，接着，两个人就抱头痛哭起来……

十四

齐东锵和徐问玉就这么和好了，日子也似乎又恢复了过去的平静。

可事实上，日子真的能够平静下来吗？

比如，一向寂如古墓的对门，就一反过去的平静，突然变得喧闹起来了。

那种喧闹，先是体现在东西碰撞上，不是椅子咣当一声掀翻了，就是碗碟哗啦一声碎在了地上。后来就陆陆续续地响起怪叫声了，是那种极其怪异的呼啸声，既像人拉着长声打哈欠，又像狗在哀怨地嚎叫……

"他们家……最近是不是养什么宠物了？"特别的声音终于把齐东锵从书房里拉了出来。

"不能吧？"客厅里，徐问玉正在给齐东锵熨烫衣服，她头都没抬。

"对了，那天遇到一件怪事儿，一直忘了和你说。"

齐东锵坐在了沙发上，他突然想与妻子聊一会儿了："咱们对门的那个男人，其实叫纪云雁，根本就不叫殷勤，这可真是笑话，他咋能不叫殷勤呢？我明明记得那张电费单子上写的就是殷勤。"齐东锵盯着妻子一丝不乱的乌发，边说边笑。

"他到底叫啥名字，和咱们有啥关系？爱叫啥就叫啥呗！"徐问玉依然没有抬头。

徐问玉脸上那出奇的漠然，让齐东锵奇怪极了："当然没多大关系，只不过对门住了这么多年，再怎么粗心，也不应该叫差人家的名字吧？我小时候在农村住，一个屯子千八百号人呢，可大家都能准确地叫出每一个人的名字，甚至连乳名和外号都能叫出来，可一搬到城里，就啥都变了。"

"我反倒更喜欢城里人的这种活法，认识的人多有什么用？认识的人越多，麻烦事儿就越多！还是那句老话说得好：亲戚远来香，邻居高打墙。"徐问玉终于熨完了衣服，她把衣服挂在了衣架上，转身又去卧室忙了。

"就不能坐下来消停地说一会儿话吗？"齐东锵扫兴地冲她喊了一声。

"我不忙，这些床单你洗呀？"徐问玉从卧室里出来，冲齐东锵亮了一下手中的床单，可还没等齐东锵说什么呢，她又钻进卫生间去了。

"这床单，昨天不是刚刚才换过吗？"齐东锵只得加大些声音。

卫生间里静静的，没有反应，接着，洗衣机就呜呜咽咽地哭起来了。

像是要和洗衣机的哭声叫板似的，对门的怪叫又响起了，齐东锵侧耳倾听了一会儿，这回却听清了：原来是有人在唱歌，只不过那人的嗓音太怪了吧，像公鸭叫似的，唱出的调子更怪，别说五线谱了，八线谱也一定谱不出来。

齐东锵便用心揣摩起来，他非常想知道到底会是谁能唱出这种调子的歌来。以前，她偶尔也会唱起歌来，尽管一年也难得听到一次，但齐东锵还是深深地记住了她的歌声，因为她的歌声实在是太美太诱人了，简直是天籁之音，那种婉转，那种清丽，哪怕仅仅听到一次就再忘不了。

可这怪诞的歌儿又会是谁唱出来的呢？难道是纪云雁？齐东锵回忆了一下纪

云雁的声音，纪云雁的嘴虽然稀松无比让人厌烦，但他的声音还是很悦耳的，再怎么变调，也不至于变出这么有杀伤力的歌吧？

谜底很快就揭开了。那天，齐东锵下班回来，刚刚走出电梯，就看到对门家的门半开着，从门里伸出一个脑袋来，正斜着眼睛往外看着什么，见了齐东锵，他也快速地斜了齐东锵一眼，那眼神儿快得就像游鱼从鱼缸里跳出来，哗啦一声不见了踪影。

他是一个男孩子，十四五岁的样子，虽然年纪不大，但那张脸却满是褶皱似的，给人的第一印象是猥琐，再看一眼还是猥琐。齐东锵注意地看了一下他的眼睛，才知道他刚才并不是斜睨自己，只不过他的眼睛本身就长得斜，不仅眼睛斜，连脸也是斜的，包括那张显得很松很大的嘴。

齐东锵冲他微笑了一下，柔声地问："你是他们家的客人吗？"

齐东锵的话让男孩子愣了一下，但他并没有回答齐东锵的话，他只是警觉地瞪了齐东锵一眼，然后一抽鼻子就嗖的一下缩回门里去了，接着那门就砰的一声恶狠狠地关住，好像向谁示威似的。

齐东锵便苦笑了，试图猜一猜男孩子的身份，却百思不得其解。

打开门，见徐问玉正躺在沙发上玩手机，齐东锵开门进屋，她也没抬眼睛看他，眼睛依然盯着手机，嘴里却说："洗洗手，准备吃饭吧。"

齐东锵就说："对门家来了个男孩子，也不知道是谁，能不能是他们的儿子呢？我记得以前曾听刘嫂说过，他们家好像有一个男孩子，可刚才看到的这个男孩子不可能是她的儿子吧？长得也太不像了吧？"

徐问玉慢慢地从沙发上坐起来，眼睛依然没看齐东锵的眼睛，拿着手机就往厨房里走去了。走了几步，似乎觉得自己不对，才懒懒地说："谁知道呢？"

自从二人重归于好后，徐问玉对齐东锵的态度总是这么不理不睬，不冷不热的，齐东锵虽然早已习惯了，但他还是觉得不愉快。

"这种日子，"他想，"过得真他妈的没意思！"

齐东锵洗了手来到厨房，发现饭菜都已经摆在饭桌上了，两个菜，绿莹莹黄澄澄的，香气诱人。自己的碗筷也摆放好了，旁边还摆着一瓶罐装啤酒。

看到这些，齐东锵的心便暖了，心房里憋着的那股烟气也静悄悄地飘散开来。他冲徐问玉一笑，便坐下来美美地享用起来，吃了一口菜，好香，喝了一口啤酒，好凉快。

徐问玉虽然近在半尺，却依然埋着头，也不知道是在吃饭，还是在用嘴数饭粒，只见她一个饭粒一个饭粒地往嘴里送，吃得没滋没味儿的。

齐东锵的柔情便上来了，狠狠地夹了一筷头子菜就送到了她的碗上，本想再说几句温柔的话的，可张了张嘴，却什么话都没有说出来，只好呵呵地傻笑了两声。正这么傻笑着呢，突听砰的一声爆响，就像山崩地裂了似的，两个人周身一震，不禁惊愕地对视了一下。

接着，就听对门那边就传过来一声怒吼："你怎么回事嘛！这孩子……"这回听清了，是纪云雁的声音。

"你们把我当啥了？空气吗？"这一定又是那个男孩子的声音，是边哭边喊的那种，声音尖厉得就像谁在用铁铲子刮铁锅。

门声响了，有人从门里走出去，走得很急，一路小跑似的。齐东锵也一路小跑着到了门前，然后就扒在猫眼上向外面看了起来，在电梯的门前，他看到她正背对着这边哭，哭得肩膀一耸一耸的。真不知道此时的她是否还戴着面纱？

齐东锵正这么胡乱猜度着，一回头，却见徐问玉站在厨房边瞪着他，齐东锵的脸就红了，像是自己做了什么偷人的事让人抓住了似的，便嗫嚅地解释说："我以为他们打起来了……想看看是不是应该出去拉个架。"

"你的闲心咋总这么大？"徐问玉妖妖道道地瞪了他一眼，转身又回餐厅吃饭去了。

齐东锵便不好意思再接着看了，也讪讪地回到餐厅，继续喝起酒来。

晚上，齐东锵洗完了澡，便走进书房里上网，刚打开QQ，就看到筷子的头像在闪了。

"这家伙，多久了？终于露面了！"见了她的小头像，齐东锵有一种久违了的感动，马上点击了她，却见上面只写了六个字："随风，见一面吧！"齐东锵便愣住了。

"见面？我没有看错吧？你忘了我们的'五约'了？"

齐东锵为表示惊异，还特意发过去一个女孩子张大嘴巴表惊奇的图片。

是的，如果没有这"五约"，两个虚幻的网友，怎么可能会维持二十年的时光？

"见一面吧！求你了！"

"为什么？"

"摊上了一件拿不起放不下的事情。"

"拿得起放得下的，永远都是筷子！叭的一声放下就完了！"

"别打岔，见一面吧！"

"两个不知底细的网友，怎么那么容易就见了？你知道我是哪里人呀？我有可能身在美国呢！"

"不和你绕弯子了，我早就知道你是谁了！"

"你早就知道我是谁了？什么意思？"

"见了面，你自然就知道了！"

她的话提醒了齐东锵：是啊！多聪明的筷子呀！竟然和他玩起了"本末倒置"的花招儿，差一点就让她骗了呢！见了面她当然就知道我是谁了！

"到底出了什么事？非要见我？"

"网上无法说，只能见面说……"

"网上什么话不可以说呀？"

"不行，网络聊天，会留痕迹的。"

齐东锵不回答了，只给她发了一个搞怪的视频。

"人家心里都堵死了，你还在这里开玩笑。不是我吓唬你，我要是出事了，一定把你也拉下水。"

"拉我下水？不那么容易吧？如果你知道我是做什么的，就更不会这么说了。虽然我们做朋友二十年了，但我们彼此的信息都是假的……"

"那得看警察想不想调查了！现在科技多先进啊！警察想要调查谁，哪怕你是生活在地底下的老鼠，他也能把你揪出来的，你可别忘了：作为视听材料，聊天记录也是证据！"

齐东锵的心先是一热，后又一麻，接着全身的冷汗就流下来了——警察？连警察都扯进来了？那筷子摊上的事，可真是不小的事！

齐东锵越想越冷，越想越怕。一晃多少年了，他们两个在网上什么心里话没聊过？除了脸皮与称谓，彼此还真的没有什么秘密而言呢。

"幸亏有你，这件事你肯定能帮上我！"

——齐东锵的身体越来越凉，越来越凉。

"咋不说话了？随风！说话呀！我没和你开玩笑，我真的需要你的帮助！"

"临时有点事，我下了！"齐东锵打出了这样一行字，刚要发给她，筷子突然又发了一个讨好他的图片，那是一个美女为男人搔痒的图片。

"随风，别不理我，求你了！"

……

"我刚才说的，行不行啊！到底什么时候和我见面？"

……

"我都低贱到这种地步了！你怎么连一点同情心都没有？"

……

一股怨气突然直冲脑际：你把自己当成啥了？你知道你在和谁聊天吗？齐东锵怎么能轻易和网友见面呢？

齐东锵不再理她，移动了鼠标就关闭了与筷子聊天的窗口。也就在那一瞬间，一个决定在脑海里一闪："对，秋风斩！不仅不能见面，还要秋风斩乱麻，斩断一切关系！"

《秋风斩》是自己和筷子合写的一首小诗，两个人那天聊天，聊着聊着就你一句、我一句地聊出了一首小诗，当时为了庆祝这首小诗的诞生，两个人还共同唱了一首歌呢！这首诗就是《秋风斩》：

> 无言也罢。
> 湖畔摇曳的苇花，
> 美如你眨眼时，
> 眉间的浅笑与轻嗔。
> 亦如秋阳扫衣袖，
> 也扫雀翼挽不住的黄昏。
> 似今年最后一缕秋风，
> 拦腰斩断我心头初落的霜寒。

嘴里吟诵着诗，齐东锵的手却快速地移动起鼠标来，鼠标那轻微的啪啪声，就像给他们的小诗打拍子似的。一首小诗朗诵完了，筷子在QQ里的一切信息也被齐东锵删完了——二十年的网恋，二十年啊！没想到删除时竟如此容易，连二十秒都没用上。

删了筷子，齐东锵便把自己放倒在床上，让自己完完全全地沉浸在那墨黑的混沌之中——什么时候外面已经漆黑如墨了？

头脑里的狂潮退去了，只剩下了那种如鼓的心跳，砰，砰，砰，敲在心里；砰，砰，砰，也敲在混沌的大脑中……

两滴清泪缓缓地从齐东锵的眼睛里滚落出来，一种空前绝后的绝望也涌上了心头：是的，在有生之年，齐东锵不可能再和筷子共同写诗了。

"唉！"齐东锵不由得深深地叹了一口气，他有些无助地向四处看了看，他又开始觉得"空"了，就像一脚就踏进了那个深深的洞里。

妻子已经躺下了，齐东锵在卧室边犹豫了一下，便慢慢地踱进客厅，客厅里当然更是黑黑的，那种空便被这种黑无限地扩大了，窗台不见了，墙壁不见了，包括她曾经躺过的沙发，和沙发上存留过的天竺葵的香味儿……

筷子"死去了"，像是一个垂死的人总要拼命抓住什么似的，齐东锵突然万分思念起对门的女人来，继而又万分奇怪这种思念来：是啊！她是谁？她到底叫什么名字？时至今日，你连她叫什么都没有弄清楚呢，却在这里苦苦地思念她，这到底是什么样的情感呢？

可思绪却不受理智的左右，齐东锵还是禁不住要思念她。

——她们家到底发生什么事了？她为什么会哭成那个样子？那个男孩子和她到底什么关系？

——那天，她真的在这张沙发上躺过吗？

齐东锵慢慢地躺倒在沙发上，偷偷地闻了闻沙发的垫子，似乎真的闻到了那一丝沁人心脾的天竺葵的幽香，泪水也无缘由地涌流了出来，一滴一滴，无声地滴落在墨黑的沙发垫子上。

"你太愚蠢了！你以为删除了筷子，就真的把一切印记都删除了吗？"她突然出现了，像那天一样，仰面躺在这个墨黑的沙发上，躺在齐东锵的身子下方，而齐东锵，也正在把自己一切重量，一切重量，全都压在她柔柔的身上。她的身体真的是太柔了，有一种融化的感觉，不仅她融化了，连他自己也融化了。

"没听明白我的话吗？"墨黑中，齐东锵突然看到了她的眼睛，冲他眨了眨——透过那层雾状的面纱，她的眼睛如暗夜里的星星。

齐东锵呼地一下坐起身：是啊！这不是典型的掩耳盗铃吗？你把聊天记录删除了，就只是把你自己的界面删除了，可筷子的界面呢？假使筷子的界面也删除了，可连接在两个界面之间的那个无限的虚空呢？

想到网络，想到那么大那么空、无处不在的网络，齐东锵突然觉得自己是多么的渺小，多么的无助，以至于越来越恐惧。齐东锵虽然是全国著名的心理测试专家，但内行的人都知道：任何的测试都是需要先决条件的，如果没有心理测试仪，他和其他网友真的没有什么不同的。

"警察想要调查谁，哪怕你是生活在地底下的老鼠，他也能把你揪出来的……"筷子那炫彩的仿宋字又在眼前闪烁起来。

若想人不知，除非己莫为，看来，齐东锵无论怎么做，都徒劳无益了。

"除非，你把筷子的界面也删除了！"她的声音又响了起来，沙哑的声音，不是从一个方向传来的，而是从四面八方渗透的。

可不知筷子的QQ密码，又怎么能删除她的界面呢？

齐东锵突然想起和筷子聊天时，筷子透露给他的一个怪癖："那首歌已经渗透在我的整个生命里了！包括我设置各种各样的密码……"记得当时她就是这么说的。

筷子和那首歌的渊源，缘自一个故事：小时候，筷子曾遭遇过一次溺水，生死关头，是一位警察把她从水沟里拽了出来，当时拽她出来时，她还小，还不懂事，或者当时她真的被水灌蒙了，才没有想起询问那个警察的名字，但她却深深地记住了那个警察的面容。

后来有一天，她在一个岗楼边遇到了一位警察，咋看咋觉得那个警察就是当初救她性命的人，于是，她就跑上前去询问，可那个警察却说啥都不承认自己曾经救过一个孩子。

因为这件事，筷子一直很忧伤。有一次，筷子的学校组织学生广场演出，筷子便根据这个故事，组织几个学生自编自演了一个小节目。老师为了提高节目的感染力，还帮他们进行了艺术处理，用一首歌贯穿整个节目，还别说，这么一贯穿，那个小节目的艺术氛围就出来了，后来连那个节目的名字，也用那首歌命了名。

其实那首歌也是齐东锵最喜欢的儿歌，名字就是《我在马路边捡到一分钱》。

筷子真的会用那首歌当密码？

齐东锵试着用简谱唱了一下那首歌：

| 5 i | 6i 5 | 35 23 | 5 0 |

——这可能吗？

——到底可不可能，试一下不就知道了？

齐东锵立即翻身起来，几步就到了电脑边，移动了一下鼠标，就噼里啪啦地输入了筷子的QQ号，接着又把这段简谱输入了进去。

生活还算厚待齐东锵，因为奇迹随后就出现了：筷子的QQ窗口转眼就展现在了齐东锵的面前。

齐东锵别提有多兴奋了，可他的兴奋仅仅停留了一分钟都不到，就发现自己刚才的努力全都是徒劳的。因为在筷子的QQ窗口里，齐东锵无论怎么努力地翻找，也找不到自己的一点痕迹了，就像他这个网友根本就没有在筷子的QQ出现过似的。

并且，更让齐东锵惊奇的，是筷子的QQ里，根本就没有任何好友，空间也没有任何文章，那里简直就是一所空房子。

十五

不管将来会发生什么样的事情，筷子给齐东锵带来的麻烦都只是想象中的麻烦。

而唐娟的麻烦才是真真实实的麻烦呢。

齐东锵是在去养老院的地铁里接到唐娟那尾号四个8的电话的。在电话里，唐娟连一句铺垫的话都没有说，直板板地就把那件麻烦事撂到他面前了："有人要害我！齐教授，你快来帮帮我！"唐娟声音里有一种异样的紧张和诡秘，就像电影里常听到的那种。

"谁要害你？你不是女军官吗？女军官还有人敢害？"齐东锵看了一眼自己手里的档案袋。

"我就在欧罗巴酒店东边的咖啡馆附近……你快点来！"

"有危险你找你们军队的人多好啊？再不也可以报警啊！你打110，警察会比我先到的……"齐东锵正这么啰啰唆唆地说着呢，电话却突然断了。齐东锵把电话拨了回去，里面传出"您拨打的电话已关机"的提示。

"他妈的，这都怎么了？我的麻烦事还少吗？"齐东锵默默地骂了句，便忽地坐回到椅子上。刚才因为紧急，他在接电话时不知不觉就站起了身，并已经走到了地铁的门边。可此时再坐回到座位上，他才意识到自己还真的不能就这么坐着了。如果唐娟出了危险，他这个最后接电话的人，也是有责任的。哪怕法律上没有责任，良心也过不去呢。

齐东锵看了看手中的档案袋，思绪便飞轮一般急剧转动起来。档案袋里装的不是文件，而是三万元现金，是他准备到养老院送给沈阿姨的。

自从妈妈死了以后，齐东锵隔三岔五就去养老院看望沈阿姨，他也说不清为什么，就是忍不住要去看她。

对于齐东锵的做法，徐问玉刚开始并没有说什么，但后来见他每次去都要买很多贵重的礼物，就旗帜鲜明地向他表明了态度："我劝你没事时，还是少往那里跑，那个沈老太太我可是没看好她，她这个人，实在是太奸了！你不要以为她对你妈妈有什么恩情，其实她和你妈妈之间纯属互相利用。我都怀疑她一个农村老太太，能在养老院住这么长时间，都是你妈妈在替她交养老费呢！"

末了，她又恶狠狠地加了一句："现在的事儿，我算是看明白了！全都是假象，只有钱是真的！"

也就在徐问玉警告齐东锵的第二天，养老院就打电话来了。以前妈妈活着的时候，养老院有什么事情，都是找徐问玉的。可这次电话却打到齐东锵的手机了，而且还是院长亲自打来的。院长在电话里先是东扯西扯地说了一些别的，后来才告诉齐东锵：沈阿姨因拖欠养老费交不上，养老院正往外撵她呢！弦外之音不言自明。

"可您为啥给我打电话呢？您应该给她儿子打电话吧？我听说她有两个儿子呢！"齐东锵迷惑地问。

院长迟疑了一下，吞吞吐吐地说："我只是觉得……她是你妈妈的生前好友……沈阿姨也的确很可怜，她虽然有两个儿子，但有了还不如没有呢！这么说吧！他们每次来养老院，都是来向他们妈妈要钱花的。"

齐东锵想了想，说了声谢谢，就把电话挂了。是的，哪怕齐东锵真的去资助沈阿姨，也不想让院长这类人知道。忙完了手中的事后，齐东锵就取出了三万元现金，准备送给沈阿姨。当然为了避免矛盾，齐东锵并没把这件事告诉徐问玉，幸好他存了一些私房钱。

两件麻烦事，全和齐东锵没有一毛钱的关系，可偏偏都找到了齐东锵。齐东锵揉了揉头发，他实在不是怕事的人，只是不知道这两件事，到底应该先管哪一项！

齐东锵用手机导航查了一下位置，发现欧罗巴酒店就在附近的一个地铁站的旁边，便决定先可近处办，这么想着就站起了身，准备在下个站点下车。

一出地铁口，他就一路小跑向欧罗巴酒店奔去。隔了老远就看到了欧罗巴酒店的招牌，再往前一点儿，就看到了唐娟所说的那家咖啡馆。那是一个带点欧洲情调的咖啡馆，名叫蓝玛赫，门脸儿装饰得很祥和，并不像想象里的那么阴森恐怖，夕阳的余晖暖暖地笼罩着咖啡馆那浓妆淡抹的彩门雕窗，使这里显出了一派歌舞升平的浪漫情调。

齐东锵在咖啡馆门前慢慢地走着，装成打手机的样子，暗暗留心着四方的动态。事实上，他也确实在打手机，但唐娟的电话依然处于关机的状态。

咖啡馆对面，隔着一排梧桐树，就是正在兴建的海滨广场，已经成形的或正在建设中的各种建筑物，使宽阔的广场多了许多可以藏污纳垢的屏障。

眼睛的余光里，齐东锵看到一个女人的影子在树间晃了一下，接着唐娟就迈着急促的步履向他奔来。齐东锵回头看了她一眼，发现黄澄澄的夕阳很圆很大，就在她身后的树林上方悬着，暖昧的霞光为她那珠圆玉润的身影涂上了一层金边，当然，也没忘在那张略显苍白的鸭蛋脸上抹了层炫彩，她乌黑的长发披散着，在晚风中飘出凌乱的诗意。

唐娟不愧是位作家，的确有一种"腹有诗书气自华"的范儿，尽管她只是随便地穿了一件有着韩国情调的休闲长裙，但那种端庄自然的美丽，还是把齐东锵隐藏在心底里的英雄气概给激活了。唐娟什么话都没说，抓住齐东锵的手就快步向咖啡馆里走去。齐东锵警觉地向四面扫了一眼，也没有问她什么，便随她一起走进了咖啡馆里。

咖啡馆里的情形和齐东锵想象的一样，充满了小资情调。两个人在咖啡馆最里侧的一道花墙后坐下，唐娟再次回头看了一眼，这才暗暗地舒了一口长气，抚了抚自己的前胸，感激地冲齐东锵一笑，小声说了句："吓死了！"

"什么情况？"齐东锵话一出口，便意识到自己这几天也不知怎么了，常常不知不觉就会说起妈妈的口头语儿。

"糟糕透了！"唐娟懊丧地说，一边朝侍女招了一下手，要了两份情侣套餐。

"并没有那么糟糕吧？我并没发现什么异常情况！"

"有两个人一直在跟踪我，刚才还在那个广告牌子下边晃呢，幸好我隐蔽得好没让他们发现。"唐娟一副惊魂未定的样子。

"他们为什么要跟踪你呀？连女军人都敢跟踪，他们是不是吃了豹子胆了"齐东锵质疑地看着她。

"是啊，我也在奇怪，他们为什么要跟踪我呢？"唐娟冲他翻了翻眼睛。

"你心里应该很清楚吧？其实在和平年代里，大多危险都是自招的，你这个军旅作家……是不是做了什么侵害别人利益的事了？"

唐娟苦笑了一下："有一天我可能会和你说清楚的，但今天还不行。"

齐东锵便有些不满地笑了："你如果想让我当护花使者，就应该告诉我缘由，你不是口口声声管我叫警察叔叔吗？警察叔叔可是只帮好人，不帮坏人的。"

唐娟直视着齐东锵："您是测谎大师，现在就请您看看我的眼睛……你看我像不像一个坏人！"

齐东锵果真仔细地看了一下她的眼睛，心里突然怪异地跳了跳，他第一次发现唐娟原来还是一双丹凤眼呢，并且那么清澈明亮，可记忆中她的眼睛只是细长的呀，并总是闪着几丝阴光。

"您分神了！"唐娟的脸有些泛红。

齐东锵的脸也热了，躲开了她的眼神儿，笑了笑说："咱们到底谁测试谁呀？"

晚餐端上，两个人便慢慢地享用起来，话题也岔到了咖啡厅的情调上。彩灯里的咖啡厅不仅弥漫着袅袅可识的诱人香气，还飘着舒缓曼妙的音乐，齐东锵侧耳听了听，知道这是由理查德演奏的钢琴曲，却忘了曲子的名字。唐娟仿佛看懂了齐东锵的凝思，轻轻地说道："这是理查德的《神秘花园》。"

齐东锵就惊异地瞧着唐娟笑了，由衷地赞道："我看你更配做一名侦探呢！"

有两个人在落地窗前边经过，唐娟警觉地瞟了一眼，突然苦笑："您就别笑话我了，侦探哪有我这样的！"说着便垂下头去，大口大口地吃起饭来。

"这一阶段，你一直没回北京吗？"

唐娟头都没抬："回去了，又来了！这里不是我的家乡吗？割不断的亲情总会拽着你回来。"

齐东锵怀疑地看着她："我记得，那年在海滨，你也说过同样的话……"

唐娟审视了齐东锵一眼："你记性不错呀！那年我的确说过这样的话，并且现在我依然还可以这么说，因为直到现在，我的公公婆婆丈夫孩子也都住在海滨。"

齐东锵便笑了："我明白了，就是说海滨是你的婆家，古城是你的娘家。那北京呢？"

唐娟坦荡荡地说："北京是我的临时栖息之所，不瞒您说，我和我丈夫离婚近十年了！"说罢突然一笑："警察叔叔，接下来您还要问什么？"

齐东锵不好意思地笑了："对不起，我并没有怀疑你。"

唐娟说："怀疑也是正常的，谁让我烂事缠身，总要麻烦你呢！"

唐娟想了想，又压低了声音说："我所遇到的那件麻烦事，也可以透露给你一点点：和一条人命有关。按理，我和这个死去的人一毛钱的关系都没有，可我偏偏还有一点点做人的良知……抱歉，今天我只能和你透露这么多，等一会儿吃完后，还得劳驾你把我送进酒店里。我可不能让人家看出我一个人独居。"

齐东锵为难了，吞吞吐吐地说："那样……不好吧？那样你是安全了，可我就解释不清了，宾馆里到处都是电子眼呢。"

唐娟瞪了他一眼："我一个女子都没说害怕呢！你一个大男人怎么也害怕起来了？"

齐东锵黑下了脸子："你不害怕，干吗还打我的电话？"

"你这人说话怎么总喜欢偷换概念？我的害怕和你的害怕能一样吗？我的害怕是命悬一线，你的害怕不过是担心名誉受损。"

"可有的人，把名誉看得却比生命还重要呢！"

唐娟冷笑道："你又在偷换概念了！你说的名誉和我说的名誉还不是一回事。"

"没有什么不同的！比如我这个警察叔叔，今晚可是冒着生命危险前来救你的，你说我为什么救你？不就是为了维护我们警察的名誉吗？"齐东锵却不买她的账。

唐娟微微一晃头："您真的想维护警察的名誉吗？那你就更应该安全地把我护送到宾馆！"

齐东锵一笑，绕口令似的说："那这笔账可就难算了！在我这里，我的名誉高于我的生命，而在你那里，你的生命却高于我的名誉。照你的逻辑，我的小命也太不值钱了吧？"

唐娟也笑了："这世上哪有能算得清的账啊？比如'双面神探'花一样，他当初为了警察的名誉，甚至要用自己那响当当的'双面神探'的命去换一个名不见经传的淘大粪老头儿的命呢，幸亏他福大命大，老天爷没让他换成。要是按你的逻辑计算，他的命不是更贱了吗？人家可是副部级领导呢！"

齐东锵笑微微地看了唐娟一眼，接着就不置可否地用那双大而亮的眸子向左边瞥了一眼，朦胧的祥光里，有一对情侣正在那里喁喁低语。齐东锵把眼光移开，又向右边瞟了一眼，迷蒙的花影下，依然还是一对情侣在那里耳鬓厮磨。

"辩论不过我了吧？"

"原来所谓的咖啡馆，其实就是情侣馆呀，我们两个今晚怎么也稀里糊涂的，来凑这个热闹了？"

唐娟冷笑了一声："你们大男人，怎么个个都那么在乎自己的面子？辩论失败就乖乖认输，干吗非要'顾左右而言他'？"

齐东锵突然收住笑容，直视着唐娟说："今天我咋总有一种怪怪的感觉？觉得你所说的危险全都是你臆想出来的？你把我叫过来，不会就是为了陪你这位军旅作家体验生活的吧？怎么回事呢？我怎么一点都没有英雄救美的紧张感？"

唐娟苦笑了一下，慢慢地放下了筷子："但愿一切都如同你想的那么安全！"边说边冲侍女招了招手。

齐东锵立即从钱夹里掏出两张钱，放到了桌角，速度快得令人惊愕。

唐娟正要把手伸进皮兜里，见他如此，便笑了："按理，今天我该请你的。"

齐东锵说："既然世上没有能算清的账，那我们还是糊涂一些吧。"说罢站起身，拿起桌上的档案袋，便潇洒地向唐娟做了一个请的手势。唐娟一笑，款款地站起身，也不管齐东锵是否愿意，再次亲密地挽了他，两人便步态优雅地离开了咖啡厅。

欧罗巴酒店是一个年代久远的中规中矩的三星级酒店，圆柱形的外观毫无特色，给人的第一感觉就是旧旧的，门的上面是一个半葫芦形的挡雨檐，上面悬挂着欧罗巴酒店的拼音形灯具，再上面竖的就是欧罗巴酒店的名字了，虽然字的炫彩过于招摇，但那一闪一闪的黄绿色的萤光和整体墙面还是非常协调的。酒店的一二楼外墙采用的是镂底幕墙，三楼开始是浅红色和银色相间隔的墙面装饰，整体感觉还算素雅大方。

大厅里却很漂亮。一进门的左手边是前台，前台的墙面装饰是一片石材的浮雕，看上去非常有气势，而且前台也非常大，占据了左边的所有空间。进门的正前方是一个用围栏围起来的鼎，后面也是大片的石材浮雕装饰着墙面。右侧有个显示屏，显示屏的旁边就是电梯。

两个人走进去的时候，齐东锘一直在心里琢磨着，是在进电梯之前就与唐娟分手比较好呢，还是把她送到楼上再离开？电子显示屏上正在滚动播放着一个新婚庆典的宣传图片和文字。齐东锘歪头看了一眼显示屏上的新人名字，便笑了，顺势甩开了唐娟拉着自己的手。

"新郎吕玉……"他笑着念出了声。

唐娟不解地瞪着他："这有什么好笑的？"

齐东锘便笑得更甚。

唐娟奇怪地看了看显示屏，又怪异地看了齐东锘一眼："吕玉，是这个名字可笑吗？"

齐东锘止住笑，小声说："你用汉语拼音拼一下'驴'字。"

唐娟肉肉的嘴唇揪在一起，微微地向前努了努，才明白了什么似的，也笑了，她嗔怪地瞪了齐东锘一眼说："也就你这个歪脑筋的人愿意往这方面想。"

也不知道是唐娟的嘴唇过于性感了，还是她的笑容真的很迷人，齐东锘只觉得自己的呼吸有些紧，胸口也有些发闷。这时唐娟又挽起了他，他虽然没有拒绝，但心里却决定了：必须快刀斩乱麻，把她送到电梯门边就溜之大吉。

还未到电梯门边呢，齐东锘突然殷勤地快走了几步，很自然地就甩开了唐娟的手，接着就麻利地按开了电梯的门。电梯里空空的，一张公益广告画里，一个穿着臃肿红衣的胖女孩正傻傻地冲着对面笑。

齐东锘也女孩子一般傻傻地冲唐娟笑了，然后做了一个请您进电梯的手势，刚要说那句告辞的话，唐娟却再次拉住了他的手，拉得齐东锘的心不由得又乱乱地打了一个结儿。

唐娟没有笑，但那双丹凤眼里却闪烁着一丝诡谲的笑意，她就用那种特别的诡笑对他默默地说：本小姐还不想上电梯呢！

"这个女人，她今天到底要怎么样？"

齐东锘眼睁睁地看着电梯的门又缓缓地合上了。电梯门关闭的叮当声，突然唤起了一个沉在齐东锵心底的回忆。记得那天，齐东锵和唐娟就是在电梯里邂逅的，可那天唐娟对自己的态度却是冷若冰霜呢，就像根本不认识自己一样。记得当时齐东锵还很不受用，因此窃骂了她好半天，甚至希望这一辈子，别再遇见她！可刚隔多长时间啊，唐娟为什么突然对自己亲昵起来了？她的葫芦里到底卖的什么药？

"无论时代怎么倒错，也不会倒错到男人害怕被女人强奸吧？"想到这里，齐东锵又笑了。

唐娟怪异地瞪了齐东锵一眼："你今天怎么回事嘛？"

齐东锵就笑着说："你不让我上电梯，是不是怕我想起那次在电梯里和你的邂逅？"

唐娟依然怪异地看着他，似乎在心里盘算着什么。

"那次见了我，你像是不认识我似的，可现在呢，你对我的态度却是一百八十度大转弯呢！"

唐娟心不在焉地："此一时彼一时吧？"

"我甚至有些怀疑，怀疑你现在……是在挑逗我呢！"

"大叔，别那么自恋好不好？"唐娟白了齐东锵一眼，突然像做了什么决定似的，拉起齐东锵就向电梯的右侧走去。

齐东锵挑衅地盯了唐娟一眼："难道不是吗？"

唐娟悠悠地说："一切都是存在的，一切又都是不存在的，并且一切又都在发展变化着，不是说人不能两次走进同一条河流吗？更何况此电梯又不是彼电梯，你干吗那么较真儿呢？"一段话说得齐东锵云里雾里的。

第六章　豪华的宫殿

十六

直到走过去，齐东锵才发现电梯右侧、一个貌似玉质的屏风后面，藏有一个并不狭窄的长廊。长廊的两侧都是紧闭的门，每扇门上都写着漂亮的门牌，什么塞纳河、卢浮宫、紫金殿、紫霞轩等等，真是国际国内大融合。

唐娟也不管齐东锵是否愿意，独断地拉着齐东锵的手，就大踏步地向长廊深处走去，左拐一个弯儿，右拐一个弯儿，再拐一个弯儿，很快就把齐东锵转得忘却了东西南北。

也不知究竟走了多长时间，齐东锵突然觉得眼前一亮，才发现两个人走进一个豪华时尚的玄关里了。温馨柔和的灯光，洒在了淡黄色的高档地砖地面上；造型新颖的筒灯与吊灯交相辉映，使这里彰显出一种和谐高尚的温馨氛围。

迎面的墙壁上，装饰着一幅巨型浮雕，雕刻着一个美丽的少女骑着一头雪白色的公牛，在海面上漂游。唐娟径直走到浮雕下面，歪着头俏皮地指着牛背上的少女问："知道这幅画的寓意吗大叔？用不用我讲给你听？"

齐东锵也学着她的样子，歪着头看了一眼浮雕，笑了："讲的是宙斯化身白牛挑逗美女欧罗巴的故事吧？"

唐娟满意地点了点头："还行，难不倒你。"说着，便像无意似的抚摸了一下海浪，接着，那海浪就动了，动得无声无息的，直到这时齐东锵才发现，海浪里竟然藏着一扇门。

"你对这里挺熟悉呀！"齐东锵惊奇地说。

"当然了，我几乎每年都要在这里小住一段时间呢！"唐娟一边小心地把那扇门开得大一些，一边柔声地说："我不让你上电梯，就是想让你感受一下这里特殊的环境。不是所有的酒店都敢叫欧罗巴酒店的。"

说话的工夫，那扇门已经完完全全地洞开了。齐东锵向门里一看，只觉得眼前一暗，心也随之一紧，一种梦幻的感觉就从心底里升腾了起来。

展现在他面前的是一段盘旋而上的古老的石梯，那石梯依墙而建，两面的墙壁也被雕成了悬崖峭壁状，让人感受到一种浑厚凝重的古朴苍凉。还没等齐东锵表达他的惊奇呢，唐娟一伸手又独断地把他拉进了门，两个人刚刚拾级而上，身后的门就无声地关闭了。

齐东锵踩了踩脚下的石梯，摸了摸身旁的峭壁，只觉得那石阶的确是真石阶，那峭壁也仿佛是真峭壁。这时，不知从哪里突然飘来了清凌凌的水滴石阶的声音，与这种声音一同而来的，还有一缕含着暗香的阴森的凉气。

唐娟始终在前面走着，那只攥着齐东锵的手，不仅没有松开，反倒越攥越紧了。直到这时，齐东锵才有了一丝紧张感，并且越往上走，齐东锵越觉得紧张，上楼的脚步也显得笨笨磕磕的了，就像真的走进了一个年代久远的阴森的古洞。

为了调节自己的紧张情绪，齐东锵尽量让自己忘了脚下的石梯，便认真研究起面前的这个真实的唐娟来。唐娟的确很会装扮自己，那件宽松柔软的蕾丝镂空雪纺衫，配上碎花点点的雪纺长裙，使她那丰满妖娆的身段不仅显得瘦弱了，个子也仿佛高了一截。

在齐东锵的记忆中，唐娟应该是很矮很胖的，可今天是怎么回事呢？到底是那冷色调的裙子造成了错觉，还是唐娟本来就苗条俏丽？齐东锵研究了半天也没研究出个子午卯酉。

最让齐东锵印象深刻的，是唐娟手臂上的那块祖母绿的玉镯，那实在是太美的一块玉镯了，圆圆的，宽宽的，清澈明亮、晶莹通透，暗暗地透着微蓝的光泽……

齐东锵正暗暗地揣摩着玉镯的价格，一抬眼，又看到了唐娟的那头柔而浓密的黑色长发正在脸前飘，于是，他便又专注地研究起唐娟的长头发来。他突然想起唐娟的头发应该是金色的，便偷偷地伸出手去，捻住了一小绺黑发试探地拽了拽，一下子把唐娟拽疼了，她这才回过头狠狠地瞪了他一眼。

"你这头发，什么时候又染回来了？翻来覆去地这么染，身体怎么受得了？"齐东锵说。

"你这个傻子，那个金色的，才是假的。"唐娟说。

不知是这个神秘的石梯影响了齐东锵的心境，还是唐娟这个女子的确就是个百变魔女，齐东锵突然不敢小视唐娟了。有了这种心境垫底儿，再去观察唐娟，就觉得她所有的一切，都蒙上一层神秘的面纱，连那颈上的银链，腕上的绿玉，也开始显得神秘诡幻，深意无穷了。

回想起这些日子和唐娟在一起时的点点滴滴，齐东锵突然有一种演电视剧的感觉，有一些镜头咋想咋觉得不像是真的，就暗暗地笑了起来，笑得唐娟一惊一乍的，不得不频频地回过头来，用那双丹凤眼怪异地瞪他。

走完了那段凄美的石梯，展现在齐东锵眼前的，又是一条装修得更为神秘莫测的曲折回廊，墙壁依然雕成石壁状，凸凹里令人意外地摆放着许多小巧的典藏珍品，当然那些珍品都用不同形状的玻璃容器罩上了。

有的墙面上还悬挂着或老旧或前卫的摄影作品，每幅画都洋溢着放荡不羁的风情。连走廊都布置得如此诡谲奢侈，客房里又会是什么样子呢？一股缘自于血脉的好奇心，使齐东锵终于打消了告辞离开的想法："是的，哪怕前方是龙潭虎穴，我今天晚上也要他妈的探上一探。"

按说，齐东锵来古城也算有年头的了，也早就知道欧罗巴这个酒店的名字，可直到今天，他才知道这里面竟然如此别有洞天。

"这些古董？实在太精美了！它们不会是真的吧？"齐东锵看着一个通体洁白的凤凰形的镂空玉器问。

唐娟回头质疑地看了他一眼，笑了："谁知道呢？"

齐东锵脸一红，就坦率地说："别看我是中国收藏家协会的，对古董也有过研究，但从常识上看，酒店的走廊，不可能摆真货吧？那得多大投资啊？虽然用玻璃罩着，可要想拿走，不是太容易的事了吗？这么明晃晃地摆着太危险了吧？况且住店的客人们的素质又参差不齐，这要是丢上一件两件的，那这家酒店不就赔了？"

唐娟突然幽幽地感叹："假亦真时真亦假，无为有处有还无！"

唐娟的感叹让齐东锵不由得再次认真地看了她一眼，还别说，此时的他真有一种步入太虚幻境的感觉。齐东锵甚至希望眼前的唐娟也别再是那个真实的唐娟，他当然不敢奢求警幻仙子会亲自给他引路，但只要她不是唐娟，只要她是仙子，哪怕是最淫乱的可卿，他齐东锵也会万分知足的。

"一个人最大的知，就是承认自己无知！连这么小的古城市，都有这么多你不知道的事情呢，更何况广阔无垠的大千世界呢？"

两个人就这么往前走着，始终都是唐娟在前，齐东锵在后，并且唐娟的手始终都反过身子拽着齐东锵。在长廊里走的时候，因为齐东锵没再怪笑，唐娟便也没再回头瞪他。

长廊里的地毯厚厚的，软软的，走在上面无声无息，有一种飘的感觉。齐东锵就那么任唐娟拉着向前飘着，一边飘，一边目不暇接地左右观瞻着，在百忙中也没忘研究一下脚下那有着神秘图案的羊毛、黄麻混编的地毯，直到唐娟在一扇门前停下了脚步。

唐娟用房卡打开了客房的门。齐东锵观察到：房卡就是普通的房卡，开门的方式也和其他的酒店没有两样，但等打开门，里面的情形就让人眼界大开了。

最特别的感觉是身后关上的门，因为那根本就不是门，只是一面和门一样大的镜子，而镜子的斜对面，才有一扇真正的门。

宽敞的客房，给人总体的感觉是时髦亮丽、格调典雅，别看其他的，仅那菠萝格镶木地板，就与众不同，浓烈而厚重的热带深褐色调加强了这种木料的年代感。

床和桌椅都是古董风格的，并且形状各异的小桌子上还的确摆放着几件貌似真品的古董，无论外形还是色调，都给人一种古香古色的历史厚重感。

墙面和吊顶都装饰着花形的图案，窗户很大，也很明亮，素雅而透明的纱帘正在风中轻轻地摆动着，给沉静的客房增加了一种动态的美丽。

齐东锵发现，这间客房里连物件摆放，也都是有讲究有品位的，在充分张扬个性的同时，力求三维空间的唯美和谐。哪怕一盏小灯、一盆小花，都显得那么独具匠心，恰到好处，更何况宽敞洁净的厅堂里还氤氲着一股清新的叫不出名字的花香呢！

齐东锵也算是见过世面的人了，可客房里的奢华，还是让他惊得张开了嘴。带着惊奇，齐东锵慢慢地踱到了窗边，小心地掀起了纱帘，展现在眼前的是正在建设中的海滨广场和广场那边正在无声汹涌着的月光江。

齐东锵习惯地品了品屋子里的气味，好久好久，他才确定那是天堂鸟的香气。"这里真的是太漂亮了！简直仙境！"齐东锵忍了又忍，才没把这两句不值钱的话说出来。

但唐娟却仿佛听到了他的心声："我这个人活着，真的没有太高的要求，只要能活出这种小资的情调，我就知足了。"唐娟把自己舒舒服服地放倒在大大的沙发里，脸上洋溢着一种万分知足的神态。

齐东锵想起自己所住的小楼，想起那个狭小的书房，突然生发了一种凄楚感。继而，他又想到了妻子徐问玉，心便隐隐地疼了一疼。记得刚刚搬到楼上时，徐问玉也曾站在宽敞的客厅里，像唐娟一样万分地知足过，可彼时她的知足，真的无法和此时唐娟的知足相提并论。齐东锵突然觉得徐问玉嫁给自己真有些白瞎了，他这也是平生第一次替徐问玉感到冤屈。

"真得继续奋斗下去呀！不为别的，仅仅为了住上这么好的飘着天堂鸟香味儿的地下宫殿，我也得奋斗！"齐东锵暗暗对自己说。

"连客房都住得这么奢华，那么你的家一定是更大更豪华吧？"齐东锵不想掩饰自己的羡慕了，就眼睛直瞪瞪地问唐娟。

"恰恰让你说反了！一个人住，哪能撑得起太大的楼呢？人活于世，总得讲究一点风水的！因为万物都有磁场和吸引力，人要保持充足的精气神，就必须在磁场稳定、能量交换平等的空间中才得以确保。而居住在太过空旷的房间，会损耗人体能量的。"

齐东锵在原地转了一圈："这间客房也不小啊！"

唐娟白了他一眼："客房不过是过客的暂居地，怎么能和家相比呢？"

齐东锵就笑了："呵呵，你懂的知识还真是不少，不过尽管你说了这么多，我听到耳朵里的却只有两句话：那就是你现在不缺钱，只缺人。"齐东锵把夹在腋下的档案袋轻轻地放到沙发边。

"你还是听岔了，我现在不仅不缺钱，也不缺人。但真正有档次的人还是缺的！现今的社会，所有人都缺这个呢。"唐娟打开冰箱，从里面取出一瓶红酒，冲齐东锵晃了晃说："波尔多红酒，怎么样？来一点？"接着就变戏法似的，从里面取出两只高脚酒杯，分别注了小半杯，然后把其中的一杯轻轻地放到齐东锵身边的茶几上。

齐东锵饶有兴趣地看着唐娟优雅地做着这些事，突然想起电视剧里往酒里下蒙汗药的情节，心就提了起来，嘴里却笑着说："你的生活很有情趣嘛！"

唐娟笑了，舒舒服服地坐下来："我这个人适应能力比较强，无论走到哪儿，哪儿都是家。应该说修炼到了去留无意、宠辱不惊的境界了！身在皇宫也能坦然自若，跻身茅庐也能酣然入梦。"说罢遥遥地冲齐东锵举了举杯，见齐东锵回应了，便微笑着把酒杯放在红唇边轻轻地抿了一口，姿态优雅极了。

齐东锵也像她那样抿了一口，却一滴酒都没进肚。为了不让唐娟看出破绽，他继续笑着调侃："在你看来，什么样的人才算是真正有档次的呢？"

唐娟翘着小手指轻轻地转动着手里的酒杯，悠悠地说："我心里有档次的人，应该像这杯中酒吧，既要醇厚绵延，又要秀色可餐！"

齐东锵说："如果把我比作酒，那你认为，我算哪类酒呢？"

唐娟不相信地看了齐东锵一眼："我没听岔吧？如此高傲的齐教授也肯做别人的杯中酒吗？"一句话就把齐东锵的脸说红了。

唐娟马上拉过话头："如果您是杯中酒，那您这酒可是价值连城呢！我想只有皇冠伏特加才能配得上您吧？那种酒不仅口味甘洌，而且劲大冲鼻。"说着，就自顾自地喝了一大口。

齐东镪这才放下心来，也跟着真正地喝了一口酒，还别说，名酒就是名酒，口感就是不一样。

唐娟突然叹了一口气说："可生活中经常会遇到这样的情况，有的酒虽然好喝，可装酒的瓶子却普通；有的酒虽然看着贵重又漂亮，可喝到嘴里却毫无味道。"

齐东镪说："这也就是所谓的知音难觅吧？不过大凡有一点洞察力的人，都能够慧眼识酒的，比如你我这样的人。"

唐娟不服气地看着齐东镪："我看未必吧！"

"别的不敢说，我这个人在识人方面，还算独具慧眼的。"齐东镪却自信满满。

唐娟想了想，便起身拿过自己的手机，一边翻页，一边说："我们不如玩一个心灵测试吧！我这里有一首歌，是一个朋友唱的，据说这首歌也是他自己编写的。你先听听，然后测一测这位唱歌的人，看看他是一瓶什么样的酒。"

齐东镪微笑地说："品酒、品歌、品人？金三品啊！凡品之属皆从品，这个创意好！"齐东镪故意咬文嚼字的，说出的话连他自己都觉得酸。

唐娟未置可否地一笑，然后仪态万方地走过来，把她的那个超大屏的手机放到了齐东镪的身边。随着一阵嘈杂的沙沙声，很快就响起了清凌凌的乐曲，准确地说是一段非常好听的背景吉他曲。那曲调忧伤，纯净，就像泉，一滴一滴轻轻地沁入了人的心灵。

齐东镪饶有兴致地放下了酒杯，微微地闭了眼睛，手指也不知不觉地敲打起膝盖来。是的，这的确是一段非常抓人的吉他曲，让你欲罢不能，想不听下去都不行。

就在齐东镪沉浸在吉他曲里无法自拔的时候，一个更为清丽诱人的声音就悠悠地唱响了，那是一个青年男子的声音，那声音实在太特别了，婉转中带着微颤，纯净里浸着忧伤，就像，就像你窗外的一缕透明的月光，静悄悄地透过窗子照在你的脸上……

> 梦中的耶路撒冷少女呵
> 宝石一样黑，狐一样妖媚
> 南风呵，吹来
> 吹我的羚羊和田野的母鹿
> 吹我的少女的裙裾

葡萄园中百合花一样飞舞

……

歌唱完好久了，可两个人谁都没有说话，好像歌声里藏着一个看不见的精灵，把他们两个人的魂魄都给摄走了。

"这首歌……怎么这么抓人的心？仿佛在生命之初就听到过了。"怕唐娟听到自己的哽咽，齐东锵好半天才哭声哭气地问。

"这首歌的名字叫《断章》，不仅曲子好听，歌词更好。"好久好久，唐娟才哽咽着说。

齐东锵这才知道唐娟也哭了，而且她还毫不掩饰自己的哭，她就那么无声地抽泣着，一边用纸巾轻触着自己的脸颊。

"真他妈的，艺术到底怎么回事？怎么就这么好听？怎么就这么让人伤感呢？"齐东锵也不觉得哭有什么丢人了，便痛快地长泣了一声。

"能在有生之年，听到这么凄美这么神奇的歌，真他妈的知足！"齐东锵说罢，一次身接过唐娟递来的纸巾，擦了两下泪水后，又狠狠地擤了一下鼻涕。齐东锵很奇怪自己这突如其来的忧伤。按理，那并不是一首忧伤的歌！

"说说吧！你对唱歌的人，怎么评价？"

齐东锵哭完了，心里反倒有了一种舒畅感，就像把所有的烦恼都倒空了似的。他突然坐直了身体，习惯地摸了一下衣兜，有些遗憾地说："这要是有根烟抽抽，该有多他妈的爽啊！"

唐娟睥睨地斜了齐东锵一眼，突然站起身，一扭一扭地走到放电视的柜子边，从一个小抽屉里变戏法地拿出一盒黄鹤楼牌香烟和一个银光闪闪的打火机，并亲自为齐东锵点燃了。

齐东锵心满意足地吸了一口，只觉得一股子亢奋就像饱嗝泛了出来，便斗鸡一般点着头说："好烟！好烟！"

唐娟一边把玩着那个镶嵌钻石的打火机，一边冷笑道："那怎么能不好！价格也好啊！好几千元一条呢！限量版的黄鹤楼，应该算目前中国最贵的香烟了吧？"

唐娟说罢又冲齐东锵亮了亮手里的打火机："见过这样的打火机吗？白金造的，这上面镶的可都是六十面体的昂贵钻石呢！学名叫Ligne香槟打火机。别看这么小，够换一套一百平米的房子了！"一番话把齐东锵的圆眼睛都说成细长的了。

也不知烟酒发生作用了，还是齐东锵被唐娟的气势震慑住了，他只觉得大脑里晕乎乎的，再抽起烟来，也显得万分小心了，生怕浪费了一缕烟气。

"行啦！酒也喝了，烟也抽了，你这个欣赏大师是不是应该发表一下听歌感言了？"隔着烟雾，唐娟神情诡谲地笑看着齐东锵。

齐东锵深深地咽了一口烟气，这才清了清嗓子说："首先，唱歌的人肯定是一位不可多得的音乐天才，他的嗓音太特别了，即使他现在还没有出名，将来也一定名声大振的。"

唐娟微微地点了点头。

"再有，这首歌是在一个非正式场合自弹自唱的，除了一把吉他，没有任何乐器伴奏，当然也没有做任何的音响处理，甚至有可能就是在露天场地演唱的，应该算是原生态的歌曲。"齐东锵说着站起了身子。

"总之，就凭他能把这首歌演绎到这种程度，也足以证明唱歌者的天赋了！刚才听他唱歌时，我甚至意念了一下他的长相，我看到了一个一袭白衣、一脸忧伤的美男子，手拿一把吉他，安静地坐在一株菩提树下自弹自唱。唉！真是太美了！这个人到底是谁呀？也不知道这辈子能不能有缘分，见一下这个人，哪怕仅仅看一眼，就知足了！"齐东锵一边踱步，一边侃侃而谈。

"我和你的想法差不多，这个人的确是音乐天才，可惜呀！这个人……一直都没有出名。唉！和他相比，我们出名得都太容易了。"唐娟叹了口气。

"啊？这么好的嗓子，这么好的乐感……他怎么就不能出名呢？现在出名的途径有很多的，比如《星光大道》，比如《中国好声音》。他怎么不去参加呢？"齐东锵突然止住脚步，显得十分焦急起来。

"这个人……其实很穷的。"唐娟说得吞吞吐吐。

齐东锵就不理解似的看了看唐娟："你不是他朋友吗？那你资助他呀！对了，我听说上《星光大道》好像不要钱的，你就让他上《星光大道》！如果这个人真的穷到连路费都出不起了，那我都可以给他出这笔钱。"齐东锵下意识地瞥了一眼沙发边的档案袋。

"不像你说的那么简单的。"唐娟似乎有什么难言之隐。

齐东锵焦急地盯着唐娟："到底能有多复杂呢？难道你还怕别人误解你和他的关系吗？"

唐娟凄惨地笑了："那倒不至于。"

"其实有一些事情本来都很简单，只不过让我们给弄复杂了。"

看着齐东锵认真的样子，唐娟突然笑了，然后摆了摆头，似乎想摆掉什么似的："行了，今天就别说这件烦恼的事了，我们还是喝酒吧！这么好的红酒，这么好的夜晚，可别辜负了良辰美景！"

齐东锵却不愿意了，兀自打开唐娟的手机，又放起了那首歌，可清凌凌的吉他声刚弹响，唐娟就把手机夺过去关了："不听了！太压抑！我现在给你发过去，你要是愿意听，回家听去。"唐娟边说边给齐东锵发链接。

　　齐东锵斜睨了唐娟一眼，无奈地摇了摇头："都说高手在民间，其实这句话最有讽刺意味了！为什么真正的高手都被留在民间了？当然是因为当权者的自私和冷漠了！那天，我在微信里，看到黄永玉教授写的一篇文章：题目叫《教授满街走，大师多如狗》，看完这篇文章，我的脸登时红了。他说得太对了！你看看现在，真正活跃在名利场上的，都是一些什么人？我看大部分都是跳梁小丑。"

　　唐娟不高兴地翻了齐东锵一眼："你愤世嫉俗那是你的自由，但你别牵上我！我又不是跳梁小丑！我一个小女子，能左右什么乾坤？"

　　齐东锵连呼吸都粗重了："正因为个个都这么想，现在的艺术界才如此混乱。按理，你在中央电视台，也算是一位活跃分子了吧？既然你已经发现了这个天才，那你还等什么？真正的人才就像山地里的野参，发现了就必须系上红线，快一些挖掘，不然，他真的可能逃走的。"

十七

　　唐娟正要喝酒，听了齐东锵的话，便慢慢地放下了酒杯："本来今天，我不想让你扫兴，可你却没完没了了。那好吧，我们索性就探讨一下这件事情吧。"

　　唐娟突然甩了鞋子盘上了腿，在对面的沙发上坐下了，她就那么盯着齐东锵问："假如有一天，你真的见到这个人了，你确定就能喜欢上他吗？"

　　"一定能的，我敢当着更多人的面，承认是他的粉丝！如果时光倒退二十年，我也许会像现在的年轻人那样，对他尖叫的！唐娟，我刚才并不是有意要伤害你，我真的很着急，一想到这么好的音乐天才还窝在民间，我就有一种罪过感和责任感。"

　　"可是，想象和现实总是有一段距离的。因为想象出来的形象大多属于精神的，而现实中的形象又总是归于物质……具体说吧！如果有一天，你真的见到了这个肉体的人，你就一定不会这么想了。"唐娟的声音里，充满了无奈的哀怨。

　　齐东锵摇了摇头："什么精神的物质的？我这个人看人可是非常准的，总能洗尽铅华，归于本质。"

　　唐娟冷笑："不见得吧？在这么一个众说纷纭、真假不分的时代里，我们哪个人没有先入为主的情绪？我敢保证，假如有一天您真的见到了这个人，您不仅不会喜欢他，甚至还会厌烦他的。"

齐东锵独断地说："能产生那些错觉——可能只有你们女人吧？我们男人大都很理性的，不会被一些感性的东西所蒙蔽。"

唐娟微微皱了皱眉头："那么……就打个赌，怎么样？如果你见了他，并真的喜欢上了他，就算你赢！"

齐东锵："可以呀！说吧，赌什么？"

唐娟依然一脸不开心的样子："就赌今天晚上……你在这里的支配权！"

"我在这里的支配权？你的意思是，这里的一切都归我支配？包括……住在这里的人？"齐东锵好奇地看着唐娟。

唐娟却严肃地点了点头："当然！"

齐东锵便笑了，还未等齐东锵说话呢，突然眈当一声响，原来是齐东锵手机来短信了。齐东锵打开手机，短信里只有六个字："什么时候回家？"

"是嫂子吧？"唐娟问。

"是，问我什么时候回家。"

"你告诉她，今晚不回家了！"唐娟似笑非笑。

"不回家？睡哪里？"齐东锵故意装傻。

"我说大叔，你到底想不想见那个唱歌的人了？"唐娟用那双丹凤眼盯着齐东锵问。

齐东锵认真地看了唐娟一眼，他弄不明白她是不是又在调侃："你是说……我们今天晚上就能见到唱歌的人？"

唐娟并不像调侃的样子："当然了，他这个人就在附近，准确地说，就在这栋楼里，并且你要真想见这个人，只能今天晚上见！过了这个村可就没这个店了！"

齐东锵盯着唐娟："真的？"

唐娟一脸认真："当然是真的！"

齐东锵马上说："那就见！你等一下，我告诉她一声！"说罢就快速回了一段话："今晚有些事情，不回家睡了！你早些休息吧！"就发送了。

见齐东锵放下手机，唐娟突然诡秘地笑了，笑得齐东锵一愣一愣的，以为自己又受骗上当了。唐娟不理会齐东锵的惶恐，一伸手拿过酒杯抓起酒瓶子，就一扭一扭地走到齐东锵的身边，紧挨着他就坐下了。齐东锵向一旁挪了挪，发现自己已经没有再挪的余地了，便只有干挺挺地那么坐着。

"啊？我没看错吧？你还脸红了？当今这个世道，能脸红的男人可是个稀奇动物呢！"唐娟俏皮地笑着，拿起齐东锵的酒杯强行塞到他的手上，然后拿着酒杯砰地和他碰了一下，就一仰头干了。

齐东锵想了想，也只好木呆呆地干了杯中酒。

唐娟赞许地点了点头，又向他的酒杯里斟了大半杯。也不知道是红酒起作用了，还是灯光下的唐娟真的非常美，齐东锵突然有一种想要吻她的冲动，脸就更红了。齐东锵狠狠地咽了口唾液，顺便把那股子像火苗子一般直往上蹿的欲望也咽进肚子里去了。

"我说，放松些……行不行？别辜负了这么好的红酒，这么美的良宵！"唐娟暧昧地用自己雪白的腿碰了碰齐东锵的腿。

齐东锵只觉得一股热流顺着大腿奔涌而上，他忽地站起身，向前走了几步说："那个人，到底能不能见了？要是不能见，我得回家了！"

唐娟幽怨地看着他："见那个歌唱家真的很好玩吗？我就没有一点好玩的地方？"

齐东锵勉强地笑了笑："这不是好玩不好玩的事情……"

唐娟嘴角冷冷地一翘："据我观察，你和嫂子也是貌合神离。"

齐东锵无奈地叹了口气："这个和你嫂子也没有关系，唐老师，实在抱歉，我真的很累，有一些责任……我怕担不起。"

唐娟便笑了，决断地把齐东锵又按在了沙发上："你这个人，真是死心眼儿！咋什么事都往责任上靠？大家不过很寂寞，忙中偷闲地寻寻开心也就罢了。连老和尚都说呢，和有情人，做快乐事，别问是劫是缘……"

齐东锵苦笑着："您别忘了我的身份，我可是您的警察叔叔，警察叔叔只会保人安全，不会陪人玩乐。"

"你还真把自己当成警察叔叔了？"唐娟好奇地看着他。

"啥叫当成啊？我就是警察叔叔，那天晚上，要不是您及时地提醒我，我还真有些忘了自己的身份了！"

"一个人的身份，只代表一个人的工作吧？八小时之外，大家可都是普通人呢！比如我，我可从来都不把自己看成是军人！"唐娟继续好奇地看着齐东锵，似乎她对此真的很感兴趣。

"对别的工作来说，可以这么看，但军人和警察不可以吧？军人和警察无论白天还是深夜，都必须是军人和警察。"齐东锵严肃地说。

唐娟就笑了："真新鲜！"她笑着，看样子并没有生气。

齐东锵真诚地说："我刚才说的，都是真话。有时，我也奇怪自己为啥会有这样的想法，也剖析过自己的心理，可能是小时候受一首歌的影响吧？"

"一首歌？哪首歌？"

齐东锵突然想到了筷子，心里就堵了堵："一首儿歌，叫《我在马路边捡到一分钱》，那时你还小，可能不知道这首歌吧？"

"怎么不知道？"唐娟说着，就一屁股坐在齐东锵沙发扶手上，孩子一般歪着头，模仿着童声、近乎耳语似的唱了起来："我在马路边捡到一分钱，把它交到警察叔叔手里边，叔叔拿着钱，对我把头点，我高兴地说了声：叔叔，再见！"说再见时，真的冲齐东锵招了招手，神情像个孩子似的。

唐娟的歌儿，不知勾起了齐东锵怎样的记忆，他的眼圈突然就有些泛红，口里也感慨地叹着气："好的歌曲真的是触及灵魂的，我也不知道为什么，自从听了那首歌后，就对警察有了好感，并暗下决心，长大后一定要当一名警察，而且还要当个好警察。"当然，他说的是一套，想的却是另一套。那另外的一套，当然和筷子有关。

唐娟也点了点头说："这点我赞同！那天，我也是听了那个天才的歌儿，才突然就良心发现了。"

"良心发现？怎么回事？你做了什么对不起那个天才的事？"这下轮到齐东锵好奇了。

唐娟老实地点了点头："可不是，很内疚呢！"

齐东锵质疑地看着她："如果这么说……咱们更应该见一见他了，这样我就能帮你寻找一下弥补过错的方式。人犯错误不怕，怕的就是死不悔改。"

唐娟似笑非笑："要是什么事情都能够弥补，这个世界也就没有遗憾了！行了，您也别跟我拽了，不就是想见一见那个天才？其实和他见面简单极了，就一句话的事。我只是担心你见了他会不会后悔！"

"我有啥后悔的？"齐东锵云里雾里的。

"有一句话我还真得说在前边，免得一会儿你怪我！"唐娟放下酒杯，字斟句酌地说："咱们今天晚上所说的见面，真的是没有意思的见面，无论结局你是输是赢，你都不会觉得快乐的！这样说吧！只要你是一个有良知的人，你就一定不会快乐。你看这样行不行？就当刚才的那首歌你没听，刚才的话我没说，咱们喝了这杯酒，然后你回你的家，我睡我的觉。怎么样？"

"我咋觉得……那个所谓的天才，根本就是你的杜撰呢！那首歌，是不是哪个歌唱家的新歌呀？"齐东锵讥讽地笑着说。

唐娟的脸子就摆下了："看来，要是不让你见一见这位真神，我这个人连人品都要打折扣了。哼！真是狗咬吕洞宾不识好人心。"

"我也没有别的什么想法，就是太喜欢他的声音了，所以才非常想见一见他，哪怕只见一面，我也就没别的想头了！"齐东锵用那双明亮的眸子真诚地盯着唐娟。

唐娟忧伤地看了齐东锵一眼，突然感叹道："这人啊！我是看明白了，活该就是遭罪的动物！对快乐总是推三阻四，对痛苦却是照单全收。"

齐东锵慢慢地坐下了身子："你什么意思嘛？"

唐娟冷笑着："我的意思还不明白吗？你越是想送快乐给别人，别人越会战战兢兢地躲你远远的，而往出送痛苦却容易多了。"

唐娟的严肃，让齐东锵有了一个不祥的预感，但他依然无法动摇："也许你说的这个人，可能会唤起生命里的一些忧伤！但我如果不见他，我会更忧伤的！"

唐娟用那双丹凤眼直盯着齐东锵的眼睛："那我们就去见见他？"

也不知是唐娟的话给搅的，还是屋子里的气氛过于压抑，齐东锵的那种不祥之感更浓郁了，包括那歌声也渐去渐远。但事已至此，他还是硬着头皮说："当然，要是能见……"

"其实这个人，你早已见过的……"唐娟那雪白的美腿，再次碰了碰齐东锵的腿。可如此暧昧的举动，不仅没再让齐东锵春情荡漾，反倒让他感到了一丝凉意。

"……我见过？"齐东锵狐疑地看着唐娟的眼睛，那种不祥的预感已经变成真枪实弹了。也就在这时，一双忧郁的眼睛，突然隔了茫茫的虚空，鬼魅一样向他瞟了一眼。

齐东锵猛地打了一个激灵，随即叫道："难道是他……"齐东锵的那只蒲扇般的大手，下意识地在半空中摆了摆，就差没去捂唐娟的嘴了。

可唐娟的话已经出口了："这首歌是花玉坤唱的……"

唐娟的声音很小很小，但却像一个巨雷猛地炸响在了齐东锵的头上。

"花……花玉坤？"齐东锵的耳朵开始嗡嗡地叫起来了，那双沉在心底里的眼睛，也以从来没有过的姿态，明晃晃地向他剜了一眼，剜得齐东锵一阵痉挛。

"对，对，唱歌的人就是花玉坤！花玉坤就是唱歌的人！这首歌就是花玉坤——那个被你们逼死的人自编自唱的！"唐娟一边冷笑一边恶狠狠地说，脸色也惨白如纸。话说完了，她的力气似乎也耗尽了，她无力地靠在了沙发上，再不肯说什么了，她只是那么一脸无辜地看着齐东锵，眼神儿像极了花玉坤的忧郁。

齐东锵又阔又宽的胸膛里，此时能够装着的，真的就只有忧伤了，忧伤得连唐娟的那句中伤他的话都不愿意去计较了。

好久好久，两个人都没有说话。

"还想见他吗?"唐娟讥讽地剜了齐东锵一眼,就像花玉坤隔了那片虚空剜他的眼神儿一样。

齐东锵没有说话。

"刚才是谁说的了?洗尽铅华,归于本质?"

齐东锵依然不说话。

唐娟突然凑近了他:"为什么一听到他的名字,你就显得这么烦闷?你这位心理测试专家,没测试一下你自己的心吗?"

齐东锵胆怯地看了唐娟一眼,他也不知道自己为什么会如此胆怯。

"那么就让我来给你测试一下吧!"唐娟把脸转向了齐东锵,和他脸儿对着脸儿,她就那么看着齐东锵的眼睛,慢吞吞地说:"你之所以如此烦恼,就是因为你内疚,你做错事了!你伤及无辜了!并且你还无法弥补你的过错。更糟糕的是做错了事以后,你说又说不出,忘又忘不了,所以你才如此烦闷。我说得对不对?其实,人最大的痛苦,不是疾病,不是失去,也不是受到伤害,人最大的痛苦,就是独处静室之时,你无法面对你自己的良心。"

唐娟越说声音越轻,说到最后如同梦呓。

"她到底是人是鬼?为什么我心里想什么她都知道?"齐东锵的心怦怦地跳着,他突然觉得唐娟很可怕,可怕得如同一个女巫。

"其实在这个世界上,大家谁都不是救世主,大家谁都无法拯救别人。这人啊!只能自救。如果这么想,你也就犯不上这么痛苦了。要怪也只能怪他花玉坤太脆弱,禁不住折腾,多大个事啊?还没等案件定性呢,就寻死上吊了,这也太犯不上了吧?而事实上如果他不死,如果他翻供,他的案子第二天就有可能翻过来的。更何况他犯的并不是死罪!可他一死就完了,大家就都傻眼了。就只能把错案进行到底了!"

齐东锵只是用那双红眼睛,愣愣地看着唐娟。

"这个花玉坤,活着的时候窝窝囊囊,死的时候也窝窝囊囊,他就是这么个窝囊的人,所以才发生了这么窝囊的事。你要是真的为他而忧伤,那你这个人也等同于他了。现在,事情已经过去三年了,当年参与过这起案件的人,可能都知道花玉坤是冤死的,但知道了也就知道了,大家只能闷在心里。也是,说出来对谁好呢?因为大家谁都脱不了干系……"

齐东锵呆怔怔地看着她,声音嘶哑地说:"既然说出来对大家谁都不好,那你今天是怎么回事?"

"要不咋说好奇害死猫呢!我不也是闲的吗?这事儿要怪,也怪您这位警界神探太抓人的眼球了。对了，我记得我们第一次见面时，你还奇怪地问我：'你一个军旅作家怎么也来参与地方新闻的宣传了？'这回我可以告诉你了！三年前，我就是奔着你这个人去的！"一番话说得齐东锵云里雾里的。

"自从第一次在电视里见到了你，我就萌生了要写一部侦破小说的想法，主人公当然就是你这位测谎大师了。可测谎大师得有案子渲染呀！所以为了写好这部小说，我就开始关注这起案子了。可一直到现在，我都没有动笔，不是不能写，而是不敢写，我怕把自己的心写碎了。"

齐东锵阴郁地问："你听到的情况是什么样子的？"

唐娟说："花朵儿根本就没有死，这根本就是一场漏洞百出的闹剧！一场大家共同上演的乱哄哄的闹剧。"

"也许……真相并不像你说的那个样子吧？"

"真相早就昭然若揭了！真相就是花玉坤这个天才被我们大家共同给祸害死了！当然这个大家既包括你，也……包括我。"

齐东锵吞吞吐吐："和我们有多大关系啊？"

唐娟瞪圆了她的丹凤眼："你敢说，你所谓的心理测试，对这起案子没起过一点误导的作用？即使花朵儿真的是花玉坤害死的，那关于她的所有疑团都解开了吗？比如那个关于古洞的录像是怎么回事？"

"如果一切真都像你所说的，花朵儿并没有死，那么活着的花朵儿又在哪里？"齐东锵声音嘶哑地说。

"事后曾听人议论过，说在案发前，有人曾在火车站见到过花朵儿，当时看见她被一个女人拉着，一同进了火车站！也就是说花朵儿根本就没有死，她只不过被一个女人拐骗或者劫持到别的地方去了。这件事如果警方当时就细查，一定能查出花朵儿的下落的。"

"可海边的那双鞋和鞋里的那封遗书呢？那又怎么解释？"

"鞋和遗书的事儿我也调查了。是一位警界的朋友偷偷地告诉我的。他说警方事后查明：那双鞋虽然是花朵儿的鞋，遗书也是花朵儿亲笔所写的遗书，但放鞋子那件事却不是花朵儿做的。事实上，是一位快递员接到了一个邮包，他按照邮包上的用户电话，给用户送邮件时，用户在电话里要求他把邮包里的鞋子放到了指定的位置。那个快递员也果真那么做了，他当时并不知道鞋子里还藏有遗书。"

"噢？竟然还有这种事儿？"

"但花玉坤关进看守所的当天夜里就死了，他这么一死，警方也就犯不上再深入调查了，好在花玉坤在这个世界上并没有一个亲人来替他申冤，唯一的一位亲哥哥又是把他送进监狱的人。所以案子也就不了了之了！对了，案件没出什么恶果，也得感谢你这个警界新秀呢！因为当时大家的注意力可都在你这个神探身上呢！"

"花玉坤是怎么死的？"齐东锵把话岔开了。

"我听说是上吊死的！当然，这一切都是我听说的。对于这起案子，大家都讳莫如深。"唐娟的声音越来越低，说到最后，都听不到声音了，只能听到气息。

"你所说的，听起来似乎挺合理的，可稍做分析就觉得不靠谱。你是不是写小说写多了，才杜撰出这些情节的？如果说花玉坤死了没有人追究，我倒理解，因为他没有亲人，也没有朋友。可花朵儿不是还有亲人吗？现在三年都已经过去了，花朵儿如果真的没死，也早该现身了吧？"齐东锵揉了揉自己紧皱的眉头。

"可你怎么就知道花朵儿没有现身呢？兴许她现在就生活在你我的身边呢！假使你在街上遇见了，你敢说你就能认出她来吗？"

"我当然认不出，但总有能认出她的人，现在闲人多了，没事还能弄点事儿出来呢！更何况网络红人呢？所以，只要她还活着，就一定不会这么风平浪静的。更何况她的父母也不会让他们的孩子总在外面漂吧？"

唐娟冷笑了一声："花朵儿根本就不是那家人的亲生女儿，而是那家人从垃圾堆里捡回来的'死胎'。那家的女人当年好像在计生委下属的一个什么单位工作吧？就是负责计划生育的。那时候的计划生育你是知道的，全国各地到处都在抓超生的孕妇，我直到现在都记得，那时大街小巷张贴的标语，大多都是和计划生育有关的内容。

"花朵儿就是那时候被人强行引产出来的死胎，没想到扔到垃圾堆里后，却又活了，那家的女人见周围没人，就悄悄地把孩子捡回家养了，这件事除了花朵儿的叔叔花玉坤，外人没有几个知道的。"

"既然外人没有几个人知道，那你又是怎么知道的？"齐东锵不相信地插了一句。

唐娟瞪了他一眼："你先别调查我，咱们先说花朵儿的事儿！"说着正了正身子，就像评书演员说评书似的。

"花朵儿大一些后，一天比一天长得漂亮，她的养父、也就是花玉坤的哥哥花玉乾，就开始对她不怀好意、图谋不轨了，花玉坤因为一直与哥哥花玉乾住邻居，他也非常喜欢花朵儿，很快就窥到了花玉乾的不良居心。为了防止花朵儿受到伤害，花玉坤一直在暗地里保护着花朵儿，经常在深更半夜到花朵儿家听声儿。他也是因为这个才引火烧身，在花朵儿失踪的第二天，就被自己的亲哥哥花玉乾举报了。对了，花玉坤的日记你应该看了吧？这些事通过看日记，你也能猜出个大概。"

齐东锵摇了摇头，想了想，又点了点头。

十八

夜已经很深了，今天的月亮虽然很圆，但并不亮，属惨淡的明黄色，像哪个孩子用明黄色的油纸剪了一个圆儿，然后登着梯子贴在了蓝天上。

可再美的月亮，也没能消减一些屋内人的忧伤。

唐娟叹了一口气说："花玉坤死后，我曾到他家里去过几次，因此还结识了花玉坤的一个不算朋友的朋友，这些事情都是他告诉我的，这首歌的录音也是他给我的。花玉坤的确是个天才，只可惜上帝制造了他这个天才，却没有制造一个能够发现天才保护天才的人，反而周围的人都把他当成精神病了，就像当年的梵高。"

唐娟说着，突然想起了什么似的，拿起了手机，翻弄起来："花玉坤不仅会写歌唱歌，还会画画，和他的歌儿一样，他的画也神奇极了，我手机里还拍过几张。"唐娟说罢，便把手机送了过来，一幅非常怪异的铅笔小画就呈现在了齐东锵的面前。

那到底是一幅什么样的画啊！一个不孤独不寂寞的人，真的是无法画出这么怪异的画的。

这幅画既像一个盛满雪花的杯子，又像一位狰狞的白色幽灵被定格在画框中，但最抓人心的，并不在于他画了什么内容，而是画面里所呈现的那种深邃诡谲的意境。

齐东锵正惊悚于那画的神秘呢，唐娟突然把手机颠倒了过来，于是，那画面就立刻变了，变成了一位美丽绝伦的皇后，穿着独一无二的洁白婚纱，眼神里也像当年花玉坤一样，充满了哀怨和无辜。

齐东锵正在发怔，唐娟又把手机调了个四十五度角，让齐东锵横着看，展现在面前的，竟然又变成一个夸张的喇叭了，有一个人，正冲着喇叭喊话，喊得喇叭都变了形……

齐东锵的心里突然很闷很闷，就是那种想哭又哭不出，不哭又受不了的憋闷，齐东锵慢慢地站起了身，暗暗地调试了一下情感，生怕自己会抑制不住地大喊大叫起来——艺术到底是什么啊？为什么会有如此神奇的力量？竟然在你不经意间，突然就把藏匿在你生命河床之下的激情诱发出来了，让你猝不及防。

"花玉坤这个人，就像他唱的歌儿似的，清纯极了，简单极了，没有一点杂质。他多愁善感、童叟无欺，应该算是个与世无争的人物，整天除了唱歌画画，根本没有别的嗜好。"唐娟说评书的声音里，突然掺入了一丝柔情。

"对了，他平时还喜欢养小动物，基本上不和人来往，只和小动物在一起朝夕相处。他被抓进去后，他养的一条哈巴狗一直守在派出所门外等花玉坤回家，谁喂它东西都不吃，最后眼瞅着饿死在派出所门前了。"唐娟说着说着，泪水就蒙上了眼睛。

"后来我还听说，一同绝食死去的还有一只大黑猫和一只会说话的八哥鸟，我听说那只八哥鸟不仅会说话，会骂人，还会唱歌呢，花玉坤的那个朋友说，那只八哥无论说话、骂人，还是唱歌，声音都像极了花玉坤，特别是唱歌，真的好听极了，简直是天籁之音，只可惜当时没有人把它的歌声录下来……唉！通过这件事我发现：这动物啊！真的比人强多了。"唐娟又抽出一张纸巾，擦了擦脸颊上的泪珠儿。

齐东锵的眼睛也红红的，是那种干涩涩的红。他就那么眼睛红红地盯着唐娟，好久好久没有说话。

唐娟突然想起了什么，打开手机看了看时间，又把手机冲齐东锵亮了亮。

齐东锵没有看懂唐娟的逐客令似的，突然向前蹿了蹿，用那双红红的大眸子盯着唐娟说："如果一切真像你所说的，如果我们当初真的错了！那我们还等什么？"

唐娟愣住了："你什么意思？"

"既然知道错了，干啥不去纠正我们的错啊？"齐东锵越来越显得激动。

"纠正错误？你是说我们？"唐娟一时没有明白齐东锵的话。

齐东锵慢慢地靠在沙发上，揉了揉乱乱的头发，字斟句酌地说："和你说句真话，这些日子我过得很痛苦，原来我以为我的所谓痛苦是深层次的，就像那种'世人皆醉我独醒'的屈原式的痛苦，或者'万古惟留楚客悲'的贾谊式的痛苦。但自从听了花玉坤的歌，看了他的画后，我才发现，我所谓的痛苦有一半是自恋造成的，是吃饱了撑的闲出来的，归根结底，就是欲望太多了，才结出了恶果。"

说着说着，齐东锵的身体渐渐直了："我母亲常说：烦恼皆因强出头，可事实上，与花玉坤那样的天才相比，我又有什么过人之处？我又付出了多少努力和代价？我齐东锵能够走到今天，能够拥有这么体面的工作，能够得到那么多人的尊敬，已经够幸运的了，我还想要什么？"

齐东锵语无伦次地说着，说到最后，连他自己都不知道要说些什么了："是的，我的事业的确进入了前所未有的低迷期，但越是低迷，越应该深挖一下根源不是？逃避是不行了，逃避的前方只有绝路。"

唐娟却听懂了似的："你的意思……是我们两个联手，把这起案子重新翻过来？好像不能那么容易吧？我这还没做出什么事儿呢，仅仅向两个当事者打听了一下那个领花朵儿出来的女人，就有人在跟踪我了……"

"你确定那两个人，就是因为这件事在跟踪你吗？"齐东锵审视着唐娟。

"可除了这件事，还有什么事儿，能让别人这么害怕呢？"唐娟直视着齐东锵。

"你怎么这么笨？你又不是警察，去打听那么敏感的事做什么？即使你打听出来了，你还能亲自去办案吗？其实，你要想翻案真的很容易，只需在社会上弄出一些小波澜来，自然会有人继续下面的事情了！"

唐娟似有所动："你的意思……"

齐东锵凑近了一些："你工作在电视台，又通晓网络，你要想弄出点动静来，不是易如反掌吗？不用做别的，仅在网上发一篇置疑性质的小短文，就足以掀起一股波澜了。"

"我的大测谎师，你还懂不懂点政治？你以为网络就真的是虚幻的吗？你以为懂一些网络知识，就能在网络上为所欲为吗？"

唐娟翻着那双狐媚的眼睛瞪着齐东锵，声音也越来越大："如今啥形势，别人不清楚你还不知道？别说什么发一篇质疑性质的小短文了，即使在朋友圈晒幸福，你都得万分注意。你以为你做得天衣无缝别人就查不出你来吗？那得看人家是不是想查你！我说齐教授，咱们俩好像并没啥冤仇吧？你干吗如此教唆我？"

齐东锵的脸便红了："我真的没有想害你的意思，我的确……的确想得单纯了。"

"单纯？我的刑侦专家，我今天这耳朵是不是有啥毛病了？"唐娟夸张地拽了拽自己那个白如元宝的小耳朵。

齐东锵真诚地说："我真的只是对这起案子太在乎了。"

"如果有谁能肯出钱，我倒有一条路子……"唐娟看似无意地说。

"路子？什么路子？"

"只要让花朵儿出现，在网民的视野里出现……"唐娟耸了耸肩膀。

"花朵儿要是真能出现，还说啥了？那这起案子不就翻过来了吗？"齐东锵讥讽地瞪了她一眼。

"问题是……目前我也拿捏不准……这件事是不是靠谱。"唐娟瘫瘫歪歪地靠在沙发上懒懒地说，边说边打了个哈欠。

齐东锵没有说话，一双睿智的眼睛就那么死盯着唐娟看，静等她把话说明白。

唐娟似乎意识到自己失礼了，马上坐直，并向齐东锵抱歉地一笑说："这件事……一开始就很蹊跷。那天我突然接到了一个匿名电话，电话显示的区域是海滨，打电话的是个男人，他似乎对于我的一切都了如指掌，开头第一句话就直呼我名，然后就问我：'你想知道花朵儿的下落吗？要是想知道，把五万元钱打到我的卡里。'"

"噢?"齐东锵坐直了身体。

"我说：我凭什么相信你！他说：相信与否我不管，反正事情就是这么个事情。他还说：你要愿意，就先打两万元过来，事后再把尾款补齐。"唐娟又忍不住打了个哈欠。

"后来呢?"人都说打哈欠传染，可齐东锵却一点困意都没有。

"能有什么后来?"唐娟懒懒地从茶几上拽过一片纸巾，擦了一下眼睛："一、我即使再有钱，也不会把钱花在这种事上，这件事和我有一毛钱的关系吗？二、我再怎么聪明，也无法判断这是不是一个诈骗电话。三、假使他说的都是真的，假使我真的得到了花朵儿的信息，我又能怎么样？我一个弱女子，连自己的人身安全都难保呢……"

齐东锵慢慢地站起身，来回走了几步。夜的确已经太深了，也许是地毯太厚，也许是头脑太浑，齐东锵突然有一种飘飘忽忽的感觉了。

"这件事如果不通过警方，的确不好调查。"他一边走，一边慢慢地揉着脑袋，"人家说得很对：事情就是这么个事情，就看你是否需要了！正所谓姜太公钓鱼，愿者上钩。"

唐娟慢慢地抬起头，像个孩子似的仰视着齐东锵，眼神里也闪着孩子似的迷惑。

几乎就在一瞬间，齐东锵就决定了。望着唐娟的眼睛，他脱口就说："宁信其有，不信其无，舍不得孩子套不住狼！"

唐娟依然满脸迷惑地仰望着他，动都未动。

齐东锵慢慢地站定了，居高临下地看着唐娟，缓慢而坚定地说："你就先给他打两万过去。"

"你疯了吧?"唐娟不相信自己的耳朵似的看着齐东锵。

齐东锵没有理会她的惊诧，而是直接走到唐娟的面前，从香烟盒里抽出一支烟，点着了，深吸了一口，这才踱回自己坐过的沙发边，嘴里叼着烟，慢慢地弯下腰去，拿起那个一直沉默地躺在沙发一角的档案袋，慢腾腾地打开，从里面取出了两捆崭新的人民币，然后神情凝重地把钱放在了茶几上。

唐娟慢慢地坐直，眼睛眨都不眨一下地看着齐东锵，此时她的神情更像一个孩子了。

"你是一个冰雪聪明的女子，我相信你也轻易不会被人家蒙骗的！你明天就打电话给他，就按他说的把钱给他打过去，你对他说：如果他真的能够找到花朵儿，余下的三万随后就补上！"齐东锵一边吞云吐雾，一边神情凝重地说。

唐娟依然看怪物似的看着他："可是……在这件事里，你又能得到什么好处？如果事情披露出来，我估计第一个中枪的，就会是你吧？"

齐东锵几乎惨笑了："在哪儿跌倒，就在哪儿爬起来，哪怕被伤得千疮百孔，也比这么躲在暗处自我折磨强。我现在算是想明白了：人不能怕受伤，受了伤可以治疗啊！但讳疾忌医就不对路子了，讳疾忌医的结果只有死亡。"

唐娟慢慢地站起身，慢慢地攥住了齐东锵的手，摇了摇，又摇了摇，这才语音嘶哑地说："警察叔叔，您的确是一身正能量的警察叔叔！"话未说完，泪水已濡湿了眼眶。

"但这一切，仅仅只是一个开始，等到后来，你也许会更加危险！"齐东锵任唐娟攥着自己的手，那夹着烟的另一只手，则优雅地伸到烟灰缸上，弹了两下烟灰。

唐娟妖媚地笑了，尽管她的眼睛里还饱含着泪水，她就那么含着眼泪望着齐东锵，声音低低地说："我有灵感了！马上就可以动笔了！就围绕这起案子！写一个美丽的故事！"说着突然松开了齐东锵的手，在原地跳起舞来。

"美丽的故事？"齐东锵奇怪地望着她。

"是的，必须是美丽的故事，这是我写小说的准则。小说的人物也必须都是美的！比如花玉坤，他的美不仅要体现在艺术上，更要体现在心灵里。在这起案件中，他要用自己的死完成一种美丽的救赎，既救赎了一位花季少女，也救赎自己兄长免于犯罪。"

唐娟比比画画地说，越说越激动："还有那个带走花朵儿的女人，也一定要美，我要把她描写成一位苦海度人的观音，因了花玉坤的感召，翩然登场，悄然无声地完成了那场感天动地的救赎。"

唐娟突然扑过来，再次拉住了齐东锵的手："还有你！我小说里最帅的男主人公，你当然更完美啦！并且你的美根本就不用虚构！"

齐东锵的脸又红了："为啥非要把人写都得那么美呢？如实反映生活不好吗？就像大家常说的'三贴近'？"

唐娟依然拉着齐东锵的手，意味深长地说："生活太丑陋了，所以我的小说必须要美！"

齐东锵摇了摇头："我虽然不懂小说！但我总觉得小说不应该这么写。"

"在丑陋中提炼美，才是小说的价值，没听说那句话吗？小说是连接大地和天空的彩带！我的亲哥哥！你怎么就舍不得夸我一句呢！多完美的构思啊！连名字我都想好了呢：就叫《像花儿一样》。啦啦啦！像花儿一样！"唐娟拉着齐东锵的手，再次跳起舞来。

齐东锵尽管很愉快，但他还是不想夸奖唐娟："你的观点我还是不敢苟同。美的就是美的，丑的就是丑的，你怎么能颠倒黑白呢？"

唐娟不高兴了："天下皆知美之为美，斯恶已。美之与恶，相去若何？这世上的美丑哪有什么明显的界限啊？我说亲哥哥，你到底读没读过《道德经》啊？"

齐东锵终于笑了，嘴里却依然气她："反正要是小说真像你所讲的那样，可没啥看头了。不是我嘴损，这种小说即使发表了，也不会火的。"

一番话说完了，那支烟也吸没了，齐东锵用力地最后抽了两口烟，见实在无法再抽了，这才丢了烟蒂，顺便看了看手表，发现已经过了午夜零时，便卷了卷那个变瘪了的档案袋，慢慢地向门边走去。

唐娟依然噘着嘴假装生气，既不拦他，也不说话，就那么目光幽怨地看着他走到门边。当齐东锵走到那面镜子前时，他才发现那面镜子只是一面普通的镜子，根本就没有什么门的把手。他在镜子的四周摸了两把，也没有找到任何开门的机关。齐东锵就有些发蒙了，他甚至怀疑自己到底还算不算一个开锁专家了？

唐娟突然气哼哼地走过来，冷不防就把齐东锵攥在手里的小档案袋抢了过去，她打开档案袋看了里面一眼，然后按原样卷上，便啪的一声把档案袋扔到了茶几上说："行啦，好事儿也别都你一个人做了！你这里面估计还有一万吧？也把它留下吧！余下的那两万，算我的！"

见齐东锵愣愣地看着她，唐娟便加大了声音："我说的还不够明白吗？我的意思是说：这件事我们两个共同承担！你出三万，余下的两万由我出！"

齐东锵有些发愣地看着她，但他却什么话都没有说。

唐娟麻利地从衣架上拿下了一件披风披在了身上，接着便脚步生风地走到镜子附近的那扇门前，也就一转身的工夫，还没等齐东锵看明白怎么回事，那扇门就无声地开了，随着一股阴森的气息，那个古洞一般的长廊便展现在齐东锵的面前。

"记得刚才明明是从那面镜子里进来的？这次怎么又……难道是刚才自己记

错了?"齐东锵有些迷惑了。

唐娟不再说话,拉了齐东锵,便顺着那条隧道般的长廊,向前走去。深夜的寂静,给曼妙的灯影、奇丽的石壁,涂上了一层影影绰绰的神秘,连唐娟的背影都披了一层迷蒙的彩雾,特别她的长发,似乎每一根都色彩迷离。

两个人就那么手拉着手一前一后走着,走得悄无声息的,就像是在梦游。唯一和梦游不相称的,是飘荡在齐东锵心头的彩云一般的愉悦感。

是啊!齐东锵好久没有这么轻松愉快了,愉快得都想引吭高歌了。拐弯的时候,齐东锵一不小心,又在一块石壁上看到了花玉坤忧郁的眼神儿,可他竟然第一次不再感到忧伤了。

哈,这么说,这个恶魔一般压在他心上整整三年的庞然大物,仅仅凭借三万元,就让它的魔性消失了?——真的是这样吗?看来有钱真的能使鬼推磨呢!哈哈!这可实在是一件令人振奋的事儿了!

春风得意马蹄疾,更何况还有一位风姿绰约的美女为他引路呢?也许是快乐所至吧?齐东锵往出走的时候,一点都不觉得累,他甚至希望那个长廊再长一些呢!好让他有时间好好享受一下这种梦幻般的幸福。

可还未等齐东锵弄明白他们到底拐了几个弯呢,唐娟就已经把齐东锵引到了一扇小门边了。那是一扇很不起眼儿的小门,唐娟用卡在门边轻轻地按了一下,只听得嘀的一声轻响,那门就开了,随着一股夜风扑面而来,一条神秘的小巷就出现在齐东锵的面前。

"啊?这又是哪里呀?"

还未等齐东锵弄明白东西南北呢,唐娟突然向前推了他一下,就把齐东锵推出了门去。

因为愉快,齐东锵显得有些恋恋不舍起来,他回过头去,想和唐娟说几句告别的话,可还没等他开口说话呢,却发现那门已经关上了,关得悄无声息的,就像未曾开启过一样。

齐东锵认真地回看了一眼那扇门,发现那仅仅是一扇普通的木质小门,这种门在当地的居民区,随处可以看到。

齐东锵向前走了几步,才发现自己正处于一个幽长的胡同内,也许这里就是一处居民区吧,胡同的两边,隔几步就会看见一扇同样的门,并且更加相同的,是所有的门都是关闭的,仿佛都没有开启过似的。胡同里铺的是仿古的青砖,细细的砖缝儿里,有几株细细的青草从里面钻了出来,在夜风中招摇,从这些青草上可以看出,这条小巷并没有人经常出入。

"现在的事儿，我算是看明白了！全都是假象，只有钱是真的！"

随着一阵冷风吹来，徐问玉这句警告他的话突然回响在他的耳畔，齐东镪不禁打了个寒噤。

齐东镪晃了晃头，晃着晃着，唐娟那明澈的眼睛，富丽的装扮，便再一次清晰在自己的眼前了——是的，三万元，对于唐娟这种人来说，的确太少了！她怎么可能因为这点钱铤而走险呢？齐东镪突然自言自语。

齐东镪便继续向前走了，走得轻飘飘的。踩在冰冷的青砖上，齐东镪特意放重了脚步，可他依然摆脱不了那种飘的感觉。

齐东镪就这么轻飘飘地往前走着，突然又想起了什么，便又停下了脚步，回头向胡同深处看了看，他想再仔细看一看自己刚刚走出来的那扇门。

惨淡的月光，为小小的胡同抹上了一层梵高的油彩，可仅仅在这么小的一幅油画里，他齐东镪却怎么也找不到自己刚刚走出的那扇门了，他看遍了所有的门，所有的门都像是自己曾经走出来的那扇门，可所有的门又都不像自己曾经走出来的那扇门。

"爱咋咋地吧！"又一个声音飘了过来。

齐东镪懊恼地拍了拍自己昏昏的脑门，心里说：你可真愚蠢啊！人家几千年前的人，误进世外桃源，都能想着在出口处留下个记号什么的，而你却傻乎乎的就那么走出来了！想回去都找不到门了，你这个SB，就凭你这样的人，真的还配当什么警界神探吗？

小胡同无论多长，终有走出头的时候，胡同口的前方，横着一条宽宽的街道，街道两侧的路灯虽然眼睛眨都不眨一下，但依然和天上的月亮一样，笼着一层惨淡的迷蒙，让人既感觉不到黑暗，也感觉不到明亮。

夜虽然很深了，但还有很多车辆拖着鼻涕在无声地滑行，齐东镪仅仅在路边站了一小会儿，就有一辆出租车无声地驶过来了，并且依然无声地停在了他的身边。

直到坐上了出租车，直到坐到了那实实在在的座位上，齐东镪才有了一种回归现实的真实感，仿佛从一场大梦里突然就醒过来了似的，睁眼一看，才发现自己依然活着，并且依然活得普普通通的，于是，一种新的伤感也油然而生了。

路依然还是那条常常行走的路，大门也依然还是那扇普通的大门，走进大门，第一眼看到的依然还是那个老旧的电梯，从电梯里出来时，所见到的依然还是那条没有声音就不会亮起灯光的窄窄的回廊……

是的，所有的一切都是原来的样子，所有的一切并没有因为齐东镪去了一次神奇的地方，花了一次神奇的钱，就都变得神奇了。

第七章　诡秘的敲诈

十九

为了不惊醒徐问玉，齐东锵尽可能轻地打开家门，黑黑的屋子里闷吞吞的，一股非常难闻的气味也和那片黑一起扑面而来。齐东锵抽了两下鼻子，心就一点点地沉了下去。

——完了，该来的，终于还是来了！

屋子里之所以黑，是因为窗帘儿被出奇地拉上了。站在这又黑又闷的臭烘烘的斗室，齐东锵别说去想那缕天竺葵的香味儿了，即使想到天堂鸟儿的香味儿，都觉得自己低贱得很呢！是的，他齐东锵的生活，离那些缥缈的馨香，实在是太遥远了，遥远得就像天堂和地狱。

齐东锵鞋都没换，就慢慢地走进了卧室，借着迷蒙的月色，齐东锵看到徐问玉正躺在床上酣睡着，她睡得极沉，甚至轻轻地打着呼噜……但幸好她的枕边并没有另一个人。

齐东锵暗暗地舒了一口气，这才慢慢地走到窗边，拉开了窗帘儿，并打开了客厅的窗子，一股清凉凉的风便吹进了室内，吹得窗边的帘子唰啦啦地直响。齐东锵就那么木僵僵地站在风口里，站了好久好久。

想知道结果，其实是非常容易的，只需打开电脑，刚才屋子里发生了什么就会一览无余。

自从纽扣事件发生后，齐东锵以其人之道还治其人之身，也在相同的位置安了一个属于自己的电子眼，前天他还检查了一遍，发现那个电子眼始终都在默默地工作着。

是的，该来的总会来的，就凭这种气味……但齐东锵却迟迟都不愿意去看，也许这种懒惰都是那杯红酒带来的吧？

齐东锵又踱到卧室边站了一会儿，傻呆呆地看了好半天睡梦里的徐问玉，也许夜真的太黑了，他咋看咋觉得徐问玉丑陋不堪，并且越是觉得徐问玉丑，那个长发飘飘的唐娟就越显得妩媚，此时此刻，她甚至隔着黑沌沌的夜色向他甜甜地笑了过来，白皙圆润的鹅蛋脸上，还漾出了两个浅浅的小酒窝。

齐东锵狠狠地甩了甩头，想把唐娟的笑脸甩去，可唐娟的确是个女巫，齐东锵越是甩头，那唐娟就笑得越明媚。齐东锵没办法了，只好任唐娟就那么明晃晃地冲他笑着，一边无奈地叹了口气，想把满腹的忧愁嘘走一些，没想到越是叹息那愁苦浸得越深，甚至两个太阳穴也比赛似的疼起来了，疼得他头晕目眩，甚至恶心得想去呕吐了。

徐问玉终于醒了，躺在那里愣愣地看了他半天，才明白发生了什么似的，便坐了起来，一双杏核般的眼睛在夜色里突然瞪得溜圆，嘴里也大放厥词了："你还知道回来呀？你心里还有这个家呀？"

"事儿办完了，不回来去哪里？"齐东锵皱了皱眉，心里却说，"真他妈的俗气，连发牢骚都发得这么老套！"

徐问玉从床上爬起来，一边四处看着什么，一边向洗手间走去。直到这时她才看见所有的窗户都打开了，便目光闪烁地盯了齐东锵一眼说："干吗把窗子打开了？我说这么凉呢！"话音刚落，果真打了一个大大的喷嚏。

"有时间是不是应该打扫一下屋子了，这一屋子的怪味儿！如果忙不过来，也可以找家政帮助打扫一下……"齐东锵字斟句酌地说完，便慢慢朝书房那边走去。

尽管齐东锵说得小心翼翼的，徐问玉还是咆哮了："你啥意思呀？是不是在风月场里待多了，开始嫌弃自己的穷家了？这屋子我哪一天不打扫呀？可老房子咋打扫都是老房子，咋能没有气味呢？人如果老了，都会有腐朽味呢，更何况老房子了？你要是嫌弃，不如换个新的来！索性连人都换了吧！"

齐东锵的脑袋便更疼了，爆炸似的痛，恶心的感觉也更加强烈了。他弯下了腰，干呕了两声后，便什么话都不敢再说，几步就走进了洗手间，对着马桶就开始呕吐起来，直吐得眼前一片星光灿烂。

与寒酸憋闷的家相比，唐娟的房间该有多么富丽，多么洁净，多么明亮啊！对了，那里面还飘着一股子天堂鸟儿的香味儿呢！可自己为什么非要跑回来遭这个洋罪呢？

"这人啊！我是看明白了，活该就是遭罪的动物！对快乐总是推三阻四，对痛苦却是照单全收。"

116

徐问玉也平静下来了，声音也掺入了一丝柔和："怎么吐上了？喝了多少酒啊？"

"酒倒没喝多少，就是有些喝不惯。"齐东锵说罢，看都没看徐问玉一眼，就向书房里走去了，进了屋子，还尽量轻地关上了门。

电脑就在那里等着他，如果开启，一切谜底就会揭开了。齐东锵相信自己的判断力，这个晚上一定发生什么事情了，至于究竟是什么事情，只要打开电脑就一目了然了。

齐东锵打了一个大大的哈欠，但他还是弯下腰，打开了电脑。然后就一屁股坐在了椅子上，坐得那转椅吱嘎地怪叫了两声。是的，他的肉体和他的心灵一样沉重。

在没进监控系统前，他习惯地登录了QQ，登完以后才想起：自己的生活里已经没有筷子了。于是，沉重的心里又加上了一层怅然。刚要关掉QQ，发现儿子的头像突然出奇地闪烁起来了，这可是一件新鲜事。

齐东锵立即点击了儿子的头像，发现上面孤零零地躺着一行小字："爸爸！您在线吗？"

"儿子，爸爸刚上来，你最近怎么样？"就像久旱的秧苗突然喝了一口水，齐东锵一下子精神起来了。

"还行。"

齐东锵看了一下手表，算了一下儿子那里的时间，便问道："刚吃完午饭吧？"

"爸爸，如果有时间，我们聊一会儿行吗？"

"可以。"

"最近，您和妈妈，是不是发生什么矛盾了？"

"没有啊！我们一直都很好的。"

"爸爸，我不知道你们之间发生什么事情了，但我希望您能担待她一些。也就是说，我不希望你们离婚。"

"我们俩过得好好的，干吗要离婚呢？难道你听你妈妈说什么了吗？"

"妈妈倒没有说什么，但我明显感觉到她最近过得很不开心！爸爸，直到出国后，我才知道，有家多好！很快我就毕业了，我希望我毕业回国时，咱们家里既有爸爸，又有妈妈。"

"你放心吧儿子！至少在我这里，你不用担心离婚的问题的。"

"那我就放心了！好了，爸爸！您休息吧！我也该去忙了！"

"好，儿子，你忙去吧！一定照顾好自己！"齐东锵几乎用全身力气，打完了这行字，接着便杵在那里了。

那个监控系统，还进入吗？他默默地问自己。

就像是回答他的话似的，徐问玉突然打开了门，给他端进来一杯热水，默默地放到了电脑桌上。

齐东锵看了她一眼，她也看了齐东锵一眼，但两个人谁都没有说话。

徐问玉离开后，齐东锵又呆呆地在电脑边坐了一会儿，手一直都在鼠标上放着，但他终于控制住了自己，没去点击那个系统。

"能过就过，不能过就离，干吗非弄个显微镜去考察大便？我都能与狗屎为伍了，你咋不能藏污纳垢？"

"抓奸夫不值，离婚又不舍，还找什么狗屁证据？这个世界就这么丑恶，要想活得舒服，只能睁一只眼闭一只眼。"

……

筷子的话，让齐东锵突然苦笑了，他就那么苦笑着关了电脑，然后便慢吞吞地向卧室踱去了。本来已经躺下的徐问玉，见他进来了，突然客客气气爬了起来，假惺惺地说："好点了吗？"

齐东锵就笑了，所问非所答地说："你去过欧罗巴酒店吗？真没想到那里面会那么豪华。"

"豪华？我怎么没发现？"徐问玉复又躺下了。

"真的很豪华！没想到咱们古城还有那么豪华的地方呢！等哪天咱们俩也到那里享受享受去！哪怕只住一宿呢，也算过过瘾吧！那地方实在太豪华了，可从外面看，却一点都看不出来。"

"一个三星级的酒店，再豪华能豪华到哪儿去？"

"那你是没进到里面去，我今天就到那里面去了，实在太豪华了！不对，应该是奢华！真是让人大开眼界呢！"

"你说的到底是啥地方啊？"徐问玉怕自己睡过去，甚至又挣扎着欠起了身子。

"你以为我说哪里呢？我说的一直都是欧罗巴酒店啊！"齐东锵爬上了床。

徐问玉伸手摸了摸齐东锵的额头，奇怪地看着他说："你是不是喝多了胡说呢？欧罗巴酒店我经常去呀！昨天我还陪着几位客人到那里去了呢！一个三星级的酒店，价格在那里摆着呢，再奢华又能奢华到哪里去呢？我那几个客人住的还是总统套间呢，也没觉得怎么奢华呀！"

"你的眼光是不是太高了？还想怎么奢华呀？咱先别说房间里有多阔了，就说那走廊，就赶上皇宫了！连墙壁里都摆放着稀有珍宝呢！还想怎么奢华呀？"

"净扯呢？看来你真是喝多了说梦话呢。行了，睡吧，太晚了！"徐问玉帮齐东锵盖了被子，便躺下了。

齐东锵却不愿意听了："我喝得再多，神志也不会混的。你又不是不了解我，在酒场混了这么多年，你啥时候听我说过梦话呀？"

徐问玉刚刚闭上眼睛，听他这么说，不得不又睁开眼睛审视地看了他一眼："你刚才不是说，这家酒店连墙壁里都摆放着稀有珍宝吗？你说你的这句话不是梦话吗？你想想啊！再奢华的酒店，也不至于在走廊里摆放珍宝吧？除非脑袋进水了，你说那得多大的投资呀！"

"你怎么不信呢？我刚刚从那里回来。"齐东锵就差没举手发誓了。

徐问玉白了他一眼："我也是昨天才去过那里的。我的客人要的还是最好的房间，服务员还特意介绍说，我们订的总统套间，就是他们酒店最奢华的房间，那条走廊我也看了，就是普通的走廊！根本就没有什么珍宝！这大半夜的，你可别再说梦话哄我玩了，太困了！抓紧睡觉吧！"说着就翻过身子睡去了。

齐东锵看了看徐问玉的后背，想说什么，终于把话又咽回去了。躺在床上，他的脑海里翻腾的全都是那个摆放着各种珍宝的长廊，夜晚的混沌渐渐地就把脑海里的想法给浮起来了，想得越深越久，那种虚幻感就越是强烈，想到最后，连他自己都感到奇怪了。

"是啊！走南闯北这么多年了，奢华的酒店自己也都住过，可再奢华的酒店也不会在走廊里放珍宝啊？难道在那里发生的一切，真的只是梦幻吗？"幸好睡梦很快就袭击了他，尽管在梦中，他也和徐问玉打了半天的嘴仗，但那毕竟是梦中的战争，沉默的战争，并没有打到形体之外。

——可一切真的只是沉默的战争吗？

那应该是早晨四点左右吧？齐东锵因为嗓子发干，不得不艰难地睁开眼睛，想去喝点水，可刚刚坐起来，就发现光线迷蒙的卧室里，徐问玉正披头散发地坐在那里，两眼发亮地盯着他看。

"你……这一大早干啥呢？吓了我一跳！"齐东锵说。

"你为什么骂我？还骂得那么难听？"徐问玉的胸脯气得一鼓一鼓的。

"我什么时候骂你了？我骂你什么了？"齐东锵向四处看看，才发现这是早晨，旁边并没有什么人可以为他做证。

"那么脏的话……那么大声地从你嘴里喊出来……你还敢不承认吗？"

"可是……我真的没有骂过你呀？我啥时候骂你了？"齐东锵摸了摸自己涨得发疼的头。

"你的意思……是你在说梦话吗？那么脏的话你在梦中都能骂出来，可见你更不是什么好饼了！真没想到你竟然隐藏得这么深，和你妈妈一样深。"

齐东锵突然冒出了一股气："徐问玉，这一大早的，你说这些话到底什么意思？我们两个怎么吵都可以，干嘛什么事都拽上我妈妈？我那可怜的妈妈都已经死去了，你怎么这么狠毒？"

"是我狠毒吗？是你先骂出那么难听的话的，那声音那个大，都把我震醒了！齐东锵，你是不是太欺负人了？"

"我到底骂你啥了，我真的不知道！"

"我不过是不相信你所说的那个宫殿，那又有什么呀？你也不至于骂得那么狠毒呀！"

"我到底骂你什么了？"

"我学不出口。"徐问玉说。

齐东锵的气儿越向上涌越多："我说那个地方富丽堂皇，它就是富丽堂皇，你又有什么不相信的？是不是非逼我领着你去那里看看不成？其实徐问玉，有些事情我真的不愿意和你较真儿的，但你自己也应该洁身自好不是？"

徐问玉明明已经躺下去了，听了这话忽地一下又坐了起来："你啥意思？齐东锵？谁不洁身自好了？你今天必须把话给我说清楚。"

"我说什么了？"齐东锵这才意识到说错话了，想偃旗息鼓。

"你一个侦探大师，还需要我重复一下你刚才说的话吗？我说你那么狠毒地骂我呢！原来你是怀疑我做了什么见不得人的事了！齐东锵，今天你必须把话给我说清楚。"

"不要逼我行不行？我可不想用放大镜考察大便！"

"我说梦中你骂我大便呢！你才是大便呢！齐东锵，你给我起来！今天必须给我解释清楚！"徐问玉边说边把齐东锵从被窝里往出拽。

齐东锵想了想，真的起来了，边穿鞋边说："这都是你逼的啊！到时候你可别说我狠毒！"说着就气哼哼地走到了书房，打开了电脑，查阅了起来。在等待电脑开机的时候，齐东锵握鼠标的手指都颤抖了。

徐问玉见他查电脑，便什么都明白了，她不再说话，就那么一声不吭地在他的身后站着，隔了两层衣服，齐东锵清晰地听到了她的心跳声。

监控窗口很快就呈现在了两个人的面前，可令齐东锵万万没有想到的是：画面里始终都是徐问玉一个人在屋子里走动，等徐问玉终于不再走动了，画面也静止了……

"你不仅怀疑我……还安了电子眼监视我？齐东锵，你……你……"徐问玉指着齐东锵压着声音说，突然又不说了，接着就仰起脸在房顶上寻找起来，转了几圈后，又跑到屏幕前看了看角度，再继续查找，终于把目光定在了衣柜上方的一把合着的雨伞上。

"摄像头是不是就藏在那把伞里？"徐问玉死盯盯地看着齐东锵，气喘吁吁地说。在微微的晨光里，她头发凌乱，脸色惨白，两眼发红，不仅显得丑陋，也显得可怜。

齐东锵依然呆呆地坐在电脑前，保持原来的姿势。

结局出现这种情况，是他万万都没有想到的。面对可怜的徐问玉，齐东锵突然有一种百感交集的感觉，有一丝歉疚，也有一丝难过，还有一丝欣喜……

——难道，难道真的是我齐东锵判断失误吗？感谢苍天！

徐问玉向衣柜上方伸了伸手，却没有够到那把伞，向上蹿了蹿，依然没够到。她忽地一转身，疯子一般就奔进了厨房，磕磕绊绊地搬来一把椅子，重重地往柜子边一放，便踏上了椅子，一下子把那把合着的伞拽了下来，重重地向地上摔去，可就在伞掉地的同时，徐问玉的身子一歪，也从椅子上摔了下来，咚的一声，她的头重重地磕到了门框上。

"你……没事吧？"齐东锵几步跑过来。

徐问玉捂着自己的头，眼睛却望着躺在地上的那把伞，好半天没有动，一股鲜红的血顺着她的手掌淌了下来。

"伤哪儿了？我看看……"齐东锵试图把她的手拿开。

徐问玉恶狠狠地推开齐东锵，眼神儿却依然停在那把伞上，可静静地躺在地上的，真的仅仅是一把伞而已。徐问玉捡起那把伞，弹开，发现伞里面什么都没有。

徐问玉又向柜上望去，这才看见了那个放在雨伞下面的小小摄像头，正瞪着一只鬼眼看着她。在徐问玉看摄像头的时候，齐东锵也仔细看了看徐问玉的头，发现伤并不重，只是磕破了一层皮，但鲜血还是一滴一滴渗出来。

见徐问玉还想登椅子去取摄像头，齐东锵便几步走过去，微微一抬脚就把那个手电筒形的隐形摄像头拿了下来，顺手交给了徐问玉。徐问玉接过了摄像头，便好奇地拿到客厅里去研究了，一边研究，一边嘴里唔唔地骂着齐东锵，齐东锵只听清了其中的一句。

"如果我是阳奉阴违的小人，那也是被你逼的！明明那个纽扣就是摄像头，你却瞪着眼睛硬说是纽扣，是不是纽扣，你把纽扣拿出来当面验验啊？"

齐东锵心里这么回击着她，嘴里却什么都没有说，反而大大地打了个哈欠。——是的，他怎么突然觉得心里一下子变得轻松敞亮了呢？

齐东锵看了看时钟，发现刚刚凌晨四点，便几步走到床边，把自己舒舒服服地放倒在了床上。令齐东锵没有想到的是：在徐问玉絮絮叨叨的咒骂声中，他忽的一下就堕入到睡梦里了，一觉睡到大天亮。

二十

清晨，齐东锵被一阵怪怪的声音惊醒，躺在那里半天也没弄明白怎么回事。

卧室里静静的，阳光毫无遮拦地照射进来，照到乱乱的被褥上，瞧阳光射进来的角度，齐东锵猜想应该是上午九时了。徐问玉这个时候应该去上班了吧？或者去医院包扎伤口了？但早餐就不一定像往日一样准备好了吧？

齐东锵闭上眼睛抽了下鼻子，似乎闻到了一缕豆浆的香味。这可真是令他没有想到的事情。自己都把她气成那个样子了，额头还受了伤，她不会带着伤还为自己准备了早餐了吧？这个徐问玉，到底心里装着怎样的秘密？

心里这么揣摩着，但身体却依然一动不动地躺着，任灵魂始终慢吞吞地在那具麻木的肉身里左游右窜，直到那怪怪的声音再次响起，他才懒懒地向墙上的电子钟瞟了一眼，时钟正好指向上午九时。

"当，当，当，当。"那到底是一种什么声音？隔一会儿响四声，隔一会儿再响四声，像是用什么东西敲打着柜子。

齐东锵正犹豫着该不该起来时，突听"咣，咣，咣"三声巨响，齐东锵才意识到是有人在敲自己家的门。当大脑里出现了这种意识的时候，齐东锵的心跳便加剧了，好几个想法便在同一时间拥拥挤挤地涌入了大脑：

"会是她吗？"

"是她？"

"不会又是她吧？"

齐东锵慢慢地坐起来，捋了捋乱蓬蓬的头发，想了想，复又躺下了，是的，他真的不敢再期待什么浪漫的事了。因为无论敲门者是谁，既然是敲门，而不是按门铃，就一定和对门有关。

以前每当想到对门，戴面纱的她便会在第一时间涌入脑海，于是，齐东锵的心里便会自然升起一股痒痒的愉悦感。可自从接触了纪云雁以后，齐东锵再想到对门时，就会抑制不住地厌恶起来了，因为他会立即想到纪云雁那张松松的嘴，以及从他嘴里蹦出的小三儿的词汇。

"也许，那所谓的清纯和美丽，全都是假象吧？是啊！哪个真正有内涵的女人，能爱上那种垃圾男人呢？"闭着眼，他这么默默地对自己说。

门外静了一会儿，接着，敲门声就又恢复了那种四声一组的频率了："当，当，当，当。"声音虽不大，却响得急促且有规律，四音一组，响起来就没个完了，好像敲门的人确信齐东锵就在屋子里似的。

"也许徐问玉依然还是原来的徐问玉呢！只不过珍珠在身边放久了，自己才不懂得珍惜了？"

随着那怪怪的声音，齐东锵又对自己说，这次说出了声音。但说话的时候，齐东锵依然保持着那个懒散的姿态平躺在床上，任那奇怪的"四声"魔鬼一般急促地持续着，隔一会儿响四声，隔一会儿再响四声。

此时的齐东锵，就像在和那种怪声组合比耐力似的，他强迫自己坚决地平躺在床上，坚决地一动不动。

"当，当，当，当。"

"当，当，当，当。"

但心底里的怒火却一点点地向上舔着，舔着，终于蹿到了至高处，只听呼的一声，齐东锵坐起来了，趿拉着两只拖鞋就向门那边冲了出去。当然，在开门之前，理智还是让他在门边稍稍停顿了一下，透过猫眼向门外看了一眼。

——外面根本就没有人。

齐东锵愣了一下，再看一眼，依然还是没有人。

可那怪怪的声音依然毫无间断地响着，隔一会儿响四声，隔一会儿再响四声。

齐东锵懵懵懂懂地在门边发了一会儿呆，第三次透过猫眼又向外面看了看，可展现在眼前的依然是那个阴暗空旷的区域，别说人的影子，连个鬼影儿都看不到——怎么回事？难道大白天出鬼了？

齐东锵悄悄抽出小矮柜的抽屉，从里面拿出了一把警匕，紧紧地攥到手里，另一只手握着门柄悄无声息地扭开，门在试探着向外面推的时候，感觉遇到了阻力。齐东锵心里一紧，猛地用力向外一推，一下子就把堵在门外的重物推出去了。

随着嗷的一声怪叫，齐东锵发现自家的门边正"滚坐"着一个人，他满脸褶皱，褶皱里藏着一双细眯眯的歪眼，此时的他正用那双诡异的歪眼小鬼似的瞟着齐东锵，那双一大一小的眼睛虽然小成了一条缝，就差长到一起去了，但齐东锵还是看到几缕鬼火般的贼光闪了两闪。

这个人手拿着一个双截棍，耳朵上戴着耳麦，面对突然开启的门，他似乎很吃惊，惊厥之中，他动了一下，不小心把耳麦碰掉了，一阵欢快的歌声便沙啦啦地从耳麦里流了出来：

"快使用双截棍，哼哼哈兮，快使用双截棍，哼哼哈兮，如果我有轻功，飞檐走壁，为人耿直不屈，一身正气，哼！"

　　这个滚坐在门外的怪人，就是对门的那个男孩。

　　听了周杰伦的歌儿，齐东锵一切都明白了。原来这个孩子是一边听歌，一边用双截棍在门上打拍子，所以才弄出了那种隔一会儿响四声，隔一会儿再响四声的怪动静。

　　"你这孩子，听歌儿怎么不在自己家的屋子里好好地听，咋跑到别人家的门前胡闹起来了？"齐东锵尽量让自己的声音显得柔和些。

　　那孩子就像没听到齐东锵的话似的，他抽了一下鼻子，慢腾腾地从衣兜里取出了一个闪闪发光的小企鹅，伴随着欢快的节奏，小企鹅的眼睛正一眨一眨地放射着诡谲的绿光，正应了那句成语：暗送秋波。男孩子按了小企鹅的大黄嘴一下，小企鹅的白眼皮就吧嗒一声耷拉下来了，乐声也戛然而止。

　　男孩子这才慢慢地从地上爬起来，可爬起来后并不站直，而是老朽一般喘息着弯腰回头，拽了两下裤腿上的褶皱，扑打了一下屁股上的尘土。在齐东锵惊诧的目光中，他就这么不紧不慢地做着这一切，仿佛全世界所有人的时间，都归他一个人支配似的。

　　直到觉得一切都熨帖了，他才慢腾腾地直起身子，那双明显发斜的眼睛，突然小企鹅一般阴冷冷地向齐东锵这边闪了一下，还没等齐东锵看清他的眼神儿呢，只听吧嗒一声响，那对皱巴巴的眼皮也小企鹅一般耷拉下去了。

　　那么小的孩子，为什么满脸都是褶皱？本来就斜的眼睛，为什么还一大一小？是褶皱把眼睛挤小了，还是眼睛太小把面皮揪成了褶皱？

　　齐东锵揉了一下乱乱的头发，突然意识到自己一大早这样衣衫不整地和一个小孩子纠缠不休，实在有失身份，便宽容地冲男孩子笑了一下，转身就要回屋。突然看到男孩子的斜眼睛又鬼火一般朝他闪了一下，虽然稍纵即逝，但齐东锵在转瞬之间还是及时捕捉到了他的眼神儿，齐东锵的心就异样地跳了跳，一股不好的预感也涌上了心头。

　　是的，这个孩子所有的举动都不是无缘无故做出来的，接下来他可能还会整出点其他的什么事情，而且是很难缠的事情。从他刚才那一连串从容的举动里，齐东锵看到了只有成年人才有的沉稳老练，尽管他貌似孩子似的拿着玩具一样的双截棍，也貌似孩子似的听着孩子们都喜欢听的《双截棍》。

　　"我们谈谈吧！"果然，男孩儿阴阳怪气地说话了，尽管开口前，他依然貌似孩子似的抽了两下鼻子，扭动了一下很松很大的嘴。

齐东锵仔细地端详着他，越细端详，越觉得他不像孩子。记得齐东锵小时候，妈妈养过一头小老猪，那头猪也不知道患了什么病，怎么养都养不大，越养越往回抽抽。但那猪却很能吃，还特馋，妈妈为了能让它长大，就费尽脑筋给那猪搭配食物增加营养，可费心巴力地喂了好几年，那头猪到底顽强地保持住了自己小老猪的体型。

齐东锵忘了那头猪最后到底怎么处理了，但齐东锵却清晰地记住了妈妈当时的忧伤和无奈。那已经是多少年前的事情了？难道面前的这个孩子，也患了那头小老猪的毛病？

齐东锵慢慢地走到男孩儿的身边，从他的手里抽出了那根双截棍看了看，又送回到他的手上，这才不愉快地说："你刚才就是用它打拍子的吧？往后再敲人家的门时，要记得用手敲，别用棍子打，你记住：用棍子打别人家的门是不礼貌的行为。"

"一开始，我的确是用手敲的，可你并不开门啊。你应该知道，有人敲门却不给开门，也是一种不礼貌的行为。"也许是变声期的缘故，他连说话的声音也像极了脸上的褶皱，就像被什么东西勒住了似的，难道他连嗓子也长得七扭八歪的？

齐东锵冷冷地说："主人不开门，自然有不开门的道理，作为敲门的人，你敲两声就应该停下了，这也是做人最起码的礼貌。你爸爸从来没给你讲过这些知识吗？"男孩儿那张松松的嘴，让齐东锵认定了他就是纪云雁的儿子。

"可你明明就在家里，为什么这么久都不开门呢？"男孩儿第一次仰起头直视齐东锵，他的眼睛明明睁着，可齐东锵就是看不到里面的眼珠儿。

"你敲我家的门，有啥事儿吗？"

"没事儿谁能去敲别人家的门？"

"说吧，什么事儿？"齐东锵突然觉得自己也许高估他了，他不过就是一个十三四岁的孩子而已。

男孩儿向左右两边飞快地扫了一眼："我大驾光临，当然有一件极其重要的事儿，可既然是极其重要的事儿，是不是应该找一个极其重要的场合来谈？"

"可什么样的场合才算极其重要的场合呢？"齐东锵忍不住笑了。

"你以为我在和你玩小孩子的游戏吗？"男孩子严肃地说。

"我的意思是：你一个小孩子，能有什么重要的事儿？即使真有重要的事儿，也不应该由你来和我谈啊！你是未成年孩子，谈重要问题应该找你的监护人的。"齐东锵耐着性子把话说完，便转身进了屋。

就在门即将关闭的那一刻，男孩儿突然把双截棍伸到了门内，接着他便强行把缝儿撬大了些，透过门缝儿阴阴地说："我今天要谈的事儿，关于叔叔你的名声，我也是因为替你考虑，才没有和我爸爸妈妈说。"

齐东锵心里一紧，不得不再次把门打开："你什么意思？"

就像变戏法儿似的，男孩子的手心里多了一个怪怪的U盘，那是一个绿色的大眼怪造型的卡通U盘，要不是看到插口，齐东锵还以为那只是一个挂钥匙的小饰物。

男孩儿摆弄着那个U盘，压低声音说："一切都在这个U盘里，你看看里面的内容就知道了。我相信你看了U盘后，不仅不会再让我去找什么监护人，还会把我非常郑重地请到屋子里的。"

齐东锵在他说话的当口，猛地一伸手，就把那只大眼怪抢了过来，动作快得令男孩子猝不及防。

男孩子反射似的前扑了一下，试图想把U盘抢回去，但随即他就站稳了，接着又后退了两步，然后便双手抱着双截棍向后仰了仰头，阴阴地一笑说："你还真把我当成小孩子了吗？仅仅是个U盘而已。即使你不抢，我也要把它送你的。行了，别废话了，你还是赶紧回屋看U盘吧，看看你们这些大人到底都做了些什么丑事，光屁股的丑事儿！"说着又抽了一下鼻涕。

人要倒霉，躺在家里都中枪呢！

齐东锵这回，可是真的摊上事儿了。

齐东锵的心像被什么东西拴住了一样，那东西很沉很沉，一直那么往下拽着他的心，拽得他有那么一小段时间，都要屈服要告饶了。可表面上，齐东锵却相当平静，他一直那么平静地盯着手里的那个大眼怪，就像根本没听到男孩子的话似的。

男孩子见齐东锵没有反应，便抽了一下鼻子继续说道："别再装了！咋装这事儿也不能变没了。哼！你们这些大人们，可怎么整你们才好呢？别看一个个都穿得溜光水滑儿的，背着人的时候尽干坏事儿，再不就假惺惺地拿教育我们小孩子开心！就你们这样的，还教育我们呢？我们再坏，也没有你们坏。"

齐东锵发现那只大眼怪始终都用那只独眼阴森森地瞪着自己，一张龅牙露齿的大嘴也显得松松的。也许盯得过于认真了，齐东锵甚至在那张嘴上看到了一丝动感，就好像男孩子的那些话都是从它的嘴里说出来的。

"这个U盘你是从哪儿得到的？"齐东锵声音嘶哑地问。

"你问的这个问题……和我要和你谈的问题，并不是同一个问题。"男孩儿依然那么原地站立着，双手抱着双截棍。

齐东锵看了一眼U盘，又审视地看了一眼男孩儿的表情。

男孩儿突然无所谓地笑了："叔叔，我知道您，名气大得很，对了，您还是什么什么青少年犯罪研究专家吧？要是这么说，我还是您研究的对象呢。但请您别对我动任何歪脑筋，因为在找您谈之前，我已经把所有可能出现的恶果都考虑到了，当然，必要的防范措施我也都做好了。最起码有一点您得放心，如果我有什么三长两短，警察第一个要找的人，一定会是您。"

"这么严重？都关乎性命了？"齐东锵又一次笑了，这一次他可是真笑。他一边把玩着那个大眼怪，一边笑着说："照你这么说，我还真得好好地看一看里面的内容。"

男孩儿夸张地举起手腕看了看手表，齐东锵这才发现他的手腕上，还戴着一块偌大的手表。男孩儿把手表冲齐东锵亮了一下，便小大人似的郑重地说："您先回屋去看吧，十分钟之内敲我的门，您只有十分钟的时间，因为我老爸很快就会回来的。"

"假如U盘里的内容真像你说的那么丑不忍睹，那你想怎么样？"

"这回您才算问到点子上了！"男孩儿阴邪地笑了，齐东锵发现他的笑容像极了那个大眼怪。

"你想敲诈我对吗？"

"敲诈？多难听！我一个小孩子，哪敢有那么大的胃口，更何况叔叔还是那么著名的侦探。我只求叔叔给我点零花钱就行。"

"即使没有这件事，作为邻居，你向叔叔要一点零花钱，叔叔也会给你的。可你这么整，就有些不道德了吧？"

"道德不道德，得等您看完了U盘再下决断。如果我不把这个U盘给您拿来，而是放任这些影像资料在网上流传，那你大侄子我才算真的不道德呢！"男孩子说完便吊而郎当地往自家门边走了。

男孩子走了几步突然想起什么，又慢慢地站住脚，斜睨着齐东锵说："对了，我忘了做自我介绍了，本人也应该算是网络高手了！也有人叫我网络专家。在我很小很小的时候，还有人叫过我网游神童！不是和您吹，我三岁就能熟练用五笔打字，五岁就能轻松地编程。我的粉丝可比你的粉丝多多了！"

男孩子说着抽了一下鼻子："我每次在网上发表言论，都会掀起波澜的。那年，我闲着没啥玩儿的，就上传了一个小视频，你猜怎么样？刚过一天，点击量都超过了百万，我就是这样的明星，你要不信就上网查一查……对了，去年我还参加了首届麻球Flash游戏开发大赛，人气应该叫爆棚……"

齐东锵突然向前几步，然后一脸郑重地俯身于他，同时向他伸出了宽宽的大手："啊！这么厉害！真是有眼不识泰山！既然都这么出名了，可我还不知道你高姓大名呢！"

男孩儿微微仰起头，很受用地与齐东锵握了握手，一边颇有范儿地点了点头说："我的网名叫计计鬼儿，你直接在网上搜计计鬼儿就中！我也搜过你的资料，点击量还凑和，你也应该算是全国著名的成功人士！"说着就名人似的冲齐东锵摆了摆手，便扭扭答答地向自己的家门走去。

"计计鬼儿？还别说，他还真配这个名字。"齐东锵眼睛盯着计计鬼儿的背影，大脑却紧急地转动着。计计鬼儿依然走得慢吞吞的，一副稳操胜券的傲慢模样。他慢吞吞地踱到了门边，又慢吞吞地掏出钥匙塞进门锁里，开门之前又慢吞吞地回头看了齐东锵一眼，连那眼神儿都是慢吞吞的。齐东锵就冲他笑了，并向他摆了摆手。计计鬼儿没有理会齐东锵的笑容，冲他慢吞吞地摆了一下头，就慢吞吞地开门去了。

就在门锁即将打开的一瞬间，齐东锵突然向前一跃，一下子就蹿到了男孩子的身后，接着就像抓小鸡子一样，把男孩儿给抓了起来。

男孩子怪叫着，四肢像螃蟹一样抓挠着，齐东锵捂住了他那张松松的大嘴，任着他螃蟹似的乱抓乱挠，转身就把他拎入了自己的家门。

从门边的矮柜里，齐东锵拿出一卷胶带，又顺手拽下搭在衣架上的一条手巾，接着他就恶狠狠地把男孩子拎到了卫生间，先是用手巾堵上了他的嘴，然后用胶带把孩子捆了个结结实实，捆得就像一根稀奇古怪的肉棍子。

当然捆的时候，齐东锵还不忘品了品计计鬼儿身上的气味，是的，他身上的气味酸酸的，并没有一丝天竺葵的香气儿。

做完了这一切，齐东锵居高临下地瞪了他一眼，并踹了他一脚，他发现计计鬼的眼睛第一次睁大了，尽管那眼睛睁得越大，越彰显了它的小，但齐东锵还是看到了里面的眼珠儿，哈哈，可怜的计计鬼儿，竟长了一对黄眼珠。

二十一

齐东锵像丢一件杂物一样，把这根肉棍子丢到了空空的浴盆里，他拽下手巾擦了擦手，回头看了计计鬼儿一眼，正巧计计鬼儿也在看他，齐东锵受不了他的目光，就顺手拽下了一块浴巾，把他蒙上了。

齐东锵揉了揉乱蓬蓬的头，走到柜子边，找出了一块叠得四四方方的双人床单，搭在胳膊上，又到阳台那里，拿起了只有测谎时才拎的那个特制的电脑工具包，便向隔壁的对门走去。

钥匙就在门上插着，和上次她求他开锁时情景一样，齐东锵看了一眼门锁，那门锁也是原来的门锁。齐东锵拧了一下钥匙，那锁就自动弹开了，连响声也和上次一样落寞。

齐东锵轻轻地打开了门，未进门前，先把床单展开抖了抖，蒙在自己的头上，这才一闪身进了屋，随即反手又把门轻轻带上了。

屋子里静静的，是那种无人的静寂，齐东锵在床单里慢慢地蜷曲下身体，把自己窝成一个大倭瓜状，接着就那么窝着走进了屋子。

对门家的客厅宽敞极了，家具也都是高档的，乍一看富丽堂皇的。

齐东锵刚刚搬到楼上的时候，就知道对门的面积比自己家多出三十多平方米，当初徐问玉单位分楼的时候，因为差钱，他们才违心地选择了这套面积小的。

透过床单的缝隙，齐东锵向室内扫视了一下，他发现对门家的面积虽大，但室内的格局却差不多，只是厨房边多了一间卧室。齐东锵先向那间卧室里看了一眼，发现这间卧室很乱，从床上扔着的几件男孩子的衣服可以判断，计计鬼儿就住在这间卧室里。

卧室里摆了一张床和一张小书桌，书桌上散乱地放着一大摞子学生用的书和本子，齐东锵顺手翻了翻桌上的练习册，发现那上面都是空的，只有一个本上写了半页，字迹也是龙飞凤舞，可见这个计计鬼儿真不是一个爱学习的孩子。

齐东锵找遍了室内的所有角落，才在床上一堆乱衣服底下发现了一个平板电脑学习机，齐东锵检测了一下里面的内容，发现电脑里真的就是一个单纯的学习机而已。

洗手间南北两侧都是卧室，北面卧室的门是全封闭的，从外面看不到室内的任何信息，齐东锵推了一下，发现门被锁上了，可见这间卧室对于计计鬼儿来说，是个禁地。

南边卧室的门倒是开着的，室内装修得也非常奢华，一张豪华的双人床的两边，分别放着两个小巧的床头柜，靠墙的一侧，是一个实木的通天大衣柜，齐东锵打开衣柜向里面看了一眼，也没发现一个能够与电子监控沾上边儿的"秘密武器"。

齐东锵蹭回到锁着的卧室边，歪头看了看门锁，便从电脑包里拿出工具，开始试探着去打开那扇门。

齐东锵虽然专门研究过开门锁的技术，还没有实地应用过，包括那一次帮对门开锁也是用钥匙开的。所以这一次开锁对于他来说，还算是第一次实地演练呢。还别说，齐东锵还算初战告捷，半分钟未到，那门锁就嗒的一声开了。

齐东锵慢慢地推了门，一股天竺葵的香味儿便扑面而来。这间卧室给人的第一感觉就是洁净，除了床和柜，室内果然有一张电脑桌，桌上摆放着一台显示屏超大的豪华电脑。电脑处于开机状态，机箱嗡嗡地轻响着，齐东锵弯着腰挪到电脑边，在坐下之前先动了一下鼠标，电脑屏幕就亮了，展现在桌面上的，是对门女人的一张站在湖水边的靓照。

齐东锵瞥了她一眼，心就怦然加速了。照片中的她的确是太美了，比平时遇见时还美。当然最美的是她的眼睛。齐东锵竟然还有闲心端详了一下她的眼睛，分析了一下她的眼睛为什么那么清澈那么亮？清澈得就像月亮躲到了深潭里，亮得就像太阳藏到了冰层下。

他发现她的眼睛的确是一个正常"人"的眼睛，黑黑的眼珠，白白的眼仁，只不过眼形很大很圆，属于古书里常写的柳叶弯眉杏核眼。照片里的她一反平日的一袭白裙，半块面纱，只是很随便地着一条淡蓝色的牛仔筒裙，虽然那裙子很旧，但非常合体，恰到好处地托衬出她窈窕的身材，超凡的气质。此时的她正站在湖边向远处凝望，清风吹乱了她黑黑的长发，为她的美丽平添了几缕飘逸的神韵……

齐东锵晃了晃头，强迫自己移开了视线。是啊！都火烧眉毛了，怎么还有闲心欣赏他人的美丽？齐东锵捋了捋头上的床单，慢慢地伸直腰，刚要在椅子上坐下来，无意中回头扫了一眼，他就呆愣在那里了，人也慢慢地僵立在了座椅边。

——这里到底是哪里呀？齐东锵实在太熟悉这里的景况了！淡粉色的背景墙上，微微打着斜地挂着一幅毕加索的《梦》，那幅画当初还是齐东锵帮着选定的呢。离画不远的墙面上，还有一盏树根形的壁灯，如果打开那灯，那树根一定是明黄色的，视频聊天时，齐东锵可没少拿那盏壁灯说事儿。

为了验证，齐东锵果真打开了那盏灯，一片明黄色的光便立即充溢了小小的卧室，当然那灯光也照在了怪怪地蒙着床单的齐东锵的身上。齐东锵又仔细看了一眼缠绕在树根上的弯弯曲曲的叶蔓，连叶片的形状，都是齐东锵非常熟悉的。

——是的，这里就是筷子和齐东锵经常聊天的地方。筷子和齐东锵很少视频聊天，唯有的几次聊天，筷子总要准备很久很久，每次聊天都要小心地戴好她的京剧脸谱面具。

筷子的面具都是她自己描画的，几乎每一次视频聊天，她都会画一种新的脸谱给齐东锵看，但面具再好，也只能遮住她自己的那张脸，身后的一切却是一览无余的。有时筷子聊累了，她还会习惯地把身子伸长，再伸长，一直伸到那盏根形的壁灯下。

"这个世界到底怎么了？难道对门的女人真的就是筷子？她怎么能是筷子呢？"齐东锵彻底地蒙了。

"她怎么就不能是筷子呢？"另一个声音也诡异地响了，仿佛根本不是从他的嘴里说出来的。

"不和你绕弯子了，我已经知道你是谁了，所以我今天必须见你！"

这么说，筷子并没有骗他，并不是他所猜想的要和他玩本末倒置的游戏。筷子的确在齐东锵之前就已经知道了他的身份。那么，筷子又是怎么知道自己的身份的？

"你这个书房……不错呀！"

齐东锵突然想起那天她昏倒时，看到自己书房时的震惊，以及后来所说的那句莫名其妙的话……于是，他便什么都明白了。

一股原子弹爆炸般的快乐突然在齐东锵的胸腔里炸响了，哈哈！哈哈！哈哈哈哈！原来对门的她就是筷子呀？这个世界实在是太奇妙了！齐东锵快乐得都要跳起来了。

"随风，这个世界真是太小了！真是没想到……我几乎一夜没睡……"

直到此时，齐东锵才弄懂她那天所说的这段话的涵义。

——是的！生活就是这么富有诗意，原来那么美那么纯那么超凡脱俗那么清丽醉人的对门的女人，竟然就是他网恋了那么多年的筷子！这个世界实在是太精彩，太可爱了！

就像天上的仙女突然就降落到了自己的身边，齐东锵一时之间，都不知道该怎么表达自己的快乐了！事实上，他已经在表达了，因为他早已经手舞足蹈了。嫌碍事，他甚至掀去了头上的床单，在小小的卧室里转起圈子来了。

无言也罢。
湖畔摇曳的苇花，
美如你眨眼时，
眉间的浅笑与轻嗔。
亦如秋阳扫衣袖，
也扫雀翼挽不住的黄昏。
似今年最后一缕秋风，
拦腰斩断我心头初落的霜寒……

等快乐的潮慢慢退去，一股忧伤也悄悄地侵袭了齐东锵的心灵：直到这时他才想起，他和筷子已经"秋风斩"了！

齐东锵晃了两下头，这才意识到目前的局势很严峻。筷子是一个追求完美、眼里容不下一粒沙子的女子，如今，自己唰的一下就把她拉黑了，她还能原谅自己吗？想到这里，齐东锵的心便一点点地坠下去了。

可无论心情怎么沉重，眼前的烂事他都得尽快去做完，更何况，那个男孩子——那个虽然长得一点都不像筷子，但毕竟堂而皇之地住在筷子家中的男孩子，还被自己捆在家中呢，为了筷子，他也不能这么待他了吧？齐东锵看了一下手表，便一屁股坐到了电脑椅上，一边把电脑工具包放到电脑边的小床上，一边嗒嗒嗒地动起鼠标来。

简单地浏览后，齐东锵发现电脑内存和这间卧室一样，既整洁又干净，所有的文件夹都大大方方地摆在那里，似乎没有任何猫腻。

为以防万一，齐东锵还是动用了刑侦技术手段，没想到他刚刚侵入进去，一个隐藏着的软件便在一个极不起眼儿的菜单里向他眨了眨眼。齐东锵迫不及待地进入了那个软件，却发现软件也被加了密。

齐东锵默默地说：筷子啊筷子，看在我们二十年网友的分儿上，你可别改密码呀！这么祈祷着，齐东锵便试探着输入了"我在马路边捡到一分钱"的简谱，没想到筷子这一次却不再那么重感情了，齐东锵一连试了几个密码，都没有成功。

齐东锵犹豫了一下，便拿出了移动硬盘，复制了一些能够复制的数据，他弄不明白自己为什么要复制这些东西。在等待复制的时间里，齐东锵又蒙上床单，在各个屋子里小心搜寻了起来，可依然没有发现什么可疑的东西。

在孩子的卧室边，齐东锵又站在计计鬼儿的角度认真地想了想：作为一个临时寄居在这里的男孩子，如果有重要的东西，应该装在什么地方呢？

齐东锵把目光投向了小屋的床底下，这是一张普通的单人床，床下面连着个柜子，齐东锵把柜子打开，一个双挎书包首先吸引了他的目光。他立即拿出了那个书包，发现里面除了几件衣物和孩子用的书本，并没有什么特别的物品。

齐东锵不甘心地在书包里的夹层探了探，手碰到了一个硬硬的东西，齐东锵把那个东西拿了出来，不禁有些失望，原来那只是一个很不起眼的旧手机。

一个旧手机为什么要装在夹层里呢？

齐东锵不甘心地打开了手机，心跳便渐渐加剧了，原来真凶都藏在这个手机里呢！真没想到一个小小的手机里，竟隐藏了好几个超大容量的视频软件。

齐东锵迫不及待地打开了一个视频看了一眼，脸顿时就红到了脖子根。齐东锵不想再看下去了，把手机揣进了衣兜里，就回到了那间放电脑的卧室。

视频资料已经全部复制完成了，齐东锵把电脑恢复到原来的界面，便关了壁灯，锁了卧室，拽了两下蒙在头上的床单，就蜷着身子离开了筷子的家。

也许是习惯了那种无声的神秘，齐东锵走进自己的家时，也是蹑手蹑脚的，唯一不同的，此时的他是直着身体走进来的，并且去掉了头上的床单。

他先到卫生间门前听了听，发现里面静静的，静得都让他感到恐惧了。他悄悄地把门打开一道小缝儿，朝里面看了一眼，发现那孩子不仅把嘴里的毛巾"吐"出来了，身上的浴巾也被他"蹭"了下去，可他并不喊叫，就那么一动不动地仰面躺在那里，睁着一大一小的眼睛木呆呆地向天花板上望着，就像一个盖着被子的婴孩儿躺在摇篮里。

也许是因了筷子的缘故，齐东锵的心突然柔软地跳了两跳，他甚至突然想起了自己的儿子，一种久违了的恻隐之心就上来了，是啊！他只是一个十三四岁的孩子啊！比自己的儿子还小好几岁呢。

齐东锵没有惊动他，悄悄地回到书房，便默默浏览起那个大嘴怪的U盘来。U盘里面共有两个文件夹，齐东锵打开其中的一个，发现视频里播放的，是那次对门让齐东锵开锁时，突然昏倒，被齐东锵抱进客厅的镜头。

齐东锵歪着头看了看视频的摄录角度，便立即跑到客厅里，按着那个角度比对了一下，发现能在那个角度摄录的，只有对面墙上的那盏莲花形壁灯了。这么说来，那天自己在花心里找到的"纽扣"，的确就是一个摄像头了，可徐问玉为什么要万般掩饰，甚至当着齐东锵的面就把纽扣藏匿起来了？按理，她正好可以拿着这个视频和齐东锵摆理说事的！

齐东锵抓了抓自己乱蓬蓬的头，百思不得其解。

齐东锵又打开了另外一个视频，他的脸便再一次发烧了，视频里播放的，也是他刚刚在手机里看到的存储资料——也就是那天晚上，徐问玉穿着对门的服饰，与齐东锵在沙发上缠绵的镜头。正像计计鬼儿所说的那样，那画面的确丑不堪睹，全都是"光屁股的丑事儿"。

齐东锵用快进的方式分段儿浏览了一下全部内容，发现这段视频的拍摄角度，与刚才的视频并不在一条线上。齐东锵再次跑到客厅里比对了一下，他的眼睛就定在了电视旁边的壁画鱼缸上了。

在家里摆放鱼缸，还是一个老和尚提议的。那年徐问玉到峨眉山旅游时，遇到了一个老和尚，从来都不迷信的她，那天也不知中了什么邪，竟鬼使神差地让老和尚给齐东锵算了一卦，老和尚掐指算了半天，说了一大堆的话，但徐问玉只记住了一条，那就是齐东锵的生辰八字里缺水，应该在家里摆放一个鱼缸，说这样才能改变齐东锵的运程。

徐问玉回来后把此事一学，齐东锵就宁信其有，不信其无，真的花了好几千元，买回了这么一个壁画一样的鱼缸摆在客厅里了。按照拍摄的角度，这段视频的监控镜头，应该就藏在这个鱼缸里。

齐东锵走到鱼缸边，仔细地观察了一下那个鱼缸，过滤器是齐东锵亲自安装的，此时正在嘟嘟地翻动着水波，无论水管儿还是水槽，都未见什么异常。

那几条金鱼也是齐东锵一茬茬买回来的，齐东锵自从养鱼后，也记不清到底换了多少茬的鱼了，随着养鱼的积极性越来越低，所养的鱼也一茬不如一茬，最后就只剩下这么几条地图鱼了。

齐东锵看了几眼那鱼，发现鱼们活得还不算腻歪，依然一鼓一鼓地在缸里游着，游得不紧不慢的，仿佛深信自己会活很久。齐东锵看了一会儿那鱼，也没发现一只可以安装摄像头的。

齐东锵又看了一眼鱼缸底下的石头，看着看着，眼睛就盯在一块不起眼的雨花石不动了。鱼缸里石头还是那年齐东锵和儿子在海边玩耍时，两个人一起捡回来的，虽然齐东锵早就忘了这些雨花石的形状，但所有的石头他都熟悉。可眼前的这块雨花石，齐东锵却怎么看怎么觉得陌生。

齐东锵拽了拽衣袖，小心翼翼地把那块雨花石拿了出来，才发现这块雨花石的确不是他们当年捡回来的，尽管不仔细看，一点都看不出它的异常，但一摸就摸出端倪来了，那块酷似雨花石的黑斑点，仔细一看，就是摄像头的"眼"……

齐东锵突然恐惧起来了！到底是谁煞费苦心地把这么一块特殊的石头放到鱼缸里了？如果是徐问玉放的，可那个手机又怎么跑到对门去了？如果是对门放的，他们又是怎么潜入到自己家的呢？

回想起徐问玉藏纽扣时的"死猪不怕开水烫"的嘴脸，齐东锵更加困惑了：徐问玉在这场监控大戏中，到底充当了什么样的角色？

齐东锵看了一下墙上的电子钟，便顾不了多想了，他悄悄地打开了那个隐藏在衣柜里的家用保险柜，把手机和摄像头都藏到了保险柜里，这才脚步轻轻地向卫生间走去。开门之前他先向里面看了看，发现卫生间里笼罩着一股异常的静，死气沉沉的静，仿佛没有一丝活人的气息。透过门缝，他看到计计鬼儿依然静静地躺在浴盆里，他的脸色惨白，一大一小的眼睛也闭上了。

——那孩子不会是……死了吧？

第八章　飘移的眼神

二十二

齐东锵心里的恐惧突然就升温了，他立即打开门冲了进去，直到凑近了才发现，计计鬼儿只是睡着了，在那个偌大的浴盆里，只见他神态安详地酣睡着，呼吸轻得只能听到气息。

一种内疚突然从心底里冲上来，冲得他的双眼都有些发热了。齐东锵小心地弯下腰，轻轻地把他从浴盆里抱了出来，一直抱到书房的小床上。本来想解去他身上的胶带的，可见他睡得很香，就放弃了这种想法，只是小心地给他垫了个枕头。当一切都弄好后，小小的计计鬼儿就更像襁褓里的婴孩儿了。

也许他真的很累了？齐东锵这么折腾，他也没有醒过来，依然香香地睡着。在搬动他时，一股口水甚至从那张松松的嘴里流了出来。

睡梦中的计计鬼儿，脸上的褶皱显得浅多了，褶皱中的表情也少了一丝邪恶，多了一丝祥和。也许他本来就是一个善良的孩子，只是因为缺少爱，才变得如此刁钻古怪？

齐东锵一边端详着他，一边思索着他和筷子的真正关系。如果说这个孩子是纪云雁的儿子，齐东锵是深信不疑的，因为那张松松的嘴就是典型的DNA，更别提他眼神里的那股子阴邪气了。

可要说他是筷子所生的，齐东锵却怎么也接受不了这一事实——那么美的筷子，怎么能生出这么丑陋的孩子呢？况且大多男孩子长得都像母亲，可眼前的计计鬼儿和她相比，简直来自于两个世界，无论怎么联想都没有一丝相像之处。

因了这个比对，齐东锵自然又想到了筷子，不禁又开始忧伤了起来。那天自己到底吃错了什么药了？怎么就那么害怕和筷子见面呢？如果当时真的见了面，接下来的麻烦事是不是就不会发生了？

"为什么要见面？"

"摊上了一件拿不起放不下的事情。"

可怜的筷子，她究竟遇到了什么样的麻烦事，让如此超脱的她，也拿不起放不下了呢？

电子钟已经指向了十一时，可对门那边并没有开门声传过来。齐东锵看了一眼电脑，突然想起计计鬼儿向他吹嘘的那些话，便在百度里快速打出了计计鬼儿的名字，没想到一点搜索，电脑里竟唰的一下出现了许多关于计计鬼儿的信息，网页的上方还特别出现一行标注：百度为您找到相关结果约30，500个。计计鬼儿没有说谎，他还真是名人呢！要是看网络信息量，他计计鬼儿甚至比自己还要出名呢。

正查阅时，计计鬼儿慢慢动了动，也许是胶带的束缚让他觉出了异常，他突然就睁开了眼睛，惊慌失措地看了看四周，当他看到电脑前的齐东锵，才想起了自己的境遇，那双有些泛红的一大一小的眼睛，也立即闪出了警惕的光泽。

齐东锵冲他微微地笑了，这才掀开他身上的浴巾，慢条斯理地撕开了缠在他身上的胶带，一边撕一边慢慢地说："你刚才敲诈了我，但你的敲诈已经不起作用了，因为你用来敲诈我的所有视频资料，都已经被我找到了。当然，我也不太讲究地囚禁了你，但现在我也把这个犯罪事实解除了，这下，我们两个是不是扯平了？"

计计鬼儿张开那张又松又大的嘴，打了一个大大的哈欠，然后便垂起眼泪吧嚓的眼睛，无精打采地揉搓起自己的胳膊腿儿来了，他就这么一直上上下下地揉搓着自己，始终对齐东锵不理不睬的。

"接下来，咱们爷俩拼的，就应该是交情了。你看，因为你，叔叔到现在早饭都没吃呢，饿得肚子都咕咕叫了！你这么小，又被叔叔绑了这么半天，也一定又渴又饿了吧？好吧，叔叔现在去给你做一些好吃的，然后我们一起享用一顿丰盛的午餐好不好？"

计计鬼儿沉默无声地瞥了齐东锵一眼，那双一大一小的眼睛里没有任何神情。

齐东锵探身上前，一下子就把计计鬼儿从床上抱到了电脑前的椅子上，吓得计计鬼儿周身一紧。齐东锵便笑了，柔声地说："玩电脑吧！尽情地玩！"说罢，就把计计鬼儿的手放到了鼠标上，还鼓励似的拍了拍他的后背，然后就到厨房里忙活去了。

早晨徐问玉准备的早点是包子和豆浆，还有两碟小咸菜。齐东锵把包子放到微波炉里热了下，又把豆浆机重新加了热。见冰箱里还有几样洗好的青菜，便香香地炒了两大盘，放到了餐桌上。

齐东锵做这一切的时候，计计鬼儿始终一个人待在书房里，一点声音都没有，齐东锵也始终没有跑进去看那么一眼，仿佛真的把计计鬼儿当成他自己的孩子了。

菜炒好了，齐东锵走过去召唤计计鬼儿吃饭。才看见计计鬼儿正戴着耳机玩《穿越火线》，他玩得很忘我很投入，俨然把这里当成了自己的家。齐东锵友好地拍了拍他，帮他摘掉耳机说："吃完饭再玩吧，我的电脑里还有一款新型游戏呢，你猜是什么？"

计计鬼儿没有回头看他，反倒夸张地低下了头，在椅子上规规矩矩地垂下了双手，就像做了什么错事似的。

齐东锵假装没有注意他这个刻意做出来的动作，一边拉着他到卫生间里洗手，一边亲切地说："我说的游戏是《英雄联盟》！这是我最近才玩的，实在有意思极了。等吃完了饭，我们一起玩怎么样？"

计计鬼儿虽然脸上堆满了褶皱，但两只小手却和一般孩子的手一样，他就那么乖乖地伸出两只小手让齐东锵洗着，趁着齐东锵不注意时，还飞快地翻了一下那一大一小的眼睛，偷偷地瞟了齐东锵一眼。

齐东锵依然假装没有发现他的目光，帮他擦干了手，就把他引到了厨房的饭桌边，计计鬼儿也就规规矩矩地坐下了，甚至还故作文明地把两手放在了膝盖上。

齐东锵便笑了，说："放松点，自己拿筷子，先吃吧！"说着便往自己的杯子里倒了一杯啤酒，一回头，看见计计鬼儿那一大一小的眼睛又在瞄着自己，齐东锵就慈祥地笑了，冲他扬了扬手里的酒瓶子说："小孩子长身体的时候，这酒就免了吧，我给你倒杯热豆浆吧！"说着就给他倒了一杯热豆浆。

计计鬼儿果真渴了，吸吸溜溜地喝了半杯热豆浆，接着就毫不客气地伸出筷子，夹了很大一口菜吃了，吧唧吧唧地吃得很香。齐东锵见他吃得香，就把另一盘菜也推到了他的面前，他依然大口地夹着吃了，连句客气话都没说。齐东锵的心便再次软软地跳了跳，觉得这个孩子真的缺少爱。

"你和他们，到底是什么关系？"齐东锵指了指隔壁，声音柔柔地问。

计计鬼儿突然翻了他一眼："你的大眼珠子是泡儿啊？这点洞察力都没有？"

齐东锵想说什么，张了张嘴，又把话咽回去了，他看了一眼电子钟，便换了一句话："你不是说你爸爸十一点就回来吗？可这都什么时候了？怎么还没见他的影子呀？"

计计鬼儿再次瞪了他一眼："你不会真这么单纯吧？我说啥话你都信啊？我

这都放假多少天了？他们俩啥时候中午回来过？"

"他们俩都不回来，那你吃什么？"

"爱吃啥吃啥呗，反正冰箱里啥都有。"夹了一口菜，塞进那张松松的嘴里后，又补了一句，"吃屎也有！"说罢，他吧唧吧唧地大嚼了起来。

"听你这么说，你的父母好像并不怎么爱你。"

"你儿子长成我这样，你会爱呀？"计计鬼儿又翻了齐东锵一眼，一下子把齐东锵逗乐了。

齐东锵笑着说："长得好坏跟孩子有啥关系呀？孩子的任何缺陷都来自于父母，如果他们觉得没把你养好，就更应该弥补你才是。"齐东锵突然想起了一次和筷子的聊天，他们谈到了关于孩子的问题，记得自己当时也是这么说的。

"这种话也就嘴上说说吧，大家谁都可以嘴上说说的，说话多容易呀，一张嘴就来。可真要是摊上了，搁在谁身上谁都得烦的。别说他们了，连我自己都烦我自己呢！连镜子都不愿意照。"计计鬼儿沮丧地说。

"如果从另一个角度看，你其实一点都不丑，还别说，从这个角度看，你长得还蛮有特点的！"齐东锵歪着头一边品着他一边说。

"行啦！你就别恭维我了，我长啥样我自己知道！你就是夸出一朵花来我还是这么丑！我不知道你到底在我家找到了什么，但有一点我得警告你：光U盘，我就复制了三份。"计计鬼儿一点都不买他的账。

齐东锵又笑了："我也和你说实话，自从看了你的U盘后，我真的一点都不担心了！都后悔囚禁你了。因为那些视频对于我来说，什么威胁都谈不上。"

齐东锵说罢，得意洋洋地喝了一口酒，才接着说："第一个视频不过是我抱了你妈妈一次，如果深究，那不仅不是件丢人的事，还是好人好事呢！因为当时你妈妈昏倒了，我因为要抢救她，才不得已抱了她。第二个视频更没有什么了！那不过是我们两口子玩的一个私密游戏。"齐东锵说到这里，脸又抑制不住地发起烧来。

计计鬼儿撇了撇松松的嘴："你可别撒谎了！我发现你们大人张口就撒谎，撒谎时眼睛都不眨一下！真替你们感到丢人！那个女的一看就知道是我妈！这一点只要有眼睛的谁都看得出来！"

齐东锵奇怪地看着计计鬼儿："假使那个女人真的是你妈，这个视频也不该由你这个当儿子的往出亮吧？你到底还是不是她的亲儿子啊？"

计计鬼儿突然很委屈地撇了撇他的大松嘴："我当然是她亲儿子呀！可她却从来都没把我当成她的亲儿子！她对我都不如对她的猫好呢！"一边说，一边百

138

忙之中往嘴里塞了一大口菜。

"我妈她这么待我，我没有任何办法，人家不爱你，你硬要人家爱，八成只有神仙才办得到吧？你去外面看看，现在哪有一个亲妈这么对待她的亲儿子的？扔在奶奶家一扔就十多年，连问都不问一句。哼！真是能生不能养。"计计鬼儿边吃边说。

"所以你就想这么报复她？"

"报复多难听，不过手头紧了，正好换点零花钱花花，反正羊毛出在羊身上，你们也不会在乎这点小钱的。"计计鬼儿突然缩脖儿一笑，他笑起来更像个鬼。

齐东锵慢慢地收住了笑容："我现在郑重地告诉你：和我在一起的那个女人，真的不是你的妈妈！因为图像模糊，加之她们两个长得又很像，你才把她当成你妈妈了，但她千真万确是我的妻子！你要不信现在你就回家去看，其中有一个镜头能清晰地看到她下巴的痦子，你妈妈的脸上应该没有痦子吧？"

计计鬼儿目光复杂地看着齐东锵："那你们干吗不到床上去胡闹？她干吗还穿着我妈妈的衣服？"

齐东锵的脸再一次红了："你这个小子，真是人小鬼大！人家两口子的事儿，愿意在哪里就在哪里呗！再说了，你凭什么说她穿的就是你妈妈的衣服？难道白裙子是你妈妈的专利吗？"

嘴里这么说着，齐东锵却突然分神了：还别说，在这个小区里，白裙子还真就是筷子的专利。由此，他又好奇地想到了徐问玉，想她那天到底是在哪儿换的衣服？她不可能穿着那套裙子，一路招摇地走回家来吧？

"只能在地下车库里！一定是了！"齐东锵无奈地叹了口气。接着便叹道：徐问玉呀徐问玉，你煞费苦心地演了这么一场蠢戏，到底图个啥呢？

计计鬼儿张了张嘴，却一句话都没有说出来，索性就不再说了，顺手夹了一个包子就往自己大大的嘴里填了进去。齐东锵怕他噎到，起身又给他倒了杯豆浆，他也不客气地喝了。吃饱了，喝足了，打了个饱嗝儿，计计鬼儿便往椅子上一靠说："接下来该怎么办呢？"

齐东锵面无表情地说："怎么办都行，我奉陪！"

计计鬼儿突然原地一跳："对呀，你不是说要玩《英雄联盟》吗？说话得算数啊！"说罢就一跳一跳地向电脑那边跑去。

那天下午，计计鬼儿在齐东锵家玩了整整一下午的《英雄联盟》，算是过足了电脑瘾。约莫他的父母快回来了，才恋恋不舍地离开，临走的时候，还心满意足地说了一句："没敲诈到钱，混了顿饭吃，又玩了一下午的游戏，也算值了！

不过那件事还没完呢！你等哪天我有时间了，咱们再谈！”说罢又像鬼似的冲齐东锵一笑，便大摇大摆地抢着钥匙离开了。

随着门的关闭声，一场闹剧才算暂时落下了帷幕。齐东锵简单收拾了一下被计计鬼儿弄乱的屋子，便忧心忡忡地走到厨房准备晚饭，一边在心里想着该怎么质问徐问玉。

正这么胡思乱想呢，突然传来门锁扭动的声音，随后就看到徐问玉仪态万方地开门进来了，一点都不像受过伤的样子。齐东锵仔细看了一眼她的额角，才在一绺黑发的下面，看到了一块创可贴。

令齐东锵万万没有想到的是，还没等齐东锵想好怎么质问她呢，徐问玉竟一连声地质问起齐东锵来了：“我今天又去了欧罗巴，根本就没有你说的那样的房间！你这个人真是越来越怪了，干啥和我撒那样的谎？你觉得撒那种谎很有意思吗？”

“有就是有，我犯得上和你撒谎吗？那么大的房间，那么长的走廊，只要是长眼睛的，谁都能看得见。”齐东锵心不在焉地说。

“你可得了吧！今天一整天，我一直都在欧罗巴陪客人了，为了证实你说的话，我还特意问了一下前台经理，连经理都说根本没有这种地方。因为这件事儿，大家还一起嘲笑了我一通呢！”徐问玉一边说着，一边换了鞋，接着就要到卧室里去换外衣。

齐东锵不耐烦地说：“酒店又不是谁的家，大家谁都可以进去看的，有就是有，没有就是没有，谁闲着没事儿撒那个谎啊？”

徐问玉刚刚脱了一半衣服，一听他这话，又把衣服穿上了，阴着脸子说：“你这个人，真是不见棺材不落泪，不到黄河不死心呢！走，咱们现在就到欧罗巴去，看看到底是你在说谎，还是我在说谎！”说着就过来拉齐东锵。

齐东锵刚刚炒完菜，身上还系着围裙，他便张着两只手说：“你是不是闲的？那么大的一个酒店，一推门就进去了！还用验吗？即使验出来了，又和咱们有多大关系呢？”

徐问玉却容不得他了，强行地帮他摘去围裙，就往门外拽他：“不行，咱们今天就去验酒店！走！现在就走！”

齐东锵拗不过她，想了想，果真穿上了外衣，脚步拖沓地跟着徐问玉走出门去。

这天晚上，夕阳也不知怎么了，显得相当慷慨，不仅把她储藏的颜料全都泼洒了出来，染红了大半个天空，还颇有闲心地在每个小建筑上勾起金边来了。徐问玉的车缓缓地停在了酒店门前，齐东锵下车后，先站在楼前向酒店仰望了一会儿，心里算计着唐娟领他去的那个房间到底应该是哪个窗口，但夕阳的光太强了，他刚刚向那边瞟了一眼，眼睛就被晃花了。

徐问玉一下车，便径直向酒店大门走去，走了几步见齐东锵并不跟上来，便停下脚步，催促地回头瞪了他一眼。齐东锵只好骨头不疼肉疼似地跟着她进了酒店，心里涌动着一种咽又咽不下、说又说不出的懊丧。

也许是外面的光太艳了，大厅里显得有些阴暗，偌大的前台上，坐着两个服务人员，由于柜台太高，仅能看到两个人的头顶。齐东锵怕遭到阻拦，便没有去理会她们，而是把自己扮成酒店里的客人似的，目不斜视地直朝里面走去。

脚步看似迈得坚定，可齐东锵的心却始终有一种虚飘飘的感觉，他也不清楚自己为啥如此心虚，就像自己真的撒了个弥天大谎似的。

齐东锵一边走着，一边还在大脑里费力地搜寻着那些散乱的记忆，但仅仅走了十几步，他的脚步就踯躅了。

记得前天来时，大厅里好像放有一个显示屏，因为新郎的名字叫吕玉，他还和唐娟调侃了几句什么，而此时怎么看不见那个显示屏了？再有记忆里的电梯，应该是正对着前门的，电梯的右侧，还应该有一个屏风的，因为屏风的后面，隐藏着一条并不狭窄的长廊。可眼前的电梯什么时候掉转方向了？

见徐问玉始终一脸冷笑地瞟着自己，齐东锵没敢把心里的迷惑表现在脸上，依然大步流星地向前走着，但他仅仅走到电梯边就凝立不动了，因为电梯旁边，只是一堵冰冷的墙，那个屏风究竟到哪里去了？

徐问玉按了电梯一下，那电梯的门就开了。徐问玉先他一步走进了电梯，见齐东锵依然在那里凝立不动，就催促他说："怎么不进来呢？难道去那个房间不需要乘电梯吗？"

齐东锵回头看了一下前台服务员，见她们并没有朝这里看，就鬼鬼祟祟地抚摸了一下电梯旁边的墙壁，又轻轻地在墙壁上敲了两下，从啪啪的声音可以判断，墙壁就是普通的用水泥钢筋筑成的墙壁，外面贴着艺术的墙壁纸，不像是藏有什么暗门的。

电梯的左侧倒是有一个长廊，那长廊纵深很深，光线更显得幽暗，无论墙壁上的装饰画，还是地面上的地板砖，都粗糙老旧，一点都没有那天所见的富丽堂皇。难道是自己记错方位了？

"喂！我说，到底琢磨啥呢？能不能进来了？"因为电梯总要自动地关闭，徐问玉不得不几次去按那个电梯开关。

齐东锵没有理她，转身就向长廊里走去，也不管徐问玉是否跟了过来。长廊的两侧都是紧闭的门，齐东锵看了看门上的门牌，上面的确写有紫霞轩、紫金殿等字样，便深信自己没找错地方。

　　可等他右拐一个弯儿，左拐一个弯儿后，他的大脑就觉得有些缺氧了，因为他越往前走，就越觉得陌生，等再往前走几步，就发现前边已经是长廊的尽头了，根本就没有什么豪华的玄关。

　　在长廊的尽头，齐东锵站了好一会儿，好半天才颓丧地转过身来。这期间，徐问玉一直都在后面默默地跟着他走着，脸上虽然没有什么表情，但齐东锵还是看到了呆板后面的几丝讥讽。

　　齐东锵没有理她，又按原路折了回去，因为实在找不到什么屏风了，他只好按开电梯，一步就踏了进去，眼睛依然不去看徐问玉的脸。

　　电梯共十二层，齐东锵的手指在指示灯边迟疑了一下，便按亮了第六层的指示灯。在等待电梯上升的时间里，齐东锵回头看了一眼公益广告画，画面里，那个穿着臃肿红衣的胖女孩依然冲他傻乎乎地笑着，此时看到了她的笑脸，齐东锵突然就放心了，是的，他并没有记差，那天的电梯里的确也有这样的一幅画。可唐娟领他进入房间的通道到底在哪里呢？

二十三

　　第六层很快就到了，齐东锵迈出电梯，便凝立在电梯门边了。通向房间的长廊，的确就是普通的酒店长廊，贴着墙壁纸的墙壁都是平平展展的，连石壁状的凸凹都没有，更别说往凸凹里放什么典藏珍品了。

　　徐问玉一直乖乖地跟在齐东锵的后面，什么话都不说，齐东锵虽然一直都没去看徐问玉的脸，但她脸上那闪闪烁烁的讥笑却始终钩子似的在钩着他的心。

　　"行了，咱们回家吧！找不见就别找了！"徐问玉似乎不想和他计较下去了，她的声音柔柔的。

　　"可能走错门了！"齐东锵却不领她的情，他又转回到电梯上，徐问玉刚刚进来，他就决断地按亮了一楼的灯。

　　"你啥意思呀？找不到就回家吧！我都饿了！"徐问玉不满地说。

　　齐东锵根本不理会徐问玉的焦躁，兀自思索着："我想起来了，那天，我们应该是从另一个门里进来的。"

　　"我们？"徐问玉眼睛一亮，"对了！既然你说你那天是陪着一位客人一起来的，那客人住哪间房，去前台问一下不就全明白了吗?"徐问玉懒懒地靠在了电梯里。

齐东锵想了想，便真的点了点头说："这样也行!"

电梯开了，齐东锵便大步流星地朝前台走去，他走得非常快，徐问玉甚至一路小跑儿才跟得上。

前台的服务小姐见二人走过来，立即站起身，几乎同时向他们露出了标志性的微笑。待他们走近，一位服务小姐便声音清丽地说："您好，请问你们是要住店吗?"

齐东锵拿出了自己的警官证，礼貌地冲她点了点头说："我想查一位前天在这里住过的客人，想看看她住在哪个房间。"

服务小姐认真地看了一眼齐东锵的警官证，然后才礼貌地问："请问客人叫什么名字?"

齐东锵飞快地瞟了徐问玉一眼，犹豫了一下，才说："她叫唐娟。"

服务小姐不再说什么，在电脑上查了查，就对齐东锵抱歉地说："对不起，我查了所有的客人，近几天都没有叫这个名字的客人在这里住过。"

齐东锵刚想继续说什么，徐问玉却一把拽了他，不由分说就把他拉到了外面。直到身后的感应门关上了，徐问玉才小声说："行啦! 行啦! 你就别再梦游了! 我说你这几天一直都在说梦话呢? 原来你是犯了相思症了!"

齐东锵的脸就红了："那天晚上，我真的是陪着唐娟来的，当然，我只是……只是把唐娟送到了那个房间里，就离开了，因为她说她很害怕，非得让我来送她，我才来送了她，你应该相信我的。"齐东锵的声音越来越低，说到最后，连他自己都觉得力不从心了。

"行，我相信你! 就像相信你到过什么摆满珠宝的房间里一样。"徐问玉讥讽地说。

齐东锵的脸更红了："你即使不相信我，但你应该相信唐娟吧! 不信咱们就打电话问问她，兴许她现在还住在这家酒店里呢……"

"行啦! 齐东锵，我说你有完没完? 你这几天到底是吃错啥药了? 咋尽说梦话呢? 人家唐娟现在正在法国旅行呢，哪有闲工夫给你证明这种小孩子玩家家似的闲事?"徐问玉不耐烦了。

齐东锵听得云里雾里的："她去法国了? 前天还住在这里呢，怎么这么快……"

"你就别再圆谎了! 人家五六天前就已经在法国了! 我俩是微信好友你不是不知道吧? 这些天她一直都在朋友圈里往出晒她那卢瓦河畔的城堡，普罗旺斯的薰衣草呢! 也是，你从来都不愿意花时间浏览朋友圈……"

"她不可能在法国的，即使她真的在朋友圈发了那么些东西，那些东西也只能是她以前的东西。她真的就在本地！我这么大的人犯得上说那种谎话吗？你要再不信，咱们就打电话求证一下！"齐东锵边说，边拿出手机翻找唐娟的电话，由于着急，他的手指都颤抖了。

徐问玉无语地看着他忙着这一切，眼睛里的目光已经由讥讽转为忧伤了。

电话终于拨过去了，但里面却传出齐东锵最不想听到的声音："您拨打的电话已关机。"

徐问玉不再掩饰自己的情感，就那么忧伤地看着齐东锵，声音柔柔地说："东锵，咱们回家吧！别再闹了！"

"你怎么能说是我在闹呢？不是你非得拽着我到这里来的吗？问玉，我真的没撒谎！我这个人不敢说一辈子没撒过谎，但在这件事上，我真的一句谎言都没有。一定是哪里出了问题。咱们不如到那边看看，看看还有没有其他的门，对了，附近应该还有一条小巷子的，那天晚上，我就是从那条小巷子里走出来的……"齐东锵说着便向酒店旁边的那条路走去，脚步显得乱乱的。

徐问玉快走了几步追上齐东锵，她突然跷了跷脚儿，摸了摸齐东锵的额头说："你最近到底是怎么了？"她一边摸，一边担心地说，"我现在倒是不怀疑你撒谎了，我倒是有些怀疑你是不是患了什么病了？"

"你才犯病了呢！"齐东锵突然打下她的手，气得不打一处来。

"徐问玉，你别再给我整事儿好不好！你如果觉得心虚，最好把一切猫腻如实地告诉我，我们是夫妻，只要两个人坦诚相待，就没有什么解决不了的问题。如果你非要撒谎，我也没办法，但我劝你最好别再动什么歪歪脑筋给我整事儿了！另一个电子眼我已经在鱼缸里找到了，这件事儿到底是怎么回事，今天晚上你必须得给我解释清楚！"齐东锵说罢，就像一头狂暴的狮子一样大步流星地向前冲去，他就不信这个邪了，别说是一个小小的欧罗巴了，就是大大的海滨市，他今天也一定要把它翻了个底朝天。

还别说，围着欧罗巴胡打乱撞地走了一段路后，齐东锵还真的找到了那个幽长的居民小巷。小巷里那仿古的青砖，在沉沉的暮色里显得黑乎乎的，仅仅两天未见，青砖里的青草就像长高了很多似的，此时全都瘦嶙嶙地在晚风里瑟瑟地摇曳。

小巷两旁那一扇扇木质小门，一个紧挨着一个，此时也都紧紧地关闭着。齐东锵向前走了一段路，便在一扇门前站住了，在敲门之前，他先回头看了一眼，这才发现徐问玉并没有跟着他过来。

齐东锵犹豫了一下，便试探着敲了两下那扇门，也许小巷里太静了，啪啪的敲门声把齐东锵自己都吓了一大跳，吓得细汗都渗出来了。齐东锵敲几下便停下听了听，再敲几下又停下听了听，他的心跳也和敲门声一样，砰砰地在胸腔里响着，直到此时他才发现：原来敲人家的门也是需要勇气的。

齐东锵就这么一连敲了四五次，可那扇门却始终一点反应都没有。难道真的是自己记错了吗？齐东锵又加大了力气敲了两下，随着声音的加大，他的胆子也似乎变大了，见还没有反应，他就又向前走了两道门，停下脚步再敲……

可这次刚刚敲了两声，那门就突然洞开了，只见一个衣衫不整的老女人疯狗一样出现在门前，冲着齐东锵的脸就呜里哇啦地一通喊叫，因为她说的是南方的俚语，齐东锵一句话都没有听清楚，他只觉得吐沫星子在眼前一通纷飞，吓得他魂都没了，连道歉都不会了，逃也似的就离开了那个奇怪的小巷……

等齐东锵转回到欧罗巴酒店前门时，天已经黑下来了。齐东锵摸着黑，在徐问玉刚才停车的地方慢慢地寻找着自家的车，等他终于把所有的车全都看了一遍后，才发现自己的处境比想象的还要糟糕——徐问玉已经驾车离开了，可他由于来得匆忙，通身上下除了一个手机，竟然找不出一分钱了……

回家的路，齐东锵走得很慢很慢，想了很多很多。

好久没有这么独自一人在如此寂静的夜路上走。在路上，齐东锵突然找到了一种久违了的回归感，好像这条寂静的小路才是他真正的家。

说小路寂静，那是相对的，因为就在人行路的那边，隔着一道风景林，就是古城最宽的街路。路上，拥挤的车辆连成一条条长龙，飞快地流动着，刺眼的车灯流光溢彩，让人感到那里才是人间真正的舞台。

与之相比，人行路便成了观众席，大家一边行走，一边透过树的缝隙向舞台上瞭那么一两眼，尽管并没有多少灯光会扫过来关注他们的表情。可奇怪的是：这里的观众似乎都不甘于充当落寞的观众，每个人都自以为是地把自己当成了主角，不看别的，仅看那闪烁的目光，胆怯的神情，就知道他们有多自恋了，仿佛一个个都是舞台上的富翁，随时都面临着被人抢劫的危险。

当然也有不害怕的人，但脚步却都走得匆忙，仿佛慢走了一步，就会错失天大的好事似的。天下熙熙皆为利来，天下攘攘皆为利往，齐东锵突然就冷笑了，是啊！真的有必要那么匆忙吗？

齐东锵隔着一片虚空，审视了一下自己的糟糕境遇，不禁扪心自问：这种种的糟糕到底是怎样造成的呢？本来可以安安稳稳地在家中享受丰盛的晚餐的，为什么非得空着肚子跑到那个奇怪的酒店，去寻找那个貌似华丽的房间呢？那个房间存在与否，和自己的生活到底有什么关系呢？

"现在的事儿，我算是看明白了！全都是假象，只有钱是真的！"

齐东锵又苦笑了，是啊！怎么能说没有关系呢？关乎三万元钱呢！这对于大家大户虽然不算什么，但对于齐东锵这样靠工薪生活的小门小户，也是一笔巨款呢！

由工薪，齐东锵又想到了自己的工作，其实，目前他最忧伤的，当然就是自己的工作，前途迷茫，似乎没有什么转机的希望。可转念一想：自己的工作真的很糟糕了吗？作为一位警官大学的教官，教课才是自己的主业，至于为了测谎那点事儿如此伤心吗？

如今，大学放假，教官本该利用好这个假期，去旅游，去度假，去走亲访友，享受难得的清闲的，可自己为什么非要钻那个牛角尖呢？是的，齐东锵所有的忧伤，全都来自于那个副业——就是那个测谎的副业，之所以如此在乎，说白了不就是为了赚钱或赚名吗？如果放下名和利，那么自己目前所过的日子，不正是神仙过的日子吗？

一念放下，万般自在，自己为什么就不能做到立即放下呢！

有那么一阵子，齐东锵真的以为自己放下了，脚步也显得轻松了许多。但怎么回事？为什么自己的心里依然沉甸甸的呢？

齐东锵又惨笑了，真正让自己放不下的，还是那些监控视频。是啊！监视你的视频都要被人安到你的被窝里去了，连夫妻的那点隐私事儿都被人家当成敲诈的筹码了，你还能怎么放下呢？

想到这里，他不由得长长地叹了口气。当然这里面最让他感到无奈的，还是徐问玉，她这个人到底是怎么了？在一起都同床共枕了二十多年了，他怎么越来越看不透她的心了呢？

想到徐问玉，齐东锵只觉得大脑里忽地一声响，他想起了自己刚才说过的一句话，一句让他万分懊悔的话：

"另一个电子眼我已经在鱼缸里找到了，这件事儿到底是什么情况，今天晚上你必须得给我解释清楚！"

自己现在到底怎么了？怎么如此愚蠢了？警惕性怎么越来越差！再怎么懊恼，也不该在那种时候说出那样的话呀！这不明明是在打草惊蛇吗？

是了，徐问玉一定因为听到了他的那句话，才突然就丢下他驾车离开的，她走得这么急，是不是回家去寻找那些物证了？

齐东锵越想越焦急，脚步也不由得加快了。齐东锵啊齐东锵，为什么你在外面无论做什么，都能做到审时度势，言语有度，可一回到家中，你就变得粗心大意，麻木不仁了呢？

"因为那里是家呀！"一个声音突然从虚空里向他飘来。

是啊！因为那是家啊！

如今，连家也让他紧张了，他怎么能不忧伤，怎么能不心事重重呢？

是的，此时的徐问玉真的不是彼时的徐问玉了，可徐问玉到底是从什么时候开始变得不像是徐问玉了呢？

齐东锵抚了抚被晚风吹乱的头发，一边极力回想着徐问玉生活中的点点滴滴。

徐问玉最明显的变化，应该是她的眼睛吧？以前徐问玉的眼睛是那么的清澈明亮，虽然现在她的眼睛依然也清澈也明亮，但齐东锵总觉得她的眼睛里面多了一些内容，那究竟是什么内容呢？是忧伤？是惶恐？是胆怯？还是……

是的，她徐问玉真的变了，最起码的变化，是她不再疼爱自己了。如果疼爱，她怎么会把自己的丈夫突然就扔到了半路上，然后自己驾车回家了呢？如果不是遇到了非常的事儿，哪个妻子能这么做呢？

看来，齐东锵的家真的已经到了极其危险的边缘了，就像两个人一同走到了悬崖边，你想没有危机感都不可能了！

想到这里，齐东锵的脚步迈得更大更快了，是的，他必须快一点赶回家去，如果那两样东西被徐问玉再次藏匿了，自己就真的浑身有嘴也说不清了。

齐东锵回到家的第一件事儿，当然是直奔保险柜！因为着急，他连鞋都没来得及换，穿着那双皮鞋就一路嗒嗒嗒地走到卧室来了。

衣柜关得严严的，似乎没有人打开过，衣柜里的保险柜也关得严严的，齐东锵要想打开，还真是费了一些周折，比如他得找钥匙，对密码。

虽然打开保险柜的过程很长，但检查保险柜却是相当容易的，仅仅向里面看那么一眼，或用手往里面探一探，就一切都明了了。

正如齐东锵所害怕的那样，当他把保险柜打开，伸手向里一探时，他的心也随之坠入了谷底——那两样东西，果然不见了。

徐问玉木僵僵地躺在床上，看似睡着了。齐东锵深深地知道她并没有睡着。但齐东锵没有说话，因为他真的不知道应该说什么了。

直到这时他才意识到，夫妻之间的大吵大闹，真的是一种幸福的标志，那种吵闹，就像车轮行驶时的各种声响，而这些声响才是车辆正常行驶的标志，如果一辆车任何声响都没有了，那么这辆车也就失去了作为一辆车的意义了。

"说吧！你就说实话吧！我们不要吵！"齐东锵还暗暗地抱有一丝希望。

徐问玉依然那么紧绷绷地躺在那里，依然没有一丝反应。

齐东锵突然就泄气了，突然什么话都不想说了，他甚至都忘了饿，也忘了洗漱，就那么脱巴脱巴就睡了，而且还睡在了徐问玉的旁边。是的，他真的已经万念俱灰，连是否应该分居这个问题都懒得去想了。

一夜再无话。

二十四

人的面皮虽然只有薄薄的一层，但如果你参不透他的心，你就永远弄不懂藏在面皮之下的隐情，哪怕你为了弄懂，把他的面皮恶狠狠地揭去，可他如果不让你懂，你依然还是不懂。

徐问玉的心底里，却藏着完全不同的想法呢！

"这下，咱俩就算扯平啦！"——这是自那次齐东锵狠狠地打了她以后，徐问玉经常对自己说的话，当然，她并没有愚蠢到把话大声说出来。

可齐东锵直到现在，还依然觉得徐问玉愚蠢呢，并且更让他百思不得其解的，是他弄不明白她为什么要这么愚蠢，竟然愚蠢到穿着对门的裙子登堂入室。

"一个堂堂的大学教授，为了试探丈夫的心，竟然屈辱地穿起对门的衣裳了。你这么做，除了获得痛苦和伤心，还能得到什么？既然你总说：现在的事儿除了钱是真的，剩下的全都是假象，包括幸福也都是由假象构成的，那你为什么非要愚蠢地去撕开假象呢？"这是齐东锵一直想要对徐问玉说的心里话。

徐问玉心里说的，却完全是另一番话呢："傻子，我这么煞费苦心演一出戏，你以为就是为了试探你的心吗？你也太自恋了吧？我这是为自己疗伤呢！用的是以毒攻毒的疗法——对于生命来说，疗伤可是件大事情呢。在我的眼里，你永远都是透明的大男孩儿。你以为你成了心理测试专家，你就真变成心理大师了吗？傻子到什么时候都是傻子，哪怕你再有学问，你依然还是傻子！"

徐问玉哀怜地笑了。是的，面对苦恼不堪的齐东锵，她现在所剩的，只有哀怜了。

——唉！做戏的日子可真难熬啊！

徐问玉最怀念的，是不用做戏的日子，那种日子就像纯蓝纯蓝天空下的微风，清新而又透明，深深地吸上一口……唉！那才叫真正的舒坦呢！不做戏的日子，高兴了就尽情地笑，委屈了就自然地流眼泪。更何况，她那个尽管傻气、但在外人眼里却是相当优秀、相当成功的他，又始终如一地视自己为亲人！虽然两个人聚少离多，但心灵却是贴在一起的。

可那么幸福的她，怎么就遭遇了那样一件糟糕的事儿了呢？

——那件事儿，发生在儿子赴美国留学以后。

正如接受访谈时主持人所说的那样，徐问玉不仅是最完美的妻子，也是最完美的母亲。没生儿子前，齐东锞是徐问玉的全部，也正因为有了徐问玉的扶持，齐东锞才把全部的才华和精力都投入到了事业之中，因此取得令全国人民瞩目的荣誉。

齐东锞成功后，人越来越忙，在家的日子也越来越少，幸好这时徐问玉的儿子渐渐长大，渐渐地占据了齐东锞的位置，成了她新的全部。

徐问玉觉得：一个人最幸福的一件事儿，就是能够毫无保留地把爱献给一个人，完完全全地把自己献出去……但紧接着，徐问玉就有了一个更加致命的发现：那就是当一个人，把全部的爱都献给了另一个人时，这个人却突然远离了你，不再需要你的爱了……于是，你生命的全部价值，全部价值，一下子就——空了。

唉！人生最难承受的，也许就是生命的空吧？

孩子走了，把徐问玉的魂魄带走了，把徐问玉的一切都带走了，从此再在小屋子里转，徐问玉便成了行尸走肉。孩子的小床，小床上的枕头，枕头边的小玩具，哪怕玩具上的一个小饰物，都是徐问玉的催泪剂……一次和儿子视频后，徐问玉抱着儿子的一只狗熊，都哭得要背过气去了……唉！那种空空的日子哟！

那件事儿，就发生在徐问玉觉得自己很空很空的时候。

那是一个早晨，普通的早晨，徐问玉收拾完空落落的家，形单影只地出门上班时，突然遇见了住对门的男人——也就是丈夫经常提起的那个叫殷勤的人。像往日一样，两个人相互礼貌地点了点头便擦肩而过，但和往日不同的是，徐问玉刚刚走了两步，对门就怯生生地叫住了她："嫂……嫂子……"他就那么期期艾艾地叫住了她。

他是不知道自己的名字，才这么叫她的。徐问玉理解地笑了，落落大方地回过头："您有什么事？"

对门便笑着说："不好意思，我想求您一件事。"

"您不用客气的，有啥事您尽管说！"徐问玉热心地说。

"我一会儿要出差，得三天后才能回来，可我有一个非常重要的快件，大概明天就能寄到了，不巧的是：我岳母病了，我爱人这几天还要照顾她的妈妈……"

徐问玉明白了："您的意思，是想让我帮您收一下快递吗？如果您信得着，没问题的。"

对门为难地说："可接收快递……您知道的，得需要您的电话号码。"

徐问玉马上从兜里拿出自己的名片递给他，爽快地说："行，等快递来了，您只管给我打电话就成，大家邻居住着，应该互相帮忙的。"

对门便更加殷勤地笑了，一边优雅地从皮夹内拿出一个洁白的名片交给徐问玉："嫂子，这是我的名片，有什么事儿您给我打电话。"说着便双手把那张小小的名片呈给了徐问玉。

徐问玉接过名片，愣住了："纪云雁……您叫纪云雁？您不是叫殷勤吗？"

见纪云雁愣愣地看着自己，徐问玉马上解释说："我是听我爱人这么叫您的，这么多年，他一直都这么叫您。"

纪云雁便笑了："你是说你爱人管我叫殷勤？我从来都没叫过这个名字呀！这世上还有姓殷的人吗？"

徐问玉有些不好意思地说："抱歉，这都怨我爱人了，这个书呆子，平时总这样稀里糊涂的。"

纪云雁宽容地说："按理，他是个测谎专家，不该犯这种错误的。"

见徐问玉脸都红了，纪云雁马上说："这也怨我们，我们平时应该多和你们联系的。老话不是说嘛！远亲不如近邻，近邻不如对门，可这么多年，始终没有和你们交流过，以至于彼此连什么名字都不知道！往后我们一定弥补过错……"说着便再次冲徐问玉点了点头，便匆匆地离开了。

——正因为埋下了这个因，才结出了那天晚上纪云雁来家里取快递的果。

纪云雁来取快递那天，徐问玉正忙着包饺子。平时一个人在家，晚饭她常常都是对付的，特别是当她听一位养生专家说"过午不食"以后，每天的晚餐，她就更加不重视了，隔三岔五，她都到秤上称称体重，唯恐自己的腰肌堆上赘肉。然而那天晚上，她也说不清自己怎么了，怎么就想着包起饺子了？也许潜意识里她已经在期待了？

饺子刚刚包完，屋门就被轻轻地敲响了。

屋门被敲响，只有一种可能，那就是纪云雁来取快递了。如果是外面的人来，那个人要先摁楼道大门的门铃的。为了不让纪云雁等得太久，问玉来不及擦去手上的浮面，就忙不迭地把门打开了。

一袭银灰色的西服，清清爽爽、文质彬彬站在门边的，果然是纪云雁。

徐问玉先是冲他礼貌地笑了笑，然后才指了指门柜边的快递，又扬了扬自己的手说："您自己拿吧，您看我这手……全是白面。"

其实她不用这么费力解释的，纪云雁仅看了一眼她腰里的围裙，就一切都理解了。纪云雁羡慕地说："大嫂又在为大哥做美食吗？我看过您的电视访谈节目，知道您是个美食家！唉！我大哥可是真有福气呀！"

徐问玉苦苦一笑："人家是有福气，可他的福气太大了，已经不稀罕吃我做的面食了！这不，最近南方又发生了几起连环案，他现在一直在外面忙案子呢，昨天打电话还说在北京呢，刚才打电话，已经飞到杭州了。"

纪云雁便笑了，问玉这才发现：纪云雁微笑时，不仅红润的嘴唇显得软乎乎，肉乎乎的，十分性感，白皙的腮上，还有两个隐隐的小酒窝呢，问玉的心便因这两个可爱的小酒窝而动了动。

纪云雁一探身，把快递拿到了手，便往自己家走，一边苦笑道："要咋说人比人得死，货比货得扔呢！人家是有口福没时间，我可是有时间没口福……"边说边无奈地笑着。

徐问玉只觉一股温情轰的一声涌了上来，一句话没过脑子就脱口而出了："如果弟弟不嫌，那就进来尝尝嫂子做的饺子吧……"话刚出口，她就知道错了，但错了也没办法了！要咋说"说出的话就是泼出去的水呢"？

纪云雁已经把钥匙插入了他家的门里，听了这话，先是愣了一下，才意味深长地一笑："那多不好意思呀！"

徐问玉豁出去了似的一甩头，大大方方地说："有啥不好意思的？那天你不也说了嘛！近邻不如对门！再说了，不过吃几个饺子而已。"

"那就……恭敬不如从命了！"纪云雁拔了钥匙，真就潇潇洒洒地进屋来了。

在徐问玉煮饺子时，纪云雁便坐在餐桌边有一搭无一搭地和她聊天，他的声音如同他的长相，实在是太清丽太醉人了！他咋就那么会聊天呢？话语不多，声音也不大，可句句都能撩到你的心坎里。

那几天，徐问玉实在无聊时，经常听班得瑞的梦幻小曲儿，那天听纪云雁聊天时，徐问玉突然感觉自己又在听班得瑞的小曲儿了，那种神秘的空灵感，不仅唯美宁静，还让人神不知鬼不觉就放松了绷紧的神经，忘了人世间除了美好，除了幸福，还有孤独与邪恶。

——二十年了，直到这次聊天，问玉才断断续续知道了纪云雁家的一些事情。

纪云雁是南方海滨市人，十七岁中专毕业后，就独自一人出来打拼，他做的是电子生意，每天都在北方的各个城市里兜售他的电子产品。本来，他在南方已经准备结婚了，可就在他兜售产品时，邂逅了他的妻子——花一样的女儿，两个人一见钟情，他也因此结束了四处漂泊的日子，在古城市开办了当地第一家电子公司。后来，他们公司又与北京的一家电子科技有限公司加盟，生意就越做越红火了，纪云雁还介绍说，他们公司现在就坐落在古城市的工业园区，占地约30亩，员工五百余人，年产值达三亿元。

徐问玉惊奇地叫了起来："啊！原来弟妹是花一样的女儿啊！难怪她长得国色天香的，原来是大名人的女儿呢！只是你们可真够低调的，我在咱们小区住了这么多年了，这还是第一次听说呢！弟弟可真有艳福！对了，弟妹模样那么好看，名字也一定非常好听吧？"

纪云雁就笑了："正让你说反了，她的名字……那才难听呢！要多难听有多难听。"

徐问玉便歪着头笑看他："一个名字，再难听又能难听哪里去呢？"

"她叫花艳丹，呵呵……"

"花艳丹？这个名字不是也很好听吗？"

"好听啥呀，叫得快了，不就成了'化验单'了。"

两个人就都笑了，热腾腾的饺子便在笑声中被端上了饭桌。唠熟了，纪云雁也不再矜持，徐问玉还没坐下，他就先吃了一个。饺子一进嘴，他突然一反常态地叫了起来："太好吃了！不行，这么好的美食，没有美酒，就太遗憾了！"

纪云雁说罢，就孩子般地跳起来，旋风似的跑回了家，很快就取来了一瓶徐问玉叫不出名字的外国酒来，甚至连高脚酒杯也一并带来了，不由分说就给两个人都斟满了酒。纪云雁告诉徐问玉，这是他们家珍藏了多年的伏特加酒，他还说：只有这样的美酒，才配得上徐问玉的饺子呢！

美杯配名酒，晶莹澄澈，徐问玉抿了一小口，果然清淡爽口，不甜、不苦、不涩，却有烈焰般的刺激。纪云雁告诉问玉，艺术大师毕加索平生有三大爱好，除了蓝调音乐和立体画，剩下的就是伏特加酒了。纪云雁一边说着，一边毕加索似的，豪放地饮下了杯中酒，白皙的面庞转眼就貌若桃花了。

"秀色可餐。"望着豪饮的纪云雁，徐问玉突然想起了这则成语。

"嫂子，这段日子我不知道怎么了，总会突然就伤感起来，总会不知不觉地回忆起过去的事情。年轻那时候多好啊，日子虽然过得苦，可两个人相依为命的，多苦的日子都觉有奔头！可现在呢？该有的什么都有了，可日子却过得一点滋味都没有了……"纪云雁说着说着，突然热泪盈眶了。

纪云雁的伤感，顿时勾起了徐问玉的忧伤，她的眼睛也不知不觉泛红了。是啊！美人迟暮，本来就够悲哀的了，更何况两个最亲的人此时全都鸟儿一般在外面飞着，要是这么说来，自己的忧伤只能比纪云雁更深呢。

纪云雁又给自己满上，端起来又一饮而尽："唉！现在我是想明白了！这人啊，还真不能太较真儿了，就这么稀里糊涂地往下过吧！正所谓懂得越多，烦恼越大，思虑越重，痛苦越深。"

徐问玉怕自己太伤感，就换了一个话题："照实说，你们的日子应该比我们好过些，不凭别的，就凭花一样是你的岳父……你们也应该万事遂顺些。"

纪云雁立即咧开肉乎乎的嘴倒起苦水来："大嫂，你这么一说，我都不知道咋跟你说好了。别说是你呀！几乎所有人听说了这层关系，都会这么想的……我要是和你说有我这样的岳父不如没有，你一定以为我在说假话！但事实就是这么个事实！我们真的是一点光都借不上他的，反倒尽借倒光了。"

纪云雁越说，脸上的苦痛越明显："当初和我一起做电子生意的，人家现在个个都发家了，可你看我们呢？无论做啥都束手束脚的，稍稍效益好一些，他就会出来干涉……唉！别提了！"说着一仰头喝下了杯中酒。

徐问玉就笑了，一边帮他倒满酒，一边问："你们家应该有孩子了吧？怎么从来没有见过呢？"

"我有个儿子，一直都由我母亲带着呢！我们俩生意太忙，哪有时间照顾他啊！我岳父那边又是那种情况，啥忙都帮不上。"

"你母亲……还住在南方吗？"

"是的，她说她过不惯北方的日子。"

问玉往窗外看了看，才发现天早已黑了。

当两个人一同意识到天已经黑下来了时，他们就突然都不说话了——明亮的厨房陷入了一种特别的寂静中，是那种令人心惊肉跳的寂静。

徐问玉飞快地瞟了纪云雁一眼，正巧纪云雁也正在瞟她，两缕目光撞在一起，突然就产生了静电，徐问玉的心就剧烈地跳了。虽然隔着偌大的饭桌，可徐问玉还是清晰地听到了纪云雁的心跳声，原来心跳也是传染的。

为了掩饰慌乱，徐问玉站起身，假装去收拾碗筷，可就在这一转头的瞬间，徐问玉就发现情况不妙了，因为纪云雁的眼神儿突然就变了，变得既含蓄，又迷离，就像有什么易燃品在眼神里含着似的，吓得徐问玉连喘息都不敢了，生怕自己稍不注意，就让它燃烧起来。

但徐问玉害怕得还是太晚了，因为纪云雁的眼神儿瞬间就燃烧起来了，呼的一声就烧起来了！明亮的火光，就那么噼里啪啦地在那双细长的眼睛里烧着，把那双原本秀气的眼睛都烧红了。

徐问玉的心里突发一股恐惧，她暗叫一声不好，就往客厅跑，可如此快捷的她，到底没有快过纪云雁，纪云雁一把就抓住了她的手，一下子就把徐问玉拽到自己的怀里了。

"不行，弟弟，这样不行……"徐问玉拼死反抗着，尽管与饿虎扑食一般揉搓她的纪云雁相比，她的反抗显得那么的柔弱，但她真的在拼死反抗着，一边还压着嗓子哀求："求求您，求求您别这样！我不爱您！我们不能这样……弟弟，我们这样是不对的……"

纪云雁喘息地说："我也不爱您，我更爱我的妻子……是的，我更爱我的妻子！"

但他只是嘴里这么说着，手上的动作却始终没有停下来，他甚至一边撕扯着她，一边往卧室里拽她了，徐问玉没有想到：那么清瘦的他，两只臂膀却钢铁一般地坚硬有力，面对如此钢性的蹂躏，徐问玉只觉得周身软绵绵的，就像古书所写的，只有招架之功，毫无还手之力。

——况且，徐问玉的内心，还的确压抑着一股喷泉似的渴望呢！

见徐问玉百般不肯，纪云雁的眼泪就流下来了："嫂子，我太寂寞了！你就成全了我吧！求你了！"纪云雁一边撕扯着她，一边苦苦地哀求，"人生太短了！实在太短了……让我们及时行乐吧！"

徐问玉的泪水也流下来了，也不知道她是真的累了，还是突然就想开了，她果真不再挣扎了，任纪云雁把她摔倒在床上，万分"殷勤"地剥掉了她所有的衣裳……

那天夜晚，自始至终，徐问玉的眼泪都没有干涸过，嘴里也一直断断续续地埋怨："你又不爱我，干啥这么对我？"

纪云雁喘息着："嫂子，咱别谈爱情，就谈热情……热情才是幸福和健康的奥秘所在！"

……

当海潮退去，一切都成了不可挽回的事实时，徐问玉的心反倒没有歉疚了，躺在床上，透过混沌的夜色，徐问玉看了一眼墙上的婚纱照，便暗暗咬了咬牙，理直气壮地冷笑了："造成今天这个结果，你齐东锵当然更应该负有责任！谁让你天天不着家呢？"

纪云雁小猫一般乖乖地躺在徐问玉的怀里假睡，一只手依然不老实地抚摸着问玉腻滑的肌肤，摸得徐问玉痒痒的。徐问玉气恼地拨去他的手，回味起他刚才的话，一股酸酸的醋意便涌上心头："你这个弟弟，也够小气的，跟嫂子说一句'我爱你'就那么难吗？哪怕你说的是假话呢！"

纪云雁严肃地说："我这个人最不喜欢的，就是说假话。嫂子，我和你在一起，真的和爱情无关！不是有那首歌吗？我爱你，爱着你，就像老鼠爱大米，我真的很饿……"

"饿了，也得讲究道义不是？怎么什么饭都敢吃？"

"那得看是不是真饿……我这可是'鸡'不择食呢！"纪云雁突然觉得自己这话实在是经典，便得意洋洋地笑了。

"照你这么想，所有人就都可以毫不顾忌做一切事情了，要是人人都像你这样做，那我们这个社会不就乱套了吗？"

"你真不愧是大学教授，说起话来咋和我岳父一个腔调呢？咋啥事儿都要上纲上线呢？这跟社会有什么关系呢？我饿了，你也饿了，所以我俩就在一起吃了一顿饭，就这么简单，不过是一顿饭而已。即使我俩错了，也只不过是我们两个人的错，哪儿就危害到社会了？"

纪云雁边说边支起一条胳膊看着徐问玉："你知道我们这个社会为什么会越来越乱套吗？都是你们这些伪道德家们瞎搅和的结果。你们抱守着老祖宗留下的死规矩，不切实际地制定一些违背人性的清规戒律，把流得很好的一条条河流硬给堵塞了，所以才发生了那些强奸、杀人、嫖娼等乱七八糟的事。"

徐问玉惊诧地瞪着他："你这话才是悖论呢！"

纪云雁在枕上做投降状："您别和我辩论，我也不想和你辩论，刚才我说的，其实都不是我说的，都是罗素的观点。"

"罗素？净瞎扯，你别以为我没看过罗素的书。"

"罗素的原话是这么说的：任何一种对他人不造成伤害的快乐，都应该受到尊重。"

"谁说没造成伤害？我们已经伤害到……他们了！"

纪云雁点了点徐问玉的鼻子："傻子，到底能不能构成伤害，得看我们的聪明才智，现在不是流行那句话吗？十个女人九个肯，就怕男人嘴不稳。如果我们都能做到瞒天过海，那还何谈什么伤害呢？"

"可是，你已经伤害到我了！"徐问玉突然叭的一下摁亮了壁灯，全裸的徐问玉便完全展现在纪云雁的面前。徐问玉在床上扭了扭，声音柔柔地说："我就想不明白了！你怎么就不可以爱我呢？你看看我，你好好看看我，与她相比，我并不差啥呀！"

纪云雁爱怜地抚摸了一下徐问玉的脸蛋，微笑地说："好嫂子，你就别逼我说假话了。我并没有说你不美，但爱情真的和美丽没有关系！"说着说着，呼吸又粗重了，接着就一个鲤鱼打挺，又向徐问玉扑了过来，嘴里还一边说着："爱情和做爱……真不是一回事，爱情就像赏花，做爱就像吃饭……我吃你，就是因为我饿……"

第九章　隐匿的谋杀

二十五

那场没有爱情的偷情，就这么发生了。

作为一位精通医药学、心理学和社会学的大学教授，徐问玉所做的隐瞒工作，应该算是鬼斧神工，天衣无缝的，不仅齐东锵没有察觉，连徐问玉自己回忆时，也仿佛只是做了一场春梦而已。

按照纪云雁的观点，没有伤害到别人的偷情，就不能算是不道德的行为，做了也就罢了，就像平静的水面上吹过了一阵微风，涟漪荡起，了无痕迹。也就是说，徐问玉不仅尝到了偷情的快感，还保持了圣洁妻子的美丽名声，真可谓是鱼和熊掌也兼得了。

——这个世界，真的允许这样的事情发生吗?

不是的，事实不是这样的。这件事，徐问玉虽然没有伤害到别人，却深深地伤害了她自己，伤到最后，她甚至陷入了求生不得，欲死不能的窘境。

自从发生了那件事情，徐问玉就再也享受不到与齐东锵心心相印的甜美感觉了。她先是不敢看齐东锵的眼睛，再是不敢倾听齐东锵的声音……发展到最后，她连齐东锵的照片、日常用品都不敢静心面对了，连做梦都担心自己会说梦话……无论做什么，无论走到哪里，心里都像有一个鬼在阴暗处盯着她似的，常常忽地就把自己盯出一身冷汗……

人是倾诉的动物，哪怕对着雕塑说话，也要把憋在心里的话说出去，不然人会发疯的。而对于徐问玉来说：这件事更糟糕的，是她还找不到一个能够倾诉的人，即使憋到几近崩溃的边缘，她也只是一个人在屋子里沉默地向空中抓挠……那段日子，徐问玉总是彻夜难眠，内心里泛滥的全都是深深的罪恶感。

随着齐东锵的名气越来越大，徐问玉发现齐东锵长得也越来越有风度了，用玉树临风、风流潇洒之类的词语形容他都不为过，特别是被标榜为全国著名心理专家后，他的举手投足、一颦一笑，还真的有一种心理专家的范儿了，特别是那双魅力四射的大眸子，愈加显得深邃和犀利，哪怕只是无意间向人扫描一眼，也会让人大脑缺氧，心流短路，仿佛那个经常随他天南海北飞的心理测试仪，已经深深地融入他的灵魂里了。

两口子本该是最亲密的人，可自从发生了那件事儿后，徐问玉最怕的就是与齐东锵亲密，她也说不出为什么，齐东锵一俯身上前，她就觉得心慌气短，冷汗也不自觉地涌流出来，弄得浑身上下总是湿漉漉的。

为了掩饰心慌，徐问玉自然要采取紧急的应对措施，比如用忙碌的家务活来抵御亲密，或者先发制人，突然就冲齐东锵发起火来，心越慌的时候火气越大，仿佛全世界的人都做了伤害她的事情。

"这一晃又多少天没回来了？你还记得有这个家呀？"

"又多少天没跟孩子视频了？你这个当父亲的，不惦记我可以，是不是得多关心一下孩子呀？他那么小就一个人到美国去闯，容易吗？"

"妈妈的身体一天不如一天，你这个做儿子的是不是应该多想想她的事情了？别忘了那个叫'风树之悲'的典故，树欲静而风不止，子欲养而亲不待……"

还别说，徐问玉的以攻为守，的确收到了以假乱真的奇效，这下就轮到齐东锵充满罪恶感了。齐东锵不仅对徐问玉更加体贴了，每次回家，还总是大包小裹地买回各种糖衣炮弹，实施最柔软的情感攻势。

成为心理大师以后，他甚至说话的腔调也显得比以往软了，甜了，而且用的都是国际低音，句句都像蜗牛的触角，一下子就能撩到你的心坎里："好老婆，对不起……我不是忙吗？再说了，家里有这么优秀的贤内助支撑着，还用我操啥心呢？"

柔情百种的话语，再配上柔情万种的肢体语言，常常会把徐问玉的眼泪撩拨出来，那种沉在心底的罪恶感非但没有减轻，反倒更加浓郁了。

"东锵，你别再对我这么好了！我不配你这样对我！我有罪……我索性把一切都告诉你吧！"最内疚的时候，徐问玉都把话说到了喉咙口。

"傻子！你疯了吗？这话一旦说出，那后果……"幸好纪云雁那阴郁的声音突兀地响起，让徐问玉顿出一身冷汗。

徐问玉的反常，也让齐东锵警觉过，有一天，他甚至捧起了徐问玉的脸，直视她的眼睛问："你最近咋啦？老婆？咋变得怪怪的了？眼睛里面好像又多长了一双小眼睛似的？不会这么早就更年期了吧？"

徐问玉心里一惊，马上把头埋在了齐东锵的怀里，一边轻轻地打他宽厚的胸腔，一边抽抽搭搭地哭了起来："你可别逗我了，孩子走了，把我的心都带走了！我连心都没有了，就更别提长眼睛了！本来我以为你能给我点安慰的，可你整天就知道忙，根本就不在乎我的感受！那天我分析了一下'忙'这个字，拆开了不就是'心亡'吗？你说你连心都亡了，还哪儿有心管我呢？"

齐东锵知道徐问玉又说假话了，便回了她一句更假的话："你放心，媳妇，即使我死了，我的心也不会死的，你听到了吗？怦怦怦，我的心会永远为我的妻子而跳动！"

这类既不走心又不过耳的话，不仅说的人觉得厌烦，听的人也倍觉乏味。幸好齐东锵的"心"很快又"亡"了，那段日子，他常常是这边刚刚到家，那边约谈测谎的电话就又响了。三言两语之后，齐东锵就又该背着行囊匆匆离去了。

每次望着丈夫离开的背影，徐问玉都会暗暗地舒一口长气……有那么一阵子，徐问玉巴不得齐东锵的心真的死了，成为真正的行尸走肉，就像植物人那样，要是那样，她宁可用整个后半生去照顾他，去救赎自己的罪恶。也许，只有那样，她才敢真正坦然地直视齐东锵吧？

那天下午，徐问玉正上班，突然接到一则陌生的短信，短信提示音是一个男子吹哨子的声音，极具挑逗意味。问玉打开短信看了一眼，发现短信的内容更具有挑逗意味，虽然它仅仅三个字："我饿了！"

这是谁的号码？这个人为什么要给自己发这样怪怪的短信？徐问玉还未等猜，心就怦怦直跳了，一股躁热随即充满了全身——是的，纪云雁，短信就是纪云雁发来的。

徐问玉无法继续安心工作了，满脑子里转的都是纪云雁那张孩子般的笑脸，耳畔里回荡的，也都是纪云雁那令人怦然心动的嘘声。坐在办公桌前，问玉觉得嗓子干干的，既渴望那撩人的哨子声再次吹响，又害怕它果真响起来……正这么纠结着呢，手机的彩铃突然响了，问玉忙不迭地抓过手机看了一眼，来电号码显示的果然还是那个陌生的号码。

徐问玉的彩铃还是儿子临出国前给她设置的，那是一首庾澄庆的歌儿：《情非得已》，问玉当然不敢接听电话，但她却无法不去听那柔情的歌儿：

难以忘记初次见你
一双迷人的眼睛
在我脑海里
你的身影 挥散不去

握你的双手感觉你的温柔
真的有点透不过气
你的天真我想珍惜
看到你受委屈我会伤心
……

这首歌儿，纪云雁可能根本就不会唱，或者他连听都没听过，但此时此刻对于徐问玉来说，这首歌儿就是纪云雁唱给她徐问玉听的，包括那柔情细腻的声音，更是像极了纪云雁的嘘声……

只怕我自己会爱上你
不敢让自己靠得太近
怕我没什么能够给你
爱你也需要很大的勇气
……

眼泪，突然夺眶而出，是啊！谁说纪云雁不会爱上自己呢？自己如此优秀和美丽，他怎么能拒绝这样的诱惑呢？也许纪云雁恰恰是太爱自己了，才始终不肯把爱说出口吧？

一段歌儿唱完了，手机短短地沉寂了一小会儿，就又重新响起。怕外面的同事产生怀疑，徐问玉不敢再听下去了，偷偷地抹去了眼角的泪滴后，她就把手机关掉了。

关上了手机，便意味着关上了通向快乐伊甸园的门，徐问玉当然会觉得失落，但失落的同时，一种荣誉感也油然而生了，是啊！鱼和熊掌怎么能兼得呢？

徐问玉无奈地叹了口气，慢慢地沉陷在那个又大又软的真皮座椅里，她把自己完完全全地浸在一种灰黑色的悲哀里，让自己尽情地愁肠百转，黯然神伤。

十几分钟后，大厅里的固定电话响了，雄壮的声音透过薄薄的隔板传进来，一声一声地敲击徐问玉的心。

就像一条已经死去的虫子突然复活了，徐问玉慢慢地坐直了身体，一种想做坏事的冲动也缓缓滋生了。她想起自己送给纪云雁的那张名片，名片上印的传真号不就是那个放在大厅里的电话吗？这个电话能不能……

正这么想着呢，就有同事来敲她的门了。徐问玉快速说了声"进来"，马上低下头去，装成看文件的样子。果然不出所料，同事就是让她接听电话的，徐问玉看了一眼他的眼睛，发现他的眼神里果然含一缕隐抑的质疑。

徐问玉的心便异样地跳了一下，尽管她还能做到步履稳重地走到电话边，可拿话筒的手还是抖了。

电话果然是纪云雁打来的，幸好声音并不大，而且说话前他还停顿了那么一小会儿，隔着一片茫茫的虚空，问玉甚至听到了他浓重的呼吸声。"徐院长……呃……我是……弟弟。"纪云雁的声音依然那么柔美和清纯，但此时可能是因为过于小心和低沉了，显得有些阴森诡异，仿佛是从阴曹地府里飘上来的。

徐问玉的心便渐渐沉了，就好像被什么东西拴住了似的，一直那么坠下去，坠下去……

"噢，是老同学呀？好久没联系了，最近忙什么呢？"徐问玉几乎使出了吃奶的力气，才控制住了声音里的颤抖。

"嫂子……我饿！"纪云雁突然哭声哭气地冲她撒起娇来。

"我单位很忙，要是没什么事儿……"

"你马上回家！马上！"纪云雁真的哭了，隔着一片虚空，问玉似乎都闻到了一股子酒气，是的，他一定是喝多酒了。

一股烦闷的暗流拥拥挤挤地蹿上心头，把徐问玉的心堵得满满胀胀的："还自作多情，以为会真的爱上我呢！原来是喝多了酒要找我发泄呢！把我当成什么人了？"问玉突然想骂人，想摔电话，想大喊大叫……可她能够做的，却只有使出全身的气力，把话筒贴紧耳朵，"怎么了，老同学？遇到什么急事儿了吗？"

"马上回家，没有商量的余地！"低沉的声音只剩下阴冷的霸气了。

徐问玉用眼睛的余光瞟了一眼单位的同事们，为难地说："什么？替您去接站？阿姨来了？几点的火车？"

"我只能等你半个小时……"纪云雁说罢，就啪的一声挂了电话。

徐问玉放下电话，才发现自己的手早已湿漉漉的了。她偷偷瞟了一眼同事们，虽然大家都低着头在做手头的工作，可她还是从每个人的皮肤里看出了猎犬的警觉。

徐问玉回到自己的办公室，静坐了三分钟，也思索了三分钟，但她到底还是站起身来了，是的，躲是躲不开的，有些事情必须得去面对了！

她忧心忡忡地收拾了办公桌上的东西，办公桌上放着一个四四方方的小盒子，那是徐问玉特意托人从国外给婆婆邮来的药品，本来计划下了班就给婆婆送去的，可目前看来，她只能另寻时间了。徐问玉叹了口气，把药品装进了小包里，便回家去了。

纪云雁果然是饿极了，一听见徐问玉的脚步声，他就从自家的门里冲了出来，还未等徐问玉把门打开呢，他就忙不迭地朝她奔过来了，可忙不迭地奔到身边，却突然没有了接下来的动作，只是男孩子一般手足无措地站在那里看着徐问玉，那"天真无邪"的神情，让徐问玉的心暖暖地动了动，徐问玉果然闻到了一股浓浓的酒气。

徐问玉狠狠儿地咬了咬牙，暗暗地提醒自己：千万不能心软，一定要按计划进行，一进屋就撂下脸子和他摊牌，是的，一切柔情都是戴面具的假象，自己绝不能继续傻下去了！为了齐东锛，为了儿子，为了这个家，她必须快刀斩乱麻了！

驾车回家的途中，徐问玉整整想了一路，为了能出奇制胜，她甚至动用了自己积攒了二十多年的知识储备，不仅想好了谈话的内容，连脸上的表情、说话的腔调都设计好了，只等着两个人兵戎相见，据理力争。

作为一位管理着好几百人的医学院副院长，她当然有足够的信心靠谈话来扭转局面，即使达不到雷霆万钧的效果，她相信自己也能做到针针见血，字字惊心……

两个人走进了屋，徐问玉这边刚刚关上门，还未等把鞋子换好，当然脸子也没来得及撂下呢，纪云雁就一下子把她紧紧地搂在怀里了。此时的纪云雁就像一个贪婪的孩子，恨不得一口就把徐问玉吃进肚子里，他就像抱小孩子似的，抱起徐问玉就向床那边走去，粉嫩嫩的嘴也狠狠地叼住了徐问玉的嘴。

"不行！坚决不行！"徐问玉狠命地甩开了他的嘴唇，声音无比凌厉地冲他喊了一声。

但再凌厉的声音也未能压住纪云雁的暴力，就像杀鸡的人轻轻地甩一下胳膊就把一只小母鸡摔到案板上一样，清瘦俊逸的纪云雁仅仅费了一点点的力气，就把徐问玉摔倒在软绵绵的床上了。

"我们必须谈……"徐问玉挣扎着要坐起来。

还没等徐问玉说完这句话呢，纪云雁就已经饿虎扑食地向徐问玉压下来了，因徐问玉的声音过大，他那只含着怪味的手立即狠狠地捂住了她的嘴，捂得徐问玉差点背过气去。这可真是秀才遇到兵，有理说不清。

面对一脸兽欲的纪云雁，徐问玉突然恐惧地意识到：此时此刻，任何来自人类的语言都是毫无用途的，她徐问玉无论多么睿智，尽管满腹经纶，此时也只是他纪云雁餐桌上的一只沉默的羔羊，只能任他百般蹂躏，肆意宰割。

——更何况，这一切又是徐问玉多么渴望的呢？

这顿晌不晌午不午的盛宴，纪云雁虽然"吃"得狼吞虎咽的，却似乎并不觉得怎么香甜。他也不知道遇到了什么样的难事儿，情绪始终处于一种失控的焦灼状态，白皙修长的皮囊里面，仿佛突然被谁注入了一股子哧哧冒泡的炽热的毒流，如果不立即发泄出来，随时都有爆炸的可能。

结婚以来，徐问玉还从没尝到过如此怪异的感觉呢，在纪云雁最疯狂的时候，徐问玉仿佛被电击了一般，疼痛中伴着愉悦，屈辱中夹着快感，惶恐中含着舒服……那种被撕裂的滋味啊，真是百味杂陈，无以言表。

淫欲发泄完了，纪云雁才似乎回归到了人类的沉静，他的心可真大呀，拥抱着徐问玉那千疮百孔的玉身，他竟悠悠地睡过去了，有那么一小会儿工夫，甚至还打起了呼噜。

望着孩子一般沉睡在怀的纪云雁，徐问玉的眼泪突然夺眶而出，心底里也响起了凄凉无助的呐喊："太可怕了！徐问玉，这可怎么办呀？怎么办？怎么办？"

"搬家？没有借口……"

"逃走？更不可能。"

隔了泪帘，徐问玉突然看到一个词汇在脑海里一闪："再不，弄死他？"

徐问玉吓了一跳……

也许是徐问玉的惊厥震醒了纪云雁，明明正在打呼噜的他，突然就睁开了眼，神志清醒地说了一句："嫂子，对不起……我真的是太饿了！"

徐问玉目光冷漠地冲他摇了摇头，一字一顿地说："不要说没用的了！我们两个，必须结束了，你如果识趣，赶紧穿衣服走人！不然，我会与你鱼死网破的！"

"鱼死网破？嫂子！别开玩笑了！哪就那么严重了？"

"我没有开玩笑，我正在严肃地和你谈！不会再有第二次了！肯定不会的！"徐问玉突然低吼了，有一点歇斯底里。

"对不起！嫂子！"纪云雁的眼圈突然红了："如果不是遇到了一件突发的事儿，我不会这样冲动的！嫂子，往后我再不会这么冲动了，弟弟错了，真的错了……对不起！对不起！"纪云雁不仅声音里含着柔情，两只手也始终委蛇一般在徐问玉的身上游走着，游走出人世间最美的曲线。

徐问玉的心便软了，那些堵在喉咙里的刀子一般寒冷的话，也都一句一句地融化了。

二十六

记得张爱玲说过一句名言：到男人心里的路通过胃，到女人心里的路通过脐下羊肠小道……

"嫂子！你是我最亲近的人，在我进退无路的时候，如果见不到你，我一定会发疯。甚至会去杀人的！谢谢你，嫂子，谢谢你救了我！"纪云雁越说，神情越像个孩子。

"都多大了？怎么还会冲动？遇到什么难事儿了？"

"如果……事情能够说出来，那还叫什么难事儿呢？但还好，一切还没糟糕到不能补救的地步！对了，如果嫂子能帮我……"

"我能帮你什么？"徐问玉立即警觉起来。

"嫂子，你别……别害怕呀！你是我最亲爱的人，我怎么会让你做为难的事儿呢？我既不会借你的钱！也不会用你的权，我只需要你做一件分内应该做的事情。"

问玉惊诧地看着纪云雁："分内的事情？……你在调查我？"

纪云雁说："还用去调查吗？现在这个网络时代，哪个人不是网里的虫？大学教授，博士生导师，古城医学院副院长，主管教学和实验室……嫂子，您就别用这种眼神儿看着我了，我不是无赖，也不是骗子，我一直都是守法公民。二十年的邻居住着，你应该有这点洞察力吧？"

纪云雁说着，便凑过来，贴着徐问玉的耳朵说："我只要你在职权范围内不露痕迹地帮我一下，把你们实验室刚刚做完预算的那单电脑软件项目交由我公司来做，这个对嫂子来说真的一点都不难的，就是一句话的事情。并且，我也不会白白让嫂子说这句话的，我会给您超出市场额百分之二十的回扣。"

徐问玉讥讽地说："你是不是在忽悠我呢？既然你是花一样的姑爷，你想做什么事做不成？还犯得上在我这样的小人物身上用心机吗？"

纪云雁哭丧个脸："嫂子你就别再提花一样了！他真的帮不上我一点的忙！不瞒你说：当初我和他闺女是私奔到南方才成的亲，直到现在花一样还没正式接受我呢！"

纪云雁说着就气哼哼地仰身倒下，仿佛徐问玉是房顶上的横梁："他可真是个犟种，为了这件事儿，他连他的亲闺女都不管了，硬是十多年都没有见她。他犟，他闺女比他更犟，你不是不管我吗？那我也不理你！我媳妇就是这样的一个犟种！"

徐问玉望着裸体的纪云雁，突然有一种做梦的感觉。幸好他一句一句地真实地说着。

"在我们日子过得最困难的时候，无论我咋劝她，她都不肯去求她爹，这辈子我都没遇见过像她那么犟的人。直到我岳母病重，她爹亲自打电话找她，在电

163

话里都哭了，她才回了家，而且依然不肯带上我。"

纪云雁侧过头看，爱怜地看了徐问玉一眼，努了努绸缎一般的红嘴："现在花一样也只和他的闺女单线联系，在家里遇上了，也从来都不和我说一句话。哼！早知如此，何必当初？真是白瞎了我这个人见人爱，花见花开，车见车爆胎的好小伙儿了！"

"我还是不信你的话。你和花一样说不上话，那你媳妇总能和他说上话吧？现在人家父女不是和好了吗？在这个世界上，最亲密的关系就是父女了！女儿即使想要天上的月亮，父亲都给摘的。"徐问玉质疑地看着纪云雁。

"我媳妇？我刚才说啥呢？那家伙，死犟死犟的！被人打死了，都不会说一句软话的。让她去求她爹，除非下辈子吧！唉！不瞒嫂子说，我这辈子娶了她，真是肠子都悔青了，那纯粹就是一个丧门星，啥都帮不上我，尽帮倒忙。"

纪云雁看样子是真动气了："刚成家的时候还好，还知道乖乖地和我做电子生意，还没怎么败家。后来她自己还开了一个古董店，她那个人，看古董特有一套，买啥啥赚钱。也许钱多了烧的吧？有了钱以后，她这个人就变了，也不知道哪根神经出毛病了，突然就喜欢做起慈善来了，做慈善是啥玩意呀？说白了不就是往出扔钱吗？"

"做慈善有啥不好的？还行善积德。"徐问玉说。

"行善积德也得有点节制吧？这家伙的，人家赚钱上瘾，她却扔钱上瘾，一整天一整天地也不寻思别的，就知道往出扔钱。她养了好多只流浪猫，光这些猫一年下来，就得好几万。这我倒没意见，养就养了，也不能给捏死了。可她还经常资助一些孤老头子孤老太太，也不知道她的点儿咋就那么背，无论走到哪儿，都能碰见一些半死不活儿的人。"

纪云雁越说越气，说着说着就坐起来了："给钱也不怕你给钱，可你得把钱给得大大方方的多好啊？不管咋的还闹个好名声呢！可她倒好，每次往出给钱，她都不亲自送，而是让她的猫把钱叼去，你说她怪不怪？唉！这种人，全中国也就那么几个，却都让我摊上了。那天我给她算了一下，真是不算不知道，一算吓一跳，这一晃有两年多了吧？她每年都得往出扔个十万二十万的，你说怎么整？真是瞎子闹眼睛——没治了！"

徐问玉突然一挥手："行了，行了，你也别和我倒苦水儿了！我也没工夫去考证你说的到底是真话还是假话。反正在我这里就只有一句话：那就是我们之间什么关系都不会有了。真的，你也别想威逼我！"

纪云雁也突然撂下了脸子："嫂子，您真的要和我恩断义绝吗？"

徐问玉一愣。

"您是不是忘了我是做什么的？我可是电子专家……"

徐问玉："你什么意思？"

"不瞒你说：我连肚脐眼儿里都安着电子眼呢！"

徐问玉只觉得大脑嗡的一声怪叫。

就像配合纪云雁的话似的，就在这节骨眼儿上，门铃也突然奏响……

两个人几乎在同一秒钟从床上蹦起来，徐问玉一边紧急地穿衣，一边跑到门边看了一眼可视门铃，脸色就变了："完了……是我婆婆……"

"慌个啥？不理她，就当家里没人不就完了？"纪云雁却一点都不着急，他就那么裸着身子，一边在床四周搜捡着自己的衣物，一边慢悠悠地说。

"不理她不行，她是一个钻牛角尖的人，脾气死犟死犟的，找不到我，她会在门外等到地老天荒的！"

"那也不用害怕，你还是不是大学教授了？不会弱智到连个老太太都应付不了吧？"纪云雁说罢便抱着自己的衣服，懒懒散散地回家去了，临出门之前，还俏皮地冲问玉做了一个鬼脸儿。

问玉对着镜子检查了一下自己的衣着，又跑到床边拽了拽床单，想了想又把床单弄乱了些，装成自己赖在床上的样子。这才按了开门的按键。在老人往楼上走时，她又床前床后地反复检查了好几遍，直到觉得万无一失了，才打开了室内的门。

老人果然已经花枝招展地笑立在门前了，丹唇未及启，顾盼已神飞："什么情况？电话关机？到你们单位找你，你热心的同事竟给我指了两条截然相反的路，有一拨人说你去车站了，让我往东走；还有一拨人说你直接回家了，让我向西来！幸好我判断力奇准……什么情况？脸色这么差？"

"噢，头有些疼，就躺了一小会儿。您有什么事儿吗？"

"要说有事儿，也算是个事儿，要说没事儿，也不算个事儿……"老人绕口令似的说着，正要弯腰去换鞋，突然停下手中的动作，猎犬一般吸了吸鼻子："什么味道？腥腥的？"

问玉心里一慌，故意吸了一下鼻子："我怎么没闻到啊？"

"那句话咋说的啦？入芝兰之室，久而不闻其香，入鲍鱼之肆，久而不闻其臭。"齐东锵的妈妈说着就开朗地笑了。

作为一位年过六旬的老人，她一点都不显老，奶白色的衬衣、黑色的艺术外套，一顶大大的苏格兰格子礼帽，再配上黑白相间的手提包、黑色高跟鞋，显得既清纯富丽，又高雅时尚，就连黑框眼镜都带有学术派的味道呢！

"您喝点什么？酸奶，还是杏仁露？对了，昨天有人给我一些新摘的草莓，我正想给您送去呢！"徐问玉柔声说着，去冰箱取草莓。

齐东锵妈妈没有接茬儿，换好了鞋子就屋里屋外地闲走了起来，那双和齐东锵一样明亮的大眸子正四处撒摸。走着走着，又忍不住吸了吸鼻子："还别说，的确有一股男人的味道，东锵也没回来呀？再不是你配了什么药了？"

徐问玉一边忙着洗草莓，一边笑着说："在单位忙着做了一个实验，可能和那个药品有关吧！"

"药品？那会是什么药？……"老人咧嘴笑着，她笑的时候，简直就是齐东锵的翻版，噢，说反了，应该说齐东锵笑的时候，实在太像他的妈妈了。她就那么齐东锵似的咧着大嘴笑着，刚要继续说什么，一回头看见徐问玉脸色异常，那正要往出冒的话就卡在喉咙口了。

徐问玉把果盘放在茶几上，然后扶老人在沙发上坐下来，这才勉强挤出一丝微笑说："您老什么意思嘛？难道是不放心儿媳妇，特意来查房的？"

老人犹疑地盯了徐问玉一眼："什么情况？生气了？""什么情况"是老人的口头语儿。

徐问玉依然那么笑着："生气倒不至于，不过您老再怎么喜欢开玩笑，也不能说扒瞎的话呀！这话要是传到您儿子的耳朵里，您还让我活不活了？"

齐东锵的妈妈便更显得奇怪了，她狐疑地看了徐问玉一眼，正想去拿着草莓的手就停在了半空中。

老人的眼神儿让徐问玉有些慌乱了，脸上的肌肉也神经质地抽动起来，为躲开老人的目光，她立即站起身，旋风般地在屋子里游走了起来，一边噼里啪啦地把所有的屋门、柜门都打开了，嘴里也絮絮地说："为了洗清罪名，您今儿个必须得好好查看一下，您老想不看都不中呢！我倒希望您能在这个屋子里给我找出一个臭男人出来，也好填补一下您老超强的想象力。"她甚至还掀开了床单，非得拉着老人看一下床底下不可。

老人的脸色就变了，一下子甩开了问玉拉自己的手："什么情况？连玩笑话都听不得了？咱们婆媳这么多年了，什么样的话咱们没说过？我刚才以为是东锵回来了！才那么信口开河地开了句玩笑，你咋还没完没了？看来今儿个倒是我这个老太婆错了？得向你道歉不成？"

徐问玉的眼圈就红了："您这么说可冤枉死我了！我哪有责备您的意思呀？我只是劝您往后别再说那些不着边际的话，您看您刚才说得多露骨，多难听啊！

您不为自己想，也得为您儿子想吧？他现在毕竟是名人，万一哪天您老说顺了嘴儿，让人家听去了，多影响您儿子的形象啊！"

儿媳的话，让老人的脸上更加不自在起来，她张了张嘴，想说什么，又咽回去了，一双与年龄不相衬的大眸子里全都是质疑——这对于她们这对亲密无间的婆媳来说，还是第一次呢。

徐问玉这才意识到自己过于认真了，有了欲盖弥彰之嫌，便马上一笑道："妈妈，今天是我小心眼儿了！我甘愿受罚！说吧，晚上是罚我在家里给您做着吃呢，还是罚我请您出去吃？"

老人突然叹了口气："哪敢摆那个谱啊！我这土埋半截的人，天天能吃上我们鹤寿院熬的软乎乎热乎乎的粥，就万分知足了。行了，我得走了，你沈阿姨还在外面等我呢！"说着就忙不迭地去换鞋了。

徐问玉的眼泪就流出来了："妈呀，您这样说话可是真生儿媳妇的气了！我们婆媳这么多年，您还从来没这么对待过我呢！如果我真的惹您生了气，我向您道歉还不行吗？只要您不生气，您让我做什么我都愿意，哪怕给您磕个头呢。"

老人已经换好了鞋子，听了这话马上摆手说："可别价，我还想好好活呢，你要真想磕头，就等我死了以后，去磕给那些活着的人看吧，我可不想看！"老人无情地说罢，就夹着小包一扭一扭地出去了，出门后，那双明亮的大眸子还没忘留心地向四周撒摸了一圈。

徐问玉的脸煞白煞白的，老人都进电梯半天了，她还傻呆呆地在门边站着，突然想起了药，便一拍脑袋，立即抓起自己的皮包就往外追去，刚跑到电梯门边，就被从另一个屋子里跑出来的纪云雁搂住了。

纪云雁责备地瞪着她："什么事儿要这么忙着往出跑，你看你还穿着拖鞋呢？"说着就强行把徐问玉推回屋子，并小心关上了门。

问玉的眼泪就奔涌而出了："还不是你惹的祸？我老婆婆有个比狗还灵的鼻子，她已经闻到你那臭男人的味儿了。"

纪云雁："那你就更得沉住气了，有些事你可是越着急就越让人怀疑。"说着审视地看了一眼徐问玉手里的皮包："你要给她送什么东西去？"

徐问玉丢了魂似的落座在沙发上，无精打采地说："是药品，我婆婆患有严重的心脏病，她的心脏中有一条神经腺已经阻塞，平时看着像个健康人似的，可一旦犯病就有性命危险。前阶段我听说葡萄牙研制出了一种新药，疗效很好，就托人买回来了，本来计划晚上下班给她送到养老院的，都怪你……"

纪云雁便拿起问玉的皮包，翻出药品叭的一声扔到了垃圾桶里："她都这么怀疑你了，你还治她的病干吗？早死一天早静心！"见徐问玉还傻呆呆地站在那里，一副失魂落魄的样子，便一把搂过来抚慰道："行啦！别后山没起火呢，你先把自己烧死了！徐大院长，你一定要记住我的话，天不会塌下来的，即使天真的塌了，我们也不能乱了方寸！"

徐问玉叹了口气，强打精神站起来，在垃圾桶里拿回药品说："人命关天，即使她真的怀疑我，病也得治的。"

纪云雁一把夺过了问玉的药，夹在腋下说："傻子，这都到什么关口了？你还这么心软？这才是现实的人类，物竞天择，适者生存，没遇到事儿时，大家你好我好全都好，一片祥和，这要真遇到事儿了，就是你死我活的，谁心软谁死路一条……"说着就夹着药品开门去了。

徐问玉痴呆呆地看着那扇关上的门，愁容满面……

二十七

纪云雁是不是一个魔鬼呀？他怎么想啥来啥！

一切都像他所希望的那样，婆婆不仅很快就死了，而且在死前，一句不利于徐问玉的坏话都没有说出来。按纪云雁那"你死我活"的竞争哲学，婆婆这次可是彻彻底底地败给徐问玉了，她用自己的死给徐问玉让出了一条自自在在的活路。

这下，徐问玉就应该自自在在地活了吧？

——可事实上，徐问玉真的能做到自自在在地活吗？

在给老人办理丧事的那几天，徐问玉的确活得很自在的——就像齐东锵所感觉到的那样："浑身上下都透出一种怪异的兴奋。"是的，那几天，她的情绪始终处于亢奋之中，就像身体里被植入了一个大马力的发动机，整天突突突地旋转着。

——她可是真的忙啊！请什么客人，怎么请，客人来了怎么招待，招待客人时脸上的表情……包括齐东锵应该穿什么衣服，说什么话，走路的姿态，她也都替他想到前头了。

在她的高速发动下，婆婆的葬礼办得别提有多体面、多隆重、多风光了，参加葬礼的人数之多，排场之大，甚至超出了国葬的标准。

徐问玉的忙碌，当然换来了亲朋好友的交口称赞，大家都夸徐问玉是一个识大体、懂礼数、有孝心的好儿媳。特别是齐东锵新认识的一个朋友齐东临，人前人后总在夸奖她，就差没用一个小喇叭在大街上宣讲了。

面对大家的赞誉的言辞敬佩的目光，徐问玉一开始还觉得很受用的，从窗子或倒车镜边经过时，她总会偷偷地照一照自己的身影，并且总会把自己深深地打动。是啊！什么叫"举止有度""从容得体"？什么叫"顾盼神飞""仪态万方"？——自己这样的如果配不上这些词汇，还有谁配得上呢？

那几天，她就是这么劳累并陶醉着神忙的，忙到极处，她都忘记自己到底为什么而忙了，直到与遗体告别时，直到她和齐东锵当着众多亲朋好友的面，轰然跪倒在老人遗体面前时，老人的一句阴阳怪气儿的话，才突然惊雷一般炸醒了她：

"你要真想磕头，就等我死了以后，去磕给那些活着的人看吧，我可不想看！"

徐问玉便呆在那里了，隔着一片黄白相间的花朵，她突然看见老人冲她讥讽地笑了，那原本闭得紧紧的眼睛此时突然微微地欠开一道缝儿，那缕阴森的诡笑便从缝隙里向她直射过来，一同冲她笑的，还有那含着"咽口钱"的抿得深深的嘴角。

徐问玉的头便开始轰轰作响了，继而耳朵里也响起了一阵又一阵的雷声，也就是在那个瞬间开始，徐问玉的心便无法安宁了，耳朵里的雷声始终此起彼伏地响着：轰隆隆，轰隆隆，与那轰隆隆的雷声一同响彻云霄的，还有自己那时紧时慢的心跳：咚锵锵，咚锵锵。

葬礼结束了，忙碌和劳累也像潮水一般退去了，接下来的生活，徐问玉便只剩下惊恐了。那到底是怎样的惊恐啊？耳朵里打着雷，心胸里敲着鼓，两只白皙柔软的手怎么洗都洗不干净了，常常洗着洗着，就有血溢出来，溢出来——那是老人在临死前，从鼻子、嘴角微微溢出的血，苍老而浑浊的血……

夜深人静的时候，老人那含着讥笑的脸连同那阴阳怪气的声音，也常常会突然出现在黑沌沌的夜空里，就像影视剧里的闪回似的，并且这种闪回还配着恐怖音儿呢：轰隆隆，咚锵锵……

一天中午，徐问玉在楼道里与纪云雁不期而遇，纪云雁看了徐问玉一眼，就惊得站在那里了："怎么变得这么憔悴了？那个该死的老太太不是已经死了吗？"

徐问玉没敢接他的茬儿，甚至连看都没敢看他一眼，就脚不沾地地向自家门前跑去，怕纪云雁追上来，她快速地拿出钥匙开门，恨不得立即消失到门那边去，可开门的手却抖成一团，怎么努力都无法把钥匙塞进钥匙孔里。

徐问玉的紧张传染给纪云雁，纪云雁误认为齐东锵就跟在后面呢，便再不敢说什么了，敛容正步，就朝电梯那里走去了。其实那天齐东锵并没有和徐问玉一起回来，徐问玉之所以恐慌，是因为在阴暗的楼道里，她突然又看见了婆婆那天来家时的闪回镜头……

"我现在生不如死！怎么办？怎么办？快帮我除除主义（出出主意）！"

濒临崩溃的时候，徐问玉既害怕遇见纪云雁，又迫切地需要纪云雁，矛盾纠结的结果，是她每天都忍不住要给纪云雁发短信，先是一条一条地发，后来就十几条十几条地发，就像身处十面埋伏请求援救的哀兵似的。

因为手抖，她一个大学教授，连十几个字的短信都写不明白了，常常错字连篇，错得连纪云雁都怀疑：她徐问玉是不是疯掉了？

当纪云雁意识到了徐问玉的反常，纪云雁的理智就升级了，不仅迎面遇见了，总是像躲瘟疫似的躲着她，连她的短信也不敢回了。

女人偏偏就这么怪，你这边越是冷，她那边就越会热。本来在徐问玉心底里，她是那么瞧不上纪云雁，那么不在乎纪云雁，但自从纪云雁变得"傲慢"后，纪云雁的地位就航空母舰般地提升了，此时再回想和纪云雁在一起的时光，徐问玉甚至觉出了一种近乎爆炸般的快乐和幸福！

特别是经历了长达七天七夜的顽固性失眠之后，纪云雁的形象还被漫漫长夜染上了某种神秘诡谲的色彩，从此再去思念纪云雁时，纪云雁甚至神仙一样高不可攀了。

于是，为了紧紧地抓住纪云雁，笼住纪云雁的心，在仅仅一周的时间里，徐问玉便利用工作之便，连续两次与纪云雁的公司签了合约，每次合作的金额，都超出了上百万元。

可即使这样，纪云雁依然没有现身，也没有给她打过一次电话或写过一条短信。当然，每次合作后，他都在第一时间内兑现了自己的承诺，可即使给徐问玉送回扣这等机密大事，他也是让他们公司的一位副总出面的。

如果徐问玉能够理智一点点，能够用正常的思维稍稍想一下，她都应该理解纪云雁的，甚至应该感谢纪云雁的，因为那几天，齐东锵不知道怎么了，突然就不忙了，常常一整天一整天地把自己关在家中。

俗话说无事生非，愚笨的人被关在家里，都能生出点是非呢，更何况齐东锵这种连汗毛孔都闪着智慧的专家呢！是啊！他纪云雁怎么能不惧怕齐东锵呢？全国著名的法学院教授、犯罪研究专家、犯罪心理学专家……这种人躲都躲不过来呢，怎还敢到他的眼皮底下去偷腥？

以前偷了也就偷了，只乞求不被发现就已经阿弥陀佛了，现在他还哪敢有那个胆儿了？借他一百个胆儿他都不敢呢。

所以，才出现了徐问玉连续给他发了七天的短信，纪云雁却一条都没敢回的结果。

所以，才有了徐问玉的癫狂。

黑夜是什么东西？是膨松剂吗？为什么具有如此神力？能把白天看似很小很小的东西无限地放大，放大？

睡眠又是什么东西？是魔幻瓶吗？为什么仅仅熬了七天，就把那个始终以智慧冷峻著称的大学教授，熬成了一个智商近乎于孩子的糊涂虫？

那天半夜，徐问玉辗转反侧了整整一夜，凌晨三点的时候，她再也熬不下去了，突然就从床上爬了起来，接着就两眼发直地向门那边走去了，是的，她已经熬到极限了，她必须要找纪云雁当面对质了，她要质问他：自己冒险所办的那两件"天大的"事儿，怎么就换不来他的一条短信呢？

——徐问玉的确疯了，因为此时此刻，齐东锵就躺在床上呼呼大睡着，她竟然要当着齐东锵的面去挑战纪云雁了。

幸好徐问玉在推门之前，无意中看了一眼自己的那个正在黑暗中闪着五彩光芒的手机……

徐问玉的手机有一个特点：就是当有未接来电或短信时，会一闪一闪地发出五彩的光来，手机闪烁了，就意味着自己有未接来电或短信了，难道，纪云雁已经给自己回信息了？

徐问玉记得，自己的手机明明被自己放在床头柜上了？怕短信来了自己听不到，她在临躺下之前，还特意调高了音量，可什么时候这个手机跑到客厅里来了，并且还被调成了静音？

手机当然是齐东锵偷偷地从徐问玉身边拿走并调成静音的，因为齐东锵发现徐问玉的睡眠太差了，虽然失眠时徐问玉始终都是那么静静地躺在床上，始终没有抱怨过一句，哪怕呻吟一声，可她越是这么做，齐东锵就越是心疼她，因为在齐东锵看来，徐问玉这么做完全是因为疼爱自己，怕影响自己的睡眠才如此抑制的。

徐问玉来不及多想了，立即飞速地打开手机。手机里足足显示出七个未接电话和两个未阅读短信。但来电号码显示的却是美国。

——这所有的电话和短信，都是远在大洋彼岸的儿子发给她的。

徐问玉虽然有些失望，但神经还是立即绷紧了："儿子怎么了？出什么事情了？"她立即手指抖抖地打开短信。

第一条的内容是："妈妈，怎么不接我电话。"

第二条的内容是："快接我电话啊！"

儿子突如其来的消息如同一把钥匙，一下子把徐问玉那堵得混浆浆的心门打开了，此时此刻，她不仅放弃了去质问纪云雁的想法，还奇怪地惊问自己：自己这几天到底怎么了？怎么像身处一场噩梦中一般？甚至连这么好的儿子都给忘到脑后了？

徐问玉打开了灯，看了一眼墙壁上的时钟，拍打了一下很疼很疼的额头，费心地推算了一下美国的时间，然后自言自语地说："噢，应该是下午一点吧？"说着，就给儿子回了一条短信："儿子！有什么事儿吗？"

儿子很快就回了："妈妈，怎么才回短信啊？家里出什么事儿了吗？"

一股内疚顿时袭入了徐问玉的心，两行热泪也随之涌流出来，因为编辑短信，她顾不得去擦脸上的泪水了："家里一切都好，只是妈妈睡着了，没听见你的电话。你那边遇到什么事情了吗？"

"没什么事儿，就是有些想家了！"

"想家了？儿子，怎么突然想家了？有什么事儿一定和妈妈说，一定不要瞒着妈妈，你记住，妈妈永远是你强大的后盾，天大的困难我都能帮你撑起来！"心门打开了，智慧也回来了，发出的短信不仅没有错别字了，而且字字珠玑，充满了母性的力量。

"妈妈，不用担心，什么事儿都没有发生，一切都好。我突然想家，可能和我前几天的一个怪梦有关，我那天突然梦见奶奶来美国看我了！那梦境实在太清晰了，就像真的一样。梦里，奶奶哭了，她拉着我的手，和我说了好多莫名其妙的话。"

只觉得"嗡"的一声响，接着，那刚被忘却的风声雷声锣声鼓声，就立即又在耳畔心底敲起来了：轰隆隆，咚锵锵……

怕影响儿子学业，婆婆去世的消息，齐东锵夫妻一直都向儿子隐瞒着，可远在大洋彼岸的儿子，怎么突然就梦见婆婆了？难道亲人之间的心灵真的是相通的？或者这个世界上果真存在着灵异之事吗？要是真的存在灵异之事……

徐问玉的眼泪顿时干涸了，消隐的惶恐就像一个浪回头，呼啸着就向她冲过来了，狰狞地张开血盆大口——那个智勇双全的婆婆啊，她活着的时候，徐问玉都那么畏惧她呢，如今摆脱了肉体凡身，那她可就真的神力无比了！

"好汉做事好汉当！要杀要剐你冲我一个人来！凭什么去骚扰我的儿子？——不好使！"徐问玉突然一拍茶几，大声喊道。凌厉的喊声顿时把睡梦中的齐东锵惊醒了。

"你说啥？发生什么事情了？"他蒙蒙怔怔地从床上欠起身来，口齿含混地问。

"我要去美国看儿子！"徐问玉说。

"你说啥？"

"我说，我要去美国看儿子！"徐问玉大声说。

"到美国？儿子出什么事儿了吗？"齐东锵一边问着，一边脚步拖沓地从卧室里踱出来。

"没出什么事儿，但他想家了，所以我必须去看他。"徐问玉一字一顿地说。

"那可是美国呀？可不是说去就能去的！你们单位一大摊事儿，咱们家里又一大摊事儿，再说，你去一趟美国得花多少钱你不知道吗？"齐东锵苦口婆心地试图劝说。

"你别劝我，我已经决定了！钱的事儿也不用你拿一分，总之，这件事不容商量！"徐问玉就像婆婆临死前瞪着齐东锵时那样，瞪圆了那双布满红丝的眼睛。

望着妻子的眼睛，齐东锵不禁惊诧至极：都说儿媳妇像婆婆，她们连瞪人的眼神都像出自同一双眼睛。

原来，陌生的环境才是真正的灵丹妙药呢。

或者有儿子的地方，才是母亲的天堂？

儿子的确是徐问玉生命天空里最美丽的星星，在这颗巨星的照耀下，徐问玉度过了一段最开心最随意的日子，没有负疚的心理，没有罪恶的缠绕，没有虚假的应承。那一个月，她还有幸随儿子的房东参加了一次教会野营活动，美国人那天真、简单和快乐的生存理念，让徐问玉的心敞亮了许多。

"天空飘来六个字儿：那都不是事儿，是事儿也就烦一会儿，一会儿就完事儿，哈咿呦哦，哈咿呦哦，哦哈咿呦哦哦……"那些天，儿子一闲下来，就会哼唱这首歌儿，徐问玉越听越觉得好听，便反复让儿子唱，儿子便笑她说："你这个人呀，真是舍近求远，这首歌儿明明是在国内流行的，可你偏偏要跑到国外来听。"

徐问玉却在想另外一件事："是啊，人活在世间，除了一个死，还有什么大不了的事儿？我徐问玉连死都不害怕，那我还怕什么呢？换句话说，一切并不像以前所想的那么可怕呢！不就是偷了两次情吗？这在美国算他妈的啥事儿呀？"徐问玉想到这里，突然扑哧一声笑了，笑得儿子一惊一乍的，以为妈妈神经出了什么问题。

是的，美国之行，让徐问玉的确开心了不少，那些比天还大的烦恼，似乎真的被她放下了。

可徐问玉真的能做到纯粹地放下吗？

第十章　怪异的友情

二十八

直到第二天上午，徐问玉才找到机会浏览了那些监控视频，当她看到齐东锵把对门的女人抱进自己家的客厅，放到了沙发上，那块始终悬在徐问玉心里的巨石，也随着那个女人一起，被轰然放下了。

"阿弥陀佛，原来他所发现的，全都是对他自己不利的视频啊！这可真是天助我也！"在那个锁着门的办公室里，徐问玉甚至大声地念了一声佛。

看来纪云雁并没有像他所吓唬自己的那样，把他与自己之间的龌龊事录制下来。或者他真的录制了，只不过巧妙地藏匿了，只给徐问玉留下了一个挟制齐东锵的铁证，让齐东锵浑身长嘴也说不清，这可真是一个令徐问玉万万没想到的结果。

"齐东锵啊齐东锵，这下咱们两个才算真的扯平了！"徐问玉在狂喜中慢慢地平静下来，可平静下来的她，却不知为什么，又长泣不止了。

齐东锵放暑假，徐问玉当然也放暑假，可徐问玉为什么总那么忙呢，仅仅因为她是副院长的缘故吗？事实不是那样的，徐问玉之所以一天一天地"忙"得不着家，全是因为害怕面对齐东锵啊！

如今，心里的担心没有了，徐问玉也不想非要熬到晚上才回家了。上午一下班，她便直奔菜市场，非常用心地买了几样青菜，就驾车直奔家中。

轿车刚刚行驶到小区门口，突然一个特殊的身影，吸引了她的目光。只见林荫道上，齐东锵正神情诡秘地向前疾行着，一边走一边还不停地向后面张望，徐问玉怕齐东锵看到自己的车，便把车拐到了路边停了下来，直到这时，她才发现紧跟在齐东锵身后的那个尾巴。

——他不是纪云雁的儿子吗？他怎么和齐东锵搅到一起了？只见这个男孩子也是一脸莫测地前行着，只不过他前行的速度有时很快，有时很慢，当然，他的快慢全都由走在前面的齐东锵支配着。

这可真是一件令人匪夷所思的事情。

徐问玉把车停到了安全的位置，也加入了跟踪的队伍。拐出小区，前边便是古城市最繁华的街道。可就在齐东锵等待红灯的时候，他突然迎着那孩子反身回来了。一大一小的两个人在路口比比画画地说了半天的话，因为隔着远，徐问玉一句都没听清。

接着，一件更加不可思议的事儿就发生了。只见齐东锵一弯腰，突然就把那个孩子夹到了自己的胳肢窝里，接着就大步流星地横穿马路而去。面对挟持，那个孩子不仅没有惊慌地叫喊，反而大笑起来，嘎嘎嘎……虽然隔了那么远，徐问玉也清晰地听到了他那公鸭一般的笑声。

直到过了路口，齐东锵才放下了那孩子，接着一高一矮的两个人就手拉着手向前边走去。

徐问玉不敢跟得太近，只能远远地尾随着。走过商业区时，齐东锵给那个孩子买了个冰淇淋，路过游乐场时，齐东锵还陪着那个孩子坐了一会儿翻滚列车。徐问玉一直不远不近地跟着他们，直到他们双双进入了肯德基店，徐问玉才放弃了跟踪。

齐东锵回家的时候，天已经黑了，他显得很累，进屋后一句话都不说，便直奔洗手间而去。徐问玉在厨房的餐桌边等了他一会儿，见他洗漱完了也不过来吃晚饭，便自己没滋没味地吃了两口，等齐东锵终于忙完了一切，消消停停地坐到了电脑边时，徐问玉才拿着那两样"铁证"，慢慢地走到了齐东锵的面前。

齐东锵正在电脑边玩QQ，徐问玉记得他已经很久不上QQ了，今天怎么又有这个闲心了？见徐问玉走过来，齐东锵立即从QQ界面里退出来了，但他并没有回头看徐问玉，当然，他也没再做别的事情。

"说说吧，怎么回事？"徐问玉轻轻地把那个手机和大眼怪U盘放到了电脑桌上。

齐东锵愣愣地回头看了徐问玉一眼，这可是他万万没有想到的。

"难道，你不用解释一下吗？"徐问玉像背台词似的质问道，但齐东锵的眼神儿，还是让她有些猝不及防。

"这正是我想问你的！"齐东锵终于说话了，他的声音哑哑的。

"你想问我什么？"徐问玉突然觉得自己的脑子有些乱。

"难道你不应该解释一下吗？"齐东锵学着徐问玉背台词的语调。

"齐东锵，你是不是太欺负人了？你把对门的那个妖精都抱进我家炕头上

175

了，你却还让我解释！"徐问玉的声音虽然加大了八度，可说出的话依然有一种背台词的感觉。

"那些老皇历，你现在往出翻还有意思吗？难道你以前并没有看过视频里的内容？这么说那些电子眼……并不是你放的？"

"就是我放的！只不过我一直懒得看！——不，是不敢看！我怕看到自己不想看到的内容。"徐问玉像跳新疆舞的女子那样横了横自己的脑袋。

"可那部手机又怎么解释？它怎么会跑到隔壁去了？"齐东锵审视地看着徐问玉。

徐问玉只觉得脑袋嗡的一声响，幸好她还能保持原来的姿势站在那里，幸好她的脸上依然罩着那层愤怒的表情。

但徐问玉的心里却打起鼓来了："隔壁？这么说那个手机是齐东锵在隔壁发现的？难道他已经潜入到隔壁侦查了？他还发现了什么？"

"问玉，我劝你最好把一切都老老实实地告诉我！无论你遇到什么样的麻烦事儿，我们两个人在一起商量着解决，总比一个人强撑着好。"齐东锵的声音柔和了些。

"我怎么知道手机……怎么没了，我明明把它放在兜子里了，可突然有一天，就发现它没了。是不是不小心丢到楼道里了，被哪个人捡去了？"幸好徐问玉的反应如此快捷。

"徐问玉呀徐问玉，你说你有多愚蠢你知道吗？夫妻两个最重要的是信任，可你为了看管住自己的丈夫，竟然用起这么拙劣的手段来了！用也不怕你用，可你干啥又用得这么粗心呢？如果手机里的视频外流，你知道会造成什么样的影响吗？你……你怎么越来越迟钝，越来越愚蠢了呢？"齐东锵越骂声音越大。

——这到底是谁在质问谁呀？

徐问玉便哭了，哭得抽抽搭搭的——只有徐问玉自己知道：她流的泪是高兴的眼泪。

"行啦行啦！幸好一切都被我制止住了！往后你别再做这些愚蠢的事儿就行了！那天晚上，她的门锁打不开了，我在帮她开门的时候，没想到她突然又昏倒了，所以我便把她抱进了屋子，本来准备送她到医院的，可还没等往医院送呢，她就醒了。"齐东锵背诵课本似的解释着，连他自己都觉得这种解释实在没有意思。

可徐问玉却真真实实地相信他的话了，为了体现自己的绝对信任，她甚至都没有再询问下去。抹了一把眼泪后，就换了话题："下午回家时，我看见你和对门的那个男孩子在一起，你们怎么搅到一起去了？"

齐东锵便烦恼起来了："这不都得怪你！那个手机就是被他捡去了，他就拿这个才来敲诈我的。今天上午，他整整敲了一上午咱家的门，我在屋子里实在待不下去了，才走出去的，没想到他却死皮赖脸地一路跟着我……一个小孩子，我又能把他怎么样呢？"

"他……敲诈你？他一个那么小的孩子……"徐问玉惊得张大了嘴。

齐东锵烦恼地揉了揉头发，责备地瞪了徐问玉一眼："这不都是你惹的祸？"

"也不能全怪我吧？谁让你闲着没事儿抱人家的妈妈来着？这下让人家抓到把柄了吧？"徐问玉说着说着，竟然忍不住笑了起来。事情闹到最后，竟然是这样的结局，这可是徐问玉万万没有想到的。

"我都要烦死了，你还能笑得出来？"齐东锵再次瞪了她一眼，也苦笑了——夫妻两个到底有多久没有笑容了？

不管是什么样的笑容，笑总比哭好。见徐问玉终于偃旗息鼓去厨房忙了，齐东锵便暗暗地舒了口长气。是的，他早就不愿意再在这些乱事儿上犯寻思动脑筋了，他现在的心思可全都在筷子身上呢。

自从得知筷子就是对门的女人之后，也说不清为什么，筷子的烦心事儿就立即转变成齐东锵的烦心事儿了。是啊！筷子她到底遇到了什么"既拿不起又放不下"的事情了？为了尽快帮助筷子解决难题，齐东锵连续几次向筷子发出了加好友的请求，可筷子却迟迟没有加他。

如果她再不理自己，干脆就直接去她家里找她吧！齐东锵暗暗计划着……

下午，在和计计鬼儿一起吃肯德基时，计计鬼儿突然说："她已经好几天没有回来了！"

齐东锵心里一紧，但他马上把目光投向了别处，极力装作毫不在意的样子问："你说谁好几天没回来了？"他尽全力让自己表现得很随意。

"我妈呗！这个怪女人！"

"你叫你妈……怪女人？"齐东锵笑了。

"她不是怪女人是什么？你说这世上哪有防儿子像防贼似的妈妈？全世界都没有一个。唉！也是，要怪也得怪我长得这么像贼。"计计鬼儿沮丧地说。

齐东锵笑了："我发现你是一个喜欢自虐的孩子。"

"长得像我这样子的，要是自恋，不就成了笑话了？"

"哈哈，你说她防儿子像防贼？她怎么防你了？"

"十几年不回家看我，我理解，因为她和我爷爷奶奶关系不好！可我这都回家来了，她依然对我爱理不理的，一辈子都不肯对我说一句话，那天好容易要说话了，哎呀我的妈呀！就像凶神似的，就用那双大大的眼睛瞪着你，瞪着你，可瞪不怕你瞪，你倒是说话呀，最后还是啥话都没有说出来，那家伙给你憋的。"

"凶神似的？沉默的凶神？挺有意思！"齐东锵笑了，努力想象着她瞪眼睛的样子，直到想破了头也无法把她想成凶神。

"你咋不信呢？老凶了！不说话的凶才是真凶呢！"

"一定是你做了什么对不起她的事儿了！不然她不会那么对你的。"

"做啥事儿啦？我一个小孩子，能做啥对不起她的事儿呀？那天我只不过没啥玩的了，发现存在她电脑里的一段视频很好玩，就把那段视频传到网上去了，我也没想到我的粉丝那么多呀！点击量一天就超过了百万。她知道了以后，那家伙把我瞪的，差一点没把眼珠子瞪出来。"

计计鬼儿吃得嘴唇油汪汪的："从那以后，她就再也不许我玩她的电脑了！还特意把小屋子里的门安了一个锁。哼！这么说吧！我在她的心里，都不如她养的那些猫呢！她现在一整天一整天地待在猫舍不回家，好容易回家来了，却又忙不迭地把自己关到她的小屋子里，离开的时候忙不迭地把门锁上……你活这么大，听说过在家里还锁小屋门的吗？真没意思，我在这个家里待得真没意思。"

"你妈妈那个人……据我观察，应该是个很随和很通情达理的人啊，按理，她和你爷爷奶奶关系也应该处理得很好的？"

"那可真是好，好糟糕！举个例子吧！我爷爷死的时候，她都没有回家送葬，你说这关系好还是不好？唉！在我们家，就我爷爷一个人对我好，无论走哪儿都带着我，可死的偏偏是他！我眼瞅着我爷爷死的，死得老惨了！"计计鬼儿像唠别人的事情似的，语气相当平淡。

"你爷爷……你眼瞅着死的？"

"被机器绞死的，就像绞肉馅儿似的……"计计鬼儿依然在吃着，语气也依然平淡。

齐东锵惊诧地看着他："就……在你面前？"

"可不是嘛！不提了！再提我又不想活了！"计计鬼儿冲他翻了翻眼睛。

"要不是因为怕遭罪，我早就死了。对了，你是大科学家，你给我说说，有没有不遭罪的死法？"计计鬼儿一边大声说着，一边继续大口大口地吃着汉堡，引得邻桌的几个人都奇怪地看他。

齐东锵的心突然疼了两下，不禁伸出手来轻轻地抚摸了一下计计鬼儿的头："好孩子，再别有这种想法了！你妈妈一定遇到什么拿不起放不下的事情了，等将来有机会我劝劝她，我相信等她的闹心事儿解决了，你们母子的关系也一定会变好了。"

"就你？神仙劝她都不好使，除非太阳从西边出来！"计计鬼儿用那怪异的眼睛瞪了瞪齐东锵，便开始大口喝果汁儿。

"都说母子连心，你也应该努力地改变一下你自己，让自己变得乖一些，我想，如果你变乖了，她自然就会疼爱你了。"齐东锵语重心长地说。

"你的意思……让我整天演戏当小丑骗她哄她玩？就像这样的？"计计鬼儿说着，突然冲齐东锵咧嘴一笑，吓得齐东锵倒抽了一口冷气，他真没有想到，计计鬼儿假笑起来会如此恐怖。

见齐东锵被吓得这样，计计鬼儿才富有同情心地换了一点真笑说："这下懂了吧？我这样的，再会演戏，哪怕演出花儿来，也是烦人精。其实，我早就知道我应该怎么做。最聪明的做法就是不吃不喝，躲到一个谁都看不到的地方。"计计鬼儿说着便闷下头喝起果汁来。

齐东锵同情地望着计计鬼儿，一时竟不知怎么接他的话了。

计计鬼儿抽了一下鼻子："我妈妈平生最恨的就是骗人的人了！你知道我妈妈为什么那么怨恨我爷爷奶奶吗？就是因为当初我爷爷奶奶骗了她！"

"骗了她？怎么骗的？"

"我也不知道怎么骗的，反正我妈妈总说他是骗子。我相信我妈妈的话，她这个人不会撒谎。好像是有一次我奶奶打电话给我爸爸妈妈，说我爷爷要死了，让我爸爸妈妈马上回家，我爸爸妈妈就马上回家了！"

"然后呢？"

"然后你不会想啊？你脑袋是木头做的啊？"计计鬼儿突然咧开了松松的大嘴，学起他妈妈说话的腔调了："'这就是骗人的下场，一个大活人明明活得好好的，可有人偏偏撒谎说他要死了，活得好好的，干啥咒人家死呀？咒吧！咒吧！这下真死了吧？被机器绞死了吧？'我爷爷死后，有一次我妈妈就这么说过。"几粒面包屑沾在计计鬼儿的嘴角上，给他的表演增加了一丝滑稽的色彩。

"早知道撒谎能变成真事儿，我就不如让我奶奶改口说我死了！反正像我这样的，活着也是遭罪，还不如替我爷爷死了呢！"计计鬼儿说着说着，眼圈就泛红了。

"你不知道我爷爷有多好，他死了真是太白瞎了！我爷爷的脸膛老红了！身体老壮了！说话的声音就像敲大钟！咣咣的，要不是那个该死的机器，我爷爷准能活到一百岁的！"计计鬼儿一边比画一边说，越说声音越大，可眼睛里的泪水却并没有流出来。

齐东锵同情地看着计计鬼儿，他真的一句话都说不出来了。是啊！生而为人，哪个人愿意生成计计鬼儿这种模样呢？可生成了又有什么办法呢？要是这么说，计计鬼儿还真是可怜呢！

　　齐东锵这么想着，心底里的柔情便又涌上来了，不禁隔着桌子，摸了摸计计鬼儿那皱巴巴的脸，柔声地说："随着年龄的增加，有些观念也会改变的。比如现在你妈妈，不是也改了吗？要不然，她怎么会把你接到家里来呢？"

　　"哪是她接我回家的？是我爸爸接我回来的，我猜，这次为了接我回家，他们俩一定也没少吵架！"

　　"照你这么说，你妈妈自从生了你，就把你扔在南方了，始终你爷爷奶奶看管你？"

　　"也不是没回去过，记得前年……我家动迁，她就回过海滨一次。"

　　"海滨？你刚才说什么？你说你们家就住在南方的海滨市？"齐东锵惊得差点没跳起来。

　　"那有啥惊讶的？咋了？"计计鬼儿奇怪地斜了齐东锵一眼，突然理解似的笑了，"对了，我差点忘了，你在海滨破过大案呢。"

　　"破案？连破案的事儿你都知道？"齐东锵更好奇了。

　　"你别忘了，不光我是网络名人，你不也是网络名人吗？还有我姥爷，那家伙的，更出名。"

　　齐东锵这才想起他姥爷是花一样这档子事，不禁好奇地问："对呀！花一样是你的姥爷呀！他的确是一个很大的官，你有这么高级别的姥爷，还有啥愁的呀？"

　　"我姥爷？你可别提他了！我到现在都没见过他长得啥模样呢！只在网上见过他的视频和照片。我听我奶奶说，他压根儿就不同意我妈妈嫁给我爸爸，当初我爸爸和我妈妈是私奔到海滨的。即使是现在，我姥爷对我爸爸，也是爱理不理的。我爸爸在我姥爷跟前，都不如他们家的狗地位高呢！"

　　"私奔？"

　　"私奔你还不懂？别给我装傻了！"计计鬼儿白了齐东锵一眼。

　　——这么说，纪云雁那天所说的话，都是真的了！唉！这可真是聪明一世糊涂一时，筷子当初怎么会做出这种蠢事儿呢？假使真的私奔，也别跟纪云雁这样的人私奔呀！齐东锵想到这里，心便有些酸。

　　"这都多少年前的事情了？按理，你姥爷早就应该和你们和解了！"见计计鬼儿瞟着自己，齐东锵就顺嘴说道。

　　"原先我奶奶也这么想过，有一次，听说我姥爷来海滨了，我奶奶就特意让我穿上好看的衣服，领着我去找他了，可那些把守实在太可恶了，说啥都不让我们进门儿，我和我奶奶足足在门外站了大半天，也没进去这个门儿。好容易遇见一个好心的警察，答应帮我们往里面捎话，可又等了半天那人才出来告诉我们：原来人家头一天就走了。其实，我姥爷没见到我，我倒没啥损失，是他的损失大！我听我奶奶说，他来海滨也是为那起案子。哼！他要是能认我，我一定会帮他破案！"计计鬼儿摆着头说。

"你……你能帮他破案？你一个小孩子……"齐东锵满脸不相信地看着他。

"你咋总管我叫小孩子呢？忘了我啥身份了？我可是粉丝大大的网游神童啊！有一句话说出来吓死你：当初那段视频就是我给传到网上去的，不信你就……"计计鬼儿得意扬扬地张口就说，突然，那张大的嘴就卡在那里不动了。

二十九

听了计计鬼儿的话，齐东锵不由一惊："哪段视频？你是说那段卡通美女的视频？"

计计鬼儿突然把头低了下去，开始用那张松松的大嘴对着吸管吹起气儿来，吹得果汁儿瓶里的果汁儿哧啦啦地直冒泡泡。

齐东锵的心跳加剧起来了，但他极力控制着自己的情绪，为了控制住自己不喘粗气，他反倒什么话都不说了。

"这天怎么突然阴了？"计计鬼儿突然说。

齐东锵向天上瞟了一眼，就更惊诧了：天空明明蓝得晃人的眼睛。

看来，计计鬼儿是后悔自己刚才的冒失了，如果他真的后悔了，就证明他刚才所说的话都是真的。可如果那视频真的是计计鬼儿传到网上的……齐东锵好奇地盯着计计鬼儿，大脑突然有一种缺氧的感觉。

他又想起刚才计计鬼儿说过的话："那天我只不过没啥玩的了，发现存在她电脑里的一段视频很好玩，就把那段视频传到网上去了……"

这两段话所说的，能不能是一件事儿？如果是一件事儿，那筷子和这段视频又存在什么样的关系？"啊？筷子？你不会也和那起卡通美女案有牵连吧？"齐东锵连呼吸都觉得紧促了。

齐东锵又想起了唐娟的话：

"事后曾听人议论过，说在案发前，有人曾在火车站见到过花朵儿，当时看见她和一个女人坐火车走了！也就是说花朵儿根本就没有失踪，她只不过跟着一个熟人到别的地方去了。"

"可筷子和花朵儿能是熟人吗？"齐东锵看了计计鬼儿一眼，正巧计计鬼儿也在翻着一对小眼睛看他，四只眼睛一对，计计鬼儿立即把那双鬼祟祟的小眼睛转到别处去了。

齐东锵决定采取激将法，他揉了揉因为紧张而绷得紧紧的脸，突然轻蔑地一笑说："小孩子……大多都喜欢吹牛的。"

计计鬼儿仿佛没听见似的，继续对着空瓶子吹气儿玩。

"唉！也是，小孩子嘛！再是什么网游'神童'，也不过是儿童，童言无忌嘛！"齐东锵轻蔑地自言自语。

"你别激我了！我不会上你的当的！我什么话都不会说啦！"计计鬼儿再次翻了翻那双发斜的眼睛。

"我激你做什么？你以为我稀罕听你说话吗？不就是一个破案子吗？我现在最怕听到的就是案子，这叫职业病！职业病你懂不？"齐东锵说。

计计鬼儿又翻眼看了看齐东锵，想说什么终于没有说，又低下头往果汁儿瓶里吹泡泡了。

　　"为什么要见面？"
　　"摊上了一件拿不起放不下的事情。"

难道，筷子摊上的那个拿不起又放不下的大事，真的和这起案子有关？

齐东锵又想起了唐娟，继而又想起了那三万元钱，心就像被什么坠住了似的，一点一点沉了下去——这到底是怎么了？究竟发生什么事情了？怎么周围的人突然之间都和这起案子有瓜葛了？

眼睛的余光里，齐东锵发现计计鬼儿又在偷偷地看自己了。是的，无论多狡猾，他也毕竟还是个孩子。齐东锵长嘘了一口气，试图把那股子沮丧嘘出去，嘴上也换了个话题："你妈妈的猫舍……你去过吗？那里一定很好玩吧？"

计计鬼儿怪异地瞪了齐东锵一眼，嘴唇先向左向右努了两努，才阴阳怪气地说："你对我妈妈……是不是过于关心了？我劝你最好别再对她动歪心思，你要是和她真弄出点啥事儿来，你信不信我爸爸会杀了你？"计计鬼儿说话的声音大大的，引得旁边的好几个人都同时回头看他们。

齐东锵的脸就红了："你这个孩子，咋说话像喊话似的？本来我还想做一下你和你妈妈的调解人呢，你要这么说，我可爱莫能助了！"

"别……别借由子拿我和我妈妈的事儿整事儿！我和我妈妈之间的事儿用不着别人掺和。"计计鬼儿阴阴地说罢，擦了擦嘴儿，就大步向外面走去，齐东锵还以为他要上厕所呢，却看见他竟然一路扭扭搭搭地直向门外走去了。齐东锵直到这时才意识到计计鬼儿这是吃完了，他看了看自己的那份还没来得及吃的汉堡，便快速地用食品袋装了，一路小跑地追了出去。

"挺大个人，找不到家咋的？干啥非跟着我？"计计鬼儿同情地看了看齐东锵，翻着眼皮说。

"你跟着我来的，我当然得安安全全地把你送回家去！"齐东锵气喘吁吁地说。

计计鬼儿阴阳怪气地说："用不用我在衣兜里放一个纸条？上面写着：我的死和齐东锵没有一点关系？"

齐东锵便摸了摸他的头发说："行啦孩子，多么好的年纪，还是多想想活着的事儿吧！"

计计鬼儿甩开了他的手，兀自向前走去，也许吃饱了，喝足了，他的心情显得好极了，走着走着，竟然哼起歌儿来了。齐东锵踩着他那南腔北调的歌儿，亦步亦趋地跟着他走，一脸的逆来顺受。

计计鬼儿走着走着，突然停住脚步，待齐东锵走近后，一把夺走了齐东锵手里的汉堡，撕下食品袋就大口大口地吃了起来。齐东锵奇怪地看了看他的肚子，发现他的肚子并不太大，可他刚才真的吃进去太多的东西了，那些东西都跑到哪里去了？

齐东锵不禁又想起了妈妈养的那头小老猪。

见计计鬼儿噎得实在难受，正好附近有一个小商店，齐东锵便一弯腰夹起计计鬼儿，一直把他夹到了那个商店里才放下，示意他自己在冰柜里选饮料。

计计鬼儿看了一眼冰柜里的饮料，回头冲齐东锵讨好地笑了一笑，就打开了冰柜，从里面抓出了一瓶矿泉水，不管三七二十一，打开水瓶就咕咚咕咚地喝了起来，一边喝，一边晃晃荡荡地走出商店。

齐东锵马上掏出钱包，一边征询地看了商店里的女人一眼，女人便比比画画地朝他说了句："八十二。"

齐东锵不相信自己的耳朵，便又问了一句："这水儿……多少钱？"

"八十二！"女人讨好地笑着说。

"怎么这么贵？"齐东锵愣愣地看着那个女人。

女人说："你家孩子挺识货的！他选的是法国进口的矿泉水，法国依云小镇产的，他拿的那瓶还是这一款里最便宜的。"

齐东镪惊讶得张大了嘴，但他却什么话都没有说出来，只得从钱夹里拿出一张百元钞票交给了女人，心里恨恨地想："计计鬼儿呀！你也太狠了些吧？"一回头，却见计计鬼儿已经晃晃荡荡地飘到路上去了，便连忙收了女人递来的零钱追了过去。

　　齐东镪撵上了计计鬼儿，便一把抓住了他，没好气地指着相反的方向说："家的方向在那边，你还想往哪儿去？"

　　计计鬼儿便无赖似的笑了，说："我想去前面的野生动物园玩玩！你放心！那里面的转转马、跳跳蛙都是免费的。"

　　齐东镪看了看钱夹里的钱，便为难了，就把钱夹打开，放到计计鬼儿的眼皮底下："你看看，我今天真的没带多少钱出来！剩下这点钱连门票都不够，再说了，天都这么晚了，野生动物园也快关门了！"

　　计计鬼儿翻了翻眼睛瞟了齐东镪一眼，便垂下头，一动不动地想了一会儿，就拎着瓶子弓着腰向相反的方向走去。他这时走得很快，齐东镪都勉强跟得上。

　　"说点什么呗？光这么唧唧地走有什么意思？"齐东镪挑逗地说。

　　计计鬼儿抬头看了齐东镪一眼，冲他咧了咧嘴，却依然什么话都说，任凭那张松松的嘴儿绸缎似的左飘右荡。

　　"你要是真愿意去野生动物园，那我们不如明天上午去，到时候我多带一些钱，再请你吃一些你爱吃的古城小吃。"

　　计计鬼儿突然说："你们大人个个都坏，表面上都装得像个好人似的，其实个个满肚子坏水儿！"计计鬼儿把瓶里的矿泉水一饮而尽，就啪的一声把瓶子扔到不远处的草坪上。

　　"往哪儿扔呢？你这么乱扔垃圾不好吧？"齐东镪不开心地瞪着他。

　　"今天挺开心的！明天再说明天的吧！谁知道明天会发生啥样的事儿呢？"计计鬼儿夸张地伸出手臂看了看表，接着就大踏步地向前走去了。

　　齐东镪只得跑到草坪里捡起了那个昂贵的瓶子，一边走一边把玩。瓶子就是普通的矿泉水瓶子，和一般的水瓶没有什么区别，唯一不同的是瓶子上的五个红色的英文字母：Evian，齐东镪见瓶子里还剩了一些水儿，便四顾看了看，见没人注意，就把瓶中水倒进嘴里尝了尝，吧嗒半天嘴儿也没品出啥特殊的味道来，幸亏计计鬼儿一直都没有回头。

　　从垃圾桶边经过时，齐东镪有些不舍地把那瓶子扔到了垃圾桶里，垃圾桶里有一小堆腐败的乱草，这乱草让他想起了花玉坤那头乱蓬蓬的长发，接着，花玉坤的那双忧郁的眼睛就又在眼前飘了。

早晨，齐东锵破天荒地起了个大早，洗漱，吃早餐，很快就收拾妥当了，接着就坐在电脑边，打开了QQ，一边期待筷子能加他好友，一边坐等计计鬼儿的敲门声。

齐东锵早在床上躺着时，就已经计划好了。如果筷子先现身，他就当机立断，躲开计计鬼儿的纠缠，尽快约筷子见面；如果计计鬼儿先敲门，他就真的领计计鬼儿去一次野生动物园，想方设法哄他开心。是的，计计鬼儿不管多么诡计多端，毕竟还是一个孩子，只要他开心，就一定会信口开河。

可人世间的事儿就是这么的怪，越是期待，就越不给你发生。齐东锵就这么干巴巴地在家里等着，一直等到中午，不仅筷子没有理他，那扇门也一直没有响起。

难道筷子已经伤心了，不想和自己再续前缘了？

为了解筷子的动向，齐东锵再次盗用了那首歌儿，侵入到了筷子的QQ领地，仅仅向这个空房子看了一眼，他的郁闷就缓解了。原来筷子已经很长时间没有上QQ了，她的QQ空间就像是一间废弃了的尘封小屋，她已经好久没有到空屋子里来了。

卧室里静静的，静得就像筷子的QQ小屋。齐东锵站起身，在屋子里转了几圈，又几次走到门前侧耳听了听，他突然感觉到一种从未有过的落寞，那落寞就像一片真空，让他有一种无法喘息的窒息感。

——那个刁钻古怪的计计鬼儿，此时到底在做什么？有那么一小会儿，齐东锵甚至萌发了要去计计鬼儿家"探一探班儿"的想法，幸好在犹豫不决之时，他的手机响了，才及时地中止了齐东锵的犯罪念头。

来电显示的是一个陌生的号码，以前忙碌的时候，每次来陌生电话，齐东锵都不会接听的，如果当时在电脑边，他还会查一查那个电话的危险指数。但这一次他却不惧怕任何危险了，哪怕来电话的人就是诈骗分子，他也必须要接听了。是的，他实在憋得太难受了。

"喂！"他的确接听了，而且接听的声音还极大。

"你快来！"电话那边响起一个女人急促的声音。

"你是谁？"对方诡秘的声音，让齐东锵的神经突然绷紧。

电话那边突然停顿了，停顿了好一会儿，才又响起那个女人的声音："是齐教授啊！我是唐娟啊！"她的声音虽然沙哑，但齐东锵还是听出了那就是唐娟的声音。

"怎么？那边有消息了？"齐东锵习惯地向四周看了看，仿佛他所在的卧室也变得危机四伏了。

"这样吧！如果您有时间，我们还是见一面吧！就在你那天等我的地方！电话里不方便说，我们见面谈吧……"唐娟说罢，就决断地挂了电话。

齐东锵看了看自己的电话，想了想，便像上次那样，又把电话回拨了过去，果然，电话里响起了机械小姐的机械声音："您拨打的电话已关机。"

"什么意思嘛？真是一个鬼七王八的女人！"齐东锵骂了一句，嘴里骂着，脸上却带着笑——这就是目前的齐东锵，尽管明明知道对方就是一个鬼七王八的人，但此时的他还真就希望发生一些鬼七王八的事儿。

齐东锵从衣架上拿起外衣，便向门边走去，走到门口突然犹豫了起来：徐问玉不是一直都在质疑自己吗？不如就让徐问玉尾随着去见证一下！这样一切不都明白了吗？想到这里，他便给徐问玉拨打了电话——到底有多久没给妻子打电话了？此时拨打徐问玉的号码，齐东锵都有些生疏了。

"东锵……你打电话有什么事儿吗？"徐问玉接听齐东锵电话的声音，也笼着一丝不自然。

"那个……唐娟刚才打电话给我，约我老地方见，然后可能还要到那个房间去谈一些事情，你不是……一直想看看那个房间吗？不如这次就偷偷地跟着去看看吧……当然，你要想去看，必须偷偷地跟在我们的后面去。"齐东锵吞吞吐吐地说。

"好啊！你是不是在家里呀！我正好也快到家了，你出来吧！我正好拉着你过去。"从声音里可以听出，徐问玉的心情显得很好。

齐东锵按断电话，又站在门边想了一会儿，他感觉哪里有些不妥，可深入想了想，又觉得没有什么不妥的，便大步地走出了家门。

楼道和家里一样静寂，随着关门的声音，感应灯便鬼魅似的亮起，亮得就像渴睡人的眼光。在等待电梯时，齐东锵向对门那边望了一眼，因为寂静，楼道里的感应灯早就灭了，对门那边便只剩下黑乎乎的混沌了，遥遥望过去，那混沌里似乎飘满了鬼眼儿，令齐东锵突发一种莫测的恐慌。幸好电梯门叮的一声开了，才把他从恐慌中捞了出来，知道自己尚在人间。

走出楼门，明亮的阳光突然晃花了齐东锵的眼睛，齐东锵才意识到此时是大正午。徐问玉的车已经停到楼前了。

见了齐东锵，徐问玉立即殷勤地替他打开了车门，她的殷勤让齐东锵觉得假假的，再看周围的一切，就全都变得假假的了。齐东锵默默地上了车，心里有一种说不出的懊恼，开始后悔自己真的不该把此事告诉徐问玉的，尽管他也不知道自己为什么会后悔。

小车便直奔欧罗巴酒店而去。在车上，两个人依然一句话都没有说，小小的车厢里笼罩着一种怪怪的气氛。直到快到欧罗巴了，齐东锵才想起什么似的小声说："你就把车停在酒店这边吧！这段路我得步行过去，我们上次见面的地方是欧罗巴那边的蓝玛赫咖啡馆，你停好车，尽量就找一个隐蔽的地方藏好自己，千万别让唐娟看到你，因为那样不好，真的不好。"

徐问玉依然什么话都没有说，脸上却是一副无可无不可的神情。

齐东锵下了车，便一直向欧罗巴酒店那边走去，从欧罗巴酒店门边经过时，他特意回头看了看酒店的大门，那扇大门应该就是唐娟拉着他的手，和他一起进去的大门啊！可那个房间为什么就找不到了呢？

过了欧罗巴酒店，就是蓝玛赫咖啡馆。那次齐东锵来这里时，正是黄昏时节，在夕阳的余晖中，蓝玛赫咖啡馆显得既迷幻又神秘，更何况当时那里还有彩灯在一闪一闪呢。

可此时因为是正午，不仅晚霞没有了，彩灯也没有了，一轮骄阳赤裸裸地在天上吊着，令人不敢仰视。炙烤人的阳光下，一切也都显得直露露的，蓝玛赫咖啡馆也是门窗紧闭，无论门脸还是窗棂，都显得那么破败和丑陋，缠绕在大字招牌上的铜丝线，不仅乱七八糟，还锈迹斑斑，难道是太阳把人的想象力都烤焦了？连空气中也飘着一股子焦巴巴的糊味。在这样的阳光下，连坏人们也都懒得出来作案了吧？

齐东锵刚刚在太阳底下站了几分钟，就热得喘不过气来了，太阳光烤得他都睁不开眼睛了。齐东锵用手遮着阳光，向对面海滨广场看了一眼，除了赤裸裸的阳光，那里的景况和那天看到的基本没有什么不同，广场上堆满了各种建筑材料，此时那些材料也都那么直露露地在太阳下晒着，干巴巴地向四周反射着太阳的热能。梧桐树的叶子一动不动地打着卷儿，正在栽植的草坪毫无规则地在太阳下打着蔫儿，东一块西一块，就像绿色的膏药。此时，似乎一切都睡死过去了，别说是藏匿着的人影了，即使活风儿都没有一缕。

梧桐树下有一小堆可怜的阴影，齐东锵擦了一把汗，便向那一小堆树荫下走去，一边走，他一边掏出手机看了一眼，发现时间已经过去了十分钟。站在树荫下，齐东锵假装无意似的向欧罗巴那里瞟了一眼，他的心里顿时就烦恼起来了。

欧罗巴门前仅仅停着三辆车，徐问玉的车就直露露地停在最前面的阳光地带。此时的徐问玉和她的傻车一样，正腰板直直地在驾驶室内坐着，一双漏神的大眼睛也直勾勾地向这边射着，射得齐东锵一度大脑缺氧，眼前一片空白。

齐东锵暗暗骂了一句"完了"，便不再期待唐娟会出现了。是啊！有了这么一个大傻子似的人眼睁睁地看着，哪个偷情的人还敢公然出现呢？

事实也正如他预想到的那样，唐娟果然一直都没有出现。

也就等了半个多小时吧，徐问玉就受不了了，随着一声车辆的启动，只见那辆车嗖的一声就从欧罗巴那里冲了过来，转眼就到了齐东锵的面前，嘎地停下了。

徐问玉把车门打开，接着就满眼同情地瞪起满头大汗的齐东锵来，她虽然一句话都没有说，但齐东锵还是清晰地听到了她机关枪似的牢骚话："东锵啊东锵，你到底患了什么样的病了？你的病可是不轻啊！用不用到医院去检查一下啊……"

齐东锵沮丧极了，他的嗓子眼里当然也堆着更多的埋怨话："徐问玉啊徐问玉，你怎么就这么傻呢？没吃过猪肉还没见过猪走吗？现在哪个电视剧里没演过跟踪？哪怕最烂的电视剧，也没有像你这样的演员吧！徐问玉啊徐问玉，你的智商咋就这么低呢？真奇怪你这个大学副院长究竟是怎么当上的？"幸好这些话，齐东锵也是一句都没有说出来。

齐东锵默默地上了车，只觉得唰的一下，周身就凉爽起来了。齐东锵突然想起了一句话：冰火两重天。是的，车里的世界和车外的世界的确就是冰火两重天，就凭这种凉爽，他齐东锵也不忍心再去责备徐问玉了。

是啊！到底有没有那个房间，对于齐东锵一家来说又有什么意义呢？特别是此时，凉爽就是硬道理，什么花玉坤，什么唐娟，什么三万元，此时与凉爽相比，连屁都不是呢！

齐东锵突然就倦怠了！他甚至颓废地想：存在就有理由，对于唐娟那种鬼七王八的人，就得遭遇鬼七王八的事儿，这个世界就这么说理，谁也解决不了谁的事情。

齐东锵一路这么想着，轿车已经远离了欧罗巴，很快就拐上了通往家的那条大路上了。齐东锵这才想起来还没有做午饭，便来了兴致，笑看着徐问玉说："想吃什么不，不如直接到饭店吃一顿吧！按说，我们也好久没到饭店改善一下了！"

徐问玉没有说话，却满目忧伤地看了他一眼，她的眼神提醒了齐东锵，原来她依然觉得齐东锵尚在病中呢。

"唉！还把我当病人看呢？你让我说你啥好呢？哪有你这么玩跟踪的？别说是刁钻古怪的唐娟了，就是三岁小孩子也会被你给吓跑的。"齐东锵尽量让自己的声音显得柔和一些。

"行啦！行啦！你还知道自己有病啊？这么说病得还不算重！你呀！是不是这阶段在家里闲的？不如出去走走吧！没啥事儿老琢磨人家唐娟干啥？人家再怎么美，再怎么风骚，也不是你齐东锵的菜！人家刚才还在微信里发帖了呢！还在法国呢！不信你自己看！"边说边把她的手机甩了过来。

"微信能说明什么问题呢？我还可以发帖子说我在月球呢！我骗你干什么呀？刚才的确是她约我来着。"

"约你了，是吗？可是她人呢？假使临时有事儿不能来了，是不是应该打个电话解释一下呀！何况唐娟又是那么有身份、有见识的人！"徐问玉妖妖道道地说。

"她怕我不去，才关机的！她总是这个样子！不信我再给你打一个试试！"齐东锵说着，便翻出了刚才的那个电话号码，拨打了起来，里面果真响起"您拨打的电话已关机"的机械声。齐东锵为了证明自己说的是真的，还把手机拿给徐问玉看。

徐问玉一边开车，一边向手机里瞟了一眼，嘴便一撇说："又撒谎了不是？这哪能是唐娟的号码呀？你别以为我不知道唐娟的电话，我们可是微信好友。人家的电话号码，尾数那是四个8，哪是这种破烂号码呀！像她那样有身份的人，怎么可能用这种'要气死妈'的烂号呢？"

"要气死妈？"齐东锵迷惑地看了看那个号码，才注意到刚才拨打的那个号码，尾数是"1748"。唉！女人啊！怎么个个都这么联想丰富？

齐东锵的脸就涨红了："现在哪个人不拥有好几个电话号码呢？刚才她就是用这个号码给我打进来的，我犯得上和你撒谎吗？"说着真的翻出了唐娟的四个8的电话，并拨打了过去。没想到，电话竟然通了，一阵犹如天籁之音的彩铃声很快在小小的驾驶室飘荡起来——那是一首不知名的外国歌曲。

齐东锵便和徐问玉相互看了一眼。

"喂！"终于，电话里响起唐娟懒洋洋的声音。

"你怎么回事呀！约好了不来，你什么意思呀！"齐东锵劈头就是一顿训斥。

唐娟在那边顿了顿，口齿依然含混地说："您是……是齐教授吗？我是唐娟，我现在法国，这一大早您打电话来，有什么急事儿吧？"

"你在什么法国？行啦，就别跟我做戏了！不是你刚才打电话约我吗？我都在这里等你快一个小时了，你到底是什么事儿？"齐东锵没有好气地说。

唐娟这回口齿清晰了："我没给您打过电话呀！齐教授，发生什么事儿了吗？"

在徐问玉质疑的目光里，齐东锵的脑袋里突然一阵空白。

唐娟便在那边轻轻一笑："噢！你一定是打错电话了吧？如果没什么事儿，我挂了啊！"说罢就真的挂了电话。

"别……别……你别撂……"齐东锵气急败坏地喊道。

但电话里已经没有声音了。齐东锵只觉得一股怒气直冲上来，他气得手都抖了。他就那么手指抖抖地重新拨打了那个电话，他要喊，他要骂！他真的不能再忍了！对待唐娟这种翻手为云覆手为雨的轻薄之人，他真的没有必要再做谦谦君子了！

很快，电话里又唱起了那支婉转柔美的外国歌曲，并且一唱就停不下来了，直到那个机械的声音冰冷冷地说："对不起，您拨打的电话无应答，请稍后再拨！"

齐东锵实在控制不了那股子愤怒了，突然一扬手，就把手机摔到了车门上。

三十

唐娟蒸发了，筷子蒸发了，连对门的计计鬼儿也蒸发了。

整整两天，对门的那边都是死寂死寂的。

自那天摔了手机后，徐问玉就像发了慈悲心一样，再不提及与唐娟或欧罗巴有关的话了。两个人也因此相安无事，每天都在沉默中做着各自的事情，小小的日子便在沉默中貌似和谐着。

直到那天上午。

那天上午，齐东锵本来已经来到了单位，并且很快就喝干了一杯茶水。当他站起身，准备往茶里续些水时，一个念头突然飞进了脑子里：筷子不现身，是不是有意躲着自己呢？

此念一出，齐东锵再也坐不下去了，他立即放下了茶杯，向秘书简单吩咐了几句，就向家里奔去了。

避开了交通高峰期，不仅路上人少，地铁里的人更少，仅仅十几分钟后，齐东锵就回到了家。从电梯里走出来时，齐东锵突然变得蹑手蹑脚起来，他也不知道自己为啥要这么蹑手蹑脚的。未进家门前，他先注意地听了听对门的声音，可令他失望的，对门那边静极了，静得就像一幅关于门的木刻版画。

齐东锵在楼道里站了一会儿，索性连家门都没进，又回到电梯旁等起电梯来。此时不仅楼道静，连整个大楼都静，仿佛这幢十八层的住宅大楼，摇身一变成了十八层地狱，楼上楼下，再找不出一个能喘气儿的活人了。

没有人，电梯门开得当然快，因为它还停在八楼呢！

齐东锵走进电梯，里面当然没人，小小的空间静得令人窒息。东锵突然感到恐惧起来，无可名状的恐惧。他忙不迭地按下一楼，那电梯就唰唰地下滑了，一路发出老迈的吱嘎声。也许是这熟悉的声音唤回了齐东锵的魂魄？齐东锵的心渐渐平稳些，摸了摸额头，才发现额头上沁满了细细的冷汗，接着，那电梯门就毫无悬念地开了。

齐东锵一步就迈出了电梯，就像迈出了鬼门关。他暗暗地呼出一口长气，心里奇怪地说：怎么突然害怕起来了？你到底怕什么？

齐东锵心有余悸地走出楼道，面前顿时开阔明亮起来。静寂的小区花草繁盛，每个角落都呈现着太平盛世的光景。狭窄干净的小巷道在花草间左甩一下右甩一下，一直甩进了那片浓密的林带。齐东锵顺着小巷道慢慢地前行，无意间回头瞟了一眼，那快乐的心门就轰然洞开了。

——你们猜齐东锵闻到什么了？齐东锵闻到了一股子浓郁的天竺葵的香味儿！就像贪婪的孩童突然看到了自己想了太久的吃食，齐东锵立即循着味道看去：只见一袭白裙的对门——他朝思暮想的筷子，正乘着轻风，从绿荫那边白蝴蝶般翩翩飞来，在晴天绿地中画出了一道奇丽的闪电。

"噢，我要找到你，不管南北东西，直觉会给我指引。若是爱上你，别问什么原因，第一眼就能够认出你……"

这是哪首歌儿了？伴着那缕浓郁的芳香，它突然在齐东锵的上空回旋了起来。

可随着筷子的渐渐走近，那欢喜的旋律也慢慢消隐了：在筷子的脸上，齐东锵再一次目睹了昔日的冷——那沁入骨髓的冷。

"终……终于等到你了！这家伙的……"齐东锵结结巴巴地说。

仿佛根本没有听到他的话似的，或者她真的没看到这个竖茬茬地立在巷道上的大男人？筷子不仅没有理他，连脸上的冷漠都没有变上一变，她就那么旁若无人地从齐东锵身边昂然而过，悄无声息。

齐东锵尽管心里有准备，可还是觉得发窘，但转瞬之间，他就释然了！——是啊！和人家筷子相比，你齐东锵该是一个多么无情多么自私的人啊？人家凭什么要理你？

二十年了！在你情绪低落、最需要安慰的时候，是谁不分昼夜地陪你消遣逗你开心了？二十年啊！多么清纯多么美丽的时光啊！人家筷子可都毫无保留地交付与你了！而你呢！偏偏在人家最痛苦最惶惑最需要人帮助的时候，咔的一下就和人家秋风斩了……

随着那缕浓郁的芳香渐渐淡去，齐东锵的心也渐渐地坠入了冰山谷底。

可就在她即将走进楼门的瞬间，齐东锵还是挣扎地朝她喊了一声："还能弥补吗？"

筷子没有回头，也没有停下脚步，唯一的反应，是在进门前微微侧头瞟了齐东锵一眼，但瞟那一眼还不如不瞟呢！——隔着那抹镂空的面纱，齐东锵突然在那双如水的眼眸里，读到两道凌厉的睥睨。

她的确是筷子！

是啊！二十年的网友了，他怎么能不知道筷子呢？筷子就是这样一个自尊心超强、容不得半点亵渎的女神！可现在，自己却把女神的心伤透了！看来，要想恢复与筷子的关系，齐东锵还真得多费一番功夫呢！

齐东锵脸皮硬了硬，便向筷子追去。是的，哪怕你是座冰山，我今天也一定要把你融化。

筷子走得很快，齐东锵跑到电梯边时，电梯已经向上滑行了。齐东锵等不及电梯下来了，或者他真想惩罚一下自己？几乎连犹豫都没有犹豫一下，齐东锵就顺着楼梯向上疯跑起来。他连口气都没喘，一股脑儿就跑到了八楼，等他气喘吁吁地冲出楼梯口时，正好看见筷子在开门。

"筷子！"齐东锵的这一声喊，几乎用尽了全身的力气。

可如此震撼心灵的呼唤，依然没有打动筷子，仿佛聋哑人一般，她平静地打开了门，就旁若无人地进了屋子，接着，那扇门便咣的一声关上了。

齐东锵在门前急喘了好一会儿，有那么一瞬，他担心肺都要炸开了。喘了好久，那股堵在胸口的气流儿才慢慢地消散。齐东锵侧耳倾听了一会儿，因里面并没有传出什么交谈的声音，便轻轻地敲了敲门，听了听，再敲了敲门。

里面依然没有任何声音，死寂死寂的，仿佛空无一人。

幸好那缕沁人心脾的天竺葵的芳香还在……

"筷子，我是随风，我已经知道你是筷子了！对不起，筷子！我不是人！随风不是人！随风错了！看在我们二十年友谊的分儿上，你能不能给我一次机会？就给我一次机会……"齐东锵太了解筷子了！所以他不敢做任何的狡辩，他只能这么老老实实地说。

筷子依然毫无应答。

如果她真的不在乎，那她就一定会发出声音的，比如走路的声音，甚至因厌恶摔打什么东西的声音……是啊！人的情绪都是有重量的，日常过日子，哪能不发出声音呢？可现在屋子里却如此的静寂……这就说明，她还是在乎自己的，没准儿此时她就悄无声息地靠在门上呢！齐东锵深深地吸了一口天竺葵的异香，信心渐渐增高，连声音也变得激昂了。

"筷子！我不敢奢望你原谅我，我真的不配让你原谅！我只希望你再给我一次机会……二十年了！我们不是也争吵过，也有过摩擦吗？可哪次你没有原谅我呢？

如今，隔在我俩中间的网已经撕开了——筷子，这是多么好的一件事情啊！你就再原谅我一次吧！那天，我也是心情实在太糟糕了，才那么对你的！并且这件事从始至终，都是我不对！随风不是人，随风让你伤心了！对不起，筷子！"

齐东锵甚至像电视剧里的年轻恋人那样声情并茂了，说到最后，他都哽咽了。

可屋子里依然没有声息。

"噢！我知道了！你一定是因为我是齐东锵才不理我了！因为齐东锵是一个令你恶心的人！这些天我也一直站在你的角度考虑这个问题了，我发现我的确就是一个让人恶心的人，不仅爱炫耀，还争名夺利，浅薄自私……当我意识到了这一切，连我自己也恶心上自己了！可我有啥招儿啊？又不能杀了自己！因为我妈妈给了我一条命实在不易，所以我还想好好活……不过筷子，你放心，我一定尽全力改正我的那些坏毛病，争取慢慢地配上你！筷子，你放心，我一定改……"

叭的一声，门开了一道缝儿。

齐东锵贪婪地吸了一口明显变得浓郁了的天竺葵的芳香！——真是这么容易吗？齐东锵都有些不相信自己的眼睛了。

筷子果然就在门边默立着，双目下垂，头搭在门边，犹抱琵琶半遮面。

"筷子……谢谢你开门！"尽管眼泪还在脸上挂着，可齐东锵还是咧嘴笑了。

筷子避开了齐东锵的眼睛，可她依然紧紧地靠着门，并没有让齐东锵进屋的意思。

"家人……都不在吗？计计鬼儿也不在家吗？"齐东锵试探地向前推了推门，可筷子却反倒把门顶得更紧了。齐东锵没敢再往前推门，只是透过狭窄的空隙向里面勾了一眼，却什么都没有勾到。

"计计鬼儿……你怎么知道他叫计计鬼儿？"筷子警觉地问。

"前几天，我们有些接触……当然是快乐的接触。这件事儿他没和你说吗？还别说，你这个儿子真的很有趣儿！我还得感谢他呢，如果没有他，我到现在还蒙在鼓里，还不知道你就是筷子呢！对了，我那天还答应他，要领他去野生动物园玩的！他去哪里了？"

"他被他爸爸送回南方了！"筷子显得有气无力的。

"回南方了？怎么突然回南方了呢？他不是说这次要多待些日子吗？"

"我也不知道为啥，突然就给送回去了！"

"你对你这个儿子……似乎不怎么喜欢啊！"齐东锵讨好地笑了笑。

"他……不是我的儿子！"筷子依然有气无力。

"噢！我也早猜到了……他长得一点都不像你！但计计鬼儿……可是一直都

把你当成他的亲妈妈呢！"

筷子把头低下去了，什么也没说。

齐东镪便叹了口气说："那一定又是一个忧伤的故事吧？唉！现在这个时代，也许就是一个制造故事的时代！就像你那天所说的那样：因为大家都太幸福了！幸福得都腻歪了！所以必须都得制造一些故事出来！"齐东镪又推了一下门，可筷子依然不肯把门打开。

"我们……总不能就这么站着唠吧？再不，我们找一个清静的地方谈一谈？你放心，筷子！无论发生什么事情了，我都会帮你的！从今往后，你的事情……就是我的事情！"齐东镪信誓旦旦。

"怎么可能呢？你就是你，我就是我！"筷子又恢复了那种有气无力。

筷子的孱弱，让齐东镪的心异样地跳了跳，焦急得都不知怎么表述了。是的，为了筷子，他真的可以做任何事情的。

"请你相信我！只要你肯敞开心怀，只要让……我知道你到底焦虑什么，就是说只要心灵相通，就一定会步入你中有我，我中有你的境界！"齐东镪突然磕巴起来，像个刚尝到初恋果的孩子。

"那你……能借我二十万吗？"筷子突然抬眼看了看齐东镪，接着，她的脸就红了。

"二十万……"齐东镪似乎没听懂她的话。

筷子脸红得更厉害了。楼道里暗，屋子里的光线便越发明亮，可因为筷子背对着阳光，脸上的阴影便相当浓重。但齐东镪还是明显地看到了筷子脸上的绯红，就像两朵彩云飞上了她姣美的面颊。直到这时，齐东镪才注意到筷子所戴的蕾丝面纱，是淡紫色的。

"可……二十万……"

"对不起！刚才的话就当我没说……"筷子期期艾艾地看了齐东镪一眼。尽管下面的话她并没有说出来，但齐东镪却听到了，他清晰地听到筷子就那么红着脸低低地说："唉！这个世界……怎么可能你中有我，我中有你呢？"最后那句话，都低成了气息。

"我……我不能立即答应你，是因为我不能一下子拿出这么多的钱！你不知道，我家的钱，都在我爱人手里，而我自己的私房钱又很少……"齐东镪吞吞吐吐地说，脸也慢慢地涨得通红。一分钱憋倒英雄汉，这句话说得太对了！如果自己能一下子拿出二十万元该多英武啊！

"对不起……我不该为难你的！"筷子说着就要关门。

齐东锵立即把门支住："不就是二十万元吗？你容我想想……肯定能想出办法的，但你得给我一些时间。"

"不用了……"筷子避开了齐东锵的眼光，便慢慢地向前推起门来，齐东锵想说什么，可当他看见筷子的脸上那冷峻而独断的神情后，只好抽回了手，那门便啪嗒一声关严了，空留一缕天竺葵的芳香在门边弥漫……

齐东锵独自站在花香里，小小的心房五味杂陈，综合的气味伴着天竺葵的气味，就那么搅，就那么搅，搅得他万念俱灰。

"现在的事儿，我算是看明白了！全都是假象，只有钱是真的！"

徐问玉的话又在楼道里突兀地响起，齐东锵不禁打了个寒噤。

——不会的，哪怕全世界的人都沦为金钱的奴隶了，筷子也不会的！她一定是遇到什么难事儿了！

可是，筷子到底遇到什么样的难事儿了？

阴暗的楼道依然笼着那种令人窒息的静，连花香都静得凝固了，凝固成雾凇的形状。隔着那个冷森森的固体，齐东锵看到筷子家的门，正睁着一只诡谲的猫眼儿盯着他，而门的那张四四方方的脸，也是一脸的莫测。

齐东锵无精打采地回到家，先是在沙发上直瞪瞪地发了好一会儿呆，才百无聊赖地踱到书房，打开了电脑。刚登录QQ，就看见筷子的头像在动了——啊？她竟然同意加我好友了？这怎么可能呢？

就像瘪瘪的气球突然被充足了气儿，齐东锵立即精神气十足了。嫌打字碍事，齐东锵点击了视频聊天的申请，可等了好半天，筷子那边才有反应。但展现在齐东锵面前的，却依然是戴着京剧脸谱面具的筷子，只不过她这次佩戴的，是有些滑稽的卡通女花旦式的京剧脸谱。

"你这又唱的是哪出戏呀？"齐东锵说。

尽管她戴着面具，齐东锵还是感到筷子有些羞涩地笑了笑："也许这么多年习惯了吧？刚才看你露着脸，我……就无法集中精神！以前和你聊天，总觉得你是虚幻的，无处不在，就像阳光，就像空气……可现在，你突然变具体了，成了一个真实的人了，我反倒觉得不适应了！随风，求你别这么直瞪瞪地看着我，再不你也戴上面具吧！求你了！要不然我都不知道咋开口说话了。"

齐东锵想了想，只好把面具找出来戴上了。是的，筷子说得没差，他也有同感。刚才和她面对面说话时，尽管隔着门，他依然觉得有些不适应，以至于词不达意，不知所云。

"这回说吧！说说到底遇到啥事儿了？我就奇怪了！什么样的事儿，能让我们不食人间烟火的筷子拿不起，放不下了？"戴上了面具，两个人的确都恢复了以往的随意，齐东锵甚至一边说，一边向两侧抻了抻又僵又麻的胳膊。

"你那天说得对！任何地狱都是自设的！我现在可真是完了！不仅把自己关在了自设的地狱里，还在地狱里越陷越深！"筷子长长地叹了一口气。

"哪就那么糟糕了？你别忘了那句老话：苦海无边，回头是岸！"

"可我已经无法回头了！只能这么往前走了……那个决定我生死的人，昨天已经向我下了最后通牒：他限我两天之内必须给他打三十万元！他说这是最后一次了，他还说，这次他会帮我了断一切的！"筷子那双清澈的眼睛里突然充满了泪水。

"最后一次？这么说，他以前就敲诈过你吗？"

"是的，我已经给他打过两次钱了！每次都是十万！"筷子的眼泪流出来了，扑簌簌地滚落到面具上。

"啊？二十万了？筷子，你在被人敲诈你懂不懂？这件事儿你怎么不早和我说？你当初就不该给他打钱的！"齐东锵心疼地说。

筷子没有说话，只是深深地抽泣了一下。

"筷子，我再说句不好听的话：这世上只有蠢人才让别人决定生死呢！筷子……你让我咋说你好呢！你能不能别这么吞吞吐吐、藏一头盖一脚的了？虽然我的为人可能让你觉得我恶心人了，但我从事的工作却是能够为大众谋福利的。筷子，如果你能把一切都告诉我的话，我真的有可能帮你脱离苦海的！你一定要相信我！"齐东锵焦急地说。

筷子微微向后靠了靠，眼神儿审视地看着屏幕里的齐东锵，柔柔的手指却在那根缠绕在树根壁灯上的叶蔓上绕啊绕的。齐东锵都担心那细细的叶蔓，能否经得住她柔软的缠绕。筷子身后的那幅以《梦》为名的画，因为没有灯光，画面上便一片迷蒙，迷蒙得就像筷子面具下的目光。

"嗤"的一声，筷子突然冷笑了。尽管齐东锵看不到她的脸，但齐东锵还是看到了她的冷笑。齐东锵正奇怪筷子为什么要冷笑呢，聊天窗口突然断了。

齐东锵不甘心，又点了聊天申请，可筷子却再不理他了。齐东锵等了一会儿，就又理解筷子了：是啊！人家筷子现在最需要的，是二十万元钱，你既然拿不出这些钱来，还和人家唠什么？

那个放在客厅里的手机突然乒乒乓乓地敲起桌子了，齐东锵在接电话前，先看了看来电号码，手机里显示的又是一个陌生的烂号——该不会又是唐娟吧？齐东锵刚打开电话，里面就传出一个陌生男子糯巴巴的声音："你……是齐东锵吗？沈丽娟……就要被养老院撵家去了，你是不是想替她交点养老金啊？那你咋还不快点帮她交呢？要是晚了人家就走了。"

"沈丽娟是谁？"齐东锵迷迷瞪瞪地问。

"沈丽娟你都忘了吗？她不是你妈最好的朋友吗？她你咋能忘了呢？你妈妈死之前……不是一直都是她照顾你妈妈的吗？发生地震时，连养老院里的人都跑了，也只有她一个人冒着生命的危险照顾你妈，这是多大的恩情啊！你是不是应该报答一下她呀？"那个男子似乎是个急性子，说出的话不仅糯巴巴，还急匆匆的，就像燃放有些泛潮的鞭炮。

"你……是谁？"齐东锵摆了摆晕晕的头。

"我是……养老院的！一个正义者！"男人理直气壮地说，然后就挂了电话。

齐东锵再次愣在那里了——是啊！瞧他这段日子忙的，咋把这件大事都给忘了呢？可即使忘了，自己也不该遭受这样的指责吧？难道自己真的必须要花这笔钱吗？

钱，钱，钱，这日子到底怎么了？怎么突然之间，全都和钱摽上了？

第十一章　神秘喵星人

三十一

中午吃完饭，尽管齐东锵满心不愉快，可他还是取出了三万元钱，并马上就给沈阿姨送去了。

令他没有想到的是：当他把三万元现金放到沈阿姨的床边时，沈阿姨竟然一句推辞的话都没说，甚至连一句谢谢都没说，忙不迭地就把那三捆钱装进兜子里了。瞧那神情，好像真的齐东锵欠了她很多似的。

倒是院长絮絮叨叨地一直把齐东锵送出了大门口，临别前，院长还暗示齐东锵，自己那天之所以给他打电话，并不是出于她的本意，而是沈阿姨央求她打的。

"对了，今天上午给我打电话的那个男人，又是谁呀？他说是你们养老院的，说话的语气相当冲。"齐东锵不高兴地说。

"我们养老院的？男人？没有啊！您也看到了，除了我爱人，我们养老院的职工全都是女的。可我爱人平时根本不管院里的事儿，他不可能给您打电话的。"院长沉思地说，突然想起了什么，"能不能是沈阿姨的儿子呀？"

"沈阿姨的儿子？"齐东锵更迷惑了。

院长点了点头："我猜是他，应该是他，沈阿姨的二儿子！"说罢叹了口气说："按理，一个外人，这话我不应该说。其实，您今天真不该一下子给沈阿姨这么多的钱的。要是您真想帮她，还不如把钱直接存到我们养老院呢！您不知道她那两个儿子有多么狠，每次来都凶神恶煞似的，连句人话都不会说。尤其她那二儿子，每次找沈阿姨，不是抱怨，就是要钱，如果这电话真的是他打的，那就糟了，您看着吧！等不到明天，这些钱就都会被他拿走的！"

齐东锵说："要真是这样，您不如动员一下沈阿姨，让她把钱存到你们养老院。"

"就沈阿姨那个小心眼儿？她还能舍得？每个月交费都得紧着催她，否则就给你往后拖，能拖一天是一天！对她儿子倒是大方呢，手里一有点钱，就会贱贱地打电话叫儿子来看她，不是我扒瞎，以前你妈妈就没少资助她！也许这世上所有当妈的都这么贱？幸亏我没生儿子。哼！要咋说可怜之人必有可恨之处呢？"

齐东锵便苦笑了，叹了口气说："我也是看在沈阿姨照顾过我妈妈的分儿上，才帮她这一次的。但我也只能帮她这么一次了！往后无论她有什么事儿，您都不要给我打电话了！"齐东锵这番话，说得别别扭扭的。自从接到了那个男人的电话后，齐东锵就一直觉得别扭，说不出原因的别扭。

因了那种别扭无法排解，从养老院的大门里出来后，齐东锵便没有叫出租车，而是在路边的人行道里慢慢行走了起来。养老院在郊区，这里人烟稀少，风景秀丽，以前妈妈活着的时候，齐东锵没少陪妈妈在这条林荫道里漫步，如今，再在这里行走，齐东锵突然有一种恍如隔世之感——这条林荫路，自己真的曾和妈妈一起走过吗？如今，花树还是原来的花树，彩砖也还是原来的彩砖，可亲爱的妈妈到哪里去了？

一阵轻风吹来，拂在脸上就像妈妈的手。齐东锵无助地向四处望了望，心就越来越空了：妈妈，那么活泼可爱、生命力旺盛的妈妈，怎么能说走就走了呢？她怎么能这么不负责任甩手就走呢，把自己丢弃在这个浑浑噩噩的人世里，再也不管不问了？

妈妈活着的时候，齐东锵并没有想过多少妈妈的问题，也没有意识到妈妈对于自己的生活，到底有多重要。可妈妈一去世，齐东锵的世界就坍塌了，以前认为有意义的事情，都变得毫无意义了。

有的时候，他甚至很气愤：气愤自己既然如此痛苦，为啥非得活下去，还必须要活得人模狗样的？早晨，太阳升起就必须得起来，尽管起来后惶惶惑惑，不知何去何从；晚上，夜幕降临时又必须要睡去，尽管躺下了却辗转反侧，久久无法安眠——这一切到底都是谁规定的？我的妈妈已经死了，我在这个世上完全没有存在的意义了，可我为什么要继续苟活呢？

齐东锵越想越气愤，可更令他气愤的，是他此时必须还要继续人模狗样地在人行道里规规矩矩地行走，尽管眼睛里已经饱含了泪水，但他也不能哭，只能强行地把汹涌如潮的悲伤咽下去，再咽下去，直到咽到肚皮底下。

"你知道不？"不知为什么，齐东锵突然又想起了花玉坤的质问，便害怕了起来，他这才意识到自己的那些气愤，其实就是疯子式的气愤。

为了尽快甩掉这些可怕的气愤，齐东锵极目向远处看去，能望多远就望多远，可看到眼睛里的依然还是一片气愤。一辆公共汽车停在路边，齐东锵甩了甩头，便认真地向那辆公共汽车看去，看了好半天才明白那是辆车，并且是从自家门前经过的8路车。

也许司机被齐东锵盯得太久了，便有些发窘地朝他嘟囔了一句："还有五分钟就开！"说完，见齐东锵还那么一脸愤怒地盯着他，就又嗫嚅地加了一句："这是始发站，只能定点开的。"

齐东锵终于明白司机的意思了，想了想，便真的踏上了汽车。直到这时他才发现：偌大的车厢里，只有司机一个人。还别说，当齐东锵的脚着着实实地踏进车厢时，他的心才算落了地，就像从梦境堕回了人间。

唉！到底有多久没坐过公共汽车了？以前来看妈妈时，齐东锵总是羞于挤公共汽车的，宁可多花钱打出租车。公共汽车多方便啊！可他为什么总是羞于挤公共汽车呢？

齐东锵暗暗叹了口气，便无力地靠在了椅背上。隔着斑斑驳驳的窗玻璃向外面看。对面又驶来了一辆8路车，慢慢地停在了站牌下，几个乘客懒懒地从车里走了下来，那种懒散很像阳光下的花草。

司机看了眼手表，就发动了汽车，可就在车门缓缓关上的时候，齐东锵突然看见筷子从对面的那辆车里走了下来，她是最后一个走下车的，依然是一袭白裙，依然是半抹面纱。

——就在那一瞬间，所有的花草突然睁开了眼，世界顿时苏醒了，沸腾了。

"噢！对不起！我有点事情，得下车！"齐东锵急促地冲司机说了句，就快步向车下走去。司机用奇怪的目光扫了齐东锵一眼，嘴里咕囔了句什么，才把车门打开。

齐东锵一步从车上踏出，又几步窜入路边的树带，刚刚站到树后，那辆遮挡他的汽车也开走了。

对面的路边，只见筷子手中拎着一个鼓囊囊的塑料袋儿，正横穿公路向这边走来，走出了一派迷人的风景。

树后，齐东锵一直不错眼珠地看着她，一直看她走进前边的巷道里。

齐东锵顺着人行道向前走了几步，那个巷道便呈现在眼前，那是一个古老的小巷，两旁默立着几幢古老低矮的房屋，每所房屋的门前屋后，都连着偌大的庭院，大多庭院里栽着果树蔬菜，蔬菜还都显得葱绿，但树却是一棵比一棵老，最老的是道边的一棵老榆树，身子弯弯曲曲，好像一个驼背的老人，佝偻着身子。树干皱褶纵横，悬空突出，更像老人沉思的前额。

巷道里很幽静，只有筷子一个人在行走。齐东锵就那么沉默地看着筷子风姿绰约地前行，轻风拂动着她的长发，也让她长裙飘飘。

在小巷的最深处，隐约可见一扇黑色的大门，筷子直到走到门前才停住脚步。她把塑料袋放到地上，突然回转身向后面看了看，这才掏出钥匙开大门。齐东锵便庆幸自己没有跟着过去。

看来，这里一定就是筷子家的猫舍了。

直到筷子进了大门，复又把门关严了，齐东锵才慢慢地向小巷里踱了过去。小巷里静极了，连风也吹得悄无声息。

齐东锵向天空上看了看，好晴朗的天空啊！那毫无遮拦的晴朗把一切都融化了，更让齐东锵忘记了自己的气愤。

几只白鸽背着耀眼的阳光，在蓝天里无声地飞出闪电的姿态，一片黄绿交杂的树叶先是飞落到肩头，又在衣袂上擦出几声嬉笑，才又忙不迭地到泥地上找乐了。

筷子所进的那扇大门远看很黑，近瞧却是满目疮痍，门的上方是镂空的铁网，透过铁网，小院里的景致一览无余。幸好门柱很高，还能勉强遮挡齐东锵壮硕的身躯。

和其他庭院一样，小院子也是一片苍绿，坐北朝南敦敦实实矗立着的，是一幢四大间的老式砖瓦房，这样的房子在十几年前应该是令人羡慕的。院子里种着几片不需要人工侍弄的蔬菜，有大葱、土豆，东侧立着一大片歪歪斜斜的向日葵，里面夹杂着几株杏树，西侧一排玉米，里面掺杂着几棵李子树。庭院中间有一个老式的压水井，井上扣着一只锈迹斑斑的铁桶。筷子刚刚拎来的塑料袋就在水井旁的一辆手推车上放着，但筷子却不见人影。

几声猫的喵喵声，把齐东锵的目光吸引到房前，四四方方的老式窗户半开半掩，里面镶有一层密密的铁网，由于阳光的反射，加之距离很远，所以一开始齐东锵并没有看到窗子里面的猫，只在最下面的窗棂里看到了一团白，等仔细看，才隐隐约约地在那团白里看到了一对圆圆的眼睛。

这时，上面又有一团黑动了动，齐东锵才发现，原来上面的窗棂上也趴着一只猫。等他再仔细看，便不由得倒抽了一口凉气：原来所有的窗框上，都吊着颜色不一的猫，黄的，棕的，灰的，花的，每只猫都圆睁着两只大大的眼睛向外面看着。

齐东锵顺着猫的目光向院子里看去，这才发现大门的旁边，那片向日葵的后边，还藏有一所四四方方的的小仓房，随着吱呀一声门响，一个身穿普通碎花旧裙的窈窕女子突然脚步轻快地从仓房里出来，她一直走到门边，直到拿钥匙开门

201

时，才回身向大门这边看了一眼，齐东锵才看出她是筷子。

齐东锵看到了筷子，筷子也看到了齐东锵。两个人便相顾无言了。

"你……这就是你说的猫舍吧？"齐东锵讨好地笑了笑。

"你在跟踪我？"筷子质疑地瞪圆了她的眼，齐东锵直到此时才发现：筷子的眼睛很像猫的眼睛。

"我哪有那么卑鄙？"齐东锵厚着脸皮笑了，推了推大门，发现里面已经插上了，"我刚才到养老院办了点事情，正巧看你下了车，就跟过来了。"

筷子低头看了一眼自己的旧衣裙，显得有些发窘。

但筷子的这身装扮，却消除了对门的女人二十年来刻在齐东锵心上的敬畏与神秘，齐东锵似乎直到此时才认识到：她原来也是一个有血有肉的女人啊！

齐东锵明白了这一点，便不再像以往那么小心翼翼了，也不用她过来开门，齐东锵就直接把手伸进了门上的小孔，自己把门打开了。进了院，他就殷勤地把门闩好，然后就自来熟地在院子里转起圈儿来，口里还赞着："好一派丰收的景象！这些菜都是你种的吗？"

"闲着也闲着，就胡乱地种了几样。反正也不用太侍弄。"齐东锵的随便，似乎传染给了筷子，筷子也不再拘谨了，"你可别小瞧这些菜，都是纯绿色的，一点化肥都没上，将来你要是吃大葱、土豆，这里随便供应。"

"噢？真的吗？筷子的这句话，我可不可以理解为是一种特权？也就是说：我随时都可以到这里来？"齐东锵深深地吸了一口气，啊！小院子里竟然到处都是天竺葵的香味儿！

"一个猫舍，谁愿意来呀？哪还谈得上特权？"筷子笑了，难得的笑容，她甚至一边笑着，一边朝墙根那边指了指说："那里我还栽了一些西红柿，好多都熟了，你如果不嫌弃，一会儿走的时候，可以摘一些拿回去。"

房子里早已猫叫声一片，看来那些猫都已经等不及了。齐东锵向窗户边走了几步，那些猫便都不叫了，都惊恐地瞪圆了红的黄的蓝的眼盯着齐东锵看。猫看齐东锵，齐东锵也看猫，嘴里却忍不住感慨说："每次你给我讲故事，我都会猜想你的职业，但我真的没有想到，你能放下尊贵的身子亲自来喂猫！筷子，你实在太令我惊奇了！"齐东锵一边说着，一边隔着窗子向各个屋子扫了一眼，他发现三个房屋里，关的全是猫。此时，大部分的猫都扑到窗户上来了。

筷子站在院里，扭着两只手："可你在这里……我都不知道咋进去喂猫了！再不，你去更衣室等我吧！那里面有凳子，还算干净……"

"连你这样仙女一样的人儿都不嫌脏呢！我一个臭男人怕什么？一会儿我跟

着你一起进去喂猫怎么样？"齐东锵笑嘻嘻地说。

"你可别进去！会吓着它们的。"

"所有的屋子，都被猫占上了，你平时住哪儿呀？"齐东锵看似无意地问。

筷子突然警觉地瞥了他一眼，没好气地说："我又不是没有家，干吗住这里呀？这里是猫舍，又不是家。"

齐东锵就笑了，换了话题："啊！这里面应该有很多只猫呢！"

"真的很多！"

"得有几十只吧？"齐东锵说着，便向另外几扇窗户那边走了过去，因为每扇窗户上都吊着猫，他只能透过猫的缝隙向里面看了看，发现这里的确就是猫舍，根本就没有住人的地方。

"我得给它们想措施，不然会更多的！"筷子声音平静地说。

"猫是自由的动物，不应该被圈养吧？它们每天这样被你关在屋子里，你不觉得它们可怜吗？它们应该生活在大自然中的，可你这样……养它们，不是在变相囚禁它们吗？"齐东锵犹豫再三，终于说出了自己想说的话。

"我当然希望把它们都放出来，可要是真的放它们出来，它们就都活不长了！你可不知道现在的人有多坏……"筷子突然气愤起来。

"活不长了？不会吧？"

"现在有很多人甚至吃猫，你不知道吗？有很多熟食店甚至把猫当成兔猫熏着卖。"筷子咬着细碎的牙。

"可是，天下的流浪猫多了去了，你怎么能救得过来呢？"

"是啊！怎么能救得过来呢？所以只能救几只算几只吧！"筷子有气无力地说。

"你以为你救了它们，就真是救了它们吗？你这样把它们天天关在屋子里，就像蹲监狱一样，谁知道是不是害它们呢？"

"你是专家，我当然辩论不过你！但我只知道一个浅显的道理：我养了它们，它们才能活，而我如果把它们放跑，它们就可能死掉！"

"你又不是猫，你怎么知道如果放了它们，它们就一定会死掉呢？说句不好听的，哪怕它们真的死了，也是自由自在死去的，总比这么待在猫舍里活受罪强。"

"可你又不是我，你怎么知道我不知道猫的事情？"筷子突然冷冷地笑了笑。

"其实，你这么囚禁它们，也等于在囚禁你自己！这些可都是活物啊，你一天不喂都不中吧？"齐东锵苦口婆心地说。

"是啊！我的确寸步难行呢！"筷子无奈地叹了口气说，"可一个人如果忧伤，走遍天涯又能怎样？还不是一样的忧伤？况且我只有和它们在一起，才都觉得不忧伤！"

"还是那句话：你又不是猫，你怎么能知道它们是不忧伤的？"齐东锵无情地说。

筷子仿佛没听到他的话似的，突然快乐地说："你不知道，它们有多么的可爱！它们每一个都那么可爱。你忘了我给你讲过的故事了吗？今天告诉你真相吧！我讲的所有故事都是真的，都是发生在它们中间的故事。"

——怎么可能呢？筷子的故事一个一个全都那么唯美，可这些唯美的故事，怎么可能都是猫的故事呢？

"等一会儿我放出几只猫让你相相面，根据那些故事，你一定能叫出它们的名字的！"筷子晃了晃头，好让僵化的微笑在脸上荡漾开来，她就那么笑着指了指前面说："行啦！我不陪你唠了！我要干活了，你要么去摘西红柿，要么去小屋里休息一下……对了，土豆地里，还长了许多天天秧呢！天天也大多都熟了！"齐东锵注意她的用词了，尽管她很不高兴，但并没有对齐东锵下逐客令。

"你忙你的，我在园子里逛逛！"齐东锵宽容地一笑。

西红柿地里，的确有许多柿子熟了，红的黄的，圆的长的，在阳光下明晃晃地闪着诱人的光泽。齐东锵摘了几个，用手擦了擦，就吃了起来，筷子就冲他喊道："井边水桶里有水，你可以洗一下！"

齐东锵说："我就喜欢这种野味！"说着又无赖似的吸了吸鼻子："还有这天竺葵的香味儿！"

"天竺葵？什么叫天竺葵？"筷子惊异地看了他一眼。

齐东锵无赖地笑了，一边推开小仓房的门，朝里面看了看，哈哈，这里面虽然小，倒很干净，不仅有桌椅，小衣架，还有一张小床，小床上还铺着被子，对了，小屋子里也弥漫着一缕冷冷的天竺葵的香味儿。看来筷子如果在猫舍住，一定就住在这间小屋里吧？唉！筷子的确是个怪人，为了养猫，放着那么宽敞的楼房不住，整天住在这么小的屋子里，到底图个啥呢？

齐东锵没好意思进屋，只在屋门边站了站，就又到园子里蹓步了。这时，两只大猫突然从门里跑出来，在园子里尽情玩耍起来，它们的确被关得太久了，突然被放到园子里，一时都不知道该怎么玩了，打滚儿，跳跃，一只白猫撒足了欢，突然飞身上了屋顶，等齐东锵抬眼去看时，已经没了踪影。

这时，筷子已经屋里屋外忙了起来，不知什么时候，她的头上多了一块淡紫色的纱巾，戴上纱巾的筷子，两颊显得红扑扑的，眼睛显得黑幽幽的，就像一个勤劳可爱的邻家小妹，亲切极了。

齐东镥的心异样地动了动，他问自己：你这么夸夸其谈真的都有道理吗？你也不是猫，你真的知道猫是不幸福的吗？如果能天天这么近距离地看她一眼，我倒宁可当一只她猫舍里的猫呢！

正这么胡思乱想呢，突然看到筷子脸色红红地瞥了自己一眼，才意识到自己失态了，便仰起头朝屋顶看了看说："那个白猫跑到房顶那边去了，没事儿吧？"

筷子说："没事儿的，一会儿就会回来的！我也是因为它们两个听话，才放它们出来的！"说着，便站住了，朝屋顶轻轻喊了声："丹晴，丹晴！"

话音刚落，那个白猫突然悄没声地从墙那边翻进来，快得像一道闪电。

"丹晴？它就是丹晴？丹晴不是一个身怀绝技的女孩子吗？"齐东镥惊讶至极。

"她的确是个身怀绝技的小女孩儿呀！"筷子蹲下身子，爱昵地抚摸了一下正在她脚边撒娇的猫。那只猫浑身雪白雪白的，一对蓝葡萄般的眼睛里充满了灵气。唉！不怪筷子如此溺爱它们，如果细细观察，它们的确太美了！

不仅美，它还很会表演呢！见齐东镥爱昵地望着它，丹晴突然夸张至极地抻了一个懒腰，眯眯的眼神便透出了两道勾人的灵光，随着喵的一声甜叫，丹晴接着便向土豆地那边跑去了，跑出了一路妖娆。不远处，那只黑白相间的猫如一个端庄的绅士，正在土豆地里优雅地踱着步子。

"既然它是丹晴，那只猫就应该是子濯呢？你不是说子濯总喜欢一袭黑衣吗？"

"那是映卉，是丹晴的妹妹。平时哪敢让丹晴和子濯在一起呀！它们两个必须分屋养。"筷子笑着向映卉摆了摆手，映卉便飞跑了过来，冲着筷子撒起欢来。

齐东镥的脸色便暗了："这么说：原来丹晴和子濯的爱情悲剧……都是你一手造成的？"

"话不要说得这么难听好不好？"筷子脸色微微泛红，"敢纵容他们吗？每次到一起都好得难舍难分的，要是任由他们，不得生出多少小猫来呢？唉！那些优美浪漫的爱情故事都是写在书里的，现实只有交配，哪有什么真正的爱情？"

齐东镥便愣在那里了。

"你往那扇窗户看……那个趴在铁网上正往这边看的，才是子濯！"筷子似乎为了转移齐东镥的注意力，才这么说。

齐东镥循着她的手指向窗子里看去，果然看到铁网上吊着一只硕大的黑猫，此时正瞪圆了眼睛凶巴巴地向外面看着，放射出两道黄澄澄的光。一只通身金黄的小猫伏在它的背上，脑袋圆圆的，顶着一对尖尖的小耳朵，也一同往外看着，那大大的绿眼睛瞪得像两盏小绿灯泡儿。

"趴在他背上的那个就是孤珊，它可是一个非常会溜须的小屁孩儿呢！"

"那诗雁呢？我倒喜欢诗雁的桀骜不驯！"齐东锵说。

"诗雁哪里是一只猫呢？诗雁是一只鸟儿！"筷子向天空望去，"它应该飞过来了！每天这个时候，它都会飞来找食的。诗雁如果心情好，还会带一些朋友来！有一次带的特多，我就站在这里，它们就在天空上盘旋，我喊了一声，就有几只落下来了，落在我的肩膀上。"筷子仰望着天空，一脸的柔情。

那种梦幻的感觉就又袭来了，齐东锵看了看天，又看了看微笑的筷子，突然觉得眼前的一切都变得不真实了！是啊！筷子所说的，能是真的吗？

三十二

在那间又矮又小的仓房里，筷子给齐东锵沏了一杯好茶。

二十年了！齐东锵终于和她如此近距离地坐在一间小屋子里了，这是齐东锵期待多久的事情啊，可为什么自己的心绪如此平静呢？

"这里轻易不会有人来的！"筷子像是自言自语。尽管小屋子里并不热，可她还是把门完全打开了，想了想，又把久不开启的小窗户也打开了。

"你犯不上这么小心的！多此一举！"齐东锵本来想这么说的，可话到嘴边，他又改口了："你每天都来……就意味着，你每天都要在这条小巷里走上一个来回，多危险啊！没遇到什么坏人吗？"

"有什么危险的？青天白日的，况且，还有这么多的孩子给我做伴呢！"筷子说罢，便冲着门外笑了，齐东锵这才看到映卉不知什么时候已凑到了门边，正用两只明黄色的眼睛，一眨不眨地审视着齐东锵。筷子冲它招了招手，它才喵喵地叫了一声，轻轻一跃就钻入了筷子的怀里。

"有时，白天实在抽不出时间了，我夜里也会来，黑夜里独自往这里走，只有别人怕我的，没有我怕别人的！"筷子一边摩搓着映卉，一边声音平静地说。

"那也得小心些，男人们可不都像我这样绅士……"齐东锵平静地说。话说出口，连他自己都惊诧了：是啊！你齐东锵果真是个绅士吗？如果你不是个绅士，那你到底属于什么样的男人？为什么隔着一段虚空看一个女人时，你总喜欢想入非非，可一旦近距离接触了，你反倒变得平静了？

"也别说没遇到过事儿！有一天晚上，不就被一个男人盯上了吗？那都是好几年前的事儿了！那天晚上，那个人一直尾随我到了胡同口，我怕他知道我的猫舍，会来祸害我的猫，就没向胡同里走，就一直向前走，直走到养老院前边的荒甸子边，才停下不走了，才回头去看他。没想到他反倒先慌了，哆哆嗦嗦地说什么'你什么意思？'哈哈，这可真是奇怪了！是他一直在跟着我，却问我啥意思。"筷子说着就笑了，她笑的时候实在太美了。

"后来呢？"齐东锵却充满了担心。

"我以为是误解好人了，便冲他说了声对不起，这才转身往回走，没想到他突然挡住了我的路，压低声音说：'你只要把钱拿出来，我就放你走！'说完想了想，还扭扭捏捏地抽出一把刀来。我就乐了，便对他说：'我正活腻歪了呢，正琢磨着咋去死呢！没想到遇到帮忙的了，好啊！来，你就往这里扎！'可我的话还没等说完呢，他却转身跑了！哈哈，现在回想起来还觉得有意思呢！"

筷子哈哈地笑着，齐东锵愣愣地看着她，却一点笑意都没有——筷子笑的时候，明眸皓齿的，没有一处缺彩的地方。可这么漂亮的美人，怎么也有寻死的想法呢？真是暴珍天物！

"既然你连死都不怕，怎么反倒怕个敲诈的呢？"齐东锵说。

"唉！此一时，彼一时，那时的我真的很想死，当然现在我也不是怕死，我现在是死不起，我要死了，这些猫可怎么活呢？"筷子脸上的笑意突然就消失了。

"到底遇到什么事情了？就不能把原因告诉我吗？有些事情，可能并不像你想象的那么难，兴许不用拿钱，也能轻松化解的。"

筷子低头想了想，突然站起身，把猫往出一放，那猫就嗖的一声蹿出去了。筷子拍打了一下身子说："都是老皇历了，也不是一句话两句话就说得完的。反正今天是没有时间了！你瞧，我还有些活儿没干完呢，晚上还得去一个亲戚家碰一下运气，看看能不能筹出钱来。"

"你爱人……不是很有钱吗？"齐东锵说。

"他是很有钱，但我们经济是独立的，特别是我养猫以后，公司的事儿我也不怎么插手了，所以也不可能去他公司要钱了。不过到了最后关头，我也兴许向他开口的，但如果那样，两个人非得干一仗不可，唉！一想到干仗，头就疼。"筷子叹了一口气。

齐东锵犹豫了一下，终于没忍住："再有……你爸爸那个身份，也不可能没有钱吧？我听说你是他唯一的女儿……"

"要不是我爸爸，我也不可能被人家敲诈。这件事我第一个要瞒的，其实就是我爸爸……那个敲诈我的人，也就是抓住了我的这个软肋。"

齐东锵越听越糊涂了，不解地看着筷子，看得筷子突然不自在了起来。齐东锵只好换个话题："行，我这两天也想想办法，看看能不能张罗一些。"说罢，便向外走去。

筷子突然挡住了他，低着头说："这事儿不用你管了，往后……我们也不要再见面了！"

齐东锵一惊："为什么？"

"要是再见面，我怕我们连网友都做不成了。正如那首诗所说的：人生若只如初见，何事秋风悲画扇；等闲变却故人心，却道故人心易变。随风，我不撒谎你是知道的，生而为人，我真的就你这么一个故人。"筷子依然声音低低的。

齐东锵突然想到了筷子的QQ联系人空间，那个空无一人的空间，不由得欣慰地叹了口气：是啊！筷子没有说谎。

筷子冲他做了个请的手势，便帮他打开了大门。直到这时，齐东锵才发现大门一直都虚掩着，明明记得自己一进门就闩上了。

齐东锵不敢再说什么，便脚步沉重地走出了大门，随着大门被闩上的那一瞬间，一声叹息似的低语突然在耳边响起："夕阳无限好！"

齐东锵隔门去望，却发现筷子像是什么话都没说过似的，头都不回地就向房子那边走去了，一身绚丽的霞光为她窈窕的身影镶了一层金边。

齐东锵朝西方看了一眼，心里便一震：啊！好美的夕阳啊！那么圆，那么红，那么妩媚……此时，它就那么毫无遮拦地往下坠着，坠着，大半个天空都被那耀眼的油彩浸泡了，一同被浸泡的还有远处缥缈的山峦，近处古老的房屋，当然还有筷子的背影……啊！好一派缤纷的世界！

齐东锵梦游一般向前走了，顺着那个古老的小巷，迎着夕阳，一直无魂无魄地往前挪，挪一步，那夕阳就往下坠一点，再挪一步，那夕阳就再往下坠一点，那羞红的脸颊，就那么一寸一寸地沉下去了，沉进那迷梦一般的山峦里。

齐东锵眼睛一热，一股泪水便奔涌而出。

"你为什么要流泪呢？终于和她见面了，可你也没觉得有什么激动啊？所以见不见面真的没有什么关系的，可你为什么要流泪呢？"

一声轻柔的呼唤，突然把齐东锵从苦苦的自问中拽回了现实。

"您……还没有回去吗？"

那是一个女子的声音，轻柔的声音。

也许是夕阳花了他的眼，或者泪水遮住了他的目光。尽管那个女人近在咫尺，可齐东锵还是眨了好几下眼睛才看清她的面庞。噢！原来是养老院院长，只不过换了一身装束，齐东锵怎么就认不出她来了。

"噢！瞧我这眼睛……好像进沙子了！"齐东锵连忙擦了擦眼睛，一边不好意思地笑了。

"您这是去哪儿了？还没有回家吗？"院长向小巷那边诡异地瞟了一眼。

齐东锵也回头瞧了瞧晚霞里的小巷，顺嘴撒了个谎："我去那边……看了看，我以为……那是一家建筑公司……"

"你是说老王家吧？他家院子里的建筑材料都是他亲家的，他家就是菜农。我和他们家的人都熟，齐教授要是有啥事儿，我可以帮您引荐。"院长咽了口唾液，又快言快语地补充说："住在这一片的，我基本都熟悉。除了那个鬼屋。"

"鬼屋？"

"就是最里面那扇黑大门的那家，屋子里养了好多猫，好吓人。我在门前经过几次，每次经过吓得汗毛都会立起来，也没敢向里面看过。"院长自嘲似的笑着，也不知是笑自己胆小，还是笑自己说话快。见齐东锵也朝她咧了两下嘴儿，她便又笑了说："我性急，大家都说我说话快，像炒爆米花儿似的，所以那帮老太太才叫我爆米花儿。"

"你刚才说……鬼屋是啥意思？"是啊！与筷子相比，别说爆米花儿了，就是太阳花齐东锵也不会在意的。

"就是经常闹鬼的屋子呗！也不知道是真的假的。"院长只好把乒乒乓乓的思路又从爆米花儿那里拽了回来。

"哪有啥鬼呀？您是院长，怎么也这么迷信？"齐东锵笑笑说。

"这话哪是我说的！都是那些老头老太太们在瞎传。可不是嘛！现在都啥时代了，哪能还迷信呢？也许这世上根本就没有鬼，谁知道呢？可他们非瞪着眼睛说那个老房子里闹鬼，半夜三更的常常能听到鬼的哭声，有人还亲眼看到过有个女鬼在院子里跳舞……反正都是他们传的，我是没有亲眼看见过。"

"既然是养猫的，那就一定是猫在叫吧？"

"我也这么和他们说过，可他们都和我犟嘴，有个老太太还说她亲眼见的，说得有鼻子有眼儿的。一定是他们人老眼花看岔眼了，或者就是那个养猫的女人自己在跳吧？那个养猫的女人你一定见过吧？长得老漂亮了，可就是怪，平时总是独来独往。夏天一套蕾丝白裙，冬天一套白羽绒服，打扮得像不食人间烟火的仙女儿。她每天都会从这里经过的。住在这里的人没有不认识她的，但从来都没有一个人敢和她说过话，大家从她们家门前经过时，也都绕着走。"

"啊？那是为啥呀？……一个女的，有什么可怕的？"

"是啊！以前都是女人怕男人，可在咱们这里却反过来了！我也想过这个问题，其实不是她有多可怕，而是她太特别了，就像……就像和大家不是一个世界里的人吧？"院长咯咯地笑了两声，突然又不笑，接着说道："也不怪人家特别，你知道她是谁吗？人家那可是公主呢！我要是提起她爸爸的名字，您一定也知道。特别是您，搞法律的，更会熟悉的。您听没听说过花一样？就是原来在咱们这里当政法委书记的那个万民崇拜的模范？"

"知道啊！当然知道！那是我们古城的骄傲啊！"

"对，花一样，这个老房子原来就是花一样的。那个养猫的女人就是他闺女。那所房子，原来花一样的老伴一直在住着，那时候他们家也没养那么多的猫，房子也挺正常，他老伴也挺随和的，和大家也都能正常来往。可自从花一样的老伴死了，他闺女养猫了，那个房子就变得不正常了。"

院长一边说，一边和齐东锵一起向前走了起来："唉！按理说，花一样都当那么大的官了，待遇也应该挺高了吧？可他咋就不把老伴领到北京享点福呢？我听说直到他老伴病得不行了，他才把她接走。我们养老院有一个老头，原来和花一样在一起工作过，他说花一样工作老认真了，当官当了这么多年，老亲少友谁都不敢求他办私事，他也真不给人家面子呀！对谁都是一副公事公办的样子。在他们一家中，也就花一样的姑爷还不错，白白净净的，经常开车送她过来，但大多数时候她都是自己坐公共汽车过来。"院长莲花落儿似的说着，的确很像炒爆米花儿。

"她长得那么漂亮，又总是一个人走……一定发生过危险的事吧？"

"谁知道了？反正传得可都挺神的。听说有一次她被几个小流氓盯上了，一连跟了老几天，最后不但没得手，反倒差点送了命。听说他们下手时是在夜里，因为那天夜里她就住在猫舍，可还没等他们潜到屋子里呢，突然就从四面八方蹿出来好几十只大凶猫，全都悄没声的，扑上来就对这些人一顿神挠，把这几个人挠的，衣服全都撕烂了，脸也都被挠成血糊糊了，要不是后来那个女人出来制止了那些猫，那几个人都不一定能活着出来……从那以后，就再没有人敢惹她了！还有人说那个女人是喵星人转世！啧啧，喵星人啊！"

齐东锵惊异地问："喵星人是什么人？"

"具有超能量的人啊！这您都没听说吗？小孩子们可都知道！"

齐东锵想到筷子的眼睛，那猫一样的眼睛，那缕沉在心底的忧伤就又浮上来了。呵！喵星人！可真有她的。

"对了，我刚才打听清楚了，给你打电话的人就是沈阿姨她小儿子，你刚走不一会儿，他就来了，鬼鬼祟祟的，在楼梯口遇见了我，话都不说一句。我一生气，就诈他说：'你这人也太不讲究了吧？咋打着我们养老院的旗号向人家齐教授要钱？'他向我横了两下眼睛，反倒理直气壮地说：'谁让他拖拖拉拉的了？他

210

们有钱人个个没良心，就得用这种招数治他们。'你听听，他说的是啥话?"院长气哼哼地说。

齐东锵无奈地笑了，说："唉! 他愿意怎么说就怎么说吧! 他说得也对，我的确拖拉了，这几天也是太忙……对了，您这是到哪里去呀?"

"我这不是在等8路车嘛! 这败家的8路车，平时不坐时，总在你眼前晃，一辆接一辆的; 可一等你要坐了，就影儿都看不见了!"院长说着就笑了。

齐东锵这才仔细看了院长一眼，见她竟然也穿着一条白裙子，可明明很新的裙子，穿在她身上为什么就觉得脏兮兮的呢? ——这个院长到底能有多大岁数呢? 说三十又太老了，说五十又太年轻了。唉! 也是，普通人嘛! 她这样的普通女人古城的街道上随处可见，都是属于"看到眼里没有感觉，转过身子就会忘记"的类型。

也许自己的眼神儿过于直露了吧? 齐东锵发现院长突然拘谨起来，就把目光转向了西天。但此时的西天却再也没有刚才的绚丽了。夕阳早就没影了，霞光也消失殆尽，整个天空就像是被脏水浸泡过了一般，灰呛呛的一片，就像齐东锵心底里的忧伤。

一辆出租车慢慢地驶过来，齐东锵马上向那辆车招了招手。那车就拐过来了。齐东锵冲院长礼貌地点了下头，心里犹豫着是否载院长一程，又觉得似乎不妥，便心事重重地跨上了车。车里很脏，司机的穿着也是埋里埋汰的。看到司机那带着油渍的衣服，齐东锵突然又想到了借钱的事，便把是否应该载院长这件事儿忘在脑后了。

一路上，齐东锵把所有的朋友都在脑袋里通通过了一遍，怕有遗漏，他甚至翻出了手机的通讯录，一条一条地看了起来，可越看，他的心越冷。在社会上打拼了这么多年，自己到底结交了多少个好朋友? 可一个一个审视下来，哪个朋友都觉得很好的，但哪个朋友都无法开口借钱的。大家凑在一起吃吃饭或打打趣儿当然是可以的，哪怕言语过激也不会伤了感情，可一旦开口借钱，事情就会变得严重了——更何况，你不是那个一直光鲜灿烂的齐东锵吗? 你这样的人怎么能开口借钱呢?

更重要的，假使你真的开口借钱了，人家能借给你吗?

晚上吃完饭，齐东锵破天荒地变得勤快起来，不仅把碗刷了，还擦了地。见自己做活时，徐问玉始终公主一般坐在那里看电视，齐东锵做完了一切活计后，还悄没声地沏了一杯绿茶，默默地放到她的面前。

徐问玉奇怪地看了看齐东锵，突然一笑说："说吧! 有啥事儿要求我呀?"

"你怎么知道我要求你？"齐东锵讨好地冲她一笑。

"这不是明摆着的事儿吗？说吧！趁着我心情好！"徐问玉也笑了。

齐东锵犹疑地看了看徐问玉，便坐在她身边，认真地说："你能不能借我一些钱，只是暂借，半年后肯定还你。"

徐问玉脸上的笑容顿时消失了："借多少？"

"十五万！"

徐问玉拂了拂并不凌乱的长发，也微微一笑："借你钱可以，但我得知道你要用这些钱去做什么？"

"一个朋友……遇到了点急事儿。"

"朋友？哪个朋友？"

"如果不告诉你名字……你就不会借我吧？"齐东锵也收回了笑容。也许刚才笑得太卖力了，脸皮真的有些疼呢。

"当然了，除非你说出他的名字，否则我一分钱都不会借你的！"

"一点商量的余地都没有吗？"齐东锵小心翼翼地问。

"坚决不行！东锵，我劝你最好还像以前那样，做个纯书生，离钱远远的！现在都啥世道了？有些事儿你非得让我点透吗？你可别跟我提什么朋友了，现在还哪有什么真朋友了？人与人之间的关系，除了钱是真的，啥都是假的。"徐问玉黑着脸子说。

一股烦闷从心底里慢腾腾地冒了出来，但齐东锵还是强忍着没有发泄，"徐问玉，你是不是太霸道些了？这些年我虽然没挣太多的钱，但每个月毕竟还有那么多的工资吧？"

"齐东锵，你不要逼着我把不该说的话都说出来！有些事情你就真的看不到实质吗？你忘了咱家这楼是咋上来的吗？你忘了孩子当年是怎么出国的吗？不提别的，光这个楼的贷款我就还了二十年！二十年啊！人生有几个二十年？你今天还好意思跟我提你那几个踢不倒的工资钱？要是没有我，真不知道你的日子会混成啥样子呢……"徐问玉越说声音越大。

齐东锵不再说话，几步就跨进了书房，咣的一声就把小屋的门关上了。

"钱啊！你这杀人不眨眼的刀！"一句老歌儿突然在耳畔响了起来。

二十年了吗？是啊！自己这漫长的二十年，究竟都在忙什么了？到底创造了多少价值呢？

回忆踏入社会二十多年的历程，齐东锵所过的日子，的确都是和钱无关的日子。小时候有妈妈支撑着，即使爸爸早早地就撒手人寰了，因为亲爱的妈妈总是那么乐观坚强，总是那么能干，所以齐东锵的大部分时间，都是在专心做学问的。结婚以后，又娶了徐问玉这样的女人，虽然后来显得鬼七王八的，但这个家毕竟被她料理得井井有条的，所以自己才能这么一心一意地投身学问。

按理，学问做多了，人都会变得清高的，那个词叫什么了？对了，铜臭熏天。以前每当想起钱，齐东锵总不由自主地想起这个词语。可现在什么情况？怎么为了筷子，自己真的在乎起这些臭气熏天的东西了？

三十三

晚上，齐东锵打开QQ，就看到筷子的头像在闪了。

点击头像，窗口里有一个链接，打开链接，却是一篇没头没脑的文字，密密麻麻地写了好多，却连个名字都没有。

劈头第一句话，筷子是这么写的：

> 随风——我生命中最值得珍惜的朋友，这篇怪怪的文字，筷子是专
> 为你而写的。

齐东锵的心便慢慢地暖了，看来，齐东锵并没有看错，筷子永远都是筷子，有钱借给她，她是筷子，没有钱借给她，她照样还是筷子。

> 那天，当我得知住在隔壁的那位牛气冲天的全国著名的心理犯罪专
> 家就是我的随风时，和你说实话，我痛苦极了！并发誓再不理你。可等
> 那痛苦的潮退去后，我又管不住自己的心了，痒痒地思念起你来。
> 那几天的日子过得呀！整天失魂落魄的，就像丢失了生命中最重
> 要的东西。记得，最难受的时候，我还和你聊过呢，可愚蠢的你，竟
> 硬是没有听懂我的话，还傻傻地说："狗屎也是珍宝，比如你把它放
> 在土地里。"
> 你呀，真是傻到家了！
> 我就纳闷了！像你这么傻的人，怎么会成为全国著名的心理犯罪专
> 家呢？也就在那一刻起，我便决定把一切都向你摊牌了！我知道，这将
> 是一篇很长很长的文章。可因为时间关系，我只能断断续续发给你，所
> 以你在看的时候，可得有耐心呀！

正如你所说的，我的心里的确藏了太多的秘密。事实上，在这个世界里，又有哪个人敢说他没有秘密呢？心灵之所以要深埋在胸里，而不是顶在脑袋上，也许就是为了存放秘密吧？

但话又说回来，也不是所有的秘密，都会令人感兴趣的。世界已经进入了超级繁忙的时代，每个人都在忙，时间就是金钱，时间就是生命！所以能够分享秘密，也是一种恩情呢！但我相信筷子的秘密随风一定会感兴趣的，也一定能耐下性子从头读到尾的……啊！当我深信了这一点，我又是多么的欣慰？

之所以无法面对面地把秘密讲给你听，是因为这个故事太冗长，也太琐碎了。此时面对冰冷的电脑屏幕，我都惶惑起来，不知该从哪里讲起了。

在这个世界上，大家谁都认为自己是主人，只要是关于自己的事儿，便都是天大的事儿。哪怕来到人世时的第一声啼哭，如果能够记起，也是极其重要的。难道不是吗？

回想起年少轻狂之时，那时的自己该是多么的高傲啊！可如此高傲的自己怎么就被他迷住了呢？——他，纪云雁，我的丈夫！那时的他到底给我灌了什么样的迷魂药了？自从看了他第一眼，心里就再放不下了，仿佛全世界都不存在了，只剩下了他这么一个人。唉！青春啊！难道都有一个愚蠢的阶段吗？

听说女儿爱上了一个即将结婚的人，也就是说做了人家的小三儿，父亲先是发愣，继而就暴跳如雷了！因为他实在难以相信：他的女儿怎么会如此低贱，如此有眼无珠？

父亲沉默了好久，直到心里的狂怒慢慢消退后，才声音平静地说："孩子，看来爸爸是把你惯坏了！这么多年来，只要是你喜欢的，我都任由你了。但这件事绝对不行，没有可商量的余地！你不要忘了爸爸是做什么的，他能这么轻易地就放弃那个姑娘，也能轻易地放弃你！这样的人，就是垃圾！"

"可是爸爸，垃圾是放错了地方的珍宝啊！"愚蠢的我，是多么的自以为是啊！为什么偏偏背会了这样的格言？

父亲又喘息上了，那时的我，为什么就不明白父亲的喘息啊？过了好久，父亲才艰难地问我："你真的决定了吗？"

我说："真的决定了！"

父亲就说:"你要是真的决定了,你就从此……忘了你的父亲吧!"

也许是看爱情小说看得太多了,听了爸爸的话,那时的我该有多么失望啊? 小说里的那些封建家长,都是用这种语言阻止女儿的爱情的。这也太没有创意了吧? 面对如此老套的父亲,我还有什么可留恋的? 于是,为了他,我轻轻松松地就转身离开了,走得没有一点羁绊。

没想到这一走,就是十二年! 我和我父亲,竟然因为这个纪云雁,十二年没有见面,直到我母亲去世的那一天。

至今我还奇怪: 那天离家时,我的妈妈在做什么呢? 记忆里怎么没有一点她的影子?

在父亲跟我谈话后的那天下午,我和纪云雁就南下了,先是坐毛驴车,后又坐汽车,最后坐火车。离开的时候,我的天空一直都是粉红色的,我也以为接下来的旅程一定是一场史无前例的浪漫之旅,可没想到一路走下来,我们竟然遇到了那么多龌龊的灾难!

年轻人的心,怎么就那么空呢? 空到必须要用华丽的服饰去填充高贵? 裙子必须是最奢华的,帽子必须是最时尚的,连鞋面也要缀满人造的珍珠……

啊! 那时的我,简直就是《项链》里的女主人公玛蒂尔德,唯一和她不同的,是玛蒂尔德为偿还那个丢失的假项链,仅仅用去十年的时光,而我呢! 为了这笔虚荣的孽债,竟然用去了整整的大半生啊!

是的,一直到现在,我依然在偿还。

现在总结起那次旅行遇到的灾难,我不得不承认:这一切,真的都是我自己招来的! 是的,我用招摇引来了祸端。

现实赤裸裸地告诉我: 招摇的结果就是被抢劫。

你想啊! 那么鲜嫩的桃子,你就那么高高地举着,哪个人看了不会垂涎三尺?

可当时的我们呢! 竟然把一切欲望的眼神儿都当成艳美的资本了。

那时的纪云雁,的确很爱我,所以才那么由着我的性子任我肆意招摇!

现在回忆起来,经过一路的招摇,我们两个最后还能全身而退,真的是上天的恩赐呢!

他家在江南海滨,我家在东北古城,从北到南四千公里,那一路,我们到底经历了怎样的险情啊! 先是被流氓尾随,后又遭遇劫匪,最后又被黑社会老大"保护"……

行啦，不和你细说了，要是这么细说下去，我这篇文章就不会有结尾了。现在还是说说我们到他们家以后的事情吧！

直到用过来人的眼光看那时的公婆，我才理解了他们对我的警惕。是啊！面对如此招摇的儿媳，哪个公婆会不警惕呢？警惕的目光当然充满了敌意，可那时的我为什么就意识不到这一点呢？

文章写到这里，就戛然而止了。刚刚开了个头，还没等说什么呢，就结束了，筷子难道在给我写章回小说吗？那她这个小说写得可够拖沓的。

"筷子，你在线吗？"

"在。"

"发给我的文字我看了。"

"噢！"

"刚刚开了个头。"

"嗯。"

"什么时候能看到下面的呀？"

"太忙了！"

"钱的事儿，实在抱歉，我手里只有五万元，你如果不嫌少，我立即给你送过去。"

"不用了，我筹够了。"

"筹够了？"

"我把一个古董卖了，正好卖了二十万。唉！正在这里心疼呢。"

"明明知道是敲诈，还非要把钱送给他吗？就不能想想别的办法吗？筷子，你还是把一切都告诉我吧！兴许我会帮你想出好办法的。"

"我正准备要告诉你呢，可那个故事真的很长。"

"你可以简单摘要地讲呀！比如单讲那个被敲诈的事儿。"

"不行，没有因，也没有果！"

"那个人规定的最低时限是哪一天？"

"今天晚上。"

"筷子，你这不是缺心眼儿吗？都要火烧眉毛了，你还在慢吞吞地讲因果，这也太小儿科了吧！"

"可是，那真是一个很长很长的故事。"

"筷子，你的故事无论多长，我都愿意听，但时间真的不允许了，你必须告诉我他为什么敲诈你，他抓住你什么把柄了？他又是怎么敲诈你的？"

"我做了一件错事儿，是的，这件事儿的确是我做错了，但我做这件事儿真是有原因的，我怕直接说出这件事儿，你会觉得我很坏。"

"你这么在意我对你的看法？"

"你是我唯一的朋友。"

"筷子，你应该了解我，无论你做了什么，你都是最好的！你只需要告诉我，你的这件错事儿目前还能不能补救？"

"我当然也想补救，可要是补救，别人就一定会知道。我现在最担心的，就是怕别人知道，是的，绝不能让任何人知道。"

"也就是说：目前这个世界上，只有那个敲诈你的人知道这件事儿？"

"是的。他说，如果我不给他把钱按时汇过去，他就会通过媒体把这件事儿捅出去。"

"这件错事儿，触犯法律了吗？"

"我不知道，可能是触犯法律了，也可能没有触犯法律。"

"如果他把真相说出去了，你最担心的是什么？"

"我担心连累我爸爸。"

"你爸爸？这件事儿和你爸爸有关？"

"是，如果有人知道了这件事儿，我爸爸的名誉就完了。"

"这么复杂？"

"我连死都不在乎了，还在乎什么呢？我只在乎我爸爸！身为女儿，我无法给他增光添彩，就已经万分羞愧了，所以，我不能再拖他的后腿了。"

"如果我让这个人闭口，这件事儿不就化解了吗？"

"你啥意思？要为了我去杀人？"

"筷子，别小瞧我行不行！不要忘了我是做什么的。"

"当然知道！"

"好啦！这件事儿我明白该怎么做了，你把敲诈人的情况告诉我吧！"

"我对他一无所知。"

"他是怎么敲诈你的？"

"打电话，但听不出男女。"

"你录音了吗？"

"录音了，但不能放给你听。"

"为什么？"

"因为你听了，也该知道那件事儿了。"

"不是早晚都要讲给我听的吗？"

"我得先给你讲原因。"

"不能变通些吗？"

"我更怕失去你。"

"今天晚上，你怎么交钱？"

"让我等他的电话。"

"你能告诉我他的电话号码吗？"

……

"筷子，怎么不说话了？"

……

"筷子，这是我的手机号，你记一下，我的手机二十四小时为你开机。"

"等等，有电话打进来了，应该是那个人的！"

齐东锵呆呆地坐在电脑边等了好一会儿，筷子终于把一串电话号码给他发了过来。筷子说：

"那个人给了我一个银行账号，让我立即把钱给他打过去。他还说：如果今天晚上九点之前收不到钱，他就会采取下一步行动。"

"好，我这就帮你查，这其间你千万别给他打钱，无论发生什么事儿都不要贸然行动。你等我的电话。对了，把你的手机号也发过来！"

"好的。"

齐东锵记下了筷子的手机号，就关了电脑，准备出门。

徐问玉还在客厅里看电视，见他这么急急地往外走，就没好气地说："这么晚了，还出去做什么？你别和我说是出去借钱！"

"你又不肯帮我，还管我做什么？"齐东锵气囔囔地说。

徐问玉咬了咬牙，忍着气说："齐东锵，我劝你办什么事儿之前，还应该冷静些，想一想后果，哪怕你不想我，也应该想想孩子！"

"你放心，我不会连累你的！"齐东锵说完这句话，就拿起衣服出去了。

直到走出了楼门，来到一个僻静处，齐东锵才拨通了秘书小王的号码："喂！小王吗？在哪里？"

手机里立即传出小王的声音："齐教授，我在家，有案子了吗？"

齐东锵苦笑了一下说："是有一个案子，不过很特殊，具体案情我以后会告诉你。现在有一件特别紧急的任务要交给你！是手机定位，定位跟踪器正好携带着呢？太好了！电话号码我短信发给你！"接着，便把号码发出去了。

齐东锵看了看时间，便向小区外走去，刚走出大门，手机便咣当咣当地响了，齐东锵听了听，脸上就露出了满意的笑容："太好了！你一会儿你再帮我瞄着点，如果目标改变，请随时通知我！"

一辆出租车就停在小区门口，齐东锵几步就走到出租车边，一上车就急促地说了句："纵横路，络绎饺子馆，快一些！"那出租车就箭一般向前射去。

坐在车里，齐东锵找到了筷子的号码，就拨打了过去，很快，筷子就接电话了："喂！"她的嗓音清丽中夹着嘶哑，正是齐东锵二十年来一直用心倾听的对门女人的声音。

"我已经查清那个人所处的大概位置了，我先去看看情况，你必须开机，咱们随时联系。"

"这么快就查清了？我听说手机定位有时也不准的。这么晚了，你可别为了我跑冤枉路。"

"你忘了我是做什么的了吗？我们的定位能精确到三到五米。"

"那你也要小心！"筷子的声音里充满担心。

"放心吧！听我消息！"

打完电话，齐东锵深深地吸了一口长气，他突然觉得心里甜滋滋的，就像喝了蜜似的。啊！好久没有这种愉快的感觉了。

第十二章　消失的手机

三十四

顾名思义，络绎饺子馆的客人应该络绎不绝的，可站在窗外向里看，里面并没有几个人，只有几盏艺术灯在清冷冷地照着。

齐东锵在未进餐厅前，先在外面转了转，见周围并没有什么可疑的人，才慢慢地走进餐馆。

进门后，齐东锵也没有急着向四面看，而是直接走到靠门的一个位置坐下了。

桌面上立着订餐单，齐东锵看餐单的时候，一位头戴白巾、身着紫色套裙，腰围着精致小白裙的服务员就笑盈盈地走了过来，齐东锵瞟了一眼服务员胸牌上闪闪发亮的陈瑶二字，指着菜单表对她说："两盘，一盘酸菜的，一盘三鲜的！"

陈瑶把一个小本子从缝在腹部的那个偌大的裙兜里拿出来，一边声音清丽地说："您不需要酒水吗？还有小菜！"

齐东锵微笑着说："不需要！如果方便，上一碗饺子汤吧！谢谢！"

陈瑶在小本子上快速地写了一行字，便一步两扭地向服务台那边走去了，齐东锵一直看她走到服务台旁的一扇门边，顺手从小本子上撕下一张纸交给里面的人。

门边有个橱窗，很大很明亮，可以清晰地看到两位穿白色工作服的女人正在包饺子。饺子馅儿按类别被盛在橱窗下的透明餐具内，红的绿的黄的黑的色彩鲜明，分外诱人。

离橱窗不远，坐着一对年轻人，二十四五岁的年纪，此时都低着头专心地吃饺子，他们每人的面前，都放着一部手机，那个女孩儿一边吃，一边跷起莲花指在手机上滑动着。

另一张小桌边坐了一对母子，一袭红裙的母亲三十岁左右，眼睛直盯盯地看着对面的孩子想着心事儿。男孩子四五岁样子，虎头虎脑的，手里拿着一个大大的平板电脑，大过了他的小脑袋。男孩嘴里嘟囔着什么，肉嘟嘟的手指在平板电脑上不停滑动着。桌面上孤零零地立着一个菜单表，什么都没有，看来他们也是刚来。

挨着他们的桌边坐着一个小伙子，桌面上的两个盘子都空了，此时他也低着头摆弄着一个又大又薄的手机。他可能在玩电子游戏，尽管隔了很远，齐东锵依然能清晰听到手机里传出的枪炮声，夹杂女子娇娇的喔喔声，仿佛中弹了一般。

齐东锵像被传染了似的，也掏出手机摆弄了起来。通过手机屏幕，他模糊看到了后面的情景：他的身后，一个男人正自斟自饮；离他不远的座位上，一个女人背对着他坐着。突然，女人回头看了一眼，慢慢地站起了身，凝立了一会儿后，又缓缓地坐下了，头却垂得更低。

齐东锵慢慢地回过身去。先看了一眼那个男人，样子像个农民，五十多岁，面目黝黑，他的面前摆着两盘饺子，一盘菜，还有两瓶啤酒，但桌面上没有手机。

见齐东锵看他，男人也回看了齐东锵一眼，红红的眼睛直直的，看起来已经喝了很多。他就那么盯着齐东锵，敲了敲桌面，嘴里爆出一声高喝："再来一瓶啤酒！"他的音域特宽，引得很多人循声看，但那个女人却没有回头。

那是一个云鬓高耸、体态微丰的女人，此时她正低着头慢慢地吃着饺子。她身着无袖雪纺黑色连衣裙，透过椅背的空隙，能清晰看到堆在后腰处的香肠般的赘肉。

她对面的空椅上，搭着一件藕色的短风衣和一条明黄色的纱巾，风衣的下面，一个黑色的小坤包若隐若现。

齐东锵皱着眉头凝眸片刻，便慢慢地站起身，在那位农民直露露的注视下，缓缓地朝女人那里走了过去。

女人似乎在第一时间就感知了他的到来，却始终没有抬头，兀自慢慢地吃着饺子。

齐东锵稳稳地站定在女人的桌边，却不说话，只微笑地盯着她看。

女人先是平视了一眼他微微凸起的腹部，然后目光才慢慢地上扬，直到与齐东锵四目相对，她的脸上才露出了惊喜的笑容，仿佛真是刚刚发现他似的。

——是的，她的确就是唐娟，怎么几天没见，就好像胖了一圈儿似的？

"实在太巧了！"唐娟快乐地冲他歪了歪头。她的嘴儿油汪汪的，鲜红欲滴。

齐东锵拉过一个空椅子坐在了她的对面，一双偌大的眼眸盯了唐娟看了好一会儿，才面无表情地说："什么情况？"

这段日子，齐东锵经常不自觉地这么用起妈妈的口头语，连那硬硬的语气都和妈妈酷似。

"什么什么情况？走路走饿了，一抬头，正好有一家饺子馆，就进来吃顿饺子，有什么奇怪的？反倒你这个刑侦专家，怎么突然出现在这种小地方？"唐娟妖妖道道地说。

"我也和你一样情况：走着走着，饿了，一抬头，哇！饺子馆，就进来了！"齐东锵笑了笑，把那个搭着衣物的椅子往旁边推了推，好让自己坐得舒服些。

在齐东锵做这一切的时候，唐娟一直默默地看着他，一双如水的丹凤眼闪着柔和的光泽，似乎纯净无邪，又深不可测。

见齐东锵光笑不说话，唐娟才微微一笑："那天的事儿……实在抱歉，我得自保不是吗？"

"那天的……啥事儿？"齐东锵一脸迷惑。

"噢！这么说你早就摆平了？那天我看到嫂子在偷偷地跟踪你，所以，就逃了，呵呵，原谅我无法帮你圆谎。"

"到底谁在撒谎？能不能讲点道理呀？"齐东锵收回了脸上的所有表情。

"对于你这个神探来说，说真话或说谎话还有什么不同吗？再大的问题，你都能轻松化解的。"齐东锵始终注意地看着唐娟的表情，却分析不透她的笑容里隐藏的，到底是恭维还是讥讽。

"三万块钱的问题，应该算是大问题，还是小问题呢？"齐东锵目光灼灼。

唐娟嗔怪地瞪了他一眼，那双狐媚的眼睛快速地向四面瞟了瞟，这才压低声音说："干吗凶神恶煞似的瞪着人家？好像人家是嫌疑人似的。我正在这里等信儿呢！钱都打过去了，可他偏说什么要见面谈，这里，就是我和他见面的地点。"

唐娟说着又警惕地向四面看了看："哪承想半道里杀出了你这个程咬金，我怕你跟着乱掺和，都不想和你打招呼了，你怎么就领会不了我的意思？真不明白你这个刑侦专家到底怎么回事。"

齐东锵也向四周看了看说："你的意思……是那个给你打电话的人，此时就在这个饭店里？"

唐娟看了一下手表："我们约好九点在这里会面，你看看，这都九点过十分了，他还没有露面，一定是看到你了，才临时改变主意了吧？别这么瞪着我好不好？怨也应该怨你长了一张明星脸，人家再怎么傻，也不会傻到往全国著名刑侦专家的枪口上撞吧？"

齐东锵也审视地看了唐娟好一会儿，才掏出手机说："鱼不上钩，就把它钓出来呀！还等什么？你把他的电话号码给我吧！我帮你钓出这条大鱼！"

"别……别……那不是打草惊蛇吗？你还想不想要情报了？"唐娟狐疑地盯着齐东锵的眼睛。

"如果真像你所说的那样，那他就不是一条潜伏的蛇了！那他就是一头藐视法律、趁火打劫的恶狼！所以我们必须要引狼出洞！"齐东锵义正词严地说。

"你是不是后悔了？不想拨乱反正了？我甚至怀疑那天你的壮举也是冲动的结果呢！全是那点酒惹的吧？"唐娟明显讥讽地一笑。

"我当然想拨乱反正，却又担心被人利用了。到头来不仅正反难平，还让人骗了！你想想，一个全国著名的刑侦专家被骗，会成为天大的笑柄的。"齐东锵就那么端着手机直看着唐娟，脸上没有一丝笑容。

唐娟脸上的笑容也消失了，只是幽幽地看着他，眼神更显深邃。

齐东锵瞪着唐娟，一字一顿地说："如果你把他的号码给我，那我就帮着你同他斗；如果你不给我，我只能向你要结果！"

唐娟便笑了："随你！不过，我可没有你的那种特异功能，从来都背不出别人的手机号！"

唐娟说着，便扭了扭身子站了起来，隔着桌子把小坤包从椅子上拎了过去，优雅地放到膝上，慢吞吞地从里面找到手机，但并不拿出来，而是用香肠一样的手指快速地在手机上抹了抹，口里念出了一串号码。

可还未等把那串号码叨咕完呢，小坤包就已经让她扣上了。也不知她是有意不让齐东锵看到她的手机，还是她的动作的确快捷，齐东锵虽然一直盯着她的手，却始终没有看清她手里拿的到底是不是手机。

齐东锵的心便怦怦地跳了起来：唐娟所说的号码，就是筷子给他发过来的那个号码——到底是怎么回事？难道向唐娟出卖信息的，和敲诈筷子的是同一个人？

齐东锵一边扫视着络绎饺子馆，一边把电话拨打了出去，不一会儿，里面就传出了"您拨打的电话已关机"的提示音。

——这是齐东锵预料之中的。

陈瑶端着两盘饺子向这边走了过来，她慢慢地站在齐东锵原来坐过的桌边，征求地看了他一眼。

齐东锵冲她招了招手说："端到这桌来吧！"末了，便冲唐娟微微一笑，小声而亲昵地说："既然这么巧，不如喝点咋样？葡萄酒还是老白干？"

唐娟明显讥讽地一笑："你刚才不是说那是一头饿狼吗？不是信誓旦旦地要同恶狼斗争到底吗？怎么？这么快就退缩了？要借酒消愁吗？"

"恶狼得抓，酒也得喝！"齐东锵说罢，突然清了清嗓儿，便学着赵忠祥的腔调朗诵起诗来了：

> 沿着鸽子的哨音，我寻找着你。
> 高高的森林挡住了天空，
> 小路上，一棵迷途的蒲公英，
> 把我引向蓝灰色的湖泊。
> 在微微摇晃的倒影中，
> 我找到了你，
> 那深不可测的眼睛。

朗诵完了，齐东锵便笑着问："像不像赵忠祥？"

唐娟没有评价，只是悠然地晃了晃身子。

陈瑶端来了饺子，还送上了一碗热腾腾的饺子汤。齐东锵盛了碗饺子汤喝了两口，冲唐娟莞尔一笑："怎么样？来一瓶葡萄酒？"

唐娟突然坐直了身子，大声大气地冲服务员吩咐道："来就来烈的！一瓶东北王！"

唐娟伸了伸胳膊，挺了下腰儿，又加了句："大瓶的！"引得隔座的那个农民满目惊异地看了她一眼。

齐东锵也开心地笑了，指着菜单说："再来一盘拼盘，一盘凉拌菜！对了，你们晚上几点打烊？"

陈瑶一笑："您尽管慢用，得十二点呢！"

玩游戏的小伙子冲陈瑶招了下手，喊了声"算账！"便又低下头玩手机了。小伙子的坐姿显得吊儿郎当的，陈瑶向他走去时，他的眼睛始终没有离开手机。

陈瑶走到他的身边，他一抬手把五十元钱给了陈瑶，眼睛依然看着手机。陈瑶从裙兜里拿出一沓零钱，从里面抽出几张找给了小伙子，小伙子看都没看，把零钱顺手装进了衣兜，就一躬身子站了起来，拎起书包大步流星地向外走去了。

齐东锵一直看着他走出饺子馆，在行走的时候，他的眼睛还是没有离开手机。

齐东锵突然想起了什么似的，拿出手机，快速打了一行字："如果目标移动，请随时告知！谢谢！"便发了出去。

在齐东锵发短信时，唐娟始终两手交叉抱着膀儿看着他，脸上依然带着那种深不可测的笑意。

齐东锵把手机揣进兜儿，便冲她笑了笑说："和美女吃饭，得通知家属一声不是？不然又该怀疑了！"

唐娟有些不屑地摇晃了一下身子，脸上的肌肉突然一横说："我最感兴趣的，是那只恶狼。刚才我不让你打草惊蛇，你非不听，这回好了，恶狼一定让你给吓跑了，如果结局真是这样，那你就得自认倒霉，反正这钱我是不会赔给你的！"

"怎么？你想推脱责任？这种话不是你唐娟能说出口的吧？你可别忘了那句老话：打酒向提瓶子的人要钱。"齐东锵也像唐娟那样抱了膀儿，靠在了椅背上。

"可一切都是你给搞砸的。"唐娟依然那么晃着。

"一手交钱一手交货，这是底线吧？你在社会上混了这么多年，不会蠢到连底线都守不住了吧？如果你肯承认自己真的蠢到了那种地步，那你就得为你的愚蠢买单。"齐东锵微笑地说。

唐娟的脸有些泛红，嘴里却依然笑着说："如果真要为愚蠢买单，也轮不到我吧？我压根儿就没标榜过自己聪明，怨也只能怨你这个刑侦专家有眼无珠。"

"我说唐记，你今天到底怎么了？咋说起无赖的话了？你走南闯北这么多年，不会不明白我们之间的真正关系吧？我们现在就是雇佣关系，自从我把三万元钱付给你的那一刻，我就成了你的雇主，所以我的任务只是坐等结果。"

齐东锵面无表情地说罢，缓缓喝了一口汤，又严肃地加了句："如果结果真像你说的那样，抱歉，你得把钱给我拿回来！三万元钱对于你来说，可能是小钱，但对于我不是。"

"你这么说……是不是太无情了！当初可是你求我的，早知你是这种人，我怎么会答应帮你？现在，说什么都晚了，爱咋咋地吧！"唐娟脸上的笑容也消失了。

齐东锵审视着唐娟，突然无奈地摇了摇头说："啊！果然是谈钱色变！连这种无情的话都说出来了？这哪是那个有勇有谋、敢作敢当的军旅作家唐娟说的话呀？看来！还真得亲自出马了！"

齐东锵说完，就冲陈瑶打了个响指说："陈瑶妹妹，你过来一下！"

听齐东锵突然叫起自己的名字，陈瑶一愣，立即迈着小碎步微笑着走了过来。

齐东锵掏出了警官证冲她亮了一下，柔声地问："你们老板在吗？我们要查一起案子，想请他配合一下。"

陈瑶马上收住脸上的笑容，小声问："您有什么事就和我说吧！我们老板不在。"

齐东锵环视了一下室内问："这里除了这扇大门，还有没有其他的门？比如后门？"

陈瑶摇了摇头说："没有，这里只有这一个出口。"

齐东锵又指了指正在橱窗后包饺子的两个工作人员说："除了她们两人，你们后厨还有几个人？"

　　陈瑶说："还有一个。"说完又补充道，"您也看到了，我们这是家小店，雇不起太多的人。"

　　齐东锵信任地点了点头说："你把饭店里的所有工作人员都叫出来好不好？让他们拿上手机，记住：所有的手机，你和大家解释下，就耽误两三分钟的时间。"

　　陈瑶想了想说："行！我这就去和他们说。"说完就脚步匆匆地向后厨走去了。

　　不一会儿，一个中年男子就跟在陈瑶的身后走了出来。那两个包饺子的女人也都擦了手，从橱窗后走出来，每个人的手里都拿着一个手机。

　　直到几个服务员都来到了自己的身边，齐东锵才站起身，环视了一下屋子里的人。

　　那几桌吃的或玩的顾客，此时都感知了这边的变化，也都停下了嘴里的或手里的动作，注意地看着齐东锵这里。

　　齐东锵又向大家亮了一下手里的警官证，大声地说："我是警察，因为要办理一起敲诈案，所以麻烦大家配合一下。现在请大家把你所携带的手机——我是说你身上的所有的手机都拿出来，放到我这边的桌子上好吗？请大家放心，我看一下马上会归还给大家的！"说着，齐东锵便走到附近的一张空桌子边站定了。

　　小小的饺子馆顿时静下来了，静得都能听见后厨里饺子水的沸腾声。大家面面相觑着，谁都不肯先把手机放过来。

　　倒是那个农民第一个站起了身，掏出了衣兜里的一个厚得像砖头的旧手机，放到了桌子上。

　　陈瑶看了齐东锵一眼，也把自己的小手机从腹部的裙兜里掏了出来。

　　其余的人这才陆续走了过来，纷纷把手机摆在桌子上。那个男孩子在红衣母亲的带领下，也挤进了人群，怯生生地把那个平板电脑放到了桌面上。

　　唐娟一直坐在那里看着齐东锵表演，见所有的人都把手机交了出来，齐东锵便冲她笑了笑。

　　唐娟仰着头娇娇地冲齐东锵傻笑着，似乎好半天才看明白齐东锵眼神儿里的含义，这才慢腾腾地打开小坤包，从里面掏出了一个装在粉红色保护壳里的小手机，冲齐东锵晃了晃，放到桌角上。

　　屋子里静极了，大家都伫立在那里，沉默地看着齐东锵。

　　"所有的……都拿出来了吗？"齐东锵巡视着大家。

　　红衣母亲突然想起什么，立即几步小跑儿回到桌边，从兜子里又摸出一个旧手机，放到了桌子上。

齐东锵感激地冲她点了点头，便在众人的注视下，检查了所有手机的开机状态。接着拿出自己的手机，拨打。

桌子上的手机一点反应都没有。

齐东锵的手机里又传出了那个机械的女声："您拨打的电话已关机。"

齐东锵无奈地叹了一口气，便冲大家抱歉地一握拳说："谢谢大家配合我！现在大家可以把手机拿回去了！"说着一弯腰，先把唐娟的手机拿了起来，态度殷勤地走到唐娟的身边，想帮她把小手机放进她膝上的小坤包里。

唐娟嗔怪地瞪了他一眼，强硬地拨开了齐东锵伸向她小坤包的手，顺势夺过了那个小手机。可夺过去后偏不往小坤包里放，而是打开手机查看了一下，那个小坤包也因此被她的双臂压住，压得扁扁的。

人们都陆续取回了自己的手机，虽然并没有人说什么，但大家的表情都怪怪的。

那两个年轻人取自己的手机时，甚至面带不满地互看了一眼，鄙夷地撇了撇嘴。男孩子临离开时，突然嘟囔了一句："到底唱的哪出戏呀？警察就可以为所欲为吗？"

齐东锵严肃地说："要说唱戏，人生都是一场戏。但今天的这出戏，真是不得已而为之的。根据我们的调查，有一位犯罪嫌疑人，以提供情报为名，用电话对一位女子实施诈骗活动，现在这个人就在我们这些人中间。"

齐东锵的话音一落，屋子里的人便面面相觑并议论纷纷了。

齐东锵加大了声音："刚才没测试出来，是因为这个人压根儿就没把他的那个用于诈骗的手机拿出来。"齐东锵一边说一边观察着每个人的神情。

屋子里的人都摇着头："我只有一部手机。"

"是啊！谁出门拿两部手机呀？也不嫌麻烦？"

"我真的只有这部电话！平时我只会接听，连短信都不会发。"那个农民甚至一边说，一边把自己的衣兜裤兜儿都拽了出来，让齐东锵看。

齐东锵感激地冲他点了点头说："谢谢您！大哥！谢谢您的配合！"

齐东锵回过身，冲大家抱了抱拳说："为了不让无辜的人跟着遭罪，我今天就不细查了。我只想警告这个人，请你不要再心存侥幸，法律有一个名词叫犯罪中止，如果你能自动有效地防止犯罪结果的发生，警方甚至可以不追究你的法律责任。但如果你一意孤行，继续犯罪，那我们就走着瞧！"

经过了这样的事，陈瑶对齐东锵的态度也不怎么热情了，站在桌边，她有些

227

冷漠地看了看齐东锆问："您要的菜……还继续上吗？"

齐东锆说："当然上啊！"说罢看了看手表，"离你们打烊……不是还早着吗？"

陈瑶似乎想说什么，但终于没有说出口，犹豫了一下，她才去橱窗那边忙碌了。

唐娟冲齐东锆撇了撇嘴，小声说："你以为你这样敲山震虎一番，那个人就会把情报吐出来吗？我看你这么做，不仅捉不住老虎，也吓跑了狼。"

齐东锆奇怪地瞪了唐娟一眼，冷冷一笑说："什么情况？我在帮你！你倒说起风凉话了？你放心，这个人不仅会把情报通过某种途径送过来，还会乖乖把那三万元钱给我退回来的，要不然，你看我会怎么收拾他？"

话音未落，陈瑶已把酒和菜用托盘一次性端了过来，态度冷漠地放到了桌子上。

齐东锆打开酒瓶，给唐娟和自己分别斟满了酒，他把酒杯端给唐娟，声音低低地说："和你说句实话，我真的很希望和这个人往深里玩一玩！因为我这段日子实在是太闲了，IQ和EQ都要在脑袋瓜子里生蛆了。这大脑呀就像机器，如果不用真的会生锈的。"

唐娟便笑了，豪放地端起酒杯和齐东锆碰了碰说："那就祝你旗开得胜！"说完便一仰头干了杯中酒。

三十五

那天晚上，齐东锆和唐娟直到喝干了瓶中酒，才离开饺子馆，两个人喝得都很尽兴，在喝酒过程中，齐东锆再没说过一句与敲诈有关的话。

算账时，齐东锆和唐娟甚至客气地抢了起来，以至于陈瑶都不知道该收谁的钱了，但最后还是让唐娟占了上风。

两个人走出门时，齐东锆征求地看了唐娟一眼，唐娟便冲齐东锆一笑说："这次就饶了你，不用你送了！我要去我妈妈家！"说完就朝停在不远处的一辆出租车招了招手，在唐娟做这一切的时候，齐东锆一直没有说话，一直微笑地看着她。

出租车很快就开到了饺子馆的门口，唐娟坐上车后，再次微笑地冲齐东锆摆了摆手，那出租车就箭一样向前射去了。

齐东锆看着那辆车走远，才返回饺子馆。在进门前，他看了一下手表：指针正好指向夜间十一点。

齐东锆在门口站了一会儿，借着饺子馆里射出的灯光拨打了电话，很快电话就通了，因为夜很静，可以清晰地听到秘书小王的声音："齐教授，我一直不错眼珠地盯着呢，目标还没有移动。"

"目标还没有移动吗？可饺子馆里的顾客都已经离开了！"

"的确没有移动。对了，这个号码的历史轨迹图我正在整理，稍后给您发过去！"

"好的小王，辛苦你了！接下来你还得继续辛苦一下，给我死死地盯着它，发现目标移动马上短信通知我！"

"行！您放心吧！"

齐东锵关了手机，在窗子外面的阴影里点了一支烟，然后面对着窗子，静静地抽起烟来，两只眼睛也始终朝餐馆里看着。

偌大的餐厅里，只有陈瑶一个人在里面走来走去。

一支烟抽完了，齐东锵摁灭了烟蒂，见附近并没有垃圾桶，便拿着烟蒂走进了餐厅。陈瑶已不再忙碌，此时正坐在吧台边看着电脑查阅着什么。

见齐东锵突然又走了进来，陈瑶的脸上现出了一丝惊慌的神色，虽然稍纵即逝，但还是让齐东锵捕捉到了。

齐东锵把烟蒂扔进门边的垃圾桶，这才态度和蔼地对陈瑶说："陈瑶，你在收拾屋子时，没发现什么特别的东西吧？"

陈瑶马上摇头说："我还没收拾屋子呢！您看，所有的垃圾都在那里摆着呢！"

齐东锵向橱窗内看了一眼，见那两个工作人员都已换下了白大褂，正收拾着准备下班。这时，后厨的男人也走了出来，见了齐东锵，他似乎吃了一惊，但神情马上恢复了正常。

齐东锵揉了揉额头，深思了一会儿。这时三个工作人员都走了出来，边收拾屋子，边用眼睛的余光瞟他。

陈瑶打了个哈欠说："我们该下班了！"

齐东锵独断地说："抱歉！我还得再占用大家一点时间，因为那个用于诈骗的手机，还在这个餐馆里。当然，如果哪位能把它主动交出来，我们大家就不用浪费时间在这里等了。"

两个女工听了他的话，立即把自己的小包打开，让齐东锵检查。

那个男人披着一件衣服，见状立即从衣兜里摸出那个已被查过的手机。为了证明自己清白，他甚至像那个农民似的，上上下下翻开了自己的衣兜，把钥匙和身份证都拿了出来，让齐东锵查看。

在三个人都忙着接受检查的时候，陈瑶依然一动未动地坐在电脑边，齐东锵奇怪地看了她一眼，发现她目光游离地瞟了齐东锵一眼。乍一看，齐东锵觉得她是在看自己，可又觉得她并没有看自己，那她在看谁？

齐东锵回头看了一下，发现身后并没有别人，心里就有些发毛。

齐东锵晃了晃头，试图把那种不好的幻觉晃出去，他就那么晃着头，向陈瑶那里走了过去。

就像一缕看不见的魂魄突然就回到了身体里，只见陈瑶激灵了一下，才又变成了陈瑶。

齐东锵走到陈瑶身边，并不说话，只是默默地看着她，陈瑶才想起了什么似的，一拍脑门说："您瞧我……光顾着看热闹了！"

陈瑶笑着从吧台下面拎出了一个明黄色的小坤包，麻利地打开，让齐东锵查验。

齐东锵仔细查验了她的东西，又顺便检查了一下吧台，这才走进后厨，仔细查看起了锅碗瓢盆。

在齐东锵检查时，陈瑶和那几个工作人员为了避嫌，始终都沉默地跟在他的左右，但大家谁都不说一句话。

齐东锵当然懂得他们的沉默，那是含有抵抗性质的沉默，是压抑着愤怒的沉默。

但齐东锵丝毫不理睬他们的沉默，只是在心里默默地给自己打着气儿：坚持下去！哪怕错了也要坚持查下去！目标不是还没有移动吗？有目标，就一定有手机。

检查完后厨，他又面无表情地在餐厅里面踱了一圈，尽量避免去看那几个人的表情。

从室内装修的情况看，这家饺子馆应该是刚建不久的，墙壁上镶着壁纸，地面上铺着地板砖，包括棚上的吊灯，墙上的小画，都很简洁，真的没多少可以藏污纳垢的缝缝隙隙。

餐厅检查完了，齐东锵便直接走进了洗手间，进门前，齐东锵又回头看了一眼陈瑶，发现她的眼睛里又掠过一丝恐慌，于是，一股火焰般的希望便呼的一下在胸腔里燃烧了。

"幸好她还是个没被污染的小姑娘！"他想。

这家饺子馆的洗手间很小，只有一个房间。门刚一推开，里面的感应灯便亮了，是那种迷蒙的亮。

灯光下，齐东锵先看到一面阴森的镜子，阴森得让人顿生一种无可名状的恐惧。

齐东锵闪了一下身子，很快在镜子里找到了陈瑶的脸——此时，那张脸已经因为过度紧张显得极其苍白了。

齐东锵看到陈瑶的同时，陈瑶也看到了齐东锵，但随即镜中人便换成陈瑶身后的一个女工了。这个女工正侧着脸压低嗓门冲旁边说着什么，嘴唇向前一努一努的，齐东锵在她的侧脸上看到了明显的愤怒。

齐东锵没有理会她的愤怒，继续慢慢吞吞地查看。镜子下边是一个小小的洗漱台，旁边有一扇关着的小门，门上并排贴着两个头像剪影，一个梳着平头，一个梳着小辫儿。齐东锵瞟了一眼那两个小剪影，脸上便露出了一缕笑意，觉得在门上张贴这种标志，简直是在糟蹋人的智商。

齐东锵伸出食指，轻轻地推开小门向里面看了看，里面安装的是敞口蹲便器，旁边的纸篓也是空的，看来已经被清理过了。

因为膝盖顶到了一个物品，齐东锵便低头看了一下，这才注意到洗漱台下面还立着一个红色的塑料桶，一把塑料笤帚横压在桶上，透过笤帚可以看到桶里面装满废纸垃圾。

齐东锵把那个塑料笤帚小心地拎起来，把手冲下在纸篓里搅了两下，笤帚的把手很快感应到了一个硬东西，齐东锵的心里便一紧。

齐东锵再次抬头朝镜子里看了一眼，发现饺子馆里的几个人都挤在门边看着他，小门太窄，齐东锵无法看到陈瑶的脸，但齐东锵深信陈瑶的脸就在那几张脸的后面。

齐东锵拿起了一只搭在洗漱台上的防护手套，慢慢地戴上，才在纸篓里掏了起来，转眼之间，一个手机就被他掏了出来，身后立即响起了人们的惊叫声。

"这是谁放的?"

"反正不是我!"

"瞧我忙的，一直都没上厕所呢! 你能给我做证。"

"我虽然去了，但不是我。"

"实在不行查监控吧! 一看不就全明白了?"后厨男人嗓门最大。

齐东锵一边听着几个人的议论，一边拿着那个手机走出洗手间，他试了一下手机按键，发现手机果然关机了。

齐东锵长按了一下开机键，随着一阵欢快的音乐声，那个手机就一闪一闪地发出光来了。

在大家的目光里，齐东锵表演似的把手机放到一张桌子上，这才摘下手套，拿出了自己的手机，再次拨打了那个号码，电话很快通了，桌子上的手机立即嗡嗡嗡地振动了起来，发出老牛受憋的哞哞声。

这是一部市场上常见的老人手机，没有多少功能，价格也非常便宜。齐东锵把手机举在空中，慢吞吞地说："刚才我检查手机后，屋里的顾客没有一人去过洗手间。说得更明白些，这个手机就是在我刚才离开饺子馆后，被咱们其中的一个人扔进垃圾桶里的。为了不耽误大家时间，我想请您自觉坦白！"

那个男人看了看几个女工的脸，语速快快地说："八成在你检查手机前，这个手机已经被人扔到垃圾桶了。"

"想查出手机到底是谁放进去的，实在太容易了！哪怕监控里没有，我们也有其他的手段。"齐东锵慢吞吞地说着，向电脑边走去："比如用测谎仪测谎，那可是一测一个准儿的。不过我还是希望这个人……能主动承认。"

陈瑶的脸色苍白如纸，可她还强撑着，嘴里碎碎地说："您用电脑……是不是应该得到我们老板允许呀？再不，还是等明天我们老板来了再查吧！"

后厨男人说："人家是警察，警察办案，别说用你的电脑了，就是用你的车你也得让人家用。这方面国家都是有规定的。"

正说话间，桌子上的那个老人手机突然响了起来，依然是那种老牛受憋的哞哞声。

齐东锵犹豫了一下，便把手机交给陈瑶："你接听一下。"

陈瑶的脸色更白了："真不是我的手机！"

齐东锵和颜悦色地说："我只是请你帮我接听一下！用扬声器！"

手机依然哞哞地闷叫着，似乎它也在催促陈瑶。

不知从什么时候开始，陈瑶的脸上已经渗满了细细的汗珠，她犹豫地看了后厨男人一眼，后厨男人就说："让你接你就接，咱得配合警察工作不是？"

陈瑶这才手指抖抖地按了接听键，声音颤抖地"喂"了一声。

里面立即传出了一个男人疯狂的喊声："你这个人怎么回事？都说好了的，干啥关机了？"齐东锵仔细辨听着对方的口音，一双睿智的眼睛，依然盯着电脑屏幕。

"我……不是，我……"陈瑶瞟着齐东锵，语无伦次地说。

见陈瑶的手指抖得厉害，后厨的男人便走过去帮她按了扬声器，里面的声音就更大了。

"你啥呀你呀？你这个人到底怎么回事？还办不办点人事儿了？"男人破马张飞似的在手机里哇啦着，好像要冲破手机壳从里面跳出来似的。

陈瑶拿着手机傻傻地看着齐东锵，一时不知道怎么回答。

齐东锵示意陈瑶把手机拿过来，才接了电话："喂！你要找谁？"

"你别跟我装了，今天你哪怕换成魔鬼的声音，我也不会放过你的！你到底在哪里？我今天必须见到你！"

"我不是你要找的人，我是警察，现在正调查一起诈骗案，这部手机是那个骗子的！"

"诈骗案？你的意思……用这个手机给我打电话的人是个骗子？"

"现在我们正在查，请您配合我们，告诉我们到底发生什么事儿了。"

"我……我凭啥告诉你们？"那个人说完，就关了手机。

齐东锵把手机放在吧台上，继续查阅电脑。从视频可以看出，当晚的监控画面已经被人查过了，查视频的人当然就是陈瑶。

陈瑶为什么要查视频？她要查什么？

正这么思索着呢，那个老人机突然又哼哼地闷叫起来了，齐东锵皱了皱眉，手机也没拿起来，就直接按了扬声器。

很快，里面就传出那个男人的声音，但此时已经没有了那种疯狂，反倒多了一分怯懦："你刚才说你是警察？你是不是在吓唬我呀？你拿警察吓唬我也没有用的，我现在最不怕的就是警察！"

齐东锵皱了皱眉："你想说啥？"

男人说："你看我都大老远的来了，你是不是也得拿出点诚意呀？"

"可我真是警察！"齐东锵声音平静地说。

那个男人的声音突然又加大了："哪怕你真是警察，今天我也要见你！咱们今天必须见面！"

"那好吧！我在络绎饺子馆，你马上过来吧！"齐东锵看了看几个工作人员的表情。

"络绎饺子馆？你刚才不是说你是警察吗？"

"到底是不是警察，见了面就全明白了吗？你打车过来，移动公司旁边，络绎饺子馆，司机都知道这个地方。"齐东锵依然声音平静地说。

"好吧！我他妈的豁出去了！你等着我！"男子又恢复了气急败坏的语气，还没等齐东锵说什么，他就挂了电话。

后厨男子不满地瞪着齐东锵说："我说……你这位警察……你今天这么做，有点不对劲儿吧？你的警官证是真的还是假的呀？听那个人的声音！就知道不是什么好人，你和他见面，应该在你们警察局里见吧？干吗约他到我们这里来？这万一打起来，谁赔偿损失？"

齐东锵义正词严地说："你们如果想质疑我！自然会给你们质疑的时间，但不是现在。现在你们必须无条件地配合我把这件事儿查个水落石出，因为手机是在你们这里发现的，这里就是嫌疑人作案的第一现场，查不清是谁丢的手机，我是不会走的。"嘴里说着，手里一直嗒嗒嗒地点动着鼠标。

屋子里静静的，几个人你望着我，我望着你，个个满面苦色。

突然，陈瑶冲齐东锵哭喊了一声："手机是我丢的！你不用查了！"一句话把所有人都说愣了。

齐东锵目光炯炯地盯着她："你的意思……你就是那个实施诈骗的嫌疑人？"

陈瑶抽泣了一下，才哭着说："手机是我丢的，但我真的不是诈骗，我都不知道啥叫诈骗！我刚才算账时，一掏兜儿，才发现多了一个手机，我也不知道这个手机咋就跑到我兜里了，可这个手机真不是我的。"陈瑶一边哭，一边有些神经质地拽着自己胸前偌大的衣兜。

后厨男人不满地看着陈瑶："哭能解决啥问题呢？你好好想一想，回忆一下，刚才在结账时，尽谁接触你了，我猜那个人一定是在你结账的时候，把手机塞进你兜里的。"

齐东锵皱着眉头，试图回忆唐娟和他抢着结账时的点点滴滴，依然没想出什么疑点。他又查了一下电视监控，可因为陈瑶都是背对着镜头的，也没有发现什么可疑的迹象。

一个女工埋怨陈瑶说："你这个孩子也真是的，发现手机拿出来交给人家警察不就完了？咋还藏起来了呢？你这不是明白人做糊涂事儿吗？"

另一个女工瞟了齐东锵一眼，又讨好地说："看这位警察大哥的面相，就知是一个好人，要是警察大哥不追究，睁一只眼闭一只眼，这事儿也能过去的，是不是？陈瑶你也不用太着急，解释开了就没事儿了。"

陈瑶还在哭："我就是害怕，就是害怕……咋还有这么坏的人呢？咋还有这么坏的人呢？刚才我也查监控了，可啥都没查出来，那个人一定是故意躲开监控了，他这个人咋能这么做呢？"

齐东锵摇了摇头说："既然不是你的，你发现手机以后，就应该把它交出来的，为什么还要把它扔到了垃圾桶里？你知道吗？陈瑶，你这种行为已经涉嫌转移赃物罪了，如果法律追究，最低也得判三年。"

陈瑶听了，哭得更厉害了，鼻涕一把泪一把地哀求齐东锵说："警察叔叔，求你救救我吧！救救我！"

后厨男人帮着求情："警察兄弟，反正今天这里又没有旁人，您就高抬贵手，放陈瑶一马吧！这要是让老板知道了，陈瑶的工作肯定保不住的。"

陈瑶哭得都无法站立了，两个女工把她扶到餐桌边坐下，可她依然神经质地解释："我就是害怕！一看到手机，腿肚子都吓得转筋了！可这个手机真的不是我的！我咋说你们才能信呢？我说的都是真话。"

齐东锵面无表情地说："是不是真话，到最后警察都能查出来的。当然，如果你们能配合我们办案，我们也可以宽大处理的。"

后厨男人听了，马上向齐东锵保证："你要是不追究这事儿，我们一定配合你，你让我们做啥我们就做啥！"

齐东锵语气舒缓了些："好吧！如果你们真想帮陈瑶，等一会儿那个人来了，你们就配合我，看我眼色行事。大家都不要怕，法治社会怕什么？有法律做保障，谁都不敢无理取闹的。"

"行，到时我们一定配合你！"后厨男人说着，就向后厨走去了，齐东锵隔着橱窗扫了他一眼，发现他把一把菜刀裹进了一块抹布中。

等男人拿着裹菜刀的抹布出来，齐东锵便冲他笑了，摇摇头说："不用这么紧张，什么事儿都不会发生的，会咬人的狗不叫，即使真的咬人，我也不会让他咬到你们的。今天就是问问，如果案情复杂，我会把他带回警察局继续调查的。"说着拿出U盘，把电脑里的监控资料全部复制到了U盘里。

门突然被撞开了，三个农民打扮的男人气势汹汹地走进了饺子馆，走在最前面的是一个干干巴巴的、有着一张长瓜脸的男人，后面跟着的两位，也都瘦小枯干。

前边的长瓜脸一进屋，就下巴上翘着朝大家看，目光凶巴巴的。齐东锵觉得他很面熟，却一时想不起在哪儿见过了。

"你是刚才打电话的那位同志吧？"齐东锵迎着他的目光走过去，一边走，一边掏出了自己的警官证。

男人认真地看了看齐东锵的警官证，眼睛里的凶狠气焰便暗淡了许多，但语气依然强硬："我又没做啥犯法的事儿，我来这里，是找我闺女的。"

"有话慢慢说。"齐东锵把警官证揣进兜里，便慢慢地坐在了一张椅子上，见三个男人依然呆愣愣地站在那里，齐东锵便示意他们也都坐下，然后回头吩咐："给这几位老乡倒杯水吧！"

一位女工答应了，快步走过去倒水。

齐东锵微笑地问："您贵姓？"

男人突然横了齐东锵一眼："你啥意思？想审问我吗？"

齐东锵把水杯往男人面前推了推，然后拿起手机，对男人说："这样和你说吧！你刚才打电话找的这个人，涉嫌诈骗，我们正在调查这起案子，可嫌疑人把手机丢在这家饭馆后，就不见了，我们现在正在找他。所以想向你了解一下情况。"

男人狡猾地眨了眨眼睛："那我……不说我的名字行不行？"

齐东锵说："也行，那你就先介绍一下打电话的人吧，不用着急，慢慢说。"

男人看了看那个手机，眼珠转了转，才说："我也不知道多少，我们只是通了几次电话，他说话的声音很怪，也听不出是男的，还是女的。"

"你们当初是怎么联系上的？"

"是这个人先给我打的电话，我也不知道他是怎么打听到我的，他告诉我，说他知道我女儿的下落，还说我要是肯花钱，他能帮我找到我的女儿。"

"你女儿？你的意思，是你的女儿丢失了吗？"

"是的，我女儿丢了，都丢好几年了。"正说着话，男人的手机突然响了，男人从兜里掏出了手机，看了看号码，却不接听，任那个手机怪声怪气地响着。

齐东锵说："你接电话吧！接完再唠。"

男人说："陌生号，不接，漫游的。"

手机终于不响了，齐东锵才问他："你刚才说你的女儿丢了好几年了？当初你们没有报警吗？"

"报了，哪能不报警呢？可你们这些警察，我不是贬你们，能办成几个案子呀？"

男人说话的时候，手机又响了，是短信的声音。男人不耐烦地把短信打开，然后举得老远觑着眼睛看，怕齐东锵看到里面的内容，他特意调了一个角度，让手机背对着齐东锵。

男人就那么看了两眼，脸色就变了。突然，他收起了手机，回头便对那两个男人说："得走！马上走！"说罢，几个人就站起身，呼啦啦地向外面走去。

"上哪儿去？话还没说完呢！"

"不和你们说了！你们这些没用的警察！"男人恶狠狠地撂下了这句话，砰的一声推开了门，就气汹汹地出去了。留下齐东锵和几个工作人员面面相觑。

三十六

　　齐东锵回到家，已经十二点多钟了。

　　小区里静静的，连花草都睡了，只有几盏路灯睁着诡谲的眼，沉默地看着树叶上的几个虫儿边梦游边说梦话。齐东锵在未上楼之前，先给筷子打了一个电话，筷子很快接听了，依然是那种沙哑的声音，听声音便知道，她也没睡呢。

　　"你在哪儿呢？筷子？"

　　"在……家呀！"

　　齐东锵向楼上看了一眼，发现除了楼顶上的装饰灯在一闪一闪地亮，所有的窗口都黑洞洞的。

　　——这么晚了，筷子在那个漆黑的屋子里，到底是以什么样的姿态存在呢？是围着被子沉默地坐着，还是躺在床上发呆？

　　齐东锵心里这么想着，嘴里却说："你放心睡觉吧！筷子，那个用于诈骗的手机，我已经找到了，虽然嫌疑人还没有确定，但我相信我已经和他打过照面了，并且，我还变相地警告了他，我估计这一时半会儿，他是不会采取什么行动的！"

　　筷子那边却没有一丝反应。

　　"筷子，你在听吗？"

　　又隔了一会儿，才听到筷子语气怪怪地说："随风，这么晚了，你还在为我奔波！你对我真是太好了！谢谢你了！"

　　"你怎么说起客套话了？筷子？怎么回事？难道那个人又逼你了？"齐东锵突然有一种不祥的预感。

　　"噢！没……没有！你早点睡吧！"筷子支支吾吾地说完，就挂了电话。

　　齐东锵傻呆呆地在楼下凝立了好一会儿，才慢慢地走进楼道。电梯里和以往一样，充满了阴森的气息，但齐东锵却顾不上恐惧了，他的大脑里塞满了筷子的声音。

　　从电梯里出来，齐东锵先侧耳倾听了一下对门的动静，楼道里静极了，静得连感应灯都灭了，齐东锵听了好半天，也只是听见了自己的呼吸声和心跳声。

　　"难道那个人丢了电话后，又用别的电话威胁筷子了？筷子呀筷子，你到底惧怕什么？那个人到底抓住了你的什么把柄？"齐东锵一边忧心忡忡地想着，一边慢慢地打开了家门。

　　直到靠到了门上，齐东锵才感到了疲倦，鞋都没换，他就把沉重的身子扔进了沙发里，周身瘫软得就像被哪个人抽了筋骨一般。

"齐东锵，你这个傻帽！这一个晚上，你到底在忙些什么？如果筷子到底还是把钱打过去了，那你今天晚上所做的一切，就是乌龟壳上找毛——白费劲儿了！"窝在软软的沙发里，齐东锵颓废地想。

"这本身就是一桩无头案！你连筷子为啥被骗都不知道呢！还去查什么案子？"

齐东锵默默地摇了摇头，便慢慢地脱鞋子，脱一只鞋子，苦笑一声，再脱一只鞋子，再苦笑一声："是啊！这的确是一件可笑的事儿！无头案怎么可能有结局呢？齐东锵啊齐东锵，你现在连无头案都肯去查了，你是不是闲出屁来了？"

继而又想："筷子的事儿怎么能是闲事儿呢？筷子的事儿永远都是大事！像天那么大！"还别说，这么一想，心里就开阔多了。

屋子里和走廊一样，黑黑的，闷闷的，齐东锵习惯地禁了一下鼻子，品了品屋子里的气味，没想到还算清爽，并没闻到那天的骚臭味，看来徐问玉不仅收拾了，还喷洒了空气清洁剂。卧室里一点声音都没有，齐东锵向里面瞟了一眼，发现里面的黑就像掺了墨汁，难道徐问玉也出去了吗？

齐东锵慢慢地走到卧室边，发现徐问玉正躺在床上睡着，夜太黑，看不清她的面容，只能看到黑黝黝的凸影，一动不动，仿佛死了一样。齐东锵轻轻走上前去细听了一会儿，才勉强听到一缕游丝般的呼吸声，这才放下心来。

齐东锵踱回了客厅，摸索着点了一支烟。这是他第一次公然在徐问玉的面前抽烟，可令他奇怪的是：做下了如此"大逆不道"之事，他竟然一点都不觉亏心。

刚结婚那阵，因为齐东锵抽烟，徐问玉没少叨叨，所以搬到楼上时，齐东锵就宣布戒烟了，甚至对徐问玉发重誓：我齐东锵如果不成功戒烟，这个齐字一定两腿朝上倒着写。

从此以后，齐东锵就真的"戒烟成功"了，当然，背着徐问玉，他一直都在偷偷抽，但真的一次都没在徐问玉面前抽过。

齐东锵一边吸烟，一边细心地回想着晚上发生的事情。令他倍觉蹊跷的是：他怎么又遇到唐娟了？这个女人难道是自己命中的魔头吗？为什么每次忙乱的时候，总有她的影子掺进来？

齐东锵从纸抽里抽出了两张纸，小心地把烟灰弹在纸上，接着又狠狠地吸了好几大口，直到吸完了，捻灭了，才摸索着把烟蒂和烟灰都小心地包好，塞进了衣兜里。

为了不让徐问玉闻到烟味儿，他还走到窗边，把窗子打开了。

夜更深了，风也静了，小区里的灯火勉强地睁着昏黄的眼，无声地瞟着齐东锵，一声孤寂的猫叫不知从哪儿飘过来，让齐东锵突然打了一个寒噤，可依然没能打乱他的思索。

听那个男人的语气，这个诈骗犯也向他展开攻势了！这可的确是太有意思的一件事儿了！一个诈骗电话，三个受骗者！竟是个一箭三雕的游戏呢！

关了窗，齐东锵的眉头越拧越紧了："唐娟，唐娟，唐娟……在这场连环案里，你到底充当了什么角色？"

齐东锵回想起那天在地下宫殿唐娟的表现，便犹疑地摇了摇头。是啊！唐娟既不缺钱，又有文化，还懂法，她怎能垂下知识分子高贵的头颅，去做这些下三烂的肮脏事呢？

并且无论诈骗的手段怎么高超，诈骗者所骗的也都是一些小钱儿！唐娟怎么可能为了这几个小钱锭而走险，去做丢了西瓜捡芝麻的蠢事儿呢？

齐东锵又回想了一下她的言谈举止，又有些怀疑了："是啊！她真像自己所标榜的那样，是一个胸怀大志、充满爱心且富甲一方的大作家吗？也许一切都只是假象呢！"

看来，看清一个人，就像看一本书，真得需要时间呢。

"不和你们说了！你们这些没用的警察！"

那个男人阴森而蛮横的声音，突然打断了齐东锵的思索，让齐东锵悚然一惊："他为什么要这么说话？自己到底哪里做差了，才让他如此看不起自己？那则短信到底写了什么，让他突然就改变了主意？"

齐东锵一连串地自问着，越问越觉得蹊跷，越问越觉得愤怒："无论怎么样，他也不该那样和自己说话的！实在太不把警察当回事儿了！妈的！就凭你这句话，这个无头案我也要彻查到底！"

齐东锵气愤地骂了一句，便从衣兜里拿过手机，翻出小王传给他的几个历史轨迹图研究了起来。

综合几个轨迹图的起点和终点，可以判定那个持电话的人，在到达饺子馆之前，一直都处于游动状态的，直到晚上八点二十进入了饺子馆，目标才静止。

照这么说，陈瑶的嫌疑就更小了，因为据她所说，她自从上午九点上班后，就一直没有离开过饺子馆。对此，那几个工作人员都做了证明。

齐东锵在黑暗中凝思了片刻，便快步走到书房里打开了电脑，在等待开机这段时间里，他又轻手轻脚地摸进厨房，给自己倒了一杯温开水，一边思索，一边仰头喝干了。

他摸到衣架边，从衣兜里找到了U盘，便坐到了电脑前，开始研究络绎饺子馆里的监控视频。

齐东锵把视频回放了一遍，放一段儿，便在纸上记一些什么。

络绎饺子馆只有一个监控探头，还不是对着门的，但从顾客在桌间行走的身影，依然可以判定这名顾客进入饺子馆的大概时间。

查看别的顾客，有早一些的，也有晚一些的，当齐东锵终于在视频里找到了唐娟的身影时，他看了一眼视频里标注的时间，不禁猛地一拍桌子：时间标注的正好是八点二十分。

"原来真凶就是你呀！"齐东锵一边说着，一边仔细查看唐娟的所有举动，有两个细节立刻引起了齐东锵的注意：一个是唐娟进门后，看似无意地瞟了一下监控镜头，尽管这个回眸的速度像闪电一样快，但还是被监控镜头逮了个正着。

另一个镜头是她曾经背对着监控打过一个电话，当她把手机从耳边拿下时，虽然因为影像模糊，看不清她手机的形状，但有一点可以肯定：她使用的手机绝不是粉红色的。

不用再怀疑了！唐娟就是那个使用诈骗手机的人。

明确了这一点，齐东锵的脑袋便渐渐地大了，因为眼前的这个结果，实在太令他难以相信了。

为了不冤枉好人，他强迫自己像捋乱麻一样又从头捋了一遍，可他的大脑依旧是乱麻一般了无头绪。

如果唐娟就是那个使用手机的人，她为什么又把那个号码告诉了自己？她这么做不是明显地引火烧身吗？

由这天晚上发生的怪事儿，齐东锵又联想起发生在地下宫殿里的事情：唐娟那天把自己领到地下宫殿，到底要干什么？先是讲故事引发自己的同情心，又慷慨陈词激发自己的正义感……她这么步步为营地设局下套，难道真的就是为了诈骗自己的那点零花钱吗？

这也太可笑了吧？那个地下宫殿里的随便拿出哪一个小东西，都不止三万元钱吧？为了区区的三万元钱，她犯得上这么煞费苦心，大动干戈吗？

齐东锵是越想越糊涂了。

——她是因为闲得慌，才要和自己玩一场老鼠逗猫的游戏？或者就为了挑逗自己，挑逗不成才顺手牵羊，让自己留下了买路钱？

齐东锵无力地靠在椅子上，摸索着点了一支烟，更加肆无忌惮地猛抽了起来，抽着抽着，他甚至声音大大地骂了一句："你这个SB！"连他自己也不知道在骂谁。

是啊！自从和唐娟接触后，齐东锵所遭遇的每一件事情，都笼罩着一种SB的诡异：第一次是寻保护，甩跟踪；第二次是地下宫殿设局；第三次约会不到，还撒了一个出国在外的弥天大谎。

——唐娟啊唐娟！你到底是人是鬼？是不是欺人太甚了？你不仅连续几次对筷子实施诈骗，还把诈骗的鱼钩直接插进了我这个大名鼎鼎的刑侦专家的衣兜，你这也太猖狂了吧？

回想起她在饺子馆里的表现，齐东锵更是不寒而栗了！整个晚上，唐娟始终都和自己亲密无间地微笑对饮着，也就是说，这个诈骗嫌疑人，一直都在自己的眼皮底下公然作案！

这个鬼七王八的女人，不仅当着自己的面，把那个老人手机及时地关掉了，还神不知鬼不觉地实施了转移！

齐东锵又回忆起唐娟坐到出租车后，回看自己时那意味深长的笑容，脸就渐渐地发起烧来。

看起来，唐娟的所作所为，真的带有玩弄自己强奸自己的意味的！而自己这个所谓的三驾马车、五大板斧、八大金刚，还真就让她玩了个人仰车翻，丢盔卸甲，不仅被骗了财，还差点被劫了色……

齐东锵越想越羞愧，想到最后，甚至双手捂脸，连黑夜都羞于面对了。

"你们这些没用的警察！你们这些没用的警察！"

齐东锵越想脸越热，越想心越冷，想到后来，连凳子都坐不住了，困兽一般在屋子里疯走起来。

只听啪的一声，卧室里的灯被点亮了，随之传来徐问玉梦呓般的声音："——东锵，是你吗？什么时候回来的？现在几点了？"

心里的愤怒，就像潮水直往上涌，但齐东锵却硬生生地把这一切苦水全都咽进肚子里去了："没什么，你睡吧！我这就睡！"齐东锵过去把灯闭了，摸索着爬到了床上。

齐东锵知道，他这一次可是遇到强大的对手了，接下来的斗争会更加的激烈。哪怕为了维护自己的那几个"全国著名"，齐东锵也要和唐娟决一死战！

第二天早晨，徐问玉刚走，齐东锵就拨通了筷子的电话。

电话响了好久，筷子才接听，嗓音还很嘶哑，并且声调里充满了不情愿："随风……我很后悔……我不该把我的电话号码告诉你的！"

"筷子，敲诈你的那个人，我基本查清了！你今天必须和我说实话，昨天晚上，你是不是又接到她的电话了?"齐东锵急促地说。

"这件事儿……你就不要管了!"筷子吞吞吐吐地说。

"这件事儿我必须管! 筷子,你必须要告诉我结果! 不仅告诉我结果,你还要告诉我原因!"齐东锵决断地说。

"我如果……不告诉你呢?"

"那我就会先查你的! 筷子,我说的是真话,因为这件事儿,已不仅仅是你个人的问题了,已经关系到我们警察的尊严与荣誉了!"齐东锵严肃地说。

"它和警察的尊严与荣誉有什么关系?"

"这个人太无法无天了! 她不仅敲诈了你,还敲诈了其他人,甚至……甚至还想敲诈我呢! 实在太目中无人了! 她这是公然蔑视法律! 所以,筷子,我现在不是以随风的身份和你聊天,我是以一名人民警察的身份和你说话,你必须要配合我! ——你在家吗? 咱们见一面吧!"齐东锵说。

"不见!"筷子突然加大了声音,然后就关了电话。

齐东锵急得手都发抖了,他再次拨打了电话,但电话很快就被掐断了,再打就关机了。

齐东锵在原地转了一圈,突然一跺脚儿,便快速穿上了外衣,去敲对门的门了。

就像当初计计鬼儿敲自己的门一样,齐东锵隔一会儿敲几声,隔一会儿又敲几声。

一边敲门,齐东锵一边暗暗地品了品周围的气味,可无论他怎么品,都没有闻出天竺葵的香味儿。

齐东锵暗暗对自己说:"今天我就要和你磨,不达目的绝不罢休,直到你把门打开!"

屋子里很快就有了反应,先是脚步唰唰地响了,接着门上的猫眼就暗了一下。齐东锵立即向后退了两步,好让筷子看清他的面容。

"嗒"的一声,门竟然开了,齐东锵正奇怪呢,才发现站在门边的,竟然是纪云雁。

"噢! 齐教授! 您有什么事儿吗?"纪云雁礼貌地冲齐东锵笑了笑,笑得还挺真诚的。

齐东锵的大脑出现了短暂的空白,但马上他就笑了,说:"我想问一下,你的儿子……在不在家?"

"我儿子? 你找我儿子有什么事儿?"纪云雁收住了笑容。

"他没和你提过我吗？我们可是忘年交呢！"齐东锵向屋子里扫了一眼，尽量让自己笑得真诚，"本来我答应领他去游乐场玩玩的，可最近一直忙，都没挤出时间来。正巧今天没啥事儿，便想兑现一下自己的诺言，呵呵，你知道，跟小孩子一定得说话算数的。"

"噢？是这样啊！"纪云雁又一次真诚地笑了："我那天的确听他说起过您！我正想找机会向您说声谢谢呢！你能喜欢我儿子，我真的感激不尽，可我已经把他送回我母亲那里去了！这不是要开学了吗？"

纪云雁说着把门开大了些："齐教授，您要有时间，不如进来聊一会儿，我也正闲着呢！我们虽然住对门这么多年，还从来没好好聊过呢！那天吃饭，因为是那种场合，也都只能说屁话！"

齐东锵想了想，笑呵呵地说："家里方便吗？弟妹……没在家吗？"边说边向屋子里探了探身。卧室那边静静的，听不到一点声音，当然也闻不到一点天竺葵的香味儿，静静的屋子里倒是飘着一缕浓浓的牛奶的味道。

"她轻易不在家里住，不是养了很多猫吗？她大多数日子会住在猫舍里。唉！不瞒您说，我们两个，现在就只剩下一个结婚证了，那天我还和她开玩笑呢！我说如果再这么过下去，不如干脆离婚算了，然后你和猫领一个结婚证去。"

纪云雁一边絮絮叨叨地说着，一边从柜子里拿了一双干干净净的拖鞋，齐东锵便换了，然后走进客厅，坐到了沙发上。

纪云雁穿着一套睡衣，看样子正在吃饭。隔着玻璃屏风，可以看到饭厅的桌子上，还摆着没有吃完的早餐。

齐东锵便不好意思地说："你还没吃完饭吧？打扰你了！"

纪云雁叹了口气说："唉！哪还有心思吃饭啊！就这么不饥不饱地对付活吧，愁一愁，一天就过去了，再愁一愁，一辈子也就过去了！"

纪云雁从茶几上拿起一盒烟，向齐东锵示意地举了举。齐东锵很自然地把烟接了，纪云雁打开火机，帮齐东锵点着了，自己顺便也抽出了一根点了，两个人便相对着吸起烟来。

"还以为……你不会吸烟呢！"纪云雁突然冲齐东锵一缩脖，有些猥亵地笑了。

齐东锵的心里便不祥地一动：哼！小样儿！还真的把我当成和你一路的人了吗？继而又想：我真就比他高尚了很多吗？嘴里却笑着说："怎么突然伤感起来了？这日子过得不是挺好的吗？"

"好啥呀！好糟糕吧！"纪云雁哭丧着脸子说："齐教授可别再寒碜老弟了！我们那事儿，您不会没有听说吧？现在传得满城风雨呢！"

"什么事儿呀？这几天我一直在家里了，真的什么也没有听说。"齐东锵收住了脸上的笑容。

纪云雁颓废地一笑说："好事儿不出门，坏事儿传千里，这么大的磕碜事儿，全古城估计就你齐教授一个人没听说了吧？你弟弟我现在可是王八钻灶坑，又憋气又窝火呢！"

"到底怎么了？"

"怎么了？那句歇后语是怎么说来着？黄鼠狼钻灶坑——毛干爪净！"纪云雁哭叽叽地说，嘴唇也配合着那股哭腔努了努。

"你是说……你破产了？"齐东锵惊异地说。

"看来你是真不知道啊！那个钱多多进去了，钱多多你应该知道吧？是咱们古城的大名人！就是康玉祥——那天我们一起吃饭的那个老瘪犊子的大徒弟，他前几天进去了！他这一进去可倒好，咱们古城老多人跟着倒霉了！我，就是倒霉鬼之一！"

"钱多多进去了？你是说他犯事儿了吗？"

"犯大事儿了！欠了老鼻子的钱还不上！自己钻大牢里去了！"

"钱多多的生意不是一直都做得很好吗？在全国都是一流的！他怎么坐牢了？即使他真的坐牢了，他跟咱们古城人又有啥关系呀？"齐东锵还是没弄明白。

"你咋还不明白呢？那是他钱多多的事儿吗？那是钱的事儿！咱们古城很多人都把钱投到他身上了！要是没有钱的事儿，谁管他进不进去呀？他钱多多别说进监狱了，即使死了，那个破脑袋臭屁股砍巴砍巴又能值几个钱？白给我啃我都嫌恶心呢！"

纪云雁越说，嘴越显得松："可实际情况是，他这么一进去，他欠的债不就都泡汤了吗？我听说光是咱们古城人，他就欠了好几千万呢！他现在穷得叮当响，一分钱都拿不出来了，怕别人要了他的命，他就自己投案自首了！"

"啊？有这事儿？"

"我们公司的还算少的呢！齐东临他们公司更惨，钱多多欠他一千五百万呢！听说咱们这里还有很多人，都在他那里投过钱！真他妈的太坑人了！"纪云雁边说边狠狠地揉了揉自己的头发，齐东锵这才注意到，他长着一头乌黑浓密的头发。

"就怨康玉祥这个王八犊子！咱们古城人都是通过他和钱多多牵上线的！瞧这个破名字叫的吧！还钱多多，我看应该叫欠多多！"因为烟雾呛了眼睛，纪云雁边说，边闭上了一只眼。

"你的意思说，你们公司把钱……全押在他身上了？"

"这不是要升级嘛！唉！一直以为自己的眼光挺准的，没想到这下子栽了！"

"遇事儿想开些吧！别把自己弄出病来！留得青山在，不怕没柴烧。"齐东锵只能这么说。

"话都会这么说，可没摊上呢！谁摊上了谁都得窝囊死！真他妈的窝囊，越想越窝囊，齐教授，这么多年你也应该看到我的忙了，就差把命搭进去了！可最后啥结果呀？都给人家赶网了！"烟雾笼罩了纪云雁的愁，别说嘴唇七扭八歪的了，整个一张刀条脸儿都扭成麻花状了，他那可是真愁啊！

齐东锵望着纪云雁，一时不知说什么好了！心想：筷子不知是否知道她丈夫的事儿。

"现在这个世道怎么了？咋都互相祸害起来了？昨天我在朋友圈，看了一则微信……叫什么来着？"

纪云雁百忙中把烟蒂摁到烟灰缸里，一边拿过手机，大声念起来："现在的国人，已经进入了互害模式，人人都逃不脱，不是你害我，就是我害你——大家都是这个互害社会生态链中的虫子。你听听，说得多现实！我是看明白了，现在就是全民皆骗，就像那个歌谣所唱的：哆哆咪哆哆，你钱进我兜儿！最后到底钱能进谁的兜儿，就看谁能耐了！"

"也不一定像你说的那样糟糕吧。凡是被骗的人，都是想占便宜的！比如你肯把钱投到钱多多那里，你也一定是图他什么的。"齐东锵说。

"你这是站着说话不知道腰疼！凡是投资的当然都为了赚钱，谁闲着没事儿吃饱了撑的会把钱白往出扔？"纪云雁突然白了齐东锵一眼，又从烟盒里抽出一支烟，点着了抽了一口，才翻了翻眼睛看了看齐东锵的烟，拿起烟盒冲齐东锵让了让。

齐东锵便笑了，把烟蒂在烟灰缸里摁灭了，笑着说："你心里本来就堵得慌，可我偏偏不会说话，反倒更让你添堵！我看我还是撤吧！"说着就站起了身，冲纪云雁礼貌地点了点头，便开门回家了。

回家的几步道儿，齐东锵走得很快捷，觉得自己身轻如燕，就像遇到了什么高兴的事儿了似的。一边开门，他一边问自己："你为什么这么高兴呢？难道你也是一个幸灾乐祸的小人？"

245

第十三章　粗鄙的骗局

三十七

齐东锵回家不久，徐问玉就回来了，买了好多的菜，她也显得心情很好。

"我以为你没在家，刚要给你打电话呢，你看我买了好多的菜呢！中午你喝两杯！啊？"徐问玉的脸上破天荒地挂着一抹微笑。

齐东锵偷偷地看了徐问玉一眼，心里想："难道，她遇到什么喜事儿了吗？"

徐问玉嗔怪地瞪了他一眼说："按理，今天中午的饭该你为我做的，你得犒劳犒劳我不是？如果不是我像个把家虎似的把着这个家，那你和儿子现在一定哭都找不到调儿呢！"

齐东锵依然什么话都没说，只是奇怪地望了她一眼。

"那你有什么奇怪的？你不是昨天还逼着我往出借钱吗？你咋就那么傻呢？现在都啥世道啦？不信你就上大街上问问去，你问问现在还有没有敢往出借钱的？"

齐东锵依然不说话，一弯身就坐在了沙发上，一双审视的眼睛就那么直瞪瞪地盯着徐问玉。

"你没听说吗？连钱多多都被抓起来了！钱多多的事儿你没听说吗？即使这件事儿你不知道，那钱多多这个大名人你应该听说过吧？"

徐问玉打开饭锅，见到里面的包子就努了努嘴儿："早餐都没吃呀？白给你做了！行啦，中午一起吃吧！"说着就把包子拿出来，放到了冰箱里。

齐东锵这才想起自己还没吃早餐这件事儿，心里便热了热。

见齐东锵依然傻子一般盯着自己，徐问玉便一笑说："唉！咱们这里的人，原来都以认识钱多多为荣呢！连我都很羡慕！遗憾自己不认识他。现在看来，幸亏没认识他！"

徐问玉把一袋豆角放到餐桌上，也坐下了，一边择豆角一边说："咱们古城有老多人被钱多多骗了，全都是因为借钱被骗的，骗得都血本无归。咱们家要是没有我这个铁将军把着门，被骗的名单中，也一定少不了你齐东锵。你那个朋友齐东临够精明的了吧？可他一人就被钱多多骗去了好几百万呢，还有好多呢，都是平时精明透顶、有头有脸的。"

——看起来，这就是属于徐问玉的喜事儿了，可徐问玉和齐东临并没有什么仇啊？这么说她徐问玉也是幸灾乐祸的小人？

"更稀奇的事儿还有呢！唐娟，你的唐娟也被他骗了！"徐问玉像真的知道齐东锵想什么似的。

"谁的唐娟？"齐东锵终于说了一句话。

"你的唐娟呀！"徐问玉俏皮地笑了，笑得咯咯的："别人被骗我还能接受，可唐娟咋也被人骗了呢？她是多么冰雪聪明的一个女人啊？你看看她的谈吐，多智慧呀？真是不可理喻，听说被骗了三百多万呢。"

哈哈！原来她是因为这个高兴啊！不过，这的确是很令人畅快的事情！齐东锵心里这么想着，脸上却装出一副不相信的样子说："三百多万？她……一个单身的女人，怎么会有那么多钱？"

"小鸡不尿尿，各有各的道儿！这年头，你可别小瞧任何人！每个人都有两下子，可平时谁能和你说真话呀？我记得齐东临前段日子还和你哭穷呢！这是出事儿了，才都露馅了，要不然，你咋能知道他会有那么多的闲钱？"

"还有一件更令你想不到的事儿呢！也是关于你的唐娟的！"徐问玉一边把择好的豆角放到洗菜盆里，一边晃着头说。

"要是唐娟真的变成穷光蛋了，那筷子的事儿即使查出是她了，她也拿不出钱来赔呀！"齐东锵心里绕着这件事，身体却一动不动地呆坐着，他甚至发现自己连听觉都僵住了，只觉得徐问玉的声音越来越远。

徐问玉便瞪他说："行啦行啦！别那么老是一副苦瓜脸啦！我知道你还怨恨我！是的，那件事儿的确是我冤枉你了，我向你道歉还不行吗？"徐问玉说着，突然冲齐东锵温柔地一笑。

齐东锵下意识地往后一躲，就像徐问玉的笑容会飞过来似的，随即，他又为自己的躲避而惊诧了：是啊！从什么时候开始，自己如此厌烦妻子了？自从那次殴打她以后，两个人虽然同睡一床，但事实上却已经分居了。是的，就是从那天晚上开始的吧？

幸好隔得远，徐问玉并没有发现齐东锵的厌恶，她不仅兀自快乐地说着，眼睛里还闪烁出两道神秘的光泽："欧罗巴酒店的地下，的确藏有一个行宫，很大很大的行宫，金碧辉煌的。就像你说的那样，里面摆了很多古董，当然，那些古董都是假的。"

齐东锵好奇地看着徐问玉："你这一切……都是听谁说的？"

徐问玉脸上的笑容僵了一下，随即又化开了："我能听谁说，都是学院的人传的呗！他们说这个欧罗巴酒店，当初就是钱多多投资建设的，他每建设一个酒店，都会给自己建一个秘密行宫。听说这样的地下行宫，钱多多在全国有好几处呢！"

"他建那么多的行宫干什么？"

"搞女人啊？一方面是为了自己搞女人方便，另一方面是为了别人搞女人方便。就像那个叫赖什么的红楼一样，这些都是那种人的交际手段吧？哎！我都说得这么有趣了，你咋还绷着老大的脸呢？"

徐问玉正巧走过来，就戳了齐东锵的额头一下，又咯咯地笑了："行啊！人还是傻一点好！正所谓傻人有傻命！幸亏你傻了，要不然那天晚上你一定会被唐娟算计的。"

"被她算计？她能算计我什么？"

"当然是既算计人，又算计钱啦！"

徐问玉突然俯下身子，盯着齐东锵的眼睛说："你可以设想啊！现在那些贪官都是咋下去的？多数不是被小三儿举报的吗？如果那天晚上你要是被唐娟算计了，那你的裸体照就一定会被她录制下来的，要是那样，我的妈呀，那你想不破财都难呢！"

说着又站直了身体，那神情仿佛占了什么便宜了似的："如果你齐东锵也摊上了那样的事儿，那你就真的毁了！只能有两种结局：要么被她敲诈；要么被她举报。反正无论你选择哪一种，你今天都不会这么老老实实地在家里坐着了。"

徐问玉突然又俯身下来，双手一齐捏了下齐东锵的脸蛋儿："我的大傻子，现在想一想，还真的替你捏一把汗呢！这个唐娟，也真够他妈的阴损的，竟然把我的老公引诱到地下行宫里去了，她能有行宫的钥匙，就一定和这个钱多多关系不一般！兴许她就是钱多多的小姘之一呢！"

"不能吧？如果她是钱多多的小姘，她怎么可能也被骗走那么多的钱呢？她应该和他一起赚钱的。更何况，她还是个作家呢！没有一定的道德素质，她怎能写出那么美的文章呢？"齐东锵非常想听一听徐问玉对这件事儿的看法。

"你可得了吧！有内涵就高尚吗？有的作家花起来，常人都望尘莫及呢。你没发现吗？现在被查的那些贪官，哪个不是公认的高智商？"徐问玉嗔视了齐东锵一眼。

"这话你可说错了，他们的智商还是不够高，就像我妈妈常说的，是浮灵，假聪明。你看人家花一样，人家不也是当官的人吗？你看看人家是咋样一步一步从基层干起来的？这么多年你听说人家有过绯闻吗？提起他的名字，无论好人还是恶人，都会不由自主地佩服人家，这样的人才是真正的德高望重。"

"花一样谁能和他比呀？全国能有几个花一样啊！就像老子庄子，那都是非凡人物，五百年才能出一个，这种人说白了就是不正常。包括他闺女，也就是咱家对门的女人，我听人说也像花一样似的，特别不正常。只不过她和她父亲所走的是两条截然相反的路。"

"截然相反的路？啥意思？"

"这么说吧！她爸爸是过于爱人了，她呢恰恰相反，她是过于厌恶人了，厌恶到了骨子里。"

"厌恶人？"

"我最近闲着没事儿，专门对这方面的思潮进行了研究。我觉得凡是过于热爱宠物的人，都是骨子里厌恶人类的人。从心理学的角度看，他们大都患了厌恶人类的心理疾病！当然，患这种病的，大多数是受到过人类伤害且无力与人类抗争的。不信你仔细观察一下这种人的眼神儿，用你常说的那个词形容最准确不过！——睥睨，就像你收藏的那尊玉雕的眼神儿一样。"

"你说的话我不能认同，别人咱不说，但对门的女人，我觉得……瞧她的长相，还算比较有爱心的。"齐东锵摇了摇头。

"她有爱心？那你可说差了。据我所知，她这个人除了爱她所养的那些猫，谁都没有爱过。"

徐问玉甚至活计都不做了，干脆坐到了对面，比比画画地说："首先，她不爱她的父母，我听说她和她的父母十几年都不来往，她母亲去世时，她父亲给她打了好几次电话，都哭了，她才不得不回去看看。其次，她也不爱她的丈夫，我听说她和她丈夫都分居十几年了，他们之间除了一纸婚约，啥都不剩了。"

徐问玉越说声音越决断："更让人接受不了的，她连自己亲生的儿子都厌恶，虎毒还不食子呢！可住对门这么多年了，你在他们家见过几次她的儿子？好容易她儿子回来一次吧，还天天鸡争鸽斗的。所以我说嘛！她这种人就是冷血动物！"

"咱们看到的有可能都是表像，有的时候，看到眼睛里的都可能不是真的。"

"你不要否定一切好不好？你听我说，楼下的刘嫂给我讲过一件事儿。有一天，对门女人抱了一只猫去她那里买水果，那猫特丑不说，还缺了一只眼睛，在挑水果的时候，那女人却把她的猫放到柜台上了，把刘嫂的小孙子给吓哭了。刘嫂就责备了她一句。你猜她怎么回答的？她竟然说：'你孙子还把我儿子吓着了呢！'这个怪人，她竟然把那只猫叫儿子……你说哪个正常人能这么说话？"

"噢？还有这事儿？"齐东锵忍不住要笑。

徐问玉立即目光犀利地瞪了瞪齐东锵："怎么我一提起她，你的眼睛就贼亮贼亮的？看起来你对她还很上心呢！刚才我还寻思呢，要是那天晚上领你进地下行宫的人不是唐娟，而是对门的女人，会发生什么样的结果呢？"

齐东锵的脸红了，连忙走到桌前，端起水杯喝了起来。

"脸咋红了？是不是又说到你心里去了？"徐问玉怪笑着。

"我看你是不是闲的？咋尽说没影儿的话了呢？"齐东锵掩饰地瞪了她一眼。

"哼！又不是没试过！"徐问玉本来要继续说，可想了想又把余下的话咽回去了。

"即使是试出来了又能咋样！还不是只有咱俩窝里斗？和人家有啥关系？直到现在我还不知道人家叫啥名字呢！"齐东锵一仰头把水全倒进了肚子里，便气哼哼地把水杯往桌上一放，转身就向书房里走去，一边奇怪地问自己：为什么每次见面，都想不起问她的名字？

——她不就是筷子吗？无论叫什么名字，她都是筷子。"厌恶人类病？筷子真的患了这种病了？"

"哎！你别走！我还听说一件事儿呢！包你愿意听！"徐问玉突然成了话痨了。

"什么事儿？"齐东锵并没有停下脚步。

"我听说唐娟根本就不是什么中央电视台军事频道的记者！"

"你说什么？"齐东锵已经走到了书房门前，听了此话便又转了回来。

"现在有些人，专门打着中央电视台的旗号在社会上招摇撞骗。我听说唐娟就是这样的人。"

"不会吧！她不是还帮咱们录制节目了吗？"

"她只不过是联系人而已，真正录制节目的，其实另有其人，你不记得那天给咱俩录节目时，有一个留胡子的、一直没怎么说话的男人？我猜想他才是正牌货。"

齐东锵摇了摇头："不会吧！要照你这么说，唐娟这么忙前忙后的，图个啥呀？"

"当然图钱了！她这种人，不就是靠这种'忙前忙后'活着吗？"

"不见得吧！不说别的，就说帮咱们录制节目，她能得到什么呀？"

"她能得什么？要我说你是个书呆子呢！我估计那三万元全她一个人得了！"徐问玉张口就说，说完突然愣在了那里，并慢慢地捂住了嘴。

齐东锵惊讶地瞪着徐问玉："什么三万元？"

"行啦！既然话说秃噜了！我就索性全都告诉你了吧！要不然你永远都不知道这些年你到底咋出的名！"

徐问玉突然摆了一下手，一副豁出去了的样子："也应该让你知道一些事情了！要不然你永远都长不大！也永远都不知道珍惜我……哼！要是没有我一直默默地在背后帮你撑着，就你这种书呆子，咋能混到今天这步田地？"

齐东锵的心慢慢地凉了："你……到底啥意思？"

"就和你明说吧！你的每一次上电视，每一次被宣传，我都是花了钱的！眼睛干吗瞪得这么大？我就纳闷了，齐东锵，你在社会上也算打拼过几年的人了，不管咋说，也算是一个测谎专家了！你怎么连这么浅显的道理都看不懂呢？现在你不花钱，哪个人肯替你打广告？"

"你是说……那些宣传……你都在背后花了钱？"

"那当然了！现在是啥社会你真的还没弄明白吗？现在就是金钱的社会，没有钱，人在社会上真的是寸步难行的！你问问那些广告公司，哪有不花钱做广告的？唐娟也算个老混混了，她一眼就看透了你这个人，不仅背着你来找我谈钱，还一开口就让我出十万！为了跟她讲价，我可是费尽了口舌，最后才讲到了三万元！"

"那……那个艾伍龄……也是花了钱的？"齐东锵傻愣愣地看着徐问玉，渐渐地僵成了一尊石雕。

"那当然了！那几篇文章足足花去了我两万元呢！这些年！为了让你出名，我到底在背后为你操了多少心，花了多少银子，你真的一点都没觉出来吗？可你拍拍你的良心问问你自己，你又给我赚回了多少？那天，因为钱的事……你甚至还和我打仗！你说我容易吗？"徐问玉说着说着，眼圈就红了！

"你……咋能做这种蠢事呢？你……"齐东锵的身子慢慢地抖起来了，连嘴唇都抖起来了。他真的难受极了，从小到大，他还从来没有如此难受过。最令他难受的，是他不知道用怎样的方式发泄自己的难受，他只有那么周身抖抖地站在那里看着徐问玉，任那种难受像癌细胞一样在全身慢慢地扩散，扩散……

"你说我蠢？齐东锵，我真没想到你会这么没有良心！难道你真的忘了你出名以后，有多开心多受用了吗？不仅你一个人开心，一个人受用，不是连你的妈妈也跟着开心，跟着受用吗……"

"别说了！"齐东锵突然冲她大喊了一声，转身就疯了似的向书房里冲去，并眺当一声关上了门。

就像一块石头被扔进了椅子里，齐东锵狠狠地把自己砸进了椅子，砸得那椅子嘎地怪叫了一声。

坐在椅子上，齐东锵只觉得耳膜里砰砰地敲着鼓，应和着耳膜，周身上下也跟着敲锣打鼓……砰砰砰，梆梆梆……

"现在的国人，已经进入了互害模式，人人都逃不脱，不是你害我，就是我害你——大家都是这个互害社会生态链中的虫子。"

伴着锣鼓声，纪云雁赖叽叽的嗓音也突然响彻耳畔。

三十八

随着一阵炝锅的刺啦声，一股菜香从厨房飘了进来……也许是太饿了，那些菜香此时突然成了奇妙的化解剂，慢慢地化解了心里的愤怒。是啊！刚才自己都发了那么大的脾气，可徐问玉依然在做菜，就凭这点，也不该生气了。

正如徐问玉所说，她这么多年的付出又是为了谁呢？自己这么多年来，不是一直很受用吗？看起来，自己真的如筷子所说，是个愚蠢透顶的被人操纵的木偶，毫无自知之明！——这么想着，齐东锵的脸便发起烧来。

无论心里怎么羞愧，随着菜香的越来越浓，齐东锵的肚子还是越来越饿了。有那么一阵儿，齐东锵甚至都想站起身，向徐问玉缴械投降了！人啊！你还真把自己当成什么高雅的动物吗？你不过就是一个饮食动物而已，如果饿极了，连死耗子都会食用的，还充什么高雅呢？

"人以食为天，我这是向天投降，又不是向她投降！"齐东锵暗暗地吸了口气，便一弯腰点开了电脑。是的，他必须得让自己做些什么，好暂时忘了腹中的饥饿。

开机很慢，看来，又得杀毒了。但齐东锵依然没去杀毒，而是耐着性子点开了QQ，一边等，一边回想自己刚出名时的沾沾自喜，刚刚消退的腮红就又渗出来了。幸好筷子的头像在闪了。

齐东锵点击了她的界面，才发现她又发了第二个链接。打开链接，展现在眼前的又是一篇没有名字的密密麻麻的文字。

齐东锵仅仅扫视了那段文字一眼，就把它另存到《筷子的诗》里了，还顺手起了个名：123。是的，他现在什么都看不进去，肚子在嗷嗷地喊着饿，心里在闷闷地烧着羞，他怎么还有心情看得进去筷子的日记呢？

"等饭好了，徐问玉应该会叫我吧？这么多年了，哪次打架，不都是她先向我示好的吗？"齐东锵这么想着，便在聊天窗口打出了三个字："你在吗？"

可窗口回答给他的，只是自己打出的这三个枯燥的字。

客厅那边突然传来了一种老牛受憋的哞哞声，那声音很特别，就像被什么堵住了嘴似的。

"好像是手机，你……新换手机了吗？"徐问玉突然在客厅里冲他喊道，听她的声音，好像他们根本就没有吵过似的。

齐东锵的眼睛突然一热，是啊！这么多年了！正如徐问玉经常挂在嘴边的：你齐东锵不就是她另一个儿子吗？在她面前，你真的无法有任何伪装！

齐东锵悄悄地抹去眼角的泪滴，这才慢慢地向客厅走去，拿起了挂在衣架上的皮包。

刚才哞哞作响的，是那个老人手机，齐东锵都把它忘在脑后了。

齐东锵看了一眼未接来电的号码，心里便一动：电话是那个男人打来的。

徐问玉满是狐疑地瞄了齐东锵一眼："谁的破手机？"

齐东锵依然没有理她，兀自往书房里走。

"是朝你借钱的那个人吗？他到底是谁啊？怎么这么烦人？"徐问玉加大了声音。

齐东锵小声咕哝了声："你又不肯帮人家，还问这些有啥用？"说罢就钻进了书房里，并反手关上了门。

齐东锵在门边侧耳听了听，才把手机拨打了回去，很快，那男人就接听了，但这一次声音并不大："您是……昨天那个齐警官吗？"

"是的，你有什么事儿？"齐东锵故意让自己的发音短促，显得不耐烦。

"你昨天说……用这个手机的人，是诈骗犯？你有啥根据？"

"你到底想说什么？"

"……我就是想证实一下。"

"找我证实？你找错人了吧？你昨天不是说，我们都是一些没用的警察吗？"齐东锵冷笑着说。

"我……我向你道歉还不行吗？就当我放屁了还不行吗？"

齐东锵警觉地看了看门："你就直说吧，找我啥事儿！"

"见一面行不？就和你一个人见面……我的意思……不要把我们见面的事儿告诉别人。"男人吞吞吐吐地说。

"我……我现在很忙。"齐东锵慢慢地站起身，向门边靠去。

"就算我求你了……求你了还不行吗？"男人的声音里突然夹了一股子鸡粪味儿。

齐东锵猛地打开了门，徐问玉果然就站在门外。见了齐东锵，她的脸上毫无窘色，非但不离开，反而头一仰，脸上溢出了一股子冷笑。

齐东锵也向她仰起仰头，继续打电话："说吧！在哪里见面？"

"我也说不清这是哪里……你说个地方吧！完了我打出租车找你去。"男人的声音清晰地从话筒里传了出来。

"马上吃饭了！吃饭之前哪儿都不许去！"徐问玉说话的声音极大，故意让电话里的人听见。

齐东锵便对着手机说："行吧！还是老地方！你先到那里吃一碗饺子，我吃了饭就过去。"说罢，就关了手机。

"到底是哪个狗屁朋友？"徐问玉恶狠狠地瞪了他一眼，便兀自转过身，去端菜了。

"幸好你听到了，这下就放心吧！反正不是女的。"齐东锵突然感觉到一种爆炸式的开心，便笑呵呵地到洗手间洗手了。洗了手，又擦了擦脸，边擦边对镜子笑骂："你才是个骗子！沽名钓誉的大骗子！"

那顿午饭，齐东锵吃得好香，也吃得很慢，当他把菜一口一口地填进嘴里的时候，心里始终有一种破罐子破摔的堕落感，甚至还堕落地喝了两瓶啤酒。

见他吃得如此香，徐问玉突然眼圈一红，点了一下他的额头，说了声："你呀！"一句话差点没把齐东锵的眼泪说出来。

可再美的午餐总有吃完的时候，就在齐东锵抹了抹油嘴儿，拿起小包要走时，徐问玉的脸子突然又阴了下来，一股脑儿地唠叨了起来："你……不会还想借钱帮他吧？齐东锵，我不管那个人是谁，我劝你都要小心点！虽然我不赞成对门的女人的活法，但我不得不佩服她的聪明，人家可是把人看透了，在整个动物界，最坏的就是人，任何动物都有良心，只有人没有良心。你不要嫌我啰唆：前车之覆，后车之鉴！老话永远都是对的！"

在徐问玉唠叨时，齐东锵一直都闷着头忙，先是找出了执法记录仪装进了包里，想了想，又带了一个窃听器。一切都收拾妥当了，可徐问玉还没有说完呢，齐东锵便不耐烦地说："行啦行啦！你就别操那些没用的心啦！我有没有钱，你又不是不知道！"说罢便咣当一声关上了家里的那扇门。

午后的阳光把络绎饺子馆这幢普通的小楼，照得凹凸有致，黑白分明的。因为过了饭时，饺子馆里显得极安静，隔着窗子，齐东锵向里面看了看，发现里面一个客人都没有，当然也没有那个男人的影子。齐东锵只看见陈瑶一个人落寞地在吧台后面坐着，始终低着头，也不知是在看书，还是摆弄着手机。

饺子馆门外有一个长方形的连体垃圾箱，上半截是广告牌，下半截镶嵌进两个垃圾桶，强烈的阳光让垃圾箱的后面有了一片浓郁的阴影。

齐东锵先看了眼广告牌上的美女，心里正琢磨到底是不是林心如呢，突然发现花玉坤在下面的阴影里向他瞟了一眼，心便猛地一紧——这可真是活见鬼了，难道花玉坤并没有死？或者冤死的人真的会显灵？

尽管很恐怖，齐东锵还是壮着胆子再次看了一眼花玉坤，花玉坤也傻乎乎地看了看齐东锵。突然，他从那片阴影里向齐东锵踉跄地走过来了，齐东锵这才知道自己看岔了眼。

——向他走来的，就是给他打电话的那个男人，难怪齐东锵昨天乍看他时觉得眼熟呢！也不知道是阴影的作用，还是这个男人的头发太乱，此时的他，长得也太像花玉坤了，尤其那双忧郁的眼睛……

齐东锵的大脑有些乱，便没有理他，转身就向前走去。男人似乎明白了齐东锵的意思，也没有和齐东锵打招呼，悄无声息地就跟了过来。

一路上，齐东锵始终那么垂着头、大步流星地向前走着，与此同时，他的大脑也快速地飞转着，飞转着。

"是的，我女儿丢失了，都丢失好几年了。"

——如此说来，他应该就是花朵儿的父亲——花玉坤的哥哥花玉乾了！唐娟把他找出来，到底想演一出什么样的戏？

"你这个人怎么回事？都说好了的，你干啥又关机了？"
"你别跟我装了，今天你哪怕换成魔鬼的声音，我也不会放过你！"

这个鬼七王八的唐娟，她这是在两头通吃呀！

齐东锵突然想到了筷子，一股冷气便慢慢地沁入了心脾：不对，唐娟是三头通吃！要是照这个逻辑推理，筷子一定和这起案子有关了！如果筷子和这起案件有关，她充当的又是什么角色？

路的对面有一座不太高的山，山坡上就是古城有名的卧佛公园，作为古城人，齐东锵一直都想到公园里走一走看一看的，可一晃时光就过去这么多年了，虽然无数次地在卧佛公园边经过，却一直未到公园里拜过佛。

那尊佛，应该算是古城人的骄傲，无论隔着多远，都能清晰地看到她金色的身影，慈祥的笑脸。如今隔着路看她，就显得更清晰了。

仿佛为了配合她的祥瑞似的，此时天蓝极了，云也白极了，在万绿丛中，那尊卧佛雕塑就那么优闲自在地在阳光下慵懒地侧卧着，孩子般的笑脸闪出了万道金光。齐东锵仅仅看了一眼，那眼睛就花了，心也随之热热地动了动。

走过十字路口，齐东锵在浓郁的绿荫里，发现了一条窄窄的石阶，便拾阶而上，在闷得让人喘不上气来的松枝翠柏里爬起坡来，山坡虽然不算陡峻，但那条台阶却相当长，长得就像正午的梦。

尽管有绿树遮掩，但那粗糙的石阶还是热热的，仿佛再走几步，脚底下会着起火来。

好容易爬到一处开阔地，却发现那卧佛还是远远的，只不过走得愈近，反倒愈看不到她的全貌了。

齐东锵眯着眼睛看了看那时隐时现的山路，便放弃了去拜谒卧佛的打算，只是沿着林带向前慢慢地走着，终于看到不远处的树荫下掩藏着一个木椅，便决定在木椅上坐一会儿。

爬山其间，齐东锵一直都没有回头，但那鬼魅一般的脚步声始终都在身后响着，唰唰唰，像毛毛虫在后面爬。

公园里很静，树们花们都在阳光下打着盹儿，不远处的凉亭里，有几个老人正围着石桌聊天，一位中年妇女打了把花伞推着个婴儿车，慢慢地从甬路上走过。

前面的小广场边，有一个用阳伞支起来的小凉亭，下面立着一个卖冷饮的冰柜，却看不见卖东西的人。齐东锵走近一些，才发现冰柜后面坐着一个女人，正用报纸扇风，听耳机。

齐东锵买了两瓶纯净水，这才回头看了男人一眼，见男人满身满头全都是汗水，黑红黑红的窄脸上，那汗都汇成了小溪，簌簌流淌。

他身穿一套旧式的迷彩服，由于太热，上衣便被他脱掉了，就那么搭在胳膊上，露出了里面那带着窟窿眼儿的白背心儿。

所谓的白背心儿，因为穿得太久太脏，根本看不出当初的白色了，成了黑不黑黄不黄的脏抹布。齐东锵递给他一瓶水，顺嘴问道："你的那两个同乡……回去了吗？"

"啥同乡？"花玉乾斜着眼睛看着齐东锵。

"那天和你一起去饺子馆的两个人，不是你同乡吗？"

花玉乾就笑了，笑出一脸的狡黠："那两个人，我根本就不认识，是我在工地上雇的。"

"雇的？"齐东锵惊讶极了。

"那有啥惊讶的？现在的事儿，只要给钱，你想雇人做啥都成！"说着便大步流星向那个木椅边走去，一边走，一边忙不迭地打开水瓶，大口大口地喝了起来，一转眼就喝去了大半瓶。

直到两人并肩坐在了木椅上，齐东锵才又微笑地说："你长得很像你弟弟！"

男人突然一愣："你……你认识我弟弟？"

"见过两次。"齐东锵仰头喝了口水，看似无意地扫了男人一眼。

男人又举起瓶子咕咚咕咚地喝了起来，转眼那瓶水就见了底儿，男人晃了晃水瓶，便啪的一下把瓶子扔到林荫里了。

"这样不好吧？"齐东锵责备地看着他。

"啥？"男人愣愣地瞪着齐东锵，齐东锵突然发现他的一只黑眼仁儿会晃荡，就像溜溜球儿在水里漂。

"……你应该把瓶子扔到垃圾桶里的。"齐东锵面无表情地说。

男人想了想，便有些不情愿地站起来，一只手拽着他的破衣服，慢慢地走过去，捡起了自己丢出的瓶子，四顾望了望，没发现哪里有垃圾桶，就把瓶子拿了回来，在手里捏着，捏得那瓶子啪啪直响。

"你弟弟……最后怎么样了？"齐东锵单刀直入。

"死了呗！"男人警觉地翻了齐东锵一眼，齐东锵发现他的眼神里有一丝贼光。

"他是怎么死的？"

"……谁知道怎么死的？"

"你咋看……你弟弟的死？"

"我能咋看哪！没找到我闺女之前，警察说啥就是啥！等找到了我闺女了，哼！小点动静！"齐东锵突然发现他连说话的语调都很像花玉坤。

"找到了你闺女，你想咋做？"

"那有啥说的？申请国家赔偿呗！"

"申请国家赔偿？我记得，当初可是你把你弟弟送进监狱的。"

"人是我送进去不假，但判有罪的事儿不归我管吧？要是我送谁谁就有罪的话，那我可就成神了，比那尊佛还神呢！"男人一边啪啪地捏着那个瓶子，一边

257

翻着白眼儿说。

齐东锵赶紧把瓶中水喝干了，便夺过了男人手中的瓶子，一拱身站起来，把两个瓶子交给卖饮料的女人。想了想，又买了两根雪糕，直接把包装撕下去了，扔进女人脚边的垃圾桶，这才走回来，把雪糕递给男人一根。

"你叫……花玉乾？"

"是！"男人一边老老实实地吃雪糕，一边老老实实地说，"这回你想问啥就问吧，反正你背后都把我调查清楚了！你们这些当警察的……"突然又说不下去了，只吸溜吸溜地舔着雪糕。

"为什么对我们警察……印象这么不好？"齐东锵问。

"怎么能好呢？动用了那么多的警察，查来查去，最后都瞪着眼睛说我闺女死了，还害得我弟弟也跟着不明不白地死了。要不是那天接到了那个电话，我还蒙在鼓里呢！"

"那个人……在电话里咋跟你说的？"

"他就说我闺女根本就没死，问我想不想找，要是想找，就打给他二十万元钱，他帮我把闺女找到。"

"二十万元？这么多？"

"他在电话里说，要是能找到我闺女，我就能申请国家赔偿，要是能得到赔偿金，这点钱根本就不算什么了。我来的时候真打听了，如果弟弟死了没有父母、妻子、子女，哥哥就有继承权。"男人一边津津有味地吃着雪糕，一边晃着脑袋得意地说，仿佛这些钱就在前边等着他呢。

"这么说，你想和那个人做这笔交易了？"

"我当然想了，可我得有钱啊！我认识的人又都那么穷，想借钱都借不到！你昨天还说那个人是骗子，要真像你说的那样，我就更不敢做了，万一把钱打过去了，他又不帮我找咋办？所以我才找你讨个主意。"男人吃完了雪糕，刚要把雪糕棍儿扔出去，突然看了齐东锵一眼，停住了手。

齐东锵几口吃下往下滴水的雪糕，男人便殷勤地把他的雪糕棍儿接过去，屁颠屁颠地一路小跑着，把雪糕棍儿扔在女人的垃圾桶里，又神态夸张地跑了回来。

"齐警官，你能确定那个人……就是骗子吗？"他呼哧带喘地问，齐东锵闻到一股恶臭从他的嘴里飘了过来。

"我们只是怀疑，还没有拿到充足的证据。"齐东锵突然想起了什么，问道，"昨天晚上，你因为接到一则短信，才突然离开的，那则短信到底说什么了？"

"他说他的手机被人偷了，让我别乱说话，别把好事儿搞砸了，让我耐心等他消息。"

"那你最后……等到他消息了吗？"

"等到了，今天上午他给我打了电话，用一种不男不女的怪声音……说要是我实在拿不出那么多钱，也可以研究一下第二套方案。"

"第二套方案？什么意思？"

"就是拿三万买一个线索和一张照片，然后让我根据线索和照片自己往下查。"

"一个线索和一张照片？"

"是的，那个人在电话里就是这么说的。"男人瞟了齐东锵一眼，咽了口吐沫，突然说："齐警官，要不我们合作行不行？"

"合作？怎么合作？"齐东锵饶有兴趣地看着男人。

"我的意思是，这笔钱……我认拿了，可交钱的时候，你能不能帮我盯着点，这样万一我把钱交了，他还不给我线索的话，那你就抓他。"男人一口气把话说完。

"可万一我也没盯住，偏偏让他跑了呢？"齐东锵问。

"那这事儿就怨你了！你这个警察不会当得这么笨吧！"男人脱口而出。

"万一我就是个窝囊废，那你又能咋样呢？"

"那就赔偿呗！现在办啥事儿都讲法律。"男人翻眼看了齐东锵一眼。

齐东锵便笑了："我明白了！你找我不是来打听事儿的，你是想给自己找个垫背的。可你所说的这条路行不通吧？你站在我的角度想想啊！你说我能干吗！我再傻，也不可能去做一件挨累不讨好的事儿吧？"

"你别着急呀！我不是说合作了吗？如果这件事儿做成了，我给你一些费用还不行吗？"

"费用？怎么给？"

"佛在这里呢！我对着佛向你保证：你要是真的帮我找到了我的闺女，让我得了赔偿，我就给你提成。"

"提多少？"齐东锵微笑着问。

"提……提二十分之一。"

"太少了吧？不干。"齐东锵依然微笑着说。

"那……那你说多少？"

齐东锵想了想："最低十分之一，否则免谈。"

男人转了转和花玉坤酷似的眼睛，突然下了决心，磕磕巴巴地说："行！就十分之一。"

齐东锵说："口说无凭，得打个条吧？"

"大佛做证呢！大佛做证还不行吗？"

"你可让大佛省点心吧！你没看大佛在干什么吗？她在休息呢！"

男人想了好一会儿，终于点了点头："行，我给你打条。"说着摸了摸自己的破衣服："可我没有纸笔呀！"

齐东锵向商亭那里抬了抬下巴："你问问那个女的……有没有。"

男人便向那个商亭走了过去，一只手依然攥着他的破衣服。不一会儿，竟然真的拿回了一支笔和两张包装纸，然后就趴在木椅上写了起来。

齐东锵见他写道："协议书：花玉乾和齐……"写到这里，抬头问齐东锵："对了，你叫啥名了？昨天我特意查电脑了呢！没想到你还是网上红人呢！"

"要是真红，你怎么会想不起我的名字？"齐东锵笑着掏出警官证交给了他。

花玉乾打开看了看，一只手捋了捋那件破衣服，又接着写道："花玉乾和齐东锵约定：齐东锵要是能帮花玉乾找回自己的闺女花朵儿，再帮助花玉乾要回花玉坤冤案赔偿金，如果此事办成，花玉乾付给齐东锵所得的赔偿金十分之一，立此字据为证。"

齐东锵没想到花玉乾的字不仅写得好看，语言也很顺畅。写完了条子，花玉乾又大声地念了一遍，还别说，他在念条子的时候突然就不磕巴了。直到念完了，他才在下方签上了自己的名字。

"字写得不错呀！"齐东锵微笑地说。

花玉乾得意地笑了笑："论写字，不是和你吹，我们家的人个个都是天才！我弟弟花玉坤写得比我还好呢！"

齐东锵接过字条又看了看，这才小心地把字条叠起来，放到了衣兜里。

花玉乾用那双斜眼怅然若失地看了看齐东锵，突然抓了两把乱蓬蓬的头发说："不对吧？你是不是也应该给我打个条啊！到时候你不承认了咋办？"

齐东锵说："我给你打什么条子？这件事儿自始至终都是我在帮你！我帮你办成了，你才能得到钱，这条子才算有用；我要不帮你呢，你即使得不到钱，但你也不失去啥！你想想是不是这个道理？"

男人斜着眼睛想了想，果然什么都不再说了。

齐东锵便说："下一步，他让你怎么交钱？不会让你把钱打到他卡里吧？"

男人摇了摇头说："他说了，他要现钱。"

"要现钱？就是说你们要见面吗？"

"不见面，他让我把钱藏在煎饼里，然后今天下午五点，在老熟人煎饼铺门前，把煎饼交给一个送外卖的，他说到时候会有一个骑着电瓶车送外卖的小伙子在那里等我，他特意嘱咐我到时候啥都不用说，只把煎饼放到那个人的车筐里就行。他说等他收到了钱，立即会把线索用短信发给我的。"男人说完就看着齐东锵。

齐东锵想了想说："你是怎么想的？"

"舍不得孩子套不住狼，这笔交易我决定做了，钱我也准备好了。你的任务就是在我交完钱的时候，去跟踪那个人，这样你就能确定到底是谁收了我的钱了。"

齐东锵点了点头说："行，这个方案不错。"

男人不信任地瞪着齐东锵："可……你到底能不能盯得住呀？再有你盯的时候，会不会暴露身份啊？这要是打草惊蛇了，那可就完蛋了。"

齐东锵不高兴地盯着他："你说的是什么话呀？我听着咋觉得你成了我的领导，我成了你的雇工了呢？"

"我再胆大，也不敢雇用警察当雇工啊！"男人虽然笑着，眼神里却始终闪耀着一种"领导"的傲慢："咱们现在不已经是合作伙伴了吗？我的意思只是提醒你……像你这样人高马大的人，如果掩蔽不好，容易暴露目标的。"

"我要纠正你一下：我们俩之间根本不存在什么合作关系，我只是在帮你！你要是想让我帮你，你就不要操没用的心！但咱得事先说好了！等那个人接到了钱，把线索交给你以后，你必须立即把线索告诉我，一分钟都不能耽搁。"齐东锵说着站起了身，准备离开。

"那是必须的，我要是不给你线索接下来咋合作呀？"男人笑了，露出了一嘴大黄牙，也随风送来了一股子的恶臭。

齐东锵憋住了呼吸，转身就向前走去，走了几步，突然感觉男人并没有跟着自己走过来，便好奇地回头看了一眼，这才发现男人正往树林那边走去，那件破衣服被他搭在肩膀上了。齐东锵以为他去找什么东西，没想到他竟然一边走一边解起了裤子。

齐东锵便气愤地冲他喊了起来："你干什么呢？那边有厕所的！"突兀的喊声打破了公园的寂静。

可男人已经哗哗哗地尿起来了。

齐东锵便怔在那里了，他看到卖冷饮的女人惊诧地直起了身子，半张着嘴向男人那边看了一眼，随后又忙不迭地低下了头去。他看到睡在山上的卧佛突然睁开了佛眼，平静似水的眼神微微荡漾了一下，一缕金光也随之暗淡了……

"垃圾！人类垃圾！"齐东锵气愤愤地骂了一句，刚要继续骂下去，突然转念一想："自己又是什么高雅的人吗？"

三十九

人穿新鞋时，总会择地而行。可一旦鞋子脏了，人也就不会再顾忌了。

自从徐问玉说出了自己出名的真相后，齐东锵一下子从自恋的峰顶坠入了自卑的深渊。也就是从那时开始，齐东锵突然就放下了一切顾虑，什么都敢想，也什么都敢做了。甚至连跟踪这类事儿，他都肯亲历亲为了。

为了跟踪，齐东锵高价雇了一辆出租车。

按照事先说好的，出租车必须在五点之时，"正巧"在老熟人煎饼铺门前"经过"，还别说，这位司机的"点儿"卡得还正是时候，当齐东锵乘坐的出租车"正巧"驶到老熟人煎饼铺门前时，齐东锵看到花玉乾也"正巧"走到一辆插着黄色外卖旗的电瓶车前，把一个装着煎饼的塑料袋儿放到了他的车筐里。

骑电瓶车的小伙子回头看了花玉乾一眼，什么话都没有说，发动了电瓶车就向前驶去了，出租车便匀速跟在了后面，既不远，也不近。

"一个送外卖的，有什么跟头？"司机虽然很懂规矩，一直都没问过齐东锵什么，但当电瓶车停在一幢居民楼的楼门前时，他还是忍不住叨咕了一句。

齐东锵没有说话，坐在后座上，他的眼睛一直盯着那个穿黄色马夹的小伙子拎着煎饼袋儿走进了楼门中。

这是一幢很结实很大气的老式居民楼，有二十多个楼层，因为地处古城市中心，这里的居民便相当密集，楼前过道几乎停满了大小车辆，行人在车缝里穿行着，到处都乱哄哄的。当齐东锵看到楼门前竖着的一块巨大的牌子时，心里便叫了声："糟糕。"

从牌子上标注的各个楼层的公司名称可以看出，这是一幢"古城式"的写字楼，说白了就是居民楼和办公楼兼用。唐娟的确是个狐狸精，她选择这里与送外卖的接头，不仅不会引起外人的怀疑，遇到突发情况也极其容易脱身。

齐东锵来不及想太多，送外卖的小伙子进了楼道，他就飞快地下了车，快速跟了进去。小伙子不知为什么没有乘电梯，而是从电梯旁边的侧门进去了。齐东锵也只好不远不近地跟着爬起了楼梯，好在刚刚爬上三楼，小伙子就向楼里拐去了。

齐东锵稍稍停顿了一下，见周围没有人，才悄悄地把门推开了一道缝儿，一眼就看到一位穿着淡紫色职业服的女子正从小伙子的手中把煎饼接过去，并掏出一沓零钱，抽了两张塞给了小伙子，因为门框挡着，齐东锵没看到女子的脸，只看到她梳一头直直的短发。

接着那女子就向一扇门里走去了，走得大步流星的。

小伙子看了看手里的零钱，便反身走了回来，齐东锵为他让开路，一边步履沉稳地向里面走去。与小伙子擦肩而过之时，他看到小伙子虽然淌了一脸的汗，嘴里却快乐地哼着歌儿。

隔着玻璃门，齐东锵看到那个女子走进了一个工作间，他又看了一眼门边的牌匾，发现这是一家通讯有限公司，名字怪怪的，叫八面通。

齐东锵又朝四周扫了一眼，见没有什么可疑的，便大摇大摆地朝那个女子的工作间走去，可刚走两步，门边的一个女人便拦住他说："这位先生，我这有四连号的，5555，并且我这个还没有协议消费，没有最低消费，也可随时过户……"

"不办不办！"齐东锵像甩苍蝇似的甩开了她的胳膊，大踏步地就向里侧走去，拐了一个弯儿才发现，女子消失的地方根本就不是什么工作间，而是一扇门。

齐东锵推开门向里面看了一眼，才发现门外是一条窄窄的长廊，一端通往别的办公区，另一端的尽头有一扇半开的门，门后是一道旋转的楼梯。齐东锵几步走进长廊，顺着长廊向前追了几步，可那个短发的女子就像空气一样，再也不见了踪影。

这个鬼七王八的唐娟，竟然选择了这种地方当交易场所，看来她可真是费尽了心机呢！

齐东锵稍一犹豫，便回身向外面追去。走出楼道大门，看到那个黄马夹小伙子的电瓶车刚刚驶离楼区，齐东锵便几步小跑坐进了出租车，还没等吩咐呢，出租车就快速向小伙子那边追去，很快就发现了小伙子的踪影。

小伙子先是拐上了街道，驶了一会儿，拐进一个商业区，向一家杂货铺送了份盒饭，这才驶出了商业区。

商业区的右侧是古城的务本河，一座由青色和淡黄色花岗岩砌成的石桥横亘其上。栏杆上刻有"天地同休，务本石桥"八个字，桥头两侧各雕有石狮一对。

小伙子的电瓶车刚要上桥，出租车突然加快了速度，很快就把小伙子的电瓶车兜在了桥头旁的一块空地上。

小伙子不得不停住了车，惊异地看着齐东锵。

齐东锵走下车，先掏出了警官证让他看了看，然后对他说："我是警察，有一件事儿想向您核实一下。"

"我……我咋的啦？我从来都没做过犯法的事儿呀！"小伙子半张着嘴，脸上现出了吃惊的表情，瞧他那充满稚气的脸，齐东锵知道他说的话都是真的。

齐东锵和蔼地说："你不用怕，我只是想问一下：刚才在老熟人煎饼铺前，是谁让你取煎饼的？你又把那袋煎饼送给谁了？"

小伙子依然有些紧张："是一个女的让我取的，我也不认识这个人，我只是接到了她的电话，她在电话里让我在五点钟准时到煎饼铺前等一个人，然后把那个人送来的一份煎饼交给她。"小伙子说到这里，突然想起了什么，看着齐东锵说："对了，刚才在门口，我记得还遇到你！你不是也看到那个女的了吗？"

齐东锵掏出手机："你把她的电话号码告诉我！"

小伙子马上掏出自己的手机，调出一个电话号码，便让齐东锵自己看。齐东锵记下了那一串号码，又问："你的电话号码，也说一下。"

小伙子犹豫了一下，便念出了一串号码。齐东锵立即拨通了他的电话，很快，小伙子的手机就唱起歌儿来了："我想飞上天，与太阳肩并肩……"

小伙子偷偷地瞟了齐东锵一眼："我知道我哪儿错了！"

齐东锵询问地看了他一眼："那你说，你哪儿错了？"

"我多收了十元钱！"小伙子突然从兜里掏出二十元钱，比画着说，"但这真的不是我贪财，是她愿意给我的！当时你应该都看到了，你要是不信就去问问她。再不干脆就给她退回去一半得了。"说着便从那两张十元的钱里面抽出了一张，往齐东锵的手里塞。

齐东锵推开了他的手，笑了笑说："不用了，你走吧！我就是问问。"说罢便回到了一直等在桥边的出租车上，在小伙子惊诧的目光中离开了。

出租车又按原路回到了居民楼。齐东锵让出租车司机在楼门前等他，自己则再次向这幢特殊的居民楼里走去。由于已过了下班时间，居民楼前的车辆少多了，齐东锵乘着电梯很快就到了三楼，走出电梯时看了一下时间，发现时针正指向五点四十。

幸好这家名叫"八面通"的通讯公司还没有关门，两位工作人员正对着一台电脑小声唠着什么。齐东锵走进去，其中一位工作人员便直起身，盯了齐东锵一眼说："下班了，有事儿明天再办吧！"

齐东锵掏出了自己的警官证，对他们说："我在调查一起案子，请你们配合一下。"

两个人十分认真地看了看齐东锵的警官证，其中一位很像领导的男人就问："您要调查什么？"

齐东锵环视了一眼办公室，很快在门上方发现一个摄像头。齐东锵说："你们单位有没有一位梳着短发的女职工？身高约一米六左右，微微有些胖？"

　　"梳短发的女职工？没有啊！"

　　齐东锵说："刚才，也就是十几分钟前，有一位穿着和你们一样职工服的女子，从一位送外卖的小伙子那里取走了一份煎饼，你们没注意吗？"

　　两个男人面面相觑。一个说："没注意呀！我们单位就两个女的，但她们都下班了，我们俩要不是核对一份数据，也都走了。"

　　另一个说："刚才你不也从这里经过了吗？"

　　齐东锵说："是啊！我刚才就是看到她接过外卖，走进你们这间办公室了，我才跟进来看的，发现她从后门走出去了。"

　　像领导的男人恍然大悟："噢！要是从这扇门走出去的话，这个女人就肯定不是我们单位的了。因为多了这道门，不少人图近道从我们这里穿行。以前我们也限制过，可最近大家的工作忙，来办事的人也多，有些人就趁乱穿过去了。"

　　齐东锵指了指摄像头，征求地说："能不能调录像看一下？"

　　男人马上点了点头："可以，可以！"说着，就快步走到电脑边，亲自帮齐东锵操作了起来。

　　按照齐东锵所说的时间，男人很快调出了当时的录像，这家通讯公司的生意做得很红火，来办事的人非常多，但齐东锵还是从川流不息的人流里找到了那个女人的影子，也许是故意躲避摄像头吧？迎面而来的时候，她的手一直摆弄着头发，遮住了半面脸。

　　"就是她！"齐东锵肯定地说。

　　两个男人仅仅看了一眼，就都把头摇成了拨浪鼓儿："这个女人真不是我们单位的。"

　　齐东锵拿出U盘，把监控资料复制到了U盘里，这才向两个男人道了谢，快步离开了。

　　楼外面，出租车司机正坐在驾驶室里玩手机，见了齐东锵，他便笑了，露出了两个大虎牙："哈哈！真有意思！"他笑着说。

　　"什么事儿呀？这么开心？"齐东锵开门坐进了车里。

　　"我朋友写了个一句话的小说。小说的题目叫《人生》，我给你念念：'人生就像蹲坑，有时你已经很努力了，但结果却是个屁。'哈哈！太有意思了，越琢磨越有意思。"

　　齐东锵也笑了，当然，他的笑是苦笑，觉得司机所念的小说，简直在写自己。

"接下来上哪儿去?"司机似乎读懂了齐东锵的心事儿,满腹同情地问他。

"把我送到咱们刚才讲价的那个地方吧!"齐东锵沮丧地说完,便掏出皮夹,从里面抽出了两张百元钞票,递给了司机。

司机看了齐东锵一眼,突然宽容地一笑,便从齐东锵的手里抽出了一张百元钞票,塞进了旁边的扶手箱里,便专心驾车了。

一种感动慢慢地从心底里升起来,就像晨起的雾霭,可齐东锵却连句谢谢都没有说出来,他也说不出为什么,就是张不开嘴。

钱到底是什么呀?难道真的胜过了世间的一切?刚才乘车时,司机始终断断续续地跟他聊着,神情里透着智慧,言辞里闪着幽默,可无论他说得多好多动听,齐东锵都没有感动过,看来,再动人的言语都无法代替沉默的钞票呢!

回去的路上,齐东锵的手里始终攥着那张百元大钞,一直都没有说话。直到下车前,他才微微地冲司机笑了笑,顺手把那张百元大钞塞进了扶手箱里,才下了车。

见他这么做,司机也没和他说谢谢,只是冲他亲切地笑了笑,然后鸣了一下车笛,就把车开走了。

齐东锵一直看着他的车驶远,才揣着满腹的暖流慢慢地向家里走去。刚刚走进楼道里,突然皮包里的手机梆梆地敲起了桌子。齐东锵便停住脚步,拿出手机翻看了一下,心里便一动。

短信是唐娟发给他的,用的是她那个四个8的手机号。电梯旁边有个小走廊,通往一楼的几家住户,齐东锵见走廊里没人,便慢慢地走进了走廊里,一边打开短信看了起来。

上面仅仅一行字:"雁鸣园一单元801花艳丹。"

齐东锵便奇怪起来:雁鸣园不正是自己家所住的小区吗?而一单元801,就是筷子家——可花艳丹……是谁?

正琢磨着呢,唐娟的电话就打过来了。齐东锵刚按了接听键,便听唐娟在电话那边筋筋道道地说:"花了钱却迟迟得不到情报,齐教授是不是早就等得不耐烦了?是不是正想找我算账呢?"

齐东锵不客气地说:"你说得很对!"

唐娟叹了口气说:"唉!没有金刚钻儿,就不能揽那个瓷器活!那天干啥那么冲动,给自己揽了这么一件烦心事儿呢?说句掏心窝子的话,接了你这烦心事儿,我肠子都悔青了!你都不知道这两天我是咋熬过来的?在社会上混了这么多年,我还从来没有办过这么窝囊的事儿呢!"

"别说没用的啦！你刚才发给我的短信啥意思？"

"听我把话说完啊！你说那个人到底是个啥货呀！钱打过去好几天了，突然音信皆无了！这家伙把我气的，就差动用国际警察了！幸好最后到底把他给逮住了，好歹算是把情报弄到手了，我刚才查了一下，正好十二个字，三万元买了十二个字，每个字两千五，还好是两千五，不是二百五。"唐娟一边说，一边笑。

"三万元……你不是说，先交两万元，等接了信息，再补交尾款吗？都说撒谎容易圆谎难，你忘了你当初怎么说的了吧？"

唐娟便一笑："哟！你的记性倒很好，不愧测谎专家呀！忘了告诉你了，后来我又和他讲了价，说好一次性付给了他三万元！"

齐东锵讥讽地笑了笑说："他倒真听你摆布呢！要是这么说，你的慷慨不就用不上了吗？当初你不是说这件事由我们两个共同承担吗？照这么说，你是不是该给我退回一部分呀！"

唐娟哼了一声说："我是不是听岔了？堂堂的全国著名测谎专家也和我一个女流之辈斤斤计较起来了？你别忘了，这件事儿一直都是我在帮你的，早知道你这么斤斤计较，我不仅不会帮你，还应该管你要一些辛苦费的！"

"哈！我是不是也听岔了？原来堂堂的唐娟大作家也是一个唯利是图的女人啊！行啦！钱的事儿，等我确定完情报以后再说！你别忘了，雁鸣园801，可是我家对门呀！对了，这个……花艳丹到底是谁呀？"

"我说你这个人到底还是不是刑侦专家了？你们住对门不是住了很多年了吗？花艳丹不就是花一样的女儿、纪云雁的妻子吗？刚才看了这个消息，我也挺震惊的！这个女人我还真见过一面，长得非常漂亮，气质高雅，有一种不食人间烟火的风韵，可谁能想到她会干这种事儿呢！"

"你的意思……花朵儿就是她拐骗的？"

"短信说的就是这个意思吧？哈哈！还别说，这件事儿对于你这个刑侦专家来说，还真具有讽刺意味呢！你瞧瞧你，找嫌犯找了这么多年，没想到嫌犯就潜伏在你的眼皮底下！"

齐东锵不愿意听了："情报到底是真是假，还不好说吧？"

唐娟的声音突然变得严肃了："齐教授，情报是真是假，我的确不确定。但有一点我要声明！情报我是给你了！这件事儿咱们就算两清了！从此以后，齐教授就是遇到了天大的事儿，也不要再来找我了，我也没有能力掺和这种事儿了！古城这么小，绕来绕去，一不小心就绕到熟人那里了，我可不想再给自己惹麻烦了。我也希望齐教授替我保守秘密，不要把我帮您弄情报的事情告诉任何人。"

"想金盆洗手吗？"齐东锵说。

"齐教授用词不当吧？我又没做过什么坏事儿，洗什么手？那天我也反思了一下，觉得我最大的愚蠢就是没有充分认识自己的能力。一个弱女子，怎么这么不自量力？真想逞什么英雄吗？怪不得苏格拉底说：人最大的智慧是认识你自己呢！"唐娟说罢，不等齐东锵说什么就挂了电话。

齐东锵傻傻地站在楼道门前，好半天才缓过神来。出现这种结果，是他万万没有想到的。

——原来筷子是罪犯，而唐娟呢？反倒摆脱了一切干系了？

——这个鬼七王八的唐娟，她到底是个什么角色？

意外的情报，让齐东锵的头乱成了一锅粥。齐东锵晃了晃脑袋，想清醒一下，无意中一探头，突然看到花玉乾的身影在门外鬼魅一般晃了一下，不见了。

齐东锵不由得一愣："他怎么跑到这里来了？难道他在跟踪我？"

这时，电梯门开了，楼上的高大哥拎着一袋垃圾从电梯里走了出来，向楼门外走去。他刚走出门，齐东锵就听到花玉乾磕磕巴巴地问道："大哥，我想向您打听一个人。"

齐东锵悄悄走到门边，站在了门后的隐蔽处，那里有一扇窗户，正好能听到两个人的交谈声。

只听高大哥热情地说："你向我打听人，那你算找对人了！我在这里住了二十来年了，楼里的人基本都认识。你要打听谁吧？"

花玉乾说："我想打听一个叫花艳丹的人，她住在一单元801。"

"花艳丹？我倒真不认识。但一单元801……那是纪云雁老总的家啊！花艳丹应该是他媳妇吧？"

花玉乾说："这还有一张照片……您看看是不是她？"

"对，你说的是她呀，见过，见过，她就是纪老总的媳妇。"

"您知道……她是做什么的吗？平时经常在家里住吗？"

"这个我可不清楚！要不你按门铃问问？"

"噢！那行！那我就问问！谢谢了！"花玉乾连连说。

随着一阵脚步声，高大哥走远了，齐东锵隔着窗子，偷偷地向外面看了一眼，他看到花玉乾在楼门口转悠了一会儿，便向远处走去了。

这么说来，花玉乾也接到了相同的短信？

第十四章　梦里的金盏

四十

齐东锵当机立断："不行，真相只能由我来找，千万不能让这个垃圾骚扰筷子！"

齐东锵立即向楼外追去，刚刚走出楼前的甬路，就在前边那一簇簇花树中间看到了花玉乾逡巡的身影。

齐东锵悄悄地走到他的身后，轻轻地捅了一下他，吓得花玉乾周身一抖。一回头见是齐东锵，他才长长地舒了一口气。

"你吓死我了！你咋也到这里来了呢？"花玉乾问。

齐东锵黑着脸子说："接到了情报，为什么不及时通知我？"

花玉乾的眼珠子转了转说："我……这不是想先探探虚实嘛！咋的也不能给您个假情报吧？"

花玉乾在说话的时候，一股恶臭便和一片吐沫星子一起扑面而来，熏得齐东锵不由得倒退了好几步。

花玉乾一点都没看出齐东锵的恶心，反倒上前一步贴着齐东锵问："这么说，你已经跟踪到那个人了？情报的内容……一定是他告诉你的吧？"

齐东锵不耐烦地皱着眉说："你怎么又犯忌了？我的事儿你不要随便打听！好了，现在把你得到的情报发到我手机上吧。"

花玉乾一边掏出手机，打开了短信说："那还发啥呀！就十二个字！你看一下不就完了！"说罢就把手机递给了齐东锵。

齐东锵看了一眼，果然和自己收到的一模一样，一个字都不差。看短信的同时，齐东锵也扫了一眼发短信的电话号码，嘴里却问："不是说还有一张照片吗？"

"他说……过后再发给我！"花玉乾飞手夺过自己的手机，笨笨地关了界面，齐东锵发现他用的是老式的诺基亚，看样子已经用了很多年了。

"这是我蹬三轮车的时候捡的！呵呵，蹬三轮车就这点好，经常能捡到手机。"见齐东锵盯着手机，花玉乾就说。

"接下来做什么？"花玉乾又向前凑了一步。

"那就是我的事情了，你就回家等信儿吧！城里可不像你们农村，想调查谁就调查谁，在城里只有警察才有权调查别人。"

男人诡异地看了看齐东锵："你的意思……让我回家等信儿？那好像不行吧，你要是不好好给我查，那我的钱不是白花了吗？"

"你的意思……你要自己查吗？"

"最起码，我得跟着你一起查吧？"

"和我一起查？你是谁呀？你把你当谁了？我丑话说在前头：要是因为你打草惊蛇，影响了我下步的侦查，把事情搞砸了，那你就只能自认倒霉了！"

男人沉吟了片刻："我还是想不通！我花了那么多的钱，好容易买来了这个情报，咋能说回家就回家了呢？你又不给我打字据下保证，光这么让我干等，到时候人跑了，我找谁要钱去？"

"那你就自己去查吧！这件事儿和我没有任何关系了！"齐东锵转身就走。

"别……别呀！"花玉乾立即追了上来，"别价呀！你不能说走就走吧？你还揣着我写的协议呢！你这么做不公平吧？你想管就管，想不管就不管，到时候万一我自己找到人了，你却干擎着分我的钱，齐警官，你太霸道了吧？"

"噢！我倒忘了这事儿了！这有什么难的？把协议撕了不就完了？"齐东锵说着，就从小兜里找出了那纸协议，让花玉乾看了看，便要撕。花玉乾不让，立即伸手抢，齐东锵一晃躲开了他的手，到底把那张纸撕了个粉碎，把碎片扔进了一个封闭式的垃圾桶里。

"好了！这下我俩没有关系了！"齐东锵说着就要走。

"没那么简单吧？"花玉乾突然诡异地一笑，"我有你的录音。"

齐东锵停下了脚步："你说什么？"

花玉乾得意地笑着说："那天你在大佛前说的话，我都录下来了！过后我还……听了，录得老清楚了！"

齐东锵想起了两个人交谈时，始终搭在他胳膊上的破衣服，难道他把录音设备藏到了那件衣服底下了？这可真是一件让他没有想到的事情。

齐东锵便冷笑了一声说："太小儿科了吧？你以为这样就能搞定我吗？你怎么这么不自量力呢？"

"反正我知道你是名人，在全国老出名了！反正我想好了！光着脚的不怕穿

270

鞋的，你要不帮我办这件事儿，我就把录音往网上发，天天发，天天发，就跟你死磕，哼！到时候看咱俩谁先告饶。"花玉乾说完，也像刚才齐东锵那样，头一抬就向前走去了，嘴里还哼着南腔北调的歌儿。

——齐东锵一直看着他趾高气扬地走远，不禁苦笑："这可真是奇葩！"

晚上，齐东锵久久不能入睡，只觉得脑袋里被各种声音塞得满满的。实在睡不着了，他便抬起头向窗外看了一眼，并侧耳细听一下，并没听到什么喧嚣啊？外面黑漆漆的，夜的声音遥远又模糊——可脑袋里的那些乱七八糟的声音到底是从哪里传过来的？

徐问玉也一直没有睡着，在齐东锵辗转反侧之时，她几次在黑暗中睁开了眼睛，幽幽地看着他。

齐东锵慢慢地蹭下了床，轻手轻脚地走到了书房，小心地关上了门。在开电脑的同时，他又堂而皇之地点燃了一根烟，恶狠狠地抽了起来。

"筷子，筷子，筷子……你这个SB！难道你真是拐骗花朵儿的元凶？"他突然小声骂了一句。

筷子不在线，聊天界面上依然是齐东锵留下的三个字："你在吗？"

齐东锵突然想起了筷子发给他的链接，便点开了《筷子的诗》，找出了那个名为"123"的文章。

那天，当我看到关于二胎的政策后，我突然大笑起来了，笑得眼泪都流出来了！

——这也太滑稽了吧？真是三十年河东，三十年河西。要是这么说起来，自己原来只是一个时代的牺牲品呢！

——是的，我的所有灾难，都是这个该死的计划生育造成的，好可怕的计划生育。

我的灾难，缘于我一直没有怀孕。

结婚三年了，我的肚子一点反应都没有。头两年还没觉得焦急，但第三年就完了，不仅我焦急，纪云雁焦急，纪云雁的父母更是焦急。

在传宗接代方面，咱们南北方的差异其实非常明显，在南方，女人婚后要是生不出孩子来，那可是低人一等的大事儿。

本来公公婆婆对我的看法就不好，这下可就更完了，基本达到了怒目而视的地步。为了不看他们的脸子，从那以后，我轻易不和纪云雁回南方了，每次回南方，都是他独来独往。

厄运来临，真的是有征兆的。

那几天，我特别不顺，先是擦玻璃时，额头被窗框碰了一个口子，流血不止，至今我的额头还有一道明显的疤痕呢！也就是从那时开始，我才戴起面纱来的，没想到这一戴就成了习惯，摘都摘不下去了。

怕得破伤风，我不得不去医院注射破伤风类毒素，没想到下楼梯时，突然又扭伤了脚踝。唉！倒霉的时候，真是喝凉水都塞牙呢！那天下楼梯，也没觉得怎么特别呀，只觉得脚下一滑，那脚尖就扭到后面去了。

当时身边没有一个人，我就忍着痛硬是把脚给拧了回来，接着那脚踝就眼瞅着肿了起来，幸好是在医院，我就直接住了院了。

半个月以后，刚刚能走路，我就出院了。心里想：接下来的日子应该顺利一些了吧？可我哪里能想到，更不顺心的事儿就在前边等着我呢！

我出院后的第一件事儿，就是到我的古玩店去看我的金盏。当我一瘸一拐地走进我的古玩店时，我突然觉得屋子里笼着一股子阴气，就好像进贼了似的，于是，一种不祥的预感便笼罩了我的全身。

我的古玩店虽然摆放了太多的古董，但那些古董对于我来说，都只不过是商品，我唯独在乎的只有我的金盏。我三步并两步走进了后面的储藏室，刚打开储藏柜的门子，我的脑袋便嗡的一声响：

——我心爱的金盏果然不见了，代替它站在那里的，是一只民国时期的青花瓷瓶。

当时我就蒙了，只觉得天旋地转的，不仅脑袋空了，连身体好像也空了。当时的我，连喊叫的力气都没有了，只能那么傻傻地望着那个憨头憨脑的青花瓷瓶，好半天都没有弄明白自己身在何处，心在何方。

——是的，我的金盏是我的命根子，是我的魂，这可真是越怕啥越来啥，古玩店里有那么多的古董，你偷什么不好？为什么偏偏要偷走我的命根子呢？没有了命根子，接下来我该怎么活呢？

怕自己放差了地方，我又在古玩店里仔细查找了一遍，可依然没有找到我的金盏。并且更令我觉得蹊跷的是：除了金盏不见了以外，古玩店里并没有丢失任何东西，并且屋子里一点变化的迹象都没有，门和窗子，也没有一丝被盗的痕迹，好像古玩店里压根儿就没有过这个金盏。难道那个偷金盏的人，就是为了偷走我的魂吗？

我的金盏丢失后，我的魂就没有了，整个人全变了，思维就像哪里断了路，总有接不上茬的地方。最糟糕的时候，连说话都没有了条理，说起话来总是颠三倒四的，常常说了上句，就忘了下句。啊！我的金盏，到底是谁这么坏，偏偏偷走了我的金盏呢？

这么多年，我虽然一直都帮纪云雁打理电子公司的生意，但我也始终做着属于我自己的古玩生意。开始的时候我并没有想开古玩店，只是非常喜好古董。

我在古董鉴定方面有先天的悟性，凡是我相中的，买回家来总会卖出大价钱，我就利用和纪云雁出门的机会，越来越多地买，回来后又越来越多地卖，就这么玩着玩着，我就把古玩店开办起来了。

像当初约定的那样，纪云雁轻易不掺和我的古玩生意，也基本不到我的古玩店里来。

我的古玩店就在我家电子公司的耳房里，那里也只有我和纪云雁有钥匙，我的金盏不见了，纪云雁当然是我第一个要质问的人。可纪云雁不仅瞪着眼睛说他没有拿，还诬陷我无中生有，无理取闹，说我的古玩店里压根就没有过什么金盏。

"啥叫金盏啊？金盏到底是啥玩意呀？你的古玩生意虽然我不掺和，但你的那些古玩哪有我不熟悉的，可我怎么从来没有见过什么金盏呢？"

那些天，我每次问他，他都这么赖叽叽地反问我。啊！随风，听了他的话我都要疯掉了！他怎么能空口白牙地说瞎话呢？

说心里话，怕纪云雁惦记我的金盏，我的确没和他介绍过我的金盏。摆放的时候，我也把金盏当做一般古董，很随便地摆放在储藏柜里面的那个并不显要的小格子里。

记得一次把玩金盏时，纪云雁正巧进屋来找我，怕他注意到我的金盏，我故意随随便便地就把金盏放回原处了，可我明明记得当时他颇为注意地看了我的金盏一眼！看得我的心一紧一紧的，可他怎么就说从来都没见过我的金盏呢？

对了，你看到这里，一定也糊涂了吧？是啊！金盏是啥呀？看来金盏的确是我的魂魄，无论过了多长时间，每当一提起我的金盏，我就会激动，就会周身发抖，胸口发闷，说起话来也总这么语无伦次的。

我的金盏其实是一尊玉雕，这尊玉雕是我金爷爷最心爱的宝贝，他是在重病之时送给我的，并且没有收我一分钱。

金爷爷是云南非常出名的玉雕师，他的女儿在二十岁那年突然死去了，金爷爷非常思念自己的女儿，便倾尽全部的心血，精心雕琢了这个尊玉雕。因为他女儿的名字叫金盏，金爷爷就也给这尊玉雕起名叫金盏。

金爷爷告诉我说：他当初之所以给女儿起这个名字，缘于他对水仙花的喜爱。金盏是水仙花的别名，单瓣的叫金盏，复瓣的叫百叶。

记得送我金盏那天，金爷爷还向我吟诵过一首诗呢！至今我依然能够记起他朗诵那首诗时颤巍巍的声调：

玉质冰肌着碧纱，
白玉黄冠展风华。
仙子凌波出素鳞，
清香溢满千万家。

金盏十五岁那年，患了抑郁症，整天把自己和一只猫关在一间小黑屋子里，常年足不出户，金爷爷使出浑身解数想让她开心，倾尽全力想挽住她的生命，可最后都未能如愿。女儿死后，金爷爷便照着女儿和那只猫的样子，花了整整三年的工夫，才雕成了这尊玉雕。

我和金爷爷是在一家四处环水的小宾馆里结识的，那个宾馆有一个很怪的名字，叫若烟斋。金爷爷喜欢坐在阳台上看水，我也喜欢坐在阳台上看水，金爷爷的阳台和我的阳台就隔着一道镂空的栏杆，我们俩就经常隔着栏杆聊天，聊着聊着，就彼此谁也离不开谁了。

金爷爷说：我长得非常像他的女儿，当他第一次看到我时，甚至都蒙了，还以为是她女儿的魂儿回来了呢！再后来，金爷爷就真的把我当成他的女儿了！

我们经常一起在水边漫步，或到附近的小吃铺去吃一些当地的特产……啊！那个幽美静谧的若烟斋啊，仅仅两层小楼，那里实在是太美太奇妙了！躺在床上，枕着潺潺的流水声慢慢入眠，那种感觉就像躺在船上，总觉得飘飘忽忽的，没有真实感。

尤其在那么静美的水边，听爷爷讲那么凄美的故事，那种感觉就更像在做梦似的，梦中，我甚至真的把自己当成了金盏。

这么多年来，我一直把这个故事埋藏在心里，从来没向任何人讲起过。可当我把这个故事讲给纪云雁听了以后，纪云雁不仅不相信我，甚至还说我患了幻想症。

这世上哪能有那么美的宾馆呢？哪家开宾馆的会在四面环水的地方开啊？风水也不好啊！再说也不方便进出啊？房客住宿怎么办？来回坐船吗？

那段日子，我实在太痛苦了，我的痛苦不仅缘于金盏的丢失，还缘于对自己的绝望，是的，我真的绝望了，因为纪云雁还突然质问了我一句话，一下子就把我拽入了绝望的深渊。

纪云雁问我："你去过云南吗？"

我就蒙了，不禁反问他："是啊！我去过云南吗？"

纪云雁就冷笑着说："你瞧瞧你，连去没去过云南都不记得了，怎么偏偏记得有过什么金爷爷，有过什么金盏？我现在告诉你吧！你根本就没去过云南！你也根本就不认识什么金爷爷，你想啊！认识我之前你连南方都没去过，哪有机会去云南？认识我以后，每次去南方，都是我们两个一起去的，我们虽然跑了大半个中国，但我们真的没有去过云南。"

我说："没去过云南，并不代表我没住过四面环水的宾馆，没见过云南的玉雕师。"

纪云雁说："你连云南都没有去过，怎么可能认识云南的玉雕师呢？假使你真的见过这位云南的玉雕师，那他又怎么可能把那么心爱的玉雕送给你呢？你和他到底什么关系呀？他凭什么要把如此贵重的玉雕送给你呀？"

纪云雁的话，就像一块巨石，把我的心一下子拉进了寒涧里。是的，我真的绝望了！当然我的绝望并不仅仅因为我丢失了金盏，还来自于我对自己的怀疑：难道我真的已经糊涂到如此地步了吗？连十几年前的往事都记不清楚了吗？

随风，这到底是怎么一回事？难道我的生命里真的没有过我的金爷爷，真的没有过我的金盏？

我的金盏是一尊非常完美的玉雕！玉质洁白淡雅，温润如肌，人物更是灵动娴静，栩栩如生，啊！我实在太爱我的金盏了！

有多少个夜晚，我独自一人默默地与它相对，直到现在我还能记起月光在它身上泛起的清辉呢！可如此美妙的惊世之作，它怎么就说消失就消失得干干净净了呢？

你看看，这就是金盏给我留下的病根儿，无论什么时候说起我的金盏时，我都忍不住颤抖，忍不住要流泪……这个世上，怎么会没有过我的金盏呢？

　　都说一个人和一块玉的相遇，是需要很深的缘分的，人和玉相处久了，玉里面甚至会掺入人的血脉。我甚至都担心：我的金盏手背里的那一抹淡红色的血痕，就是我的血，因为我闲暇的时候，经常习惯地抚摸她的手背。

　　随风，请你一定相信我：这个世上的确有过我的金盏，只不过我把它遗失了！真遗憾当初我怎么就没给我的金盏拍一张照片呢？

　　齐东锵突然疯了似的站起身来，飞快地跑到卧室里，手指颤抖地打开了保险箱，因为心急，他的腿甚至磕到了床沿上，但他却顾不得疼痛了，也不顾忌闻声而起的徐问玉忽地坐起身来，如何在黑暗中讶异地瞪着他。

　　因为着急，打开保险箱时，他甚至忘了开灯，幸好当晚的月光好明亮。

　　在徐问玉那迷蒙的注视中，齐东锵很快就拿出了那个被他称为"睥睨"的雕塑，然后就小心捧着快步回到了书房，并再一次小心地关上了门。

　　在灯下，齐东锵再次端详起这尊玉雕起来，看着看着，他的心就怦怦直跳了！——那个美女的柔若无骨的小手背上，果然有一抹淡淡的血痕。

　　啊！不会真的这么巧吧？难道自己这么多年一直小心珍藏的玉雕《睥睨》，真的就是筷子丢失的金盏吗？

　　齐东锵来不及想太多了，立即用手机把玉雕拍了下来，接着就把照片传到了筷子的QQ里。

　　"筷子，筷子，你快看看，你所丢失的金盏，是不是这个玉雕？"齐东锵又在窗口里输入了这样一段话。

　　书房的门突然开了，徐问玉披头散发地出现在门边，她先是看了看他，又看了看电脑桌上的玉雕，惊讶地问："这大半夜的，你怎么回事？"

　　齐东锵连忙关了与筷子的聊天界面，尽管他极力想装得平静，可他的心却在胸膛里怦怦乱跳着，隔很远都能听得到。

　　"到底是咋回事？你干啥把你的《睥睨》传到网上了？你不会为了借人家钱，要卖你的命根子吧？我倒真是好奇了！这个朋友到底是谁呀？值得你这么没日没夜地为他操劳？"

　　齐东锵冷着脸子说："我的事儿……你不用管，睡你的觉去吧！"

　　徐问玉停顿了一下，终于忍不住又说："我并不是不通情达理的人，钱的事儿……咱俩真的可以商量的，但前提是你得告诉我这个人是谁？假如这个人真有十万火急的原因，比如为了救命……我可以拿出钱来的。但这个《睥睨》，你的命根子，你真的不能卖！我也不可能让你卖！"

徐问玉说着，便冷不防地俯身过来，一下子就捧走了《睥睨》玉雕，转身就走了，临走时还砰的一声关上了门。

书房里顿时静了，静得只剩下了齐东锵的心跳声：怦、怦、怦。

四十一

刚才的忙乱，就像一场乱哄哄的梦，如今，当梦中人突然捧走了梦中之物，齐东锵突然有一种大梦初醒的感觉，觉得刚才发生的一切都不是真的。

他慢慢地坐下，眨了眨酸酸的眼睛，打开了那张刚刚上传的图片，他发现那张图片果然显得假假的，齐东锵摸了一下那图片，可他摸到的只是电脑屏幕。

是啊！网络上的图片怎么可能是真的呢？

齐东锵忙不迭地又打开筷子的文章，他直呆呆地瞪着那些小蝌蚪似的文字，好久都没能理解文章的涵义。

金盏没了，我的魂也没有了，从此我就成了一个行尸走肉，整天颠三倒四的。

对了随风，我在说什么呢？我记得自己是想告诉你那个来自于地狱的电话的，咋说着说着，说到我的金盏上去了？

给我打电话的人是我婆婆，每次婆婆打电话，都是打给纪云雁的，可那一次她偏偏让我接听电话。我刚刚接过电话，就听她在电话里破马张飞地冲我咆哮了："你爹要死了！"

我就又蒙了，不禁反问："谁的……爹要死了？"

我婆婆的声音立即拔到一丈高："你有几个爹？你的亲爹根本就不理你们了！那还能叫爹吗？我说的是你老公公，难道你不承认老公公是你的爹吗？"

我便说："对，我老公公是我爹！"

"你这个孩子怎么这么无情？你爹他都要死了，你的态度怎么还这么冷漠？还这么无动于衷？"

婆婆的话提醒了我，是啊！我的确不应该无动于衷的，的确太无情了。可是，我还是有些不明白，我公公的身体一直都很棒的！他的脸膛红红的，身板壮壮的，怎么能说完就完了呢？因为心里不相信，嘴里就自然说了出来："不会吧？他那么壮，不可能死的！"

"我是说要死了，并不是说他死了，老天保佑，他还没死呢！他只是得重病了！你们马上回家一趟吧！"

直到这时，我才明白婆婆为什么把电话打给我了。原来她是怕我不陪纪云雁回家去。

以前，纪云雁刚做电子生意时，我们本来打算在南方开展业务的，可因为我生不出孩子的事情，婆婆经常找我的不是，有一次甚至和我吵起来了，我就是因为那次吵架，才一气之下赌气回到北方的。

纪云雁一开始还想劝我来着，后来见我主意已定，实在无法劝了，也只好随我回到了北方。

从那以后，我就再也没去过南方，每次都是纪云雁独来独往。那时正流行一首歌儿，叫《心太软》，现在回想起来，如果非要怨恨的话，还真就应该怨我的心太软。

如果我无情，坚决不回南方的话，也就不会发生接二连三的烦心事儿了。看来，心软也是苦难的源头呢！

去南方的路上，我的右眼皮几乎一直在跳，跳得我好忐忑，当火车在一个小站停下来的时候，我甚至有一种下火车的冲动，只可惜那只不过是短暂的冲动而已，事实上，我到底还是乖乖地和纪云雁回到了他南方的家。

正如我预感的那样，此时，南方的家中早已布好了一个巨大的陷阱，正张着大口等着我往里跳呢！我刚一到他家就被软禁起来了，再没有了自由。因为在我婆婆的家里，突然就多出了一个婴儿。而他们全家人竟然还众口一词：都说那个孩子就是我生的。

我实在是太傻了，刚进门的时候，还没意识到自己有多危险呢！望着健健康康地坐在客厅里冲着我们假笑的公公，我还傻傻地笑着说："爹呀？原来您的病……好了……"

公公的脸顿时红成了紫茄子。可还未等公公说什么呢，婆婆就接过话茬儿说："他的病是好啦！他得的是怪病，病得快，好得也快！"

接下来，全家人就都沉默地坐下来了，一个个都变得神情严肃了起来。再然后，我的婆婆就把那个婴儿抱给了我，并郑重地向我交代起我必须要完成的特殊使命了。

我的特殊使命是：接下来的一个月，我必须要装出坐月子的样子，因为，这个孩子就是我生的。

"可是……我哪生啊！"一开始，我还试图辩解。

"你就别狡辩了，这个孩子就是你生的！是我接的生！"我的小姑子当时就是这么说的。

我求救似的看了看纪云雁，纪云雁却把脸扭到别处去了。

"行啦！你是聪明人，也应该弄明白我们的意思了！这件事情就这么办了！你同意也得同意，不同意也得同意。这一个月，你哪怕演戏，也得给我演出刚刚生过孩子的样子——你不用跟我讲条件，这件事儿没有条件可讲，你要怨就怨你自己没有能耐，谁让你生不出孩子来呢？"

直到现在，我依然不知道这个婴儿到底是从哪里得来的，纪云雁说是抱来的，婆婆却说她是花两万元买来的。一开始我还担心自己会犯拐卖儿童罪呢，可随着孩子的模样一天天地酷似纪云雁，我就不再担心了，而是堵心了，揪心了！

是的，不用做什么DNA，这个孩子就是纪云雁的野种。我想，这个孩子你应该见过的，如果你仔细看他的模样，你也一定会相信我的话的，是的，他就是曾把我家闹得差点翻了天的计计鬼儿。

可令人奇怪的是：这个孩子在月子里的时候，不仅长得一点都不像纪云雁，反倒有些像我，满月的那天，当我把他抱出月房的时候，村子里的人也都说他长得非常像妈妈。

是啊！现在我家里也有他满月时的照片，那时的他小脸胖乎乎，粉嘟嘟的，像刚刚绽放的花朵，两只眼睛也像两颗巨峰葡萄一样，又黑又亮，实在可爱极了。

并且那时的我还遵循着"嫁汉嫁汉，穿衣吃饭"的哲学，不仅不知道反抗，还把自己的逆来顺受当做一种美德，唉！现在回忆自己那时的所作所为，只能说自己太傻了，傻透了腔。

我最傻的表现，还在后面呢！作为女人，我咋就那么傻呢？因为天天照顾那个整天哭哭啼啼的婴孩儿，我竟然把女人的生理反应都忽视了，直到下腹慢慢地鼓了起来，直到腹内的"胎儿"渐渐地会动了，我才知道自己怀了孕，并且已经怀孕四个多月了。

得知我怀孕的消息，婆婆一家一开始都很高兴。最高兴的当然是纪云雁，一连好几天都张牙舞爪地磨叽，说如果我生个女儿，这样他就儿女双全了。

然而接下来，全家人就又都忧伤起来了。

我们的忧伤，来自于村口大墙上刷写的那一排与计划生育有关的大大的白灰字。

我怀孕的时候，正是计划生育抓得最严的时候，一对夫妻只能生一个孩儿，那时还有一个词：叫一票否决制，如果哪里出现一个超生的，那个地方的主要负责人，包括分管人口和计划生育工作的负责人，就都不能提拔和晋升职务，甚至还会被降职或免职。

那时候电视里最流行一个节目叫《超生游击队》，为了提醒大家不能超生，村委会还专门在村口摆放了一台电视机，专门为全村人播放了一次《超生游击队》。

为了不让我们也成为新的超生游击队，婆婆一家又秘密召开了一次家庭会议，共同商量对策。经过一个多小时的饿饿，大家终于拿出了一个解决方案。方案共两条：第一条，由任村治保主任的叔叔出头张罗，为孩子办理"双胞胎户口"；第二条，就是对外严密封闭消息，我还以抚养孩子为名，继续在婆婆家深居简出，直到把孩子生下来。

如果说我结婚后，还度过了一段快乐的时光的话，那段时光应该就是在婆婆家幽居的日子了，那段时光不仅公公婆婆对我好，纪云雁对我也充满感情。因为整天和计计鬼儿在一起，那时，我的母爱也在泛滥，一想到自己亲生的孩子就要来到人间，我的心里别提多高兴了，就像吃了蜜一样甜。

然而世事难料，灾难到底还是降临在了我的头上。

那是在我怀孕七个月的一天黄昏，我正在屋子里哄计计鬼儿玩，只听咣当一声巨响，门就被人撞开了，接着，屋子里就黑压压地涌进来十几个人，走在最前面的，是一个额头带疤且一脸横肉的女人，他们进来二话不说，就把我给强行架出房去了……

当时屋子里就像演电影一样，吱哇乱叫的，不仅计计鬼儿哭，我婆婆哭，就连纪云雁也不知道在哪里声嘶力竭地号叫……可无论大家怎么号叫，我还是脚不沾地地被那些人强行拖到了一辆三轮车上……

随风，你也是农村长大的孩子，劁猪你一定见过吧？那天晚上，当着许多人的面儿，我就像一头老母猪一样被人家劁了，肚子里的孩子都长成型了，可我却眼看着他们活生生地把我的孩子给剖了出来，吧唧一声就扔在了垃圾桶里……

从那天开始，我的精神便彻底崩溃了，对于人世间，我不仅没有了感情，没有了留恋，有那么一段日子，我甚至希望全世界的人都死了算了，地球毁灭了算了。

这真是一个令人厌恶的世界！

写到这里，筷子的文章又断了。

通过浏览筷子这颠三倒四的故事，齐东锵反倒渐渐清醒了，认定自己并没有做梦。

都说世上的事无巧不成书，也许花朵儿就是筷子"被引产"出来的女儿呢，似乎只有这样，筷子才有理由去拐骗花朵儿吧？

如果事实真是这样，筷子也太蠢了些吧？采取正当手段去解决不行吗？非要走拐骗这条路吗？

正这么想着，花玉乾那无赖的嘴脸突然横进了脑海，齐东锵揉了揉乱蓬蓬的头，便又理解筷子了："是啊！面对花玉乾这种人，正常的渠道还真就走不通的。"

可那个三家通吃的人又是谁呢？难道真的不是唐娟吗？

齐东锵慢慢地站起身，到床底下的一个小柜子里摸出了一盒烟，抽出一支点燃了，便歪在小床上大口大口地抽了起来，抽了一支，又点了一支，这一支还没熄灭，下一支就又点着了。小小的书房转眼就被他抽成了烟雾室。

他睨斜着眼睛估量了一下自己离小窗的距离，身子依旧赖在床上不动，胳膊却抻了老长去开窗，可尽管抻到了极限，手离窗子的把手还差那么一小点儿，直到身体猛地绷成了一把弓箭，那手才总算够到了把手。

小窗刚打开一道缝儿，小屋里的烟雾就争着抢着向外面奔涌而去，那气势就像妈妈蒸馒头时饭锅上的热气，仿佛都能听到呼呼呼的涌动声。

噢！怪不得筷子的眼睛里总有一股子睥睨的神情呢！

"我觉得凡是过于热爱宠物的人，都是骨子里厌恶人类的人。这类人大多受过人类伤害且无力与人类抗争……"

——这句话是谁说的了？

齐东锵眼盯着那不断涌出的烟雾，直到盯得眼睛生疼。可那烟雾涌出去了，却不飘散，反倒渐渐聚成一团，且越聚越多，越聚越冷，渐渐就聚成了一个奇异的女子身形。

开始齐东锵没有注意那个影子像谁，等他发现那冰冷的身影就是唐娟的背影时，身子便砰的一声再次绷成了一把弓。

"这个鬼七王八的女人，她又要使什么花招儿？"齐东锵来不及多想，立即朝她追了过去，这才发现自己身处在一个阴暗的隧道里，隧道四周依然滴着水，有风从哪里吹过来，阴冷冷的风。

两旁的石壁张牙舞爪地龇着牙，仿佛在比谁的嘴更大，牙更尖，神情更诡异。齐东锵来不及观察石壁上的动物，眼睛只是死死地盯着唐娟，盯着她在前方那古铜色的凸凹内扭扭地走着，扭出一派特别的风姿。

隧道里静极了，也暗极了，不知什么时候，风也静成了固体，凝固成了塑料条子般的帘子状，在身边腻歪歪地摆动。

齐东锵亦步亦趋地跟着唐娟，他突然注意到：唐娟在向前行走时，有一个非常特别的习惯动作，那就是走着走着，右臀部会不露痕迹地上翘那么一下，就像人在表演时，脸部肌肉不自觉地就抽动了一下似的。哈哈！这个唐娟，连屁股都会说话呢！

齐东锵刚想讥讽唐娟几句，正不知咋开口呢，却发现唐娟突然回头冲他诡秘地笑了笑，一晃就不见了踪影。

齐东锵紧追了几步，但他立即就站住了：因为横在面前的是冰冷的石壁，隧道已到了尽头。齐东锵摸了摸那硬硬的石壁，那的确也就是石壁，平滑且凉冷，似乎并没藏有什么机关。

齐东锵正奇怪唐娟到底藏到哪里去了呢，突然听到身后有人咻咻地冷笑了一声，齐东锵都感到了那缕冰冷的气息。齐东锵周身一抖，抡起手掌就向身后打去，只听咣的一声巨响，手臂打在了电脑桌上，这一疼，就把他疼醒了，方知只是一梦。

什么时候睡着的呢？这梦来得也倒快！齐东锵摸了摸额头，才发现头上浸满了细细的冷汗，小小的窗户依然洞开着，烟雾早没了，只有夜风呼呼地向屋里刮着，刮得电脑桌上的纸本沙啦啦地响。

齐东锵打了一个大大的喷嚏，这才感觉鼻息有些发堵，便立即起身关了窗子，又抽出一张纸巾擦了一下冷汗和鼻涕。回想起梦中的情景，他突然想起了什么，汗也顾不上擦了，忙不迭地跑到了客厅，找到了兜子里的U盘，便插进电脑里浏览了起来。

很快，白天在那家通讯公司复制的监控画面就出现在了电脑上，齐东锵点击了快进，那个梳短发的女子的背影就再次出现在齐东锵的面前。

齐东锵把画面拉近，仔细地注视着女子的右臀部，那臀部扭着扭着，果然不经意地上翘了一下。

齐东锵又打开了上一次在饺子馆里复制的监控，把两处影像放到一起比对了起来，尽管两个画面一个清晰，一个灰暗，但两个背影却是酷似的，尤其是右臀部的轻微上翘，简直如出一辙。

"哈哈！这个梦做的，竟然把她的假面臀具给揭开了！如果把这事儿和别人学，谁能信呢？"齐东锵自言自语。

"妈的！连测谎结论都不能作为证据呢，臀部的表情就更摆不到桌面上了！"齐东锵又苦笑地摇了摇头。

"是的，不用再怀疑了！这个狗女人就是那个三管齐下的通吃者。还有什么怀疑的？"

"这大清早的，你这是和谁网聊呢？"徐问玉突然打开了门，向室内看了一眼。齐东锵一眼瞥到了床上地上的烟蒂和烟灰，便快速迎上去把门推上了，"管不着！"他一边推门一边说。

就在门即将关上的一刹那，徐问玉透过门缝儿，向他飞过来一个诡异的眼神儿。齐东锵便笑了。齐东锵也弄不懂自己的心，为什么他宁可让徐问玉怀疑自己网聊，也不愿意让她看到满屋子里的烟蒂和烟灰呢？

齐东锵快速地拿起枕巾掸了掸床，又弯下腰吃力地把地上的烟蒂烟灰收拾干净了，然后把所有的垃圾全都装进一个垃圾袋里，站起身又四处看了看，才把门打开。洗手间传来哗哗的水声，那是徐问玉在洗澡，徐问玉有早晨洗澡的习惯。齐东锵看了一眼墙上的电子钟，才知道已经是早晨七时多了。

"嘀嘀嘀……"电脑里突然响起了QQ上线的提示音，齐东锵动了动鼠标，已经黑屏的屏幕便立即亮了，筷子的小头像正在右下方一闪一闪地跳动。

"这家伙，起得也很早呢！"齐东锵一边点击筷子的头像，一边自言自语着。聊天窗口闪烁的，是这样的一行字：

"金盏！我的金盏！我没有看错吧？这个图片你到底是从哪里得来的？——啊！这实在是一个太美好、太令人惊喜的早晨了！"

透过筷子的留言，齐东锵恍然看到了明媚的朝阳下，筷子正快乐地欢跳着，脸上闪烁着五彩的晨光。

"这个《睟睌》果然是你的金盏吗？它就在我这里呀！"

齐东锵快速打出了这行字，刚要点发送，又顿住了，想了想，便把这行字又删除了——是啊！金盏已经让徐问玉控制了，要想拿回来，还真得想一些办法，费一些周折呢！

"这尊玉雕，是我在一个古玩市场见到的，当时觉得好，就用手机把它拍下来了。"

齐东锵噼里啪啦地敲出了这样一段话。

"在哪个古玩市场？快告诉我！"

"哪个古玩市场……得容我想想。你放心，筷子，我一定会用心帮你寻找的。"

"随风！求你了！你一定帮我找！如果找到了，一定帮我买回来，花多少钱都行！"

"好的。"

"啊！看到这张图片，真是太开心了！这么说一切都不是梦！一切都是真的！随风，谢谢你。"

"筷子，你的日记我都看完了！真没想到你经历了这么多的苦难。不过，有一件事情，你一定得告诉我！那个花朵儿，是不是被你藏在家里了？"

"你说什么呢？什么花朵儿？"

"就是三年前失踪的花朵儿。"

"这年头有偷人的，有偷钱的，还没听说有人偷花朵儿的？偷花朵儿是道德问题吧？法律没有规定吧？"

"你别跟我卖关子了！那个敲诈你的人，一定是因为掌握了花朵儿的这个证据，才敲诈你的吧？"

"你把我当成采花大盗了？"

"不和你兜圈子了！花朵儿的父亲已经收到了关于你拐骗花朵儿的信息，现在正在古城挖地三尺调查你呢！如果不是我在控制着他，兴许他现在已经找到你了。"

筷子那边突然没有反应了。

"筷子，筷子，你必须跟我说实话，你放心，无论发生了什么，只要你合法，我都会帮助你的。"

"随风，见一面吧！"

"见面？真的吗？"

一股子快乐，突地一下在齐东锵的胸腔里爆炸了！真的能和筷子见面了吗？这可真是天上掉下来的大喜事呢！

"知道森林公园吗？"

"你是说猫舍前边、养老院的对面的那个森林公园吗？当然知道了！"

"在森林公园的南侧，有一个水泡子，但现在那里已经叫望秋湖了，望秋湖边新开的小餐馆，叫秋水人家，我们到那里吃一顿饭怎么样？"

"啊？我不是在做梦吧？筷子真要和随风浪漫约会了吗？"

"晚上五点，我在秋水人家等你。"

"好！不见不散！"

齐东锵真是快乐死了，刚要再说些什么，可筷子的头像已经黑了。

四十二

齐东锵静静地坐了一小会儿，突然从椅子上蹿起来了，猛地来了一个原地拔高，只听咚的一声巨响，差点没把地板蹦出一个大窟窿。

——真是太没想到的一件事情了！望秋湖？秋水人家？我这个沽名钓誉的大骗子随风，真要和宛若天仙的筷子亲密对酌了？

齐东锵向窗外看了一眼，只见蔚蓝的天空，飘着一片又一片纱一般透明的云，细细看去，那云里还含着一丝丝淡粉色的云霞呢，就像哪个淘气的孩子把淡粉色的颜料化开了，洒到了上面似的。齐东锵歪着头品着那云，突见一群飞鸟就从云霞上面掠过，还没等齐东锵看清那是什么鸟儿呢，鸟群已经消失了。

好美的早晨！这到底是什么样的日子呀！

"你刚才干什么呢？那么大的动静？"徐问玉突然出现在门边，一边用手巾擦着湿漉漉的头发。

"没干什么啊!"齐东锵一脸无辜地望着她,就像果真没干什么似的。

"没干什么,那你干什么了?"徐问玉疑窦重重地看了看齐东锵的身后,瞧她那眼神儿,仿佛齐东锵身后站着一个人。

齐东锵快速向电脑屏幕上看了一眼,见他与筷子聊天的窗口已被关了,便暗暗地舒了口气,脸上又恢复了那种无辜的表情。

"遇到什么喜事了咋的?怎么显得这么兴奋?"徐问玉眼睛简直就是刀子,什么样的伪装都会被她识破。

"安之若素,冷暖自知,阳光很好,我亦很好!"齐东锵突然晃着头说,说得他自己都觉莫名其妙。

"凭你心情这么好!出去买两份早餐怎么样?今天早晨我实在不愿意做饭了!"徐问玉甩了甩湿湿的头发说。

"遵命!"齐东锵向她敬了一个礼,便果真买早餐去了。

吃完早餐,徐问玉就出去了。

齐东锵看了一会儿书,可一连翻看了好几页,始终都是书页在看他。抽了两支软中华,可即使如此美味的软中华,也没能把一直在脑海里跳舞的兴奋驱走。就这么折腾了一个小时左右,他再也坐不下去了,决定先去探查一下。

公共汽车的站台就在小区的门口,齐东锵刚刚走到站台的阴影里,一辆8路车就驶过来了。

"今天到底是什么日子啊?怎么一切都这么顺?"齐东锵怀揣着愉悦的窃喜,慢慢地走到车上,发现这辆车不仅人少,车厢里也出奇地干净凉爽。

齐东锵坐到了一个靠窗的座位,那车便一站一站地向前稳稳开去,车上自动报站的女声,像百灵鸟的歌声一样悦耳动听。

街道上,蓝蓝的天空下,明媚的阳光里,无论车的颜色,还是人的衣着,都显得那样的簇新亮丽,更何况,每个人的脸上还都带着愉悦的笑容呢!

"生活是多么美好啊!"心里的愉悦就像鱼塘里的水泡,直往上冒,直往上冒,可齐东锵又不能无缘无故地展开笑颜,当然更不能把这种愉悦大声说出来,他只能一次又一次地深呼吸,吞唾液,做"十六锭金",用道家的吐纳功,把心里的愉悦一口一口地吞咽到丹田下。

森林公园没有大门,也没有标志,但古城里的人都知道这里就叫森林公园。

公园由一片又一片的小树林构成,弯弯曲曲的彩砖小道儿把林带隔成一块又一块的风景区,偶尔也能看到一处凉亭,一个雕塑,几样健身器材点缀其中。

齐东锵从公共汽车上下来，就直奔森林公园而去，公园里静静的，各种颜色的花儿在路边竞相开放。阳光从树缝里透进来，照亮了金色的小蜘蛛细密的银网。

鸟儿在树林里鸣唱，知了齐声喝彩。齐东锵慢慢地在林中走，一边辨别着路旁的树种。

杨树、柳树、松树、柏树、丁香树在他的注视下，一步一步地向后面退去，一同后退的还有许多叫不出名字的树，比如开着白花的树，结着红豆豆的树，吊着金角角的树，它们后退的步履还很优美，就像跳舞似的，跳出波浪似的舞。

齐东锵望着它们，它们也都懒洋洋地望着他，目光里装满了心机。齐东锵这才发现：原来每一棵树都有不同的表情呢。

凉亭的石桌后，突然传出一阵窸窸窣窣的声音，齐东锵循声望去，才发现长长的木椅上躺着一个身穿脏兮兮的迷彩服的男人，这个男人一条大腿支在柱子上，一只手搭在脸上，遮住了他半边脸。

齐东锵慢慢地从他的头上走过去，躺着的人翻了个身，那脸就露出来了。齐东锵好奇地扫了那个人一眼，舒坦的心就顿时揪紧了：躺在木椅上正闭目养神的，怎么这么像花玉坤？

齐东锵快走几步，飞身掩藏到一棵树的后面，透过树枝再往那里偷窥，这才确定躺在那里的，是花玉坤的哥哥花玉乾。

他怎么躺到这里了？难道他已经发现筷子的老巢了？

花玉乾翻了个身，又翻了个身，也许是椅子太硬了，他怎么躺都觉得不舒服，最后到底从椅子上爬起来，然后便声音放肆地大声咳嗽并大口吐起痰来，小小的森林公园立即回声四起。

齐东锵这才注意石桌上倒着一个矿泉水的空瓶子，旁边还有一块吃剩下的面包，有两个苍蝇正在面包上谈情说爱。石桌下散落着几片咸菜香肠的包装皮儿，看来，花玉乾就是在这里用的早餐。

花玉乾咳嗽完了，便轰开面包上的苍蝇，抓起面包就大口大口地吃了起来，一边吃，一边用胳膊肘儿把桌上的空瓶子扫落到了地上。

面包进了肚，他便拿起刚刚当过枕头的旧式挎包，晃晃荡荡地向前走去。齐东锵看他顺着彩砖路，一直走出了森林公园，便慢慢地跟了过去。

从森林公园出来，花玉乾果真横跨公路，向路对面大踏步地走去。看来，他前方的目的地只有一处，那就是筷子的猫舍了。

考虑到通往猫舍的胡同，既没有茂密的树林，也没有可以遮身的高墙，齐东锵便一路小跑从养老院后边的小路绕了过去，刚刚掩身在猫舍附近的一堵墙后，就看见花玉乾鬼鬼祟祟地向猫舍这边摸来了。

猫舍的墙很高，墙头上还拉着铁丝网，花玉乾先是几步潜入大墙外的一堆乱树丛里，然后才偷偷地翘起脚儿，向墙内观望了起来，观望了一会儿，不知为什么，又缩回去了。齐东锵继续在原地潜伏了一会儿，突然闻到一股烟味飘了过来，才知道花玉乾蹲在树丛里抽烟呢。

随着一阵沙沙的脚步声，筷子拎着一个偌大的塑料袋儿，顺着胡同走了过来。齐东锵赶紧隐身在墙后，并暗暗吸了吸鼻子，发现烟味儿也慢慢地消失了。

步履沉沉的筷子，依然一袭白裙，半抹面纱，阳光虽然直射着她的脸，却射不透她脸上的面纱，但瞧她走路的姿态，就知道她很疲惫，很忧伤，萎靡不振的。

"咣当"一声，筷子打开了大铁门，小院的一角便展露在齐东锵的眼里。齐东锵看到花玉乾突然在墙外探了一下头儿，又立即缩回去了，周围静得令人窒息。

对于墙外的这两个不速之客，迟钝的筷子一点感觉都没有，走进大门后，因为手里拎着东西，她甚至门都没有关上。齐东锵透过半开的门，看到了半扇小窗和小窗里的两只明黄色的猫眼。直到"咣当"一声，门被关上。

始终蹲伏在墙后的齐东锵，因为腿酸，便慢慢地换了一下姿势。他的身后有一棵大榆树，齐东锵向树上望了望，发现树枝还很茂密，如果爬到树上，外面可能看不到，并且树中有一根粗粗的树杈很光滑，似乎能够承受他的体重。

齐东锵潜到了树下，小心翼翼地向树上攀爬了上去，费了好大的力气，他终于爬到了树杈上，哈，还真不错，坐在树杈上不仅风凉，还能鸟瞰小院中的一切。

小院子里没什么变化，只是园中的庄稼都变得苍老了，憔悴的花叶不仅红愁绿惨，还夹杂了一块块黄斑白痕，让人觉得分外凄凉。

筷子用钥匙打开了一扇门，便悄然进屋去了，好久都没见出来。齐东锵向潜伏着花玉乾的那段墙望去，发现那里枝叶一动不动，一阵晓风吹过，只有几片叶子懒懒地朝他摆了摆手，就像百无聊赖的人扇了两下扇子。

齐东锵正奇怪花玉乾怎么会潜伏得这么消停呢，突见房子右边一段墙上，有人朝院子探了一下头儿，接着就身子一跃骑到了墙上，轻快得像个猿猴。

齐东锵仔细一看，才知道花玉乾不知啥时已经绕到房子右侧去了。那里一定有什么可以支撑的东西，才让他如此容易地就翻到了墙上。

——难道，花玉乾要强行闯入吗？齐东锵不禁为筷子捏了一把汗。

齐东锵正犹豫着是否应该给筷子打个提醒电话呢，只听"呀"的一声，猫舍的门突然开了，花玉乾闻声也鬼魅一样从墙上跳了下去，也不知他啥时候学的轻功，身手敏捷极了，竟然没有发出一点的声响。

筷子已经换上了一套黑色的家常筒裙，头上也系了一条隐着暗黄格子的黑纱巾，乍一看，俨然一个神秘的阿富汗美女，越发显得白嫩娇美，超凡脱俗。

她手里端着一个洋铁的黑撮子，里面装满了土，齐东锵猜想那土里埋的一定是猫的粪便。

筷子和他聊天时，曾说过猫的这种习性，它们总是把粪便埋到土里，所以筷子每天都要在一个固定的屋子里铺上许多土，作为猫的厕所。

筷子把黑撮子里的土倒进了门外的一个手推车中，转身又进屋，不一会儿，又端出一撮子的土，再倒进手推车中。就这么重复往返了好几次，小推车里的粪土便堆得满满了。

筷子把最后一撮子土倒进小推车后，便摘下了头巾抖了抖，然后又戴上，接着就推起小车向门外走来。

就在筷子刚刚关上大门的一瞬间，齐东锵看见花玉乾突然又一个猴跃，就悄无声息地跳进院子里了，他飞一般向屋子里窜去，速度之快更像一只猿猴。

真不知小屋子里的猫见了花玉乾这个入侵者，会有怎样的反应，但大门外的筷子却是一点反应都没有，只见她一路吱嘎吱嘎地推着那个小推车走出院门，然后就傻傻地从齐东锵隐身的大树底下走过去了，齐东锵的脚就在树杈下垂着，只要筷子稍稍抬一下头，她就一定能看得见，可她愣是毫无察觉。

轻盈而过的一瞬间，齐东锵不仅闻到了那缕天竺葵的芳香，甚至清晰地看到了她那雪白脖颈上的一块心形红痣。

筷子把手推车里的土倒进了离大榆树不远的一个土坑后，又变戏法似的从手推车旁拽出了一把小铁锹，然后就推着空车向更远处的地里走去，看来她这是要装一些新土回去的。

见柔弱的筷子，如此费力地弯下腰一锹一锹地往手推车里装土，齐东锵便暗暗地叹了口气：筷子啊筷子，你这么辛苦，到底图个啥呢？

齐东锵就这么感叹着拿出了手机，调出了花玉乾的号码，便手指快捷地发了一条短信息：

"花玉乾，你涉嫌入室盗窃，有人已经报警，快速撤离！"

短信息发出去半天了，可花玉乾那边却没有一点反应，阳光下的猫舍依然显得十分的祥和宁静，仿佛根本就没有钻进去一个鬼魅般的入侵者似的。

齐东锵想了想，终于想明白了：猫是胆小的动物，对于陌生人的入侵，它们的反应除了四处躲避，可能就是噤声吧！

或者，花玉乾根本就没有带手机？

正这么琢磨着呢，手机里突然咣当一声响，把齐东锵吓了一跳，幸好筷子离得远，并没有听见。齐东锵打开了短信息，原来是花玉乾的回信：

> "你咋知道这个人举报的就是我呢？我又没干啥坏事儿，干啥怕警察？"

齐东锵看了短信息，便笑了，又发了一则回信：

> "报警人指名道姓说花玉乾入室盗窃，她既然敢实名报警，也一定是不怕警察的！再不我弄错了？这个人恰巧与你同名吧？"

短信刚刚发送过去，门就呀的一声开了，只见花玉乾野猫一般从屋子里悄无声息地溜了出来，然后又是一个猴跳，一转眼就蹿上了墙头，接着就咕咚一声翻过墙头不见了。

可令齐东锵没有预料到的是：花玉乾虽然跳出墙去了，却依然没有离开的意思，他在墙边探头探脑地逡巡了一会儿，就又潜伏到墙外的树丛里了。或者他是要验证一下警察到底会不会来？如果是这样，就说明他对自己已经怀疑了。

在浓荫密布的大榆树上，齐东锵皱了皱眉。便再次掏出手机，又发送了一则短信："小王，立即找两个人到森林公园对过的胡同口。记住：开那辆警式面包车。"

刚刚把短信发出去，就看见筷子艰难地推着一车土，从自己的脚下慢腾腾地走过去了，齐东锵立即屏住了呼吸，一直看着她慢慢地走过去，直到她把土推进了院子，咣当一声关上了大门，他才慢慢地从树上滑了下来，悄悄地按原路回到了胡同口。

在一棵大榆树下，齐东锵刚刚抽了一支烟，警车就飞驰而来。齐东锵走过去，在小王的耳畔说了句什么，警车便直向筷子的猫舍驶去。

大约十分钟左右，警车就返了回来。正如齐东锵预料到的那样，没等警车到跟前呢，花玉乾就已闻风而逃了，小王他们只在那簇树丛中找到了十几个烟蒂。当然，按照齐东锵的吩咐，他们也没有进屋去惊扰筷子。

齐东锵坐着警车回到了公司，他预感到花玉乾一定会给自己打电话的，可等了好半天，花玉乾的电话也没有打进来，反倒是那首特殊的电话彩铃突然唱起来了，唱得齐东锵着实一愣，有一种恍如隔世的沧桑感。

——是啊！自从妈妈去世后，齐东锵这还是头一次听到自己手机的彩铃呢！

彩铃是一首老歌儿，名叫《秋水伊人》，齐东锵小时候，经常听妈妈唱这首歌儿。

> 望穿秋水，不见伊人的倩影
> 更残漏尽，孤雁两三声
> 往日的温情，只换得眼前的凄情
> 梦魂无所寄，空有泪满襟
> 几时归来哟，伊人哟
> 几时你会穿过那边的丛林
> ……

齐东锵的手机，只有三个人被他设置过特殊彩铃：一个是母亲，一个是儿子，第三个人就是筷子了。其余的来电，包括徐问玉的，都只是敲桌子的声音。

"筷子，真的是你吗？你真的给我打电话了吗？"齐东锵并不想掩饰心底里的快乐。

"刚才，有辆警车突然开到我家门口了，几个人在我家门外转了一圈，也没有进来，不一会儿就走了。"筷子的声音虽然低低的，却依然能听出里面的紧张。

"是的，我知道！"齐东锵声音平静地说。

"你……知道？"

"要不是我拦着，警察可能会进去搜查你家的。因为刚才，有人偷偷地潜入了你的猫舍！我是为了逼他离开，才让警察来的。"

"啊？原来警察是你招来的？谁进我的猫舍了？怪不得我的猫，一个个的都吓成那种样子了！好像进了一个鬼似的。"

"筷子！我有电话打进来了！可能是那个人的电话！我们稍后再联系好吗？"齐东锵看到手机上显示出一闪一闪的来电提示，便声音温柔地说。

"那……好吧！"筷子忧心忡忡地结束了通话。

第十五章　子濯的香吻

四十三

电话果真是花玉乾打来的，但齐东锵没有回拨给他，而是拿着电话耐心地等了一会儿，一边点着了一支烟。

没过一分钟，花玉乾的电话就又打进来了。

齐东锵故意捱了一会儿才接听，电话里，花玉乾的声音就像一只狼，而且是一只饿狼："这鸡巴事儿，咋整成这样了？操他妈的，差点被他们当成小偷抓了。谁这么缺德跟踪我？"他就那么狼哇哇地叫喊着，仿佛除了喊叫，已不会小声说话了似的。

"这么说，那个入室盗窃的，真是你了？"

"哪哟哎！"突然压低声音，"告诉你实底吧！我已经找到花艳丹的老窝了！我闺女极有可能就藏在那个老窝里。"

"你查到了吗？"

"要不是那个报警人瞎搅和，我肯定能查到的，就差那么一点点了！对了！到底是谁报的警，你能告诉我吧？"

"你想让我泄露警方机密？"

"反正你不是已经……向我通风报信了嘛？再做一次又有啥大不了的？"

齐东锵没有说话。

"齐警官，别生气……我和你开玩笑呢！要不，咱们见一面吧？见面唠行不？"

"我还在派出所，你不如就到派出所来吧！顺便举报我通风报信。"

"别……那种不是人的事儿……我咋能做呢！咱们还是换个地方吧！"

"那你说，在哪儿见面？"

"卧佛公园！就到咱们上次待过的地方，行不行？"花玉乾的声音稍稍平缓了些。

"我……可能要耽搁一小会儿，你先去那里等我吧！不要走开，如果我心情好，有可能再给你透一点风！"齐东锵不等他再说什么，就按了手机。

齐东锵按了按铃，小王就敲门进来了。见齐东锵嘴里叼着烟卷儿，小王愣了一下，但很快就恢复了自然神情。齐东锵没有理会他的惊诧，自从发现自己是赝品的"全国著名"以后，齐东锵就什么都不在乎了，包括这种放任自流的堕落行为。

齐东锵就那么嘴里叼着烟卷儿，在一张纸上写下了花玉乾的电话号码。因为一缕烟直向上飞，呛得齐东锵不得不闭了一只眼，他就这么一只眼睁一只眼闭地把纸交给了小王。小王扫了一眼那个号码，便小声问："您的意思……是让我定位跟踪吗？"

烟头火儿燃烧得很亮，马上就要烧到屁股了。齐东锵狠狠地吸了最后一口烟，便把烟蒂拿下来，放在纸上掐灭了，然后把那张纸连同烟蒂烟灰卷成一团，扔进了垃圾桶里。齐东锵做这些事儿的时候，小王就站在旁边看着他，静得像一截沉香木。

"如果我不打电话给你，你就隔两个小时左右，向我报告一次这个持机人的位置。"齐东锵微笑地说。

小王点了点头，就轻手轻脚地离开了，临走时又轻轻地带上了门。齐东锵靠在椅子上舒舒服服地呼了一口气，这才又拨通了筷子的电话：

"筷子，你最好和我说实话，那个花朵儿……是不是就藏在你的猫舍里？"

"随风，你啥意思？我根本不明白你在说啥呢！"

齐东锵皱了皱眉："筷子，你是真傻呀，还是在装傻呀？现在的局势对你十分不利，应该到了十万火急的地步了，你必须跟我说实话！花朵儿的父亲虽然暂时被我控制了！但到底能控制多长时间，我也不确定。如果他现在报警，警察马上就会到你家去搜查的！"

筷子支吾着："我……我真的不知道你说的话到底啥意思！"

"行啦！你是不是还在猫舍呢？那你就在那儿等我吧！我马上就到。"齐东锵说罢，刚要按结束键，突听筷子说："你别来！求你了……"

齐东锵没有理她，气哼哼地按了结束键，就匆匆离开了。

在警察这个队伍里，齐东锵也许是最不合格的一位警察了，因为他直到现在也不会驾驶机动车。怕公共汽车耽搁时间，齐东锵打了一辆出租车直奔猫舍。

从出租车上下来，刚进胡同口，隔了老远就看到筷子站在大门旁等着他，依然穿着那套"阿富汗"式的黑裙子，远远看了，充满异域风情。

见齐东锵脚步匆匆地走过来，筷子什么话都没说，脸上的表情却五味杂陈，像忐忑，像忧伤，也像无奈。

齐东锵斜着眼瞟着她，也是什么话都不说，气哼哼地从筷子身边挤进了院子，大步流星地向猫舍走去了。

猫舍的门虚掩着，门边停着的那辆手推车，车里装有半车的土，看来筷子的活计还没有做完。尽管手推车并没有挡着门，可齐东锵还是态度强硬地将手推车向旁边推了推，接着就理直气壮地长驱直入了。

对于齐东锵的无理态度，筷子什么抗议的话都没有说，始终默默不语地跟在他的身后，脚步轻得就像一声声叹息。

事后，齐东锵曾想：要是自己永远都不迈入筷子的猫舍，会不会发生截然相反的结果？

可事实上，齐东锵已经大步流星地走进猫舍了，一推门一迈步就进来了，容易得就像走回了自己的家。

走进猫舍后，齐东锵非常自然地吸了一口气，接着，他便愣在那里了！——什么味儿？这里怎么这么的骚臭？

齐东锵不相信自己的鼻子似的，又深深地吸了一口气，可令他万万没有想到的是：这一口很自然的呼吸，差点没把他呛了个倒仰。

——这到底是什么味道啊？实在是太刺鼻子了！那种骚臭，就像滚滚黄尘，浓浓地在屋子里弥漫，弥漫……

齐东锵的第一个反应，是想把筷子从猫舍里拽出去，就像把一个人从火海里拽出去一样。但他随即就停住了：是啊！往哪儿拽筷子呀？这可是筷子的猫舍呀！

齐东锵的第二个反应，是想立即从猫舍里逃出去，一分钟都不停留，一秒钟都不停留。可当他转头看到筷子平静的神情时，就又抑制住了——是啊！连筷子那么一尘不染芳香浸骨的女子，都能够忍受这样的气味，你齐东锵为什么不能？

但齐东锵的确是再不敢喘一口气了！

刚才无意中吸进去的那口气，就像一口孟婆的汤，一下子就把齐东锵的那个关于天竺葵的美丽记忆抹去了！留在眼前的只剩下了忘川河边、奈何桥下的假象。

——是啊！这哪是什么天竺葵的花香呢？这分明就是猫的骚臭味儿啊！只不过当这种味道淡了一些、再淡了一些后，才让人产生了那种香香的、肉肉的错觉……

这个惊人的发现，让齐东锵的脸突然涨红了，渐渐地那红晕又变成了紫色！——爱情啊！你到底具有什么样的魔咒？怎么会让人变得如此愚蠢，愚蠢到竟然把肮脏的骚臭想象成了奇美的花香？

齐东锵沮丧地叹了口气，又叹了口气，心里不仅堵满了猫的骚臭味儿，也掺杂了受骗上当的沮丧。

齐东锵应该是患有气味癖的吧？总是对气味相当敏感。他可以忍受灰尘，可以忍受污渍，甚至可以忍受风干的粪便，却偏偏无法忍受刺鼻的气味，不仅臭味，也包括香味。

这幢老式砖瓦房共有四大间，一进门就是一条南北直通的走廊，一直通向北边的厨房。走廊两边有两扇门，通往东西两个一大一小的卧室。

但此时无论走廊还是卧室，全都成了猫的世界。

走着的，站着的，趴着的，猫着的，相互腻着的，全都是猫，大猫、小猫、黄猫、黑猫……

这时突然闯入了一个齐东锵，所有的猫们便全都停住了正在进行的举动，全都竖起了耳朵，就像经过训练的士兵，突然听到了一道号令似的：东屋里的一律朝西歪头看，西屋里的一律朝东歪头看，一样的姿态，一样的嘴脸，一样的神情。黄的、黑的、绿的眼睛也一律睁得圆圆，眼睛里明晃晃闪烁的，也都是一样的惊恐。

齐东锵自从无意中吸进了那一口骚臭气后，就再也没敢喘过第二口气。为了抵抗这片骚臭，他就像在游泳池里练憋气似的，几乎动用了周身所有的抵抗细胞与呼吸抗衡！

怕筷子看出心底里的厌恶，齐东锵还不敢把厌恶的神情表现出来，只能这么暗暗地憋着，憋着，任那股子无意间吸进去的孟婆汤在心坎里鼓胀，鼓胀。

　　……猫见之，庞然大物也，以为神，蔽隙间窥之，稍出近之，慭慭然，莫相知……

然往来视之，猫们终觉"无异能者"，于是停止了观察，该干什么就干什么了。有两只胆子特大的，甚至朝齐东锵试试探探地踱了过来，姿态都相当优雅从容。

这两只猫一黑一白，黑的长着一双黄眼睛，白的长着一双蓝眼睛。踱到了近处，那只白猫甚至上前闻了闻齐东锵的裤脚，吓得齐东锵不由得倒退了三两步。

也许是受气味的影响吧！齐东锵开始对猫也厌恶了起来，正好他的憋气也达到了极限，于是他再也无法顾忌筷子的感受了，转身就推开了门，飞快地把身子探到了屋外，接着就深深地、深深地吸了一大口外面的空气。

"你可真是叶公好龙！不是口口声声要看子濯和丹晴怎么谈恋爱吗？"恍惚中，突然听筷子娇嗔地叫道。

吸足了气，齐东锵才把身子转了回来，为了让气味淡一些，他故意让那门开了一道缝儿。

复又进屋后，齐东锵看到筷子正在为一只叭叭舔自己屁眼儿的大黑猫挠痒痒，嘴里一边娇嗔地说着："瞧！这个黑家伙就是子濯，那个白的就是丹晴！你瞧他们的神情，多有意思！多可爱！"

那个黑家伙渐渐被筷子挠得起了性，突然一伸腰一探头，飞快地舔了筷子的脸一下，舔得齐东锵的身体猛地支棱了起来。正替筷子觉得恶心时，没想到筷子却扑哧一声笑了。

齐东锵万分奇怪地看了筷子一眼，奇怪她怎么会笑得如此甜美？且别提这么骚这么臭的气味了，难道她连眼神儿都不济了吗？竟然没看到那个黑家伙刚刚在舔自己的屁眼？

"丹晴，丹晴，你这个丫头，快过来！"筷子依然笑着。

噢！这么说来，这只白猫就是那天看到的丹晴了，可它怎么能是丹晴呢？那天阳光下的丹晴该有多美丽、多神奇、多可爱呀！雪白雪白的绒毛，蓝葡萄般的眼睛，通身都透着那种无法言叙的空灵。

可眼前的这只白猫呢！那可是要多丑有多丑，要多烦人有多烦人，尤其在这臭烘烘的气味里，它不仅显得皮色暗淡，白里泛黄，眼神儿也显得呆滞滞的，全然没有了那天的祥瑞和活泼。

而那个刚刚舔完自己屁眼儿的黑家伙子濯呢？此时不知为什么开始显得凶残起来，不仅身上的毛支棱起来了，两只橙黄色的圆眼睛也突然凶巴巴地瞪起齐东锵来。齐东锵这才发现：原来它眼睛里的橙黄只体现在眼白上，它的瞳孔依然是黑的，并且是那种深不可测、令人恐惧的黑。

见齐东锵也睁圆了牛眸子似的大眼睛回瞪它，它突然老虎一般无声地朝齐东锵龇了一下大嘴，露出了两组尖利的虎牙和一截粉红色的舌头，吓得齐东锵不由倒抽了一口冷气。

"瞧你把它们吓的！它们可是世界上最友善的动物了！你别那么凶巴巴地看它们好不好？来！丹晴，子濯，你们俩该怎么亲爱就怎么亲爱！今天我给你们充分的自由！"

迟钝的筷子终于看清了眼前的局势，一边用恩泽天下的口气同猫说话，一边把两只猫圈到自己的身子底下，就像母亲搂住自己的孩子。

接着，一个更令齐东锵惊诧的事情就发生了：就在两只猫都冲她抬起头的一刹那，只见筷子突然俯下身子，分别亲吻了两只猫嘴一下，吻得极其响亮，啪啪地，震得齐东锵不由得再次打了一个激灵。

更让齐东锵难以接受的是：吻过之后，筷子嘴里还发出了母爱般的娇吟："好乖！好乖！真是乖极了……"听得齐东锵突然起了一身鸡皮疙瘩。

"这个女人，这个不嫌脏的女人，真的就是自己暗恋了二十年、超凡脱俗、圣洁高雅的筷子吗？"仿佛一个沉醉在长长仙梦里的人，突然之间就被人叫醒了，醒来以后，他不仅找不到那个仙境了，还惊诧地发现：自己原来蹲在一个露天厕所里。

"你如果不喜欢它们，不如就出去吧！"望着一脸怪异的齐东锵，筷子突然嗔怪地说。

"出去？怎么能出去呢？自己到底做啥来了？差点忘了呢！"

齐东锵又到门边深深地吸了一口长气，接着就脚步踉跄地向东屋进发了，脚步非常快，像是要摆脱心里的沮丧似的。

齐东锵的突然进入，立即在东屋里引发了一片骚乱。东屋共有十几只猫，见了齐东锵，这些猫都七上八下地乱躲乱藏起来，炕上蹲着的跳到了柜子上，窗台上趴着的飞到了窗棂间。一时间，暗灰四起，喵声一片，平静的小屋子顿时乱成了一团糟。

要不是筷子一连声地安抚："宝贝！宝贝！别怕！别怕！"那只吊在柜门上的大花猫，肯定会飞到房顶那蒙着尘灰网的棚洞里去的，要是那样，这个又骚又臭的猫舍，定会下起一场黑色的尘灰雨的。

屋子里的气味比走廊里还浓，熏得齐东锵眼冒金星，随着尘灰的泛起，齐东锵觉得周身上下都变得黏乎乎的了，仿佛所有的尘灰都糊到了头上，脸上，身子上。他不敢喘气，又不能不喘，所以只能暗喘，就像在水里换气似的。每喘息一次，都觉得又一股子骚臭气被他吸进了肚子里。一同吸进来的，还有猫屎的飞沫儿和粘人的灰尘。

此时此刻，什么花朵儿，什么洞穴，对于他来说全都失去意义了，他现在唯一的希望，就是立即跑出门去，然后对着蓝天大地深深地喘一口长气。幸好筷子一直在他的身后，并且一直在弯着腰安抚着她的猫们，没有看到齐东锵绝顶痛苦的表情。

齐东锵暗暗地运了一口气，又运了一口气，一边强迫自己快速地向屋子四周扫射着。

　　猫舍里并没有大件的物品，只在炕边，立了一个一人多高的旧衣柜。这是一个老式的木质衣柜，对开门儿，因为有一扇小门折页坏了一个，导致其中一扇门斜吊在柜子上，露出了里面的破乱东西。

　　柜门上都镶着玻璃，玻璃里面衬着两张旧式的美人图挂历，齐东锦仔细看了一眼那两张美人图，从服饰和背景来判断，认定那至少是二十多年前的挂历了，图上的美女正一颠一倒地倚在摩托车上拿姿作态，但无论那人那车，都褪色了。其中的一位美女，曾经还是齐东锦的偶像，可此时的她，不仅脸上的轮廓看不清了，偌大的眼睛也只剩下了两个淡紫色的眼珠圈儿，咋看咋觉得像个幽灵。

　　齐东锦本想走到柜子边再仔细向里面看看的，可胸腔里的憋闷再次达到了极限，他只是挣扎地向柜子那里又探了两眼，就逃也似的朝走廊奔去了，一边跟跄地走，一边零零浅浅地吸了几口气，幸好走廊里的骚臭味稀薄了许多。

　　经历了东屋的煎熬，齐东锦在向西屋进发前，很是犹豫了一下。隔着门，他先向里面看了一眼，他发现这个屋子里的猫少了许多，也许气味也会小一些吧？

　　这么想了，他才推开西屋的门走了进去。西屋比东屋更显得破旧，连个柜子都没有，地上摆着装猫食的盆子，土炕上连片炕席都没铺，有两只猫正趴在土炕上打盹儿。后窗台上，有一只老花猫雕塑一般蹲坐在那里，眼睛似闭非闭，像似在沉思，又像似在打坐。

　　以前网上聊天时，筷子曾经讲过：为了防止猫们交配，她总把发情的公猫单独关在一间房子里，难道这个就是公猫的屋子？

　　"这五只猫，全都是公猫！"果然，筷子轻轻地说。

　　"筷子，你还是告诉我实话吧！不要让我再费力寻找了。"因为呼吸受阻，齐东锦觉得自己的大脑也有些迟钝，有那么一小会儿，他都忘了自己到底干什么来了。

　　筷子始终那么低着头靠在门边站着，柔柔的白手指抠着门框上的一处钉孔儿，仿佛齐东锦的问话是个屁似的。

　　"我问你话呢？你没有听见吗？"

　　"你以什么身份在问我？以警察的身份吗？"憋了好久，筷子才说。

　　齐东锦实在憋得受不了了，眼珠儿都要冒出来了，他向窗外挣扎地看了一眼，一个声音突然从心底里升了上来："是啊！你是谁呀？你在这里到底要做啥呀？这青天白日的，你凭什么要把自己关在这个臭烘烘的屋子里？"

　　"你这个蠢人！"齐东锦骂了一句，像是骂筷子，更像是骂自己。骂完了，他就气哼哼地向外面走去了，甚至都不想掩饰自己的厌恶神态了，也不再担心筷子是否会在意自己的表情了。在走出屋子的一刹那，他甚至恶狠狠地摔了一下门。

四十四

屋外，风和日丽，白云满天，与屋子里恍然两个世界。齐东锵站在阳光上深深地吸了一口气，再深深地吸了一口气，他突然有了一种重生感，仿佛刚刚从地狱里逃出来似的。

可此时此刻，筷子还在屋子里悄无声息地抠门框吧？齐东锵侧耳听了听，才知道筷子已经不抠门框了，因为此时突然从屋子里传出筷子的一声娇嗔："乖！听话！"从声音里可以听出：筷子不仅不在乎那种骚臭，还显得很享受很受用呢！

"难道她有鼻炎？根本就闻不到里面的骚臭味？"

"这里的一切都是由她制造出来的！她就是这里的缔造者，如果不喜欢，她又怎么可能制造呢？"

"我爱我的猫，如同爱我的生命！没有它们，我真是一天都活不了的！"

齐东锵想起一次聊天时，筷子的感叹。

难道，爱真的这么强大吗？强大到能让人丧失嗅觉？

齐东锵不由得又打了一个寒噤。

喘够了气，齐东锵便走到窗子边，又向屋子里看了一眼，他看见筷子正把一盆乱呼呼的臭鱼烂虾倒进地上的猫食盆里，她刚刚弯下腰，就有两只猫跳到了她的脊背上，筷子脸上的笑容便更加慈爱了，嘴里一边絮絮地说着什么，一边爱昵地抚摸了一下跳到脊背上的猫。

望着混在猫群里的那个弯曲的、逆来顺受的背影，齐东锵突然有一种看电影的感觉，觉得自己和筷子根本就不是同一个界面里的人。有那么一小会儿，他甚至都怀疑自己的眼睛了！——这个邋遢的女人，真的是自己暗恋多年的筷子吗？

也许就是从这时开始的吧？筷子带给齐东锵的那些神奇、美丽、清灵、圣洁、浪漫、飘逸……顷刻之间全都坍塌了！留在齐东锵心里的，除了满猫舍的脏乱外，剩下的只有满鼻子满心窝儿的骚臭、骚臭、骚臭了。

后面的屋子，齐东锵还没去察看呢，但齐东锵知道自己不会再踏进猫舍半步了，为了寻找借口，齐东锵还这样对自己说："这样又脏又臭的屋子底下，怎么可能藏得了那么美丽、那么清纯、那么洁净的花朵儿呢？一点都没有可能！"

点了点头，齐东锵又说："筷子再怎么偏执，也不会忍心做那种残忍的事情的！"

"自从那所房子开始养猫以后，我一次都没进去过。有时候我媳妇让我给她送东西，我放到大门口转身就走，那些猫，别说让我喂，看着都心烦。"

齐东锵突然想起了纪云雁的话，也第一次同情起纪云雁来。

随着一声门响，筷子从屋子里走了出来，携带着一身呛人的貌似天竺葵花香的骚臭。见齐东锵审视地盯着自己，筷子就笑了，尽管她的笑容依然甜美，可在齐东锵厌恶的心潮里，却再激不起一丝的波澜了！

"不喜欢猫的人，都不喜欢猫的味道！其实，猫的味道很好闻的！你知道不？我特别喜欢丹晴身上的肉肉香，实在太喜欢了！没事儿的时候，我总愿意把她抱起来，然后把鼻子埋在她的毛里面使劲儿地闻，使劲地闻……"筷子一边笑着，一边慢条斯理地说，那神情就像细述她做的一盘菜有多好吃似的。

齐东锵几乎挣扎着想挽回对筷子的爱，也站在筷子的角度想象了一下丹晴的味道，但他马上又恶心起来了！见筷子依然陶醉忘我地笑着，齐东锵不禁多看了她两眼。阳光下的筷子，依然是那个面如满月、目光如水的筷子，可她真的还是那个面如满月、目光如水的筷子了吗？

筷子突然想起了什么，从裤兜里掏出手机，看了一下时间说："都这个点了？不如我们把晚餐变成午餐吧！再不，你先去那里订个桌儿？我简单收拾一下，随后就去。累了一上午了，我还真有些饿了呢！"

齐东锵连连摆手："不行，不行！那个人还在公园里等我呢！我怎么也得去安抚一下他去！"齐东锵边说边向院外走去，脚步快得就像逃跑。

直到砰的一声关上大门，他才意识到了自己的不妥，想了想，又隔着门对筷子说："晚上计划不变！我们五点在秋水人家见面！"说罢，也不管筷子的反应，就仓皇逃跑了。

——猫舍的骚臭气，真的把埋藏在心里的许多年的纯洁爱情熏走了吗？如果答案是否定的，那么当甜蜜约会提前来临的时候，齐东锵为什么却急着要跑？如果答案是肯定的，那么气味的力量真的胜过了爱情了吗？

一路上，齐东锵始终皱着眉头抽着烟，一支接一支地抽。司机透过后视镜责备地看了他好几次，可齐东锵就是假装没有看见，依然我行我素地抽啊抽的。幸好那位司机很有耐力，一直到下车，也没把责备的话说出口。

在出租车上，齐东镪还查阅了一下短信，发现秘书小王已经把花玉乾的行踪轨迹图发过来了。从轨迹图上可以清晰地看出：花玉乾在这两个多小时的时间里，一直都是老老实实地在卧佛公园里等着他！望着那个圆圆的黑点，齐东镪突然觉得花玉乾也很可怜。

从出租车上下来，齐东镪向山上的卧佛瞭了一眼，那尊卧佛也瞭了一眼齐东镪，目光里像是含着什么似的。

齐东镪看不懂大佛的眼神儿，便避开阳光眯着眼睛再次看了大佛一眼，这才发现大佛的眼睛是似闭非闭的，就像那只蹲在后窗台的老花猫。但她含在嘴角里的笑容却是真真切切的，笑容里有一丝无奈，有一丝讥讽，也有一丝怜爱。

"啊！你这个可怜的孩子啊！"齐东镪仿佛听大佛这么说。

找到了那个通往卧佛山的仄仄的石阶，齐东镪便慢慢地向山上走去，可刚刚蹬了三四步，他就停下了，幸好绿绿的秋荫里还算清凉，站在里面一点都不觉得闷。

在外面看着很稠密的松柏林，里面其实一点都不拥挤，树与树的排列也是斜看成列竖成排。树与树之间，铺着修剪得齐齐的绿草坪，柔柔的，密密的，就像绿色的毡毯。

既然四处无人，不如违反一下社会公德吧！齐东镪这么一想，心就异样地跳了跳。齐东镪每次做坏事儿前，心总会这么异样地跳两跳的。

但他还是从石阶上拐下来了，尽量小心地在绿草坡上行走了起来，心底里也涌出了一股子柔情。当然，他没敢再去看佛的眼睛，也不想知道站在松林里到底能不能看到佛的眼睛。

在一处呈四十五度角的草坡上，齐东镪慢慢地蹲下了，一边用手轻轻地捋了捋身底下的草，发现草上并不湿，也没有绿绿的颜色粘上来。

齐东镪小心翼翼地坐下，坐了一会儿又试试探探地躺了下去，把四肢尽情地向四面伸开，伸开，就像小时候躺在妈妈的膝上耍赖时那样。

他长长地吸了一口气，又把这口气慢慢地呼出去，窝在心窝窝里的骚臭味儿便渐渐淡了。骚臭味淡了，筷子的好也一点点地回到了心坎里。

"刚才那么急着逃出来，真的只是因为那股骚臭味吗？味道的力量果然这么大吗？"

齐东镪掏出了烟盒抽出了一支烟，手向裤兜里探了探，但他到底没敢把打火机拿出来，只是用白细细的烟卷儿轻轻地敲了敲硬硬的烟盒，就像敲木鱼一样，只是那声音轻极了，轻极了，嗒嗒的，就像手表走动的声音。

伴着这轻轻的嗒嗒声，齐东锵终于可以自问自答了！之所以非要到这种无人的地方来进行设问，也许在他心里，这些问答实在是太幼稚，太小儿科啦。

"你这么忙叨叨地来来去去，到底想做些什么？"

"破案啊！查找真相啊！"

"然后呢？"

"然后对坏人绳之以法！给好人平反申冤！"

"可到底谁是好人？谁是坏人呢？"

"按常规来讲：好人就是被害的人，坏人就是害别人的人。"

"可被害的人，真的都是好人吗？害别人的人，真的都是坏人吗？"

"花玉坤是被害的人，他也是绝对的好人，他那么有才华，还与世无争……但不管他有多好，他也已经死了，哪怕把案子翻了个底朝天，他也不会知道了！而受益的人只有他的哥哥花玉乾。可花玉乾能是好人吗？花玉乾怎么会是好人呢？"

"如果筷子真是拐骗花朵儿的人，那筷子就应该是坏人了！可筷子怎么能是坏人呢？她对猫都那么好，对人就更不会怀有一丝坏心了！"

"那么唐娟是好人，还是坏人呢？唐娟已经连续几次实施了诈骗，她当然就是坏人了！"

"现在，真相已经在不远处等你了，你为什么反倒犹豫起来了？你到底怕什么？你到底又期待什么？"

齐东锵不敲了，眼睛直瞪瞪地看着蔚蓝的天空，渐渐地，他就醉了，醉了，觉得肉体里的一切一切，正在慢慢地融化，融化，融化在蓝天里。

是啊！面对蓝天，人是多么的渺小啊！别说你仅仅是个人，即使整个人类都是微不足道的，微不足道的人类，真的有那么多的对与错吗？

"闲得蛋疼！"齐东锵突然笑着说。

蔚蓝的天空里，有一抹淡淡的云，那形状像极了一个女子仰卧的身形，越看越像。齐东锵的身体渐渐地热了，他把那个女子想象成了筷子，心里的燥热就更强烈了。

他突然兴起，拿起手机就对着那片云拍摄了起来，只可惜那朵白云实在太淡了，一连拍摄了好几张，都没能拍摄出眼里看到的效果。

"筷子，多好的筷子！她怎么能是坏人呢？即使她又骚又臭，她也不可能是坏人！"齐东锵突然大声地冲着蓝天喊道。

"再不，暂且就让坏人与坏人斗一斗吧！就让他们先斗一斗！这样我才有机会去查清真相！是的，我必须要查清真相！"齐东锵又压低声音说。

"东锵！连这种损招儿你都想出来了？你也太聪明了！"

妈妈的夸奖声突兀地就响了！就像小时候经常在耳边爆响一样。

小时候，每当齐东锵有了奇思妙想，妈妈都会这么夸张地尖叫起来，叫得齐东锵好一阵子脸红，可脸虽然是红了，心里还是蛮高兴的！

"看来，目前只有这么一个办法了！"齐东锵慢慢地坐起了身，打开烟盒看了看，发现里面只剩下孤零零的一支烟了。齐东锵把两支烟全都夹在耳朵上，顺手把烟盒捏成了一个小纸团儿，丢在了草坪上。

"那么，你齐东锵到底是好人，还是坏人呢？"齐东锵回头看了看那个小纸团，突然自问。

齐东锵突然苦笑了："你还真把自己当成好人了？你不过就是一个冒牌的全国著名专家而已，还充当什么好人？多虚伪？要是这么说起来，你甚至比不上花玉乾呢！也比不上唐娟，最起码那两个人都活得比你坦荡比你真实！"

可向前走了两步，齐东锵到底还是停住了脚步，总觉得丢了魂了似的。

——是啊！蓝天多么纯，绿草坪多么纯，在这么纯的天地之间，人再怎么恶劣，也不应该恶劣成这种样子的！

这么想着，齐东锵便又踅回去了，艰难地弯下腰捡起了那个烟盒团儿，又用心地把压歪了的一小簇绿草儿扶直，这才脚步轻快地向原路走去。

长椅那边静静的，从椅背儿这边望去，看不到花玉乾的影子。齐东锵向前走了几步，才发现花玉乾正躺在椅子上睡觉呢！

齐东锵没有惊动他，而是走到对面的凉亭处，先是弯下腰把手里的烟盒团儿扔进了垃圾桶，接着买了两瓶水。想了想，又抽出两块零钱，买了两根雪糕。等他拎着这些东西往回走时，这才发现花玉乾已经坐起来了。

"睡得挺香啊！"齐东锵讨好地笑了笑。

花玉乾的确睡得挺香，对于齐东锵的迟到，他不仅没显出生气的样子，见了递上来的雪糕，他甚至开心地笑了笑，露出了一排黑黑的、参差不齐的牙齿。

当然，随着笑容的绽放，一股口臭也迎风飘了过来，但齐东锵已经有了较强的抵抗能力了！与筷子猫舍里的骚臭味相比，花玉乾的口臭毕竟还能够忍受。

"其实，那工夫，我真的犯不着逃跑的！就凭我这智商，对付他们这群蠢货，不是太容易了吗？"花玉乾说。

"他们这群蠢货？也包括我吗？"齐东镥斜睨了一眼攥在花玉乾另一只手里的手机，确定这次他没有录音。齐东镥又扫了长椅上的那一团搅在一起的衣服和书包，上面还有一个明显的凹印，那是花玉乾脑袋躺过的印记。

"我说的是他们，我要是说你，不得说你们吗？你懂不懂代词啊？"花玉乾诡谲地一笑。

"别以为看了几条法律，你就是法律专家了！别的不和你吹，法律方面你还嫩了点！比如你的这次入室盗窃，假如家里有人，那你就不是简单的入室盗窃了！你已经涉嫌入室抢劫了！入室抢劫你知道多大罪吧？至少判十年！"齐东镥面带冷笑。

"我他妈傻缺呀？他们说我啥罪我就认啥罪呀？我都想好了！要是真有人审我！我就说我进那个猫屋子并不想偷东西，而是想偷人！可最后没偷成！哈哈！我研究过法律：入室强奸未遂，只能判三年，因为强奸罪与入不入室无关。"花玉乾声音朗朗地说。

齐东镥笑了："那你不如干脆说你刚想实施强奸时，突然闻到那个女子身上奇臭无比，你就被熏跑了，因此强奸中止。因为没有损害后果，你有可能免予刑事处罚呢！"

"可不是嘛？"花玉乾咧开大嘴笑了，口臭味更浓了。

"或者你不如干脆这么说：你说你进猫舍，并不是想强奸人的，而是想强奸猫的，要是那么说，那你小子可就啥罪都没有了，顶多让人给你爆揍一顿。你想啊！刑法连强暴男人都没有规定呢，就更别提强奸猫了！"

"对呀！对呀！我咋没想到呢！这个回答才是最最高明的！"花玉乾一边咧着大嘴乐着，一边拍着大腿："太绝了！齐警官，你不愧是全国著名刑侦专家，实在太有才了！我服了！服了！"

齐东镥收住脸上的笑容，惊讶至极地看着花玉乾问："要是你真被抓了！你不会真这么说吧！"

"我当然要这么说啦！这可是当今世界上最他妈绝的口供！"花玉乾叭叭地舔了两下雪糕。

"啊？为了逃罪，你连脸都不要了吗？"齐东镥一惊，不由得叫苦不迭，"筷子啊！筷子！实在对不起！我本来是和他开玩笑的！"

"脸值几个钱？现在都啥年头了？为了钱，哪个还要脸啊？更何况我又是一个这么没有素质的人儿！"花玉乾得意洋洋地晃了晃头，仿佛没素质是啥光彩的事儿似的。

只听啪啪几口，花玉乾就把剩下的半块雪糕全都塞进了嘴里，接着叭的一下，雪糕棍儿就被他扔到地上了，扔完了还抹了抹嘴儿："你瞧！我就是这样没有素质的人！都长得成成的了！没个救了！"

齐东锵逆来顺受地捡起了雪糕棍儿，打开方便袋儿，把所有的垃圾都装进袋里，心里暗想："不行！为了筷子，绝不能再让他踏入猫舍一步了！"

四十五

齐东锵向花玉乾那边蹿了蹿，忍着扑面而来的口臭，耐着性子说："那家猫舍，我已经帮你彻查了！那里其实就是一个猫舍，根本就藏不了什么小孩儿！你也进去看了，整个屋子里全都是猫，全都是猫，那屋子的味儿，那个臭！即使真藏了小孩儿，也被熏死了！"

花玉乾把齐东锵手中的方便袋儿一把抢了去，叭的一下扔在了不远处的草坪上，面无表情地说："我看见你进去了。"

"你看见我进去了？"齐东锵没听懂他的话似的，连方便袋儿都忘了去捡了。

"是的，就在刚才，我亲眼看见你进去了！"花玉乾的声音依然那么平静。

"你亲眼看见我进去了？你在跟踪我？"齐东锵倒抽了一口冷气，大脑不够用似的飞快旋转了起来，"如果他真的跟踪了我，那小王的轨迹图又是怎么回事？"

见齐东锵疑惑地瞪着自己，花玉乾更加得意了，大嘴咧到了耳朵边，满嘴的大黑牙颗颗直露，让齐东锵想起了那只叫子濯的老家伙。

"那家伙的，眼珠子睁得那么大！不就是一群猫吗？至于吓成那个样子吗？你这个警察也太他妈的胆小了！"花玉乾声音越来越大，齐东锵的眼睛也越睁越大。

花玉乾才不管齐东锵睁得多么的大呢！只见他轻轻一伸手，就把那个夹在齐东锵耳朵上的烟拿下来了。齐东锵愣了一下，这才想起了耳朵上的烟，就把另一个耳朵上的烟也拿下，掏出打火机兀自给自己点着了，深深地抽了一口后，才把烟递给花玉乾，让他对着了火，两个人就头对着头吸了起来。

"这下，我和他才算真的搅到一锅了！"齐东锵突然伤感地想。

"你还真以为你比人家多点啥吗？深入比起来，你还不如他呢！最起码人家敢大声承认自己是个没有素质的人！"齐东锵又伤感地答。

"你和花艳丹关系挺……那个啊！"花玉乾几乎在齐东锵耳边呓语着，说罢又诡秘地笑了，"也理解，老邻居嘛！人家长得又那么招蜂，可你这个警察也够他妈的窝囊的！我要是你这种身份，早就把她拿下了，就凭我这智商！"

齐东锵突然意识到自己已经闻不到他的口臭了，或者是自己已经变臭了？

"你这么体面的一个人……咋也在公园里抽起烟来了？"一个凌厉的声音突然在头顶上炸响。

齐东锵一抬头，发现凉亭里的女人不知什么时候走到了近旁，手里拿着刚刚捡起的方便袋儿，正用斗鸡的眼睛瞪着齐东锵，仿佛坐在这里抽烟的，仅仅他齐东锵一个人。

齐东锵的脸腾地红了，立刻把烟掐了，一边抱歉地冲女人点了点头。

见花玉乾依然横着眼睛夸张地叼着那个烟卷儿，齐东锵就把那烟强行拽了下来，在雪糕纸上摁灭了，又抢过女人手里的方便袋儿，一路小跑儿把垃圾全都扔到了垃圾桶里。

女人只责备他一个人，并不责备花玉乾，这让齐东锵觉得很开心，如此看来，自己与花玉乾还是有区别的。

花玉乾却始终理直气壮地瞪着那个女人，一直瞪到她转身离开，才恶狠狠地骂道："真他妈的能装蒜！"

花玉乾骂完了，就不紧不慢地打开矿泉水的瓶子喝了起来。见齐东锵怪异地看着自己，突然扑哧一声笑了，喷了齐东锵一身的水。

"你还没告诉我呢！你到底是怎么跟踪我的？你不是……不是一直都在这里等我吗？难道你动用了什么特种部队了吗？"齐东锵只能这么直露露地问出来。

"这么说……你也一直在跟踪我了？"花玉乾怪异地看了齐东锵一眼，突然放下矿泉水的瓶子，手指笨笨地打开手机，调出一段小视频让齐东锵看。

"多大点事儿呀？用得着动用什么特种部队吗？你以为特种部队就是万能的啦？那都是电影里瞎白话的！刚才我就这么自自在在地在长椅上躺着！就把你给监视了！"说罢又得意地笑。

小视频里，齐东锵清晰地看到自己正怯生生地向前走来，越向前走脸越显得大，越向前走眼睛越显得呆滞……

"你在猫舍里放了监控镜头？"齐东锵惊异地看着花玉乾。

"这年头，就兴你们警察监控咱小老百姓啊？就不兴咱老百姓监控监控你们警察呀！"花玉乾得意地说。

齐东锵夺过手机，再次仔细地回看了一下那段视频，从角度上可以看出，花玉乾是把监控摄像头塞进那个大衣柜里了。自己的注意力当时全被那股骚臭味吊起来了，竟没能好好检查一下那个大衣柜。齐东锵又歪头看了看花玉乾的手机，那不过是一个破旧的诺基亚牌手机而已。

"你忘了我是干啥的了吗?"

"你不就是一个……蹬三轮车的?"齐东锵再不敢小瞧花玉乾了。

"我们蹬三轮车的,经常能捡到客户落下的手机,这么说吧!蹬了这么多年的车,我光手机就捡了有二十多个!对了,除了手机,还有雨伞……这帮王八犊子,尽丢这些破烂玩意给我,没有一个给我丢钱的!"

"用这些旧手机,也能监控?"

花玉乾奇怪地瞪着齐东锵,瞪得一只眼珠儿老是上下晃荡:"我说你到底是不是全国著名的专家啊?就这种监控的小玩意,只要稍微用点心,上网查一查,连小孩儿都能做出来,太好做了!那天我只用小半天儿,就做出来好几对儿!你要是不信,哪天我当面给你做个玩玩!"

这真是流氓不可怕,就怕流氓学文化!

"接下来,你想咋办?你还想去猫舍吗?"齐东锵问。

"这句话,应该是我问你吧?齐警官!"

"我分析……那个人卖给你的信息,有可能是假的。你想啊!一个养猫的女人,连猫都舍不得伤害呢!她怎么可能拐骗一个不相干的小女孩儿呢?你和她又不认识,离得又那么远,她也不可能要到那么远的地方去拐骗吧?你也看见她猫舍里的情况了,她那些猫天天都得喂,她连作案时间都不具备!"齐东锵字斟句酌。

"你别忽悠我啊!事实可不像你说的那样!对了!我差点忘了!你和那个花艳丹的关系不一般啊!你是不是她派过来监视我的内奸啊?"

"我要是内奸,凭啥要跑过来告诉你那个报警人的信息?"齐东锵突然生气了,站起身就要走。

花玉乾一把拽住了他,笑嘻嘻地说:"咋这么脆弱了呢?连句玩笑话都听不出来了!你真的能把那个报警人的信息告诉我?"

齐东锵嘟囔着:"电话号码我倒是记下来了!这可是违反纪律的事情!"说着便从小兜子里翻出了那天从送外卖的小伙子那里记下的纸条,让花玉乾看了一眼,随即就撕个粉碎。

花玉乾的脸色就变了,嘴也咧得更大:"这……这不是卖我信息那个人的电话号儿吗?"

齐东锵惊诧地:"什么?你是说这个号码……和卖你信息的,是同一个号码?"齐东锵突然不说话了,使劲揉了揉自己的头发。

"照你这么分析,这乱七八糟的事儿,全都他妈的是他一个人鼓捣出来的?

先是卖给我一条假信息，完了怕我查出来，又打电话陷害我！想把我弄进监狱里去拉倒？这人也太他妈的损啦！他把他自己当成谁了？对了，你们接电话时，听没听出那个人是男是女呀？"

"是派出所民警接的电话，他也没听出来是男是女，反正说话的声音像公鸭叫似的！当时因为提到了你的名字，我才多了个心眼，偷偷地把电话号码记下来了。"齐东锵说。

"看起来，我还真有必要先查查这个人了！可不能让他把咱当猴儿耍呀！"花玉乾突然站起来，眼睛斜斜地琢磨起来，齐东锵发现他斜眼睛想事儿的时候，两个眼珠毫无规律而言，左边的在东北角，右边的在东南角，并且在东南角的那个眼珠儿，隔一会儿还会晃荡两下……哈哈，这可真是一件奇巧事儿。

"你怎么查？古城这么大，你凭一个电话号码，能找到他吗？"齐东锵问。

"再不，你帮我查查？动用一下你们特种部队的那些什么什么的机器？"花玉乾又斜着眼睛盯起齐东锵来。

"那可是知法犯法的事儿，我不敢做！"齐东锵立即举起双手，做投降状。

"你可得了吧！不帮就不帮，不是和你吹，就咱这智商！再这么演习几天，我都能开私人侦探所了！"花玉乾突然神态傲慢地抽了下鼻子，然后就抓起衣服兜子，弯下腰迈开腿就向前走去，边走边恶狠狠地往草坪上唾了一口黏痰。

"你不是说……那个人还要给你提供照片吗？后来提供了吗？"齐东锵突然问他。

花玉乾就像没听到齐东锵的话似的，头都没有回一下，越往前走，腰弓得越弯。

"真的去找她了吗？亲爱的大佛啊！求您保佑保佑他吧！让他尽管找到她！"

齐东锵想象了一下花玉乾与唐娟见面的情景，不禁扑哧一声笑出了声来。

——下午五时，很快就来了。

伴随着一股淡淡的肉肉香，当筷子一袭白裙、风姿绰约地出现在齐东锵的眼前时，齐东锵一点都没有觉得激动——这真的是他盼了二十年的浪漫约会吗？

坐在椅子上，齐东锵一直没有说话，也没有动，他正在用心细品着筷子身上的肉肉香，他想唤回那个关于天竺葵花香的美梦。

"你喜欢天竺葵吗？"齐东锵试试探探地问。

"天竺葵？什么天竺葵？"筷子一脸迷惑地望了齐东锵一眼，随手把一个精致的小皮包挂在了墙角衣架上，想了想，又把脸上的半抹面纱摘了下来，小心搭在了小包上。

齐东锵微微闭了闭眼睛，再次用心品了品弥漫在筷子衣袖间的肉肉香，并狠狠地联想了一下那瀑布般垂下来、垂下来的天竺葵……可无论他怎么费力地想象，横在他记忆中的，全都是那个叫子濯的老黑猫舔屁眼儿的镜头。

"唉！"齐东锵深深地哀叹了一声，把头转向小窗，假装去欣赏夕阳下的望秋湖，可他看到眼睛里的，依然还是子濯舔屁眼儿的镜头。

"你怎么了？"筷子的那双眼睛，可能依然明澈如水，但齐东锵却视而不见了。

这是一幢临湖而建的木质小阁楼，小阁楼一共三层，样式很像贵州苗寨的小木楼。那具有篆书风格的"秋水人家"四个大字，不仅悬挂在阁楼上，也印刻张贴在小楼里的每一幅山水小画的下方，给人一种别致的美感。

在等待筷子的时间里，齐东锵本来一直在想关于这幢小木楼的问题的。——在湖边修建木质小阁楼，这是多有创意的事情。如果湖水上涨，这个小阁楼随时都可以整体迁走的，这样就不会造成任何损失！也不知道这个南楼北调的想法到底出自谁的匠心。

小楼里飘着清凌凌的乐曲，若有若无的，如果你听，整个一幢楼都能听到，也不知道那音响到底安在了哪里。如果你忘了听，那曲子也像不存在了似的。——这可真是件奇妙的事情。为了驱走内心的沮丧，齐东锵侧耳细听了听那支曲子，才知是理查德·克莱德曼的钢琴曲《水边的阿狄丽娜》。

"点一下菜吧！这家饭店的老板现在算是我家纪云雁啦，要这么说，我也应该算半个老板娘了，所以，今天的饭必须由我买单。"筷子把桌上那张散发着油墨香的点菜单，慢慢地推到了齐东锵的眼前。

"纪云雁……是这里的老板？"齐东锵以为自己听错了。

"应该算是了吧？这些天，纪云雁一直都在打这个官司呢。"筷子说。

"和谁打官司？"

"具体和谁打，我也不清楚，反正他说几句，我就听几句，这些年我俩就是这么过来的。这家饭店本来是钱多多的，可前些天他不知道犯了什么事儿，突然被抓进监狱了，因为他欠了纪云雁很多钱，纪云雁就把这家饭店给夺了过来。我听说夺得还挺难，好多人都在争……"

筷子又冲窗外的望秋湖扬了扬尖尖的水晶一样白的下巴："一同夺过来的，还有这个望秋湖。唉！为了这些外物，纪云雁就差和人家动刀子了！"

"不管夺的过程咋艰难，最后不是夺过来了吗？那你理所当然就是老板娘了！怎么是半个老板娘？"

"我和纪云雁的夫妻关系，早就名存实亡了！维系我们俩的，只剩下一张结

309

婚证了！要是这么说，我连半个老板娘都算不上呢！"筷子苦笑道。

齐东锵向湖面上望了望，这次，他才算真正看到了夕阳下的望秋湖，哈！好美的湖面，就像铺了一片碎金，在那涌动着的金波里，恍惚还能看到几只野鸭在上下浮动。

两人的包间在三楼，门庭上贴着"凌波轩"三个字。因为饭店是试营业，客人并不多，小小的包间显得静美极了。阁楼里弥漫的油漆味儿，渐渐地让齐东锵忘了筷子身上的猫骚味儿。当头上的彩灯照亮了那支清凌凌的曲子，当清凌凌的曲子迷蒙了小木窗边那幅唯美的山水小画，当那幅山水小画与窗外潺潺的流水声交融于一体，让人感到整个木楼都在荡啊荡的……齐东锵的心也渐渐地荡起来了。

一抬眼，突然看到筷子面如满月，眼眸似水，正在忧伤地看着他，齐东锵心底里的泉流就如同望秋湖面上的波澜，顿时荡起了一片金光。

"盼了多久了？这个时刻？"齐东锵突然伸出手去，攥住了筷子柔柔的手。

"真的吗？我还以为你……其实并不想来了呢！"筷子试试探探地把手抽了回去，眼睛盯着齐东锵身边的那个四四方方的大皮箱问："那是什么？"

齐东锵的脸突然红了，立即岔过话头说："今天外面……应该有一轮圆圆的月亮的！"

"你可真贪！夕阳还没有落下呢，你又惦记起月亮了！"筷子突然想起了什么，"对了，随风，有一件事情，我好几次想问你，都让你岔过去了！那个金盏，你到底是在哪里见到的？快详细跟我说说！"

齐东锵犹豫了一下："在一家旧物商场，但具体在哪里，我忘了。"

筷子失望地叹息了一声，突然又开心起来："看了你发给我的图片，我就确定我的金盏不是梦了！不是梦就好！"

齐东锵突然幽幽地说："万一……是梦呢？"

筷子一惊："你别吓我！"

齐东锵便笑了："哪个人没活在梦里？乱哄哄的不全都是梦吗？不是你走进我的梦里，就是我走进你的梦里。以前聊天的时候，我们的梦在网上，现在呢！我们的梦就在这个小木楼里……既然是梦，就别去探究哪个梦是真的，哪个梦是假的了！"

筷子突然打了一个激灵："别说了，随风，我害怕！"

筷子的胆怯，唤醒了齐东锵心底里的柔情，情不自禁地，他再度攥住了筷子的手，并轻轻地捏了捏。

"哟！你捏疼我了！"筷子立即抽回了手，放到灯下看了看。齐东镪这才看到筷子的手背上，有两道红红的划伤。

"怎么弄的？怎么这么不小心？"齐东镪心疼地问。

"子濯挠的！"筷子惨淡地一笑。

齐东镪呼的一声站起来："你这么爱它，它还挠你？筷子，你是不是应该觉悟了？"

"你气什么气？我还没生气呢！"筷子睁圆眼睛，"还不是你给吓的？子濯从来没有挠过人的！因为你居心叵测，它才乱了方寸，不小心划拉了我一下。猫是最聪明的动物，不用你说什么，也不用你做什么，仅仅看你的眼睛，就知道你是喜欢它还是讨厌它。"

"畜生永远都是畜生！再聪明也是畜生！"齐东镪小声叨咕着。

筷子明显地生气了，暗暗地咬了咬牙，却什么话都没有说出来，一双明澈的眼睛充满了痛苦。

齐东镪往前探了探身，苦口婆心地说："筷子，不是我无情，我也很爱猫，但我们的爱是不是应该有些节制呀？你不觉得你的爱已经达到病态的程度了吗？那天我看了一篇文章，名叫《猫咪战争：一个可爱杀手的破坏性后果》，文章用大量的数据呼吁人类应该消灭猫，因为猫已经变成鸟类和一些小型哺乳动物的绝对头号杀手，目前已经造成总计33类物种的灭绝。"

筷子怒不可遏："谬论！纯粹谬论！弱肉强食，那是生物链法则，只要是动物就谁也逃不脱！要是按你这么说，我看最该灭绝的应该是人类呢！尤其是现在的人类，你说还有什么不能吃的？而与之相比，猫咪才是最温顺的动物，它们是真的绝世独立，与世无争……"

"我说你偏执，你就不信。猫坏就坏在它的伪装上，表面温顺，内里邪恶，它们真的是小鸟儿的天敌！猫生存有猫权，难道鸟生存就没有鸟权吗？"

"可我已经把它们关在了家里，这还不够吗？"

"你以为你这么关着它们，就不是伤害它们吗？"

"我就差没把命给它们了，这怎么能是伤害呢？你不知道它们看我的眼神儿，有多幸福！"

"你不是猫，你怎么能知道猫是幸福的？"

"你又不是我，你怎么知道我不知道猫的幸福？"

齐东镪张了张嘴，突然无语了。

筷子审视地看了看齐东镪："随风，我怎么越来越弄不懂你了？你到底是哪伙的？你这么一次次接近我，到底怀揣着什么样的心机？你到底是想帮我，还是想害我？"

齐东镥叹了口气，幽幽地说："唉！这么美好的夜晚，我们怎么不知不觉地就吵起架来了？"

"啥叫美好？啥叫不美好？就像这个夜晚，你该怎么判定它到底是美好的，还是丑恶的？你刚才不是还说：人生不过一场梦吗？既然知道了这一点，你为啥还事事都和我较真儿？和我过不去？"筷子咄咄逼人。

"筷子，你听我说：你应该……去接种一下狂犬疫苗的！"

"你放心！我不会得狂犬病的，倒是你，总像要咬谁一口似的。行啦！也别绕弯子了！你到底想从我这里掏出啥来？现在就问吧！反正我是想明白了！有些事儿是不能逃避的！夜晚再美好，也总有天亮的时候！"

"我已经问过你好几次了！你就告诉我一句实话，就一句：你到底拐没拐骗花朵儿？"齐东镥也收住了笑容。

"我郑重地告诉你！也是最后一次告诉你！我根本就不认识什么花朵儿！我和花朵儿没有一毛钱的关系！"筷子越说声音越大，眼睛里渐渐地冒了火。

"你看着我的眼睛，你再重新说一次。花朵儿的失踪，真的与你一点关系都没有吗？"齐东镥眼睛直直地瞪着筷子，严肃地问。

"好，我就这么看着你的眼睛，最后再告诉你一次！我只在网上知道了花朵儿的事情，我真的没有拐骗过花朵儿！"筷子说完也眼睛直直地看着齐东镥，黑黑的眼珠儿，动都不动。

"你敢接受我的测谎吗？"齐东镥突然拍了一下那个四四方方的大皮箱。

筷子稍一愣神儿，随即冷冷一笑："噢？这个庞然大物，就是那种东西吗？看来……今晚你是有备而来呀！我还以为，在这个美好的夜晚，你只想和我谈一些风花雪月的浪漫事儿呢！"

齐东镥的心突地一动："如果……我真的想那么做，你肯配合我吗？"

"你是说……背着个偌大的测谎机器？"筷子讥讽地一笑。

齐东镥的脸腾地红了，嘴唇动了动，却什么都没有说出来。

浪漫而温馨的小小包间，突然静了，那是一种异常尴尬的静默。

第十六章　快乐的臀翘

四十六

门开了，服务员端着一个大托盘轻盈地走进了包间，托盘上放着两小盘精致的小菜。

冷漠的气氛像是扇动翅膀的蝙蝠，总让人觉得恐怖。服务员很快就嗅到了蝙蝠的气味！放菜的时候，她奇怪地抬起眼，先是怪异地看了一眼筷子，又恐慌地看了一眼齐东锵。

齐东锵突然笑了，殷勤地挪开了桌上的花瓶，把一盘菜推到筷子面前说："先吃饭！先吃饭！"说着抬眼看了看服务员："来两碗米饭可以吗？"

服务员点了点头，就带门出去了。她前脚刚走，齐东锵脸上的假笑就淡下去了。有些忧伤地看着筷子一眼后，他下了什么决心似的，突然严肃地说："要想提高测谎的准确率，填饱肚子是必须的！"

筷子气哼哼地夹了一口菜，塞进嘴里响响地嚼着，紧接着又吐了出来，嘴里骂了句："真倒霉！"

齐东锵勉强挤出一丝笑意："你不喜欢吃姜吗？姜对身体的好处可多了，老话儿说得好：上床萝卜下床姜，不劳医生开药方。"

筷子没有理他，又夹了一口，恶狠狠地吃。

这是齐东锵第一次这么近距离地看筷子吃饭——盼望这个时刻到底有多久了？也曾无数次地想象过与筷子单独小酌的场景，可哪次想象不是唯美的、温馨的、浪漫的？更何况，潺潺的流水声里，还纠缠着理查德优美动听的《梦中的婚礼》呢！

服务员又端上来两个菜，随后两碗米饭也端上来了。人世间最唯美的景致全在这里了，人世间最好吃的饭菜也全在这里了……可如今，当理想终于变成现实的时候，两个有情人的心里为什么都充满了忧伤？

筷子几口就咽下了大半碗的米饭，接着就听砰的一声响，饭碗被她蹾到桌子上了："我吃饱了！来吧！现在就测吧！我还真想体验一下测谎的滋味呢！"筷子用纸巾擦了下嘴。

齐东锵忧伤地看着筷子，想了想，果真站起身来，把桌面上的所有碗筷都拿到了旁边的角柜上。浪漫的小包间因了他有条不紊的布置，很快摇身一变，成了阴森肃穆的刑事测谎室。理查德·克莱德曼为了配合室内的气氛，还奏起了令人揪心的《命运交响曲》。

当测谎的设备都摆到了桌子上，当齐东锵慢慢地走到门边，轻轻地插上了门，筷子的神情突然紧张了起来。

齐东锵的测谎仪体积并不算大，长约20厘米、宽约10厘米，一边连着几个类似医院做心电图的感应器，一边连着一台笔记本电脑。测试前，筷子的两根手指、手腕以及腹部均被接上了导线，导线的另一端与测谎仪相连。

一进入到工作状态，齐东锵就变成了另外一个人，甚至连那么激昂的《第五交响曲》都过耳不留了。等一切都准备好了，他便稳稳地坐在筷子的对面，把记录本打开，把笔拿到手上。他声音低沉地说："对于我的问题，你不用做任何辩解，只需要用简短的语言表示肯定或否定。明白了吗？"

筷子点了点头。

齐东锵清了清嗓子，微微提高了声调问："你叫花艳丹吗？"

"……是！"

"你愿意诚实回答我的问题吗？"

"愿意！"

"你是一个经常说谎的人吗？"

"不是。"

"你在重要问题上会说谎吗？"

"不会。"

"你现在是不是准备说谎？"

"你这是在诱导！"

"你现在是不是准备说谎？"

"不是！"

"你会对你深爱的人说谎吗？"

"不会！"

"正在给你测谎的，是你深爱的人吗？"

"你跑题了吧?"

"正在给你测谎的,是你深爱的人吗?"

"是!"

筷子的眼泪突然流出来了,簌簌地流,无声地流,可她没有去擦眼泪,也没有动,任晶莹的泪珠儿噼里啪啦地落到衣服上,就像晴天里突然落了一场阳光雨。

齐东锵仿佛没有看到这一切,依然面无表情地问:"你第一次看到花朵儿时,就心动了吗?"

筷子愣了一下,呆呆地看着他。

"你第一次看到花朵儿时,就心动了吗?"

"我……根本没有见过花朵儿!"筷子的眼泪突然就干涸了,就像那场阳光雨说晴就晴了。

齐东锵用眼睛责备地看了看筷子,继续问:"你第一次看到花朵儿时,就心动了吗?"

"没有。"

"花朵儿是自愿跟着你走的吗?"

"没有。"

"你是坐火车把花朵儿带走的吗?"

"没有!"

"你的猫舍下面,是不是掩藏着一个神秘的地下隧道?"

"没有。"

"你把花朵儿藏到地下隧道中了?"

"没有,没有,没有,没有。"

筷子疯了一般拽下那团乱七八糟的导线,那两只白手突然痉挛似的抖了起来,她用那两只抖手恶狠狠地把那些导线搅成一团,就向齐东锵的脸上摔了过来,细白的牙齿咬着唇,已经咬出了血:"你在玩儿过家家吗?你这个畜生!我可是没工夫陪你玩了!"

齐东锵依然面无表情地看着筷子,不说话,也不动。

筷子抚了抚前胸,平复了一下情绪。但齐东锵依然能够明显地看到她的胸脯在呼呼起伏。沉默了一会儿,她突然轻轻地把凳子推翻了,凳子倒在地板上,并没有发出多大的声响。

齐东锵双手抱肩,慢慢地靠在椅子上,眼眸如水,面目深邃。

筷子慢慢地走到角柜边,白皙的小手在角柜上的那一堆碗碟上面绕了个小圈儿，便小心地拿起了那个苹果绿色的长颈花瓶，她凄楚地看了那花瓶一眼，便把它摔到了地板上。

伴着理查德的那首《降下帷幕》，小小的包间响起了一声脆脆的声音，响得恰到好处，就像音响师给这段音乐配的音响。

齐东锵依然平静地看着她，面无表情。

筷子亭亭玉立在那一片狼藉里，她又拿起那只印着蓝花的小碗看了看，慢慢地举了起来却迟迟没有摔下去，终于又小心地放回去了。突然，她微微地抬起了头，脸上的神情也恢复了平时的高傲和冷漠，她就那么高傲而冷漠地仰着脸儿，居高临下地看了齐东锵一眼。

"闹完了吗？闹完了就静静地听我说！"齐东锵翻了翻眼前的小本子，清了清嗓儿，便声音平静地说，"我刚才一共问了你十二个问题，数据显示：你在回答前八个问题时，的确没有说谎，但你在回答后四个问题时，一直都在说谎！所以，今天的测谎结果已经很清楚了：花朵儿的确是你拐骗的！"

筷子的脸上也没有表情了，她不说话，也不动。

"这个结果不是我凭空臆造的，是你的身体出卖了你，你可以欺骗我，但你的身体却无法欺骗这个仪器。"

筷子用鼻翼冷笑了下，不再说话。她小心躲开地上的花瓶碎片，慢慢走到衣架边，先是拿起搭在小包儿上的面纱，摸索着戴在了头上，然后便抓起小包儿就昂着头走出了包间。走得步履优雅，仪态万方的。

小小的木质阁楼里，突然奏起了《你是我的唯一》。

齐东锵看着筷子慢慢地走出去，又看着筷子轻轻地关上了那扇门。不一会儿，隔壁的那个木质的小楼梯就嗒嗒嗒地响了起来，每一步都踩在齐东锵的心上，齐东锵的心开始颤抖起来了，整个小木楼也跟着颤抖起来了。

齐东锵有些迟钝地站起身来，慢慢地走到面向楼前的那扇小窗子旁边，扶着那个镂空的窗棂向楼下看去。

外面的夜色已经很浓了，迷蒙的彩灯不仅照亮了廊前的树，也照亮了那个连接二楼的藤蔓缠绕的弯曲长廊，长廊边，有一片翠绿的竹林，齐东锵知道那是假的竹林，但在彩灯下它却显得比真的竹林还要美，此时的竹林不仅沙沙地摇曳着，还摇出了一地相当真实的竹影。齐东锵抬头向夜空里看了一眼，他讶异地看见：深蓝的天空上，竟然悬挂了一弯金黄色的月亮。

"啊！月亮！"齐东锵暗叫了一声。

接着，齐东锵就看见筷子从那道花廊里走出去了，电视剧里的小龙女一般，天上的仙女儿一般，走出了一派天上人间最美图景：

> 死有七种，但终归一途，
> 在人间，最幸福的事情就是，
> 当我在眺望中遇见远方的黑暗，
> 你就一个人，静静地挂在秋风摇动的窗前。
> ……

齐东锵突然想起了筷子写的一首名叫《下弦月》的小诗。

随着筷子越走越远，齐东锵的心也越来越疼，越来越疼了，眼泪也不知不觉地流了下来，噼里啪啦地落了满地。

"你这个SB！你在这里到底做什么？你他妈的！"他抽泣了一下，突然捂住脸，长泣不止了。

好久，好久……

短信那敲桌子的梆梆声，把齐东锵从无尽的悲凉中唤醒，他抹了一把眼泪，打开短信，可眼睛里的泪水还是遮挡了视线。

齐东锵只好踱回桌边，拽了一块纸巾，使劲儿地擦了擦眼睛，才知道短信是小王发过来的，这次发的是一张示意图，图片里有一团乱麻似的曲线，齐东锵放大了那团曲线，盯了好半天，才明白这是花玉乾的行踪轨迹图。

"随风，我怎么越来越弄不懂你了？你到底是哪伙的？你这么一次次接近我，到底怀揣着什么样的心机？你到底是想帮我，还是想害我？"

齐东锵烦恼地叹了一口气，便把手机扔到了桌子上——是啊！这个案子还有必要继续查下去吗？继续下去的结果呢？难道自己真的忍心把筷子送进监狱里去吗？

齐东锵走到角桌边，拿起那个筷子想摔却一直没有摔下去的蓝花的小碗，又拿起那把透明的玻璃茶壶给自己倒了一碗水，这才坐下来慢慢地喝了起来，眉头也渐渐拧成一团。

是的，无论多么爱，也不能继续为筷子寻找借口了，测谎的结果已经明晃晃地摆在那里了，筷子就是拐骗花朵儿的"凶手"。

可证据呢？测谎结果并不可以当证据啊！

是啊！最关键的问题是：这三年来，筷子到底把花朵儿藏到哪里了？难道筷子的猫舍下面真的有一个地下隧道吗？就像网上传的关于花朵儿视频里的隧道？

可三年的时间也够漫长的了，花朵儿那么一个活蹦乱跳的生命，怎么可能老老实实地被圈在地下隧道里呢？如果她不老实，筷子会怎么对待她呢？难道她就像圈养那些猫似的，把花朵儿强行圈养起来了？——就像那次幽禁吗？

齐东锵的眼前突然出现了那个幽禁的镜头：那是他在侦破一起案子时所看到的。在一个不为人知的又深又暗的地窖里，一个女孩儿被一个变态狂整整幽禁了七年之久，当齐东锵和办案人员一起弯着腰钻进那个地窖中时，地窖里那臭烘烘闷吞吞的气味差点把齐东锵熏得背过气去，那种窒息像极了他初进筷子猫舍时的感觉。

一盏污渍斑斑的电灯泡下，只见那个女孩儿蓬头垢面，目光呆滞，破衣烂衫，瘦成麻秆的小胳膊因常年箍着个锈迹斑斑的铁链子，而变得伤痕累累，那本来是一条拴狗用的铁链子，却被那个变态狂拴到了她的手上……

齐东锵再也坐不住了，幸好装电脑的箱子里还藏有一盒烟，他立即找出来抽着了，狠狠地抽，试图用那浓浓的烟雾遮挡住眼前的影像。可正当他抽得尽兴时，包间的门突然开了，那个面容清丽的服务小姐探头向屋里看了一眼，犹豫了一下，指着门边的禁烟标志小声说："您看，我们这里是木楼，不让吸烟的……"

齐东锵又贪婪地吸了一大口，这才不情愿地把烟掐了。

服务小姐微笑地说了声谢谢，便抽身去了，转眼又推门进来，手脚轻快地把椅子扶了起来，并把地板上的玻璃碎片也全都扫走了，临离开的时候，突然又站住脚，声音温柔地对齐东锵说："那位女士……已经把所有的账都结了，您看看……还需要什么不？"

隔着烟雾，齐东锵用那双红红的眼睛，凄楚地看了看她，声音里含着一缕明显地哀求："我什么都不需要，就想占用一下您的包间坐一坐，可以吗？"

服务小姐立即笑了："行，您坐吧！"说罢放下扫帚，从墙角处拿起暖壶把玻璃茶壶续满了水，可续完水后，还不离开，而是面容沉静地看着茶壶里的水慢慢地沉淀了，再沉淀了，这才拎起茶壶，悄无声息往齐东锵的杯子里注满了水，声音温柔地说了句"您慢用"，才慢慢地离开。

齐东锵喝了一口水，随着一股暖流流到了他的心坎里，眼泪也奔眶而出。他也不知道自己这段日子到底怎么了，常常这样脆弱地流下泪来。

手机就那么明晃晃地在桌角上放着，早已经黑屏了，齐东锵顺手在手机上滑了一下，黑了的屏幕立即亮了，那团乱乱的曲线图再次呈现在齐东锵的面前。

突然，齐东锵惊得坐直了身体，因为他无意中瞥到了花玉乾停滞的位置。齐东锵把手机抓到手中，再次放大了那个红红的停滞点，发现那个红点镶嵌在一个名叫"旮旯小屋"的旅馆里，而那家小旅馆，就在森林公园的边上。

花玉乾不是说要去调查报警人吗？可他干啥还在这里转悠？从标注的时间可以看出，花玉乾是在二十几分钟前进入那个旅馆的，而在这之前，他一直在通往猫舍的那条路上转悠。他那么小心眼儿的人，平时宁可在公园躺椅上过夜，可今天为什么突然去旅馆开房了？

"开房"这两个字，就像一把银亮亮的针，一下子就把齐东锵刺痛了。看了一下时间，他发现筷子离开至少有半个小时了，在那条必经之路上，筷子会不会遇到花玉乾呢？如果她遭遇了花玉乾，花玉乾会怎么对待她？筷子为了掩盖罪证，能不能向他妥协？她该怎样向他妥协？

"不行！筷子有危险！"

齐东锵突地蹦了起来，嘴里不自觉地喊出了这句话。他连桌子上的电脑都来不及收拾，就冲到了走廊里，把那个刚刚为他倒水的服务员吓得尖叫了一声。齐东锵向她交代了几句，就向楼外疯跑起来，急促的脚步，震得小木楼嘎嘎尖叫起来，整个小楼都晃动了，引得其他房间里的人纷纷伸头观望。

好在那一段路真的不长，仅仅五分钟左右，齐东锵就气喘吁吁地站到小旅馆的前面了。虽然齐东锵来森林公园多次了，却始终没有注意到绿树掩映着的路边，还有这么特别的所在。

"旮旯小屋"，屋如其名，仅仅一排小平房而已，但装修却很张扬，偌大的牌子就像小屋儿的额头，不仅前凸，还挂满了彩灯，此时那些彩灯正肆无忌惮地闪烁着，齐东锵仅仅向上面瞟了一眼，眼睛就花了。

隔着玻璃门，齐东锵就影影绰绰地看到吧台边挤坐着几个妖艳的小姐，室内的灯光很暗，那一张张浓妆艳抹的脸在灯光的渲染下，便都变成了美丽妖娆的花儿，冲着门口竞相开放。

与一张张笑靥媲美的，还有她们那爆炸似的头发，红的像火焰，黄的像礼花，竞相争夺着人的眼球。齐东锵推门进来，她们虽然都没有动，但眼神儿却立即飘过来了，像一群倦怠的幺蛾子突然被什么东西惊起来了，乱哄哄地全向他这里飞过来，仿佛他也是一盏灯。

齐东锵径直向吧台走去，尽量做到目不斜视，可他还是明显感觉到了那群幺蛾子明晃晃的撩骚。与之相比，坐在吧台后的中年女子倒显得相对端庄，只见她微微朝他欠了欠身子，嘴角也恰到好处地渗出了蒙娜丽莎的微笑："您……住宿吗？一个人吗？"她就那么吟诗一般清丽地说，令齐东锵突然想起了"徐娘半老，风韵犹存"这八个字。

齐东锵掏出警官证向她亮了亮，老板娘的微笑就凝固在嘴角了："昨天他们刚查过，今天怎么……"她咽回了余下的话，举止优雅地接过了警官证，似乎在认真地看，眼珠儿却快速地向旁边闪了闪，"您……是新来的警察吧?"她的嘴角依然凝固着那一抹微笑。

齐东锵回头看了一眼，突然发现那几个小姐不见了，也不知道从哪儿消失的，什么时候消失的。黑乎乎的沙发上，只是乱乱地丢着一个破垫子，一件脏衣服，仿佛那几个小姐根本就没有在上面坐过似的。

齐东锵清了清嗓儿说："我来，只是为了查一起案子，如果您肯配合我，我会尽量小心地查，保证不惊动任何人。"

老板娘审视地看了齐东锵一眼，便微微咧嘴笑了，这一次才是真的笑了："我是守法公民，怎么敢不配合警察的工作呢? 警察日夜为我们老百姓奔忙，实在很辛苦的。您说吧，让我配合什么?"

"到你们这里住宿的客人，如果没有身份证，您一定不会让他入住吧?"

"那当然，现在多严啊! 没有身份证谁想住都不好使!"老板娘睁圆了那双杏仁眼，在迷蒙的灯光下，那双眼睛就像两潭明澈的湖。

齐东锵单刀直入："我今天要查的，是一个叫花玉乾的男人! 我确定他就在你们旅馆里，我也相信您……一定看了他的身份证。"

老板娘愣了愣，但那种神情稍纵即逝。她掩饰着打开了记录本，假装看了看，而事实上，她根本就没有看："是的，刚才是有一个叫花玉乾的男人住进来了。咋的? 他犯罪了吗? 不会是杀人了吧?"

齐东锵说："这……恕我不能透露给你! 我想问的是：他是不是还劫持了一个女的?"

"劫持? 没有没有! 如果劫持，我马上会报警的! 刚才是有一个女的和他一同来的，但她是自愿来的，绝不是劫持。"

"她叫什么名字?"

老板娘的眼睛闪烁了一下："我让她出示身份证来着，可她说她是那个男人的媳妇，只是陪他说一会话儿，待一会儿就会走的!"

"他媳妇? 是那个女的亲口说的?"齐东锵审视地看着老板娘。

"我骗你干什么? 刚才我不是说了嘛，我是守法公民，最恨犯法的人了! 人活在世上，干点啥不能吃碗饭呢? 为啥偏偏干犯法的事儿?"老板娘字正腔圆地说，仿佛那几个风尘女子从来不曾在那个沙发上坐过似的。

四十七

齐东锵向房顶看了一眼，又探过身子，看了一眼电脑屏幕，屏幕上果然正"现场直播"着监控的画面。齐东锵便指着电脑说："我能调一下监控录像吗？"

老板娘爽快地："好的，你看吧！"说着从狭窄的吧台后走出来，给齐东锵让出了一个通道。

齐东锵动了几下鼠标，调出了十几分钟前的录像镜头，很快就看到了花玉乾那张鬼七王八的脸。他的身后果然跟着一个女人，齐东锵立即放大画面去看，却始终没法看清她的脸，因为她一直躲在花玉乾的身后，长长的头发还垂着，遮挡住了半边脸。

尽管看不清她的脸，齐东锵还是长长地舒了一口气，心里认定她不是筷子。是的，她的确不是筷子，首先微胖的体形不是，更何况她还穿着一件火红火红的上衣呢。

"也许，她真的就是花玉乾的媳妇？"齐东锵突然觉得很扫兴，他也不明白自己为什么会扫兴，也许潜意识里，他反倒希望筷子被骚扰？这样他才有条件去英雄救美？

老板娘一直都在齐东锵身边站着，也全程回看了录像镜头。见齐东锵失望，她便低声说："这个女的……始终都不肯露脸，好像故意要避开监控似的，身份证也不往出拿……真别说，如果不回看录像，我还没注意她原来这么诡秘呢！用不用我去房间把她叫出来？"

齐东锵突然一笑："你们开旅馆的，都有属于自己的行规吧？你这么突然进去叫人，不是犯忌了？"

老板娘的脸突然一红："这不是摊上事儿了嘛！"

齐东锵便宽容地笑了："和您开玩笑呢！她并不是我要找的人！"说着，又打开房间走廊的监控资料，监控头清晰地记录了花玉乾与那个女人一先一后走入房间的背影。

当齐东锵的眼睛无意中从那个女人的臀部扫过时，女人的一个细微动作立即吸引了他的目光。齐东锵马上点了回放，并放大了画面，眼睛也睁得越来越大了：因为他在那个女人的臀部——那个上穿红色夹克、下着黑色短裙的女人紧绷绷的臀部，齐东锵再次看到了一个他非常熟悉的动作："臀翘儿"。

"唐娟？怎么可能？"齐东锵差一点叫出声来。

"这不过是个背影嘛……看出什么问题了吗？"老板娘好奇地看了齐东锵一眼。

齐东锵掩饰地摇了摇头，但心里却翻腾起来了："这么说，花玉乾到底是找到唐娟了，可两个人这么快就开房了吗？这也太快些了吧？快得就像娼妓卖身似的。"想到这里，齐东锵的脸突然有些发烧了。

说不清为什么，齐东锵就是无法接受这个事实——花玉乾，那么肮脏、那么令人恶心，唐娟怎么可能和他苟合呢？

有那么一瞬，齐东锵甚至想冲进房间内，把唐娟从虎口里解救出来，但随后，这个想法就被他否定了。是啊！唐娟怎么就不能和他苟合呢？

——种种迹象已经表明，她唐娟就是一个婊子。

"现在有一些人，专门打着中央电视台的旗号在社会上招摇撞骗。
我听说唐娟就是这样的人。"

齐东锵又想起了徐问玉说的话。

这么说来，花玉乾是占了上风了？唐娟不得已才要用女色解决问题了？这个世界实在太精彩了！两个无赖真的绞到一起来了！

齐东锵的心渐渐冷了，不禁为筷子捏了一把汗。是啊！一个无赖都这么难以摆脱了，两个无赖绑在一起，那不是更麻烦了？可接下来他们到底会做什么呢？

齐东锵就这么皱着眉，一边帮老板娘恢复了电脑界面。

对于这么近距离地配合齐东锵查案，老板娘似乎觉得很过瘾似的，神情里也闪出了一种孩子似的兴奋。可这边精彩的大戏还未上演呢，帷幕却啪嗒一下落下来了，瞧齐东锵的样子，他真的要鸣金收兵了吗？这也太没有悬念了吧！老板娘的脸上突然露出了明显的落寞。

齐东锵冲她笑了笑，感激地说："谢谢您的配合！您的确是个守法公民！"说着就走出了吧台。走了几步，又站住，亲昵地嘱咐道："对了，这件事希望您不要告诉任何人！我相信您一定能守口如瓶的。"

是的，人与人之间，有些感觉真的无法解释的，对于老板娘，齐东锵也说不清为什么，就是觉得亲近，而且还值得信赖。

老板娘果然严肃地点了点头："您放心！这件事我不会告诉任何人的！"说着把齐东锵送了出来，一边说："瞧您这气质，也不像个普通的警察，你这种人物今天能到我们这个小旅馆来查案子，我想这案子一定是个非常特殊的大案子吧，我虽然只是个开旅馆的，但这点素质还是有的！"

一番话说得齐东锵心里挺热乎，热乎了半天，才弄明白到底哪句话打动他了。他不由又想起公园卖冷饮的女子那几句"尊重"地责备，便想：难道自己真的像她们所说的那样，并不是一个普通人吗？

人是多么奇怪的动物！刚才进屋时，心里还阴阴地下着雨，可因了旁人的一句不相干的话，那雨就突然停了，不仅雨停了，连太阳都出来了，高高地悬挂在晴朗的心空。

齐东锵脚步快捷地走出"旮旯小屋"，耳畔依然回响着老板娘那善解人意的温柔话语。还别说，这个老板娘的确有素质，只是弄不明白她这么有素质的人，为什么开了这样一家藏污纳垢的小旅馆？她这个人到底是善人还是恶人？

从"旮旯小屋"出来，齐东锵又到饭店拿了自己的测谎仪，才打车回公司。

夜已经很深了，整整一幢大楼，只有几个窗口亮着灯，齐东锵抬头看了一眼，发现小王的办公室也明晃晃地亮着灯，心里就涌出了一缕歉疚。

小王做他的助手已经好几年了，以前事业顺畅的时候，小王经常这么为他加班，但齐东锵从来没有歉疚过，因为每次办完案件，齐东锵都能分给他一笔数目可观的报酬。可这次加班算什么事儿？无论他做得多漂亮，也不会有一分钱的收益的。

从小王的办公室门前经过时，齐东锵虽然加倍小心，尽量不让自己弄出一点声音，但警觉的小王还是从办公室探出头来看了看他，齐东锵冲他摆了摆手，小王便笑着说："您也没有休息？"小王笑完，就立即不笑了，眼睛里似乎含着什么，齐东锵注意地看了他一眼，他立即把眼珠挪开了。

"幸好还有一些私房钱，看来只能动老本了！"这么想着，齐东锵的底气便足了，他什么客气话都没说，径直走到小王办公桌前，撕过一张纸唰唰唰地就写下了唐娟那四个8的电话号码，对小王说："你再看看这个持机人，现在可能在哪个位置？"

小王接过纸条就去机器前忙了，齐东锵哈欠连天地回到自己的办公室，刚把测谎仪等机器收拾好，小王就敲门进来了，把一个彩印的轨迹图递给了齐东锵。

齐东锵看了一眼那图，图标显示的那个红点，还真和花玉乾的重合了。"狗男女！"齐东锵冷笑了一下，对小王说："你今晚再辛苦一下，继续严密监控这两个人，有可疑动向，无论多晚，立即向我汇报。"

小王点了点头，却站在那里不走，似乎有什么话要说。齐东锵奇怪地看了他一眼，他的脸就红了，头一低，这才悄没声地离开了。齐东锵的心里突然涌出了一股子不祥的预感，心也因此而悬了起来。

像要轰走苍蝇似的，齐东锵突然向空中挥了挥手，嘴里突然小声地骂了一句："天要下雨，娘要嫁人！爱咋咋地！"可心里的不愉快却一点都没因了这句话而减轻。

为了消除烦恼，齐东锵站起身先是晃了晃身子，伸了一下懒腰，又揉了揉眼睛，搓了搓脸，接着就原地不动浑身乱抖乱颤了起来，就像精神病患者那么抖动，还别说，这么一折腾，心情果然开朗了一些。

可时光却不管人间的情形，无论发生了多大的事儿，它总是不紧不慢地向前行走着，走得细细碎碎，扭扭搭搭的。

齐东锵看了一眼手表，指针已经指向了零时，是回家去睡，还是继续留在单位？正这么举棋不定呢，小王突然又敲门进来了，这次既没有拿图，也没有发短信，连身子都没有进来，探进头就说了句："两个人一起移动了！"

"噢？向哪里移动了？"

"不确定，那是一个居民区，周围也没有什么特殊的标志。"

齐东锵就像突然吸了一口大烟了似的，立即来了兴致，他快步走到小王办公室，直接在电脑屏幕里查看了起来。小王说得不差，那的确是一个居民区，而那个居民区就在森林公园的斜对面……也就是筷子的猫舍区域。

"怎么？大半夜的，连觉都不睡了吗？要搞突击行动了吗？"齐东锵回过头，微笑着对小王说，也不管他是否能听得懂。

小王依然什么话都不问，只是微微地笑了笑。

"好了，接下来你就可以休息了！"

"您的意思……是不用继续监控了吗？"

"不用了，狐狸们已经出洞了！接下来就是见分晓的时候了！"齐东锵冲小王讨好地笑了笑，笑完之后，他才意识到自己在向一位下属媚笑，心底里便涌出了一股子特别的伤感。

小王突然像下了很大决心似的，快速地冲齐东锵说了声："您等下！"说罢就从桌子上拿过了一封信，双手呈给了齐东锵。

齐东锵并没去接信，只是犹疑地看了小王一眼："这是什么？"

"辞职信！"小王吞吞吐吐地说，话未说完，脸就涨红了。

齐东锵的心突然忽悠一下，沉了。是的，刚才的预感没有差，令他担心的事儿，到底还是发生了。

自从这个公司成立以来，齐东锵先后用过四个助手，但最得力的助力还真就是小王，所以当其他那三个助手陆续离开时，齐东锵一点都没觉出失落，反倒像卸了负担似的轻松了一些。

可这次小王也上交了辞职信，不管他如何淡定，他也淡定不起来了，因为小王现在可是他唯一的下属，如果连小王都走了，那他这个公司就真的名存实亡了！是啊！只有一个光杆司令的公司，还能算是公司了吗？

齐东锵眼睛红红地看了小王一眼，他没有接信，也久久地没有说话。小小的办公室一时之间就像被谁抽走了空气似的，变得令人窒息了。

终于，齐东锵清了清嗓子，面无表情地说："你再考虑一下，好吗？我们的事业……近期的确是低谷，但请你相信我，不会总是这个样子的，一定很快就有转机的。"

齐东锵说完这句话，也不管小王的态度，转身就向自己的办公室走去。走了几步，又停下，虽然他未回头，却感到小王就站在他的身后看着他，于是，他便头也未回地说："这起案子马上就要水落石出了！你放心！这次收益会比以往的任何案子都要高！"

小王没有搭腔。齐东锵没有回头看他，只是站在那里静静地等了一会儿，可小王依然没有一点回应。

齐东锵轻轻地叹了一口气，便慢慢地向办公室走去，他的脚步有些拖沓，他也没有掩饰这种拖沓。

十几分钟以后，一身夜行衣的齐东锵就悄然摸到了那棵大树下，摸着黑，他慢慢地爬到了自己原先坐过的那个树杈上，惊得栖息树上的几只鸟儿好一阵的慌乱，扑棱棱地四处躲藏。齐东锵在树上闭了会儿眼睛，闭眼时间之长近乎于假寐，等他再睁开，黑黢黢的猫舍便果真立体地展现在了他的眼前。

天睡着了，地睡着了，地上的生物植物们睡着了，当然，猫舍里的猫们也睡着了。天地之间，似乎只有齐东锵一个人是清醒的。

等坐了一会儿齐东锵才发现，和他一起清醒着的，还有一种不知名的虫子，也不知道到底有几只，都潜伏在不远的草地上，正你呼我应地唧唧唧唧地叫，那叫声就像几个男孩子在比赛着吹口哨，有的嘶哑，有的尖锐，有的纯熟，有的生涩。

齐东锵观察了好半天，才蓦然发现：那对狗男女也在观察。他们就堂而皇之地隐身在花玉乾曾翻墙进院的那堵墙上，趴在墙上，花玉乾甚至还抽着烟，那烟头一闪一闪地亮着，就像一只伏在树叶上的萤火虫。

猫舍里静极了，是那种令人窒息的寂静，仿佛这个黑乎乎的房子里，除了那些睡梦里的猫，并没有一个会呼吸的人似的。

花玉乾终于吸完了他的烟，齐东锵甚至听他肆无忌惮地吐了口痰。接着，就听唐娟附在他的耳边喊喊嘁嘁地说了些什么，夜幕里的唐娟也像齐东锵似的，不仅换上了一身黑色的夜行衣，头上还戴了一个黑色的帽子，真奇怪她的这身行头到底是从哪里淘弄来的。

弯弯的月牙儿洒下了一片淡淡的清光，有一小片清光还特意在她的脸上晃了晃，把她那张鹅蛋形的白脸渲染得朦胧又美丽。一想到这样的美人竟然让花玉乾糟蹋了，齐东锵的心里便疼了一下，一种负罪感也涌了上来。是的，如果这也算是一种罪过，那么你齐东锵的确就是始作俑者！

在唐娟的授意下，花玉乾终于开始行动了，只见他敏捷地从墙上跳进了院子，兔子一样一跳一跳地就跳到了窗子底下，一点声息都听不到。

但屋里的猫们却狂躁起来了，喵喵喵地满屋狂叫，虽然隔了很远，可齐东锵还是清晰地看到了那一双双闪着亮光的眼睛，鬼火般挤到了窗玻璃上。

唰的一下，挂在房门上的灯便亮了，一下子把小小的猫舍照得四处通亮。突如其来的明亮不仅让花玉乾紧急地躲到了墙角后，也让墙头上的唐娟忽地一下缩回了墙外。

隔了好一会儿，才听"呀"的一声响，那个齐东锵怎么伸脖看都看不到的小仓房的门，就被人打开了。这么说来，筷子每天晚上都是在小仓房里过夜的，难道她也忍受不了猫舍的骚味！

又过了好一会儿，齐东锵才看到筷子披一件外衣，手拿一把铁锹步履钝钝地走到了院子中间，她向四处看了看，又到窗边向里面望了望，猫们就都不叫了。

"宝贝们？你们闹什么？进耗子了吗？"筷子打了个哈欠后，才突然这么娇嗔地叫了一声，梦寐般的声音顿时打破了夜的宁静。

筷子又打了个哈欠，突然想起了什么，便一边掏钥匙，一边脚步拖沓地走到了猫舍的门边，也不知道她的钥匙链上到底挂了多少个钥匙，齐东锵只听得那钥匙哗哗啦啦地响了好半天，她才打开了门锁，慢慢地开门走了进去。接着，东屋的灯就亮了。

也就在这时，花玉乾像个耗子一般，快速地从窗子下面弯身跑了过去，还未等齐东锵看清他呢，只听呀的一声响，那门就开了个小缝儿，接着花玉乾就不见了。齐东锵的心便提到了嗓子眼儿了，他立即拿出了手机，想提醒筷子，想了想又觉得不妥，便只能那么紧紧地攥着那个手机，渐渐地就把那个手机攥得湿漉漉的了。

可猫舍里的筷子却依然没有意识到危险，明亮的灯光下，她一直都在声音娇嗫地说着什么，那语句细细的，碎碎的，却一句话都听不清楚，就像那首名叫 *God is a girl* 的混有钢琴声和流水声的英文歌。

突然，东屋的灯灭了，转眼就见筷子毫发无损地从猫舍里走出来，接着就咔的一声锁上了外门。随着一阵脚步声，筷子又走回到小仓房去了，不一会儿，门庭上方的灯也熄了，那个鬼祟祟的花玉乾，就这么被实实在在地锁到了黑黑的猫舍里。

齐东锵从树上滑下来，悄没声地穿过一片荆棘地，从大墙外绕到了猫舍的房后。他先把自己隐身在一片乱蓬蓬的树丛后，然后才向刚才花玉乾进入的那个墙头看了一眼。

房后面是另一个人家的院子，几段破败的院墙，连着一幢死气沉沉的房屋。因为没有点灯，也不知道里面是否住着人。猫舍的那段大墙外边，堆着一大堆黑乎乎的东西，由于天太黑，也看不清那到底是些什么物品，但瞧上方的那几个支棱八翘的影子，齐东锵猜想是木材堆。

可唐娟哪去了呢？刚才明明看到她缩回墙外了，这工夫也不会躲得太远吧？齐东锵站在原地没敢动，跷起脚再次往那段墙边看了一眼。突然，在那个木柴堆后边，有什么东西闪了一下，诡异的光就像女鬼的魅眼儿。

齐东锵弯着腰向前行进了几步，这才发现唐娟正坐在那个木材堆后面玩手机呢，手机的彩屏被她弄得一会儿闪出绿光，一会儿闪出红光，把她那张白晳的鹅蛋脸时而映得绿莹莹的，时而映得红彤彤的。

——哈，她可真是心大之人，在这么个恐怖的夜里，在这样的荒郊野外，她竟然还有闲心玩手机？

齐东锵拾起一块石头，向斜对面扔了过去，随着啪嗒一声响，唐娟果然一惊，立即转头向那边望了过去，身子也紧绷绷地站直了。

齐东锵几步跳了过去，还未等她回过头来，就从后面把她拦腰抱住，另一只手狠狠地捂住了她的嘴。不过他的力气白费了，唐娟根本就没有喊叫，只是柔柔地挣扎了两下，也许齐东锵把她勒得太紧了，她不舒服，所以才挣扎的吧？

等齐东锵稍稍松开了些，她果然不再挣扎了，乖成了一只柔软的猫，任由齐东锵把她连拉带拽地劫持到天涯海角。

"只要不伤害我！咱们一切好商量！"齐东锵刚一松开手，唐娟就急促地说，她的声音低低的，柔柔的，从声音里也可以确信：只要齐东锵不动粗，无论对她做什么，她都会配合的！

齐东锵一直把她劫持到那棵大树下，但并不放下她，而是把嘴附到她的耳后，柔柔地问："你的意思是……来者不拒吗？"齐东锵的声音很小，小得只剩下了气息。

唐娟身子一颤，但她随即就听出了齐东锵声音里的暧昧，身子骨儿也蛇一般地软了："你要什么都行！只要我有，真的！"

唐娟挣了挣身子，突然吃吃地笑起来，身子也扭了扭："放开我吧！人家都被你箍得上不来气儿了！"她就那么娇滴滴地扭着身子说。

齐东锵依然没有放开她，直到把她拖到了那天筷子装土的土坑边，才把她放开。唐娟长长地喘了一口气，这才回头看了一眼齐东锵，也许是夜太黑了，或者她真的害怕了，她竟然没有认出齐东锵来。

"说吧！这深更半夜的，你不好好在家里睡觉，跑到人家房后搞什么鬼？"齐东锵的声音依然低低的。

唐娟柔媚地扭了扭身子，尽管夜色如此昏暗，齐东锵还是读懂了她柔媚的挑逗："还说人家呢！你搞的又是什么鬼？你又是怎么知道我在搞鬼的？"

这么说着说着，唐娟眼珠儿突然定了："你……你……是齐教授？哎呀妈呀！吓死我了！你咋不早说呢？看把我吓的！"边说边抚摸自己的胸脯，人也立即变得轻松了起来。

四十八

这是一个不平静的夜。

寂静的夜里，齐东锵和唐娟这对老冤家又在这么一个偏僻所在相逢了。

齐东锵目光复杂地瞟了唐娟一眼，酸酸地说："心挺大呀！你的搭档都被锁到猫舍里了，你还有闲心在外面玩手机？你这也太不讲情意了吧？就不怕你的搭档被猫挠了？"

"谁是谁的搭档啊？这个世道大家都在各找各的活路！谁还讲什么狗屁情意？"唐娟突然一撇嘴。

"所以你才三家通吃？也真够狠的呀！唐记者！"齐东锵气哼哼地说。

"我不明白你在说啥！"唐娟诡异地翻了齐东锵一眼。

月牙儿虽然还那么薄薄的，但夜光却被她照得亮了些。迷蒙的月色里，唐娟抚弄了一下乱乱的头发，拽了拽松松垮垮的夜行衣。还别说，这一身装束穿在她的身上，有一种骑士的潇洒。

她也一定知道自己这种装扮很特别，举止里也掺入了几分豪气。一想到这么天生丽质的美人，竟然和花玉乾那样的肮脏的垃圾搅到一起了，齐东锵突然就气愤起来。

"你不是很厉害的吗？你这么厉害的人，怎么那么容易……就被那个花玉乾拿下了呢？"齐东锵终于没忍住，把不该说的说了出来。

就像幕布突然落下去了似的，只听唰的一声响，堆砌在唐娟脸上的所有表情都不见了，留下的只有赤裸裸的仇恨："你还好意思说这件事吗？一切不都是你一手操纵的吗？你别不承认那个电话号码是你提供的！"

一句话就把齐东锵说得面红耳赤。

唐娟突然双手插兜，在原地晃了晃身子："怎么不说话了？这么深更半夜把我劫持到这里，你到底想做什么？你是想劫财呀，还是想劫色呀？"

齐东锵突然摸了一下她的衣兜："掏出来吧！刚才我摸到它了！"

唐娟一闪身躲开了他，双手依然很悠闲似的在裤兜里那么插着："这么说……你是两样都想要啊？人我可以给你，钱你给我留点行不？算是给我留点糊口的钱，行不？"她就像背台词似的，声音里充满了假假的胆怯，仿佛这些话并不是从面前这个姿态飒爽的女侠嘴里发出来的。

"别废话了！我刚才都摸到了，掏出来吧！别让我亲自动手！"

"我都穷得要饭了，而你那么有钱！真的还在乎我兜里的这点钱吗？"

"行啦！你别跟我演戏了！你明白我到底要什么的！"齐东锵终于耐不住了，突然强行上前，转眼就从她的衣兜里掏出了半盒烟和一个打火机。

齐东锵从烟盒里抽出了一支烟叼到嘴里，点着了，狠狠地吸了一口后，才又抽出一支点着了，塞进了她的嘴里。在齐东锵做这一切事儿时，唐娟一直都没有动，依然保持着双手插兜的姿态，直到齐东锵把那支烟塞进了她的嘴里。

在这个特别的夜里，两个人就这么脸对着脸吸起烟来。

齐东锵吸了几口烟，人也精神了许多。见夜色中的唐娟依然面带愠色，齐东锵就苦笑了一笑说："如果说这件事儿我做得真的有些不道德，也是你不道德在先吧？"

齐东锵用那只捏烟的手指了指猫舍说："你先是狠狠地敲诈了那个人，之后不仅不遵守诺言，还把她的消息卖给了花玉乾，你也太不道德了吧？并且、并且你连警察都敢敲诈，你这个女人是不是吃了豹子胆了？你就不怕那个人找你算账吗？"

唐娟优雅地吸了一口烟，妖妖道道地说："那个人是哪个人？你是说花艳丹吗？你对她都敬畏到如此地步了？连她的名字都不敢说出口？哎哟喂，这我倒是没想到的！你现在就可以去告诉那个人！你告诉她我就在她的门前站着呢！你看看她到底有没有那个胆子，敢来找我算账？"

"噢？她这么怕你？就像你猫嘴里的耗子似的？这我就弄不懂了，既然你知道她这么怕你，那你干吗还这么三更半夜不睡觉，做这种偷偷摸摸的鬼事儿？你干脆光明正大地去找她算账不就完了吗？"

"啥叫偷偷摸摸的鬼事儿？你们警察调查案子时不也总是偷偷摸摸的吗？凭什么你们调查就叫灵活机智？而我们调查就叫鬼七王八？我是在寻找证据懂不懂？等找到了证据，我自然会和她大大方方地对簿公堂的。"

唐娟说到这里，突然想起了什么，便围着齐东锵转起了圈子来，一边转着，一双眼睛也鬼火般地忽炼炼地燃烧了起来："噢！对了，我差点忘了！你们不是一直住对门吗？她长得那么漂亮，而你又这么喜欢拈花惹草，你们之间应该发生点啥故事呀？"

唐娟说着说着突然一拍脑门："这还用问吗？这么深的夜里，你不老老实实地在家里睡觉，却在这里鬼鬼祟祟地替她站岗！看起来你们的关系的确很不一般呢！假如把你和她当做男女主人公写在电影里，一定非常精彩非常感人吧？是啊！——该起个什么样的标题呢？夜探鬼屋，英雄救美？"

一句话又把齐东锵的脸说红了，幸好夜色如此昏暗。

"怎么不说话了？戳到痛处了吗？"唐娟突然停住脚步，审视的双眼都要贴到齐东锵的脸上了。

齐东锵立刻躲开了她的逼视："我就弄不明白了！你如果真像自己说的那么厉害，为什么连花玉乾那样的人都斗不过呢！我看呀，你不过就是一个纸老虎！就他那种垃圾，你至于投降得那么快吗？难道你有鼻炎吗？真的闻不到他身上的臭味？你的智商呢？"

一番话顿时把唐娟的脸说得通红，虽然隔了那么浓重的夜色，齐东锵依然清晰地看到了她的眼睛里有一股阴郁的火。

没想到，红着脸的唐娟，说起话来反倒更显得强硬了："不要那么轻易地就给人定位好不好？这个世界上，奇葩多了！哪个人都是珍宝，哪个人又都是垃圾！你把别人说成垃圾，那意思就是你是珍宝呗？真是不自量力！"

唐娟突然冷笑了，气哼哼地狠抽了口烟，便冲着夜空吐了一个大大的烟圈儿，接着就妖妖道道地一扬手，把那个带火的烟头扔到了迷漫的夜空里。

那点光亮在夜空中画了一个弧线后，便消失在前方的一片黑沌沌的夜里去了。齐东锵向前走了几步，试图找到那个发着光的烟蒂，可脚下除了黑乎乎的杂草，就是乱乎乎的土堆，一点光亮都看不见。

齐东镥在那片土堆里试试探探地摸了一把，又摸了一把，突然摸了一手黏乎乎的东西，这才想起这里是筷子堆猫粪的地方，站起身跺了跺脚，发现脚底下也粘了许多黏乎乎的猫粪。

齐东镥立即跑回杂草丛中，先是在杂草上蹭手，然后又蹭脚，可把手放到鼻子下面闻了闻，依然闻到了一股子天竺葵的骚臭味儿。齐东镥就恶心起来了。

在忙活这些事儿时，那半支烟一直在嘴里叼着，齐东镥狠狠地抽了一口，便连烟带蒂地吐到了地上，停顿了一下，又恶狠狠地把烟蒂踩进了草丛里。

唐娟突然吃吃地笑了，虽然看不清她的神情，齐东镥却明显地听到了她笑声里的讥讽。

"这深更半夜的，你为什么在这里受这种洋罪？你可真是闲得蛋疼了！"齐东镥暗暗地骂了自己一句。

"哟！如果不是亲眼所见，还真不知道你竟如此道德高尚呢！"唐娟一步三扭地走了过来，妖妖道道地说，"放心吧！这里别说烟头了，你就是想放火，都点不着的！"

"道德高尚咱不敢说，但我就是和你们不一样！就是比你们高尚！哼！你也许忘了我是做什么的吧？"齐东镥像是报复谁似的说。

"哟！说你胖，你还喘上了！你不说我还真的忘了！你可是全国著名的名人呢！那是什么名了？全国著名的侦探专家？领先世界先进水平的测谎马车？不对，应该叫无敌大板斧吧？"

唐娟一边说，一边走过来，嗓音却一声比一声冷，直说得齐东镥腾腾冒冷汗。

"齐东镥，你不会幼稚到真的这么高看自己了吧？一切都是狗屁！狗屁都不是！在这个世界上，每个人都有属于自己的世界，每个人都是自己世界里的无敌大板斧！别总是把你的世界强加到别人的世界里好不好！你连你自己的世界都搞不明白呢！还来管别人的闲事儿！真是狗拿耗子不自量力！"

齐东镥的心急促地跳着，可他却一句话都说不出来了。

"你不是常说看到眼睛里的都不是真的吗？可你还有那么多看不到眼睛里的呢！老兄，该醒一醒了！别总是那么自作聪明好不好？这就是一个梦幻的世界！自己的梦只有自己圆，谁都圆不了别人的梦。所以听我一句劝，还是乖乖地回家睡你的觉去吧！别到头来弄得满身伤痕，里外不是人，可别怪我没有提醒你！"唐娟边说边走过来，亲昵地拍了拍齐东镥那冰冷的脸蛋。

突然，一声惨叫从猫舍那边传了过来，就像凄厉的狼嚎，划破了寂静的夜空，随后，猫舍里便乒乒乱响了起来，乱成了一团。混乱之中，突听哗啦一声响，猫舍的玻璃窗子不知被什么击碎了，接着就听人在咣咣咣地敲着窗子。

院子里的灯唰的一下，亮了。

"二丫！二丫！你他妈的干啥呢！"随着窗玻璃的打碎，花玉乾的叫喊也立即变得清亮亮的了。

唐娟立即向猫舍那边跑去，齐东锵愣了愣，也随着她跑了过去。隔着院门，两个人看见筷子穿着一套睡衣，正傻子一般地站在灯光下发着愣，虽然她背对着院门，可齐东锵依然能够想象得出她一脸的惊诧和惶恐。

"你还傻站在那里做什么？快点拿钥匙把门打开呀！"唐娟隔着院门气愤地朝她叫了一句。

筷子闻声一回头，人就显得更惊恐了，也许她刚刚从梦中被惊醒吧？一时还弄不懂眼前发生的事情？

也是，站在她的视角上看，这的确是一件令人恐怖的事情。特别是这样深的夜里，当齐东锵和唐娟这两张被白炽灯映得惨白惨白的脸，突然一下子就出现在院门前时，筷子她这么一回头，怎么会不觉得恐怖呢？更何况身后还有花玉乾那一声比一声高、一声比一声尖锐的惨叫声呢？

筷子站在那里足足呆愣了半分钟，才好不容易相信了自己的眼睛。向着院门，她痴痴呆呆地走了几步，夜色中，当她确信看到自己眼睛里的，真的就是唐娟和齐东锵时，那张美丽小脸儿上的神情就更显得迷迷瞪瞪的了！

"他们怎么凑到一块去了！"她当时一定是这么想的。因为不相信，她连嘴都张大了，露出里面红乎乎的舌头！

猫舍里依然乱成一团，花玉乾还在敲着窗户大骂着："快点开门啊！你这个骚娘们！还站在那儿干啥呢？我要是被猫挠死了！等我死了，我他妈的第一个要抓的就是你！"

花玉乾终于把筷子骂醒了，这才匆匆忙忙地掏出了钥匙，把门打开了，这边门刚开了一道缝儿，花玉乾就野猫子似的从里面飞奔而出，差一点把筷子撞了个跟头。

"二丫！你他妈的跑哪儿骚去了！"花玉乾看都不看筷子一眼，就这么破口大骂着，一边快步向进来时的那个墙垛儿奔了过去。

唐娟直到看他从墙上跳了过去，才离开大门向后面走去。齐东锵看了一眼筷子，发现筷子也正用那双迷惑的大眼睛痴痴呆呆地看着他，齐东锵便头一低，也快速离开了那扇门，追赶唐娟去了。

"你怎么这么笨？还真让猫挠了吗？你的确就是一堆垃圾！"远远地，就听唐娟在骂着花玉乾。

"你别站着说话不知道腰疼好不好？那里面那么黑，也就放屁的工夫，你的这个破手电就没有电了，开头的时候那些猫还挺好的，可后来我一不小心踩到了一只猫，没想到就炸了营了，所有的猫都向我挠过来了！我的妈呀！你看看我的脸，都成血葫芦了吧？"花玉乾赖叽叽地说着，一边用小手电照着自己的脸。

"天这么黑，我上哪儿能看得到！对了，你这么咋呼六逗的，到底查到了什么没有啊？"

"哪查到啥了？连个鸡巴毛都没有查到！那里就是一个破房子，哪有啥隧道啊？你可是把我给坑苦了！几乎所有的缝缝隙隙我都查到了，根本就没有你说的那个隧道！"花玉乾赖叽叽地喊着。

"啥都没查到你还在这里叫唤啥呀？你还真想把全城的人都喊醒咋的？"唐娟突然恼怒地转身就往前走。

花玉乾突然回了一下头，这才看到跟到后面的齐东锵，便站住了。

啪的一声响，那把刚刚被他熄灭了的小手电，又被他打开了。不怪花玉乾骂，那个小手电的光的确是太微弱了，迷迷蒙蒙的还不如鬼火亮呢！用那团微弱的光，他先是照了照齐东锵的脸，末了又照了照唐娟的脸，突然狐疑地说："你……和他早就认识吗？刚才……你们两个……"

"行了吧你！有话不会找个地方说吗！非在这儿瞎掰掰吗？再磨蹭一会儿，天都亮了！"唐娟不由分说，拉起花玉乾又向前走去。

"二丫？二丫是谁？二丫是你的名字吗？"齐东锵突然不合时宜地问了一句。

唐娟没有理他，依然抓着花玉乾，大步流星地向前行走着，黑沉沉的夜色里，只能听到唰唰唰的脚步声……

"上哪儿去呀？那个旅馆你又不是不知道，我订的是钟点房！"

"滚你妈的去吧！你不得打疫苗吗？附近有一个私人小诊所，那里面有好几张床，我们不如给你打疫苗去，顺便睡上一觉！"

听了他们的对话，齐东锵不由得慢慢地止住了脚步，眼看着前面这两个怪人越走越远……

"唐娟，这个鬼七王八的唐娟，真的已经沦落到露宿街头的地步了吗？二丫？花玉乾叫她二丫，她和他到底什么关系？"

唐娟和花玉乾依然手拉着手，快速地向前走着，没有一个人回过头来看他。

一阵夜风吹过，裹来一股浓重的猫骚味儿，齐东锵忍不住又闻了闻自己的

333

手，内心就更加沮丧了。他觉得自己脏极了，仿佛全身上下糊满了猫屎猫尿。

这么臭烘烘地站在夜风里，齐东锵向黑沌沌的四面看了看，看到眼里的除了黑黝黝，还有昏暗暗，齐东锵突然有了一种空前绝后的孤独感，一时之间万念俱灰了。

"是啊！自己这么深更半夜不睡觉，与这两个狗男女在一起瞎搅和，真的很有意思吗？死者死矣，活者又都这么滥，即使最后这起案子真的查了个水落石出，还有意思吗？"

第十七章　奇异的假象

四十九

齐东锵回到公司时，东方已经发白了。公司里静静的，两扇门就像两只四四方方的大眼，紧紧地关闭着。

小王不在。

小王怎么不在？

——噢，想起来了！是自己劝他回去的！

在走廊里，齐东锵迟钝地转了转混浆浆的大脑，他现在唯一想做的事儿，就是睡觉，立即睡觉，躺下就睡。

小王的办公室有一张床，小王加班时经常在公司睡觉的，如今小王不在，他当然可以在小王的床上将就一下了。

齐东锵什么都懒得再想，木呆呆地打开了小王的办公室，连灯都没有开，连鞋子都没有脱，一头就扑倒在了小王的床上，随着一声沉重的闷响，那床吱吱嘎嘎地呻吟了两声，但随即就万籁俱寂了。

幸好床上并没有硌人的东西，即使有，齐东锵也不会在意的，因为他的头刚一挨枕头，就嗡的一声睡过去了，就像一下子堕入了深黑深黑的地狱里。

啊！那场大觉啊！齐东锵睡得实在是香极了，连个梦都没有做，连身子都没有翻动一下，就像死过去了一样。如果不是饥渴，齐东锵可能会一直这么睡过去的，一直睡到地老天荒。

——是的，齐东锵就是被饥渴唤醒的。

嗓子就像着了火一样，始终那么糙巴巴地燃烧着，到底烧了多长时间了，齐东锵不记得了。直到慢慢地醒来，才明白自己原来是渴了。可明白了，他依然没有动上一动，依然顽强地与那具浑身是汗的臭烘烘的肉体相持了好一段时间，直到他终于渐渐明白：如果再不喝水，自己的嗓子会呼的一下着起火来的，这才不得不睁开眼睛。

他首先看到眼里的，是一轮贼亮亮的日头，此时，那轮贼亮亮的日头就透过明亮的玻璃直呆呆地瞪着自己，他虽然仅仅与它对视一眼，就满眼金光了。他这才意识到自己原来是在公司里睡觉呢，又脏又臭、大汗淋漓地躺在一片金色的阳光里。

几点了？

在金色的阳光里，他转了转头，想在哪里找到一个能够告诉他时间的东西，可小王的办公室虽然办公设施齐全，却没有一样东西能告诉他几点了。

现在的人都是通过手机看时间的，他当然知道自己的手机就在衣兜里，而且那衣兜甚至被他扁扁地压在了身子底下，可他却实在懒得欠起身去摸它。

他突然理解了那个把大饼子套在脖子上的懒婆娘了，是的，她就是因为懒得回头，才被活活地饿死了。他也突然明白自己的处境了，是啊！如果再不去喝水，他即使不被活活地渴死，也会被这片金色的阳光晒成干尸的。

如果小王在，见自己醒了，他一定会把水给自己端过来！

齐东锵突然又忧伤了起来。

——唉！

齐东锵深深地叹了口气，声音大极了，齐东锵甚至在这个空旷旷的办公室的屋顶，听到了两丝袅袅的回音：——唉！——唉！

可他到底还是向自己的这身臭肉妥协了，骨头不疼肉疼似的从床上爬了起来，脚步拖沓地朝门边的那个热水器走去。屈辱之时，齐东锵真的佩服死了那个被饿死的懒婆娘了，她可真是坚强无比的战士呢！宁可死，也不向自己的臭肉妥协！这该是一种多么洒脱多么忘我的境界啊！

热水器的插销已经被小王拔下了，齐东锵当然等不及去烧热水，热水器下的小柜子里，放着一摞一次性的纸杯，齐东锵艰难地弯下腰，抓起一个纸杯就哗哗地接起水来，一边接一边喝，他实在是太渴了，一连喝了五大杯，直到再咽不下了，才打着水嗝儿，顺手把水杯捏成了一个饼儿，扔到了垃圾桶里，就又躺倒在了床上。

凉水虽然进肚了，可这一身臭肉依然不让他消停，因为齐东锵又觉得饿了。

但齐东锵还是一动不动地又躺了好久，直到终于无法抵抗那猫抓狗挠似的饥饿感了。

齐东锵向小王的办公桌上看了看，希望能在那上面看到面包或方便面之类的吃食。可小王的办公桌上除了一台电脑，竟然什么都没有。不对，那上面好像还放有一样东西。齐东锵好奇地欠了欠身子，又朝桌子上看了一眼，才发现扁扁地躺在桌子上的，正是那封小王要交给自己但自己没接的辞职信。

——小王为什么把信放到桌子上？难道他已经不辞而别了？

齐东锵突然着急起来，立即掏出了手机，想给小王打个电话，可直到把那个被自己焐得热乎乎的手机拿到手里时，他才发现：手机早已没电了。

"唉！活着真他妈的麻烦！"齐东锵嘟嘟哝哝地说。

齐东锵算了一下日子，离学院开学没有几天的时间了，也就是说自己马上就要结束这种游魂似的生活了。幸好自己还有班可上，如果自己没有这个班呢？仅仅靠着这个半死不活的公司生存，那么自己能活成什么样子呢？会不会也像唐娟似的，沦落到露宿街头的地步呢？

——可那么精明的唐娟，真的已经沦落到露宿街头的地步了吗？

齐东锵试图接受这个事实，可他就是不相信真的会发生这种事儿。

你现在有职业，有我，所以腰杆才这么硬实，如果你没有职业，没有我，你自己活一活试试，凭你的智商，我真的想象不出你能活成个什么样。

徐问玉的话突然在耳畔震响了，把齐东锵吓了一跳。

——活着，真的有那么难吗？

但不管难与不难，齐东锵也必须得起来了，因为除了饿，还有一泡尿在威逼着他，那泡尿到底在小腹里鼓胀了多长时间了？齐东锵也说不清楚了。反正配合着自己的心跳，它就那么不紧不慢地胀痛着，配合着上腹叽里咕噜的空……

哈哈，仅仅一个小小的肚子，就能上演一出双簧的《围城》呢！上边的这个狼狼哇哇地要进来，下面的这个稀里哗啦地要出去……人的这身臭肉呀！还真是他妈的精彩！

齐东锵万般无奈地从床上爬起来，就衣衫不整、蓬头垢面地向门外冲出去了，这可是一件以前根本都不会发生的事儿。以前齐东锵出去，总会在镜子边站一下，抹一抹自己的头发，整一整自己的仪容的。可这一次呢，他不仅没有那个心情了，更没有那个时间了。因为门开得急，他差点撞上了门外的一个人，但他连看都没有看那个人一眼，就脚步踉跄地向洗手间那边跑去。

可那个人偏偏一把拉住了他。

——是小王吗？

一股子希望突然从心底里升了起来，竟然抵制住了汹涌欲出的内急！

也许办公室里太明亮了，或者走廊里太暗了？齐东锵适应了好一会儿，才看清眼前的这个人根本就不是小王，而是一身灰色套装、正人模狗样地朝他浅浅微笑的唐娟。

"——唐娟？"也许是尿憋的得吧？齐东锵有些恍惚。

"怎么那么吃惊？把我当成了鬼了？"唐娟像跳新疆舞似的向两边抻了抻脖子。

齐东锵不再理她，快步向洗手间走去。

那泡尿，齐东锵足足尿了一分钟，啊！实在是太痛快的感觉了！看来还是活着好，连尿尿都觉得这么过瘾！齐东锵一边痛快淋漓地大尿着，一边暗暗地笑了，闻着自己的尿臊味儿，他突然有了一股子强烈的食欲，继而又对自己的食欲感到奇怪了。难道每个人都有嗜痂之癖吗？就像筷子偏偏喜欢她猫舍的骚臭味？

齐东锵苦笑着摇了摇头，一边暗暗计划着，一会儿不如请唐娟一起出去吃点什么吧，兴许通过交谈，还能找到一些关于案子的线索呢！

"不是决心不再管这起案子了吗？你这个SB！"

虽然深知唐娟是个骗子，并且自己还从骨子里瞧不起她的低贱，但从洗手间出来前，齐东锵还是走到镜子边梳理了一下乱蓬蓬的头发，并拽了拽那套满身褶皱的夜行衣。

"你这个SB，难道对她还存有什么想法咋的？"齐东锵又骂了自己一句。

当齐东锵终于收拾得利利索索地回到走廊时，却发现幽暗的走廊里，已经没有一个人了。齐东锵向四处望了望，走廊里静极了，别说人影了，连灰尘的影子都看不到。

齐东锵公司的隔壁，是一家证券公司，可那个公司此时也是大门紧闭，死气沉沉的，难道他们也像自己的公司一样，正在死亡的边缘挣扎吗？

齐东锵的心突然空了，空得就像自己饥饿的肚子。"你这个鬼七王八的唐娟！"这次他骂出了声。

"也好，一个骗子，走就走吧！省得再被她骗！"他又小声应答。

就这么嘀咕着，齐东锵默默地推开了门，突然发现那个人模狗样的唐娟，正小白领儿一般地文质彬彬地端坐在小王的办公桌前浏览着电脑。

——她的手怎么这么快？仅仅一泡尿的工夫，她不仅打开了电脑，甚至还进到了主页里。她纤细的手指正嗒嗒嗒地点着鼠标，仿佛哪个精灵正站在她的指尖上跳舞。

"你干什么呢你？怎么能这么无礼？……"齐东锵立即走过去，啪的一声，就把电脑的电源插头拔下去了。那台电脑挣扎着闪了闪，接着就黑了屏。

唐娟冲齐东锵做了一个鬼脸儿，又无所谓地耸了耸肩膀。她的脸皮怎么这么厚啊！竟然连红都没有红一下，仿佛什么事儿都没有发生过似的。

见齐东锵余怒未消，她甚至轻轻一笑说："一个半死不活的破公司，能有什么机密呀？至于发那么大的火气吗？"

唐娟说着扬了扬小王写下的辞职信，挑了挑眉毛说："通过刚才浏览网页，我对你们公司的状况也了解得差不多了！你的秘书不是辞职了吗！我也正好没啥事儿，不如干脆给你当秘书得了，凭我的攻关才能，我甚至能帮你起死回生的！"

唐娟说着，便站起身，姿态优雅地踱起步来："你别不相信！凭我的本事，我很快就能让你的公司起死回生的！你放心！一开始我不会要你太多的工资的，只要你供吃供住！当然了，要是公司有起色了，你得给我提成！也就是说，我要当股东！"

唐娟沉稳地说着，突然一声尖叫，就小燕子般地张开双手，在原地转起了圈子来："哈哈！这可真是一件太美好的事情了！"

舞着舞着突然又跳到齐东锵的面前，抬起脚，轻柔地抹了一下齐东锵的眉宇说："齐总，我的齐总！我正奇怪你这两道英武的剑眉，怎么总是笼着忧伤呢！原来都是公司的这点屁事儿给你搞的呀？真是暴殄天物！这回你就不用忧伤了！"

说着突然收回了脸上的笑容，严肃起来了。她就那么严肃地看着齐东锵，一字一顿地说："齐总，你虽然是一个天才，可天才要是没有施展才华的平台，那天才也会变成狗屎的！现在你就不用愁了！来，舒展眉毛笑一笑！你看！上苍把我给你派来了！辅助你的贵人已经来到你眼前了！"

齐东锵暗暗咬了咬牙，心里说："雇你当秘书？下辈子吧！"但嘴里却一笑："雇你当秘书当然可以，可要想当我的秘书，那得满足几个基本条件的！"

"条件？什么条件？"

"最起码的一条，你得把你真实身份告诉我吧？你应该知道，现在无论哪个公司用人，都不会用那些身份不明的人！"

唐娟的眼睛里闪出了一缕光亮："可以呀！我还以为什么条件呢！"说着摸了一下自己的肚子，向前凑了凑，"不如你请我出去吃点什么，然后我们边吃边聊！"眨了眨眼睛，立即补充，"不，今天我请你！但你得先替我垫上，等我开了资立马还你！"

齐东锵看了看她的衣服："又从哪儿弄来这么一套衣服？你昨天夜里穿的那套夜行衣呢？你穿那套衣服真的挺酷！"

唐娟突然妖妖道道地笑了："怎么什么话到了你的嘴里，都变得这么浪漫了？还夜行衣！那夜行衣是咱们这些普通老百姓穿的吗？那是拍电影的人穿的。我昨天那是嫌穿裙子不方便，才随便找了一件花玉乾的劳动服穿上了。"

"你是说……你穿的那套黑衣服，是花玉乾的劳动服？"

"可不是，用我埋汰他的话，那就是他的作损服。"

"作损服？啥叫作损服？"

"哈哈，这有啥听不明白的？就是做损事儿的时候穿的衣服呗！花玉乾这些年啊！可是做了太多的损事儿了，比如给活牛注水，运送地沟油，收购死猪羔子，实在太多了，不胜枚举。虽然都是为虎作伥，但他毕竟做了帮凶。有一次，我看了一个有关黑作坊的微信视频，你猜怎么着？我竟然在那个小视频里看到了花玉乾！哈哈！这可真是一件乐子事儿，这个世界真他妈的太小了！"

"听你这么说，我倒挺高兴的，你既然这么评价他，就表示你和他不是一路人。行，就凭这一点，这顿饭我请定了！"齐东镪说罢，便回办公室换了衣服，拿了充电器，就和唐娟快乐出发了。

两人这次吃饭的地点是唐娟选的，在一处离齐东镪公司不远的小火锅店，名字叫得也挺特别：水煮人间。齐东镪一看到这个店名，就笑着对唐娟说："你这是想拉我下水啊！"

唐娟一笑，说道："大家不都生活在水深火热之中吗？"

齐东镪收住了笑容说："你不觉得所有的水深火热，都是自己造成的吗？"

唐娟说："那当然了，脚上的泡都是自己走的，谁也怨不了谁。"说着便快乐地点起菜来。

五十

那顿火锅，是齐东镪有史以来吃得最香，也最难忘的一次。两个人酒没少喝，肉没少吃，话也没少说。唐娟不仅毫无顾忌地放开了肚子，也第一次毫无顾忌地向齐东镪敞开了心灵。

"我现在可是越来越相信命运了！"酒过三巡，菜过五味，唐娟便用这样的开场白，讲述起了她的故事。

"该是你的，你不争也能得到；不是你的，你即使算破了脑筋，那个东西也会与你擦肩而过的。比如说钱！这大半辈子，我尽往这方面使劲儿了，可最后呢？唉！啥都别说了！"

"听说，你被钱多多骗去了好几百万？真的有这种事儿吗？"

"钱倒是真的被他卷走了不少，但并没有传说的那么多。并且那也不是骗，而是我乐颠颠地送给人家的！你知道，钱多多是做房地产生意的，当时听说他有一批便宜的楼要处理，而我，正好手头有一百多万元闲钱，我就托人买了三栋，你听明白我说的话了吧？我是托门子找关系硬给人家送过去的。可事实到手的，只是三张假房照，真房子一幢都没捞着。现在的情况你也看到了，我可是身无分文了，就差去住野甸子了。"

"怎么这么不慎重？"

"图便宜呀！"唐娟突然拔高了声音，幸亏这个小单间隔音效果还不错。

"这钱啊！我是看明白了！不是从好道儿来的，肯定也不会从好道儿走。正所谓来得容易去得快。"齐东锵感慨着。

唐娟虽然喝得有些迷瞪了，耳朵却不背，立即听出了齐东锵的话外之音。她突然不说话了，红扑扑的脸上渐渐现出了恼怒的神色。

"我说得不对吗？别以为你做的那些龌龊事我都不知道！"

"我做了啥龌龊事，你说出来呀！如果不敢说，那就是在诈我！"

"还用说吗？诈骗的钱你就没少得吧？事实不是都在那儿摆着吗？你不是连我这个刑侦专家都敢骗吗？"

"那咋能叫骗呢？那叫公平买卖！你愿意买，我愿意卖！这还有啥质疑的？"

"可那是个假情报！"

"什么叫假情报？现在一切都在道上走着呢！一切都在调查之中呢！不要轻易就下结论好不好？"

"无论怎么调查，最终也不会有什么结果的！假的就是假的。什么地下隧道，什么拐骗少女，我看全都是瞎胡闹！主观臆断！"

"那你可说错了！我还是那句话：你不明白的，就不要瞎放炮！不瞒你说，那天晚上，我是亲眼看到花艳丹把小花朵儿拐骗到火车上去的，为了留下证据，我还一路跟踪着她们，从海滨一直跟踪到了古城。虽然我当时只有一个捡来的破手机，但我还是物尽其用，哈哈！我可是录了一路呢！"

"你就是因此敲诈她的吗？"

"敲诈？"唐娟立即坐直了身子，"这么说你和花艳丹的关系果然不一般呢！这哪能是敲诈呢？是她这么和你说的吗？"

"可那不是敲诈，又是什么？"齐东锵也挺直了身子。

"即使是敲诈，也是在她的教唆之下！"

"她教唆？"

"是啊！那件事儿回想起来，我自己都觉得好笑呢！这钱啊！要说难赚，可真他妈的难赚，要说容易，也实在太他妈的容易了！那天，我仅仅给她打了一个电话，她就立即投降了，主动跟我商量，说只要我不说出去，她就给我往卡里打十万元钱！我开始还不信呢！真的把卡号给她发了过去，你猜咋的？也就是半个小时的工夫，十万元钱就到账了！妈呀！当时我一看到那一连串的天文数字，整个人都傻了，从小到大，我还从没有见过这么多钱呢！"

"接着，你就一而再、再而三地继续诈骗她？"

"得啦得啦！你可别把话说得这么难听了！啥叫诈骗哪？那叫水涨船高懂不懂？当时我也没想到那个小花朵儿，后来会红成那个样子啊！这就像演员的身价，那可不是凭嘴说的，那可是凭名气的。当海滨警方在全国发布悬赏通告，悬赏二十万征集线索时，你说我应不应该涨价了，反正当时就是那个情况，我不赚她的钱，就得去赚警察的钱。我要是赚警察的钱，我还成了正义使者了呢！"

"你可真能趁火打劫！"齐东锵靠到椅子上，悠然地点了一支烟。

"怎么能说是趁火打劫呢？这是因果报应懂不懂？难道她花艳丹不该为她的所作所为付出代价吗？如果不是她拐骗了花朵儿，那花玉坤最后能白白地冤死吗？"唐娟一探身，突然从齐东锵手里抢走了烟盒，也给自己点着了一根烟。

齐东锵深深地吸了一口烟，透过吐出的烟雾，审视地看着唐娟，慢腾腾地说："我还是不敢相信你的话！那个筷……花什么艳丹，整天满脑子都是她的猫，怎么可能去拐骗一个和她毫不相干的女孩子呢？她也没有时间去做那种事儿呢？除非有一天我真的看到了花朵儿！要不然我绝不会再相信你的话了！"

"你放心！你早早晚晚都会看到那个结果的！"唐娟翘着莲花指，优雅地吸了一口烟，"真相永远都是真相！无论她做假做得多么的天衣无缝，总会留下破绽的！花玉乾已经瞄上她的古董店了！我担心那个地下隧道，也有可能藏在她的古董店里。"

齐东锵向前探了探身子："你凭什么总是怀疑她有地下隧道？"

"凭那个录像啊！花朵儿失踪后的那个录像，你又不是没看过。"

齐东锵微微皱着眉头，弹了两下烟灰："我看……你们是不是应该换一个思路想一下了？干吗总把眼睛盯在地下？她花朵儿又不是没长腿……"

唐娟突然一拍桌子，乐了："看看，相信我的话了吧？我说你不是顽固派嘛！也对，你是法律专家，到什么时候都不会感情至上，颠倒黑白的！"说罢也向前探了探身子，鼻子头差点撞上了齐东锵的鼻子头："要不我们三个人真的联手做一次吧！共同去伸张正义！如果查实了，我们三人不仅都能立功授奖，还都能分些银子花呢。你放心，花玉乾那边我包了！"

"你包了？别说，我真的很好奇你和花玉乾的关系！昨天晚上，我听他叫你二丫，这么说你们之前就认识？"

唐娟慢慢地靠到了椅子上，突然不说话了，只是一口一口地抽烟。

"怎么不说话了？难道你和……他之间，也有什么故事吗？"

唐娟突然一笑，玉手一翘，就把烟扔进了水杯里，然后悠然地说："好奇可是会害死猫的！还真让你说中了！我还真的是一个有故事的人，故事也相当精彩呢！你即使想破了天，都想象不出那离奇的情节的，可这么精彩的故事，我怎么可能轻易讲给你听呢？"

齐东锵正要说什么，那个正在墙角充着电的手机，突然哐当哐当地响了起来。

电话竟然是筷子打来的——这实在是太令人想不到的一件事了！

齐东锵看了唐娟一眼，便拔下手机，走到了走廊里，柔声地刚对手机"喂"了一下，就听筷子在电话里骂道："你这个骗子！内奸！"

"你……你凭什么骂我？"齐东锵丈二和尚摸不着头脑。

"凭什么？你别再跟我揣着明白装糊涂了！随风，本来你是我在这个世界上，所剩下的最后一个令我信任的人了，真没想到连你也这么恶毒！这么卑鄙！你真是让我太受伤了！要不是昨天夜里我看到了那个女人，我还被蒙在鼓里呢！原来你和她是一伙的呀！"

"筷子，你真的误会我了！我昨天夜里也是刚刚……"

"得了吧！你就别再撒谎了！我真纳闷儿了！那个女人到底什么魅力，让你这么心甘情愿地为她效劳？为了帮她，甚至不惜糟蹋我们二十年的纯洁感情！要不是后来我听到了她说话的声音，我还真不知道她就是敲诈我的那个人呢！"筷子越说越气愤。

齐东锵急得汗都流下来了："筷子，你在哪里，我当面向你解释……"

可电话却突然断了。

齐东锵立即反拨了过去，虽然电话很快就打通了，筷子却始终都没有接听，只听彩铃里一个女人哭叽叽地翻来覆去地唱：我是不是你最疼爱的人，你为什么不说话，握住是你冰冷的手，动也不动让我好难过……

齐东锵傻傻地站在那里，他的确难过极了，汗水一直在淌。

"筷子？好怪的名字呀！是花艳丹吧？太浪漫了！都纯洁了二十年了吗？如果不是亲耳听见，我还真不相信这个世界上，还有如此纯洁如此浪漫的事儿呢！"唐娟靠着门，一边说一边扭着她那蛇一般的肉腰。

343

齐东锵气恼地抓了抓头发："行啦！你就别添乱了！"

唐娟瞟了齐东锵一眼，突然无所谓地晃了晃身子，浪丢丢地说："至于这么痛苦吗？仅仅是因为人家长得漂亮吗？你们这些男人，我可算是看透了！天下乌鸦一般黑，没有一个不是凭脸蛋看人的！"

"我怎么就凭脸蛋看人啦？"

"如果不是凭脸蛋看人，你凭啥对我说话这么粗暴，对她说话就那么温柔？我们俩哪里不同吗？要是细究起来，她可是要比我坏很多的！我即使再坏，也只是凭着自己的智慧赚些小钱儿而已，而她呢！都做出拐儿骗女、伤天害理的勾当了！你还有啥说的？"

齐东锵眨了眨牛眸子似的眼睛，不说话了。

唐娟突然上前，温柔地抓住齐东锵的手，一直把他拉入了包间，并轻轻地关上了门，声音也像突然掺了蜜似的，变得甜甜的了："所以呀！你根本就不应该内疚的。你想一想啊，她都那么坏了，都触犯法律了，都伤及无辜了，你这个正义使者就不该好好地彻彻底底地查一查她吗？"

唐娟说着又给齐东锵的杯里续上水，把水杯端到了齐东锵的眼前，就差把水杯给他直接端到嘴边了："她这个人，也太胆大包天了吧？仗着自己的一张漂亮脸蛋，竟然啥话都敢说出来！她凭啥敢这么冲你嚷嚷啊？你有啥把柄被她抓到手里了吗？如果真是这样，你对我说，我去对付她！像她那种人，咱们就应该联起手来，好好地查一下她，最后让事实说话，看她往后还敢这么不分场合地到处咬人不？"

齐东锵没有说话，也没有动。他只是木木地看着唐娟，心里还是充满了难过。

唐娟撇了撇嘴，依然絮絮地说："我都把口说干了，你怎么还不开窍？为她这种违法犯罪的人平添忧伤你犯得上吗？你永远不要忘了自己的身份！咱们可是全国著名的刑侦专家，测谎界的无敌大板斧啊！在如此有名的刑侦专家面前也敢如此叫嚣，她也太目无法纪了吧？东锵，她这种人就是欠收拾！"

见唐娟突然提及了自己忌讳的称谓，齐东锵的心里真的很不是滋味。不禁想起头一天晚上唐娟对自己的讥讽。正琢磨着咋让她闭嘴呢，突然听她又直接称呼起自己的名字来了，齐东锵的心就更堵得慌了，不仅浑身的鸡皮疙瘩起来了，眉头也皱成了一团。

"哟！听我这么称呼您，您不舒服了？看起来我还是和您的筷子没法比呀！要是您的筷子如此称呼您，您一定就觉得舒坦了吧？"唐娟浪丢丢地这么说着说着，声音突然就低了，粗了，就像一个大大的铁砣子突然从天空里落卜来，砰的一声响："哼！你们男人呀！全都是狗眼看人低！"她就这么恶狠狠地说。

"无论你咋说，你唐娟都无法和筷子比！即使筷子真的做出了伤天害理的事情，她也比你纯洁，比你高贵！最起码，人家不会为了利益放弃尊严，不会为了胆怯出卖肉体，而你唐娟呢？你又是什么东西？从你和花玉乾那样的男人鬼混在一起的时候，你就开始低了！你就不配和圣洁的筷子争风吃醋的！"

这些话在齐东锵的肚子里鼓呀鼓呀，幸好他还有宽容的理智，终于硬生生地把这些话全都咽了回去。但随后，他就一连声地打起饱嗝儿来。也说不清为什么，每当想起唐娟屁股一翘一翘地跟在花玉乾后面走进小旅馆的镜头，齐东锵就抑制不住地气愤，一气愤就忍不住打饱嗝儿。

唐娟似乎看穿了齐东锵的心，脸上的热笑也慢慢地僵住了。小小的包间突然陷入了尴尬的静寂。

幸好，齐东锵的手机又敲起桌子了，敲得梆梆的。

——难道是筷子回心转意了吗？齐东锵立即抓起手机，看了一下来电显示，那刚刚升腾起来的希望之火，顿时就熄灭了：电话是徐问玉打来的。

齐东锵手拿着那个梆梆作响的手机，好半天都没有动一下。

唐娟伸长脖子看了一眼，嘴角便一翘说："自己媳妇的电话都不敢接听了吗？用不用我回避一下呀！"

"你把你自己当成什么了？"齐东锵气恼地横了唐娟一眼，立即按下了接听键。

"我的天啊！谢天谢地！你要是再不接电话，我就得报警了！"只听徐问玉在电话里叫道。

"发生什么事儿了吗？"齐东锵一时没明白她的话。

"人家都要急死了，你还问我发生了什么事儿？东锵，你是不是傻了？这都一天一夜了，你的手机怎么打都打不通，去你公司找，不仅你不在，连小王的手机都关机了！你到底在哪儿呢？出了什么事情了吗？"

齐东锵的心里一暖，眼泪差一点涌流出来。他抑制了一下自己的情绪，声音嘶哑地说："啥事情都没有，就是手机没电了，你放心吧！我先挂了啊！一会儿就回家！"说罢，就慢慢地站起身来。

唐娟的目光复杂地盯着齐东锵，身子骨儿也随着那闪烁不定的眼神儿而变得七扭八歪了起来："哟！还是老夫老妻呀！一个电话就能把魂儿给勾回去呢！先别走啊！有一样东西，你还没给我呢！"

齐东锵奇怪地看了她一眼："东西？什么东西？"

唐娟说："钥匙呀！你办公室的钥匙呀！没有钥匙，我今天晚上住哪儿呀！"

齐东锵面无表情地说："我还没答应用你呢！"说罢，便抓起手机向门边走去。

"你非逼我拿出杀手锏不可吗？"唐娟身子没动，声音却拔高了一度。

"杀手锏？什么杀手锏？"齐东锵的手刚放到门把手上，听了她的话便停住了。

"你回来坐下！我放一段录音给你听！"

齐东锵没有回来坐下，但也没有动。

唐娟扭了扭腰儿，便翘着手指拿出了她的那个粉红色的小手机，快速地在手机上翻动起来，随着一阵沙沙的声音，手机里就传出了唐娟惊慌的声音：

"这么深更半夜把我劫持到这里，你到底想做什么？你是想劫财呀，还是想劫色呀？"

紧接着响起了齐东锵阴冷的声音：

"掏出来吧！刚才我摸到它了！"

唐娟胆怯的声音：

"这么说……你是两样都想要啊？人我可以给你，钱你给我留点行不？算是给我留点糊口的钱，行不？"

齐东锵的声音更冷了，连齐东锵自己听着，都觉得像极了劫匪：

"别废话了！我刚才都摸到了，掏出来吧！别让我亲自动手！"

而唐娟的声音更显得胆怯了：

"我都穷得要饭了，而你那么有钱！真的还在乎我兜里的这点钱吗？"

齐东锵的声音更加恶毒：

"行啦！你别跟我演戏了！你明白我到底要什么的！"

……

"还用我继续放给你听吗？"唐娟用那只莲花手夸张地一点手机，然后就笑看着齐东锵。

"这么快就剪接出来了？哎哟！唐记者，你真的很恶毒啊！你在我身上，也算是费了不少心思啊！"齐东锵讥讽地说。

"当然了，这么大的鱼，好容易被我逮到了，你说我能轻易放手吗？"唐娟浅浅地笑着，手指依然那么翘着拿起了齐东锵落在桌子上的烟，兀自给自己点着了。

齐东锵想了想，又回到桌边坐了下来，他就那么黑着脸子，也给自己点了根烟。浓浓的烟雾很快笼罩了小小的包间。

那个装在粉红色套子里的手机就在桌子上放着，齐东锵像是无意地瞟了它一眼。

"别再动用那些小儿科的伎俩了！我既然敢放给你听，自然做好了充分的准备！像我这样思维缜密的人，怎么会忘了备份呢？"唐娟优雅地吸了口烟，然后慢慢地抬起了头，吐出了两个圆圆的烟圈。

"说吧！什么条件?"齐东锵忍辱负重地说。

"很简单，要么把钥匙给我，要么先给我一些钱，让我能有个栖身的地方！你放心，我不会太为难你的！我这也是被逼无奈！"唐娟突然凄苦地一笑，也不知是烟呛的，还是她真的忧伤起来了，齐东锵看到她的眼圈渐渐地红了。

齐东锵连吸了几大口烟，红红的火头便顺着那根又细又白的烟杆儿向上蹿去，转眼就蹿到了过滤嘴儿旁边。齐东锵把烟蒂在盘子里摁灭，便不紧不慢地掏出了钱夹，不紧不慢地打开，露出里面薄薄的一沓百元大钞。齐东锵查都没查，两根手指一捏，就把那些钱全都捏了出来。他把那沓钱慢慢地放到了桌子上。接着，就不再说话，站起身就默默离开了。

"你放心！这钱……就算我向你借的！"在门即将关上的一刹那，突听唐娟哭叽叽地说。

五十一

刚刚走出电梯，齐东锵就闻到了一股子炒菜的香味儿，那是齐东锵最喜欢吃的炒吉菜粉儿的香味。

齐东锵贪婪地吸了一口气，加快了回家的脚步，这边刚把钥匙掏出来，那门就被打开了，门后露出了徐问玉那充满惊喜的脸。

齐东锵心里一动，却什么话都没有说出来，只是慢慢地踱进屋来，弯下腰刚要换鞋，徐问玉突然狠狠地打了他一拳，嘴唇翕动着，未等说话，眼圈儿先红了。

"你这个……犊子！这一天一夜跑哪儿去了？让人家惦记死了！"她终于嗔怪地把话说出来了。

齐东锵突然就不换鞋了，张开双臂就把徐问玉紧紧地拥抱在了怀里，两个人便久久地吻到了一起。

这一对夫妻，到底有多久不在一起了？说不在一起，连看一眼都懒得看，可如今亲近起来，却一分钟都等不及。饭菜热腾腾地已摆到桌上，齐东锵看都没看一眼，就这么吻着妻子，叽叽甩下了两只大鞋，便一阵风儿似的把徐问玉抱到床上去了。

好一阵的云雨，恰似"云气吞江卷夕阳，白头波上电正忙，奔雷惊雨溅胡床"，直闹得"凉波不动簟纹平，水精双枕，傍有堕钗横。"唉！都说是小别胜新婚，原来化干戈为玉帛比新婚还要热烈！

"你呀！怎么越来越厉害了？"徐问玉把头向齐东锵的怀里拱了拱，又心满意足地呻吟了两声。

齐东锵突然一惊："自己怎么就不嫌她了呢？难道本身已经变脏了，才和她臭味相投了？"

尽管齐东锵没有说话，但徐问玉还是感觉到了他的惊悚。从齐东锵的怀里抽出头来，徐问玉警觉地看了一眼齐东锵，正与齐东锵审视她的目光相遇。

"你在想什么呢？"徐问玉嗔怪地打了他一下说。

"……你……你别多心，我真的不想再怪你！你只要和我说实话！你只需……告诉我……那个人到底是谁？"

徐问玉一愣，立即伸出手摸了一下齐东锵那汗津津的额头，针扎火燎地叫道："东锵，你是不是神经了？怎么总是这么无中生有地胡乱猜疑？刑事手段你不是没有动用过，心理测试你也不是没分析过，结果呢？结果你查出什么来了？可你为啥还要怀疑呢？我看你真的病了！病得还挺重！哼！不和你说了，真扫兴。"

"有些事儿，我也想忘的，却真的忘不了！"

"连发生都没有发生的事儿，又何谈忘不了？东锵，如果你再这么闹下去，你看着，哪天我真要做出一些事儿给你看，省得白跟着你背这种黑锅。"

徐问玉说着，转过身子，背对着齐东锵。

齐东锵强行把徐问玉拽过来，让她眼睛对着自己，一字一顿地说："那你敢……向我发誓吗？"

徐问玉皱了皱眉，更强硬地把脑袋从齐东锵的手里挣开，气哼哼地说："怎么没完没了了？我们俩就不能开开心心地过一天好日子吗？"

"这么说，你连发誓都不敢啦？"

"齐东锵，你就不能正常些吗？你看谁家的夫妻放着好日子不过，整天起誓发愿的？"

"那你就更不敢……接受测谎仪的测谎了吧？"齐东锵突然想到了筷子，筷子敢于接受测谎，是不是恰恰证明她心里没鬼呀？要是这么说，那天的测谎结果也许并不准确？

"你说啥？"徐问玉震惊地看了齐东锵一眼，一时没敢相信自己的耳朵。"你是说想在自己的家里，用你的那些唬人的家什儿对你的妻子测谎？你可真敢想啊！我郑重地告诉你！齐东锵，这件事儿门儿都没有。"

齐东锵突然在她的眼睛里，看到了筷子发怒时的眼神，继而又听到了从筷子那已被咬出了血的唇里所说出的凄楚的话：

"你在玩过家家吗？你这个畜生！我可是没工夫陪你玩了！"

齐东锵沮丧地抓了两把头发——心理测谎，这该是一项多么神圣、多么神秘的事业呀？可自己到底怎么弄的？怎么把如此高尚的事业弄得这么糟糕了？以至于连身边最近的人都这么瞧不起自己。

"唉！"齐东锵不禁又叹了一口气，但这一次，他没有听到来自房顶上的回音。

也许，人生的本质就是庸俗？这世上根本就不存在什么高尚的事业？大家都是饮食男女，就像再美丽的水果蔬菜，一旦遇到了人，就都会变成粪便一样？所以，一个人真正的成长就是学会藏污纳垢？

齐东锵叹了一口气，默默地抚摸了一下徐问玉的头发，突然发现那一头又黑又亮的头发，不知啥时候已经掺入了丝丝白发。

徐问玉哀叹了一声，声音也软下来了："人家因为惦记你，从早晨到现在，还一口东西都没吃呢！为庆祝你安然无恙，我还做了那么多你爱吃的菜，可你连看都懒得看一眼，真是热脸贴了个冷屁股！"

齐东锵的心里一动。是啊！假使她真的做出了什么对不起自己的事情，也都成了过去式，人不能总生活在昨天吧？更何况，为了远在大洋彼岸的儿子，自己是不是也不该较真儿了呢？想到这里，齐东锵便附在徐问玉耳畔悄悄地说："去把菜热一下，然后咱们俩小酌几杯咋样？"

徐问玉暗暗地舒了一口长气，这才慢慢地坐起身，开始一件一件地往身上套衣服，齐东锵懒洋洋地躺在那里看着她，又看了看衣衫凌乱、浑身发臭的自己，一句格言便幽幽地在耳畔响起："真正的勇敢不是为某件事儿壮烈地死去，而是为某个人卑贱地活着。"

齐东镪细细揣摩了一下这句格言，便暗暗苦笑了。要是按格言所说，自己还算是一个勇敢的人呢！

徐问玉终于踱到厨房里去了，转眼就听她叫道："太遗憾了！本想喝两杯红酒的，可惜红酒没有了。"

齐东镪立即从床上跳了起来，嘴里笑道："这有啥遗憾的？没有了就去楼下买呗！我去买！"说罢就快速穿了衣服，又把那两只被扔得东一只西一只的大鞋子捡过来穿在脚上，就开门出去了。

楼下小卖部虽然仅仅是一间小屋，里面的商品却应有尽有。小卖部的门冲着楼道，窗户却对着大门外。小卖部的刘嫂是一个蒙古族的大姐，待人总是那么热情，所以生意也做得十分红火。齐东镪很快买了一瓶红酒，刚要离开，突然见摆在水果摊上的香蕉黄灿灿的十分诱人，便又走了过去，想顺便挑一串。

正埋头在那里挑呢，随着一声门响，一缕令他熟悉的香味突然淡淡地飘了过来，使齐东镪的心慢慢地一紧——这不是天竺葵的味道吗？难道这进来的人是筷子？

齐东镪立即惊喜万分地回头看，但他马上就失望起来了。进入眼帘的，并不是他期望中的筷子，而是那个住在自己家楼上、始终独来独往的胖胖的男孩子。

齐东镪看了一眼那个男孩子，那个男孩子也面无表情地看了看齐东镪。可就在两个人的眼睛刚刚搭上的一刹那，男孩子突然就把头转过去了，快得就像闪电，好像试图要逃避什么似的。

齐东镪的心里便嘀咕上了："这一晃儿，这个小男孩儿搬到楼上也有两年多了吧？可两年来从没看他和任何人交往过，他的脸为什么始终都没有表情？他的身上，为什么也有天竺葵的香味？"

越想疑点越多，齐东镪的眼神里的质疑也便愈加深邃了。

男孩子本来也想过来挑串香蕉的，见齐东镪突然这么目光灼灼地盯起了自己，那只伸向香蕉的手就缩回去了。

男孩子慢慢地转过身去，背对着齐东镪，在屋子中间的案子上挑起了面包。但从他的动作可以看出，他即使挑面包，也显得心神不定的。

终于把面包挑好了，可他依然不说话，从兜里拿出十元钱，默默地交给了刘嫂后，就迅速离开了。因为着急，他连门都忘了带上，他为什么如此慌乱？

齐东镪来不及多想，放下香蕉就追了出去。转出走廊，正好看到男孩子那胖胖的背影正笨笨地向电梯里走去。齐东镪几步小跑赶了过去，就在电梯门将关未关之际，一个箭步冲进了电梯。

男孩子刚要按楼梯号，见齐东锵这么急急地跑进来，他着实愣了一下，按电梯的手也停在半空中了。齐东锵冲他笑了笑，气喘吁吁地问："你到几楼？应该是九楼吧？"

男孩子依然什么话都不说，胖胖的脸上也依然没有一丝表情。齐东锵仔细凝视了一下他的脸，发现他的脸皮僵僵的，难道他的脸皮上贴了什么东西了吗？就像……就像假面具？

电梯的门合上好一会儿了，可却始终静寂不动，当电梯里的两个人突然意识到电梯正静寂不动时，似乎都吓了一跳。齐东锵立即按了自家的八楼，那电梯才慢慢地上升。男孩子依然低着头站在那里，木头一般双手下垂静默不动，难道……他也要随着自己一道，去八楼吗？

伴随着电梯上升时的沙沙声，齐东锵不由想起了电视里常看到的假面侦探的镜头，一些纷乱的想法便在大脑里跳起舞来了：如果筷子要想在地上藏匿花朵儿，当然得满足以下两个条件了：一是改变花朵的容貌，不能让任何人认出她；二是把她藏在自己家的附近，这样才方便照顾！而眼前的这个男孩子，不是恰恰都符合这两个条件吗？更何况，他的身上还飘着和筷子一样的天竺葵的香味呢！

齐东锵一边看着男孩子的脸，一边这么胡思乱想着。有那么一瞬间，他甚至想伸出手去，去摸一摸男孩子的脸皮到底是不是假的。可当他看到男孩子向下看的眼睛里，已经渐渐地闪出了愤怒的火焰，这才抑制住了这种荒诞的想法。

为了掩饰自己的无礼，他甚至还卖力地冲男孩子笑了笑，他知道，通过眼睛的余光，男孩子一定能够看得见他的笑脸。

电梯的确是一个可怕的地方，无论你遇到多么厌烦的人，你也得直挺挺地与他面对面。那个男孩子此时就处在这种恐怖之中吧？就这么毫无遮拦地，齐东锵看了看男孩子那粗香肠般的两只胳膊和柱脚般的两条腿，与他的面容一样，他的胳膊腿儿也都显得木僵僵的，仿佛他不仅戴了面具，还穿了鼓囊囊的肉皮衣。

齐东锵正这么胡思乱想着呢，电梯突然停到五楼了，随着电梯门慢慢地打开，一个同样很胖的老人呼哧带喘地出现在门边，他先是向里面勾了一眼，这才脚步迟缓地要往电梯里迈。齐东锵便提醒道："您是上啊，还是下？"

老人迟钝地看了看齐东锵，连连颤着头说："我是下！我是下！"

齐东锵便冲他摆了摆手："那您等一会儿吧！我们这是上！"

两个人正这么对着话呢，突见那个男孩子从电梯里走出去了。齐东锵又看了看电梯里那个红红的数字，心里不由得犹疑起来："他怎么从五楼就下了呢？难道是我记错了？他本来就住在五楼？"

老头没有进电梯，男孩子又出去了，电梯里就只剩下了齐东锵一个人。直到这时他才想起自己把红酒落到小卖部了，便沮丧地摇了摇头。但电梯已经升起来了，转眼就到了八楼。

为了取酒，齐东锵没有走出电梯，而是又按下了一楼键。随着楼梯的下滑，齐东锵心想：一会儿在五楼，一定会再次遇到那个胖老头子的，见自己依然待在电梯里，老头子会不会觉得奇怪？正这么想着呢，电梯已经降到了五楼，但齐东锵却奇怪起来了，因为电梯根本就没有停下来，而是一直沙沙地继续降了下去。

很快，电梯在一楼停下了，随着电梯门徐徐打开，一个更加令齐东锵奇怪的事情便发生了：那个一身天竺葵香气的男孩子，正满脸麻木地在电梯门前等着呢，仿佛刚才他根本就没乘过电梯似的。

"你……你怎么跑到一楼来了？"齐东锵惊讶地问。

男孩子依然没听见齐东锵的话似的，见了齐东锵，似乎也不觉得奇怪，他甚至看都没有看齐东锵一眼，就表情木木地走进电梯了。

他一进电梯，就把手停在了电梯按钮前，似乎等着齐东锵快点出去。齐东锵犹豫了一下，只好神情迷茫地走出了电梯，他刚出来，那电梯就合上了，齐东锵站在电梯前看了一会儿指示标志，发现电梯果然一直上升到九楼才停下。

齐东锵慢慢走进小卖部，刘嫂一见齐东锵就笑了，立即用硬硬的西北腔说道："今天也不知道是个啥日子，一个个的咋都像丢了魂儿了似的？"说着把红酒递给了齐东锵。

齐东锵接过红酒，好奇地问道："还有谁落下了什么东西了吗？"

"那个胖小子刚才把雨伞落在这儿了！"刘嫂笑着指了指柜台上的一把折叠伞。

"噢！你是说刚才买面包的那个小男孩儿吧？他挺有意思啊！平时好像不怎么愿意说话。"齐东锵笑着说。

"现在的孩子，不都是那个样子吗？兴许是独生子女的缘故吧？全都那么牛儿，见谁都不理不睬的，哪像我们这个年纪的人，整天都喜欢嘚嘚嘚的？"齐东锵非常喜欢听刘嫂的西北口音。

"他始终是自己一个人住吧？我还从没看见过他的家人。"齐东锵假装无意地说。

"那倒不了解，平时他也不怎么来这里买东西，也没看见他和谁在一起来过。"正说着话，窗口外面有人来买东西了，刘嫂便去招呼了。

齐东锵把那把伞抓到手里，冲刘嫂扬了扬说："那个男孩子就住在我家楼上，我不如把雨伞给他捎回去吧！"

刘嫂百忙中冲齐东锵回头一笑："那敢情好了！"

齐东锵夹着雨伞，慢慢地向电梯那里走去，一边走，一边暗暗地庆幸这个天赐良机！是啊，既然已经打草惊蛇，就必须把一切谜团都解开，因为有的证据是长腿儿的，稍一疏忽就会跑掉。

电梯上升得很快，可齐东锵的大脑却转动得比电梯更快。这幢楼里就这么一个电梯，刚才那个男子分明是从五楼走出去的，他要上九楼，应该往上爬才对呀？往上爬只需要爬四层，可往下走却需要走五层……不对吧！从五楼下来，也应该是四层吧？那么到底是四层还是五层呢？齐东锵为了算清楚，甚至动用起手指头来了，可最后却越算越乱。

齐东锵摇了摇嗡嗡乱响的头，抛开了这个烦人的问题，又想起另一个问题：假使他真的是从五楼跑下来的，可凭他这么胖的身子，他应该跑得气喘吁吁的才对呀？可他的神情为什么显得这么平静呢？难道是因为面罩和肉衣的遮挡，才让人看不见他的气喘吁吁？

但不管怎么想，九楼还是到了。电梯门打开后，齐东锵便像往日回家似的，直接就向斜对面走去。可走了几步，又踅回来了，弯下腰把手里的红酒放到了角落里。

九楼和八楼一样，一条弯曲幽暗的走廊两边，一共藏有六扇家门，齐东锵早知道男孩子住自家楼上，却从来没到楼上来过。男孩子的家门和齐东锵家一样，斜对着电梯口，齐东锵几步就走到门边，发现这扇门简直不应该叫门了，应该改叫广告牌，因为整扇门上密密麻麻地贴满了小广告。以至于把猫眼儿都差一点遮上了。

齐东锵敲门前先侧耳听了听里面的声音，发现里面静极了，静得像是从来都没有住过人似的。齐东锵突然产生了一丝莫名的恐惧，他也不知道自己究竟害怕什么。捋了捋手中的这把蓝底白花儿的折叠伞，他才有了些底气，轻轻地敲了两下门，听了听，又敲了两下，再听了听，但里面没有一丝反应。

"难道……这个男孩子是个聋哑人？"齐东锵突然涌出了这样的想法。不由得加大了敲门的声音，因为他知道，聋哑人是能够感知振动的。"咣！咣！咣！"他几乎在砸门，可里面依然没有一点声音。

"你这个人怎么回事吗？家里明明就没人嘛！敲两下就得了！干吗这么没头没脑的？搅得四邻不安！"这时，藏在楼梯那边的一扇门突然开了，一个女人蓬头垢面地从门里伸出头来，冲齐东锵一阵咆哮。

"我是楼下的，想给他送雨伞！怎么？他家里没有人吗？"齐东锵讨好地冲她一笑。

"你都这么敲了，他还不开门，用膝勒盖儿想，都能猜到家里没人啦！一把破雨伞，又不是啥好东西？放在门外不就完了！"女人又瞪了齐东锵一眼，便砰的一声把门关上了。

齐东锵突然有了一种恍惚感，恍惚觉得自己走进了一座陌生的城堡。瞧女人那种随便的样子，她也应该是这里的老住户了！可自己怎么从来都没有见过她？

继而又想："现在的住户，几乎家家都是灶坑打井，房顶开门，过着死门子的日子，邻居们哪怕老死，彼此都不相往来。如果这么看，别说这幢楼里藏人了，即使隐藏一个犯罪团伙，也是很轻松的事情，真的犯不上去费劲巴力地去戴什么面罩，穿什么肉衣吧？"

齐东锵这么一想，就泄气了。他默默地把雨伞放到了门边，真的打算往楼下走了，就在这么一回头的工夫，一股子熟悉的香气，突然又拽住了他的脚步。——是的，那就是一缕天竺葵的香气，它就那么淡淡地从门缝里沁出来，令齐东锵那已经冷却了的希望，又死灰复燃了。

齐东锵慢慢地靠近了那扇门，用心地闻了闻，继而又用心听了听屋里的声音，看看是不是有猫的叫声传出来。可进入耳朵里的除了自己的心跳，还有从楼外卷进来的海潮一般袅袅的喧嚣声。

"这工夫要是抽上根烟，该有多么的棒？"齐东锵上上下下地摸了摸兜儿，这才发现自己因为着忙，并没有穿上那件装有香烟的外衣，但这么一摸，却有一个意外的发现：那个他总是随身携带的折叠剪刀快手，竟然还在裤兜里放着。

当齐东锵摸到了那个特殊的剪刀后，一个硬硬的想法，就像那把硬硬的剪刀，突然就从纷纷乱乱的心房里跳了出来：既然来了，总不能这么无功而返吧？这哪是你齐东锵的做事风格呀？这个胖小子家里不是没有人吗？那我可不可以……这个想法一露头，那手就开始痒了。

齐东锵又在门边等了一会儿，可无论走廊，还是楼里，全都悄无声息的，仿佛一切都死了，包括那个破马张飞骂过自己的女人所在的房屋。齐东锵看了一下地形，知道男孩子所住的这扇门，无论从哪扇门的猫眼里看过来，都是一个盲区。这么一想，那心就跳得更快了，怦！怦！怦！那是多么坚定有力的心跳。

就像灵感上来了，诗人们非得急切地拿出纸笔，把诗立即写下来一样，齐东锵也早就抑制不住自己的冲动了！他悄悄地摸出那个剪刀快手，一边又敲了两下门，并仔细观察了一下猫眼里的光线反应。等他确定屋里面确实没有人后，便快速把那个小快手插入钥匙孔，仅仅扭了两下，那门就啪的一声，开了。

齐东锵快速脱下衬衫蒙住了头，这才悄悄地潜入室内。屋子里的格局虽然和自己家的一样，但给人的感觉却截然相反。这屋子用一个字形容，就是乱，这也太乱了吧？虽然客厅里也放着沙发和电视，卧室里也放着床，但无论沙发上，还是床上，到处都扔着乱糟糟的东西，仿佛春夏秋冬的所有物品都摆到了明面上。在角角落落里，不用说别的，单是矿泉水的空瓶子，就有十七八个。

屋子里最乱的地方当属阳台，那里简直就是一个秋收时的庄稼院，大盆小盆的花草，几乎把小小的阳台都塞得涨起来了。并且那些花草早已不配叫什么花草了，只配叫残枝败叶，给人一种乱蓬蓬的肃杀气象。

最显眼的，是占据在最中间位置的两大盆干枯的花枝，枝头的花朵儿都脱落了，干枯的花瓣掉得满地都是，从那焦糊的颜色，根本猜测不出绽放时的模样。齐东锵弯下腰闻了闻，竟然真的闻到了一缕天竺葵的幽香。

齐东锵在室内快速地转了一圈儿，又到洗手间看了看挂在里面的衣服，心里便升起了一股子失望，正想再到卧室里查看一看，突然听到门边响起了脚步声，接着，那门锁就被人轻轻地扭动了。齐东锵一个箭步隐身在窗帘后面，刚刚藏好身子，那门就被打开了。

进屋来的，正是那个胖胖的男孩子。

男孩子一手拿着一个鼓囊囊的塑料袋儿，一手拿个平板的大手机，胳膊下面还夹着那个被齐东锵刚刚放到门边的雨伞。一进门，他就把手里的塑料袋和雨伞啪的一下扔在地上，与此同时，脚上的两只大鞋子也被甩下去了。不是脱，是甩，叭叭两声，就把鞋子甩了很远。做这些事的时候，男孩子的眼睛始终都没有离开那个平板手机。

"楼上的那个男孩子又在搞什么鬼？"

每当楼上有异样的声音传下来，徐问玉都会这么叨咕两声。

眼睛虽然盯着手机，但他的那两只脚却是长着眼睛的，它们竟然十分准确地就穿进了那两只拖鞋里，并且还没有穿反。趿拉着两只拖鞋，男孩子几乎是一路小跑冲进了洗手间，接着就哗哗地撒起尿来。可即使撒尿时，男孩子也没有放下手里的手机，因为手被占用着，那裤子便眼瞅着堆下去了，露出了两个白白胖胖的大屁股蛋儿。

齐东锵所站的角度，只能看到男孩子的半个身影，但这已经足够了！仅仅看了一眼男孩子的屁股，一切怀疑就都解除了。更何况撒完尿后，男孩子还草草地洗了一把脸……

"唉！又做了一次无用功！"齐东锵暗暗地叹了一口气。

第十八章　真实的谎言

五十二

　　从男孩子家撤离，根本没费多大周折。因为男孩子撒完了尿，就一步踏进电脑屋去了。

　　和齐东锵家一样，他的电脑也是放在后面的小屋子里的，连摆放的位置都和齐东锵家的相同。男孩子一坐到电脑前，就不再动了，因为他背对着客厅，这就给齐东锵的撤离提供了方便条件，更何况仅仅一分钟左右，电脑那边就传来了《穿越火线》的枪炮声。啊！那可真是异常猛烈的枪炮声啊！偶尔还伴有两声凄厉的呐喊。

　　"对，对！干他，干死他！"男孩子也跟着大喊了起来。

　　踩着这战斗的节奏，齐东锵大摇大摆地就出门去了，走得没有一点声息，也没有一丝悬念。

　　齐东锵直到出了门，才拽下头上的衬衫。此时，能够形容他心绪的，只有两个字——沮丧！

　　齐东锵就这么神情沮丧地向前走去，他先到角落里取了红酒，然后就准备走楼梯下楼。可还没等他走到楼梯口呢，突然就停下了：在阴暗的楼梯口，徐问玉正两眼溜圆地瞪着他。

　　怕她叫喊，齐东锵先冲她嘘了一下，这才拉着她向楼下走去。步行楼梯狭窄而且阴暗，走在里面，连脚步声都让人觉得恐怖，也许是这种恐怖气氛堵住了徐问玉的嘴吧，一路上，徐问玉竟然没说一句话，她只是紧跟在齐东锵的后面，一只手还紧紧地拽住了他的裤腰带。

　　直到进门后，徐问玉才脸色惨白地瞪了齐东锵半天，一字一顿说："解释一下吧！"

　　"有啥解释的？我去给他送伞了！"齐东锵啥事儿都没有发生似的。

"我知道，我知道！你外衣也没穿，手机也没带，说了声买酒，就一屁没影儿了！我放心不下，才去楼下找你！刘嫂说你可能给那孩子送伞了，我才去的九楼。可……你为啥把自己弄成了那个样子？就像一个鬼似的？"

"你咋啥事儿都往歪了想呢？我不过是热了，才把衣服脱了下来！"

"脱衣服你就脱衣服呗，至于把衣服蒙在头上吗？再有，我明明看见那个男孩子刚刚进的屋……那你又是啥时候进屋的？你和那个男孩子之间，到底发生什么事儿了？"

"别胡思乱想了行不行？啥事儿都没发生！行啦，吃饭吧！"齐东锛把她推到了饭桌边，也不再提喝酒的事儿了，盛了饭就大口大口地吃起来，仿佛真的很饿了似的。

可徐问玉却一口都吃不下了，始终神情忧伤地看着他吃。

"我最后和你说一次：啥事儿都没有发生！把心放肚子里吧！"齐东锛直到吃完了饭，才打着饱嗝儿说。

"东锛，我知道你们公司现在效益不好！我也知道小王辞职的事儿，给了你很大的打击！但你不要灰心行不行？不要有心理压力行不行？哪怕你的公司真的黄了，你不是还有工作吗？你可不能给我抑郁了呀！"徐问玉嘴里说着宽慰的话，脸上却满含忧伤。

齐东锛没再理她，吃完了饭，就像那个男孩子似的，几步就迈进书房。但和那个男孩子不同的是，进门以后，他突然又从门后面露出了头来，快速地冲徐问玉勾了一下手。

徐问玉马上走过去，以为他要告诉自己什么。

齐东锛犹豫了一下，却说出了这样的话："亲爱的！咱们俩做个交易行不行？你把那个《睥睨》还给我，而我……"

"你怎么样？"徐问玉微微地笑了，笑眼里渐渐露出了睥睨的神情。

齐东锛突然一跺脚："我发誓！如果你把《睥睨》还给我……那我这一辈子，就再不追究那件事儿啦！真的！这一辈子！"

"那件事儿……是哪件事儿？"

"非让我明说吗？"

"呸！我还以为啥狗屁交易呢！原来又是那个狗屁都没有的事儿呀！"徐问玉再次摸了摸齐东锛的额头。

"东锛，你是不是真的患了幻想症了？咋总想那些没影的事儿呢？你说我可能和你做这个交易吗？我徐问玉光明磊落，走得正行得正！所以才什么都不怕

357

的！你要是有闲心，那你就接着查下去呀！查！把咱们这个家查它个底朝天！哼！还想以此威胁我？门儿都没有！"

徐问玉说罢，就仰起头大踏步地向客厅走去，走了几步又停下，头都没回地说："那个破玉雕，在你眼里是个宝物，对于我来说狗屁都不是！我压根儿也没想把它藏起来，它还在原地儿放着呢！"

徐问玉说罢，就去餐厅吃饭了。齐东锵站在那里，好半天才弄明白她的话似的，隔了好一会儿才走到卧室的大柜旁，试试探探地找了起来。这可真是踏破铁鞋无觅处，得来全不费工夫，徐问玉没有撒谎，齐东锵很快就在一堆字画的下面，找到了那尊被他命名为《睥睨》的玉雕。

宝物回归，轻而易举，齐东锵差一点没乐出眼泪来。捧着那尊玉雕，他就像捧着筷子的命，忙不迭地躲进了小屋，一进屋就立即抓起手机，给筷子打了个电话。

电话虽然很快打通了，但筷子依然不接听。再打，还不接听。齐东锵急得在原地直转磨磨，最后只好失望地叹着气，登录了QQ，噼里啪啦地就敲起键盘来了。那个小小的聊天窗口，很快出现了这么一串字样："筷子，我终于把那个《睥睨》给你找回来了！"

木呆呆地等了一会儿，他突然又一拍脑袋，在下面又加了一行字："我的意思是说，你的那个金盏，我给你找回来了！"

可筷子那边依然没有反应。

齐东锵实在等不及了，又匆匆地打了一行字："你在哪里？还在猫舍吗？你等着我！我这就把金盏给你送过去！"

——事后，齐东锵曾懊恼地想：自己当时为什么就没想起给筷子发个短信息呢？

打完了这行字，齐东锵便小心翼翼地把玉雕装进了一个小盒子里，四处一撒摸，又在一个角落里找到了个小布兜儿，把玉雕装进了兜子里，便快乐地出发了。

齐东锵离开家门时，徐问玉正在厨房里刷碗。见齐东锵拎着个鼓囊囊的兜子要走，徐问玉愣了一下，想说什么，终于忍住了没说。

徐问玉忍住了没有说话，齐东锵反倒有话要说了。但这次他没有亲自说话，而是让钱包替他说了话。只见他无赖似的靠在门边，眼睛直直地瞪了徐问玉一眼后，就举止夸张地掏出了那个瘪瘪的钱包，然后就让空空的钱包口对着徐问玉张合了两下。

徐问玉当然立即听懂了钱包的话，但她依然没有发脾气，只是无奈地瞪了齐东锵一眼，就叹着气去取钱了，而且还没少取，整整给齐东锵拿了两千元钱。

——这可是齐东锵万万没有想到的事情。

按理，徐问玉的脾气变好了，齐东锵应该觉得高兴才是。但一路上，齐东锵就是高兴不起来，不仅浑身上下黏乎乎的，就像粘了什么脏东西，心里也始终汪着个臭水坑子，想甩，甩不开，想逃，也逃不掉。

齐东锵赶到猫舍时，天已经黑了，可偌大的猫舍，比外面的黑夜更显得黑，齐东锵站在大门边敲了老半天的门，里面除了几声猫叫，没有一点反应。

就这么拿着个金盏，齐东锵失魂落魄地在大门边站了好久，虽然没有镜子，但他却清晰地看到了自己等待时的傻里傻气。傻傻的齐东锵，就那么傻傻地等着，时而抬头看一看月亮，时而低头想一会儿心事。

开始的时候，齐东锵是把金盏拎在手上等的，金盏虽然不沉，但是他的心却一直都很沉，沉得他都站不直了，只好靠在了大门上。后来，他就不管不顾地坐下来了，把金盏从兜子里拿出来，小心地捧在手心里，与她久久地对视。

在月光里，金盏的目光显得更冷漠，更尖锐，更有内容，就好像眼睛里汪了一片海、藏了一把剑似的。看着看着，齐东锵甚至发现她渐渐地有了活人的气息，当然，与她一同复活的，还有她眼睛里的那两把尖刻的、带着寒光的睥睨。

"知道你是用什么把我换回来的吗？你这个大傻子！"她就那么悠闲地抱着那只大白猫，眼睛含着睥睨，冷笑地盯着齐东锵。

"别说了！求你了！"齐东锵差点向她跪下了。

"你用的是一顶绿帽子！"尖刻无情的她，还是如此尖刻无情地把那句话赤裸裸地说了出来，说得掷地有声。

天并不热，可是齐东锵却忽地出了一身汗，连手心里都握满了汗珠儿。他再不敢与她对视下去了，连忙把她装回到了兜子里，他怕自己手一滑，真的会把她摔到地上的，摔得人殒玉碎。

——是啊！金盏是筷子的魂儿，也是筷子的命！既然自己花了如此高的代价把她找了回来，他就必须要保护好她，就像保护筷子的命。

齐东锵仰起身，向猫舍四周看了看，终于看中了一个绝好的藏匿点：那是猫舍对面的小仓房的房顶，房顶上堆着几个木头箱子和一大堆树枝。齐东锵小心地爬上了墙头，费了好大的劲儿，终于把兜子藏到了一个装杂物的木头箱子里，这样哪怕筷子拽树枝烧火，也不至于把金盏碰碎的。

从墙上下来，齐东锵扑打了一下身上的灰尘，就失魂落魄地往回走了，走出胡同口，就是城郊的那条宽宽的路。穿过宽宽的路，就是那个落寞的8路车的停车站点。但这个时间，别说是乘坐公共汽车了，即使是出租车也很难等到，可走着回家，齐东镪又不甘心。眼睛向四处瞭了瞭，无意间看到了一片五彩的霓虹灯，正在落寞地闪呀闪的，齐东镪的心突然异样地一跳：是啊，你让我戴绿帽子，我是不是应该还你一顶红帽子呢？

那是一家小旅馆，名字叫什么来着？对了！——叫"旮旯小屋"。

齐东镪的眼前立即闪现出那一簇簇红的黄的头发来，红的如火焰，黄的如礼花。但头发下的笑脸到底长什么样子，齐东镪却一张都想不起来了，记忆中十分鲜明的，反倒是老板娘那矜持的蒙娜丽莎的微笑。

齐东镪一边过电影似的回想着那个晚上的奇遇，一边慢慢地向那里走去。隔了很远，就看到了那四个炫彩的大字：旮旯小屋。也许上面的彩灯太亮了，下面的玻璃门就显得有点幽暗和神秘。但玻璃门里面，却再找不见一个更加幽暗神秘的倩影儿了，只有半截吧台和一角沙发，在落寞的角落里摆着孤寂的造型。

齐东镪的脚步尽管慢极了，可他到底还是走到了玻璃门边。试试探探地推了一下门，他希望门被锁上了，这样他才有了走回家去的理由。但令他失望的是，他还没怎么用劲儿呢，那门就轻而易举地开了，不仅门开了，门的上方还突兀地响了两声"叮咚"，清脆的声音把齐东镪吓得差点没跳起来。门铃声立即惊动了躺在吧台后面的老板娘，她连忙坐了起来。因为阴暗，齐东镪一时之间并没有认出她来，老板娘也许刚才睡着了吧，她也没有认出齐东镪来。

"要住宿吗？"老板娘一边打着哈欠，一边从吧台后走出来，边走边拢了拢乱蓬蓬的头发。但随即她就笑了："是您呀！"她的声音也突然压低了。

齐东镪直到这时才认出她来，脸就腾地一下红了。幸亏屋子里光线阴暗，或许老板娘的思维还处于休眠的状态？她竟然没有注意到齐东镪的羞窘。

"您可真是神探呢！来得太是时候了！我正琢磨着咋通知你呢！"老板娘一直走到齐东镪身边，才附在他的耳边轻轻地说："那个人刚刚进去，这次他是自己一个人来的。"想了想，又不好意思地一笑："我也不瞒您了！刚才，他还叫了一个小姐。"

齐东镪的思维直到这时才算接上捻儿。

灯光虽然很暗，但含在老板娘眼睛里那清纯的尊重，却黑白分明。此时此刻，它就像两泓清澈的湖水，一下子就把齐东镪心思里的那点龌龊给荡涤了，心怀也随之洁净澄明、豁然开朗了——是的，你是齐东镪，你不是别人！即使全世界的人都堕落了，你齐东镪也不能堕落。

"再不，我去叫他？"老板娘征求地看着他。

"您先去敲门……先把那个小姐惊走，我有一些事情想和他单独谈谈——您明白我的意思吧？"

老板娘小声地说："明白，当然明白。"停顿了一下，又加了句："谢谢您了！"说着便要去房间。

齐东锵突然叫住她，停顿了一下才说："虽然，我这两次都没有追究你们……呃……的这种行为，但您能不能听我一句劝？"

"您说。"

"开一个干干净净的小旅馆，钱可能会赚得少一些，但却心里踏实，您说呢？并且有些事儿，真的有因果的！"

这下，轮到老板娘脸红了。

"我不是迷信，钱这个东西真的很怪，啥道儿来，往往就啥道儿走！"

"我知道了！"她的声音低低的。

老板娘走到一个房间前，轻轻地敲了一下门。房间里一开始还有声音，但后来就没声了。老板娘又敲了一下门，就听花玉乾气急败坏地叫道："干啥呀？你们这些人，还懂不懂一点规矩了？"

齐东锵小声地说了句："警察！开门吧！"

里面顿时没有声音了，但门也没打开。

齐东锵回头看了老板娘一眼，老板娘便拿出钥匙，把门打开了。

屋子里黑黑的，笼着一种令人恶心的臭味。老板娘把灯摁亮，就看见花玉乾一个人明晃晃地站在床边，穿着一个大花裤衩子，而那个小姐却不知躲到哪里去了。齐东锵向房间里走了一步，突然嗖的一下，一个人影儿就从后面金鱼一般游走了，悄无声息。

齐东锵没有回头看，只是神情冷峻地盯着花玉乾说："把衣服穿上，跟我走吧！"

"上哪儿去？"

齐东锵面无表情地说："到派出所呀！"

"你可得了吧？没事儿谁到那种地方去？"花玉乾不以为然地撇了撇嘴。

齐东锵看了老板娘一眼，便声音铿锵地说："根据《治安管理处罚法》的规定，卖淫、嫖娼的，处十日以上十五日以下拘留，并处五千元以下罚款。引诱、容留、介绍他人卖淫的，处十日以上十五日以下拘留，也处五千元以下罚款。你们都是聪明人，不需要我再说什么了吧？"

"别……齐兄弟，咱们有话好好说。"花玉乾突然冲老板娘挤了挤眼睛，讨好地一笑，说："你不用害怕，他是吓唬咱们呢！啥事儿都没有，我和齐兄弟是好兄弟。"边说边过来拉齐东锵坐，齐东锵立即像躲瘟疫似的躲开了他："拿开你的脏手！"他一边皱着眉说，一边扑打了一下自己的衣袖。

"你瞧瞧，多干净似的！还嫌我脏了！我去洗下手不就完事了吗？多大点事儿呀！"花玉乾立即笑了，刚要去洗手间，又停下，好奇地问："你是怎么查到我在这里的？难不成你在我的身上安了窃听器？"边说边上上下下地看自己。

齐东锵微微一笑："我要是说自己是神探，长着千里眼，顺风耳，你信吗？"

花玉乾马上笑道："当然信了！您是谁呀！您不是齐大侦探吗？"说着，便瞪着眼睛对老板娘白话了起来："八成你还不知道他是谁吧？他可是个大名人！那天我专门在网上查了他一下！这一查，没把我吓出屎来！那家伙的，老出名了！什么什么三驾马车，什么什么六大板斧，还有什么金刚大马怪，反正老厉害了！"

一番话，顿时把齐东锵的脸说红了，他便连连摆手："快去洗你的手吧！"

可花玉乾依然不去洗手，反倒冲着老板娘涎笑着："我刚才进来时，看你们柜台上摆着许多小食品，一会儿给我们拿几样行不？完了我和齐兄弟喝点。你放心，钱一分都不会少你的！"

齐东锵皱了皱眉头："你是说在你们这个臭烘烘的屋子里……让我陪你喝酒？你可别恶心我了！"

老板娘立即笑了："这事儿好办，隔壁的房间空着，你们不如换到隔壁房间去，那里还静，也方便你们聊天。"说着就脚步轻盈地帮他们开门去了。

花玉乾立即笑了，露出满嘴的黑牙："对，对，就这么办！"索性连手都不去洗了，开始收拾起他的破烂东西来。

齐东锵随着老板娘来到了另一个房间，两个房间里的格局虽然一样，但因为没有了那样的气味，就显得干净多了，小房间里不仅空气清新，床上的被子因叠得整齐，也显得清爽白净。很快，老板娘就送来了几袋小吃，望着那些诱人的哈尔滨火腿肠儿，齐东锵真的有了一种想喝点酒的冲动。

花玉乾一进来，先到洗手间洗了手，这才把食品放到桌子上，接着，就弯下腰，在他的那堆破东乱西里面掏了起来，竟然掏出了一瓶陈年老酒。然后便热情地让齐东锵坐。齐东锵没有坐，依然站在那里似笑非笑地看着他，讥讽地说："怎么突然变得这么大方？又喝又嫖的！发财了吗？这瓶酒又是从哪儿偷来的？"

"哎呀！你就别磕碜我了，我能发哪门子财！不是二丫发善心了嘛！给了我一点零花钱，我就想让自己过一把瘾，哪承想又碰到了你这个大克星！唉，只能自认倒霉了！"说着就开始琢磨起那个密闭的酒瓶子来。

"对了，你不提我倒忘了！你的那个……二丫跑哪儿去了？"齐东锵依然那么板板正正地站着。

"她那个人，就像耗子似的，谁能拴得了她呀？这工夫要是说她炝到星球上去了，我都信！"

想了想，突然又压低了嗓子，附到齐东锵的耳边说："这不是老也找不到证据嘛！她就想干脆直接找那个花艳丹碰碰运气，看能不能诈出点钱来！"

齐东锵心里一沉，心里想：筷子这下可完了，凶多吉少！连我的钱她都照诈不误！筷子就更不是唐娟的对手了。嘴里却问："你不是去古董店侦查了吗？在那里也没发现什么线索吗？"

"哼，哪有啥古董店了，那里早就变成制酒厂了。有一个老头儿把大门看得紧瞪瞪的，别说我这个大活人了，连个苍蝇都飞不进去呢。"

"噢！你不是说凭你的才华，都够当一个私人侦探了吗？可像你这么老是白忙活，岂不是很没面子吗？"

"那哪能呢？白忙活哪是我的风格呀？"花玉乾得意扬扬地摆了摆乱蓬蓬的头，"趁着老头睡午睡的时候，我到底钻进去了，也找到了那个地下隧道，可那里早就变成藏酒的酒窖了！除了顺手捞来了几瓶好酒，我啥都没捞到！"说着话，那个酒瓶子也被打开了，花玉乾就找了两个缸子，分别倒满了酒。

五十三

酒斟满了，小食品也摆好了，可齐东锵依然直挺挺地站在那里。

花玉乾抬起那双飘移不定的小斜眼，瞥了瞥齐东锵说："咋就那么高贵呢？陪我喝几杯真的就掉价儿吗？这可真的是好酒，我刚才看日期了，二十年陈酿呢！"说着，就拽开了一袋花生豆儿，啪啪地吃了起来。

"下一步，你想咋办呢？再不直接报警算了，让警察插手查一下，总比你们自己这么瞎猫碰死耗子强。"齐东锵这才慢慢地坐了下来，但却离那酒桌很远。

"别别，别再跟我提报警的事儿。除非找到了证据，要不我宁可不做这个事儿了，我也不报警。你不用唬我，我也懂点法律，只有证据确凿，人家公安机关才能立案！"花玉乾吃了一会儿，突然止住了嘴儿，躬身站起来，不由分说就把酒杯端起来，送到了齐东锵的嘴边。

齐东锵想了想，真的接了酒杯喝了一口，味道果然不错，这才往前凑了凑，撕开了一袋哈尔滨红肠，和花玉乾相对着喝起酒来。

"你和那个二丫，是啥时候认识的？"齐东镪假装无意地问。

"二丫？"花玉乾一眼就识破了齐东镪的假憨，"你是不是对我们二丫也有想法啊？"

花玉乾眯了眯游离的眼睛，突然斜睨了齐东镪一眼："别不好意思，有想法就跟大哥我说。我摆弄她就是个玩！要是……"花玉乾想了想，又咧开黑嘴笑了："要是能给我点零钱儿花花，我也会接着。"

齐东镪没有说话，也没有理他，只是闷着头喝了口酒。

花玉乾头一歪，审视地看了一眼齐东镪，抽了一下鼻子说："也是！齐大兄弟是谁呀！咱不凭大兄弟的名声，就凭大兄弟的长相，这钱儿也轮不到我挣的！刚才的话算我没说，算我放屁了！"

花玉乾又喝了口酒，并往前凑了凑说："但大哥告诉你个实底，你要真的相中了二丫，啥都不用做，直接跟她说一声就行，她那个人，也一定能相中你的，不信你就试试。"

"你怎么那么熟识她？"

"老交情了嘛！"花玉乾喝了口酒，"不瞒你说，当初她的花苞儿都是我给开的！"花玉乾的声音大极了，吓得齐东镪赶紧向门边看了看。

"噢？还有这事儿？"

"这话要是说起来，那可是老早年的事儿了！那时她也就十三四岁吧！"花玉乾得意洋洋地喝了口酒，晃着脑袋说，"那时她可是真他妈的水灵，真他妈的嫩儿呀！嫩得一摁就出水了！那滋味儿可是真他妈的过瘾啊，我到死都不能忘！"

齐东镪鄙夷地瞪着他："如果你所说的是真的，那你可够判刑了！你那是涉嫌强奸幼女罪！"

"别……别……你可别吓唬我！这件事儿你也吓唬不了我！"花玉乾连连摆手，"当时她可是上赶着求我干的！不信哪天二丫来，你当我的面问她，看她怎么说。"

接着，花玉乾就断断续续地讲起了二丫的故事。

花玉乾说，二丫天生的就是个苦命鬼。她出生在海滨的一个小乡村，和花玉乾所住的村子只隔一条河，二丫十岁那年，她的生父被查出了肺癌，就在她父亲弥留之际，二丫的母亲突然带着二丫的一个哥哥和一个姐姐跑了，从此就没有了音讯。二丫的母亲跑之前，也曾问过二丫的，可二丫说啥都没忍心扔下父亲。要是这么论，她二丫还算是他们老唐家最讲良心的人。

二丫的父亲死后不久，她家的房子也塌了，二丫因为交不起学费，也辍了学,从此就开始了沦落街头的日子,谁家有饭,她就去谁家蹭,慢慢地就成了村子里的烦人精。

有一天,花玉乾家蒸了包子,二丫就到花玉乾家要,可花玉乾的媳妇不仅没舍得给她吃包子,还骂了她几句。二丫一生气,就向花玉乾使了眼色。花玉乾找了个借口跟出来,二丫就说:"你要能给我两个包子吃,晚上我就跟你睡觉!"花玉乾果真给她拿了两个包子,后来就发生了那种事儿。

听了花玉乾的话,齐东锵惊讶极了:"唐娟……原来是个这么可怜的人啊!"

"唐娟是谁?"花玉乾愣愣地看着齐东锵。

"噢!我在说二丫呢!原来她的身世这么苦!"齐东锵马上解释。

花玉乾却不以为然地说:"二丫有啥苦的?她的那些事儿,在我们那里,太平常了!那时候,哪家的日子不穷?哪个人不苦?大家不都是他妈的这么紧紧巴巴地过来的吗?"

"后来呢?"齐东锵问。

"后来……这时间也长了,我也有些忘了。后来二丫就应该是进城了,听说被一个女军人收养了几年,我后来还听人说,她好像还替人家生过几个孩子,也不知道这消息准不准。"

"替人家生……几个孩子?"

"对呀!这在我们那里也是常事。比如哪家的媳妇不生养,又不想离婚,就出钱找个人替着把孩子生出来。"

"生完孩子之后呢?"

"那有啥之后啊!生完孩子就拿钱走人呗!"

"那她……不想她的孩子吗?"

"那想啥呀?替人生孩子,就像老母猪下猪羔子,想不也是白想嘛!你呀!兄弟,我不是说你,我发现你一点都不像个警察,你咋啥事儿都奇怪呢?也是,你们这种人,都是在福堆儿里长大的,根本就不了解我们穷人的苦!那句老话咋说的来着?那叫饱汉子不知饿汉子饥。"

齐东锵坐在那里,老半天没有说一句话。他真的被二丫身世惊住了。

那天晚上,齐东锵到底和花玉乾喝了多少杯酒,到底喝到了几点,他自己都说不清了,他只记得这中间徐问玉打来了一个电话,他对着电话好一阵子的胡言乱语,好像还把徐问玉大骂了一顿。但再接下来自己又说了什么胡话,齐东锵说啥也想不起来了。

第二天早晨,齐东锵是被一阵娓娓动听的悄悄话惊醒的。两个说话者不仅声

365

音低细，还都悦耳动听，就像冷冷淙淙的泉水汩汩地从石缝儿里流出来。

枕着这美妙的声音，齐东锵突然想起了小时候妈妈教给他的一首诗：

> 天平山上白云泉，
> 云自无心水自闲。
> 何必奔冲山下去，
> 更添波浪向人间。

正这么吟诵着呢，突然觉得一个柔柔的东西打在了他的身体上。

"你听，这个人的心也真够大了！还吟诗呢！"耳畔突然响起徐问玉的讥讽声。

齐东锵一惊，猛地睁开眼睛，这才发现闷吞吞的小房间里，凌乱不堪的双人床边，竟然争奇斗艳地并立着两个窈窕丽人。两个丽人比赛似的，都穿得花枝招展的。老板娘一身紫罗兰长裙，徐问玉一身月白色旗袍，一个春花，一个秋月，一个性感，一个秀气，并蒂莲花儿般的笑颜上，还都秀目圆瞪，圆瞪的秀目里还都蕴涵着睥睨的柔情。

"如果不是亲眼所见，我咋能想到，一个堂堂的全国著名刑侦专家，都堕落到如此地步了？竟然肯和一个流浪汉同床共枕了？"徐问玉悲戚地冲老板娘一笑。

"那个流浪汉，连账没结就跑了，顺带偷走了我的一个毛毯。"老板娘小声说。

徐问玉突然想起了什么，那脸就白了："快看看，还丢没丢啥别的东西？"边说边过来摸齐东锵的衣兜。

齐东锵迟钝地甩开她的手，自己上上下下地摸了摸衣兜裤兜，就欣慰地笑了。他先把钥匙和折叠剪刀向徐问玉亮了亮，又拿着那个黑色的钱包，冲她做了个胜利的姿态。

"手机呢？你的手机呢？"徐问玉再次俯身下来，上上下下又把齐东锵摸了个遍，最终也没有找到手机。

齐东锵依然笑着："手机丢了？好啊！我早就不想给它当奴才了！"

徐问玉一把夺过钱包，打开了，又冲齐东锵亮了亮：里面的现金果然一张都不见了。

"钱……也都拿走了吗？"齐东锵晃了晃混浆浆的脑袋，又笑了，"好啊！丢钱免灾，这样他就会彻底滚蛋了！这样筷子也消停了！"

"行啦行啦，什么筷子碗的？赶紧跟我回家！别在这里丢人现眼了！"徐问玉歉意地冲老板娘笑笑，脸渐渐涨得通红……

被徐问玉领回家后，齐东锗就卧床不起了，他整整在床上躺了一天一夜。

躺在床上，齐东锗一边忍受着那撕筋裂骨般的头痛，一边等待着徐问玉的狂风暴雨。可令他惊讶的是：徐问玉不仅没有向他发脾气，还给他做了一碗西红柿热汤面，为了让他吃得舒服，她甚至把面端到他的床头柜上了。唉！那碗面，齐东锗吃得别提有多香，又别提多恐惧了，有那么一瞬间，他甚至产生了错觉，觉得自己吃的可能就是一碗断头面。

可一直到第二天，徐问玉都没来断他的头。

没有了手机，也就没有了来电，日子实在清静极了。头痛好些后，齐东锗打开了电脑，习惯地登录了QQ，没想到QQ刚刚打开，筷子的彩色头像就冲他急促地闪了，唯美的京剧脸谱就像火苗，一下子就把齐东锗那蔫蔫的情绪点着了。

"糟糕！我咋把这事儿忘了？筷子一定是看到我的留言了！"他懊恼地叫道。

筷子的窗口共有三条留言：

> "随风，随风，你真的找到我的金盏了吗？你的电话为什么关机了？对不起，昨天我不该和你发脾气的！你能原谅我吗？"
>
> "随风，你是不是又在骗我呀？那个金盏，怎么能说找到就找到了？你是不是想用金盏当诱饵骗我和你见面呀？"
>
> "随风，随风，快点给我打电话！快点！"

看了留言，齐东锗恨不得立刻把电话打过去，可他现在哪有电话可打了呢？

在屋子里胡乱地转了两个圈子后，齐东锗突然想起了唐娟的那个老人手机，便忙不迭地找了出来，又忙不迭地充了电。这边手机刚能开机，齐东锗便把电话给筷子打过去了，幸好他还没有迟钝到忘了筷子的手机号。

"你……是哪位？"当老人机里传出筷子那试试探探的声音时，齐东锗乐得眼泪就要流出来了。

"筷子，筷子，我是随风啊！对不起，筷子，我的手机丢了——所以才给你打电话！"齐东锗说着说着，就哽咽了。

"随风！"筷子的声音立即大了，急了，"怎么突然就联系不上你了？你在QQ里说的都是真的吗？那个金盏，你真的找到了吗？你不是又在骗我吧？"

"真的，那个金盏真的找到了！当然，如果你改主意了，不想要了，也没有关系，我可以自己收藏。"齐东锗又破涕为笑。

"我当然想要……只是我不相信这会是真的！"

"你在哪里？我们见一面好吗？"

筷子犹豫了一下，吞吞吐吐地说："你把它买回来，一定花了很多的钱吧？可是……我现在……实在拿不出一分钱了！"

齐东锵心里一紧，马上问："筷子，你是不是又被唐娟敲诈了？如果她又去敲诈你了，你一定告诉我！这次，咱们可不能再容忍她了！"

筷子迟疑地问："你……和她，真的不是一伙的吗？"

为了让筷子相信自己，齐东锵都站起来了，高举着一只手臂信誓旦旦地说："筷子，你一定相信我！你的随风永远都是令你信赖的随风！无论过了多少年，只要我还有一口气儿，我就都是你的随风！你一定要相信我！你现在哪里？我马上把金盏交给你！"

"可我怎么能……白要你的东西呢？而且又是这么贵重的东西！不行，绝对不行！"

齐东锵突然灵机一动："你要是……觉得有伤自尊，不如，我们俩也做个交易？"

"交易？"

"我送给你金盏，你告诉我真相。"

筷子静默了好一会儿，突然小声问："然后呢？"

齐东锵一时没有弄明白："然后？什么然后？"

筷子稍稍加大语气："然后你会怎么做？"

齐东锵便愣住了，是啊！然后自己会怎么做呢？

筷子突然忧伤地叹了口气："那就算了吧！也许金盏放在你那里，比放在我这里更安全！"说罢就关了手机。

齐东锵立即打了过去，她果然又不接听电话了。

齐东锵慢慢地瘫下去了，瘫倒在床上。他久久地躺在那里，久久没有动一下，耳边始终回荡着筷子轻声地低吟：然后呢？

是啊！然后呢？然后呢？然后呢？……

"我宣誓，我自愿成为一名中华人民共和国人民警察，我保证忠于中国共产党，忠于祖国，忠于人民，忠于法律……"不知为什么，齐东锵的耳边，竟突然响起了自己从警时的铿锵誓言。

"是啊！齐东锵，你是警察，你是维护正义的使者，如果筷子真的拐骗了花朵儿，你一定不会为了私情，去包庇筷子吧？"

这时，那个老人手机突然哼哼地响了起来，齐东锵以为是来电，可按了接听键喂了两声，那边又没有声音了。直到看了手机，才知道那是短信息的声音，而且还是筷子发过来的短信息。

上面只有孤零零的一行字：

"我不是怕去蹲监狱，我是怕我蹲了监狱，我的猫就没法活了！"

齐东锵又把电话打了过去，可电话里依然是冷冷的机械音："您拨打的电话暂时无人接听，请稍后再拨！"

一切都已经真相大白了！尽管筷子没有向齐东锵交代真相，但这则短信息里已经蕴涵了大量的真相——这么说来，筷子的确就是拐骗花朵儿的凶手了。

齐东锵突然就绝望起来了，那是一种空前绝后的绝望，就像堕进了黑暗无边的地狱那般绝望。

门轻轻地被打开了，徐问玉慢慢地走了进来。进来后，她没有像往日一样直奔厨房，而是直奔书房里来了。

"我们谈谈吧！"她就那么面无表情地说。

暴风雨终于还是来了！午时三刻斩立决吗？

但齐东锵却丝毫不为所动。是啊！他已经堕入地狱里了，还有什么可在乎的呢？

徐问玉仿佛读懂了齐东锵的心，她突然戳了齐东锵的额头一下，嗔怪地瞪了他一眼说："你一个病人，谁还和你一般见识？丢钱丢手机的事儿，自然会有人帮你找回来！我今天要和你谈的，是另外一件事儿！"

齐东锵依然面无表情地坐在那里，迟钝得就像块木头。

"你就答应唐娟，就让她做你的助手吧！"徐问玉说。

齐东锵混沌沌的大脑终于慢吞吞地动了动："唐娟？"

"今天上午，唐娟找我了，说了一大堆关于你们公司的话。虽然她这个人的人品我不怎么看好，但在公关方面，你不能不承认她是个天才！比如，她的那套'互联网+测谎'的方案，对拯救你们公司，是真的会产生奇效的。"

齐东锵突然冷笑了，坚决地摇了摇头："荒唐！实在是荒唐！这件事儿免谈！"

徐问玉不解地望着他："你别一张口就下定义！你得说出理由吧？"

"这本身就是一个笑话！你想啊，我们公司的主业是测谎，如果再用一个一屁仨谎的员工，这业务还能有前景吗？"

徐问玉忧伤地摇了摇头说："但是现在，你们已经没有别的路可走了！唐娟也说了：在公司没有赢利的时候，她不会向你们要一分钱工资的，只要供吃供住。等公司有了起色，她要和你利益分成。我觉得呀，这件事你就依了她吧！死马当成活马医呗！反正公司的房子闲着也是闲着。"

齐东锵依然坚决地摇头："这件事儿没有商量的余地！你不要忘了！我们从事的可是关乎于法律的最神圣的事业！法律岂是儿戏？我宁可让公司黄了，也不能亵渎法律。"

"你可得了吧！法律算个屁呀？连人生都是一场戏呢！要是这么说起来，我们哪个人不是戏中的小丑？"徐问玉突然打开了手机，快速点了一个链接后，就把手机立在了电脑旁边，然后便双手抱肩，来回走了起来："你听听吧！现在行与不行，咱们俩谁都说了不算了！人家现在已经走马上任了！"

很快，手机里就传出了那天唐娟放给齐东锵听的录音：

"这么深更半夜把我劫持到这里，你到底想做什么？你是想劫财呀，还是想劫色呀？"

"掏出来吧！刚才我摸到它了！"

……

五十四

听了那段录音，齐东锵慢慢地瘫软在了床上，他果然什么话都说不出来了。

"怎么不辩解了？你怎么不解释了？对我说呀！说这段录音是假的！"

"这个录音……的确是真的！"齐东锵老老实实地说。

"东锵，我放这段录音给你听，并没有怪罪你嘲笑你的意思！因为现在你无论做什么怪异的事情，我都不会怪罪你嘲笑你啦！因为你的病，真的已经很重了！"

"我的病？我有什么病？"齐东锵仰着脸儿，不解地望着她。

"包括你这么说话，更证明你病得不轻！昨天我遇到楼上的那个男孩子了，当他向我学起你骚扰他的怪事儿后，我一点都没奇怪。也终于理解了当初你为啥连对门的那个患佝偻病的小男孩儿都不放过……"

徐问玉突然坐到了齐东锵的身边，声音也柔和了："不过东锵，你放心！我已经决定了，无论发生了多么滑稽的事情，我都要死扛着，我肯定不会领你去精神病院看病的！一旦你得病的消息传出去，那你这个人也就真的废了。所以，我必须对你充满信心，当然，我也必须对我自己充满信心！我相信我自己，一定能帮你把病调好的。这几天我查阅了很多关于抑郁症的书籍，我觉得你的病根儿，都在你的事业上呢，只要你的事业顺畅了，你的病也自然会好了。"

"噢？怪不得……你突然对我这么好了！"齐东锵似笑非笑，"但是请你放心！我真的一点病都没有！"

"你照照镜子，好好看看你自己，现在都病成什么样子了？"徐问玉说着，就把梳妆台上一面小镜子拿给了齐东锵，转身就走了。

齐东锵果然举起了镜子，看了看自己，不禁倒抽一口冷气：镜子中的齐东锵不仅蓬头垢面，面色苍白，两只牛眸子一般大的眼睛还充满了红的紫的血丝，且贼亮贼亮的，这种形象无论谁看了，都会确定这就是一个抑郁症患者的，而且还是重症患者。

"哈哈！你真的病了吗？"齐东锵突然对着镜子惨笑了一下，没想到这一笑，把他自己吓了一大跳："齐东锵啊齐东锵！看起来你是真的病了呢！"

不知为什么，当齐东锵觉得自己真的得病了以后，心里反倒轻松起来了："是啊！你都病得这么重了！还去管什么狗屁案子？"

筷子再打电话过来，已经是第二天了。当时徐问玉刚刚被唐娟用电话叫走，走的时候她一句话都没跟齐东锵说，好像她才是东信心理测试技术中心的真正总裁，而齐东锵就是一个十足的白痴。

筷子先是在电话里叹了一口气，才说："随风，我决定向你投降了！只要你能把我的金盏还给我，我啥都告诉你！"

这一回，轮到齐东锵反问她了："然后呢？"

"然后一切随风，大不了我和我的猫同归于尽！"筷子冷冷地说。

"筷子，你要是这么想，还不如……什么都别说了！我……病了！我爱人……说我患了精神病！"齐东锵突然有气无力地说。

"花朵儿的确是我拐走的！是的，是的，花朵儿就是我拐的，一切都是我做的……我犯了罪，我犯了滔天大罪……"就在齐东锵说话的时候，筷子根本就没有停顿，根本就不听齐东锵说什么，她只是语速快快地兀自往下说，往下说，就像喷泉似的。

"筷子，别说了……我……真的病了！"齐东锵立即打断她，想让她立即闭嘴，说到后来，甚至声嘶力竭地喊了起来，以至于喊得全身颤抖，虚汗横流——仅仅躺了两天，就虚弱成这种样子了吗？

可无论齐东锵怎样声嘶力竭地喊叫，他依然无法制止筷子那喷薄而出的话语，好像她也患上了神经病：

"我拐她，并没有任何计划！那是一种巧合！

"那次我无缘无故去海滨，我就预感会发生什么事情。因为那可是我离开海滨十几年之后，第一次去海滨。毫无理由地去海滨，一个人去海滨，连纪云雁都不知道。

"那天也不知道是个什么日子，反正大街上的人非常多，我计划先去街上买东西，然后去车站买票，无意间一回头，我就看见了忧伤的花朵儿。

"就像是被一道闪电击中了似的，当时我整个人就杵在那里了！——这世上怎么会有长得这么美的女孩儿？而且又美得这么忧伤？接着我又想：要是我的女儿还活着，也应该像她这么大了吧？

"见我注意地看她，女孩儿也好奇地回看我，忧伤的大眼睛里闪烁的，全都是美丽的惊奇！

"可就在我们俩这么对视着呢，随着一声尖厉的辱骂声，突然走过来一对胖胖的母女俩，那个美丽的女孩子，见了那对胖胖的母女俩，顿时吓得魂儿都没了，女孩儿怯生生地走上前去，刚刚叫了一声妈，迎头就被那个女人扇了一个大耳光。

"我太震惊了，我再一次被闪电击着了。能够拥有这样天使一般的女儿，该是多大的福气啊？可这个母亲到底怎么回事？她为什么不珍惜，她怎么能下得去这样的狠手？

"我太奇怪了！就回头看她的母亲。这一看不要紧，顿时气得我不打一处来：你猜你看到了谁？我竟然看到了我日思夜想了许多年的仇敌！我看到的就是那个凶神恶煞、长着满脸横肉、额头上有一道疤的坏家伙！当年就是她强行给我做的引产！

"这个坏家伙，这个恶棍！我都要恨死她了，恨得牙根直痒！这么多年来，我没有一天不在怨恨她，没有一天不在诅咒她，没有一天不想着怎么报复她！

"可上苍为什么听不到我的诅咒？不仅让她活得好好的，还让她拥有这样一个天仙般的女儿？

"她不是已经有了一个大女儿了吗？要是这么说，她不也是超生游击队的队员吗？为什么她超生就没有人管？我超生就要强行给我做引产？这到底是一个什么样的世界？这个世界也太他妈的不讲道理了吧？

"那天去街上，我除了买菜，还想买火车票的。但当我遇到了她们以后，我就把什么都忘在脑后了，不仅忘了买火车票，忘了买菜，还忘了回家。

"那天上午，我就像丢了魂儿似的，始终偷偷地跟在那母女三个后面，跟着她们买了菜，又跟着她们走了好长的一段土路，一直看着她们走回了那个破烂不堪的家。

"从那天开始，我就像丢了魂儿了一样，只要有时间，我总会偷偷地跑到她们家附近，站在那片小树林里偷偷地去看她们的日子，渐渐地，我就发现了许多令我心痛的事情。

"我发现她们家除了那个奇美无比的女孩儿外，所有的人都是恶魔，她妈妈是恶魔，她爸爸是恶魔，她姐姐是恶魔，甚至连她的那个总是一身破衣烂衫的叔叔也是恶魔。

"在那个魔窟里，那个可怜的小女孩儿过的到底是个什么样的日子呀？那简直不是人过的日子！天啊！为什么会发生这样的事情？

"临离开海滨的那天晚上，我又一次偷偷地跑了过去，我突然看见那个女孩儿正蹲在他们家的房后哭。见周围没有人，我就慢慢地走到女孩儿的身边，女孩儿看见了我，顿时不哭了。

"我一句铺垫的话都没说，开口就问她：'你想不想和阿姨走啊！'女孩儿听了，连犹豫都没有犹豫一下，立即连连点头。我就说：'那你就跟在我的后面往前走吧！一路上都不要跟我说话，我走到哪儿，你就跟到哪儿！'说完，我就战战兢兢地往前走了，好半天都没敢回头看。

"我一边走，一边浑身颤抖，我的两手冰凉，我的大脑一片空白。我多么希望她能跟着我走过来，走过来，我又多么害怕她会真的跟着我走过来，走过来呀！

"我走啊走啊！走过了一座桥，又拐过了一道坡儿，天越来越黑了，等我确定周围真的没有一个人了的时候，我猛地回头看，你猜我看到了什么？我看到了那个天使一样的美丽女孩儿，竟然真的一直不远不近地跟在我的后面呢！

"那天晚上，我就这样把花朵儿拐回了我的家中，我以为我做得天衣无缝，连纪云雁都毫不知情。可哪承想：在我们俩的后面，竟然还跟着一个尾巴！一个比那个坏家伙甚至要坏上一百倍的巫婆！

"在我的古董店下面，有一个古老的防空洞，我怕别人找到她，就把花朵儿藏在了那个古洞里。我想等风声过了，再想办法让她出来，让她过上正常的幸福的生活。

"为了让花朵儿能安心地待在古洞里，那些天，我天天变着法子逗花朵儿开心，我教她舞蹈，我教她唱歌，我给她买最好看的衣服，还用最好看的花灯装饰那个古洞。

"我甚至教她学摄影，学摄像，还给她录制小节目让她自己欣赏。可哪承想，其中的一段视频却不知什么时候被我家的那个小要账鬼子看见了，更可气的是：他竟然还把那段视频传到网上去了，接着就发生了你们所知道的事情。

"为了不让别人怀疑，我当时可谓是绞尽了脑汁啊！在最紧张的时候，我甚至让花朵儿写了绝命书，用快递邮到了海滨，想造成花朵儿死去的假象，当时的我真的没想到，结果会是那么惨，以至于会让那个可怜人因此丧了命！

"随风！我真的有罪！如果有一天我必须要蹲监狱，我真的谁都不怨，我只怨我自己，我真的是罪有应得。"

"可花朵儿呢？花朵儿现在在哪里呢？还在那个古洞里吗？"一直沉默无语的齐东锵终于开口说话了。

"唉！真是屋漏偏逢连雨天！正当我六神无主的时候，偏偏那个巫婆又来添乱了，她先是给我邮来了一个U盘，里面有一段视频，视频里清晰地录制了我和花朵儿上火车、坐火车的镜头。没有办法，我只好给了这个巫婆十万元钱，暂时封住了她的口，但后来她的胃口却越来越大，没到三年，就把我所有的钱都掏空了，以至于逼得我走投无路，甚至向你借起钱来了。"

"可……花朵儿现在在哪里呢？"齐东锵急得都站起身来了。

"是啊！我……也想知道啊！花朵儿能在哪里呢？"筷子的语速突然就慢下来了，变得吞吞吐吐的了。

"你什么意思呀？"

"你想想啊！花朵儿哪儿是真的花朵儿呢，她是个人啊！是长着两条大腿的大活人啊！我当然也想把她永远地留在身边，但她得自己愿意才行啊！

"事实上，她……她仅仅在洞里藏了几个月，不是，是一年，就受不了了，整天都闹着要出去。为了能留住她，我的脑袋都想破了！都恨不得把她用铁链子拴上了！可一天早晨，当我去给她送饭时，还是发现她不见了。我疯了似的跑到洞里看，把古董店翻了个底朝天，可花朵儿真的不见了。

"花朵儿丢了，我的魂儿也丢了。从此，我就成了行尸走肉，说话也颠三倒四的，整天这么不死不活地活在这个人世里，随风！我现在生不如死。"

"筷子，快别这么说，你一定要乐观，一定要乐观！你想啊！金盏现在不是已经找回来了吗？这预示着什么你应该知道吧？这就预示着你的花朵儿也能很快被找回来的。"

齐东锵长长地吸了一口气，突然欣喜地说："并且，还有一个秘密，你可能直到现在还不知道呢！那个花朵儿，那个长得特别像你的花朵儿，你知道她为什么长得那么像你吗？因为她就是你的女儿啊！你的亲生女儿啊！"

"我的女儿？你是说……花朵儿是我的女儿？"筷子的声音突然就抖了，虽然隔着茫茫的虚空，齐东锵依然能清晰地看到她的颤抖。

"你那天做完引产后，你的那个被扔在垃圾桶里的女儿，当时并没有死，那个给你做引产的女人见孩子没死，就把她捡回家去了！是她养大了你的女儿！筷子，要是这么说起来，她还是你们家的恩人呢！所以你不仅不应该恨她，还应该感谢她呢！"

"随风，这是真的吗？我的天啊！"筷子太震惊了。

"筷子，这是真的，而且是千真万确的！你放心，我既然能帮你找到金盏，也一定能帮你找到花朵儿！筷子，你一定要相信你的随风，你一定要对自己幸福的未来充满信心！"

"可是……可是我已经犯了法……"

"犯了法有什么关系呀？你去主动投案自首，去接受法律的制裁啊！筷子，原来我以为是你杀了花朵儿，你犯了死罪了！刚才听了你的讲述，我真的很为你高兴！你并没有犯死罪！如果你认罪态度好，你甚至可能被从轻处罚的。现在当务之急，是赶紧找到花朵儿！"

"能上哪儿找呢？"筷子突然万念俱灰，"当初丢金盏时，我就想：也许失去才是我的命！金盏苦命，我也苦命！花朵儿更苦命！……不如就让花朵儿和我的金盏一起，烟消云散吧。"筷子突然幽怨地说。

齐东锵立即止住了她："筷子，你的金盏我真的找到了！你现在就去取金盏吧！现在就去！你的金盏就在你家里呢！那天，我把它藏到你家的仓房上面了。你现在就去找吧！就在仓房上面的一个木头箱子的底下……"

"啊？真的？随风？金盏真的就在我家仓房的上面？在木头箱子底下？好，那我现在就去找……那我去找了！"筷子说罢就要关电话。

齐东锵突然想到了什么："哎哎，筷子，你刚才的话是什么意思……你的意思是说……是花朵儿拿走了你的金盏？"

"是吗？我是这么说的吗？那也有可能吧！你瞧我……说话总颠三倒四的！对不起随风，那天我在日记里，和你撒了谎。行啦，不和你说了，我得去找我的金盏了！"筷子说罢就关了电话。

放下了电话，齐东锵才发现自己已经大汗淋漓了。他没有擦汗，任豆大的汗珠儿一滴一滴地打落下来。他先是站在原地看了一会儿自己的汗珠，然后坐在床上又看了一会儿自己的汗珠，有那么一阵子，他觉得一切都不是真的，自己依然在梦中。

突然，他的耳边，由远及近地响起了一个苍凉的声音，一个浸满了忧伤的苍凉声音：

"我碍到你们啥了？"

齐东锵猛然一惊："死的人，真的会有亡灵吗？"

也就那么一瞬间，齐东锵身上的汗水，忽的一下，顿时干涸了。因为他突然想起了自己购买《睥睨》的时间……

正惊惧时，筷子的电话又打进来了，齐东锵刚刚按下接听键，就听筷子气急败坏的声音从里面骤响："随风！你这个骗子！你还想骗我到什么时候？哪里有什么金盏？我把仓房上面都翻遍了，根本没有看见你说的金盏！"

"怎么会没有金盏呢？我明明放在那里的！"齐东锵傻傻地说。

"根本就没有！你这个骗子，我从此以后再不会相信你的话了！狗屁！都是狗屁！我刚才和你说的所有的话，也全都是狗屁！我根本就没有拐骗花朵儿！我什么都没做！你想靠我立功受奖，没门儿！"

"怎么会没有了呢？"齐东锵显得更傻了。

"没找到就是没找到！我干啥要和你撒谎？"筷子气急败坏地说。

齐东锵突然就爆笑了，那是极其疯狂的笑声，笑得筷子在电话那边都愣住了。

齐东锵就那么边笑边说："筷子，太有趣了！你不要说话，哈哈哈！你只听我说，你的金盏不是不见了吗？那我给你分析一下啊！真相只有两种：一种是你说谎了。你明明找到了金盏，但因为怕欠了我的人情，就撒谎说并没有找到！……你不要着急打岔！你听我把话说完！因为这种可能根本就不会有的，因为你是筷子！我心爱的筷子怎么可能撒谎呢？"

齐东锵笑得眼泪都流出来了，流了一脸。他长长地吸了一口气，突然放慢了语速："还有第二种可能，那就是我撒谎了，因为我根本就没有找到金盏，或者这个世界上根本就没有过你的金盏，当然也没有过我的《睥睨》……所以也就没有我把金盏藏到仓房顶上这件事儿了。"

电话那边静静的，筷子再没有说一句话。或者，她早就把电话关上了？

但齐东锵却在继续说着："啊！多么凄凉啊！这真的就是一个凄美的梦境而已，是我们两个人共同编织的关于金盏和《睥睨》的梦！你想啊，要是连金盏和《睥睨》都不是真的，那么那个卡通美女拐骗案当然也一定不是真的了！"

齐东锵突然快乐异常了："哈！筷子，我终于弄明白了，原来真的是我撒谎了！一切都是我一个人的错！因为一切都没有发生！一切的一切！你没有犯罪，我也没有生病！我们每天都生活在幸福的日子中，就像你那天说的似的，我们都幸福地病了！正是因为我们的日子太幸福了，所以我们才腻歪了，才共同编织出了这么一个缥缈而美丽的梦！"

说罢这句话，齐东锵再次大笑了，一边笑，一边把那个老人手机扔到了垃圾桶里。

疯狂的笑声在小小的斗室里久久回荡，回荡……

五十五

齐东锵醒来时，发现自己睡在沙发上。

屋子里静静的，笼着一片黑沌沌的雾。他没有向外面看，也没有向墙上的钟上看，他猜不到此时何时，也不想费力地猜。

"时间是个屁呀！"他就这么骂了一句。

"也许失去才是我的命！金盏苦命，我也苦命！花朵儿更苦命！"

"筷子真的注定就是苦命的吗？那么唐娟呢？她又是什么样的命呢？对了，她现在已经走马上任了！她可真有精力呢，真是百折不挠呢！可她无论多么累，多么辛苦，她不都是二丫吗？她怎么能走出她是二丫的命呢？"他突然又笑了，动了动，好让自己躺得更舒服一些。

由二丫，他又想到了花玉乾，就又笑了，心里说："是啊！有的人，注定一辈子，都要受穷的。无论他怎么努力，无论他遇到什么样的贵人，他都要受穷！注定要受穷！他花玉乾就是这种穷人！"

"如果不是亲眼所见，我咋能想到，一个堂堂的全国著名刑侦专家，都堕落到如此地步了？竟然肯和一个流浪汉同床共枕了？"

是啊！那天晚上，自己真的是太颓废了，才认为自己和他花玉乾并没有什么不同。但事实上却是：自己还真就与他不同，就是与他不同，就是比他高贵！爱咋咋地！

"二丫又去找花艳丹碰运气去了！"

这句话，是花玉乾在什么时候说的了？

齐东锵突然坐了起来。

"要是照他所说的，当自己拿着金盏，在筷子家门前等待筷子的时候，二丫也正巧在那一带逡巡呢……"齐东锵突地从沙发上跳起来了，然后就在地中间急急地转起圈子来了。

"如果我是二丫，当我远远地看到齐东锵一个人傻傻地坐在大门口的时候，我会怎么做呢？我当然会偷偷地藏起来……"

齐东锵猛地一拍自己的脑门："是了！金盏不会无缘无故就消失的！一定是自己藏金盏的时候，被二丫看见了，要是这么说来，金盏就在唐娟的手中。"

齐东锵想到这里，立即到垃圾桶边，拿出了那个粘满灰尘的老人手机，擦都没顾得上擦，就拨通了唐娟的电话，老人机里很快响起了唐娟的声音："喂，您好，这里是东信心理测试技术中心，请问您有什么事情？"

噢？真就这么走马上任了？真是岂有此理。一股子怒气猛地涌了上来："你少说废话，那个《睥睨》玉雕，是不是你拿走了？"齐东锵的声音像炸弹。

"屁股玉雕？什么叫屁股玉雕！"唐娟噗的一声，笑了。

"别和我打岔！你知道我的意思，那个玉雕……你必须把它还给我！"

"齐教授，您是不是在说梦话呢，嫂子刚才还在这里替你忧伤呢！说你患了幻想病，我一直不相信这是真的！齐教授，你不会真的患了……那种病了吧？"

"唐娟，算我求你好不好？你就把那个玉雕还给她吧！"齐东锵的声音突然软了，"筷子她真的很可怜，自己亲生的孩子活活地没了，这个玉雕，简直就是她的孩子……不对，简直就是她的命！"齐东锵越说，声音越悲凉，说到最后，眼泪都流出来了。

唐娟那边沉默了，久久的沉默。

齐东锵抹了一把眼泪，这才意识到了唐娟的沉默。他长长地抽泣了一下，狠劲地咽了一口唾液，才把那浪潮般的悲伤压下去。"喂！唐娟，你还在听我说话吗？"他的声音总算平静一些了。

"嗯！"好久，唐娟那边才轻轻地应了一声。

"你听我好好说，唐娟，你好好地听我说：我知道那个玉雕就在你的手里，幸亏那个玉雕就在你的手里。唐娟，求你了！你就把它还给筷子行不行？就算看我的面子行不行？如果你非得要钱，这个钱我可以给你！真的，哪怕现在拿不出那么多，我将来也一定给你！"

"你说完了吗？"唐娟冰冷的声音就像寒蝉。

"这么说，你同意帮她了？"

"我凭什么要帮她？同样是可怜的女人，你凭什么非要让我去帮她？"

"因为你强大……你比她厉害……不是吗？"

"我强大？我厉害？呵呵，哈哈！我没听错吧？"

"还非得让我把……不该说的话都说出来吗？这几年，因为花朵儿的事儿，你不是已经从她那里敲诈……呃……我是说得了不少钱了不是吗？人得知足不是吗？所以就请你别再欺负她了！她已经被你害得够苦了！"

"她被我害得够苦了？齐教授，我的耳朵没有毛病吧？"

"她当初的确是错了，才让你抓了把柄。但你也不能得理不饶人，一而再、再而三地敲诈她吧？人是不是得讲点信用啊！"

"哈哈哈！"唐娟突然尖厉地笑了起来，凄厉的笑声震得那个老人机浑身乱颤。齐东锵把手机都伸出老远了，还是起了一身的鸡皮疙瘩。

"如果不是亲耳所听，打死我都不会相信！这样愚蠢的狗屁话，会出自你这个全国著名心理大师之口！你凭什么说她是弱者，凭什么总要为她鼓与呼？仅仅因为她长得比我漂亮吗？作为一位刑侦专家，就起码的条件，是不带任何情绪地冷静地判断一件事情吧？更别提先入为主了。情绪可是通往真相的最大干扰呢！我劝你和我说话，最好别带有任何情绪。"

"这一点，还不用你教育我！"齐东锵的声音也冷静下来了。

"齐教授，我还真就得好好教育教育你了！我真奇怪你到底是怎么成为刑侦专家的！你咋能是刑侦专家呢？你连看到眼睛里的，都无法判明真假，更何况，这个世界上还有那么多你没有看到眼睛里的呢！"

"你……你啥意思？"

"我和花艳丹是情敌你知道吗？"

"情敌？"

"花艳丹不仅夺去了我的丈夫，还夺去了我的孩子……你知道吗？"

"夺去了你的孩子？"

"你什么都不知道，却在这里大谈谁是强者弱者，这不是想当然是什么？真是岂有此理！"

"你……"

"简单和你说吧！我和纪云雁早在二十年前就已经是恋人了，可就在我们谈婚论嫁之时，她花艳丹却第三者插足，活生生地拆散了我们。行，这一点我能够接受！谁让我的脸蛋没她漂亮，谁让我的性格没她温柔呢！可他们结婚以后，她好几年都养不出孩子来，于是纪云雁就找到了我，说要给我一笔钱，让我帮他生一个。当时我还对纪云雁抱有幻想，以为看在孩子的分儿上，纪云雁兴许能回心转意呢！我就答应他了。这一点，我依然能够接受！"

"你的意思……那个计计鬼儿……是你的儿子？"

"对，我儿子的网名的确叫计计鬼儿！但自从我生下了他，他就不归我管了！他就成了别人的儿子了！可即使这样，我依然没有怨言，脚上的泡都是自己走的，谁让我他妈的穷困潦倒，太他妈的需要钱了呢？可她花艳丹也太不是人了吧？自己的孩子被人计划下去了以后，她凭什么把所有的怨气都发泄到我儿子的身上？以至于那么漂亮、那么健康的孩子，活生生地让她给虐待成了佝偻病……"这下，轮到唐娟泣不成声了。

"小孩子患佝偻病，不一定和虐待有关吧？"

"怎么没关？我特意查了这方面的资料，得这种病的孩子，就是由于体内缺乏VD，从而导致钙、磷代谢紊乱，骨骼钙化不良。行啦！不和你说了！我早就发过毒誓了！无论遭遇什么，我都不会在你们这些臭男人面前流眼泪的！"唐娟突然就关了手机。

齐东锵站在那里，老半天都没动一下，他实在是太震惊了。

徐问玉是什么时候回来的，又是怎么走到他的身边的，齐东锵竟然一点意识都没有。

直到徐问玉狠狠地打了他一下，并塞给了他一张报纸，他才傻傻地瞪着徐问玉，不明白她那满月一样的脸上，为什么会满面春风？

"这个唐娟，还真是个人物！真他妈的是个天才！"他恍惚听到徐问玉这么说。

"我的傻子，这下子你可要红得发紫了！你还傻呆呆地看我干啥呀？你看报纸啊！"徐问玉把报纸展开，把印在头版头条的那篇文章叠出来，送到了齐东锵的眼皮底下。

齐东锵这才把目光落到了报纸上，发现这是一张当地的报纸，在头版头条，齐东锵看到这样一个醒目的标题：

齐东锵王者归来
——东信心理测试技术中心"互联网+测试"成效喜人

标题的下方，是一张齐东锵参加研讨会时的大幅照片。下面附着的文字是这样写的：

"记者从9月15日举行的第三届东信心理测试技术中心发展年会上获悉，随着"互联网＋测试"成为引领刑侦发展的新形态，东信心理测试技术中心在提供通信能力、数据资源以及开放能力等方面为"互联网＋测试"领域的创业创新打造了新的平台，取得丰硕成果……"

齐东锵眼睛盯着那张报纸，看了好半天，还是没怎么明白报纸上说的话。

"我的老公，你咋还没弄明白呢？你现在可是比以前还要红、还要火的网络红人了！互联网，这到底是什么东西呀！简直比魔鬼还有魔力！刚才唐娟跟我说，现在有老多单位找你预约测谎呢，这些人也真是的，说不着急，一点动静都没有，说着急，一股脑儿地全来了，现在都在那儿排着队等着你去测谎呢！"徐问玉边说，边对着报纸指指点点。

齐东锵再次看了看那张照片，又看了看报纸的日期，就更糊涂了！"9月15日不就是昨天吗？可昨天一整天我都躺在家里睡大觉呢！我哪儿开什么年会了？再有这张照片，这不还是三年前的照片吗？"

"你较什么真儿呢？现在谁还管你真的开没开年会？现在大家看的是你们公司到底有没有人气儿！这个唐娟，可真有想象力！"徐问玉微笑着说。

"再有想象力，也不能空口白牙无中生有说谎话呀！"齐东锵立即扔了报纸。

徐问玉笑了，一边弯腰捡起了报纸，一边苦口婆心地说："这个世上，所有生物的进化规律，都是从单细胞到多细胞，所有万事万物也都是从无到有，从虚到实的。行啦行啦，我的测谎专家，赶紧去收拾一下你自己吧，去整装待发，准备参加战斗吧！唐娟正在连夜培训那几个新招来的年轻人呢，弄好了，下周一他们就能跟着你去测谎了！"

"谎言！全都是谎言！徐问玉，你们不要太过分了！不要真的把我当你们的傀儡！无论时势怎么变化，我都是国徽底下最高尚的测谎者，我绝不会沦为你们赚钱的工具的！你们就别做美梦了！"齐东锵义正词严。

"我的傻子！你今天恰恰说到点子上了！虽然一切都是假的，一切都是谎言！比如这张报纸是假的，这则消息是假的，这张图片也是假的。但那些约你测谎的电话却是真的，那些等着你去测谎的案件也都是真的呀！我听说有的案子甚至十万火急，都在那里狼哇哇地望眼欲穿呢！"

徐问玉边说边把齐东锵拉到了小屋里，替他打开了电脑，并很快点击了百度浏览器："你看看，你好好看看，你看看你现在到底有多出名！我的大专家！几乎在一夜之间，你就已经红遍了大江南北了！"

齐东锵简单看了一眼，不禁吓了一跳，啥叫一夜成名！这可真是一夜成名啊！用铺天盖地形容绝不为过。一张张照片，一条条新闻，竟然全都是关于他齐东锵的：中国著名心理测试专家、中国著名犯罪研究专家、中国收藏家协会的三驾马车、中国形意拳协会的五大板斧、中华诗词家学会的八大金刚……其中一条消息尤其抓人的眼球儿：

为什么这么久都没听到关于齐东锵教授的消息了？
——原来人家是去美国镀金去了！

下面还有具体的说明：

我国著名心理测试专家齐东锵教授在沉寂了一段时间后，放弃了在美国继续深造发展的机会，毅然回国，准备继续拓展他所忠爱的崇高的心理测谎事业。
……

"互联网的时代，就是个众说纷纭、真假不分的时代，各方表述都在狂轰滥炸，谁炸得响，谁就引领了时代潮流……我的傻子，现在你已经处于风口浪尖上了，想退步都很难呢！我听唐娟说，现在光交预约金的单位，都达三十几家了，现在的人，我可是看透了，全都是贱骨头！你越是不想要钱，他越是上赶着给你钱！你要的钱越多，他们交得就越快……"徐问玉的眼睛亮亮的，竟然没有看到齐东锵脸上的愤怒。

"砰"的一声巨响，齐东锵推翻了那把靠椅，他满头大汗，浑身都在颤抖，一双偌大的眼睛里，往出喷射的是徐问玉从来都没有看到过的愤怒烈焰。

"够了！你们这些骗子！……都开始收起预约金了吗？你们的手也真够快呀！你听着，徐问玉，我不会再被你们利用了！你赶紧去告诉唐娟！现在就去！你让她立刻把钱都给我退回去，退完钱后立刻给我滚蛋！滚得越远越好！别让我再看到她！"齐东锵哆哆嗦嗦地说，连嘴唇都颤抖了。

徐问玉的脸色渐渐地白了，在那张被保养得细皮嫩肉的鹅蛋形的脸颊上，第一次出现了惊恐的神情。

"快去！"齐东锵突然又一声断喝，吓得徐问玉明显一颤！

"她做的有啥不好的？哪怕真的撒谎了，不也是为了你们公司的发展？要去你自己去！我不去！"徐问玉怯怯地小声说。

徐问玉突然想起了什么，快步走到客厅里，哆哆嗦嗦地从小坤包里拿出了一个手机和一沓钱，摔到了茶几上："你看看吧！人家不仅把钱给你追回来了，连手机也帮你要回来了！多么有才华、多么有能力的一个人？你咋就容不下她呢？愿意撵她，你自己去撵！"说着就气哼哼地坐到沙发上，想了想，又加了一句："真是无可救药！"

齐东锵看了看那个躺在茶几上的手机，发现的确是那部被花玉乾偷走的手机。

小小的屋子里突然陷入了特别的静默中。

突然，那个沉寂的手机开始敲起桌子来了，梆梆梆，梆梆梆……特别的声响，打破了小屋子里的静寂。

熟悉的敲桌子的声音，让齐东锵突然就愣住了，心里也涌动了一股久违的情绪。

"接电话呀！傻子，快接听呀！"徐问玉小声催促着。

齐东锵傻呆呆地站在那里，望了望徐问玉，又看了看那个和他一样在全身乱颤的小小的手机，依然一动都不动。

徐问玉麻利地拿起手机，手指颤抖地按下接听键，很快，里面就传来一个陌生的声音："请问，您是齐东锵教授吗？"

徐问玉把手机放到齐东锵的耳朵边，用眼睛示意他接电话。

"喂！喂！请问，您是齐东锵教授吗？"

好久，齐东锵才怯生生地说："我是……您是……"

"太好了！真的是您吗？齐教授，谢谢您终于接我的电话了！事情是这样的：我们这里发生了一起命案，现在查出了十三个嫌疑人，这些嫌疑人都像是犯罪嫌疑人，可又都确定不了到底谁是犯罪嫌疑人。所以想请齐教授到我们这里来一趟，给这些人测测谎。昨天我已经在您公司的秘书处办理了预约，可秘书处的同志说您很忙，测谎的日期最快也只能排到二十天以后，可我们这起案子真的是十万火急，所以我才斗胆给您直接打了电话……"

齐东锵有些发蒙：他有些不知所措地看了徐问玉一眼，一时不知该怎么接话了。

"齐教授，您在听吗？"电话里的声音充满了焦虑。

"……是的，我在听！"

"您能不能把日期提前一些？这起案件真的十万火急，我代表我们全市人民求您了！"

"您说的……是……什么样的命案？"齐东锵的思维终于有点透亮了。

"有人在海边发现了一具尸体，经法医检验，死者是一个十三岁左右的女孩子……”

“您慢点说……尸体究竟是在哪里发现的?”齐东镪慢慢地坐在了沙发上,始终痴呆的眼睛里,渐渐地澄明了,并闪烁出沉静而明澈的光泽。

“在海边……噢!抱歉,因为着急,我都忘了向您做自我介绍了!我是海滨市公安局刑警支队的……我叫张帆。”

“这样吧!你马上把这起案件的相关情况用短信的形式,发到我的手机上。”

“这么说……您答应了?”张帆惊喜异常地说。

“是的,我立即让秘书处帮我购买机票,一定尽快飞到您那里去的!请你们做好测谎前的准备吧!”齐东镪说罢就挂了电话。

电话打完了,屋子里再次陷入了特别的静寂,但此时的静寂绝不是彼时的静寂了。

徐问玉眼睛含着泪花,久久地、久久地凝视着齐东镪,嘴唇颤抖着,颤抖着,好半天才说出话来:“老公……谢天谢地,你终于痊愈了!”

齐东镪没有理她,脸上也没有任何表情。在徐问玉的注视下,他只是晃了晃头,又晃了晃头,郁闷的心房突然像开了一扇窗户似的,顿时明亮了:

“是啊!一切都可以是谎言!一切都可以是假象,但只要案件是真实的!只要我齐东镪是真实的!”他默默地对自己说。

齐东镪慢慢地站起了身,慢慢地走到了窗边,慢慢地打开了窗户,一股微风便吹进了室内。对着那片微风,齐东镪长长地、长长地吸了一口气,是的,他不能再感情用事了!也不能再带着情绪去判断是非了……他真得抓紧时间养精蓄锐,准备大干一场呢!

明天,太阳会照常升起的,明天的阳光一定会像明天一样美好。

图书在版编目（CIP）数据

测谎者 / 李晓平 著． -- 北京：作家出版社，2018.5
ISBN 978-7-5063-7886-4

Ⅰ．①测… Ⅱ．①李… Ⅲ．①长篇小说 – 中国 – 当代
Ⅳ．①I247.5

中国版本图书馆CIP数据核字（2018）第094250号

测 谎 者

作　　者：李晓平
责任编辑：王　烨
装帧设计：Luke
出版发行：作家出版社
社　　址：北京农展馆南里10号　　　邮　　编：100125
电话传真：86–10–65930756（出版发行部）
　　　　　86–10–65004079（总编室）
　　　　　86–10–65015116（邮购部）
E–mail:zuojia@zuojia.net.cn
http://www.haozuojia.com（作家在线）
印　　刷：三河市兴博印务有限公司
成品尺寸：170×240
字　　数：430千
印　　张：24.5
版　　次：2018年8月第1版
印　　次：2018年8月第1次印刷
ISBN 978-7-5063-7886-4
定　　价：45.00元
